U0531935

imaginist

想象另一种可能

理
想
国

imaginist

A LITTLE LIFE

a novel by

HANYA YANAGIHARA

渺小一生

[美] 柳原汉雅 著

尤传莉 译

贵州大學出版社
Guizhou University Press
· 贵阳 ·

目 录

第一部分

利斯本纳街

1

十一号公寓里只有一个衣柜，不过倒是有一道玻璃拉门通向小阳台，威廉从阳台可以看到一名男子坐在对面抽烟，尽管是 10 月，那人却只穿了 T 恤和短裤。威廉抬手跟那人打招呼，对方却没反应。

在卧室里，裘德把衣柜的折叠式拉门打开又关上，这时威廉进来。“只有一个衣柜。”裘德说。

“没关系，”威廉说，“反正我没有东西可放。”

“我也没有。”两人相视微笑。公寓管理人跟在他们后头走进来。“我们决定租了。”裘德告诉她。

但是回到公寓管理人的办公室，她说他们不能租这间公寓。“为什么不行？”裘德问她。

“你们的收入不够交六个月的房租，而且你们的存款太少。”那管理人说，讲话忽然精简起来。她查了他们的信用状况和银行账户，总算明白这两个男人哪里不对劲，他们才二十来岁，不是一对，但是打算在 25 街一个冷清（但还是很贵）的地段租下一间公寓。“你们能找谁签字当保证人吗？上司？父母亲？”

“我们的父母亲都过世了。”威廉立刻说。

那管理人叹了口气：“那我建议你们把期望降低。以你们的财务状况，任何管理良好的公寓，都不可能租给你们。”然后她站起来，带着一种斩钉截铁的意味，同时意有所指地看着房门。

但是后来他们把这事告诉杰比和马尔科姆时，却改编成了笑话版：公寓地板上到处黏着老鼠屎，对面阳台上的男子差点“春光”外泄，管理人很不高兴，因为她一直在跟威廉放电，他却没反应。

“总之，谁想住在25街和第二大道交叉口啊。”杰比说。此时他们在唐人街的越乡餐馆，这里是他们四个人每月两次聚会吃晚餐的老地方。越乡餐馆不是太好——河粉甜得莫名其妙，酸橙汁像肥皂水，而且每回吃过，他们至少会有一个人不舒服——不过他们还是照样跑去，出于习惯，也是不得已。越乡餐馆的浓汤或三明治都不会超过五元，主菜也只有八到十元，可是分量很大，即使剩下一半还是可以打包回家第二天吃，或是当夜宵。只不过马尔科姆向来不把他的主菜吃完，也从不打包，每回他吃饱了，就把自己那一盘放在餐桌中央，于是威廉和杰比就可以把它吃掉（他们总是很饿）。

“我们当然不想住在25街和第二大道交叉口，”威廉耐心地说，“可是杰比，我们其实也没别的办法。别忘了，我们根本没钱啊。”

“我不懂你们干吗不住在原来的地方。”马尔科姆说。这会儿他把蘑菇和豆腐挪到盘子边缘（他总是点同样的菜：有浓稠褐色酱汁的蘑菇红烧豆腐），威廉和杰比同时瞪着他的盘子看。

“唔，没办法啊。”威廉说，他过去三个月来已经跟马尔科姆解释过十几次，“你又忘了？梅里特的男朋友搬进来了，所以我得搬出去。”

“可是为什么要你搬出去？”

“因为当初签租约的是梅里特啊，马尔科姆！”杰比说。

“喔。”马尔科姆轻声说。他总是忘记这些他认为不重要的细节，而且其他人对他的健忘不耐烦时，他好像也从不在意。“对了，”他把那盘蘑菇推到桌子中央，“可是你，裘德……”

“我不能永远住在你那，马尔科姆。你爸妈早晚会杀了我。”

“我爸妈很喜欢你。”

“谢谢你的好意。可是如果我不赶快搬出去，他们就不会喜欢我了。”

马尔科姆是他们四个人里头唯一还住在家里的，而且一如杰比老爱说的，如果他家像马尔科姆家那样，他也会住家里。马尔科姆家的房子并不是多么豪华（其实很老旧，又维护得很差，威廉有回只是扶着栏杆上楼，手就被碎木片刺伤了），但很宽敞：真正的上东城独栋房。大马尔科姆三岁的姐姐弗洛拉最近搬出了地下室公寓，于是裘德就住进了这个让他暂时落脚的地方：总有一天，马尔科姆的父母会想收回这个空间。他母亲是文学经纪人，想把这里改装成自己的办公室，到时候裘德就得找新的住处（反正他觉得那段下楼的楼梯实在太吃力了）。

而他打算跟威廉同住，也是很自然的事，他们大学时代当了四年室友。第一年，他们四个人合住宿舍里的一间套房，包括一个煤渣砖砌的起居室，放着他们的书桌椅和一张杰比的阿姨们租了 U-Haul 搬家卡车运来的沙发，以及另一间小很多的寝室，里头放着两张双层床。这寝室太小了，小到睡下铺的马尔科姆和裘德伸手就能够到，甚至握住对方的手。马尔科姆的上铺睡的是杰比，裘德的上铺则是威廉。

“这是黑人对抗白人。”杰比会说。

“裘德不是白人。”威廉会回答。

“我也不是黑人。”马尔科姆会补上一句，主要是为了逗杰比，而不是因为他真这么想。

“好吧。”杰比这会儿说，用叉尖把那盘蘑菇拉近，“其实你们俩都可以来跟我住，但我想你们他妈的一定不肯。”杰比住在小意大利那一带一个巨大又肮脏的LOFT，里头满是怪异的走道，通向废弃的、歪来扭去的死巷和没完工的房间，隔间的石膏板装到一半就被弃置不管。这层楼是他们大学时代另一个朋友埃兹拉的。埃兹拉是艺术家，很差的那种，不过他也不必很好，因为就像杰比总提醒他们的，埃兹拉这辈子都不必工作。而且不光是他，他小孩的小孩的小孩也永远不必工作：他们可以一代接一代做那些很烂、卖不掉、毫无价值的艺术作品，但照样有财力，一时兴起就去买他们想要的顶级油彩，或是在曼哈顿闹市区买下大而无用的LOFT，胡乱改装到一半就放着烂掉。而且等到他们厌烦了艺术家生活（杰比相信，埃兹拉总有一天会这样），只要打电话给他们的信托基金管理人，就可以拿到一大笔现金；那个金额是他们四个人（好吧，或许马尔科姆除外）这辈子连做梦都不会梦到的。不过同时，认识埃兹拉好处不少，不光因为他让杰比和其他几个老同学住在他的公寓（任何时候去那里，总有四五个人窝在LOFT的各个角落），也是因为他是个脾气很好、基本上很大方的人，而且他喜欢开狂欢派对，免费供应大量食物、迷幻药物和酒。

“慢着，”杰比说，放下筷子，“我刚刚才想到——我们杂志社里有个人在帮她阿姨找房客。好像就在唐人街这附近。”

“房租是多少？”威廉问。

“大概很低——她根本不晓得该开价多少，而且她想找认识的人当房客。”

“你可以帮我们说点好话吗？”

“不止——我来介绍你们认识。你们明天可以来我办公室吗？”

裘德叹了口气。“我明天走不开。”他看着威廉。

“没关系，我可以去。几点？”

“午餐时间吧。1 点？”

“就这么说定了。”

威廉还是饿，不过他让杰比吃了剩下的蘑菇。然后他们又等了一会儿——有时马尔科姆会点餐馆常年的招牌甜点菠萝蜜冰激凌，吃两口就不吃了，让他和杰比解决剩下的。但这回他没点冰激凌，于是他们跟服务生要了账单，好拆账付钱。

* * *

次日，威廉去杰比的办公室和他会合。杰比在苏荷区一家杂志社当前台，杂志主要报道这一带的艺术圈动态，规模虽小却颇具影响力。对杰比来说，这是一份策略性的工作：有天晚上他跟威廉解释，他计划跟杂志社的某位编辑交上朋友，然后说服他报道自己。他估计这个任务要花六个月，这表示他还需要三个月。

杰比上班时，总是摆出一副略带怀疑的表情，既不相信自己竟然在工作，也不相信居然还没有人看出他的特殊天赋。他不是个称职的前台，电话铃声响个不停，但他很少接。要是任何人想找他（这栋大楼里面的手机信号不太稳），就得遵循一套特殊的暗号：拨通电话后等铃响两声，挂掉，再重打一次。但即使如此，他有时候还是不会接——因为他的双手在办公桌下头，正忙着梳理、编织从脚边一个黑色塑料袋里拿出来的一团团头发。

以杰比自己的说法，他正在经历他的“头发时期”。最近他决定暂停画画，专心用黑色头发做雕塑。他们每个人都曾花一个周末的时间，辛辛苦苦地跟着杰比去皇后区、布鲁克林、布朗克斯，以及曼哈顿的理发店和美发店。他们在外头等，杰比则进店里，问店主能不能把要丢掉的头发给他，然后他们提着一大袋越来越重的头发，跟在他后头走。他早期的作品包括《令牌》，那是一个去掉绒毛的网球，剖开来填入沙子，外头涂上黏胶，然后在一块头发地毯上滚了一圈又一圈，于是黏在上面的那些短短的头发就像水里的海藻般晃动。还有一个“日常”系列，是用头发包裹各种家用小工具——一个订书机、一把奶油刀、一个茶杯。现在他正在进行一项大计划，他不肯跟他们讨论，只零星透露过一点——他计划将许多鬈曲的黑发梳理并编织起来，最后做出一条漫长无尽的绳子。上个星期五，他保证要请吃披萨加啤酒，哄骗他们去帮他编辫子，但辛苦编了几小时之后，他们意识到显然不会有披萨和啤酒，就离开了，有点不高兴，倒也不是太意外。

他们全都对这个头发计划感到厌烦，只有裘德觉得这些东西很不错，有一天会成为重要作品。为了答谢，杰比给了裘德一个粘满头发的梳子，可是后来他又把这个礼物收回了，因为埃兹拉老爸的一个朋友似乎有兴趣买（结果他没买，杰比也没把梳子还给裘德）。头发计划在其他方面也遇到了困难。有天晚上，他们三个人又去了杰比在小意大利的住处，帮他整理头发，当时，马尔科姆说那些头发好臭。这话没错：他完全没有说作品烂的意思，纯粹是指那种没洗的头发所散发的金属性刺鼻气味。但杰比因此乱发脾气，骂马尔科姆是自我厌弃的黑鬼、汤姆叔叔、自己种族的叛徒，向来很少生气的马尔科姆听到这些指控也发火了，把自己的葡萄酒倒进旁边一袋头发里，站起来气冲冲地走了。裘德赶紧尽力追出去，威廉则留下来安抚杰比。尽管这两个人次日就和好了，但是到头来，威廉和裘德对马尔科姆更不满一些（这不公平，他们知道），因为第二个周末，他们又去了皇后区，一家接着一家拜访理发店，好补偿那袋被马尔科姆毁掉的头发。

“黑色星球的生活怎么样了？”这会儿威廉问杰比。

“黑色的。”杰比说，把他正在梳理的黑色辫子塞回袋子里，“走吧，我跟安妮卡说我们1点半会到。”他桌上的电话响了。

“你不想接吗？”

“他们会再打来的。”

他们边在市区走，杰比边抱怨。到目前为止，他施展魅力的主要对象，是一个名叫迪安的资深编辑，他们背后喊他“迪——安”。之前，他们三个人曾去参加一个初级编辑在父母家办的派对。那是位于达科他大楼的一间公寓，每个房间都挂着艺术品。杰比跟他的同事在厨房里聊天时，马尔科姆和威廉就一起在公寓里逛（裘德那天晚上在哪里？大概是在加班吧），欣赏客房里一系列爱德华·伯汀斯基（Edward Burtynsky）的作品；休息室书桌后方五横排、每排四帧，由贝歇尔（Becher）夫妇所拍摄的水塔照片；书房矮书柜上方一幅巨大的安德烈亚斯·古尔斯基（Andreas Gursky）的作品；以及主卧墙上黛安·阿勃丝（Diane Arbus）的摄影作品，密密麻麻，几乎盖满了墙面，只剩上下各几厘米的空白。他们正在欣赏其中一张照片，里面是两个容貌甜美的唐氏征少女，身穿过于孩子气的紧身泳装，正对着镜头摆姿势。此时迪安向他们走来，他个子很高，却有一张鼓得像囊鼠的痘疤小脸，让他看起来显得野蛮而不可信任。

他们自我介绍，解释他们是以杰比朋友的身份来参加派对的。迪安则说自己是杂志的资深编辑之一，负责所有的艺术报道。

“啊。”威廉说，刻意不看马尔科姆，怕他会有什么反应。杰比跟他们说过他已经把目标对准艺术编辑了，想必就是眼前这位。

“你们见过这样的作品吗？”迪安问他们，一手挥向那些阿尔比丝的作品。

“从来没有。”威廉说，“我好爱黛安·阿勃丝。”

迪安整个人僵住了，小小的五官似乎在那张小脸中央挤成一团：“是迪——安。”

“什么？”

“迪——安。她的名字应该念‘迪——安’。”

他们一走出房间就开始大笑，“迪——安”！后来他们告诉杰比这件事，杰比说：“老天！真是个做作的小混蛋。”

“不过他可是你的做作小混蛋。”裘德说。从此以后，他们提到迪安，都故意念成“迪——安”。

然而，不幸的是，尽管杰比努力不懈地想跟迪——安搞好关系，但他登上杂志的机会并不比三个月前大。杰比甚至让迪——安在健身房的蒸汽室里帮他做，结果还是没用。每一天，杰比都会找个借口溜进编辑室，看看公布栏上贴的那些白色笔记纸，上头写着往后三个月的报道构想。他每天都在报道新人艺术家的那一区寻找自己的名字，但次次都失望了。他只看到一堆没有才华、被过度宣传的名字，都是搞关系，或是有背景的人。

“要是哪天在上头看到埃兹拉的名字，我就毙了自己。”杰比总是这么说，其他人就会说：“不会的，杰比”，或“别担心，杰比，有一天你的名字会在上头的”，又或“你根本不需要他们，杰比。别的杂志会报道你的”。而杰比听了，会分别回答：“你确定吗？”“我他妈的很怀疑”，还有“我他妈的投资了这么多时间，我人生他妈的整整三个月。我最好能登上那个他妈的公布栏，不然这整件事真他妈的浪费时间，就跟其他事情一样”。所谓的其他事情，每回指的可能都不一样，研究生院、搬回纽约、头发系列，或者泛指他的生活，要依他当天的心情有多么虚无而定。

来到利斯本纳街时，他还在抱怨。威廉搬到纽约不算太久（只住了一年），所以完全没听说过这条街，其实这里几乎只能算是一条巷子，两个街区长，往北一个街区就是坚尼路。不过杰比从小在布鲁克林长大，也没听说过这条街。

他们找到那栋楼，按了 5C 的电铃。一个年轻女子接了，对讲机使她的声音发出沙沙的杂音，显得很空洞，她按了开门钮。里头的大厅很窄，挑高天花板漆成了一种黏糊糊的、大便似的褐色，害他们觉得自己像是在一口井底。

那年轻女子站在5C门口等他们。“嘿，杰比。”她说，然后看着威廉，脸红了。

“安妮卡，这位是我的朋友威廉。”杰比说，“威廉，安妮卡在美编组工作。她很酷。”

安妮卡低头的同时伸出手，“很高兴认识你。”她对着地板说。杰比踢了一下威廉的脚，朝他咧嘴一笑。威廉没理他。

“我也很高兴认识你。”他说。

“好吧，就是这间公寓了。原来是我阿姨的，她在这里住了五十年，最近刚搬进养老院。”安妮卡讲话很快，而且她显然认为最佳策略就是把威廉当成日食，不要看他就好。她讲得越来越快，讲她阿姨老念叨这一带变了，还有她自己搬到市区之前也从没听过利斯本纳街，又说她很抱歉屋子里还没粉刷，不过她阿姨真的才刚搬出去，她们唯一的打扫机会就是上周末。她哪里都看，就是不看威廉——看天花板（锤印锡板），看地板（裂了，不过是拼花木地板），看墙壁（上头长年挂着的相框留下一个个幽灵似的印子）——直到最后威廉不得不柔声打断她，问她能不能看一下公寓的其他部分。

“啊，尽量看。”安妮卡说，“我就不打扰你们了。”但接着，她就跟在他们后头，讲话还是很快，跟杰比说起一个叫贾斯珀的，总是什么都要用Archer字体，问杰比不觉得正文用这种字体，看起来有点太圆太诡异吗？现在威廉背对着她，她就敢盯着他看了。她讲得越久，那些闲扯就越显得愚蠢。

杰比观察着安妮卡打量威廉。他从来没见过她这样，紧张又充满少女态（通常她在办公室里沉默又易怒，其实还有点令人担心，因为她办公桌上方的墙面放了一个她自制的心形雕塑，完全是用笔刀雕出来的），可是杰比看过太多女人碰到威廉就这样。他们全都见过。他们的朋友莱诺以前老说威廉上辈子一定是渔夫，天生就是会吸引猫咪[1]。然而大多数时候（但不是每次都这样），威廉似乎对女人的关注浑然不觉。杰比有回问马尔科姆为什么威廉会这样，马尔科姆说他认为是因为威廉没注意到。杰比听了只是哼了一声，他心里真正的想法是：马尔科姆是他认识的人里头最迟钝的，如果连马尔科姆都注意到女人碰到威廉的反应，威廉自己不可能没注意到。不过稍后，裘德提出另一个不同的解释：他说威廉可能是刻意不回应那些女人，这样在场的其他男人就不会觉得受到威胁。这个说法比较合理，人人都喜欢威廉，他也绝对不会想害别人不舒服，所以有可能（至少在潜意识里）他只是装傻而已。可是啊——那真是个奇观，让他们三个百看不厌，而且事后老拿来取笑威廉，不过他通常只是笑一笑，什么也不说。

"这里的电梯运转都正常吧？"威廉忽然转身问。

"什么？"安妮卡回答，吓了一跳，"是的，蛮可靠的。"她薄薄的嘴唇扯出一个小小的微笑，杰比胃里一紧，他知道安妮卡的那个笑是想放电，替她觉得难为情。啊，安妮卡，他心想。"你们是打算搬什么东西进来啊？"

"我们的朋友。"杰比抢在威廉前头回答，"他爬楼梯有困难，所以需要电梯。"

"喔。"她说，又脸红了。然后回头瞪着地板看，"对不起。没错，

1　Pussy，俚语中亦指女性阴部。——译者注，下同。

电梯能用。”

这间公寓没什么好的。进门的门厅很小，比门垫大不了多少，门厅往右通向厨房（一个闷热、油腻的小方间），往左通向餐厅，或许可以放下一张小牌桌。餐厅和客厅只隔着一道矮墙，里头有四个窗子，装了铁窗，朝南开向一条散落着垃圾的街道。沿着一条短廊往前走，右边是浴室，里头有乳白灯罩的壁灯和旧搪瓷浴缸，浴室对面则是卧房，里头有一扇窗，整个房间深而窄，左右靠墙平行放着两张双人床的木制床架，其中一个上头已经放了日式床垫，巨大而丑陋，重得像一匹死马。

“这张日式床垫没用过。”安妮卡说。她讲了一个漫长的故事，说她本来要搬进来，甚至先买了那张床垫，结果却没机会用，因为她后来又搬去她朋友克莱门那里了，不是男朋友，只是朋友。老天，她真是白痴，讲这干吗。总之，如果威廉决定租下这间公寓，床垫就免费送他。

威廉谢了她。“你觉得怎么样，杰比？”他问。

他觉得怎么样？他觉得这是个破烂狗窝。当然，他自己也住在一个破烂狗窝，但那是出于自己的选择，因为那里不要钱，他可以把省下的房租拿来买颜料、生活用品，还有迷幻药，以及偶尔搭趟出租车。但如果埃兹拉哪天忽然要收他房租，他才不会住在那儿。他家不像埃兹拉家或马尔科姆家那么有钱，但他的家人也绝不会让他花钱住在一个破烂狗窝里。他们会替他找个更好的住处，每个月接济他一点。但威廉和裘德就没有办法了，他们得自食其力，而且没钱就注定要住破烂狗窝。既然如此，那或许就该搬进眼前这个狗窝——这里很便宜，又在市区，而且他们未来的房东已经对他们其中的一个有了好感。

所以，“我觉得这里很完美。”他告诉威廉，而威廉也赞成，安妮卡轻呼了一声。匆匆交谈之后，一切都敲定了：安妮卡找到了房客，威廉和裘德有了住的地方。末了，杰比提醒威廉，要他替自己出钱买碗面当午餐，然后他就得回去上班了。

* * *

杰比不是那种天生会内省的人，不过那个星期天，他搭地铁去母亲家的路上不禁有点沾沾自喜，还有一种近乎感激的情绪，为自己拥有的人生和家庭感到庆幸。

他父亲是从海地移民来到纽约的，在杰比三岁时就过世了。虽然杰比总是认为他记得父亲的脸（和善又温柔，唇上一道细细的小胡子，笑起来圆圆的两颊像李子），但他永远不确定是真的记得，或只是从小就仔细打量母亲床头柜上那张父亲的照片，才以为自己记得。不过，这是小时候唯一让他忧伤的事，而且这更像是一种必需的忧伤：他没有父亲，他也知道没有父亲的小孩会为人生的这个缺憾而伤感。然而，他从来没有真正感觉到那种渴望。父亲过世后，他的母亲，海地第二代移民，拿到了博士学位，之后就一直在他们家附近的公立学校教书，她认为杰比该读更好的学校。等到杰比上高中时，他拿到奖学金，去布鲁克林一所昂贵的私立学校读书，乘车上学要将近一小时；此时他母亲是曼哈顿一所重点公立学校的校长，同时也是布鲁克林学院的兼职教授。她曾因为种种创新教学法被《纽约时报》报道，杰比心底很以母亲为荣，虽然在朋友面前他都假装不是如此。

在杰比的成长过程中，母亲总是很忙，但他从不觉得被忽略，也从不觉得母亲爱学生胜过爱自己。家里还有他的外婆，会做他爱吃的菜，唱法语歌给他听，而且天天都跟他说他是个不得了的宝贝，是个天才，说他是她一生最重要的男人。他还有两个阿姨，一个是她母亲的姐姐，在曼哈顿当刑警，另一个是她的药剂师女朋友，也是第二代移民（不过是从波多黎各来的，不是海地）。她们没有子女，所以把杰比当成自己的小孩。他的亲阿姨是运动健将，教他如何传接球（他小时候一点兴趣也没有，不过后来证明这是很管用的社交技巧）；她女友则对艺术有兴趣，杰比最早的记忆之一，就是跟着她去参观纽约现代艺术博物馆，他清楚地记得自己呆呆瞪着《壹：三十一号，1950》（*One: Number 31, 1950*）这件作品，敬畏不已，他阿姨在一旁解释波洛克（Jackson Pollock）当初怎么创作这幅油画时，他几乎充耳不闻。

上高中后，他觉得应该稍微做些修正，让自己与众不同，更让富有的白人同学不舒服，便故意改动了自己的家庭背景：他变成了另一个没有父亲的黑人男孩，母亲在他出生后才完成学业（故意不提她在研究生院完成学业，于是大家以为他指的是高中毕业），阿姨的工作是在街上走来走去（大家又以为那是妓女，不晓得他指的是刑警）。他最喜欢的全家福照片，是高中时他最要好的朋友丹尼尔帮他们拍的，一直到让丹尼尔进家门拍照之前，杰比才向他吐露实情。当时丹尼尔在进行一系列他称为“从边缘力争上游”的家庭照拍摄计划，而杰比不得不匆忙修正阿姨是街头妓女、母亲受教育不多的错误印象后，才让朋友进门。当时丹尼尔的嘴巴张得好大，还没发出声音，杰比的母亲就来到门边，说天气这么冷，叫他们两个赶紧进屋，丹尼尔只好照做。

依然处于震惊状态中的丹尼尔让他们在客厅摆好位置：杰比的

外婆伊薇特坐在她最喜欢的高背椅上，一边站着他阿姨克里斯蒂娜和她女友西尔维娅，一边则是杰比和他母亲。但接着，丹尼尔还没来得及拍，伊薇特就要求杰比坐在她的位置上。两个女儿抗议起来，但伊薇特告诉丹尼尔：“他是这个家的国王。”又说，“让 · 巴蒂斯特[1]，坐下！”他坐了。在照片中，他胖嘟嘟的双手抓着椅子的扶手（即便是在那时，他就胖嘟嘟的），站在他两边的女人满面笑容地朝他看。他的双眼直视镜头，露出大大的笑容，坐在那张原本应该给他外婆坐的椅子上。

她们相信他终有一天会成功，这念头从未动摇，简直坚定到了令人难堪的地步。她们坚信（就连他自己的信念都受到太多次考验，很难坚定不移了），他有一天会成为重要的艺术家，他的作品会挂在大博物馆里，还没给他机会的人只是不懂得赏识他的天分而已。有时他相信她们，靠她们的信心支持自己振作起来。有时候他很怀疑（她们的意见似乎跟全世界的人完全相反），因此他很好奇她们会不会只是在施舍他，或纯粹就是疯了。也或许是她们的品位太差了。四个女人的判断怎么会跟全世界的人差这么远？她们四个人意见正确的概率当然不太高。

但是每个星期天，他偷偷返家探望，都觉得松了一口气。家里有丰盛的、免费的食物，他外婆会帮他洗衣服，他讲的每个字、展示的每张素描都会得到认真的欣赏和轻声的赞叹。他母亲的房子是一片熟悉的领土，在那里，他永远受到崇拜，感觉上，那里的每项习俗和传统都是为了他和他的特殊需求量身定做的。在傍晚的某个时间，在吃过晚餐但还没吃甜点的时候，大家都在客厅里休息、看

---

1 Jean-Baptiste，即杰比（JB）的全名。

电视，他母亲的猫趴在他膝上，热乎乎的。他会看着这些女人，感觉心里胀得好满。然后他会想到马尔科姆，有聪明绝顶的父亲和满怀关爱却迷糊的母亲；然后想到威廉，他的双亲都过世了（杰比只见过他们一次，是在大一结束、要搬出宿舍的那个星期，当时他对他们的沉默、拘谨和不像威廉感到惊讶）；最后，当然，他想到裘德，他的双亲根本不存在（这是个谜，他们认识裘德到现在快十年了，仍不确定他父母是什么时候过世的，还是他根本从小就是孤儿，只知道状况很悲惨，完全不能提）。然后，他会感觉到一股快乐与感激的暖流，好像胸口涌起了一片海洋。我好幸运，他会想，因为他很好胜，总是要从人生的各个角度跟同辈比较，他会想，我是最幸运的一个。但他从来不觉得自己不配，也不觉得他应该更努力地表达自己的感激；只要他快乐，他的家人也会跟着快乐，于是他对他们唯一的义务就是要快乐，照他自己的条件，过着他想要的生活。

“我们都没得到我们应得的家庭。”威廉有一回说，当时他们都嗑药嗑得迷糊了。当然，他指的是裘德。

“我同意。”杰比当时回答。他的确同意。他们每个人，包括威廉、裘德，甚至马尔科姆，都没生在自己应得的家庭。但私底下，他觉得自己是例外：他的家庭就是他应得的。他的家人太棒了，真的很棒，他知道。更棒的是，他的确配得上他们。

“我的聪明男孩回来了。”每回他踏入屋里，伊薇特就会喊道。

他觉得她说得一点都没错，从来没有怀疑过。

* * *

搬家那天，电梯坏了。

“该死。”威廉说，“我还特地问过安妮卡的。杰比，你有没有她的电话号码？”

但杰比没有。“啊，好吧。”威廉说。总之，联络安妮卡又有什么用？“很抱歉了，各位。”他对每个人说，“我们得走楼梯了。”

大家好像都不介意。这一天是美丽的深秋，天气才刚开始转冷，没下雨但风很大。他们总共有八个人，要搬的箱子不多，家具也没几件——威廉、杰比、裘德和马尔科姆，加上杰比的朋友理查德、威廉的朋友卡罗莱娜，还有两个是他们四人共同的朋友，两个都叫亨利·杨，不过大家喊他们亚裔亨利·杨和黑亨利·杨，以此来区分。

大家最不看好的马尔科姆负责分配任务，结果他证明自己是很有效率的总管。裘德负责在楼上公寓里指挥交通，告诉大家纸箱该放在哪里。在指挥交通的空档，他把箱里的大件物品拿出来，然后把纸箱压扁。卡罗莱娜和黑亨利·杨都身体强壮，但个子较矮，负责搬较小的装书纸箱。威廉、杰比、理查德负责搬家具。马尔科姆和亚裔亨利·杨则负责搬剩下的东西。每回下楼时，每个人都要顺便把裘德压扁的纸箱带下来，堆在垃圾桶旁人行道的边缘。

“你需要帮忙吗？”威廉低声问裘德，此时每个人都分头去忙自己的任务了。

“不用了。”他简短地说，威廉看着他一步一停，缓慢地爬上那道又陡又高的楼梯，直到看不见为止。

这趟搬家很轻松利落，不拖泥带水。搬完后大家又留了一会儿，一起吃披萨，同时把书从纸箱里拿出来。然后其他人就离开，去参加派对或去酒馆，新家终于只剩威廉和裘德了。公寓里面乱七八糟，但光是想着要把东西归位就让人疲累。于是他们拖拉着，很惊讶午后的天黑得这么快，也惊讶他们竟能在曼哈顿找到住得起的地方。他们两个都注意到，朋友们第一次看到这间公寓时都很礼貌，没露出任何表情（那个放着两张狭窄双人床的房间引来最多评论——“像是从维多利亚时代的精神病院里搬出来的”，威廉之前这么形容给裘德听），但他们两个都不介意：这是他们的，而且他们签了两年租约，没有人能夺走。住在这里，他们甚至可以存下一点钱，何况他们要更大的房子来干吗？当然，他们都渴望完美，但完美还得等一下。或者该说，他们还得等一下。

他们在讲话，但裘德的双眼闭着。威廉知道他很痛——那有如蜂鸟扑动翅膀般不断颤动的眼皮，以及他握得死紧的双拳，紧得威廉都能看到手背底下一条条跳动的海绿色血管。他从裘德双腿搁在一箱书上的僵硬姿势，知道这回的痛很剧烈，也知道自己帮不上任何忙。如果他说：“裘德，我去找点阿司匹林来给你。”裘德会说：“我没事，威廉，我什么都不需要。”如果他说：“裘德，你要不要躺下来。”裘德会说：“威廉，我没事，别担心我了。”所以最后，他做了他们三个人这些年来从经验中学会的，就是一碰到裘德腿痛发作，就找个借口站起来，离开房间，让裘德可以躺着完全不动，等待疼痛过去，免得还要陪他们讲话，或是浪费精力假装一切没事，说他只是累了，或抽筋了，或是他能随口挤出的拙劣解释。

在卧室里，威廉找到装床单的垃圾袋，先把自己的日式床垫铺好，再把裘德的床也铺好（那是他们上周花一点小钱跟卡罗莱娜即将分手的女友买来的）。他把自己的衣服分成衬衫、长裤、内裤、袜子四类，放进不同的厚纸箱里（里面的书刚刚清空），推进床底下。

他没动裘德的衣服，而是进入浴室打扫、消毒，然后把他们的牙膏、肥皂、刮胡刀和洗发水放好。中间他暂停过一两次，偷偷溜到客厅查看，裘德还是同样的姿势，眼睛闭着，双手依然握拳，头转向另一边，所以威廉看不到他的表情。

他对裘德的感情很复杂。他爱他（这部分很简单），同时又替他担心，有时他觉得自己像是他的哥哥和保护者。他知道裘德以前没有他也过得很好，以后没有他也会过得很好，但他有时看到裘德的一些什么会很不安，觉得无助的同时，又很矛盾地更坚定要帮他的决心（尽管裘德很少要求任何形式的帮助）。他们全都爱裘德，也欣赏他，但威廉常常觉得，唯独在他面前，裘德会稍微显露多一点点的自己，只是一点点。他不确定多看到这一点点的自己又应该怎么办。

比方说，裘德的腿痛。打从认识他以来，他们就知道他的腿有毛病。当然，也很难不知道；他大学四年都用一根拐杖走路，而更年轻时——他们认识他时他年纪好小，比他们整整小了两岁，根本还在发育中——他要靠拐杖辅助才能走路，而且他双腿穿着类似夹板的沉重撑架，上头的钉子钻进他的骨头里，削弱了他弯曲膝盖的能力。但他从来不抱怨，一次都没有，碰到其他人抱怨时，他也从来没有不满。他们大二那年，杰比踩到冰滑倒了，摔断一边的手腕，他们都记得接下来的骚动，还有杰比夸张的呻吟和凄惨的哀叫，打上石膏的那个星期，他都坚持在学校的附属医院里住院，好多人去探病，连校刊都写了一篇文章报道他。他们宿舍里还有一名足球选手，踢球时撕裂了半月板，当时他一直在说杰比根本不知道什么才叫痛，但裘德就跟威廉和马尔科姆一样，每天都去探望杰比，而且充分表达了同情，满足了杰比的渴望。

就在杰比终于肯出院、回到宿舍享受另一轮关怀后没多久，有天夜里威廉醒来，发现房间是空的。这也不算太罕见：杰比在他男朋友家，马尔科姆那个学期在哈佛修一门天文学，每个星期二和星期四晚上都睡在那里的研究室。威廉自己也常常在别处过夜，通常是在他女朋友的房间，不过她当时得了流行性感冒，所以他那晚就留在自己的宿舍房间里。然而裘德总是在宿舍里。他从没交过女朋友或男朋友，而且总是在寝室过夜，他在那张双层床下铺的存在，就像大海般熟悉又永恒。

威廉不知道是什么促使他爬下床，昏昏沉沉地站在安静的寝室中央一会儿，四下张望着，好像裘德会像蜘蛛般从天花板悬吊下来。但接着，他注意到裘德的拐杖不见了，于是开始找他，到起居室里轻声喊他名字，结果没人应，他就离开他们的套房，沿着走廊去公共浴室。从他们黑暗的寝室过来，感觉那浴室亮得令人恶心，里头的日光灯持续发出轻微的嘶嘶声。他整个人实在太茫然了，以至于后来看到裘德的状况时也没那么吃惊。当他找到最后一间淋浴间时，看到裘德的一只脚从门底下伸出来，旁边是他拐杖的末端。

“裘德？”他轻声说，敲了敲淋浴间的门，没人应，“我进来了。”他拉开门，发现裘德倒在地板上，一脚缩起来抵着胸口。他吐了，身前有一滩呕吐物，嘴唇和下巴也沾着点状的杏黄色污斑。他双眼闭着，满身大汗，一手紧紧握着拐杖的弧状握把。后来威廉才逐渐了解，只有在极度不舒服的时候，他的手才会握得那么紧。

但当时他很害怕，也很困惑，开始问裘德一个接一个的问题，但裘德都没法回答，直到他试着把裘德扶着站起来时，裘德大喊一声，威廉才明白他痛得有多严重。

他还是设法半拖半抱，把裘德弄回寝室床上，笨手笨脚地帮他清理干净。等到最厉害的痛楚过去之后，威廉问他是不是该找医生来，裘德摇摇头。

“可是裘德，”他轻声说，“你很痛，我们得找人帮你啊。”

“什么都帮不了我，”裘德说，然后沉默了一会儿，“我只能等。”他的声音轻而微弱，感觉上很陌生。

“我能做什么？”威廉问。

“什么都不用做。”裘德说，他们相对沉默，“可是威廉——你能不能再陪我一会儿？”

“当然可以。”他说。裘德在他身旁颤抖又摇晃，好像很冷，于是威廉拿自己床上的被子把他裹住。期间他一度伸手到被子底下找裘德的手，扳开他的拳头，好握住他潮湿、生茧的手掌。自从多年前他哥哥开刀以来，他已经好久没握住另一个男生的手了。他很惊讶裘德的手劲这么大，手指这么强壮。裘德全身颤抖，牙齿咯咯作响了好几个钟头，最后威廉在他旁边躺下来睡着了。

次日早晨，他在裘德的床上醒来，觉得手上阵阵抽痛。他检查手背，看到之前被裘德手指钳住的地方有瘀青。他有点摇晃不稳地起床，走进起居室，看到裘德坐在他的书桌前读书，他的脸在接近中午的明亮光线中模糊不清。

威廉进来时，裘德抬起头，然后站起来，有那么一会儿，他们只是沉默地注视彼此。

“威廉，我很抱歉。”最后裘德终于说。

“裘德，没什么好抱歉的。”这是真心话，真的没什么好抱歉的。

“可是，对不起，威廉，我很抱歉。”裘德又说了一次，无论威廉怎么安慰，都不能让他安心。

“拜托不要告诉马尔科姆和杰比，好吗？”他问他。

“我不会说的。”他保证。而且他说到做到，不过最后也没区别了，后来马尔科姆和杰比也都看到裘德疼痛发作，只是很少像威廉那一夜看到的那么久。

他从来没跟裘德谈过他的疼痛，但接下来几年，他会看到他经历各式各样的痛，有大有小。他会看到他在小痛时皱起脸，或偶尔实在太痛了，他会看到他呕吐或蜷缩在地上，或是脑袋一片空白，整个人奄奄一息，就像他现在在客厅里的样子。尽管他是信守承诺的人，他总有点不明白自己为什么没跟裘德谈过这个话题，为什么他从不逼他谈谈那是什么感觉，为什么他从来不敢去做直觉告诉他一百遍的事情：坐在他旁边，按摩他的双腿，设法把那些失控的神经末梢揉得平静一点。相反，就像眼前这样，他躲在浴室里，没事找事做，而几码之外，他最要好的朋友之一独自坐在一张破沙发上，进行一段缓慢、悲惨、孤单的旅程，以便回到清醒状态，回到日常生活，而一路上没有任何人陪在他身边。

“你好懦弱。”他对着浴室镜子中的自己说。他镜子里的脸也回瞪着他，疲倦而厌烦。客厅里还是一片沉默，威廉来到客厅边缘不会被发现的地方，站在那里等着裘德的疼痛过去，恢复正常。

* * *

“那地方是个破烂狗窝。”杰比已经告诉过马尔科姆，尽管杰比没说错（光是一楼那个大厅就让马尔科姆皮肤发麻），他回家时还是觉得好难过，再次思索自己继续住父母的房子是不是真的比住在自己的破烂狗窝里好。逻辑上，当然，他绝对应该继续住下去。他赚的钱很少，工作时间很长，而他爸妈的房子够大，所以理论上，如果愿意的话，他可以完全不跟他们打照面。除了占据整个四楼（老实说，这个四楼也不比破烂狗窝好到哪里去，里头太乱了，自从有回马尔科姆跟母亲大吼说，管家弄坏了他的一座模型屋，他母亲就不再派伊涅丝上来打扫了），他可以使用厨房、洗衣机，还能阅读父母订阅的各种杂志，而且每周一次，他可以把脏衣服丢进全家共享的松垮布袋里，母亲上班途中会把它送去干洗店，次日由伊涅丝取回。当然，他并不满意这样的安排，也不喜欢自己27岁了，母亲每星期订杂货时还会打电话去他办公室，问他如果她多买草莓，他会不会帮忙吃，或者问他晚餐想吃红点鲑还是海鲷鱼。

如果他父母能像他一样，尊重彼此的空间和时间分配，那他就会轻松一点。然而，他们除了期望他每天早上一起吃早餐、每个星期天一起吃早午餐之外，还常常跑去他那层楼突袭，在敲门的同时转开门把；尽管马尔科姆一再向他们抗议，说这样敲门就毫无意义了。他知道自己这样很恶劣，而且有些不知感激，但有时他很怕回家，因为无可避免，总得勉强跟父母闲聊几句，才能像个青少年般溜回楼上。他尤其担心裘德搬走之后的生活。尽管地下室比四楼更有隐私，但裘德住在那里时，他父母也总是满不在乎地忽然跑去。有时候马尔科姆下楼去看裘德时，会发现父亲已经坐在地下室里，跟裘德讲一堆无聊的事情。他父亲尤其喜欢裘德——他常告诉马尔科姆，说裘德真的很聪明、很有深度，不像他其他的朋友，基本上都很轻浮。而裘德搬走之后，他父亲就只能找他讲那些关于市场的复杂故事，以及变动中的全球金融实况，还有各式各样他不怎么关心的话题。他有时还怀疑他父亲比较想要裘德当儿子：他父亲和裘德是同一所法学院的校友。裘德之前担任书记工作时的上司法官，就是他父亲在第一间律师事务所工作时期的导师。后来裘德在联邦检察官办公室的刑事部门当助理检察官，也正是他父亲年轻时担任过的职务。

“记住我的话：那个小子前途无量。”或者“能在一个白手起家的大人物事业的起点就认识他，真是太难得了。”他父亲常常在跟裘德谈话后，这么跟马尔科姆和他母亲宣布，一脸得意，好像裘德的才华他也有功劳，而那些时刻，马尔科姆都得避免看他母亲的脸，心知她脸上一定是安慰的表情。

如果弗洛拉还住家里，他也会轻松一点。当初她在贝休恩街租下一间两室公寓、准备搬出去时，马尔科姆曾想过要当她的室友，但她若不是真的听不懂他的百般暗示，就是根本在装傻。弗洛拉似乎不介意父母硬要占用掉他们太多的时间，这表示他就有更多待在自己的房间弄模型屋的时间，而不用在楼下的休息室陪他父亲看那些没完没了的小津安二郎的电影。小时候，马尔科姆曾因为父亲比较疼爱弗洛拉而伤心怨恨，那实在太明显了，连一些世交朋友都会说他偏心。“非凡弗洛拉。”他的父亲这么喊她（或是在青少年的不同时期，喊她“强悍的弗洛拉”“凶猛的弗洛拉”或“犀利的弗洛拉”，不过总是带着赞许的意思），即使现在弗洛拉都30岁了，还是特别能得到他的欢心。“非凡弗洛拉今天说了一件超聪明的事情。”他会在晚餐桌上这么说，好像马尔科姆和他母亲平常都没在跟弗洛拉讲话似的；或者，在弗洛拉公寓附近的闹市区吃过早午餐后说：“非凡弗洛拉为什么要搬得这么远？”即使只有十五分钟车程而已（这件事尤其令马尔科姆火大，因为他老爸总爱讲起他小时候如何从格林纳丁斯群岛移居到皇后区的种种精彩故事，说从此他总觉得自己像是被困在两个国家之间，还说有朝一日马尔科姆也该移居到国外哪个国家，因为那真的可以让他整个人变得更丰富，给予他一些迫切需要形成的观点，等等，等等。但换了弗洛拉，别说要搬离这个国家，只要她敢搬出曼哈顿，马尔科姆都很确定他父亲非崩溃不可）。

马尔科姆没有小名。偶尔父亲会用另一个也叫马尔科姆（Malcolm）的名人姓氏喊他——“X”，或是“麦克拉伦”“麦克道尔”“马格瑞基”。马尔科姆的名字应该就源于马格瑞基，但感觉这样喊他不是出于关爱，而像是一种指责，提醒他马尔科姆该是什么样，而显然他没做到。

有时候，应该说经常，他担心父亲似乎不太喜欢他，甚至为此郁闷，这让马尔科姆觉得很蠢，就连他母亲也这么觉得。“你知道爹地说那些话没恶意的。”每次父亲又在赞叹弗洛拉的种种优越之后，她便这么说。而马尔科姆总是哼一声或咕哝两句，表示有没有恶意他根本不在乎——他很想相信她，但也很不高兴地注意到，母亲跟他提到父亲时，还是叫他“爹地”。有时候，越来越频繁地，他对自己花那么多时间去想父母亲的事很火大。这样正常吗？这样不会有点可悲吗？毕竟他 27 岁了！住家里就会发生这种事吗？还是只有他会这样？当然，这是搬出去最主要的理由：他就不用再那么幼稚了。到了夜晚，当楼下的父母亲进行睡前的例行程序时（洗脸时老旧水管发出的砰砰声，关掉客厅暖气时发出空洞的闷响以及接下来的一片安静，比任何时钟都更清楚地显示那是 11 点、11 点半还是 12 点），他会列出他明年必须赶紧解决的事项：他的工作（陷入停顿状态）、他的爱情（不存在）、他的性取向（悬而未决）、他的未来（不确定）。总是这四项，虽然有时先后次序会改变。同样一致的是，他有能力精确诊断自己的状态，但毫无能力提出任何解决方案。

次日早晨醒来时，他会下定决心：今天他就要搬出去，叫爸妈不要来烦他。但等到他下楼，碰到母亲在帮他做早餐（他父亲早就出门去上班了），母亲说她今天要买他们年度旅行的机票，到圣巴泰勒米岛玩，问他能不能晚些时候跟她说要加入几天（他都不敢跟朋友说，他跟父母出门度假时，还是由他们出钱）。

“好的，妈妈。”他说。然后他会吃完早餐，走出门，进入一个没人认识他、他可以成为任何人的世界。

2

每个工作日的下午 5 点，以及周末的早上 11 点，杰比都会搭地铁去他位于长岛市的工作室。工作日的这趟路程是他最喜欢的：他在卡纳尔上车，看着列车在每一站被填满又被清空，乘客族裔与人种的混合也不断变化，每隔十个街区，车厢里的乘客结构就会重组，变成各种刺激而荒谬的组合：波兰人、中国人、韩国人、塞内加尔人；塞内加尔人、多米尼加人、印度人、巴基斯坦人；巴基斯坦人、爱尔兰人、萨尔瓦多人、墨西哥人；墨西哥人、斯里兰卡人、尼日利亚人。他们唯一的共同点，就是都刚到美国，而且一副精疲力竭的样子，只有移民才会有那样混合了疲倦、坚决和认命的表情。

在这些时刻，杰比会很庆幸自己运气好，同时也会为自己的城市感伤，而这两种感觉，对他来说都是少有的。他不是那种会歌颂纽约是一幅灿烂的马赛克镶嵌画的人，而且他会取笑那些歌颂者。但他欣赏（怎么可能不呢）这些同车的乘客辛劳一天必然会达成的劳动量，真正的劳动。相对而言，他的日子可就过得太安逸了，但他并不引以为耻，反倒松了口气。

这个感觉，他只和亚裔亨利·杨讨论过，只不过所谓的“讨论”极其简略。当时他们一起搭地铁去长岛市（其实，当初就是亨利帮他找到这个工作室的），看到一个精瘦的华裔男子，右手食指最后一个指节吊着一个沉重的柿红色塑料袋，好像他再也没有力气或意愿提得更牢了。他走过来，跨坐在他们对面的座位上，双腿交叉、双臂交抱，立刻睡着了。他跟亨利从高中时代就认识，他父亲是唐人街的裁缝，两人都常拿奖学金。那一刻，亨利看着杰比，用嘴型无声地跟他说：“要不是上帝恩典，我们也会一样的。”杰比完全懂得那种罪恶又高兴的感受。

杰比喜欢这些工作日傍晚的地铁之旅的另一个原因就是光。列车隆隆驶过大桥时，阳光就像某种活物般充满车厢，把乘客们脸上的倦意一洗而尽，让他们仿佛回到初抵这个国家的时刻，那时他们还年轻，觉得自己可以征服美国。杰比看着那样的光像糖浆般充满车厢，在乘客的额头染出沟纹，替白发鬃上一层金，把廉价衣料的刺目炫亮抚平为一种光辉而细致的色泽。然后太阳移动位置，列车毫不留情地隆隆行驶，把太阳甩在后头，于是整个世界又恢复了平常的那种凄惨色调，乘客们也回到平常的凄惨状态，那转变残忍又突然，简直像是魔法师变出来的。

杰比喜欢假装自己也是他们中的一个，但他知道自己不是。有时车上会有海地人，这时他的听力会忽然变得像狼一般灵敏，从周围的低语中辨识出克里奥语中那种稀里呼噜、唱歌似的声音，然后他会不自觉地望向他们，看着那两个跟他父亲一样生着圆脸的男子，或者那两个像他母亲一样有着平坦阔鼻的女人。他总希望自己能碰到一个极其自然的原因，好跟他们讲话（或许他们正在争辩某个地方该怎么走，这样他就可以插嘴告诉他们答案），但从来没有过。有时他们一边交谈，一边用目光扫视周围的座位，杰比就会很紧张，准备露出微笑，但他们好像从来没认出他也是他们中的一分子。

当然，本来就不是。就连他也知道，他跟亚裔亨利·杨、马尔科姆、威廉，甚至跟裘德的共同点，都比跟眼前这些人要多。看看他：他在法院广场站下车，走三个街区到以前的玻璃瓶制造厂，那里现在是他和其他三个艺术家合租的工作室。真正的海地人会有工作室吗？真正的海地人可曾想过要离开他们宽敞的、理论上可以在里头画画或闲晃的免费公寓，只为了搭半个小时地铁（想想这三十分钟可以完成多少工作），到一个有阳光的肮脏空间？不，当然不会。要领略这样的奢侈，你就要有一颗美国人的心。

这是LOFT改装的工作室，在三楼，上楼要经过一道金属楼梯，只要有人踏上楼梯，总会发出敲钟般的叮咚声响。工作室里白墙白地板，不过地板碎裂得太严重了，于是有些地方看起来像是铺了粗毛地毯。室内四面都有高高的老式双扇窗，他们四人各自负责保持一面墙上窗子的干净，因为光线太好了，不能让灰尘糟蹋掉，何况租这里当工作室主要就是因为采光。这层楼有一间浴室（脏到难以形容）和一个厨房（稍微没那么恐怖），而楼的正中央是一块劣质大理石放在三个锯木架上所组成的大桌子。这是共享区，哪个人若是手上正在进行的计划需要额外的空间，就可以使用。过去几个月来，这张桌子上沾了一条条粉紫色和铬黄色的颜料，还滴了珍贵的镉红色颜料。今天桌子上罩着几条各种颜色的手染透明硬纱，两端用平装书压着，硬纱的边缘在吊扇的微风中颤抖着。中央倒放着一张对折的卡片：干燥中，勿移动。明天下午会清理掉。请包涵，谢谢。

亨利·杨。

这个空间没有隔间，不过他们用防水胶带把它均分为四等分，每块500平方英尺[1]。那蓝色胶带隔开的不光是地板，也包括墙面和天花板。每个人都会异常警惕，尊重别人的领域：你会假装没听到别人的空间里发生了什么事，即使他正在跟女朋友轻声讲电话，而你每个字都听得一清二楚；如果你要进入别人的空间，会先站在蓝胶带边缘，轻喊一声那人的名字，等到你看出他不是处在深入忘我的状态，才开口问他能不能进去。

此时5点半，光线非常完美：奶油黄的阳光稠密油亮，充满整个楼面，仿佛列车载着他来到了一个昂贵而充满希望的地方。工作室里只有他一个人。他旁边空间的理查德晚上有酒保的工作，上午才会待在工作室，对面空间的阿里也一样。而空间在他斜对角的亨利，白天在画廊工作，下班后到这里通常是7点。杰比脱掉外套，扔在角落里，然后打开画布，坐在画布前的凳子上，叹了口气。

杰比租下这个工作室超过四个月了，他很爱这里，比原先预想的更爱。其他三个共享这个工作室的人，都是非常踏实、非常认真的艺术家，这一点让他很满意；他在埃兹拉的那层楼里绝对没办法工作，不光是因为他相信自己最敬爱的教授有回跟他说的“你绝对不能在你打炮的地方画画”，也因为在埃兹拉的那层楼里工作的话，周围总是有一堆半吊子艺术家，不时会来打扰他。在那里，艺术只是某种生活方式的配件。你画画、雕塑或搞一些很逊的装置艺术，是因为这样就可以名正言顺地穿着旧T恤和脏牛仔裤，很讽刺地喝廉价美国啤酒、抽昂贵的手卷美国香烟。然而在这里，做艺术是因

1　约45平方米。1平方英尺≈0.09平方米，后不再注。

为你这辈子真正擅长的只有这个。平常，除了一些短暂的时刻，你心里想的事情跟其他人没有两样：性爱、食物、睡觉、朋友、金钱和名声，可是在内心深处，无论你是在酒馆里跟某人亲热，或是跟朋友吃晚餐，你总想着你的画布，各种形状和可能性像胚胎般在你脑子里漂浮。每幅画或每件作品都会有一段时间（或者至少你希望有）让你觉得，那幅画的生命变得比你的日常生活更真实；不管你人在哪里，只想回到工作室；你会不知不觉在餐桌上倒出一堆盐，在上头画出你的布局、样式或图面，白色盐粒有如粉砂般在你的指尖下移动。

他也喜欢工作室里那种明确、意想不到的友好气氛。有时周末刚好每个人都在，在其中的某些时刻，他会从他画中的浓雾里走出来，感觉到所有人因努力专注而呼吸急促，近乎喘息。然后他可以感觉到空气中充满他们散发出来的集体能量，像瓦斯，可燃烧且带着甜味，让他恨不得把这些气体装瓶，等到他觉得没灵感的时候（他会呆坐在画布前好几小时，好像只要盯得够久，画布就会自己变出某种明亮而充满能量的东西），就可以从里头吸几口。他喜欢完成等在蓝胶带前、朝理查德的方向清清嗓子的仪式，然后再跨过边线去看他的作品，两个人沉默地站在作品前，只需交换寥寥数语，就能完全明白对方的意思。你以往花了那么多时间向别人解释你自己、你的作品（作品的含义，你试图达到的目标，为什么你想要达到，为什么你选择这些颜色、主题、材料、手法和技巧），一旦碰到一个完全不必解释的人，真是一大解脱。你只要耐心看作品就好，等你提出问题时，它们通常是坦率、专业、没有弦外之音的，就像在讨论发动机或铺设水管——很具技术性且直截了当，只有一两个可能的答案。

他们四个人的表现方式都不同，所以彼此间没有竞争，一个录像艺术家不必烦恼自己比工作室的室友先找到代理画廊，也不必担心某位策展人来看你的作品，结果却爱上了你邻居的。然而，有一点很重要，大家也尊重其他每个人的作品。亨利做的是他所谓的解构式雕塑，用各种丝制品塑造出奇异而精致的日式插花。不过他每完成一件作品，就会拿掉支撑的铁丝网，于是雕塑摔到地上，变成一个平面对象，像是一摊抽象的色彩——只有亨利知道原先立体的模样。

阿里是摄影艺术家，正在完成“亚裔人在美国的历史”系列，他选取了从 1890 年开始的每个十年中具有代表性的亚裔人在美国的照片，然后针对每一张影像中某个划时代的事件或主题制作立体透视模型，放在理查德帮他做的 3 英尺[1]见方的松木箱子里。模型中有他从工艺店买来并涂上颜色的塑料小人偶，还有他用陶土上釉后做成的树和马路，他还用一支笔毛细得像眼睫毛的超细画笔画了背景。然后，他会拍下这个立体透视模型，做彩色冲印。他们四人之中，只有阿里有代理画廊，而且他七个月后有个展览。其他三人知道最好完全不要去问展览的事，因为只要一提到，就会让他焦虑得碎碎念。阿里并没有按照历史顺序制作，他已经做完 2000 年的作品（下城百老汇大道的一段路，有一对对男女，全是白种男人，落后几步的则是亚裔女人），以及 20 世纪 80 年代的（两个白人流氓小人偶正在用扳手痛殴一个华人男子小人偶，木箱底部涂了厚厚的清漆，模仿雨后湿得发亮的停车场柏油路面），现在他正在创作 20 世纪 40 年代的那张，里头有五十个小假人，男人、女人、儿童都有，

1 约 0.90 米。1 英尺 ≈ 0.30 米，后不再注。

代表二次大战期间图利湖拘留营的日裔人。阿里的作品是他们四人里头最费工夫的，有时候，他们自己的案子卡住了，就会晃进阿里的区域，坐在他旁边。阿里一直凑在他的放大镜面前，放大镜下是个 3 英寸[1]高的小人偶，他正在给它画人字呢裙子和马鞍鞋。他们进去时，阿里几乎头也不抬，只递给他们一团钢丝绒，要他们撕开来做成袖珍版风滚草，或是某一面细目铁丝网，他们需要绑上小结，看起来才会像带刺的铁丝网。

但杰比最欣赏的是理查德的作品。理查德也是雕塑家，但他只用短暂性的材料。他会在草稿纸上画出不可思议的形状，然后用冰块、奶油、巧克力或猪油做出雕塑，同时拍摄这些作品消失的过程。见证自己作品的消融，让他很开心，但杰比上个月看理查德一件 8 英尺高的巨大作品（用有如凝固血液的冷冻葡萄汁，做出一对俯冲而下、有如风帆的蝙蝠翅膀）一路融化滴落，最后垮下来时，他发现自己无由地想哭，不过到底是因为一件这么美丽的作品瓦解了，还是因为作品消失时所具有的那种寻常的深奥性，他也说不上来。现在，理查德对融化的物质没太大兴趣了，但开始对引发毁灭的物质有了兴趣，尤其是蛾，而蛾显然喜欢蜂蜜。理查德跟杰比提过，他想做出一件雕塑，表面密密麻麻挤满了在吃蜂蜜的蛾，根本看不出底下雕塑的形状。他那边的窗台上排着一罐罐蜂蜜，里头浮着小片蜂巢，仿佛泡在福尔马林里的胚胎。

杰比是四人之中唯一的古典派。他是画家，更糟糕的是，他是具象画家。他在研究生院时，根本没人在乎具象作品。其他的任何

1　约 7.62 厘米。1 英寸 ≈ 2.54 厘米，后不再注。

东西，不管是录像艺术、行为艺术，还是摄影，都比绘画更令人兴奋，而且真的，任何东西都好过具象作品。“从20世纪50年代以来就是这样了。”有回杰比跟一个教授抱怨，那教授叹气说道：“你知道海军陆战队那句格言吗，‘少数的，勇敢的’，我们就是这样，孤单的失败者。”

这些年来，他不是没试过其他东西、其他材质。(那个愚蠢、冒牌、衍生自梅雷·奥本海姆的头发计划真是廉价无比！他和马尔科姆还因此大吵一架，是他们吵得最凶的一次。当时马尔科姆把那个系列称作“人造洛娜·辛普森”，更糟糕的是，马尔科姆说得一点也没错。)尽管他绝不会承认，但他其实觉得具象画家的身份有点软弱，甚至有点女孩子气，而且一点也不像黑帮分子。不过最近，他接受了自己就是具象画家：他喜欢画画，而且热爱画人像，所以那就是他要走的路。

那么，接下来呢？他人面广，认识一些技艺比他好很多的艺术家。他们的素描更厉害，对构图和色彩的感受更敏锐，工作起来也更有纪律。但他们没有任何创意。就像作家和作曲家一样，艺术家也需要主题，需要创意。有很长一段时间，他什么创意也没有。他试过只画黑人，但很多人画过黑人，他觉得自己不能增添什么新意。有一阵子，他又画阻街女郎，但后来也觉得没意思。他画过他的女性亲戚，但发现自己又回到了黑人的老问题上。他画过一系列《丁丁历险记》漫画里的场景，把里头的角色画得非常写实，像真人，但很快就觉得这太过讽刺且空洞，就不画了。于是，他很没劲地画了一张又一张，画街上的人，画地铁里的人，画埃兹拉众多派对中的场景（这批最不成功：在那些聚会上，每个人的打扮和举止都一副随时要让人观察的模样，最后他的素描本子上只有一堆摆姿势的年轻女郎和精心打扮的男子，所有人的眼睛都刻意避开他的目光），直到一天晚上，他坐在裘德和威廉那间悲惨公寓的悲惨沙发上，看着两人张罗晚餐，像一对忙乱的女性伴侣似的在袖珍厨房里闪来躲去。那是星期天，他难得没去他母亲家，因为他母亲和外婆、两个阿姨都去参加一趟很逊的地中海邮轮之旅，他拒绝加入。但他从小就习惯星期天有人做一顿像样的晚餐给他吃，就自己跑去裘德和威廉那里。他知道他们会在家，因为这两人都没钱出去吃饭。

他向来随身带着素描本，那天晚上裘德坐在餐厅那张小牌桌前开始切洋葱时（他们不得不在那张桌子上备料，因为厨房没有料理台），杰比几乎想都没想就开始画他。这时厨房传来巨大的敲击声，还有橄榄油冒烟的气味。他跑进去看，发现威廉拿着一只小煎锅，正用锅底拍打一只剪掉背骨、摊平了的全鸡，他的手臂扬起，像是在打那块肉的屁股，他的表情出奇的平静，于是杰比也画了他。

当时杰比并不确定自己接下来的创作方向，但下一个周末，他们去越乡餐馆聚餐时，他带了一台阿里的旧相机，拍下了三个人吃饭，以及在下雪的纽约街道走路的照片。因为人行道很滑，为了尊重裘德，他们走得特别慢。杰比从相机取景窗里看着他们三人一字排开：马尔科姆、裘德、威廉，马尔科姆和威廉走在裘德两边，够近（他知道，因为他自己也曾站在那样的位置），如果裘德脚下打滑就可以抓住他们；但又不要太近，免得裘德疑心他们认定他会摔倒。杰比忽然意识到，他们从没谈过他们要做这件事，而是直接就去做了。

他拍了照。“杰比，你在干吗？”裘德问，同时马尔科姆也抱怨：“杰比，别拍了。”

那天晚上的派对在中央街一间 LOFT 改装的公寓举行，主人他们都认识，一个叫米拉索尔的女人，他们大学时就认识她的双胞胎姐妹菲德拉。一进门，他们四个人就各自散开，加入了不同的小团体。杰比跟房间对面的理查德挥挥手后，发现米拉索尔提供了满桌子的食物，很是懊恼，这表示他明明可以来这里吃免费的食物，却硬生生在越乡餐馆浪费了十四元。然后，杰比不自觉地走向和裘德对话的那一小群人，一个是菲德拉，一个可能是菲德拉男朋友的胖子，还有个瘦巴巴的胡须男，他认出这是裘德工作上的朋友。裘德靠在一张沙发的背后，菲德拉在他旁边，两人往上看着胖子和瘦子，四个人同时在大笑：他拍下了那个画面。

通常在派对中，他会吸引一小群人，或者被一小群人吸引，成为那三四个人的核心，然后又跑到另一群人中去，花蝴蝶似的到处收集八卦，散播一些无伤的流言，假装分享秘密，借着说出自己恨什么人来诱使别人说出他们恨谁。但这天晚上，他机警而目标坚定地在派对上游走，几乎没喝酒，悄悄拍摄他的三个朋友，而他们三个各自移动来去，完全没意识到有人在关注他们。进去大约两小时后，他一度发现他们刚好彼此紧挨着站在窗边，裘德在说话，其他两个倾身聆听，下一刻，三个人又直起身子大笑。他虽然一时间感到渴望，有点嫉妒，但同时又有种胜利感，因为两个画面他都拍到了。今夜，我就是一台照相机，他告诉自己，明天，我又会变回杰比了。

在某种意义上，他从来没有这么享受一个派对，而且似乎没人注意到他刻意的行动，除了理查德。一个小时后，他们四个要离开派对去上城时（马尔科姆的爸妈去乡下度假了，而马尔科姆觉得他知道母亲把大麻藏在哪里），理查德意外得像老男人那样亲切地拍拍他的肩膀："在进行什么计划吗？"

"我想是的。"

“太好了。”

次日他坐在电脑前，看着屏幕上前一夜的影像。那台相机不是太好，每张照片都蒙着一层雾黄的光，再加上他拙劣的对焦技术，使每个人都显得温暖又饱满，而且轮廓稍微有些柔和，仿佛照片是隔着一杯威士忌拍下的。他停在一张威廉脸部特写的照片上，他正朝画面外的某个人微笑（当然了，是个年轻女郎），然后又看另一张裘德和菲德拉靠着沙发的照片：裘德穿着一件亮蓝色的毛衣（杰比一直搞不清那是他的还是威廉的，因为两个人都穿过好多次），菲德拉则穿着一件酒红色的羊毛洋装；她的头正凑近他，一头深色的头发把裘德的发色衬得更淡，他们下方的蓝绿色粗纹布面沙发衬托得两人散发光芒，有如珠宝。他们身上的种种颜色明亮灿烂，皮肤细致宜人。那些颜色任谁都会想画下来，于是他画了，先用铅笔在素描本上速写，再用水彩画在较硬的纸板上，最后才用亚克力颜料画在画布上。

那已经是四个月前的事情了。至今他完成了将近十一幅画，对他来说是很惊人的产量，十一幅全部取材自这些朋友的生活场景。有威廉在试镜等待时最后一次研究剧本，一只靴子的鞋底抵着身后黏答答的红色墙面。有裘德去看戏，脸部半笼罩在阴影中，就在那一刻他露出微笑（为了拍那张照片，杰比差点被赶出戏院）。还有马尔科姆僵硬地坐在一张沙发上，离他父亲几英尺远，他的背部挺直，双手紧抓着膝盖，两人看着画面外的电视机播放西班牙名导演布努埃尔（Luis Buñuel）的电影。经过几次试验后，杰比把画布的尺寸固定在标准彩色冲印的 20 英寸乘 24 英寸，一律横向，而且他想象着有一天展览时，这些画作会排列成一整排，像一条带子一样在画廊的墙面上绕一圈，一张接一张，有如胶卷上的小格子一般流畅。他的笔法是写实的，不过是照相写实；他始终用阿里的那部相机，没换成更好的，而且他试图让每幅画呈现出那部相机拍摄出来的柔和与模糊质感，仿佛有人抚去了表面那层清晰，留下了比肉眼所见更温柔的特质。

有时杰比心里会没把握，担心这个计划太古怪、太隐秘了——这就是代理画廊能帮上忙的时候，他们会提醒你有人喜欢你的作品，觉得你的作品很重要，或至少很美——但他无法否认自己从这个计划中获得的愉悦，那种拥有和满足的感觉。有时他会遗憾自己不是画中的一部分，这一系列作品描述了他好友的生活，而他的缺席会让整个故事少一大块；但同时他也很享受自己扮演这种类似神的角色。他有机会用另一种眼光看他的好友，他们不光是他的人生附属品，而且是他们自己故事中清楚分明的角色。有时他觉得，虽然认识三个好友这么多年，但他好像到现在才第一次看清楚他们。

这个计划进行了约一个月后，他意识到一旦确定要认真做下去，他当然得跟他们解释自己为什么老带相机跟着他们，拍摄他们生活中那些平淡无奇的时刻，还有他们为什么必须让他拍下去，并且让他自由地进行。他们当时跑去果园街一家越南面店吃晚餐，希望这家能代替越乡餐馆。他说明了自己的计划，讲的时候很反常，相当紧张。他讲完后，他们不自觉地看向裘德，杰比事前就知道问题会出在裘德身上。其他两人会同意，但这帮不了他，他们每个人都得同意才行，而裘德显然是他们四个里面最容易难为情的。读大学时，每次有人想给他拍照片，他就会转开头或遮住脸，而且他每次笑的时候，总是下意识地用手遮住嘴巴，其他三个人都很受不了他这样。直到最近两三年，他才改掉这个习惯。

一如杰比所担心的，裘德非常疑心。“这个计划里头包括什么？”

他一直问。杰比拿出最大的耐心，跟他保证了几百次，说他的目的当然不是要羞辱他或剥削他，只是以画作记录他们生活的点点滴滴。其他两人什么都没说，让他去劝说，最后裘德终于答应了，尽管听起来不太乐意。

“你这个计划会进行多久？”裘德问。

“我希望是永远。”他的确这么希望。他只后悔自己没趁着他们更年轻时早点开始。

离开餐厅时，他跟裘德一起走。“裘德，”他低声说，免得另外两个人听到，“任何作品里只要有你，我会事先让你看。若是你否决了，我就永远不展出。”

裘德看着他：“你保证？”

“我向上帝发誓。”

他一说出口就后悔了，因为三个人之中，他最喜欢画裘德：他是三个人里头最俊美的，他的脸也最有趣，肤色最特别，而且他最害羞，所以他的照片总是比其他人的珍贵。

下个星期天，杰比一回母亲家就去翻他以前在卧室里存放的几个大学时代的纸箱，想找一张他知道自己有的照片。最后终于找到了：是他们大一时某人帮裘德拍的照片，不知怎的最后落到他手上。在照片里，裘德站在他们套房的起居室里，身子斜对着照相机。他的左臂环抱在胸前，所以看得到他手背上那个绸缎般光滑的星芒状疤痕，他的右手则很没说服力地夹着一根没点燃的香烟。他穿着一件蓝白条纹的长袖T恤，一定不是他自己的，因为太大了（虽然说不定还真的是他的，那几年裘德的衣服都太大了，后来他们才知道，他还在长个子，故意买较大号的衣服，以便来年可以继续穿）。当时他的头发留得颇长，垂过下颌，这样他就可以躲在后头。但这张照片让杰比印象最深刻的是裘德脸上的表情：那些日子里，他永远带着一种警惕的神色。杰比已经好几年没看这张照片了，现在看到，他觉得好空虚，但原因是什么，他也说不太上来。

他现在正在画的就是这张照片，而且他为此打破了原来的形式，改用一张 40 英寸见方的画布。他试了好几天，才把裘德那对机警、蛇一般的绿色眼珠画得恰到好处，而且一次又一次重画他的头发，才终于满意。他知道这是一幅很棒的作品（有时候你就是有绝对的把握），而且他根本不打算在展出前给裘德看，反正等到挂在画廊的墙上时，裘德也无力阻止了。他知道裘德一定会痛恨这件作品把他画得很脆弱、很女性化、很弱不禁风，而且很年轻。他也知道裘德还会想象出一大堆痛恨这幅画的理由，而杰比根本无从猜测，因为他不像裘德是个自我厌恶的神经病。对杰比而言，这幅画表达了他希望这个系列所表达的一切：这是一封情书、一篇文献、一个长篇故事，是他的。他在画这件作品时，有时会觉得自己在飞，仿佛画廊、派对、其他艺术家和野心的世界都在他身子底下缩得好小好小，小到可以把这个世界像足球般一脚踢开，看着它滚到某个遥远的轨道，跟他再也无关。

快 6 点了。阳光很快就会黯淡下来。但眼前，整个工作室依然安静，虽然在远处，他听得到列车在轨道上轰隆驶过。在他眼前，画布等待着。于是他拿起画笔，开始工作。

* * *

地铁上有诗。就在一排排塑料椅上方，夹在皮肤科诊所和函授学院的广告之间，一块块长形薄板，上头印着诗：二流的史蒂文斯

（Wallace Stevens），三流的罗特克（Theodore Roethke）和四流的洛厄尔（Robert Lowell），那些诗不打算鼓动任何人，愤怒和优美都消退了，只剩空洞的警句。

杰比总是这么说。他反对那些诗。这些诗从他初中时代开始就出现在地铁车厢里，过去十五年他一直在抱怨。“他们不去找真正的艺术和真正的艺术家，却花钱去找一堆老小姐图书馆员和穿开襟毛衣的同性恋，选出了这些狗屎。”他在F线火车尖锐的刹车声中朝威廉吼着，“结果选出来都是这些埃德娜·圣文森特·米莱（Edna St. Vincent Millay）型的狗屎，或是一些被阉割的好诗人，而且全是白人，你注意到了吗？这他妈的到底是怎么回事？”

第二个星期，威廉看到一张兰斯顿·休斯（Langston Hughes）的海报，打电话告诉杰比。“兰斯顿·休斯？！”杰比抱怨，“我猜猜看——《延迟的梦》什么的，对不对？我就知道！那首烂诗不算数。总之，如果真有什么爆炸，那首诗会在两秒钟后被毁掉。”

那天下午，威廉对面是一首汤姆·冈恩（Thom Gunn）的诗：“他们的恋爱／只存在于讨论中。”在诗底下，有人用黑色马克笔写着：“老兄，别担心，我也找不到女人跟我上床。”他闭上眼睛。

他这么累真是不太妙，而且现在才4点，他的值班时间都还没到。他前一夜不该跟杰比去布鲁克林的，但其他人都不跟他去，而杰比又说他欠他的，因为他上个月不是才陪威廉去看他朋友可怕的独角戏吗？

于是他去了，当然了。“这回是谁的乐团？”他在地铁站台上等车时问杰比。威廉的大衣太薄了，而且他掉了一只手套，所以每回必须在冷风中站立不动时，他就选取一个保暖的姿势：双臂环抱胸前，双手夹在腋下，挺直身子。

“约瑟夫的。”杰比说。

“喔。”他说。他不知道约瑟夫是谁。他欣赏杰比有如电影导演费利尼斯克一般指挥他交游广阔的社交圈，在其中，每个人都是身穿鲜艳制服的临时演员。他和马尔科姆及裘德的任务很重要，但在杰比眼中照样是地位低下的附属品，比如灯光道具组长或副艺术总监，他心照不宣地认为他们三个有责任让整个剧组持续运作下去。

“那是硬核舞曲。”杰比愉快地说，好像认为这样有助于他想起约瑟夫是谁。

“这个乐团叫什么？”

“好吧，你听好了。”杰比说，咧嘴笑了，“叫包皮垢二号。”

“什么？”他大笑着问，“包皮垢二号？为什么？那包皮垢一号怎么了？”

“感染葡萄球菌了。”杰比在火车进站的噪音中大声喊道。一个站在附近的老妇人朝他们皱起眉头。

不意外，包皮垢二号不怎么行。他们演奏的甚至不是硬核舞曲，而更像牙买加的斯卡曲风，欢快而悠闲。（“他们的音响出了问题！”杰比在他们表演一首特别长的歌《抓鬼三千》时，在他耳边大喊。“是啊，”他也喊回去，“烂透了！”）演唱会中途（每首歌似乎都有二十分钟长），因为那个乐团太荒谬，加上场地太挤，他开始头昏眼花，于是跟着杰比一起乱跳乱扭，两个人感染了周围的人，最后大家撞来撞去，开心得不得了，像是一群摇摆学步的小孩。杰比两手抓住他的肩膀，两个人相对大笑。在这些时刻，他真是爱死了杰比，爱他那种乐意显得彻底愚蠢又可笑的本事，那是他无法跟马尔科姆或裘德共享的——马尔科姆其实很在乎得体与否，即使他嘴上不承认；裘德则是本来就很严肃。

当然，今天早上他就惨了。他在埃兹拉那层楼的杰比住处醒来，躺在杰比乱糟糟的床垫上（旁边的地板上，杰比正朝着一堆有泥煤味的脏衣服起劲地打鼾），不确定他们到底是怎么过桥回到曼哈顿的。威廉通常不喝酒也不嗑药，但跟杰比在一起，他偶尔会不知不觉破例。回到利斯本纳街真是让人松了一口气，里头安静又整洁，中午的两小时把他那一侧卧室烤得又热又昏的阳光已经西斜，照进窗子来，裘德早已出门上班。他设了闹钟，上床立刻睡着，醒来时只来得及冲澡、吞下一颗阿司匹林，就匆匆赶去搭乘地铁。

他工作的奥尔托兰餐厅，以食物（复杂而毫无挑战性）和员工水平整齐划一又亲切而闻名。在这里，他们被教导要温暖但不过分亲昵，亲切但不随便。“我们这里可不是友善连锁餐馆。”他的上司、餐厅的总经理芬利喜欢说，“保持微笑，但不要告诉客人你的名字。”奥尔托兰有很多类似的规定：女性员工可以戴婚戒，但是其他珠宝不行；男性员工的头发长度不能超过耳垂；不准涂指甲油；胡子不能超过两天没刮；唇上的小胡子可以留，但也得看情况；刺青也是视情况而定。

威廉在奥尔托兰当侍者快两年了。来奥尔托兰之前，他曾在切尔西一家很吵、很受欢迎的“数字”餐厅待过，当班时段是周末早午餐和工作日午餐期间，那里的顾客（几乎全是男性，年纪偏大，至少 40 岁）会问他在不在菜单上，然后放肆地大笑，很自得其乐，以为自己是第一个问他这种问题的人，其实他光是那天就已经被问了超过十次。即使如此，他总是微笑说：“只能当开胃菜。”然后顾客会回答：“可是我想要主菜。”他听了再度微笑，最后顾客会给他很多小费。

当初，他一个研究生时期的朋友罗曼被一个肥皂剧找去演常驻的小配角，辞掉了侍者工作（他告诉威廉，他本来很犹豫要不要接这个演出工作，但是他还能怎样？这个戏的报酬实在太多了，让人无法拒绝）。于是，他把威廉推荐给芬德利。威廉很高兴换到这里来上班，因为除了食物和服务，奥尔托兰餐厅还有一个圈内人才知道的特色，就是上班时间很有弹性，尤其是芬德利喜欢你的话。芬德利喜欢娇小平胸的褐发女子，以及任何高瘦的男人，此外还有谣传说他不喜欢亚裔人。有时威廉会站在厨房边，看着那些不协调的、娇小的、深色头发的女侍者和高瘦的男侍者在主餐厅里穿梭，像在跳着诡异的小步舞曲。

奥尔托兰餐厅的侍者并非都是演员。说得更精确一点，奥尔托兰餐厅的侍者并不全是现役演员。纽约的一些餐厅里，去工作的人刚开始是兼差端盘子的演员，后来不知怎的，就成了以前演过戏的侍者了。如果餐厅够好、够受尊重，那么改行不光完全可以接受，还非常理想。在一家评价很好的餐厅当侍者，可以帮朋友弄到他们渴望的座位，还可以巴结厨房人员送免费的菜色招待这些朋友（不过威廉后来发现，巴结厨房人员没他原先以为的那么容易）。但一个端盘子的演员能帮他的朋友弄到什么？一出外外百老汇的戏票？你在里头演戏，还得自己掏腰包买西装，因为你演的是股票经纪人，可能是僵尸也可能不是，却连西装都穿不起（他去年就遇到一次这样的状况，因为他没有西装，只好跟裘德借。裘德的腿比他长了大约 1 英寸，演出期间他只得把裤脚折起来，用胶带黏住）。

在奥尔托兰，很容易看出谁以前当过演员，现在改行当侍者。首先，放弃演戏的专职侍者年纪较长，严格遵守芬德利的规则，很把它们当回事，而且员工晚餐时，他们会奢华地转着侍酒师助理倒给他们试喝的葡萄酒，说些评语，类似“有点像上星期那瓶 Linne Calodo 酒庄的小西拉。何塞，对吧？”或是“喝起来有点矿石味，不是吗？这是新西兰的酒？”可想而知，你不会邀请他们去看你的戏，你只会邀请端盘子的演员同行，因为如果你邀请了，他们至少要想办法去，否则显得没礼貌。你自然不会跟他们讨论选角试演或经纪人，或任何这类事情。演戏这一行就像打仗，而他们是退休老兵，不愿再想战争的事情，而且铁定不想跟那些还起劲地朝壕沟里冲、还因为来到战场而兴奋的天真之辈讨论战争。

芬德利自己以前也是演员，但不像其他前演员，他喜欢（或许不该说“喜欢”，更精确的字眼是“会”）谈论以前的生活，或至少某种版本的生活。根据芬德利的说法，他有回差点拿到在纽约公共剧院演出《一个叫白昼的明亮房间》（*A Bright Room Called Day*）的第二主角（稍后，一名女侍跟他们说，这出戏的所有重要角色都是女人）。他在一出百老汇舞台剧当过替补演员（至于是哪出戏，他从来没讲）。芬德利是个活生生的演员生涯死亡警告，一则穿着灰色羊毛西装的警世故事，那些还在当演员的不是避开他，好像他的诅咒有传染性，就是仔细研究他，似乎只要跟他保持接触，自己就能免疫。

但芬德利究竟是在哪个时间点决定放弃表演，又是怎么决定的呢？只是因为年纪到了吗？毕竟他老了：45、50 岁之类的。你怎么知道放弃的时候到了？会是因为你 38 岁，还没找到经纪人吗（他们怀疑乔尔就是这样）？会是因为你 40 岁了，还在跟别人合租公寓，而且兼差当侍者一年赚的钱比你当全职演员还要多吗（他们都知道凯文就是这样）？会是因为你胖了或秃了，或整形手术做得太差，掩饰不了你又胖又秃的事实？你胸怀野心一路追逐，到哪个时间点会变得不再勇敢，或只是有勇无谋？你怎么知道什么时候该停下来？在二三十年前，在那些比较僵化、比较不鼓励人（到头来比较有帮助）的年代，状况会清楚得多：你年过四十就会停下来，可能是结婚了、有了子女，或是你已经入行五年、十年、十五年，然后你会找个真正的工作。表演和你成为演员的梦想就遁入夜晚，融入历史，安静得就像一块冰砖滑入一池温暖的浴缸水中。

但现在是讲求自我实现的时代，勉强接受现状、不去追求你人生的最爱，好像意志太薄弱、太堕落了。不知怎的，屈服于你看似注定的命运不再是有尊严的事情，而只显得你很懦弱。有些时候，要得到幸福的压力简直是沉重的，仿佛幸福是每个人都应该也可以获得的，任何中途的妥协都是你的错。威廉也会一年接一年在奥尔托兰餐厅工作，搭同样的几班地铁去参加选角试演，一次又一次念着台词，每年或许往前迈进了一两英寸，进展微小到根本很难算得上是进展？他有一天也会鼓起勇气放弃，意识到那个时刻的来临？还是有一天醒来，看着镜子，发现自己已经是个老头，却还自称是演员，只因为他太害怕，不敢承认他可能不是，并且永远都不会是一个演员？

根据杰比的说法，威廉还没成功的原因，在于威廉自己。杰比最爱教训他的说辞，一开始总是："威廉，如果我长得像你这么帅……"最后总是这么结束："结果你现在他妈的被惯坏了，因为你从小就太顺利了，搞得你以为一切都可以凭空得到。可是你知道吗？威廉，虽然你长得帅，可是这个圈子里头每个人都长得很帅，所以你得更努力才行。"

虽然他觉得这种话从杰比口中说出来，实在有点讽刺（惯坏了？看看杰比的家人，全都围着他打转，送上他最爱吃的菜和刚烫好的衬衫，用种种赞美和爱意包围他。他有回不小心听到杰比在电话上告诉他母亲，要她去帮他买些内裤，等他星期天回去看她时跟她拿，顺便告诉她星期天的晚餐他想吃牛小排），但是他也明白杰比的意思。他知道自己并不是懒，但他就是缺乏杰比和裘德的那种野心，那种坚定、不辞辛劳的决心，让他们在工作室或办公室待得比任何人都久，让他们眼中有那种微微的心不在焉。威廉觉得，仿佛有一部分的他们已经活在想象的未来中，而那个未来的轮廓，只有他们才看得见。杰比的野心源自他渴求那个未来，渴望自己赶紧抵达；而裘德的野心，威廉觉得，是因为害怕自己如果不奋力往前，就会不小心退回过去那段他已经离开、从此绝口不提的人生。拥有这种特性的人不光是裘德和杰比而已，有野心的人都会来纽约。这往往是纽约人的唯一共同点。

除了野心，还有无神论。“野心是我唯一的宗教。”有回喝啤酒喝到半夜，杰比这么告诉他。尽管威廉觉得这句话听起来太顺，好像他一直在排练，设法要把那种不在意、顺口说出的口气练到完美，以便有朝一日受访时可以真的说出来，但威廉也知道杰比说这句话是真心的。只有在纽约，你才会觉得，如果自己没为事业发疯似的拼命，多少得辩驳一下；只有在纽约，你才要为自己不够自我中心、不够目中无人而道歉。

这个城市常常让他觉得自己缺少某些基本要素，而这会害他注定一辈子待在奥尔托兰餐厅（他大学时也有这种感觉，当时他知道自己一定是同届最笨的学生，学校录取他是因为某种非正式的保障弱势群体的措施，把他当成“少数农村贫穷白人居民”的代表）。他觉得其他人也感觉到了，虽然唯一不满的人只有杰比。

“威廉，我有时候真搞不懂你。”杰比有回跟他说，口气暗示他搞不懂的部分不是什么好事。那是去年年底，之前不久，威廉的前任室友梅里特拿到一出外百老汇重演旧剧《真实的西部》（*True West*）的第二主角。演第一主角的男演员才刚主演了一部备受赞誉的独立电影，短期内享受着他在百老汇拥有的权力，同时拥有着获得更多主流成功的希望。导演（威廉一直渴望跟他合作）向那位演员保证，会找个没有名气的演员当第二主角，也说到做到：只不过这个没名气的演员是梅里特，而非威廉。两个人在争取这个角色时，都进入了最后决选。

他的好友很替他愤慨。“可是梅里特根本不会演戏！”杰比抱怨，“他只会站在舞台上发亮，以为这样就够了！”他们三人开始说起上一回他们看梅里特演戏——那是一出外外百老汇的实验剧作《茶花女》，改编为清一色男性演出，背景设定在20世纪80年代的法尔岛（女主角维奥莉塔由梅里特饰演，改名为维克托，最后死于艾滋病而非肺结核）——大家公认这出戏几乎不值得看。

“唔，他的确长得很帅。”威廉当时说，有点想为不在场的前任室友辩护。

“没帅到那个地步。”马尔科姆说，那种强烈的口气把大家都吓到了。

“威廉，总有一天会实现的。”晚餐后，裘德在回家的路上安慰他，“如果世界上有公平正义，那么总会实现的。那个导演是笨蛋。”裘德从来不会责怪威廉失败，但杰比会。他不知道哪个人讲的比较没帮助。

当然，他一直很感激他们替他打抱不平，但其实他认为梅里特不像他们讲的那么糟糕。他当然不会比威廉差，事实上，大概还更好。稍后，他在电话里这么告诉杰比，而杰比的反应是先沉默许久，满肚子不满，然后才又开始教训威廉。“有时候我真搞不懂你，威廉。”他说，“有时候我觉得，你根本就不是真心想当演员。”

“才不是这样。”他抗议道，“只不过我不认为每次失败都是没有意义的，我也不认为每个赢过我得到角色的人，都只是因为运气好。”

杰比又沉默了好一会儿。“你太善良了，威廉。”杰比阴沉地说，“你这样下去，绝不可能有什么成就的。”

“谢了，杰比。”他说。他很少被杰比的意见得罪（通常他的意见都对），但这回，他不太想再听杰比数落他的缺点，或悲观地预测他若是不彻底改变个性，未来希望全无。他挂断电话，清醒地躺在床上，觉得自己陷入困境，自怜自艾起来。

总之，改变个性似乎根本不可能——现在不是太迟了吗？毕竟，威廉不是现在才善良，而是从小就善良。每个人都注意到了：他的老师、他的同学、同学的父母。“威廉这孩子真有同情心。”他的老师们会在他的成绩单上这么写，而他父母匆匆看一眼，什么也不说，就会把成绩单扔到那堆等着回收的旧报纸和空信封上头。后来他年纪较长，开始发现人们会对他的父母感到惊讶，甚至很不高兴。有回一位高中老师脱口而出，说以威廉的性情，没想到他父母会是那样。

“怎样？”当时他问。

“我以为他们会更友善一点。”老师说。

他不认为自己特别慷慨或脾气特别好。大部分东西对他来说都很容易：运动、学校、朋友、女生。他未必总是好心；他不想当每个人的朋友，而且他受不了粗鲁、小心眼和刻薄。他知道自己并不聪明，只是谦虚与勤奋。“要明白你的身份。”他父亲常这么跟他说。

他父亲就是如此。威廉还记得有一回，一场晚春的寒流让他们那一带好些初生的小羊冻死了，有个报社记者来采访他父亲，要针对这场灾害对当地牧场的影响写一篇报道。

“身为一个牧场主……”那个记者一开始这么说，但威廉的父亲打断了她。

“不是牧场主，”他的口音让那些话听起来格外粗鲁，“是牧场的雇工。”当然，他说得没错：牧场主有特定的意思，指的是地主，因此他不是牧场主。只是那一带乡下还有很多人没资格说自己是牧场主，但还是这么自称。威廉从来没听过他父亲议论别人不该这样，他父亲不在乎其他人怎么做，但这样自抬身价不是他的作风，也不是他妻子的作风。

或许因为如此，威廉觉得他向来知道自己的身份和地位。这就是为什么等到他搬离家乡、远离牧场和他的童年时，不觉得有压力要改变自己或创造出新的形象。他求学时是大学的过客，是研究生院的过客；现在他是纽约的过客，是种种美丽与富裕生活的过客。他绝不会假装他天生就该享有这一切，因为他知道自己不配。他是怀俄明州西部一个农场雇工的儿子，他的离开并不代表以前的一切因此被抹去，被时间、经验和周围的富足盖过。

威廉是家里的第四个孩子，也是唯一在世的。他父母的第一个孩子是个女儿，叫布丽特，两岁时因白血病过世。这是威廉出生前许久的事情，当时他父母还住在瑞典，他父亲是冰岛人，在瑞典的一个渔场工作时认识了威廉的母亲，她是丹麦人。然后他们移民到美国，生了个男孩亨明，天生大脑麻痹。三年后，又生了一个男孩阿克塞尔，死于婴儿期的睡梦中，没有明显的原因。

威廉出生时，亨明已经八岁了。他不会走路或讲话，但威廉很爱他，只觉得他是哥哥，从来没有别的想法。不过亨明会微笑，他一只手朝脸上举，手指的指尖聚拢，比成一个鸭嘴夹的形状，同时嘴唇往后咧，露出粉红色的牙龈。威廉学会爬，然后学会走和跑，但亨明始终坐在轮椅上。等到威廉够大也够强壮时，他就会推着亨明那台配有粗大且难推轮子的沉重轮椅（这张轮椅的设计是要让人静坐在上头，而不是在草地或泥土路上行进），在牧场里面到处转。他们与父母住在山腰的一栋小木屋里，往上是长而矮的牧场主屋，外围环绕着一圈深深的门廊；往下则是父母亲白天工作的马厩。中学时期，他是亨明的主要看护，也是同伴：早晨他总是第一个醒来，帮他爸妈冲咖啡，烧水帮亨明煮燕麦粥；傍晚时，他会站在大马路旁，等着一小时车程外一家日托中心的面包车把哥哥送回来。威廉总以为他们长得很像，一看就知道是兄弟——两人都有父母亲明亮的浅色头发，还有父亲的灰眼珠，而且两个人嘴巴左边都有一道凹痕，像拉长的圆括号，让他们显得特别容易开心，随时准备要笑——但是其他人似乎都没注意到。他们只看到亨明坐在轮椅上，嘴巴总是张着，形成一个湿红的椭圆形，还有他的眼睛偶尔会往上飘，盯着只有他看得到的一团云。

“亨明，你看到什么了？”晚上出门散步时，他有时会问他。当然，亨明从没回答过。

他的父母照顾亨明有效而称职，但并不特别关爱。威廉有时因为足球赛或练田径要在学校待得晚些，或者必须在杂货店值班，他的母亲就会在车道尽头的大马路边等亨明回家，抱亨明进浴缸洗澡，喂他吃鸡肉粥晚餐，帮他换尿布，然后让他上床。但她不会读书给他听，不会跟他讲话，也不会像威廉那样推他出门散步。看着父母照顾亨明让他很困扰，一部分原因是他们虽然从来没有表现出反感，但他感觉得出来他们只是把亨明视为责任，仅此而已。然后他会在心中反驳自己：你顶多也只能期待他们这样了，多做的都是幸运。但是啊，他真希望他们更爱亨明一点，只要一点点就好。

（或许要他父母付出爱是太过奢求了。他们已经失去了那么多小孩，或许因此再也不会或者无法全心全意去爱他们眼前拥有的小孩。终有一天，他跟亨明也会自愿或非自愿地离开，然后他们就会完全失去他们了。但要到至少二十年后，他才有办法这样看。）

他上大学的第二年，亨明因为阑尾炎紧急开刀。“他们说还好及时发现。”他母亲在电话里告诉他。她的声调平淡，非常实际。没有解脱，没有愤怒，也没有任何失望（尽管他不愿意，甚至害怕去想，还是逼自己留意）。亨明的看护（当地的一个女人，因为威廉已经离家，他父母雇她在夜里照顾亨明）注意到他抓自己的肚子并发出呻吟，从他下腹部的肿块判断，是阑尾炎。亨明开刀时，医师们发现他大肠里有一个几厘米大的瘤，于是做了切片检查。X 光证实那个瘤还在长大，他们打算把那个瘤也切除。

“我会赶回去。”他说。

“不用了。”他母亲说，“你来这里也做不了什么。如果情况变得严重了，我们会告诉你的。”当初威廉被这所大学录取时，他的父母亲困惑极了，因为两人都不知道他去申请，但如今他去读了，他们判定他应该毕业，尽快忘了这个牧场。

但那天晚上他想着亨明孤单地躺在医院病床上，想着他会多害怕，哭着想听到他的声音。亨明 21 岁时曾因为疝气开刀，当时他不断啜泣，直到威廉握住他的手才停下。他知道他得回去。

机票很贵，比他预期的贵太多了。他去查长途巴士，去程得花三天，回程再花三天，可是期中考就快到了，他不能缺席，还得拿个好成绩，否则奖学金不保，此外他还得打工。最后，那个星期五晚上，他喝醉了，就跟马尔科姆诉苦。马尔科姆拿出支票簿，写了一张给他。

“我不能拿。”他立刻说。

“为什么不行？”马尔科姆问。他们争执半天，最后威廉终于收下那张支票。

“你知道我会还你的，对吧？”

马尔科姆耸耸肩。“我怎么说都会像个彻头彻尾的混蛋，”他说，“但是对我来说真的没差别，威廉。”

然而对他来说，设法把钱还给马尔科姆是非常重要的，但他知道马尔科姆不会收。后来裘德想出一个办法：把钱直接偷偷放进马尔科姆的皮夹里。于是每隔两星期，他领到周末打工那家餐厅的薪水，就会趁马尔科姆睡觉时，把两三张二十元塞进他的皮夹。他从来不知道马尔科姆是否注意到了（他花钱太快了，而且总是三个人里头负责买单的），但是这么做，让威廉获得了某种满足和自尊。

另一方面，还有亨明。他很高兴自己回家了（他通知母亲说要回家时，他母亲只是叹气），也很高兴看到亨明，尽管同时他很担心亨明变瘦了，担心那些护士用手戳伤口附近时害他呻吟、哀叫；他还得紧握着椅子的扶手，才能忍住不要朝他们大吼。到了晚上，他和父母沉默地用餐，他几乎可以感觉到他们在逐渐远离他，好像从身为两个儿子父母的生活中剥离，准备飘向别处的另一个新身份。

到了第三夜，他拿了货车的钥匙开车去医院。在他大学所在的东岸，此时已是早春，但家乡的黑暗空气似乎仍因为白霜而发亮，早晨的青草上罩了一层薄薄的冰晶。

他下楼梯时，他父亲来到门廊上。“他应该睡着了。”他父亲说。

"我只是想去看一下。"威廉告诉他。

他父亲看着他。"威廉，"他说，"他不会知道你在不在那里的。"

他忽然觉得脸上发烫。"我知道你他妈的不关心他，"他朝父亲凶巴巴地说，"但是我关心。"这是他第一回跟他父亲讲脏话，一时之间他动不了，害怕又有点兴奋地期待他的父亲会有反应，两人可能吵起来。但他父亲只是喝了口咖啡，然后转身走进屋里，纱门在他身后啪的一声轻轻关上。

他回家那趟剩下的时间，他们都跟往常一样轮流去医院陪亨明，威廉不去医院时，就帮母亲记账，或帮父亲检查马匹是否该重新钉蹄。晚上他会回到医院一边陪亨明，一边做功课。他大声念《十日谈》给亨明听，而亨明只是瞪着天花板眨眼；他努力写完微积分作业，很不开心地确定自己全写错了。他们三个人已经习惯让裘德帮他们写微积分作业，他解题快得像是在弹奏琶音和弦。他们大一那年，威廉曾经真心想搞懂微积分，于是裘德连续好几晚当他的家教，一遍又一遍地讲解，但威廉从来没能搞懂。

"我实在太笨了，根本学不会。"有回裘德教完后，威廉这么说，那天已经恶补了好几个小时，最后他只想出去跑上几英里[1]，不耐烦和挫折感让他愤怒。

裘德低着头。"你不笨。"他低声说，"是我教得不够好。"裘德修了几堂纯数学的专题研讨课，那是数学高手才会受邀参加的，他们三个完全搞不懂他在那个研讨课学些什么。

三个月后，他母亲打电话来跟他说亨明接上人工呼吸器了。回顾起来，他只是惊讶当时自己居然会觉得惊讶。那是5月底，他的

1　1英里≈1.61千米，后不再注。

期末考正进行到一半。“不要回来。”他母亲告诉他，几乎是命令，“不要，威廉。”他平常跟父母都说瑞典语，直到多年后，一位合作的瑞典导演说他讲瑞典语时，语气就变得毫无感情，他这才发现自己以前跟父母讲话时都不自觉地模仿他们，口气变得不带感情而直率。

接下来几天他烦恼极了，考试很糟：法语、比较文学、詹姆士一世时期的戏剧、冰岛英雄传奇、讨厌的微积分，全都搅成一团。他跟大四快毕业的女朋友大吵一架。她哭了，他觉得内疚，但也无力挽回。他想着怀俄明，想着呼吸器把生命注入亨明的肺里。他该回家吗？他非回家不可。回去没办法待太久：6 月 15 日他和裘德就得搬到校园外的分租房间——两个人都在纽约市找到了工作，裘德周一到周五去帮一个古典文学教授当抄写员，周末则去他平常打工的面包店；威廉则是在某个专为身心障碍儿童设计的课程当助教。在此之前，他们四个要去马尔科姆的父母位于马撒葡萄园岛阿奎纳的别墅住几天，然后马尔科姆和杰比会开车回纽约。夜里，他打电话到医院给亨明，要父母或照顾的护士把话筒凑到亨明耳边，让他跟哥哥说话，即使他知道他大概听不到。但他怎么可以不试试看？

然后，一星期后的早晨，他母亲打电话来告诉他：亨明死了。他没有什么话可说。他无法问她为什么没告诉他状况有多严重，因为他心里早就知道她不会讲的。他无法问她有什么感觉，因为她说什么都不够。他想朝他父母大吼，想打他们，想引出他们身上的一些什么——某种温柔的哀恸、某种失态，让他看得出有大事发生，显示亨明的死让他们失去人生某种重大而不可或缺的东西。他不在乎他们是不是真有这样的感觉，他只是需要他们说出来，需要感觉到他们的沉着冷静之下还有别的，希望在他们心底有一道湍急、冰凉的水流，充满细小的生命，像是小鱼、青草和小白花，柔软又容易受伤，脆弱得你必须极其渴望才看得到。

当时他没告诉其他三位好友亨明的事情。他们去了马尔科姆家的漂亮房子，那是威廉这辈子见过最美的房子，更别说住进去了。每个人都有一间房，还带有各自的浴室（那栋房子就是这么大）。到了深夜，其他人都睡了，他蹑手蹑脚溜出去，在房子周围的道路散步，走上好几个小时，月亮好大好亮，像是某种液体结冻而成。散步时，他很努力不去想任何特定的事情，专注在眼前事物上，他注意到白天没看到的：路上的泥土好细，简直像沙子，他踩在上头时会扬起一朵朵小烟云；经过灌木丛时，细瘦的褐灰色小蛇在树下悄悄蜿蜒爬过。他走到海边，头上的月亮不见了，躲进破碎的云间。有好一会儿，他只听得见水声，但是看不到，天空充满温暖的潮气，仿佛这里的空气更浓密、更重。

或许死掉就是这么回事，他心想，然后明白其实也不算太差，于是比较释然了。

他本来以为，一整个夏天都要和一堆令他想起亨明的人在一起，一定会很痛苦，但结果却很愉快，甚至很有帮助。他带的那一班有七个学生，都是八岁左右，重度身心障碍、行动不便。尽管表面上有一部分时间是用来教他们认识颜色和形状的，但其实大部分时间都是在跟他们玩：念书给他们听，推着他们的轮椅到游乐场，用羽毛搔他们痒。下课时，所有教室都打开朝向中庭的门，整个空间都是儿童，乘坐各式各样有轮子的奇特机械和交通工具，有时听起来仿佛充满了机械昆虫，发出吱嘎声、呼呼声或咕噜声。有的小孩坐轮椅，有的小孩乘坐小型的机器脚踏车沿石板路龟速前进，还有的小孩趴着，被皮带绑在一段光滑的木板上（看起来像装了轮子的小型冲浪板），然后用他们只到手肘的残肢在地上推着前进。另外还有少数几个小孩完全没有运输工具，他们坐在看护的膝上，看护的双掌托着他们的颈背。这些小孩最容易让他想起亨明。

有些坐机器脚踏车和轮椅的小孩会说话，威廉会轻轻朝他们丢海绵发泡大球，或在中庭里组织赛跑。开跑时，他总是跑第一，用夸张的慢速大步向前（不过也不能太夸张，像在搞笑，他希望他们认为他真的很努力想跑赢），但是在中途，通常是跑到三分之一，他会假装绊到什么，很壮观地摔倒在地，所有的小孩就会大笑着超过他。“起来，威廉，起来！”他们喊道。他会起来，但此时他们已经跑到终点，他就成了最后一名。有时他很好奇，他们是否羡慕他有这样灵巧的身手，跌倒了可以再爬起来。若是如此，那他是不是不该再这样跌倒了？可是当他问主管时，主管只是看着威廉，说那些小孩觉得他很滑稽，他应该继续跌倒才对。于是他每天都会跌倒，而且每天傍晚，他陪着学生等家长来接时，可以讲话的学生会问他明天是不是还会跌倒。“不可能。”他会充满信心地说，“你开什么玩笑？你以为我有多笨手笨脚？”那些小孩咯咯笑。

从很多角度来看，那都是一个美好的夏天。他住在麻省理工学院附近，那是裘德的数学教授的公寓（教授暑假去了德国莱比锡）。因为教授收的房租实在太少，他和裘德就忍不住替那房子做一些小小的整修工作，以示感激。裘德把四处堆得老高、摇摇欲坠的书整理好，又用补墙粉把一块因漏水而烂糊的墙面补好；他把松掉的门钮拴紧，还修好漏水的洗衣机，换掉马桶水箱里的浮球阀。他开始跟那个老师的另一个助理交往，是个哈佛的女生。有些夜晚她会过来，他们三人会做一大锅白酒蛤蜊意大利面，裘德会聊起他跟那位教授白天工作的状况。那位教授决定只跟裘德讲拉丁语或古希腊语，即使他要说的只是“我需要更多长尾夹”，或是“明天早上我的卡布奇诺一定要多加一份豆奶”。到了 8 月，他们在学校认识的朋友（还有哈佛的、麻省理工学院的、韦斯利学院的、塔夫茨大学的）陆续回到纽约市，会先跑来跟他们住一两晚，直到可以搬进自己的公寓或宿舍。他们住在那间公寓的日子即将结束，有天晚上他们邀请了五十个人来公寓屋顶开派对，同时帮马尔科姆弄了某种烤蚌野宴：在整根的玉米、贻贝和蛤蜊上头堆了潮湿的香蕉叶，然后拿去烤。次日早晨，他们四个好友捡起地上的贝壳，丢进垃圾袋，享受那种响板似的哗啦声。

但也是那个夏天，他明白自己不会再回家了。不知怎的，没了亨明之后，他和父母就没必要假装他们该齐聚一堂。他怀疑父母也有同样的感觉，他们从没谈过，但他从不觉得需要回去看他们，他们也没要求过。他们偶尔会通一下电话，对话一如往常，礼貌、实际而尽责。他向他们问起牧场如何，他们问他学校如何。大四那一年，他拿到了学校舞台剧《玻璃动物园》（*The Glass Menagerie*）的一个角色（当然了，他演的是来访的绅士），但他从没跟父母提过。后来毕业时，他跟他们说不必费事来东岸参加毕业典礼，他们也没跟他争，反正此时是母马生产的季节，就算没劝阻他们，他也不确定他们是不是有空来。那个周末，他和裘德被马尔科姆和杰比的家人收留，就算马尔科姆和杰比不在，还有很多同学邀请他们一起吃庆祝午餐、晚餐，或是出去玩。

“可是他们是你的爸妈啊。”马尔科姆每隔一年左右就会这么跟他说，“你不可能就这样再也不跟他们讲话。”但可以，可以做到：他就是个活生生的证明。他觉得，亲子关系就像任何人际关系：你要时时修剪、奉献、保持警觉，如果双方都不想付出努力，那怎么会不枯萎呢？除了亨明之外，他唯一怀念的就是怀俄明州，那种奢修的单纯，那种近乎蓝色的深绿色树林，还有晚上帮马儿擦干身子后，它们身上散发出糖和粪便、苹果和泥炭混合的气味。

他读研究生时，他的父母死了，在同一年：父亲在1月心脏病发，母亲在同年10月中风。那时他回家了——他的父母老了，他已经忘记他们以前多么有活力，多么勤奋不懈，直到他看到他们衰老了好多。他们把所有一切都留给他了，但他还得还清他们的债务——这件事让他生出新的不安，因为长久以来，他一直以为亨明大部分的照护和医疗费用都是保险公司支付的，但他回去后才发现，亨明死后四年，他们每个月还得付医院一大笔钱，之后就没剩什么了：一些现金，一些债券；一个他过世许久的爷爷传下来的厚底银杯；他父亲折弯的婚戒，磨得光滑而白亮；一张亨明和阿克塞尔的黑白照片，他以前从没看过。他留着这些和其他少数几样东西。雇用他父母的牧场主早就过世了，但主人的儿子接手牧场，一直待他们很好，他已经雇用他们太久，可能远超过合理的程度，而且两场葬礼的钱也是他付的。

父母过世后，威廉终于想起他毕竟还是爱他们的，还想起他们曾教导他许多他珍爱的知识，而且他们从来不会跟他提出他做不到或满足不了的要求。在比较不厚道的时刻（就在几年前），他把他们无精打采、毫无异议就接受他对未来选择的事归因于缺乏兴趣。马尔科姆曾经半嫉妒、半同情地问他，什么样的父母，在他们唯一的孩子说他想当演员后，会什么反应都没有？（他后来道歉了。）但现在，年纪较长之后，他终于懂得感激他们，他们甚至从没暗示过他该回报些什么，例如他的成功、忠诚或关爱，甚至是忠实。他知道父母移民到美国来的原因之一，就是父亲曾在斯德哥尔摩惹上一些麻烦（他再也无从得知是什么样的麻烦）。他们绝不会要求他像他们一样，连他们都不太想当自己。

于是他开始了成年生活，过去三年就像在一个烂泥水塘中浮沉摸索，头上和周围的树遮住了光，使得眼前太暗，让他看不清自己置身的水塘是否有一条河流通往下游，还是座封闭的内陆湖，他可能在这个湖里耗上好几年、几十年或一辈子，跌跌撞撞地寻找一条从来不存在的出路。

如果有个指引他的经纪人，或许可以告诉他如何逃离这座湖，找到通往下游的路。但他还没有经纪人（他得够乐观，才能想着只是“还没有”），于是他被留在这里，跟其他的寻觅者在一起，寻找那条难以捉摸的支流，少数找到的人可以离开这个湖，而离开后没人想再回来。

他愿意等待。他已经等了许久。但最近，他可以感觉到自己的耐心变得尖锐，成为某种裂开的、粗糙不平的东西，甚至裂成一堆碎片。

然而，他不是个容易焦虑的人，也没有自怜自艾的倾向。的确，有些时刻，当他从奥尔托兰餐厅回家，或是去排练一出戏回来（他演一星期的酬劳近乎为零，少到连去餐厅点个套餐都不够），走进公寓时，他会有一种成就感。只有对他和裘德而言，利斯本纳街的公寓才可视为一种成就——尽管他努力整修，裘德努力打扫，这里看起来还是一副凄惨模样，而且有种鬼鬼祟祟的感觉，好像连这地方都不好意思自称是一间真正的公寓——但在那些时刻，他偶尔发现自己想着，“这样就够了。这样已经超过我的期望了。”来到纽约，长大成人，站在舞台上说着别人的话！那是一种荒谬的人生，一种非人生，一种他父母和哥哥绝不会梦想拥有的人生，然而他现在每天都可以梦想这样的人生了。

但接着，那种感觉会消散，留下他独自一人看着报纸的文艺版，阅读其他人做着的那些事，而他根本没有那么宽广、那么傲慢的想象力去梦想。在这些时刻，他感觉整个世界好大，他所置身的这个湖好空，夜里好黑，他会希望自己回到怀俄明，站在车道的尽头等待亨明。在那里，他唯一要找到的路，就是回他父母木屋的那条小径，门廊上的昏黄灯光犹如蜂蜜，洗去了黑夜。

* * *

你看到的办公室生活是第一种：他们四十个人在主办公区里，每个人都有一张办公桌，劳施的玻璃墙办公室在一端，离马尔科姆的办公桌最近，而托马森的玻璃墙办公室则在另一头。他们两人之间的主办公区有两面玻璃墙，一面俯瞰着第五大道，面向麦迪逊广场公园；另一面墙则面对百老汇大道，可以看到底下那条死气沉沉、黏着口香糖渣的灰色人行道。这种办公室生活从每星期一到星期五的早上10点正式开始，直到下午7点。在这种生活里，他们奉命做事：调整模型，草图一画再画，解译劳施那难认的潦草字迹以及托马森明确得像是印出来的指示。他们不讲话，也不凑在一起。每当客户进来，跟劳施和托马森到主办公区正中央那张玻璃长桌开会时，他们也不会抬头看。如果客户很有名（现在这样的状况越来越多了），他们就把头埋得极低，静悄悄的，静得连劳施都开始讲悄悄话，难得地配合起了办公室的音量。

然后还有办公室的第二种生活——真正的生活。反正托马森已经出现得越来越少，所以他们期待的是劳施离开。有时他们要等好久，劳施这个人，尽管总是到处参加派对、巴结媒体、发表意见、观光旅行，但他工作其实很卖力。虽然他可能会出去参加一些公开活动（开幕酒会或是演讲），但他还是有可能回来，于是大家得赶紧匆忙收拾，好让他回来时看到的办公室和离开时的一样。但最好是等到他彻底离开，即使这表示要等到 9 点或 10 点。他们长期跟劳施的助理打好关系，常常帮她买咖啡和可颂面包，知道他们可以相信她所掌握的关于劳施进出的情报。

一旦劳施下班、不再回来，整个办公室立刻从南瓜变成了马车。音乐打开（他们十五个人轮流放自己喜欢的），外卖餐厅的菜单拿出来，每个人的电脑上为瑞司塔建筑师事务所进行的工作被收回电子档案夹中，进入休眠模式，那一晚不再被理睬。他们任由自己浪费一小时，模仿劳施那种奇怪的日耳曼人式的低沉声音（他们有些人认为他其实是新泽西州帕拉默斯人，后来改了这个名字——约普·劳施，怎么可能不是假的？——又装出一副浓重的口音，好隐瞒他是个无趣的新泽西人的事实，而且他的本名大概是杰西·罗森堡）；而模仿托马森，就会学他不甘寂寞时，气呼呼地从办公室这头走到那头，没有特定对象地咆哮："这是工作，各位！这是工作啊！"他们取笑事务所里最资深的主任建筑师多米尼克·张，他很有才华，但逐渐变得愤世嫉俗（除了他自己之外，每个人都觉得他显然当不上合伙人了，无论劳施和托马森怎么一再跟他保证）；他们甚至取笑他们做过的设计方案：那座以卡帕多西亚的石灰华所建造的新科普特教堂，后来没盖成；日本轻井泽那栋没有明显结构的房子，如今缺乏特征的玻璃表面上流淌着锈斑；西班牙塞维利亚那座食物博物馆，本来有希望得奖，结果没得；圣卡塔琳娜那座玩偶博物馆，根本不该得奖的，却得了。他们取笑自己上过的学校（麻省理工学院、耶鲁大学、罗得岛设计学院、哥伦比亚大学、哈佛大学），取笑尽管他们都曾被警告，说他们的人生会惨上好几年，但他们所有人都一致假设自己会是例外（而且现在仍然一致暗自这么以为）。他们取笑自己赚的钱好少，取笑自己27岁、30岁或32岁了，还跟父母住、跟室友住、跟从事金融业的女友住、跟从事出版业的男友住（还得压榨你从事出版业的男友，因为他赚得比你还多，真是太惨了）。他们吹嘘如果当初没进悲惨的建筑业，他们会做哪一行：他们会成为策展人（大概是唯一赚得比现在少的工作）、葡萄酒侍酒师（好吧，唯二）、画廊老板（唯三）、作家（好吧，唯四——显然他们没有一个有赚钱的能力，再怎么想象都没用）。他们为了自己喜欢的建筑物和讨厌的建筑物而吵架。他们为了这个画廊的摄影展和另一个画廊的录像艺术展而争执。他们大声讨论评论家，还有餐厅、哲学、材质。他们同情彼此有同辈获得成功，也对于有同辈完全离开这一行，跑去门多萨养骆马，去安娜堡当社工人员，或去成都当数学老师而幸灾乐祸。

白天时，他们扮演建筑师。有时会有客户来，目光缓缓在办公室里打转，然后停留在其中一人身上，通常不是玛格丽特就是爱德华，这两个是俊男美女，而不习惯目光焦点被人抢走的劳施，就会把客户注意的那个人叫过来，好像把一个小孩叫到成人的晚餐席上。"啊，是的，这位是玛格丽特。"他说，此时客户打量着她，就像几分钟前他打量着劳施的蓝图一样（那蓝图其实是玛格丽特完成的）。"她很快就会把我给干掉啦，我很确定。"然后他会大笑，笑得很悲惨、很刻意，像是海象在叫，"啊——哈——哈——哈！"

玛格丽特会微笑着打招呼，然后一转身就朝他们翻白眼。但他们知道她想的跟他们所有人都一样：去你的，劳施。还有：什么时候？什么时候我会取代你？什么时候轮到我？

同时，他们也只能继续扮演建筑师：在辩论、大喊、吃东西之后，大家安静下来，办公室充满点击鼠标、把各自的工作从档案夹里拖出来打开的空洞声响，还有铅笔画过纸张的沙沙声。虽然他们的上班时间都一样，也使用同样的公司资源，但从来没有人要求看别人的工作，仿佛他们一起决定要假装别人的工作不存在。于是你工作，画出你梦想中的结构，把一道道抛物线弯成梦想的形状，直到半夜12点，然后你离开，总是开着同样的蠢玩笑："十个小时后见啦。"或者九个小时，或者八个小时——-如果你运气真的不错，如果你这一晚真的完成了很多工作。

今晚马尔科姆独自离开办公室，而且颇早。即使他跟其他同事一起走出去，他也没办法跟他们一起去搭乘地铁，其他人都住在下城或布鲁克林，而他住在上城。独自走出来的好处就是不会有人看到他拦出租车。他不是办公室里唯一有富爸爸的人，凯瑟琳的爸妈也很有钱，此外他很确定玛格丽特和弗雷德里克家境也不错。但他还跟他的富爸爸住在一起，其他人则没有。

他招了辆出租车。"71街和列克星敦大道交叉口。"他告诉司机。碰到司机是黑人时，他总是说列克星敦大道。如果司机不是黑人，他就会比较诚实："在列克星敦大道和公园大道之间，靠公园大道。"杰比觉得他这样，说好听一点是荒谬，说难听一点就是侮辱人。"你以为他们要是认为你住列克星敦大道，而不是公园大道，就会觉得你比较像帮派分子吗？"他问，"马尔科姆，你也太蠢了。"

多年来，他和杰比为了黑人身份吵过很多架，这是其中之一，或者更精确地说，为了他不够黑而吵。另一次为了出租车吵架，起因是马尔科姆说（很蠢，他一说出口，就知道自己犯了错），他在纽约叫出租车从来没有困难，所以或许是那些抱怨的人太夸张了。

那是大三那年，他和杰比第一次也是最后一次去参加黑人学生联盟每周一次的聚会。杰比听了他的出租车感想，当场瞪大眼睛，厌恶又觉得可笑。不过，当另一个来自亚特兰大、自以为是的混蛋男生告诉马尔科姆说，第一，他几乎不算是黑人；第二，他只是外黑内白的奥利奥饼干；第三，因为他母亲是白人，所以他无法完全了解身为真正黑人所面临的挑战，此时杰比跳出来捍卫他——杰比总是嫌他不够黑，但他可不喜欢别人这么说，尤其不喜欢外人在他们面前说三道四。杰比所谓的外人，就是除了他们四个之外的人，更精确地说，就是其他黑人。

马尔科姆回到他父母位于71街（比较靠近公园大道）的房子，忍受着父母亲从二楼吼出的夜间盘问（“马尔科姆，是你吗？”“是！”“你吃了没？”“吃了！”“你还饿吗？”“不饿！”），然后上楼回到他的小窝，再度检讨他人生的几个主要困境。

虽然杰比这一晚没能听到他和出租车司机的交谈，但马尔科姆因为这场谈话所产生的愧疚和自我厌恶把种族提升到了今夜清单上的第一名。对马尔科姆来说，种族一直是个挑战，但在他们大二那年，他忽然灵光一闪，想到一个他自认绝妙的逃避方式:他不是黑人，他是后黑人（后现代主义进入马尔科姆意识的时间，比其他任何人都晚，因为他一直避免选择文学方面的课程，算是对他母亲的一种消极反抗）。不幸的是，他的解释说服不了任何人，最不能接受的就是杰比，而马尔科姆已经开始认为杰比不太算是黑人，而是前黑人，仿佛黑人身份就像涅槃一样，是一种他不断努力要进入的理想状态。

但无论如何，杰比又找到一个方式赢过马尔科姆，因为就如同马尔科姆发现了后现代身份，杰比也发现了行为艺术（他修的那门课“身份认同即艺术：实现的转化和当代身体”，尤其是某些留小胡子的女同性恋的菜。她们会把马尔科姆吓坏，但出于某些原因，却特别吸引杰比）。李·洛萨诺（Lee Lozano）太让他感动了，因此他决定用他的期中作业执行一个向她致敬的计划，标题为“决定抵制白人（仿李·洛萨诺）”，在这个计划中，他不能跟任何白人说话。一个星期六，他半带歉意，但主要是很自豪地向三位好友解释这个计划——因为当天半夜12点开始，他就完全不跟威廉讲话了，然后他把跟马尔科姆讲的话减少到一半。而裘德的种族不明，他继续跟他讲话，但只用谜语或禅宗公案的方式，以呼应他族裔的未知性。

光是从裘德和威廉彼此交换的表情，短暂又没有丝毫笑容，但其中充满含义（他总是怀疑他们两个背着他暗中经营友谊，把他排除在外），马尔科姆看得出他们被这个事情逗得很乐，也准备好要迎合杰比。至于马尔科姆自己，他猜想这么一来，杰比有一阵子不大会烦他，他应该感到庆幸，但他既不庆幸也没被逗乐。他很不高兴，因为杰比对种族这么轻佻、不当回事，而且他利用这么一个愚蠢、耍花招的计划（大概还会拿个A）去论断马尔科姆的身份认同。这明明不关杰比的事，他没有资格批评的。

在这个计划的条件下跟杰比一起生活（说实话，他们的生活什么时候不必配合杰比的怪念头或异想天开？），其实就跟平常的状况差不多。尽管谈话次数减到最少，但杰比可没减少要马尔科姆帮些小忙的次数。有时要马尔科姆去商店买个东西，马尔科姆去洗衣服时也要顺道帮他的洗衣卡储值，或说他要去上西班牙课，得向马尔科姆借《堂吉诃德》，因为他自己的掉在图书馆地下室的男厕里了。他不跟威廉说话，但还有很多非口语的沟通方式，包括发一大堆手机短信和写纸条（“雷克斯那边要播放《教父》，一起去？”）递给他，马尔科姆很确定这可不是洛萨诺的本意。而且杰比跟裘德那种二流尤内斯库式的沟通法，碰到需要裘德帮他做微积分作业时，就全部取消了。此时，荒谬剧大师尤内斯库忽然变成意大利独裁者墨索里尼，尤其是尤内斯库发现他还有另一批习题根本没开始做，因为他一直在图书馆的男厕里忙，而再过四十三分钟就要上课了（“可是这些时间你做得完，对吧，小裘？”）。

当然了，杰比还是维持一贯的作风，而他们的同龄人很容易就会被这类油滑的东西所吸引，杰比的小小实验登上了校刊，接着一个新的黑人文学杂志《真诚悔改》也报道了，而且有一小段时间成为校园话题。这种瞩目重新燃起杰比对这个计划逐渐失去的热情——他才进行了八天而已，马尔科姆看得出他有时几乎憋不住要跟威廉讲话了——于是他又撑了两天，才得意地宣布这个实验很成功，他的观点已经得到充分表达了。

“什么观点？”马尔科姆问，“你不讲话照样也可以搞得白人很烦啊，就跟你讲话的时候没两样。”

“啊，去你的，马尔科姆。”杰比说，但口气并不强烈，因为他得意得根本懒得跟他吵，“你不会懂的。”然后他就跑去找他男友了，他男友是个有张螳螂脸的白人，总是用一脸热情和崇拜的表情看着杰比，让马尔科姆觉得有点想吐。

当时，马尔科姆相信自己对种族的不安之感只是暂时的，每个人上大学都会经历，等到毕业，不安就会逐渐消失。他从来不觉得身为黑人会特别焦虑或特别光荣，顶多只有一些隐约的感受。他知道自己应该对生活中的某些事情有某些感觉（比如出租车司机），但不知怎的那只是理论上的，他自己并没有亲身体验过。但是黑人身份是他们家庭故事的基本要素，这故事他们讲了又讲，到最后都磨得发亮：他父亲是他服务的那家投资公司有史以来的第三位黑人董事兼总经理，是马尔科姆所就读的那所以白人为主的预备学校的第三位黑人校董，还是一家大型商业银行的第二位黑人财务长（马尔科姆的父亲生得太晚，做什么都不可能是第一个黑人，但是在他晋升的这块街区——96 街以南、57 街以北，以及第五大道以东、列克星敦大道以西——他还是像偶尔栖息在他们家对面公园大道某栋大楼顶端的红尾鵟鹰一样稀少）。在成长的过程中，他父亲是黑人的事实（以及他自己是黑人的事实），总是被其他更重大、在他们的纽约生活里更有分量的事情盖过。比方说，太太在曼哈顿文学圈的杰出地位，以及最重要的，就是他的财富。马尔科姆一家人所居住的纽约市，不是根据种族界限划分，而是以纳税等级划分的，而且马尔科姆从小就被金钱所能买到的一切保护得太好，不受外界任何事物侵扰，包括偏执心态——回顾起来似乎是如此。事实上，直到上了大学，他才有机会真正面对其他黑人所经历的遭遇，或许更令人震惊的是，他意识到家里的钱是如何让他跟这个国家的其他人格格不入的（虽然这是假设他的同学足以代表这个国家的其他人，但实际上当然不是）。即使到了今天，跟裘德认识快十年了，他还是难以理解裘德成长的环境有多么贫困——当他终于明白裘德带来上大学的那个背包里头装的东西确实就是他所有的财产时，他根本不敢相信。那种感觉强烈到简直像是有形的，深刻得让他忍不住告诉父亲，他平常并不习惯让父亲看到自己天真的证据，很怕引来父亲的一顿教训。马尔科姆感觉到，就连他皇后区贫苦人家出身的父亲（祖父母都得工作，每年只能买一套新衣服）听了都很震惊，只不过他极力掩饰，还说了童年的一个故事（有关他们必须等圣诞节过了的次日才去买圣诞树），仿佛没有特权是一种比赛，即使另一个人已经毫无疑问地胜利了，他还是决心要赢。

总之，在你大学毕业六年后，种族似乎越来越不是决定性的特征，而那些还在死守着种族，将它视为自己身份核心的人，看起来就会显得幼稚，甚至有点可悲，好像紧抓着年轻时对低音号的强烈兴趣不放：这种过时又令人难为情的事情，在申请大学时被强调到神化的地步。但以他现在这个年纪，一个人身份中真正重要的，就是性能力、专业成就，以及金钱。而在这三个方面，马尔科姆也都失败了。

金钱先放在一边。有一天，他将继承巨额财产。他不知道到底有多少，因为他从不觉得有必要问，也没人觉得有必要告诉他，所以他知道一定相当可观。当然，不像埃兹拉那么多，可是——好吧，或许真有埃兹拉那么多。多亏他母亲对炫富的反感，马尔科姆的父母刻意过得比较简朴，所以他从不知道他们住在列克星敦大道和公园大道之间，是因为他们住不起麦迪逊大道和第五大道之间，还是因为他父母觉得住在麦迪逊大道和第五大道之间太招摇了。他很愿意自己赚钱，真的，但他可不会拿这种事情折磨自己。他会试着自己奋斗，但这不见得能完全由他自己做主。

但是性，或是性成就，则是他必须负起责任的。他不能把缺乏性生活归咎于自己选择了一个薪水低的行业，或归咎于他父母没有适度地激励他（或者他可以归咎给父母？马尔科姆从小就得忍受父母漫长的爱抚，还常常当着他和弗洛拉的面。现在他很好奇，他们那样炫耀自己的本领，是否让他心中的好胜精神减低了）。他上一次认真谈恋爱，是三年多前的事了，跟一个名叫伊莫金的女人，后来她甩了他，变成了女同志。即使到现在，他还是不清楚自己真的是身体上受伊莫金吸引，或只是很放心有个人做决定，而他乐意听从。最近碰到伊莫金时（她也是建筑师，不过是在一个专门盖实验性低收入住宅的公益团体服务——正是马尔科姆觉得自己会想做的那种工作，尽管他心底并不想），马尔科姆开玩笑说，他忍不住觉得是自己把她逼成女同志的（他真的是在开玩笑），但伊莫金忽然发起火来，说她一直是女同志，之前跟他在一起，是因为他似乎对性很困惑，她觉得自己或许可以帮忙开示他。

但在伊莫金之后，他就没再跟谁交往了。啊，他是怎么回事?性和性倾向，这两件事都是他在大学时代就该搞清楚的，大学是最后一个容忍，甚至鼓励这类困惑的地方。他二十出头时，曾试过跟不同的人谈恋爱——有的是弗洛拉的朋友，有的是同学，还有一个是他母亲的客户，刚写了一本纯文学纪实小说，主角是一个对性困惑的消防员——但还是不知道自己会被什么样的人吸引。他常常想，身为同性恋者（尽管他也常常受不了自己这样想，但不知怎的，同性恋者的身份就像种族一样，都是大学的领土范围，你可以用这个身份在大学里待一段时间，直到你更成熟，进入更适当、更务实的领域），最大的吸引力，就是伴随而来的附带属性，包括种种政治主张和理想，以及同性恋者信奉的美学。他似乎缺乏身为黑人那种受害和受伤的意识，以及永无休止的愤怒，但他很确定自己具备了同性恋者所应有的兴趣。

马尔科姆常会幻想自己有点爱上威廉，又有几度想着自己爱上了裘德，上班时，他有时会不自觉盯着爱德华看。有时他注意到多米尼克·张也凝视着爱德华，然后他就会阻止自己再看，因为他最不想成为的人，就是凄惨的、45 岁的多米尼克，在一家他永远不可能成为合伙人的事务所里，色眯眯地盯着一个同事看。几星期前，他去威廉和裘德合租的公寓，表面上是去量尺寸，帮他们设计一个书柜。威廉在他面前倾身要去拿沙发上的卷尺，他整个人这么靠近，忽然令人难以负荷，于是马尔科姆编了个借口说要赶回办公室，就忽然离开了，惹得威廉在后头直喊他。

他真的回到了办公室，也不管威廉传来的简讯，就坐在电脑前，视而不见地盯着眼前的那些档案，再一次想着自己为什么要加入瑞司塔建筑师事务所。最惨的是，答案实在太明显了，问都不必问：他加入瑞司塔是为了讨父母的欢心。在建筑研究所的最后一年，马尔科姆有两个选择，他可以选择跟两个同学杰森·金和索纳尔·马尔斯一起工作（他们正要创业，金主是索纳尔的祖父母），或是加入瑞司塔。

“你一定是在开玩笑。”当马尔科姆说出自己的决定时，杰森说，“你知道在那种地方当建筑设计师，会是什么样的状况吧？”

“那家事务所很棒。”他坚定地说，口气像他母亲，杰森翻了个白眼。“我的意思是，这家事务所的名字放在履历表上会很好看。”但就连他说这话的时候，也已经明白自己真正的意思（更糟的是，他担心杰森也心知肚明）：这间事务所的名字，他父母在鸡尾酒会上说出来会很有面子，而且他父母的确很喜欢提。“两个小孩。”有回在母亲某个客户的庆功晚宴上，马尔科姆无意间听到他父亲对某个女人说，“我女儿在 FSG 文学出版社当编辑，我儿子在瑞司塔建筑师事务所工作。”那个女人发出赞叹声。马尔科姆本来正打算找机会跟父亲说他想辞职，一听到这番话马上畏缩了。在这样的时候，他会很羡慕他的好友们，原因正是他一度怜悯他们的：没有人对他们抱任何期望，他们的家人很平凡（或根本没有家人），他们可以单凭自己的野心去开创自己的生活。

现在呢？现在杰森和索诺尔有两个案子登上《纽约》杂志、一个登上《纽约时报》，而马尔科姆还在做他研究所第一年做的事情。他服务于一家建筑师事务所，老板是两个做作的男人，事务所的名字很做作，是根据安妮·赛克斯顿（Anne Sexton）一首做作的诗命名的，而且领的薪水低得要命。

看来当初他读建筑研究所是出于最糟糕的原因：因为他喜欢建筑物。这是个体面的爱好，而且从小只要跟着家人去旅行，他父母就会任由他去参观各种大宅或历史建筑物。年纪还很小时，他就总是在画想象中的建筑物，建造想象中的结构。那是一种抚慰，也是一种寄托——他无法清晰表达、无法决定的一切，似乎都可以用一栋建筑物解决。

但是本质上，他觉得最难为情的事情也是这个：不是他对性的贫乏知识，不是他背离自己的种族倾向，不是他无法脱离父母、自食其力、表现得像个独立自主的人。而是当他和同事晚上加班时，大家都在深入探索自己心目中的梦幻结构、描绘或规划那些不太可能实现的建筑物时，他却什么也没做。他已经失去想象的能力了。于是每天晚上，当其他人在创作时，他只是在抄袭：他画出在旅途中看过的建筑物，以及其他人梦想并建造的建筑物，还有他住过或参观过的建筑物。一次又一次，他只是去做别人已经做出来的东西，甚至懒得改善，只是模仿而已。他 28 岁了，他的想象力已经弃他而去，他只是个抄袭者。

这把他给吓坏了。杰比有他的作品，裘德有他的工作，威廉也有他的梦想。如果马尔科姆再也无法创造出任何东西呢？他好想回到童年时代，只要在自己的房间，在一张纸上画画就够了。那时他不必做决定，不必管身份认同，他的父母会替他选择。他唯一要专心做的，就是用手上的建筑角尺，画出干净利落的一条线。

3

当初是杰比决定，威廉和裘德应该在他们的公寓办新年派对。事情在圣诞假期间确定下来，而他们的圣诞假期分成三部分：平安夜去布鲁克林格林堡的杰比母亲家吃晚餐，次日去杰比的两个阿姨家吃一顿轻松的午餐，然后圣诞节的晚餐（精心安排的正式晚餐，要穿西装、打领带）则是在马尔科姆家。他们向来遵循这套老规矩，四年前，他们的规矩又加入了另一条：到波士顿北边的剑桥市、裘德的朋友哈罗德和朱丽娅夫妇的房子过感恩节，但是跨年夜一直没安排过。前一年是他们离开校园且同时在同一个城市度过的第一个新年，四个人各自过节，结果都过得很悲惨。杰比被困在埃兹拉家一个很逊的派对上，马尔科姆被抓去参加父母朋友在上城的一个晚宴，威廉被芬德利排在了奥尔托兰餐厅值班，裘德则因为流行性感冒躺在利斯本纳街的公寓床上。于是他们打定主意来年要一起跨年，可是一直没安排，拖了又拖，到了 12 月还是什么节目也没有。

所以这一回，他们不介意杰比替大家做决定。他们估计这间公寓可以舒服地容纳二十五人，但四十人就不太舒适了。“那就邀四十人吧。”杰比很快就说，其他三人也早就料到。但稍后威廉和裘德回到公寓后，拟了一份只有二十人的客人名单，只有他们两个和马尔科姆的朋友，因为他们知道杰比会邀请超过他配额的客人，不止朋友，还有朋友的朋友，甚至延伸到不是朋友的同事和酒保、店员，最后会把整个地方挤得满满的，就算把所有窗子都打开，也无法驱散里头的热气和烟雾。

“不要搞得太复杂。”这是杰比说的另一件事，但威廉和马尔科姆知道这个警告只针对裘德，他总是做没必要的精心安排：比如花好几个晚上做一大堆法式咸味奶酪泡芙，但其实大家吃披萨就很高兴了；比如事先打扫公寓，但根本没人在乎地板上有小沙砾，或水槽里有干掉的肥皂痕和几天前的早餐碎屑。

派对的前一天晚上，天气异常温暖，暖得威廉从奥尔托兰餐厅走了两英里路回公寓时，发现里头充满奶酪、面团、茴香加上奶油的浓郁气味，搞得他觉得自己好像还在餐厅里工作。他站在厨房里好一会儿，把那些酥皮面团小球一个个从冷却架上拿起又放下，免得变黏，然后看着一堆塑料保鲜盒，里头是玉米粉姜饼和加了香草植物的苏格兰奶油厚酥饼，觉得有点难过（就像他发现裘德最后还是打扫过公寓的那种难过）。因为他知道大家会漫不经心地狼吞虎咽，把这些食物配着啤酒吞下肚，然后新的一年开始，他们会发现到处都是那些漂亮饼干的碎屑，被踩了又踩，嵌进了瓷砖缝隙里。在卧室里，裘德已经睡着了，威廉把窗子推开，自己也睡下。那浓重的空气让威廉梦到春天，树上开着成簇的黄花，还有一群翅膀油亮的黑鸟，无声地飞过一片海蓝色的天空。

但他醒来时，天气已经再度转变了，他还迷糊了一会儿，才发现自己在发抖。他梦中的那个声音是风声，原来他是冻醒的，同时有个声音一直在重复，不是鸟叫，而是人声："威廉，威廉。"

他翻身，双肘撑起身体，不过只能一点一点认出裘德：先是他的脸，然后发现他的右手抓着被毛巾层层包住的左手臂。在昏暗的光线中，那毛巾好白，白得就像会发光，他呆呆地瞪着那毛巾看。

"威廉，对不起。"裘德说，他的声音很冷静，因而有几秒钟，威廉以为那只是个梦，根本没专心听。裘德不得不重复好几次："威廉，发生了意外。对不起，我需要你陪我去安迪那里。"

最后他终于醒了："什么意外？"

"我割伤自己了。不小心的。"他暂停一下，"你可以陪我去吗？"

"可以，当然可以。"他说，但他还是很困惑，没完全苏醒，于是糊里糊涂地摸索着穿好衣服，到走廊跟裘德会合。他们两人一起走到坚尼路，当他转弯正要走向地铁站时，裘德把他拉回来："我们应该搭出租车。"

上了出租车，裘德用同样虚弱无力的声音把地址告诉司机，威廉整个人终于清醒了，看到裘德依然握着那条毛巾："你为什么要带毛巾？"

"我跟你说过，我割伤自己了。"

"可是——严重吗？"

裘德耸耸肩，威廉这才头一次注意到他的双唇变成了一种奇怪的颜色，像是没有颜色。或许是路灯的关系，随着出租车往北行驶，灯光迅速掠过裘德的脸，将它染成一块块黄色、赭色和病态的蠕虫白。裘德的头靠向车窗，闭上眼睛。此时威廉才开始觉得反胃又害怕，虽然他讲不清为什么，只知道出租车正往上城方向开，而且出了事情；他不知道是什么事，只知道是重大且性命攸关的。几小时前的潮湿温暖消失了，整个世界又充满原先那种刺骨的寒意，那种年底的阴冷严酷。

安迪的诊所位于78街和公园大道交叉口，离马尔科姆父母的房子很近。他们一进门，在里面的灯光下，威廉才看到裘德衬衫上的深色花样原来是血，而且毛巾已经被血染得黏黏的，几乎发亮，上头的小棉线圈像湿毛皮般盘结成团。“对不起。”裘德对开门让他们进去的安迪说。等安迪把毛巾拿开，威廉只看到多得吓人的血，仿佛裘德的手臂上生出一张嘴，不断吐出血来，同时那涌出的鲜血形成一堆小泡沫，不断破碎喷溅，好像处于兴奋状态。

“他妈的老天啊，裘德。”安迪说，带他到后头的检查室，威廉则坐下来等。啊老天，他心想，啊老天。但他的脑袋仿佛有点机械故障，在同样的轨道上不断空转，害他想不出其他字句。等候室太亮了，他设法放松，但是没办法。“啊老天”有如心跳般不断敲打出自己的节奏，像是另一种脉搏穿透他全身。

他等了漫长的一小时才听到安迪喊他的名字。安迪比他大八岁，他们大二时就认识他了。当时裘德因为疼痛发作得太严重，痛了很久，他们三个人决定带他去学校旁边的那家医院，安迪当时是待命的住院医师。后来裘德只肯让他看诊，直到现在，即使安迪开了整形外科诊所，只要裘德有什么不舒服，他还是会帮裘德诊疗，从背部、两腿到流感、风寒。他们都很喜欢安迪，也很信赖他。

“你可以带他回家了。”安迪说。他在生气，啪的一声脱掉手套，上头沾的鲜血已经干了，然后把坐着的椅子往后一推。地板上有一道长长的、像是颜料刷过的肮脏红色，似乎有人想擦掉泼溅出来的血，然后又火大地放弃。墙上也有血，安迪的针织衫也沾了血，已经干硬。裘德坐在诊疗台上，看起来垂头丧气又凄惨，手里拿着一瓶柳橙汁。他的头发一绺绺黏在一起，衬衫像涂了一层漆般干硬，仿佛不是布做的，而是金属材质。“裘德，你去等候室。”安迪说，裘德乖乖照做了。

一等裘德离开，安迪就关上门，看着威廉：“你觉得他有自杀倾向吗？”

“什么？没有啊。”他觉得自己全身僵硬，无法动弹，“他是想自杀吗？”

安迪叹了口气。“他说没有。但是我不知道。不，我不知道，我无法判断。”他走到水槽，开始狠狠刷洗双手，“另一方面，如果他被送去急诊室——你知道，你们真他妈该这么做——他们很可能会要他住院治疗。他大概就是因为这样才不去医院。”安迪自言自语起来，挤了一小撮洗手液在手上，又洗了起来，“你知道他总是割伤自己吧？”

一时之间，他无法回答。“不知道。”他说。

安迪转身看着威廉，缓缓擦干每一根指头：“你不觉得他最近很沮丧？”他问，“他的饮食和睡眠都正常吗？会不会没精神？或者有点反常？”

“他好像还好啊。”威廉说，虽然他并不清楚。裘德都有吃饭吗？都有睡觉吗？他该注意到吗？他该更留心吗？“我的意思是，他好像就是老样子啊。”

“唔。”安迪说。他一时之间似乎泄了气，然后两个人沉默地站在那里，面对彼此却不看对方。“这回我姑且相信他的说法。”他说，“我一个星期前才看过他，所以我同意他没有什么异常。但如果他又开始有什么怪异的举动——我是认真的，威廉——你就马上打电话给我。”

“我会的，我保证。”他说。他这些年只见过安迪几次，但总是感觉到他的懊恼。那种懊恼似乎往往一口气针对许多人：对他自己，对裘德，尤其是对裘德的三个好友，安迪总是设法暗示（但从来没说出口）他们没有一个尽到照顾好他的责任。威廉喜欢安迪这一点，他会为了裘德愤慨，即使他的不满让威廉害怕，也觉得不太公平。

然后一如往常，安迪指责过他们之后，声音就变得近乎温柔起来。“我知道你会的。”他说，“时候晚了，回家吧。等他醒了之后，一定要让他吃点东西。新年快乐。”

* * *

他们沉默地乘车回家。上车时，那司机只是慢吞吞打量裘德一眼，然后说：“车钱要加收二十元。”

“行吧。”威廉说。

天快亮了，但他知道自己不可能睡得着。在出租车上，裘德转过身子去看车窗外，不肯面对一旁的威廉。回到公寓时，他在门口绊了一下，然后缓缓走向浴室。威廉知道他想去把身上清理干净。

“别去了。”他告诉他，“去睡觉吧。”裘德难得顺从了一次，改变方向，拖着脚步进了卧室，几乎一沾床就睡着了。

威廉坐在自己的床上看着他，忽然感受到他的每个关节、肌肉和骨头。这让他觉得自己好老好老，有好几分钟，他只是坐在那里看着。

“裘德。”他喊，然后更坚定地喊了一次。看裘德没反应，他就去他床边，轻推他的背部，犹豫了一会儿后，把他衬衫右边的袖子往上推。那袖子不像平常那么柔软，而是像块硬纸板。尽管他只把袖子推到裘德肘弯处，已经可以看见三道整齐的白疤，每道宽约1英寸，微微隆起，平行排列在他的手臂上。他用一根手指探入袖子，感觉那些疤痕一道一道往上增加，直到上臂。他摸到二头肌就放弃了，不想再继续探索，于是抽回自己的手。他没办法检查左手臂——安迪剪掉了那边的袖子，而且裘德整个前臂和左手都包着纱布——但是他知道那上头也有同样的疤痕。

他之前跟安迪说他不知道裘德会割伤自己，其实是撒谎。或者严格说来，他并不确定，但他知道，而且知道很久了。那是亨明死后的那个夏天。他们在马尔科姆家位于马撒葡萄园的海滨别墅，有天下午他们走去沙丘区，他和马尔科姆喝醉了，两人坐着看杰比和裘德互丢沙子。马尔科姆当时问："你有没有注意到，裘德总是穿长袖衣服？"

他只是嗯了一声。当然，他注意到了——不注意到也难，尤其是天热的时候——但他从来不让自己去想为什么。他常常觉得，他和裘德的友谊，有很大一部分就建立在他不让自己去问一些明知该问的问题，因为他害怕那些答案。

当时他和马尔科姆沉默了一阵子，看着同样喝醉的杰比往后倒在沙丘上，而裘德一拐一拐走过去，开始用沙子把他埋起来。

"弗洛拉以前有个朋友总是穿长袖。"马尔科姆接着说，"她的名字是玛丽安。她以前习惯用刀子割自己。"

威廉还是保持沉默，直到他想象自己可以听到那沉默像活物般苏醒过来。他们宿舍里有个女生也曾用刀子割自己。他们大一那年还会碰到她，但是这会儿他才想到，过去这一年没再看到她了。

“为什么？”他问马尔科姆。沙滩上，裘德把沙子堆到杰比的腰部了。杰比正散漫地唱着不成调的歌。

“不晓得。”马尔科姆说，“她有很多心烦的问题。”

他等着，但马尔科姆似乎没其他话可说了。“那她后来怎么样了？”

“不晓得。弗洛拉上大学之后，她们就失联了。她再也没提到她。”

他们又沉默下来。他知道，认识到现在，他们三个在某个时刻达成无言的共识，他是主要照顾裘德的人，而且他明白，眼前马尔科姆正在以自己的方式，提出一个必须解决的难题。虽然威廉并不确定问题究竟是什么，也不知道答案可能是什么，但他敢打赌马尔科姆也不知道。

接下来几天，他一直躲着裘德，因为他知道如果自己单独跟他在一起，他会忍不住跟他谈，可是他不确定自己想这么做，也不清楚会谈到什么。要避免跟他单独在一起并不难：白天时，他们都是四人一起行动，到了夜里，他们回到各自的房间里。可是有天傍晚，马尔科姆和杰比一起出去拿龙虾了，只剩他和裘德待在厨房里切西红柿、洗莴苣。那是漫长、晴朗、懒洋洋的一天，裘德正好心情不错，几乎是无忧无虑。当威廉开口问他时，他体会到一种哀愁的预感，觉得自己即将毁掉这完美的时刻。这一刻所有的一切（头上有泛着粉红色的天空，手中的刀子干净利落地切过蔬菜）都联合起来运作得如此完美，却让他给毁了。

“要不要我借你一件 T 恤？”他问裘德。

裘德没回答，直到把手上那颗西红柿去了籽，才镇静而茫然地望着威廉：“不用了。”

“你不热吗？”

裘德朝他微微一笑，很微弱的笑，带着警告意味。“现在随时就会转冷。”的确没错。等到最后一丝阳光消失，天气就会变得很冷，威廉自己都得回房间加件针织衫了。

“可是……”他还没说出口，就知道这些话听来有多荒谬，知道自己一旦开口，这场正面对质就会像一只猫般脱离他的控制，“你的袖子会沾到一堆龙虾渣。”

裘德听了，只发出一种滑稽的惊笑声，太大声又太刺耳，不可能是真笑。然后他转身回去对着砧板，说：“威廉，我想我应付得了。”虽然他的声音很柔和，但是威廉看到他把菜刀握得很紧，像是要拧出水来，指节都泛白了。

当时他们两个人都很幸运，就在他们继续往下谈之前，马尔科姆和杰比回来了，不过威廉已经听到裘德开口问：“为什么你……”他始终没讲完（而且整顿晚餐都没跟威廉说话，从头到尾袖子保持得干干净净），但威廉知道他的问题不会是“你为什么问我这个？”而是“为什么问我这个的是你？”因为裘德有很多秘密，威廉向来很小心，避免显露太多想要探索那些秘密的兴趣。

威廉告诉自己，如果是其他人，他一定不会迟疑。他会要求知道答案，他会找共同的朋友过来，大家坐下来，又谩骂又恳求又威胁，直到他和盘托出。但是要成为裘德的好友，这是条件的一部分：他知道，安迪知道，他们全都知道。你放过了直觉告诉你不该放过的事情，你回避着不去猜疑。你明白若要证明你的友谊，你必须保持距离，接受他告诉你的事情；如果那扇门在你面前关上，你就必须转身离去，而非强行把门打开。他们四个人讨论策略时都是关于其他人的——关于黑亨利·杨，当时他们怀疑与他交往的女生背着他劈腿，于是商量该怎么告诉他；关于埃兹拉，当时他们知道与他交往的那个女生背着他劈腿，于是商量该怎么告诉他——他们永远不会讨论裘德。裘德会认为那是背叛，而且反正也不会有帮助。

这一夜接下来的时间里他们一直回避彼此，但是回房睡觉前，威廉不自觉地来到裘德房门口。他举起手停在门前，准备敲门，然后自问：他会说什么？他想听到什么？于是他离开了，回自己房间睡觉。次日，裘德完全没提前一天傍晚几乎要发生的对话，威廉也没提。于是白天转为夜晚，然后又过一天，再过一天，他们越来越远离那时的状态。他曾经尝试让裘德回答一个他鼓不起勇气问的问题，却徒劳无功。

可是那个问题一直存在，而且会在预期之外的时刻硬闯进他脑海里，坚决地霸住位子不走，像钓饵似的动也不动。四年前，他和杰比读研究生时合租公寓，留在波士顿读法学院的裘德曾南下来拜访他们。当时也是夜晚，裘德把自己锁在浴室里，他忽然跑去猛敲浴室门，无来由地恐惧极了。裘德开了门，看起来很不高兴，但同时（还是他想象出来的）又有种奇怪的羞愧表情，然后问他："威廉，什么事？"他无法回答，但心知有事情出了差错，浴室里一股浓烈的酸涩，是鲜血的生锈金属气味。他去翻垃圾桶时甚至还找到一长条绷带，但那是源自晚餐前杰比切胡萝卜时不小心切到手（威廉怀疑他故意夸大自己在厨房的无能，好避免做任何备菜工作），还是裘德夜间的自我惩罚？但是再一次（再一次！），他什么都没做。他经过睡在客厅沙发上的裘德时（他是装睡，还是真的睡了？），什么也没说。次日，还是什么都没说。往后的日子像干净的白纸在他面前展开，随着每一天过去，他什么都没说，没说，没说。

然后是现在这件事。如果他三年前、八年前做点事（什么事？），这件事会发生吗？而且这到底是什么事？

这回他要说话了，因为这回他有了证据。这回，让裘德再躲着溜掉，就表示如果出了什么事，他就难辞其咎了。

他下定决心之后，觉得一股疲倦的大浪袭来，抹去了这一夜的焦虑和困惑。这是今年的最后一天，当他躺在自己的床上、闭上眼睛时，他记得的最后一个感觉，就是很惊讶自己居然这么快就睡着了。

* * *

威廉终于醒来时，已经快下午 2 点，他想到的第一件事就是稍早清晨时下的决心。当然，情势又有了变化，让他的积极心态因而动摇：裘德的床很干净。他不在上头。威廉去浴室，闻到漂白过的淡淡腥味。厨房里的那张牌桌前，裘德坐在那里，正用茶杯的杯口把生面团压成一个个小圆饼，那坚忍的态度让威廉心烦的同时又松了一口气。如果他现在去正面质问裘德，似乎就少了前一夜混乱及大灾难的证据了。

他跨坐在他对面的椅子上："你在干吗？"

裘德没抬头："多做一些法式咸味奶酪泡芙。"他平静地说，"我昨天做的有一批不太成功。"

"他妈的没有人会在乎，裘德。"他凶巴巴地说，然后失控地继续暴发，"给他们吃奶酪条就好了，对他们来说是一样的。"

裘德耸耸肩，威廉感觉自己的不耐烦转为愤怒。在经过可怕的一夜之后，裘德就坐在面前，即使包着绷带的手无力地放在桌子上，还是摆出一副什么事都没发生过的样子。他正要开口时，裘德把用来切面团的玻璃水杯放下，看着他："我真的很抱歉，威廉。"他说，声音轻得威廉几乎听不到。他看到威廉盯着他的手，于是缩回去放在膝上。“我实在不该……”他暂停了一下，“对不起。别生我的气。”

威廉的怒气消失了。“裘德，”他问，“你昨天晚上做了什么？”

“威廉，我跟你保证。不是你想的那样。”

几年后，威廉将把这段谈话转述给马尔科姆听（就算不是逐字的内容，也是大致的状况），作为自己无能、失败的证据。要是当时他能多说一句，事情可能会有什么不同？那句话可以是“裘德，你想自杀吗？”“裘德，你得告诉我到底是怎么回事。”或是“裘德，你为什么要割自己？”任何一句都可以过关，任何一句都会导向更深入的谈话，这样就会有一些修复作用，至少有预防作用。

会吗？

但在那一刻，他只是咕哝说：“好吧。”

他们不发一语对坐了好久，听着某个邻居家里电视机的沙沙声。一直要到很久以后，威廉才会想到，自己这么容易就买账，不知道裘德会不会觉得难过，还是松了口气。

“你在生我的气吗？”

“没有。”他清了清嗓子。他的确没生气。至少，生气不是他会选择的字眼，但他也无法确切说出哪个字眼才正确。“显然我们得取消派对了。”

裘德一听就警觉起来：“为什么？”

“为什么？你在开玩笑吧？”

“威廉，”裘德说，换了一种口吻，威廉听起来像是在诉讼，“我们不能取消。不到七个小时，大家就会跑来了。我们实在不知道杰比邀请了谁。即使我们通知其他人取消，杰比邀请的那些人还是会来。何况……”他用力吸了口气，好像他得了肺炎，想证明自己已经康复，“我完全没问题。派对取消了反而麻烦，倒不如照常举行吧。”

啊，他怎么总是听裘德的话？但那回他还是听了。接下来很快就 8 点了，窗子再度打开，厨房再度因为烘焙食物而变得热烘烘的，好像前一夜的事没发生过，只是一场幻梦。然后马尔科姆和杰比来了。威廉站在卧室门边，扣着衬衫扣子，一边听裘德告诉另外两人，他因为烤那些奶酪泡芙烫伤了手臂，安迪帮他搽了药膏。

“我早就叫你不要烤那些该死的奶酪泡芙了。”他听到杰比开心地说。他很爱裘德的烘焙料理。

然后，一种强烈的感觉排山倒海而来：他可以关上门，去睡觉，等到他醒来，就是新的一年，一切都会从头开始，他不会再感觉到心底那种深刻、煎熬的不安。想到要面对马尔科姆和杰比，想到要跟他们交谈、微笑、开玩笑，这些忽然间让他痛苦不堪。

但是当然，威廉还是出去跟他们碰面，接着杰比吵着要他们四个人全部到屋顶去透透气，同时让他抽根烟。马尔科姆徒劳且不太认真地抱怨外头有多冷，说不要去，但最后又放弃了，跟着他们三个爬上窄窄的楼梯，来到铺有柏油纸的屋顶。

他知道自己有点生气，于是独自走到建筑背面，避开其他人的谈话。天空已经完全暗了，午夜的暗。如果他面向北边，可以看到正下方那家美术用品店（杰比一个月前辞掉杂志社的工作后，就跑到这家店当计时店员），以及远方俗艳、丑陋、巨大的帝国大厦，顶端艳丽的蓝光让他想到加油站，以及多年前从亨明的医院开车回他父母家的那段漫长车程。

“各位，”他朝其他人喊道，“太冷了。”他没穿大衣，其他人也没穿，“我们回去吧。”但是等他走到顶楼门边，却转不动门把。他又试了一次，门把动也不动，他们被锁在外头了。“他妈的！”他大叫，“他妈的，他妈的，他妈的！”

“老天，威廉。”马尔科姆说。他很吃惊，因为威廉很少生气。“裘德？你有钥匙吗？”

但裘德没有。“他妈的！”威廉忍不住又骂了一声。每件事都不对劲。他没办法看裘德。他怪他是不合理的，怪自己倒是比较合理，但让他感觉更糟。“谁有手机？”他们真白痴，手机居然全放在楼下公寓里。他们本来也该待在公寓里的，要不是他妈的杰比，以及他妈的马尔科姆，总是毫不犹豫地对杰比言听计从，包括他说的每句话、每个不成形的愚蠢念头；还有他妈的裘德，要不是昨天晚上，要不是过去九年，要不是他伤害自己，不让别人帮他，害得他惊恐又慌张，觉得自己好没用。要不是这一切！

他们大叫了一阵子，在屋顶上跺脚，虽然他们从没见过这栋楼的其他三户邻居，但希望住楼下的人听到他们的声音。马尔科姆建议朝邻近的大楼窗子丢个什么，但他们没有东西可丢（就连他们的皮夹都在楼下，好好地塞在大衣口袋里），何况所有的窗子都没亮。

“听我说。”裘德最后终于说了，即使威廉现在最不想做的，就是听裘德讲话。“我有个主意。你们把我放到防火梯上，我会打开卧室的窗子。”

这个主意太蠢了，他一开始根本无法反应，听起来像是杰比会想出的法子，而不是裘德。“不行。”他冷冷地说，“这太疯狂了。”

“为什么？”杰比问，“我觉得这个计划很棒。”这栋建筑的防火梯很不牢靠，设计欠佳，一点用处都没有，生锈的金属骨架固定在建筑正面的五楼到三楼间，像个特别丑的装饰品。从屋顶往下大概要 9 英尺，才会到达防火梯顶端的平台，平台在他们公寓外头，约有半个客厅那么宽。就算他们可以安全地把裘德放下去，不会引起他的疼痛发作或害他摔断腿，他还得把身体探出平台，才够得到卧室的窗子。

“绝对不行。”他告诉杰比，他们两个吵了一会儿，直到威廉愈发沮丧气地发现，这是唯一可能的办法。“可是不能让裘德去。”他说，“我来吧。”

“不行。”裘德说。

“为什么？反正我们不一定要敲破卧室的窗子，我只要从客厅的一扇窗子进去就行了。”客厅的窗子装了铁栅，但其中一根不见了。威廉觉得自己或许可以勉强挤进去。总之，他非得挤挤看不可。

“我们上来之前，我把窗子关上了。”裘德小声承认。威廉知道这表示他也顺手锁上了窗子，因为他向来会把能锁的全锁上，门、窗子、柜子。那是他的本能。不过卧室窗子的锁坏了，所以之前裘德用螺栓和铁丝做了一个复杂、结实的小机关，宣称可以把窗子锁好。

他总是搞不懂裘德那种随时随地过度准备、努力寻找各种灾难的习性，而且同样努力做好各种预防性措施——他很早就注意到，裘德只要进入一个陌生的房间或空间，就会习惯性地找出最接近的出口，然后站在那附近。一开始他觉得很滑稽，后来不知怎的，就没那么好笑了。有天晚上，他们两个在卧室聊到很晚。裘德告诉他（很小声，仿佛在透露某种宝贵信息），卧室的那个机关其实可以从外头打开，但他是唯一能破解的人。

“你为什么要告诉我？”当时他问。

“因为，”裘德说，“我觉得我们应该找人来把窗子修好。”

“但如果你是唯一有办法破解的人，修不修也没区别吧？”他们没多余的钱请锁匠，何况这个问题不再是问题了。他们不能找公寓管理员：他们搬进来之后，安妮卡承认，严格来说，她不能把公寓转租给他们，但只要他们不惹麻烦，她想房东应该不会来烦他们。所以他们设法不要惹麻烦：有什么坏掉了就自己想办法修理，墙壁也自己补贴了壁纸，还修好了水管。

“只是以防万一，”裘德说，“我只是想确保我们的安全。”

“裘德，”他说，“我们很安全。不会出什么事的。不会有人闯进来的。”裘德沉默不语，于是他叹了口气，投降了。“我明天会打电话找锁匠。”他说。

“谢了，威廉。”裘德说。

但是后来，他始终没打那通电话。

那是两个月前了，现在他们站在屋顶的寒风中，那扇窗子成了他们唯一的希望。“该死的，”他咕哝道，他的头好痛，“告诉我怎么做就好了，我会破解的。”

“太难了。”裘德说。此时他们已经忘记马尔科姆和杰比也站在旁边，看着他们，杰比难得没开口。“我没办法解释。”

“是，我知道你认为我是个他妈的智障。不过如果你用简单的话解说，我听得懂的。”他凶巴巴地说。

“威廉，”裘德惊讶地说，然后顿了一下，“我不是这个意思。”

“我知道。”他说，“对不起，我知道。”他深吸一口气，“就算我们要用这个办法好了——我实在觉得不应该——那我们要怎么把你放下去？”

屋顶边缘的四周环绕着一道高至小腿的平顶矮墙。裘德走到屋顶边，往下看着墙。“我面朝外坐在这道墙上，就在防火梯正上方。”他说，“然后你和杰比两个人坐在墙里头，一人抓住我一只手，把我慢慢放下去。等到没办法再往下放了，就松手，让我跳下去。”

他大笑，这计划听起来又冒险又愚蠢：“如果我们成功了，你要怎么够到卧室的窗子？”

裘德看着他：“你们只好相信我能做到了。”

“这太蠢了。”

杰比插嘴了：“威廉，这是唯一的方案了。这里他妈的冷死了。”

的确，他是靠着怒气才保持温暖的。“杰比，你没发现他有一整只手臂都他妈的包着绷带吗？”

“可是威廉，我没事。”裘德抢在杰比开口之前说。

他们两个又吵了十分钟，裘德才大步走到屋顶边缘。“威廉，如果你不帮我，马尔科姆会帮我的。”他说，虽然马尔科姆看起来也很害怕。

“不。”威廉说，“我会帮你。”于是他和杰比跪下来，身体靠着矮墙，用双手各抓住裘德的一只手。此时他的手指已经冻得快麻痹了，几乎感觉不到手指底下裘德的手掌。他握的是裘德的左手，唯一能感觉到的就是厚厚的绷带。当他用力握紧时，安迪的脸浮现在眼前，害他羞愧得想吐。

裘德的身子翻出了矮墙。马尔科姆轻轻呻吟一声，听起来像尖叫。威廉和杰比的身子尽可能往下探，直到他们自己也快要翻下去。此时裘德叫他们放手，他们照做，然后看着他哗的一声落在下方防火梯的铁栅平台上。

杰比欢呼，威廉很想赏他一巴掌。“我没事！”裘德往上朝他们喊，同时举起包着绷带的手，像一面旗子一样挥舞着，然后走到防火梯平台的边缘，爬到栏杆上，开始破解窗子上的那个机关。他的双腿紧紧缠绕着一根栏杆，但那个姿势很危险，威廉看到他微微摇晃，想保持平衡，手指在寒风中缓缓移动着。

“把我也放下去。”他对马尔科姆和杰比说，没理会马尔科姆焦急的抗议。他先往下喊，通知裘德自己要下去，免得破坏他的平衡，然后便翻过屋顶边缘的矮墙。

落下去比他想的更可怕，摔得也比他预期的更重，但他很快就起身，赶到裘德旁边，双手环抱住他的腰，一腿钩着栏杆撑住自己。“我抓住你了。”他说。裘德倾斜身子探出栏杆，超过了原先他独自能够到的距离。威廉把他抱得好紧，都可以感觉到他毛衣底下的一节节脊椎，他呼吸时腹部的起伏，透过肌肉可以感受到他的手指正扭动着，试图解开固定着窗框的铁丝。等到他解开来，威廉爬到栏杆上，先进入卧室，然后伸出双臂把裘德拉进去，同时留意不要碰到他的绷带。

他们往后退，站在房间里喘气，看着对方。虽然冷空气不断从窗子涌进来，但室内的温暖太舒适了，他终于让自己瘫软下来。他们安全了，他们得救了。裘德朝他咧嘴而笑，他也笑开了。如果眼前是杰比，他就会开心地拥抱他，但裘德不习惯拥抱，于是他没动。但接着，裘德举起一只手拨掉头发上的铁锈碎屑，威廉看到他手腕内侧的绷带新染上了一块深紫红的污点，这才后知后觉地发现，裘德急速的呼吸不光是因为刚刚辛苦了半天，也是因为疼痛。他看着裘德退到床边，包着白色纱布的手探到后头摸索确认，然后重重坐在床上。

威廉蹲在他旁边。他的兴高采烈消失了，取而代之的是另一种情绪。他觉得自己就要掉泪了，但说不上来为什么。

“裘德……”他起了头，但不知道接着该说什么。

“你最好去救他们。”裘德说。就算每个字都在喘，他仍再度对威廉露出微笑。

“让他们去死。”他说，“我留在这里陪你。”裘德还是笑了一声。

他痛得皱起脸，小心翼翼往后倾斜，直到侧躺下来，威廉帮忙把他的两腿抬起来放上床。他的毛衣上也有铁锈碎屑，威廉帮他挑掉一些，然后紧挨着裘德坐在床上，不确定该从何说起。“裘德。”他又试了一次。

“去吧。”裘德说，闭上眼睛，但还在微笑。于是威廉不情愿地站起来，关上窗子，离开时熄掉卧室的灯，然后出了房间，关上门，走向楼梯间去解救马尔科姆和杰比。在远远的下方，他听到楼梯底下传来的电铃声，宣告晚上第一批客人抵达了。

第二部分

后男人

1

星期六要工作，星期天则要出门走路。五年前刚开始走时是出于必要，当时他刚搬到纽约市，对环境很不熟悉。每星期他都会挑一个不同的街区，从利斯本纳街走过去，然后绕着那个区域走完周围一圈，这才回家。除非天气实在不允许，否则他一次都没有漏掉。即使是现在，即使他已经走遍曼哈顿的每一个街区，也走过布鲁克林和皇后区的许多区域，他还是每星期天上午 10 点出门，把预定的路线走完，才会回家。这些星期天的步行，对他早已不是什么乐在其中的事，不过他也没有不乐在其中，只不过是他每星期会做的事情罢了。有一阵子，他还满怀希望，认为走这些路不光是运动，或许还有复健的功效，就像是一次业余的物理治疗，但是安迪不同意，也表明不赞成他这样走。“你想活动一下双腿，我没意见。”他老这么说，“不过如果是这样，你真的应该游泳，而不是拖着身子在人行道上上下下。”其实他不讨厌游泳，只是找不到足够有隐私的地方，于是就没游了。

威廉偶尔会加入这些行程。最近，如果他的路线经过戏院，就会算好午后场演出结束的时间，两人在戏院那个街区的果汁摊会合。他们会一起喝果汁，威廉会告诉他那出戏的演出状况如何，然后买一份沙拉在晚场演出前填个肚子，而他则会继续往南，朝家的方向走。

他们还住在利斯本纳街，尽管两个人各自都租得起公寓了：他当然没问题，威廉大概也没问题。但两个人都没提过要搬走，于是就这样继续下去。不过他们把左半边客厅隔出来，变成第二间卧室。他们一群人找了个周末，砌了一道不太平整的石膏板墙，所以现在走进他们那间公寓，客厅里只有两扇窗透进灰灰的光，而不是原来的四扇窗。威廉搬进了这间新卧室，他则留在原来的卧室。

这阵子除了去剧院外头碰面之外，他都没什么机会看到威廉了。尽管威廉老在说自己有多懒，但他看起来一直在工作，或者试着要工作。三年前，他 29 岁生日那天，威廉发誓要在 30 岁以前辞掉奥尔托兰餐厅的工作。而就在他 30 岁生日前的两个星期，他们两人待在少了一半的客厅里，威廉正担心自己辞职后是不是过得下去，忽然接到一通电话，得到了他等待多年的机会。那通电话找他去演的剧后来相当成功，让威廉得到了足够的注意，于是十三个月后，他永远地辞掉了奥尔托兰的工作，超过他自己定下的期限刚好一年。威廉的戏他总共去看了五次［那是一出刻画家庭生活的戏剧，叫《马拉穆定理》（*The Malamud Theorem*），讲一个老年痴呆症初期的文学教授和与他疏远的物理学家儿子］，两次是跟马尔科姆和杰比去，一次是陪周末来纽约的哈罗德和朱丽娅。每回看戏，他都忘了台上那位是他的老友、他的室友，到了谢幕时，他觉得光荣又惆怅，仿佛那高起的舞台宣告威廉走进了人生另一个更优越的领域，他再也无法轻易企及。

他自己接近30岁时，并没有引发任何潜在的恐慌。不用急着做些什么，也没必要重新安排人生的重要事项，使它们更符合30岁该有的人生。但对于其他三个好友却并非如此，他30岁以前的那三年，总是听他们悼念过去的十年，检讨自己做到了什么、没做到什么，还列出种种自我厌恶与期许的事项，因此做出种种改变。比方第二间卧室，当初会隔出来的一部分原因，就是威廉担心自己都28岁了，还跟大学室友住在同一个房间，而同样的焦虑——这种恐惧本身就像童话里讲的，仿佛一过30岁生日，他们就会忽然变成别的什么，自己完全无法控制，除非做出一些革命性的宣告，先发制人——让马尔科姆匆忙草率地跟父母出柜，但次年他又回到异性恋者的领域，开始跟一个女人交往。

其他朋友都很焦虑，但他知道自己会很高兴进入30岁，原因正是他们所痛恨的：因为那是一个绝对无法否认的成人年龄（他很期待45岁，因为到时他就可以说，他当成人的时间已经是当儿童时间的两倍有余了）。在他成长期间，30岁曾经是一个遥远、无法想象的年纪。他清楚记得自己很小的时候（当时他还住在修道院）曾问过迈克修士，那时迈克修士喜欢跟他回忆自己成为修士之前的旅行，还说他有朝一日也可以去。

“等你大一点。”当时迈克修士这么说。

“什么时候？”他问，“明年吗？”在当时，连一个月都漫长得像是永远。

“要很多年。”迈克修士说，“等到你大一点。等到你30岁。”如今，再过几个星期，他就30岁了。

那些星期天，准备出门走路前，有时他会赤脚站在厨房里，周围的一切都好安静，那间丑陋的小公寓感觉就像某种奇迹。在这里，时间是他的，空间是他的，每一扇门都可以关上，每一扇窗子都可以锁上。他可以站在那小小的门厅衣柜前（其实只是一个小凹洞，他们在里头钉了一条麻绳），欣赏着里面的东西。在利斯本纳街，不必为了一卷卫生纸，三更半夜跑去西百老汇大道上的小杂货店；不必凑着鼻子闻从冰箱深处挖出来的那盒过期鲜奶还能不能喝。在这里，总是有多余的备用品。在这里，该换该修的东西就会被换被修。他一直确保做到这一点。刚搬进利斯本纳街的第一年，他曾对自己的种种习惯很不好意思，因为通常是年纪大的人，大概都是女性，才会有这些习惯。于是他把备用的卫生纸藏在自己的床底下，把折价券传单塞在公文包里，打算等稍后威廉不在家时再仔细研究，好像那些传单是某种特别刺激的黄色书刊。但是有一天，因为威廉要找一只不慎踢到床底下的袜子，就发现了他囤积的卫生纸。

他觉得很难为情。“为什么？”威廉问他，“我觉得这样太棒了。谢天谢地，还好有你在处理这类事情。”不过这还是让他很心虚，在他爆满的档案里又加了一项证据，证明他过于神经质，证明他设法装出来的表象根本瞒不了人。

然而就像其他很多事情，他改不掉这些习惯。他能跟谁解释，他发现置身于讨人厌的利斯本纳街、他囤积的物资中，那种满足感和安全感一点也不逊于学业或工作所能带来的。又能跟谁解释，他发现自己在厨房独处的那些时刻几乎处于类似冥想的状态，他的脑袋不再慌张地设想，预先计划几千个稍微偏离或扭曲的真相、事实，才能与这个世界和其他人互动？他知道没办法跟任何人解释，连威廉都不能。多年来，他已经学会隐藏自己的想法，与其他三位好友不同，他学会不要为了有别于他人而透露自己的种种怪癖，不过别人要是愿意分享自己的怪癖，他倒是很乐意听，也引以为傲。

今天他会走到上东城：沿西百老汇大道往北到华盛顿广场公园，转入大学街，经过联合广场，沿着百老汇大道接上第五大道，继续往北走到 86 街，然后回头，沿着麦迪逊大道走到 24 街，往东转到列克星敦大道，再继续往东南，来到尔文街的剧院区，跟威廉在剧院外头碰面。这条路线他走了好多个月，快一年了。因为这条路线很远，也因为他每个星期六都会待在上东城，在离马尔科姆父母家不远处的一栋连排别墅里当家教，帮一个叫菲利克斯的 12 岁男孩补习。但现在是 3 月中的春假，菲利克斯跟家人去犹他州度假了，这表示他不会有遇到他们的风险。

菲利克斯的父亲是马尔科姆父母朋友的朋友，当初就是马尔科姆的父亲帮他找到这个家教工作的。“联邦检察署付你的薪水实在不够吧？”马尔科姆的父亲欧文先生曾问他，“我不明白你为什么不肯让我把你介绍给盖文。”盖文是欧文先生法学院时代的好友，现在主持的律师事务所在纽约市颇有影响力。

“爸，他不想去什么大型律师事务所上班。”马尔科姆说，但他父亲充耳不闻，继续讲他的，马尔科姆只好往后坐回椅子里。他当时很替马尔科姆难过，但也有点气他，因为他之前交代马尔科姆，要他谨慎地向父母打听，是否有熟人的小孩需要家教，而不是直接请他们帮忙。

“不过，真的，”马尔科姆的父亲对他说，“你想一切靠自己，我觉得太了不起了。”（马尔科姆在座位里滑得更低了）“只是你真的这么需要钱吗？我想联邦政府的薪水应该没那么差，但我没担任公职也很久了。”他咧嘴一笑。

他也报以微笑。“不，”他说，“那里的薪水还好。”（的确如此。

当然，那些薪水对欧文先生来说并不好，对马尔科姆来说也不好，但已经超过他以往梦想能赚的钱了，而且每两周发一次薪，让他的存款持续累积。）“我正在存钱，要付一笔头期款。”他看到马尔科姆的脸转向他，暗自提醒自己，要记得告诉威廉他跟马尔科姆的父亲撒了这个谎，免得马尔科姆先去跟威廉说。

“啊，那很好。”欧文先生说，这样的目标很可以理解，“碰巧呢，我认识一个适当的人选。”

那个人就是霍华德·贝克。他心不在焉地跟他面谈了十五分钟，便决定雇用他当家教，替他儿子补习拉丁语、数学、德语和钢琴（他不懂贝克先生为什么不专门雇用每个科目的家教——他明明雇得起——但是也没问）。他替菲利克斯觉得难过，他瘦小而不起眼，有挖鼻孔的习惯，食指总是不自觉往鼻孔里探，然后才想起来，赶紧抽回手在牛仔裤侧边抹。八个月后，他还是搞不清菲利克斯的程度到底如何。他不笨，但是缺乏热情，仿佛才 12 岁就已经认命，知道人生不过是失望一场，而其他人也会对他失望。每星期六下午 1 点，他总是准时等着他，所有的功课都做完了，而且乖乖回答每个问题。他回答时，句尾总是语音上扬，充满焦虑和疑问，好像每个答案都是乱猜的，就连最简单的也不例外（比方用最简单的拉丁语问候菲利克斯“你好吗”，他会犹豫着回答“嗯——很好？”）。但他从来不会提出自己的问题。当他问菲利克斯会不会用德语或拉丁语讨论特定的主题时，菲利克斯会耸耸肩咕哝着，手指又往上朝鼻子移动。每次补习完毕，他在门口和菲利克斯挥手道别时（菲利克斯无力地举起一只手，然后又垂头丧气地转身进门去），他总有个印象，觉得他从没离开过这栋房子，从不出门，也没有朋友来找他。

可怜的菲利克斯[1]，他的名字本身就是一种嘲弄。

上个月，有天贝克先生要求他上完课后跟他谈一下，于是他和菲利克斯道别后，跟着女佣来到书房。他那天觉得自己的腿跛得特别明显，而且他一直很不安，觉得（他常常这样觉得）自己像在狄更斯小说改编的戏剧里扮演贫寒女家庭教师的角色。

他本来以为贝克先生会很不耐烦，甚至生气，但是菲利克斯在学校的成绩进步很多，所以他也准备好在必要时为自己辩护（贝克先生付的家教酬劳比他预期高很多，这些钱他也计划好了要怎么用），结果贝克先生只是朝他书桌前的那张椅子点了个头。

"你觉得菲利克斯哪里有毛病？"贝克先生问他。

他没预料到这个问题，于是想了一会儿才回答："先生，我不觉得他有哪里不对劲。"他小心翼翼地说，"我只是觉得他不……"快乐，他差点这么说了。但什么是快乐？除了那是一种奢侈、一种不可能持续的状态，太难用语言来表述了，或许这也是它无法持续的部分原因？他不记得自己小时候有办法定义快乐：当时只有悲惨、害怕，或是不悲惨也不害怕，而后者的状态就是他唯一需要或想要的。"我想他很害羞。"最后他说。

贝克先生咕哝了一声（这显然不是他想听到的答案）。"不过你喜欢他，对吧？"他问他，带着一种奇特、脆弱的绝望，让他忽然觉得好难过，为菲利克斯难过，也为贝克先生难过。当父母亲就是这样吗？当个有父母亲的孩子就是这样吗？这么不快乐，这么失望，这么多期望无法表达、无法实现！

"那当然。"他说。贝克先生叹了口气，把支票交给他，而之前

1　Felix，菲利克斯，拉丁语原义为"幸运"。

都是由女佣在他离开时递给他的。

下一个星期，菲利克斯不想弹他指定的曲子。他比平常还要没精神。“想弹别的吗？”他问。菲利克斯耸耸肩。他想了想：“要我弹给你听吗？”菲利克斯又耸耸肩。但他还是弹了，因为这架钢琴很美，有时他看着菲利克斯的手指抚过那光滑的、精致的琴键，很渴望能独自坐在钢琴前，双手尽情在琴键上迅速地移动。

他演奏了海顿的《D 大调第五十号钢琴奏鸣曲》，这是他最喜欢的作品之一，而且轻快、愉悦，他觉得弹这首可以让两个人都开心一点。可是等他弹完，那个男孩还是沉默地坐在他旁边。他觉得羞愧，既为了海顿这首曲子明显而夸张的乐观，也因为自己忽然这么放纵。

“菲利克斯，”他说，然后又停下。在他旁边的菲利克斯等待着，“有什么不对劲吗？”

这时，令他惊讶的是，菲利克斯哭了起来，他试图安慰他。“菲利克斯，”他说，笨拙地伸出一只手揽住他的肩膀。他假装自己是威廉，可以想都不必想就完全明白该做什么、说什么，“一切都会好起来的。我跟你保证，一定会的。”但菲利克斯只是哭得更凶了。

“我一个朋友都没有。”菲利克斯啜泣着说。

“喔，菲利克斯。”他说。他之前一直保持的远距离、客观的同情，忽然清晰了起来，“我很遗憾。”他强烈地感觉到菲利克斯的生活有多么寂寞。这是星期六，菲利克斯身边只有一个快 30 岁、瘸了腿的律师，而这律师来这里只是为了赚钱，晚上还会跟他所爱甚至也爱他的人一起出门玩。但是菲利克斯还是孤零零一个人，他母亲（贝克先生的第三任妻子）长年不在身边，他父亲则相信他有毛病，需要矫治。稍后，在走回家的路上（如果天气好，他会婉拒贝克先生派的车，自己走路回家），他会想着这一切看似荒谬的不公平：就任何标准来说，菲利克斯都比他小时候过得好，可是菲利克斯没有朋友；而他，什么都没有，却有朋友。

“菲利克斯，总有一天你会交到朋友的。”他说，而菲利克斯恸哭说：“可是什么时候？”那种渴望令他动容。

“很快，很快的。”他告诉他，拍拍他干瘦的背部，“我保证。”于是菲利克斯点点头。不过稍后送他到门口时，他看着那张窄小如壁虎的脸，因为哭过更像爬虫类生物，忽然隐隐觉得菲利克斯知道他在说谎。谁知道菲利克斯之后能不能交到朋友？友谊或爱情往往违背逻辑，往往不论是否值得，往往寄居在古怪的、糟糕的、特殊的、具有破坏性的情况下。他挥手告别，但菲利克斯已经转身进屋了。这些话他永远不会告诉菲利克斯，但不知怎的，他猜想这就是菲利克斯长年如此苍白的原因：因为菲利克斯很久以前已经猜到了，因为他早就知道了。

* * *

他会法语和德语，他懂化学周期表，而且尽管很不喜欢，他几乎记得《圣经》里的大部分内容。他知道如何接生小牛，如何修好电灯的电线，如何疏通堵塞的排水管，如何用最有效率的方法采收核桃，如何辨认菇类有没有毒，如何把干草打包成一大捆，也知道挑西瓜、苹果、胡瓜、香瓜时，该敲哪个部位来测试其新鲜程度（另外有些事情他但愿自己不知道，有些事他希望永远不会再用上，还有些事，当他夜里想到或梦到时，会憎恨或羞愧得蜷缩起身子）。

然而他常常觉得，自己好像不懂任何真正有价值或实用的事情。

好吧，他很擅长语文和数学。但每一天总有事情提醒他自己是多么无知。大家总是提起剧情的某某情境喜剧，他从没听说过。他从来没看过电影，从来没度过假，从来没参加过夏令营。他没吃过披萨、棒冰或奶酪通心粉（而且不像马尔科姆和杰比，他当然也没吃过鹅肝、寿司或牛骨髓）。他从来没有电脑或手机，也很少能上网。然后他发现，自己没真正拥有过任何东西。他曾经很得意拥有的那些书、他补了又补的衬衫，这些根本没什么，都是垃圾；他因为拥有这些东西而生出的得意比一无所有更丢脸。教室是最安全的地方，也是唯一让他觉得信心满满的地方。其他地方，不管在哪里，都有不断的惊讶接连而来，一个比一个难对付，每一个都在提醒他有多么无知。他发现自己总在心里记下他所听到、碰到的新事物，但永远没法拿去找谁问出答案。因为去问就等于承认自己跟其他人极其不同，这样会招来别人进一步的问题，让他毫无保障，而且无可避免地要开启一些他绝对没有准备要进行的对话。他常常觉得，眼前的一切陌生得像是从一个截然不同的时代跑来的（就连外国学生，甚至来自蒙古乌兰巴托市外一个小村子的奥得瓦，都懂得这些事物的含义）。显然他错过了好多事情，而他真正知道的事情都冷僻又不实用，他的童年像是在19世纪，而非21世纪度过的。他所有的同辈，无论是生于美国洛杉矶或非洲拉各斯，多少有着相同的经验，也有相同的文化里程碑。一定有人知道的跟他一样少吧？如果没有，那他怎么可能追赶得上？

有些夜晚，当他们一群人躺在某个人的房间里（点着一根蜡烛，也点了一根大麻）谈话时，往往会谈起各自的童年。童年时代才刚结束，他们却异常怀念，而且绝对痴迷。他们叙述童年的各种细节，但他从来不确定目的是要比较其中的相似程度，还是吹嘘自己的与众不同，因为这两种带给他们的乐趣似乎是相同的。他们谈到父母规定他们几点要回家，以及他们的反叛行为与受到的惩罚（少数几个人的父母会打他们，而他们讲起挨打的故事简直是得意，这点也令他想不透）；他们谈到宠物和兄弟姐妹，谈到穿戴什么惹得父母气疯了，谈到中学时代跟哪些人玩在一起，他们破处的对象、地点、前后过程，以及撞坏的车、断掉的骨头、玩过的运动和组过的乐团。他们谈到灾难性的家庭度假、各式各样奇怪的亲戚、诡异的隔壁邻居，还有喜欢跟讨厌的老师。他没想到自己这么爱听同学的这类倾诉——这些是真实的十来岁青少年，他们经历过他向来好奇的那种真实、平凡的生活——而且他觉得坐在那里听他们聊到深夜，既轻松又学到好多。他的沉默既是必要的，也是一种保护，额外的好处是让他显得更神秘、更有趣。“那裘德你呢？”一开始少数几个人问过他，而向来学得很快的他，此时已经懂得够多，只是耸耸肩微笑说：“太无聊了，没什么好说的。”他很惊讶，但放心地发现他们很轻易地就接受了这个说法，也很庆幸他们只关心自己。总之，没有一个人真想听其他人的故事，他们只想讲自己的。

但他的沉默不是没有人注意到，也因此替他取了绰号。这是马尔科姆发现后现代主义那一年，杰比对于马尔科姆这么晚才知道大惊小怪，搞得他不敢承认自己也没听过。

“马尔科姆，你不能就这样决定你是后黑人。”杰比当时说，“而且呢，你得先实际当过黑人，才能进入后面的阶段。”

“你真的很烦，杰比。”马尔科姆说。

“或者呢，”杰比继续说，“你必须真的无法归类，一般的身份词汇无法适用在你身上。”然后杰比转向他，害他一时之间吓得整个人僵住，“比方裘德，我们从来没看他跟任何人交往，不知道他的种族，我们对他一无所知。后性别、后种族、后身份、后经历，”他朝他微笑，应该是想表示他多少是在开玩笑，“后男人[1]。后男人裘德。”

“后男人。”马尔科姆跟着说了一遍。裘德从来就不擅长抓住别人的弱点，以便转移自己身上的注意力。而且尽管这个绰号没跟着他——威廉回到房间听到时，只翻了个白眼，杰比似乎就没那么起劲了——但他因此想到，尽管他极力说服自己他已经融入大家，努力隐藏自己种种古怪的部分，他其实瞒不了任何人。他们早就知道他很怪，他还以为他已经让他们相信自己并不奇怪，这才更加愚蠢。但他还是继续参加那些深夜聚会，继续去同学房间。他深受吸引，尽管现在他知道，去参加这些聚会是置自己于险境。

在这些聚会中（他逐渐觉得就像在找家教进行考前恶补，以掩饰自己的文化匮乏），有时他会看到威廉盯着自己，脸上的表情高深莫测，于是很好奇自己的事情威廉猜到了多少。有时他还得阻止自己去跟他说什么。有时他心想，也许他错了。也许找人坦白也不错，可以承认他大部分时候都不了解他们在谈的话题，承认他没有其他人都有的童年丢脸事和困惑事。但接着他会阻止自己，因为承认他不懂这些，就意味着他必须解释自己懂哪些。

如果真要找个人说，他知道他会找威廉。不过三个室友他都很欣赏，只是威廉是他唯一信赖的人。在少年之家时，他很快就发现男生分成三种：第一种可能会引起打架（这是杰比）；第二种不会加入，但也不会跑去找大人帮忙（这是马尔科姆）；第三种则会设法帮你脱身（这种人最稀少，显然就是威廉）。或许女生也可以如此分类，但他跟女生相处的时间不够多，无法确知。

1　postman，原意是邮差，但此处用作双关语“后男人”。

而且他越来越确定，威廉知道些什么（知道什么？比较清醒时，他会在心里反驳自己。你只是想找理由告诉他，然后他会怎么想你？放聪明点，什么都别说，控制一下自己吧）。但这当然说不通。他上大学之前就知道自己的童年很反常——只要读几本书就可以得出这个结论——但直到最近，他才明白到底有多反常。这种奇异性保护了他，同时也孤立了他，他简直无法想象任何人能猜到那种状况和独特性。这表示如果他们猜到了，那是因为他留下了线索，就像一团团巨大而丑陋的牛屎，不可能没被注意到。

总之，那种疑心持续着，有时还强烈得令人难受，仿佛他无可避免地应该说一些话，而要他忽略接收到的信息反倒更累，还不如干脆顺其自然。

某天晚上只有他们四个人。这是在他们刚升大三那年，四个人都颇为难得地对他们形成的小圈子感到舒适，还有一点感伤。他们的确是个小圈子，而且让他惊讶的是，他竟是其中之一：他们住的那栋宿舍叫虎德馆（Hood Hall），校园里大家都说他们是“虎德小子”。他们有各自的朋友（杰比和威廉的朋友最多），但大家知道（至少是如此假设，这样也不错）他们对彼此最忠心。他们四个从来没有明确谈过这件事，但心里都明白他们喜欢这个假设，喜欢这个硬加在他们身上的友谊准则。

那天晚上的食物是披萨，是杰比订的，马尔科姆付钱。还有大麻，是杰比弄来的。屋外下着雨，接着又降下冰雹。冰雹敲着窗玻璃，加上大风摇撼着破旧木头窗框的声音，让他们觉得幸福极了。大麻传了一圈又一圈，他没吸（他从来不吸，因为太担心自己如果失去控制，可能会做出或说出什么），但他可以感觉那烟雾充满自己的双眼，像一头毛茸茸的温暖野兽压着他的眼皮。一如往常，每次有其他人出钱买吃的，他就会留神要少吃一点，尽管他还是饿（他紧盯着只剩两片的披萨，然后才想起来，坚决地别开眼睛），但同时他也深觉满足。我可以睡觉了，他心想，然后在沙发上躺下，拉了马尔科姆的毯子盖好。愉快而精疲力竭，但那几年他总是精疲力竭，仿佛每天光是要表现正常，就已经累得半死，实在没力气多做别的（有时他发现，不管他的真面目是什么，在他人眼中当个看似呆板、冰冷、无趣的人，才是更大的不幸）。背景声中，仿佛在很远的地方，他可以听到马尔科姆和杰比在吵有关邪恶的事情。

“我只是说，如果你读过柏拉图，我们就不会吵这个了。”

“是吗，柏拉图的什么？”

“你读过柏拉图吗？”

“我看不出……”

“你读过吗？”

“没有，可是……”

“看吧！看吧，看吧！”那应该是马尔科姆，跳起来指着杰比，同时威廉大笑。一抽了大麻，马尔科姆就会变得更傻气，也更像书呆子。这时，三个人就很喜欢争辩一些傻气且和书呆子有关的哲学话题，到了明天早上，马尔科姆什么都不会记得。

接下来，威廉和杰比聊了一下。他太困了，没真正听进去，只是半醒着，听得出是他们的声音，然后杰比的声音在闷热的空气中传来：“裘德！”

“什么事？”他应了一声，眼睛还是没张开。

“我想问你一个问题。”

他本能地感到心底有个什么警觉起来。每次杰比抽多了大麻，就会产生一种不可思议的能力，问出或说出一些让人震惊又尴尬的话。他不认为这些话的背后有任何恶意，只不过会让你很想知道杰比的潜意识里到底藏了什么。有回他跑去问同宿舍的特里西娅·帕克，从小身为双胞胎里面比较丑的是什么样的滋味（可怜的特里西娅，听了就站起来跑出房间），这个是真正的杰比吗？或者有一回，看到他一次严重的疼痛发作之后（那回他可以感觉到自己断断续续地失去意识，整个人反胃得像从云霄飞车回旋的半途被甩下来一样），当天夜里杰比和他男朋友溜出去，在天亮前带着一把偷偷从宿舍外头方院的树上锯下来、蓓蕾还是毛茸茸的木兰树枝回来给他，这个才是真正的杰比？

“什么？”他又问，小心翼翼。

“噢，”杰比说，又停下来吸了口大麻，“到现在，我们也认识好一段时间了……”

“是吗？”威廉假装很惊讶地问。

“闭嘴，威廉。”杰比继续说，“我们都很想知道，为什么你从不说你的腿是出了什么事。”

“啊，杰比，我们不……”威廉说，但是被马尔科姆（他总是一抽大麻就跟着杰比瞎起哄）打断，“裘德，这真的让我们很伤心。你难道不信任我们？”

“天啊，马尔科姆。”威廉说，然后尖着嗓子模仿马尔科姆，“‘这真的让我们很伤心’，你听起来活像个娘儿们。拜托，这不关我们的事。”

但这样不知怎的更糟，每次总是要威廉出来保护他，对抗马尔科姆和杰比！那一刻，他恨他们三个。当然，他这样没道理。他们是他的朋友，他有生以来第一批朋友，而他了解友谊就是一连串的交换：交换关爱，交换时间，有时还会交换钱，而且总是要交换信息。

他没有钱。他没有东西可以给他们，没有什么可以回报。他没有毛衣可以借给威廉，就像威廉总是借他那样；他也没办法把马尔科姆有回硬塞给他的一百元还给他；甚至在暑假前搬出宿舍时，他也没有办法帮杰比搬，就像杰比总是帮他那样。

“哦，”他开口了，感觉到他们三个都刻意安静下来，连威廉也不例外，“其实不是很有趣。”他眼睛仍闭着，一方面，不看他们会比较容易说出这件事；另一方面，他不认为那一刻自己有办法看他们，“那是车祸受伤。我当时 15 岁，就是来这里上大学的前一年。”

“啊。”杰比说。大家沉默了一下，他可以感觉到整个房间像是泄了气一般，可以感觉到，他坦白了这件事之后，其他人又回到了某种黯淡的清醒之中。“我很遗憾。太糟了。”

“你之前能走路？”马尔科姆问，好像他现在不能走似的。这让他觉得悲哀又难堪：他以为自己是在走路，但他们显然不这么认为。

“是啊。”他说，然后补充，“我以前经常去越野赛跑的。”因为这是实话，即使他们的理解不同[1]。

“喔，哇。”马尔科姆说，杰比则发出同情的咕哝声。

他注意到，只有威廉什么都没说。但他不敢睁开眼睛看他的表情。

最后一如他的预料，那些话传开来了（或许人们对他的腿真的很好奇。特里西娅 · 帕克之后还跑来找他，说她一直以为他是脑性麻痹。他听了真不知道该说什么）。但总之，透过种种转述和再转述，他的解释变成了车祸意外，然后演变成醉酒驾驶的意外。

“最简单的解释往往是正确的。”他的数学教授李博士总是这么

1　cross-country，字面是越野赛跑，亦可以解读为穿越全国的旅行。——译者注

说，或许同样的准则在这里也适用。只不过他知道不是。数学是这么一回事，但其他的事情都没办法这么简化。

但奇怪的是，因为他的故事演变成车祸意外，他有了重新创造的机会，只要承认这个说法就好了。但他从来办不到。他永远也没办法说那是意外，因为明明就不是。所以他不把握这个送上门来的脱逃路径，是傲慢还是愚蠢？他不知道。

后来他注意到另一件事。当时他的疼痛正好发作（那回特别丢脸，发生在他图书馆打工的交班之后，当时威廉刚好提早几分钟到，正要开始值班），听到一个他很喜欢、很和善而博学的女图书馆员伊克里太太在跟威廉说话，问他为什么会有这种疼痛发作。当时他们两个已经把他搬到后面的休息室，他闻得到咖啡加热过久所发出的焦臭，总之是他很讨厌的气味，鲜明又凶猛，让他差点吐出来。

“是车祸受伤。”他听到威廉回答，好像从一座黑色的大湖对面传来。

直到那天夜里，他才注意到威廉说的话，还有他用的词汇：受伤，不是意外。那是刻意的吗？他很好奇。威廉知道些什么？他整个人昏乱到极点，要是威廉在场，他可能会开口问他。但威廉不在，去他女朋友那儿了。

他发现，没人在，整个房间只有他一个人。他感觉到心底的那个活物松懈下来，垮在地上。他想象那是只瘦小又蓬乱、像狐猴似的生物，反应灵敏，随时准备好要冲刺，深色的湿眼睛永远搜索着四周，寻找任何危险的迹象。在这些时刻，他觉得大学生活最让他享受的是：他在一个温暖的房间，次日他会吃三顿饭，想吃多少都行，另外他会去上课，没有人会想伤害他或逼他做任何他不想做的事。他的室友、他的朋友就在附近不远处，他又度过了一天，不必暴露自己的任何秘密，同时，他的过去和现在之间又多加了一天。感觉上，这永远是一项值得睡觉的成就，于是他睡了，闭上眼睛，准备好迎接下一天。

* * *

安娜是他第一个也是唯一的社工人员，同时她也是第一个不曾背叛他的人。当初就是安娜认真跟他谈到去读大学，还说服他相信自己能被录取。她不是第一个建议他读大学的人，但她最坚持。

“我看不出有什么不可以。”她说。这是她最爱讲的句子。当时他们两人坐在安娜家后院的门廊，吃着安娜的女朋友烤的香蕉面包。安娜不喜欢大自然（太多小虫、太多蠕虫了，她总是这么说），但是当他提议去室外时（试探性地，因为当时他还不确定她对他的容忍极限在哪里），她拍了一下安乐椅的边缘，站起来。“我看不出有什么不可以。莱斯莉！”她朝厨房喊道。莱斯莉正在弄柠檬水。“你可以端到外头来！”

当初他终于在医院睁开眼睛时，看到的第一个人就是她。有好一会儿，他想不起自己在哪里、自己是谁、发生了什么事，突然间，她的脸出现在他上方，看着他。“哎呀，”她说，“他醒了。”

无论他什么时间醒来，她似乎总是在那儿。有时是白天，他在完全恢复意识前那些朦胧、半成形的时刻，听到医院的种种声音（护士们的鞋子发出老鼠般的吱吱声，推车的哗啦声，还有医院内广播的嗡响）。有时是夜晚，周围的一切沉寂下来，他就得花更多时间搞清身在何处、为什么会在这里，不过最后他总会想起来，而且不像某些领悟，他每次想起来的过程从来不会变得更加容易或更加模糊。有时不是白天也不是黑夜，而是介于两者之间，光线会变得有点奇怪且灰暗，让他一时之间想着天堂可能是存在的，他可能是来到了天堂。然后他会听到安娜的声音，再次想起自己为什么来到这里，只想再闭上眼睛。

在那些时刻，他们会说些不重要的小事。她会问他饿不饿，而不管回答是什么，她都会拿出一个三明治让他吃。她会问他身上痛不痛，如果痛，就问他有多痛。他第一次疼痛发作就是在她面前，那种痛太可怕了——几乎无法忍受，好像有个人伸手到他体内，像抓住一条蛇似的抓住他的脊椎，然后一直猛摇，想甩掉上头的神经束——之后，那名外科医师跟他说，他的这种伤是对身体的一种“损伤”，而且他的身体将永远无法完全复原。他听了，很清楚那个字眼的意思，也明白那个字眼挑选得有多精准。

“你的意思是，他这辈子都会有这种疼痛？”安娜当时问，他一直很感激她当时的愤慨，尤其是他太累又太害怕，根本无法发脾气。

“真希望我能说不是。”那医师对他说，“不过以后有可能不会那么严重。你现在还很年轻，脊椎有很神奇的恢复能力。”

第一次的两天之后，疼痛再度发作，安娜对他说：“裘德，握着我的手。”他听得到她的声音，好像是从远处传来，又忽然近得可怕，像爆炸般填满他的心。“握着我的手。”她又说了一次。她的声音忽大忽小，她抓住他的手，而他握得好紧，都可以感觉到她的食指奇怪地滑到无名指上方，也几乎可以感觉到她的每块小骨头被他握得重组位置，使她显得娇弱而精致，尽管她的外貌或态度一点都不娇弱。“数数字吧。”第三次发作时，她命令他。他照做了，数到一百，一遍又一遍，把那疼痛分割成可以忍受的小片段。在那些日子里，他还没学会疼痛发作时最好不要动。他会在床上翻跳，像一只被扔在甲板上的鱼，可以动的那只手乱扒，想抓住一根保命的绳索。医院的床垫坚硬而顽强，他躺在上头，努力寻找一个可以舒缓疼痛的姿势。他想保持安静，却听到自己发出奇怪的动物叫声，所以有时候他眼皮底下会出现一片森林，里头有叫声刺耳的猫头鹰、鹿和熊，而他想象自己是其中之一，他发出的声音很正常，属于森林里持续不断的那片声响。

等到疼痛结束，安娜会给他一杯水，里头插着吸管，免得他还要抬起头来喝。在他下方，地板歪斜又起伏，他常常吐。他从来没乘船出海过，但他想象眼下就是那种感觉，想象涌起的海水逼得油布地板变成颤抖的小丘。"好孩子。"他喝水时，安娜会说，"再多喝一点。"

"以后会好转的。"她说。他点点头，因为他不敢想象如果没有好转，自己的人生会是什么样子。现在他的日子是以小时计算：几小时不痛、几小时会痛，而且这个时间表的不可预测性（他的身体也不可预测，只有名义上是他的，因为他根本控制不了自己的身体）令他精疲力竭。他睡了又睡，一天天就这样浑浑噩噩地过去。

后来，比较简单的方法就是和别人说这是腿痛，但其实不是这样：痛的是他的背部，沿着脊椎往下延伸到其中一条腿，像是有一根点了火的木棒插进他体内。有时他可以预测什么会触发疼痛发作，某种动作，搬太重或太高的东西，或者纯粹因为太累了。但有时候他无法预测。有时候，那疼痛会有预兆，先是一阵短暂的麻痹，或是一阵近乎愉快的痛感，轻微又迅速，只是一种触电般的刺痛在他的脊椎上下移动。这时他就明白要躺下来，等它发作完毕，那是他永远无法逃避或躲开的苦行。有时它会忽然硬闯进来，那是最糟糕的，他越来越害怕疼痛会在某些极度不适当的时候出现，因此每次重大会议、每次重大面试、每次出庭，他都会乞求自己的背部乖一点，撑过接下来几个小时，不要出事。但这一切都是未来的事情了，他从经验中学会撑过几小时，然后延长为几天、几个月、几年。

过了几个星期后，安娜带了书来给他，还叫他写下他有兴趣读的书，她可以去图书馆帮他借。但他太害羞了，不好意思写下来。他知道她是他的社工人员，被指派来照顾他，但直到一个多月后，医师开始谈到再过几个星期就可以拆掉他身上的石膏时，她才第一次问他发生了什么事。

“我不记得了。”他说。这是他当时面对一切问题的预设答案，其实他在撒谎。在一些时刻，回忆中的画面会不请自来，他会看到那辆车的车头灯，两道炽亮的白光，冲向他，然后他想起自己是怎么闭上眼睛，把头扭到一边，好像这样就可以防止那件不可避免的事情发生。

安娜等着：“裘德，没关系的。”她说，“我们基本上知道发生了什么事。但是等到某个时间，我要你告诉我，这样我们才可以好好谈谈。”她说她稍早给他做过访谈了，他记得吗？显然是他动过第一次手术不久后醒来时神志清醒，回答了她所有的问题，不光是那一夜发生的事情，连之前好几年的事情都讲了。但他实在什么都不记得了，他很苦恼自己到底说了什么，也担心当时安娜听到时脸上有什么表情。

有回他问她他告诉了她多少，“够多了，”她说，“足以让我相信地狱的存在。那些男人都该待在里头。”她的口气并不愤怒，但她的用字很愤怒。于是他闭上眼睛，很感动，还有点害怕，那些曾经发生在他身上（在他身上！）的事情竟能引起这样的愤怒、这样的刻薄和无情。

她负责监督他转到新家去，这也是他最后一个家：道格拉斯家。他们还有另外两个寄养儿童，都是女孩，年纪很小。萝西是八岁的唐氏儿，阿格尼丝是九岁的脊柱裂患者。那栋房子里面充满了坡道，不怎么好看，但平滑结实，而且他可以自己操纵轮椅行动，不像阿格尼丝需要别人的协助。

道格拉斯夫妇是福音路德会教友，但他们没逼他一起上教堂。"他们是好人。"安娜说，"他们不会烦你，你在这里会很安全。你觉得你可以接受饭前祷告，换来一点隐私和安全的保障吗？"她看着他微笑，他点点头。"何况，"她继续说，"如果你想谈罪行，随时都可以打电话给我。"

的确，安娜给他的照顾远超过道格拉斯夫妇。他在道格拉斯家睡觉、吃饭，他第一次学习怎么使用两根拐杖行动时，道格拉斯先生就坐在浴室外头的椅子上守着，要是他进出浴缸时滑倒，可以马上进去（他还是站不太稳，即使用助行支架，还是没办法冲澡）。不过，是安娜带着他去大部分的约诊；是安娜等在她家后院的一角，嘴里衔着香烟，看着他第一次开始走路，缓缓走向她；是安娜最后终于让他写下有关特雷勒医师的事，而且让他不必上法庭作证。他说过他可以，但她说他还没准备好，还说就算他不作证，他们也有很多证据可以把特雷勒医师关上很多年。听到这里，他才有办法承认自己松了一口气，因为可以不必说出那些他不知道该怎么说的话，更主要的是，这么一来他就不必再看到特雷勒医师了。当他终于把自己写下来的证词交给她——他尽量写得平铺直叙，想象他在写另外一个人，是他曾经认识但永远不必再跟他说话的人——她从头到尾看了一次，面无表情，然后对他点点头，"很好。"她干练地说，然后把那份证词折回去，放回信封里。“你做得很好。”她补了一句，然后忽然间哭了起来，简直是痛哭，完全停不下来。她跟他说了一些话，但因为哭得太凶了，他根本听不懂她在说什么。最后她终于离开了，不过那天晚上稍晚的时候，她打电话来跟他道歉。

“对不起，裘德。”她说，“我那样真是太不专业了。只是看了你写的，我就……”她沉默了一会儿，然后吸口气，“这种事不会再发生了。”

也是安娜在医师们判定他身体太虚弱、没办法上学时，帮他找了家教，让他完成了高中学业，而且也是安娜逼着他讨论上大学的事情。“你真的很聪明，你知道吗？”她问他，“你想去哪所大学都可以，真的。我跟你在蒙大拿州的一些老师谈过，他们也这么认为。你有没有想过上大学？想过吗？你想去哪里？”等到他说出来，以为她会大笑，没想到她只是点点头：“我看不出有什么不可以。”

“可是，”他开口说，“你认为他们会收我这样的人吗？”

再一次，她没有嘲笑。“没错，你没怎么受过正规教育，”她露出微笑，“但是你的考试成绩好极了，而且就算你不这么想，我保证你懂得的事情可能比这个年龄所有的小孩都要多，至少是大部分的小孩。”她叹了口气，“或许卢克修士毕竟做了点让你可以感谢的事情。”她审视他的脸，“所以我看不出有什么不可以。”

她帮他处理一切：她写了其中一封推荐信，让他用她的电脑写自我介绍短文（他没写过去一年的事；只写有关蒙大拿，还有他在那里如何学会寻找野生油菜和菇类），她甚至帮他出了申请费。

他被录取了，而且一如安娜的预测，拿到了全额奖学金。他那时跟她说，一切都是有她帮忙的缘故。

“胡说。”她说。那时，她已经病得只能发出气音，“是你自己办到的。”日后他仔细回顾前几个月，才看出种种她生病的迹象，清楚得有如聚光灯照射，也看出他有多愚蠢，只关心自己，竟然一个接一个错过了：她迅速消瘦、她发黄的双眼、她的疲倦，他原先竟然把这一切都归因于——“你不该抽烟的。”两个月前他这么跟她说，那时他跟她相处已经够放心，还会指挥她这个那个，这是他生平头一回敢这么对待成人。“你说得对。”她说，眯着眼睛看他，同时深深吸一口烟，看到他对她叹气，她咧嘴笑了。

即使在那时，她还是没有放弃。“裘德，我们应该谈谈你的过去了。”她每隔几天就会说，而当他摇头，她就打住。“那就明天吧。”她会说，“你答应我了喔，明天我们要谈谈。”

“我不懂为什么要谈。”他有回低声跟她抱怨。他知道她看过他在蒙大拿的档案，他知道她了解他的过去。

她沉默了一会儿。“我学到的一件事，”她说，“就是你要趁这些事情还新鲜的时候谈，否则就永远不会谈了。我一定要教你怎么谈这些事情，因为你拖得越久，就会越难开口，那些事就会在你心底溃烂化脓，而且你总会觉得一切都该怪自己。当然，这是不对的，但你会一直这么想。”他不知道该如何回答，但次日当她再度提起，他摇摇头转身离开，即使她在他后头喊。“裘德，”有次她说，“我让你拖太久都没有处理这件事。这是我的错。”

“那就为了我吧，裘德。”又有一回她这么说。但他没办法，即使是对她，他都找不出谈那些事的语言。何况，他不想重温那些年的经历。他想忘掉那一切，假装那些都是别人的记忆。

到了 6 月，她虚弱得连坐起来都没办法。两人认识十四个月后，现在换她躺在床上，他在床边陪伴。莱斯莉白天在医院值班，因此屋里常常只有他们两个人。“听我说，”她说，她的喉咙因为服用的某种药物而发干，讲话时难受得皱起脸。他伸手去拿水壶，但她不耐烦地挥挥手，“你离开之前，莱斯莉会带你去买东西，我帮她写了张单子，列出你会需要的东西。”他开口想反对，但她阻止了，“别跟我争，裘德。我没那个力气。”

她吞咽着，他只能等待。“你在大学里会表现得很好。”她说，闭上眼睛，“其他小孩会问你是怎么长大的。你想过这个问题吗？”

“算是想过吧。”他说，其实他满脑子都在想。

“嗯。”她咕哝了一声，她也不相信他，“那你打算怎么说？”她睁开眼睛看着他。

“我不晓得。”他承认。

“啊，就是啊。”她说。他们沉默了一会儿。“裘德，”她开口，然后又停下来，“你会找到自己的方法去谈过去发生的事。如果你想跟任何人亲近的话，你非找到不可。但是你的人生……不论你怎么想，你都没有什么好羞愧的，那一切都不是你的错。这个你要记住，好不好？”

那是最接近讨论的一次，不光是谈过去一年，也包括更早以前。“好。”他告诉她。

她目光炯炯地瞪着他：“答应我。”

“我答应。”

但即使在当时，他也没办法相信她。

她叹气，“我早该逼你多谈一些的。”她说。那是她跟他说的最后一件事。两星期后的7月3日，她过世了。她的告别式在她死后的第二周举行。那时，他已经在当地一家面包店找到暑期工作，天天坐在店后的厨房里做翻糖装饰蛋糕。葬礼后的那些日子，他都在工作台从早坐到晚，用粉红色糖霜装饰一个又一个蛋糕，试着不去想她。

到了7月底，道格拉斯夫妇搬家了：道格拉斯先生在加州圣荷西找到了新工作，他们会带着阿格尼丝过去，萝西则被重新安置到另一个寄宿家庭。他喜欢道格拉斯夫妇，但当他们跟他说保持联络时，他知道自己不会——他太想脱离眼前的人生、过去的人生了，他想成为一个全新的自己：没有人认识他，他也不认识任何人。

他被送到紧急收容所。这是州政府的称呼：紧急收容所。他争辩说他已经够大了，可以自己生活（他还很不合逻辑地想象，自己会睡在面包店后头的房间里），而且再过不到两个月他就会离开，完全脱离这个系统，但是没有人同意他的意见。那个收容所是个破烂的灰色蜂巢式宿舍，里头还有其他州政府一时无法顺利安置的男孩——他们会被送到那里，是因为他们做过的事、别人对他们做过的事，或纯粹只是因为年纪的关系。

等到他要离开时，他们给了他一些钱去买上学需要的东西。这时他发现，他们似乎隐隐以他为荣：他进入这个系统的时间或许不长，但他要去上大学，而且是一间很好的大学，日后他将永远成为他们手上成功的案例之一。莱斯莉开车载他去军用剩余物资商店。他在里头逛，挑选他认为自己可能需要的东西——两件针织衫、三件长袖衬衫、长裤、一条灰色毯子（看起来很像收容所大厅里那张破沙发露出来的填充物）——一边想着自己是否挑对了东西，想着这些东西可能也出现在安娜的清单上。他不禁一直去想那张清单上还有别的东西，还有些基本的、安娜觉得他需要的物品，但如今他永远不会知道了。在夜里，他渴望着那张清单，有时甚至压过对她的渴望。他可以想象那张清单的样子，她穿插在单个词汇里那些可笑的大写字母，她习惯用的自动铅笔，她用的黄色笺纸簿（她以前当律师时留下来的，她都用这些簿子写笔记）。有时那些字挤在一起。而在梦里，他会觉得很得意，他心想，当然了！那当然是他需要的！当然安娜会知道！但早上醒来，他再也不记得上头的内容。在那些时刻，他就会赌气地希望自己从来不曾认识她，因为有她在的时间这么短暂，比根本没有过还糟糕。

他们给了他一张北上的巴士车票，莱斯莉去车站送他离开。他把自己的东西装在一个双层黑色垃圾袋里，然后放进他在军用物资店买来的背包里。他拥有的一切全都装成干净利落的一包。在巴士上，他望着车窗外，脑袋里什么都不想。他希望自己的背部不要在车上出状况，幸好没有。

他是第一个抵达宿舍的人。等到第二个人进来（马尔科姆），身后跟着他的父母、一堆行李箱和书、喇叭、电视、电话、电脑、冰箱以及一大堆数码小玩意儿，他第一次感到那种害怕得快要吐出来的感觉，然后是生气，而且很没道理地生安娜的气：她怎么能让他相信自己适合读大学？他怎么能真的这么以为？她为什么从没提过他到底有多穷、有多丑，而且他的人生其实是一块染了血和泥巴的破布？她为什么让他相信自己可能属于这里？

几个月过去了，这种感觉逐渐减少，但是从来没有消失过，那感觉黏在他身上，像一层薄薄的霉。等到他比较可以接受这件事了，另一件却变得难以接受：他开始明白她是第一个也是最后一个他不必解释任何事的人。她知道他的皮肤上就刻画着他的人生，他的自传就写在他的皮肉和骨头上。她永远不会问他天气热成这样，为什么不穿短袖衣服，也不会问他为什么他不喜欢被人碰触，更重要的是，不会去问他的两腿和背部发生过什么事，因为她已经知道了。在她身边，他不会有面对其他人时那种持续不断的焦虑或警觉；那样随时保持警惕真是累死人，但最后那也成为他生活的一部分，就像保持姿势端正一样，成了一种习惯。有回她朝他伸出手，后来他才知道她是想拥抱他，但当时他反射性地举起双手抱住头保护自己。尽管他事后很难为情，但她从不曾让他觉得自己很愚蠢或反应过度。“裘德，我真是个白痴。”她说，“真对不起。我保证，以后不会再有突然的动作了。”

但现在她不在了，没有人了解他了。他过去的记录已经封存。他的第一个圣诞节，莱斯莉寄了一张卡片给他，地址写的是他学校的学生事务处。那是他和安娜之间最后的联系，他把卡片留在手上几天，最后还是扔掉了。他从来没回信，也从此没了莱斯莉的消息。这是全新的人生，他下定决心不要毁掉它。

然而，有时他会回想起他们最后的几次谈话，还会说出声来。那是在夜里，他的室友们各自睡在上铺或旁边（不见得都在，要看当时的状况）。“别让这种沉默变成习惯。”她过世前不久曾这么警告过他。还有“裘德，生气没关系，你不必隐藏自己的愤怒。”她错看他了，他总这么想，他不是她以为的那样。“你注定要做大事的，孩子。”她有回说，他很想相信她，却办不到。可是她有件事想得没错：的确是越来越难。他的确是怪自己。尽管他每天都努力记住他答应过她的事情，但随着每一天过去，那承诺变得越来越遥远，直到最后只成了一段回忆。她也一样，成为他许久以前读过的书里一个钟爱的人物。

* * *

“世界上有两种人。”沙利文法官总是这么说，“一种倾向于相信，另一种倾向于不相信。在我的法庭里，我们重视相信，相信一切。”

他常常如此宣告，讲完了就会吃力地站起来（他非常胖），蹒跚走出房间。这通常发生在一天终了（至少对沙利文是如此），他走出办公室，过来找他的助理们，坐在其中一个人的办公桌边，开始讲话。他讲的内容往往模糊难懂，还常常穿插着暂停，好像他的助理们不是律师，而是书记官，应该记下他讲的话。但没人记，就连他们三人中最真心相信法官、立场最保守的克里根也没记。

法官离开后，他会朝对面的托马斯咧嘴一笑，托马斯则会眼睛往上看，表示无奈和歉意。托马斯也是保守派，不过“是会思考的保守派”。他会提醒他：“可是我居然还得讲出这个差别，真是他妈的令人沮丧。”

他和托马斯在同一年开始当法官助理。他读法学院第二年的春天，法官的非正式寻才委员（其实就是他的商业法教授，也是法官的老朋友）来找他，提供这个工作机会，当时哈罗德鼓励他申请这份工作。沙利文在巡回法院的法官同僚都知道，他总是会雇一个政治观点跟他存在分歧的助理，而且歧异越大越好（他的上一个自由派助理辞职后，去帮一个倡议脱离美国独立的夏威夷主权团体工作，他的选择让法官得意了好一阵子）。

“沙利文恨我。”哈罗德当时告诉他，口气很欢乐，“他雇用你，是为了要气我。”他微笑，笑得很开心，还补了一句，“因为你是我教过最有才气的学生。”

这番恭维让他低头看着地上：哈罗德对他的赞美，通常都是通过别人转述，很少当面说出来。“我不确定我对他来说够不够自由派。”他回答。当然他对哈罗德来说不够自由派，这是他们争执的老问题之一：他的意见，他解读法律的方式，还有在生活中的运用。

哈罗德嗤之以鼻，“相信我，”他说，“你够。”

但是次年，当他去华盛顿跟法官面谈时，沙利文谈起法律和政治学，却远远不如他预料的那么热心或明确。法官一开始问了有关他的求学过程（法官也读同一所法学院）、他在法学评论学报担任的论文编辑的职位（法官也担任过同样的职位）的问题，还有他对最近几个案子的看法。大约一小时后，沙利文说：“我听说你爱唱歌。”

“是的。”他回答，很纳闷法官怎么会知道。唱歌带给他安慰，但他很少在别人面前唱。是他在哈罗德办公室唱的时候被别人听到了吗？他在法学院图书馆打工，夜里将书重新上架时，就会在静寂如教堂的空间里唱起来——当时有人听到了？

“唱一首给我听听吧。”法官说。

“您想听什么，法官？”他问。通常状况下他会很紧张，但之前他已经听说这位法官会要他表演特殊才艺（传说他还曾逼一名申请者表演抛接杂耍），而且沙利文是出了名的歌剧爱好者。

法官的胖手指放在胖嘴唇上，思索着。“嗯……”他说，“唱一首能代表你这个人的歌吧。”

他想了想，然后开始唱。他有点惊讶自己选了马勒的《我已被世界遗弃》（*Ich bin der Welt abhanden gekommen*），因为他不是那么喜欢马勒，而且这首德语独唱曲并不好唱，缓慢、悲伤又微妙，不适合男高音。不过他喜欢歌词，他大学的声乐老师曾不屑地说那歌词是“二流的浪漫主义”，但他一直觉得是翻译不好的关系。一般把歌词的第一句翻译为“我已被世界遗弃”，但他认为应该是“我逐渐被世界遗弃”，他相信这样比较没那么自艾自怜、没那么感伤，也比较认命、困惑一点。“我逐渐被世界遗弃／我已在其中浪费了太多光阴。”这首独唱曲是关于一个艺术家的人生，他当然不是艺术家。但他几乎是出于本能地了解迷失，以及被世界遗弃的概念，也了解消失后会进入另一个隐秘又安全的地方，了解那种逃避和被发现的双重渴望。“这世界是否相信我已死去／对我了无意义／我难以出言辩驳／因为我的确再也不属于这世界。”

等到他唱完睁开眼睛，法官拍手大笑。“唱得太好了，”他说，“太好了！你知道吗？我想你根本选错行了。”他又笑，“你是在哪里学唱歌的？”

“跟修士们学的，法官。”他回答。

“啊，你是天主教徒？”法官问，胖胖的身躯在椅子里坐直了，看起来很容易开心的样子。

“我小时候是。”他说。

“但现在不是了？”法官问，皱起眉头。

“不是了。”他说。他已经努力了好几年，让自己在说这件事时不带着歉意的口吻。

沙利文发出一个态度不明的咕哝声：“好吧，不管他们给了你什么，至少提供了某种保护，好对抗哈罗德·斯坦过去几年塞在你脑袋里的那些玩意儿。”他看着他的履历，“你是他的研究助理？”

“是的，”他说，“两年多了。”

“一个美好的心灵，就这么糟蹋掉了。”沙利文说（但是没讲清楚是他的心灵，还是哈罗德的），“谢谢你赶来，我们会再跟你联络。另外谢谢你那首独唱曲，我好久没听到过这么美的男高音了。你确定你没入错行？”说到这里，他露出微笑，那是他最后一次看到沙利文这么开心而诚挚的微笑。

回到剑桥市，他告诉哈罗德这次面试的过程（“你爱唱歌？”哈罗德问他，好像他刚刚跟他说自己会飞似的），又说他很确定他应征不上。一星期后，沙利文打电话来：他被录用了。他很惊讶，但哈罗德并不惊讶。“我早就告诉你了。”他说。

次日，他如常去哈罗德的办公室上班，但哈罗德穿上大衣。“正常工作今天先暂停。”他宣布，“我要你陪我去办点小事。”这很不寻常，但哈罗德这个人本来就不太寻常。来到人行道边缘，他递出车钥匙。“你想开车吗？”

“好啊。”他说，然后走到驾驶座那一边。一年前，他就是用这辆车学会开车的。当时哈罗德坐在旁边教他，他在教室外远比在教室里有耐心。“很好，”他会说，“离合器再稍微放松一点点。很好，很好，裘德，很好。”

哈罗德说他得去拿一些他送去改的衬衫，然后他们开车到广场边那家小小的、昂贵的男装店，威廉大四时在那打过工。“跟我进去吧。”哈罗德跟他说，“我需要你帮我搬出来。”

“老天，哈罗德，你到底买了多少衬衫？”他问。哈罗德的服装很固定，蓝衬衫、白衬衫、褐色灯芯绒长裤（冬天穿）、亚麻长裤（春天和夏天穿），还有各种绿色和蓝色的毛衣。

“少啰唆。”哈罗德说。

进了店里，哈罗德去找一名店员，他则等着，手指抚过装在陈列盒里的那些领带，一条条卷起来发着亮光，像甜点似的。马尔科姆把自己的两套棉料旧西装给了他，他改过之后，撑过了这两年夏天的实习。但是他去沙利文法官的面试时，就只好跟室友借西装了，而且穿上后，他从头到尾都小心翼翼的，感觉西装太大，毛料还非常精致。

这时，他听到哈罗德说："就是他。"于是他转身，看到哈罗德身旁站着一个小个子男人，一条皮尺像蛇似的挂在脖子上。"他需要两套西装：一套暗灰色、一套海军蓝。另外给他一打衬衫，两三件毛衣、几条领带、袜子、鞋子，他什么都没有。"然后对着他点头说，"这位是马可，我过两个小时再回来。"

"等一下，"他说，"哈罗德，你这是干什么？"

"裘德，"哈罗德说，"你需要一点像样的衣服。我不是这方面的专家，但是你不能穿这身衣服去沙利文那里工作。"

他很尴尬，因为他的衣服，因为他的贫穷，也因为哈罗德的慷慨。"我知道，"他说，"但是哈罗德，我不能接受这个。"

他还要说下去，但哈罗德走到他和马可中间，拉着他转身。"裘德，"他说，"接受吧，这是你努力工作赢得的。而且你非接受不可，我才不会让你在沙利文面前丢我的脸。何况，我已经付钱了，不能退款。对吧，马可？"他回头问。

"对啊。"马可立刻说。

"啊，裘德，别争了。"哈罗德说，看到他又要开口，"我得离开了。"然后就大步走出去，没再回头。

于是，他发现自己站在一道三面式镜子前，看着镜中的马可忙着量他的脚踝。当马可的手往上要量胯下到裤脚的内接缝长度时，他反射性地往后缩。"放心，放心。"马可说，好像他是一只紧张的马，然后拍拍他的大腿，也像在对待一只马。当马可量另一条腿时，他又不自觉地半踢了一下。"嘿！你知道，我嘴巴里有针。"

"对不起。"他说，留意着不敢再动。

马可完成后，他看着镜中穿着新西装的自己：这样的无特色、这样的受保护。就算某个人意外轻擦过他的背部，他也穿得够厚，对方绝不会感觉到他衣服底下隆起的疤痕。一切都盖住了，一切都藏好了。如果他站着不动，就可以成为任何人，成为某个空白而隐形的人。

“我想或许再收个半英寸。”马可说，捏起西装外套背后的腰部，又拍掉袖子上的一些线头，“现在你唯一需要的，就是好好剪个头发。”

他发现哈罗德在领带区等候，正在阅读一本杂志。“弄完了？”他问，仿佛来西装店是他的主意，哈罗德只是配合的人。

那天他们提早一起吃晚餐。他设法再感谢哈罗德，但每回他开口，哈罗德就阻止他，而且愈加不耐烦。“裘德，有人跟你说过，有时你只要接受就好了吗？”他最后终于问。

“你说过绝对不要凭空接受任何东西。”他提醒哈罗德。

“那是在课堂上和法庭里，”哈罗德说，“不是在生活中。你知道，裘德，在生活中，有时好人会碰上好事。你不必担心，因为发生的概率其实不够高。不过一旦发生了，好人只要说声‘谢谢’，就过去了。或许这么想吧，做好事的人也会从中得到满足感，真的没兴趣听对方讲一堆理由，说自己不配或不值得。”

因此他就闭嘴了。晚餐后，他让哈罗德开车送他回赫里福德街的公寓。“何况，”他下车时，哈罗德说，“你穿新衣服真的很体面。你是个很帅的小伙子，希望有人这样告诉过你。”他还来不及抗议，哈罗德又说了，“接受吧，裘德。”

于是他咽下他本来要说的。“谢了，哈罗德，谢谢你所做的一切。”

“不客气，裘德。”哈罗德说，“星期一见。”

他站在人行道上看着哈罗德的车子开走，才上楼回他的公寓。

他住的这栋褐石楼房，隔壁是麻省理工学院一个兄弟会的会馆。褐石楼房的主人是一位退休的社会学教授，住在一楼，他把剩下的三层楼出租给研究生：四楼住的是桑托什和费德里科，他们在麻省理工学院读电机博士；三楼是雅努什和伊西多尔，两个都是哈佛的博士候选人（雅努什专攻生物化学，伊西多尔则念近东宗教）；二楼则是他和他的室友查利·马（Charlie Ma），他的本名是马谦明，但大家都喊他 CM。CM 是塔夫茨医学中心的实习医生，两人的作息时间几乎完全相反：他醒来时，会听到 CM 黏浊的鼾声；等他帮哈罗德工作完，晚上 8 点回家，CM 已经出门上班去了。就他所看到的部分而言，他很喜欢 CM（他来自台北，曾就读于康涅狄格的寄宿学校，带着懒洋洋、恶作剧式的笑容，让人不禁也对着他笑），是安迪朋友的朋友，这也是他们认识的缘由。尽管 CM 总是一副懒洋洋的模样，但他其实很爱干净，也喜欢做菜，有时他回家后会发现餐桌中央放着一盘煎饺，盘子底下压着一张字条"吃我"；偶尔，他会收到 CM 的短信，要他睡前把泡在腌酱里的鸡肉翻一下，或是请他在回家路上买一把香菜。他总是照做，然后就会发现家里出现一锅炖鸡，或是他买的那些香菜被切碎放进了干贝煎饼里。每隔两三个月，他们的时间刚好能凑上时，整栋楼的六名房客会聚集在桑托什和费德里科那里（因为他们住的地方最大）一起吃东西、玩扑克牌。雅努什和伊西多尔会说他们很担心女生以为他们是同性恋，因为他们两个总是泡在一起（CM 朝他看了一眼，他曾跟他赌二十元，说他们其实睡在一起，又努力想假装自己是异性恋者——但无论如何，这种事没办法证明）。桑托什和费德里科会抱怨他们的学生有多笨，还有麻省理工学院大学部的学生素质跟他们五年前相比，真的是在走下坡了。

他和CM住的那户最小，因为房东把其中一半楼面隔出来当了仓库。CM分摊的房租比他多一大截，所以拥有卧室。他则占据客厅的一角，面对凸窗。他睡在一块松软的、像装蛋托盘的泡棉床垫上，书则排列在窗台底下。另外他有一盏灯，还有一面可以提供一点隐私的折叠纸屏风。他和CM买了一张大木桌放在小餐厅里。此外，还有两张金属折叠椅，一把是雅努什不要的，一把来自费德里科。餐桌的一半归他，另一半归CM，两边都堆着书、纸张以及笔记本电脑，日夜各自发出细小的声响。

来过他们公寓的人总是被里头的凄惨模样吓一跳。多数时候，他不太会在意，但也有例外的时候。比方现在，他坐在地板上三个放衣服的厚纸板箱前，把崭新的毛衣、衬衫、袜子和鞋子从包装的白色薄纸里拿出来，一件一件放在膝上。这是他拥有过最美好的东西，要把这么精致的衣物放进那些原该放档案夹的箱子，好像很不像话。最后，他又把那些衣物包起来，小心翼翼地放回购物袋里。

哈罗德慷慨的礼物让他很不安。首先是礼物本身，他从来、从来没有收过这么贵重的礼物。第二，他根本不可能适当地回报他。第三就是送礼这件事背后的意义。这些日子以来，他已经知道哈罗德尊重他，甚至很喜欢有他做伴。但对哈罗德来说，他有没有可能是个很重要的人，不只是一个学生而已，而是真正、实际的朋友？如果是这样，为什么他会觉得如此不安呢？

跟哈罗德相处，他花了好多个月才真正感到自在：不光是在教室或他的办公室，而是在教室之外，在办公室之外，或是像哈罗德会说的，在生活中。他去哈罗德家吃过晚餐回来后，会觉得如释重负，而且他知道为什么，尽管他很不想承认。惯例上，男人——成年男人，他还没把自己列入其中——对他有兴趣都是出于一个原因，因此他早已学会怕他们（尽管卢克修士似乎也不是这类令他害怕的男人）。有时候，他好像什么都怕，而且他恨自己这一点。害怕与憎恨，害怕与憎恨，他似乎只有这两种特质：害怕其他所有人；憎恨他自己。

早在认识哈罗德之前，他就知道他这个人了，因为哈罗德很有名。他是个坚持不懈的提问者：你在他课堂上讲的每句评论，他都会抓住不放，用一连串没完没了的“为什么”不断追问。他身材高而修长，常常在课堂上绕着小圈圈踱步，每当他提起兴趣或感到兴奋时，上半身就会往前探。

可惜他法学院第一年就上了哈罗德的契约法，有好多事情都不记得了。比方说，他不记得引起哈罗德注意的那篇论文到底写了什么，才导致两人开始在课堂外谈话，最后哈罗德还找他去当研究助理。他不记得自己在课堂上说了什么特别有趣的话。但他清楚记得那个学期的第一天，哈罗德在课堂上踱步绕了一圈又一圈，用他低沉、快速的声音讲课。

“你们是法学院一年级生。”哈罗德当时说，“恭喜各位。在法学院一年级，你们会学习一套很典型的课程，契约法、侵权法、财产法、民事诉讼法，然后明年是宪法和刑法。这些你们都知道了。

“但你们可能不知道，这套课程完美而简单地反映了我们这个社会的架构，以及我们这个社会运转所需的种种机制。要组建一个社会，首先要有一套制度化的框架：这是宪法。要有一套惩罚制度：这是刑法。必须确保有一套适当的制度，可以让其他各种制度运行：这是民事诉讼法。需要一套方法来管理领域和所有权的事务：这是财产法。必须确保人在受到其他人的损害时，施害者会负起财务责任：这是侵权法。最后，必须确保人们会遵守协议，履行承诺：这个，就是契约法。”

他暂停一下。“现在，我不想太简化，但我打赌你们有一半的人会来上法学院，是打算有一天可以从人们身上赚到钱——也就是侵权的人，这没什么好羞愧的！——而另外一半的人来上法学院，是因为你认为你们会改变世界。你们来到这里是因为你们梦想在最高法院辩论，因为你们认为法律的真正挑战，就是宪法条文间的空白地带。但我现在要告诉你们，并不是。法律最真实、最迷人、最复杂的领域，就是契约法。契约法不光是一堆纸，承诺给你一份工作、一栋房子或一份遗产而已，以最纯粹、最真实、最具概括性的意义而言，契约法统御了法律的每个领域。当我们选择住在一个社会时，我们就选择要在一份契约下生活。这份契约是为我们制定的，我们要遵守其中的规则——宪法本身就是一份契约，尽管是一份有延展性的契约，至于到底可以延展到什么地步，答案就在于法律与政治的交叉点——而在这份契约的规则下，无论规则明确与否，我们承诺不杀人、要缴税、不偷盗。但是就宪法的例子，我们既是这份契约的拟定者，也受到契约的约束：我们认为，身为这个国家的公民，从出生开始，我们就有义务尊重并遵循宪法的条款，没有一天例外。

“在这门课上，你们当然会学到契约的种种机制——如何拟定、如何违反、具有什么样的约束力、如何解约——但我也会要求你们把法律本身视为一连串的契约。有些比较公平——这一回，我会允许你们说公平——有些则不公平。但公平并不是法律唯一的考虑，甚至也不是最重要的，法律不见得总是公平，契约也不见得总是公平。但这些不公平有时是必要的，因为这样社会才能顺利运作。在这堂课，你们会学到公平和正义之间的差异，以及同样重要的，公平和必要性之间的差异。你们会学到我们身为社会的一分子，对彼此有什么义务，以及这个社会应该采取什么方法迫使我们尽这些义务。你们会学到把自己的生活，我们所有人的生活，视为一连串的协议，然后不光重新思考法律，也重新思考这个国家本身，还有你在其中的位置。”

哈罗德的这一番话深深打动了他。接下来几个星期，他又惊叹于哈罗德的思考方式有多么与众不同，惊叹于他会像个指挥家似的站在教室前方，把一个学生的观点延伸为奇怪而无法想象的结构。有一回，他和哈罗德本来颇为温和地讨论着隐私权——这是宪法的种种权利中最珍贵也最模糊的，根据哈罗德的说法，隐私权的契约定义往往无视常见的疆界，愉快地将自身纳入其他法律的领域中——但后来却演变成他们两个对于堕胎的论辩。他说堕胎在道德立场上站不住脚，但在社会观点上却是必要的。“哈！”哈罗德当时说，他是少数不仅对法律论点有兴趣，也对道德论点有兴趣的教授，“那么，圣弗朗西斯同学，如果我们为了治理社会，抛弃了法律中的道德，那会怎么样呢？在什么样的状况下，一个国家及其人民应该开始重视社会控制而非道德观念呢？那样的状况存在吗？我不认为。”但他坚持不退让，其他同学也就只能看着他们两人一来一往继续争论。

哈罗德写过三本书，让他成名的是最新的一本——《美国式握手：独立宣言的承诺与失败》。在认识哈罗德之前他就读过了。书中以法律的观点诠释独立宣言，哪些承诺兑现了，哪些没有；另外，如果这篇宣言写在今天，经得起当代法学潮流的考验吗？（“简短的答案：不。”《纽约时报》的书评如此归纳。）现在他在帮忙做的研究是针对哈罗德的第四本书，那是《美国式握手》的某种续论，以同样的观点谈宪法。

“但是只谈权利法案，还有比较性感的修正案。”他去应征研究助理职位时，哈罗德这么告诉他。

“我都不知道某些修正案比其他的性感。”

“当然有。”哈罗德说，“只有第十一条、十二条、十四条、十六条是性感的，其他基本上都是过往政治的糟粕。”

“第十三条是垃圾？”他津津有味地问。

“我没说那是垃圾。”哈罗德说，“只是不性感罢了。”

“可是我以为那就是糟粕的意思啊。”

哈罗德夸张地叹了口气，抓起桌上的字典，打开来翻找，研究了一会儿。“好吧，”他说，把字典扔回桌上的一堆纸上，任它滑到书桌边缘，“第三个定义是垃圾没错。但是我指的是第二个定义：剩余物、残屑——过往政治的残余物。这样你高兴了吧？”

“是的。”他说，设法憋住笑意。

每星期一、三、五的下午和晚上，他开始帮哈罗德工作，这三天他的课最轻松——星期二和星期四下午他要去麻省理工学院（他在那里拿到硕士学位）上专题研讨课，晚上在法律图书馆打工。每个星期六，他上午去图书馆工作，下午去医学院附近一家叫“烘焙工房”的面包店工作，他从大学时代就在那里打工，现在负责特殊订单，比如装饰饼干、做几百个装饰蛋糕的翻糖花瓣，以及试验不同的新配方，其中一款以十种坚果为原料的蛋糕后来成为店里的畅销产品。他星期天也在烘焙工房工作。老板艾莉森常把一些比较复杂的订单交给他。有天艾莉森递给他一张订单，上头写着要三打糖霜饼干，还要装饰得像各式各样的细菌。“我想所有人里头，大概只有你能想出办法了。”她说，“那个顾客的太太是微生物学家，他想给她跟她的实验室一个惊喜。”

“我会研究一下。”他说，接过那张订单，注意到顾客的名字：

哈罗德·斯坦。于是他就问了CM和雅努什的意见，做出像涡轮图形、流星槌球、小黄瓜的图案，利用不同颜色的糖霜画出上头的细胞质、细胞膜和核糖体，还用甘草糖绳做出鞭毛。他印出一张清单，标明每一种是什么细菌，折起来放进盒子里，盖上盒盖，用绳子绑好。他当时和哈罗德还不熟，但他很乐于替他做些事情，让他印象深刻，即使是匿名。而且他乐于猜测这些饼干是要庆祝什么：论文发表？周年纪念？或者只是宠爱妻子而已？哈罗德·斯坦是那种会无缘无故带着饼干出现在太太实验室的人吗，他猜想说不定真是。

隔周，哈罗德跟他提起在烘焙工房订的饼干太惊人了。几个小时前他在课堂上对统一商业法的热情，这会儿落在了那些饼干上。他坐在那里咬住脸颊内侧，免得笑出来，听哈罗德谈起那些饼干多么天才，还有朱丽娅的实验室被那些饼干的细节和逼真弄得哑口无言，一时间他成了实验室的英雄。"顺便说一声，要让那些人这么惊讶可不是件简单的事情。他们暗地里都认为念人文学科的都是智障。"

"听起来，那个饼干师傅真的有强迫症。"他说。他没跟哈罗德提过他在烘焙工房打工，也不打算告诉他。

"那我还真想见见这位强迫症患者。"哈罗德说，"而且那些饼干很好吃。"

"嗯。"他说，想着要问哈罗德什么问题，免得他一直谈那些饼干。

当然，哈罗德还有别的研究助理，两个法学院二年级生和一个三年级生，他都见过，不过他们的上班时间没有重叠。有时他们会用纸条或电子邮件沟通，解释手上的研究进行到哪里，好让下一个人接手继续做。但是到了他一年级的第二个学期，哈罗德派他专门研究第五修正案。"那条修正案很棒，"他说，"性感得不得了。"两个二年级助理被分配到第九修正案，三年级的助理则是第十修正案。他知道这么想很荒谬，但他不禁有种胜利感，好像他得到其他人没有的东西。

他第一次获邀去哈罗德家吃晚饭，是3月一个冰冷而灰暗的傍晚，哈罗德临时起意邀请他。“你确定吗？”他迟疑地问。

哈罗德诧异地看着他。“当然确定。”他说，“只是吃顿饭而已。你总得吃饭吧？”

哈罗德住在剑桥市一栋三层楼房里，位于大学校园的边缘。“我都不知道你住在这里。”他说，看着哈罗德把车子开入车道，“这是我最喜欢的街道之一。我以前每天都会经过，抄近路去校园的另一头。”

“不光是你，每个人都这样。”哈罗德说，“我是在离婚前不久买下这栋房子的。当时这一带房子里住的都是研究生，所有的护窗板都快掉光了，大麻的气味浓得要命，光是开车经过都可能会吸到。”

当时下着小雪，但他很庆幸门前的台阶只有两级，这样他就不必担心会滑倒，或者需要哈罗德帮忙。进屋之后，他闻到奶油、胡椒和淀粉的气味，猜想是在做意大利面。哈罗德把公文包扔在地板上，稍微跟他介绍了屋子：“客厅，后头是书房，厨房和餐厅在你左边。”然后把他介绍给朱丽娅，她跟哈罗德一样是高个子，一头褐色短发，他立刻喜欢上了她。

“裘德！”她说，“终于！我听说了你好多事，真高兴终于看到你了。”他觉得她的口气好像真的很高兴。

晚餐时，他们边吃边聊。朱丽娅出生于英国牛津的学者家庭，来美国斯坦福大学读完研究生后就留了下来。她和哈罗德是五年前经由一个朋友介绍而认识的。她的实验室正在研究一种新病毒，显然是 H5N1 流感病毒的变种，他们正在想办法绘制出这种病毒的基因图谱。

“微生物学界不是很担心这类基因组有武器化的可能吗？”他问，然后感觉到（而不是看到）哈罗德的目光转向自己。

“是啊，没错。”朱丽娅说，然后跟他解释她和同事们工作上的种种争议。他看了哈罗德一眼，他正抬起一边眉毛看着他，那个表情不知是什么意思。

接着话题转移，他几乎可以看到讨论逐渐离开朱丽娅的实验室，势不可挡地朝他的方向移动，看得出如果哈罗德愿意的话，会是一位多么出色的诉讼律师。他看得出他在引导方向和改变位置方面的技巧，他们的谈话简直是某种液体，他要引导它穿过一连串的水槽和滑道，消除掉任何漏水的可能，直到这些液体达到不可避免的终点。

“那么，裘德，”朱丽娅问，“你是在哪里长大的？”

“大部分是在南达科他州和蒙大拿州。”他说，并且感觉到自己心底的那只活物站起来，意识到危险，但是躲不掉了。

“所以你爸妈是牧场主人了？”哈罗德问。

这些年来，他已经学会预料这一系列问题，也学会如何转移话题。“不是，”他说，“不过看来那里很多人是。那里的乡下很美。你们去过西部吗？”

通常，说到这里就够了，但是这对哈罗德没用。“哈！”他说，“我好久没看到转得这么顺的技巧了。”哈罗德盯着他不放，而且近得让他垂下目光看自己的盘子，“我想，你是要用这种方式告诉我们，你不会说出你父母是做哪一行的了？”

“啊，哈罗德，别烦他了。”朱丽娅说，但他可以感觉到哈罗德还是盯着他看。晚餐结束时，他终于松了一口气。

那一晚之后，他们的关系变得更紧密，却也更艰难。他觉得自己唤醒了哈罗德的好奇心，而且他把那好奇心想象成一只活泼、眼睛发亮的狗（一只犬，坚持不懈而敏锐），不确定那是不是好事。他想更了解哈罗德，但是经过那顿晚餐，他又想起要了解一个人的那种过程，其中的挑战性总是比他记忆中大得多。他总是忘记这一点，又总是被逼得想起来。一如过去常常发生的，眼前他真希望这整个过程可以迅速结束，他可以用念力飞到下一阶段，来到彼此关系柔软又有弹性且舒适的状态，双方都了解且尊重彼此的界限。

其他人可能会再试着问他几次，然后就不再烦他了。他以前碰到的人，他的朋友、同学、其他教授，都是如此，但哈罗德可不像其他人那么容易放弃。就连他平时的策略（其中之一就是跟对方说他想听听有关他们的事情，而不是谈他而已。这一招不但是实话，而且很管用）都对哈罗德无效。他从不知道哈罗德什么时候又会突袭，反正每次他都没有准备，而且两人相处越久，他反而越加局促不安，而没有更轻松。

他们会在哈罗德的办公室里谈着某件事情（比方弗吉尼亚大学的招生政策有不够保障弱势族群之嫌，整个案子将进入最高法院），然后哈罗德会问："那裘德，你的种族背景是什么？"

"很多。"他会回答，然后试着改变话题，甚至不惜把一叠书弄在地上以转移注意力。

但有时那些问题又会没头没脑地随机出现，毫无前奏，根本不可能预料。某天晚上，他和哈罗德在他的办公室工作到很晚，哈罗德点了外卖食物。餐后甜点是幸运签饼和布朗尼蛋糕，哈罗德把装着幸运签饼的纸袋推向他。

“谢谢，我不吃。”他说。

“真的？”哈罗德问，抬起眉毛，“我儿子以前很爱这个。我们以前试过在家里自己做，可是怎么都做得不像。”他把一块布朗尼蛋糕掰成两半，“你小时候，爸妈会常常为你烤糕饼吗？”他问这些问题时总是故作轻松，简直轻松得让人受不了。

“没有。”他说，假装在检查之前的笔记。

他听着哈罗德咀嚼，想着该避开还是继续这段谈话。

“你跟你爸妈常常见面吗？”另一晚，哈罗德又忽然问他。

“他们过世了。”他说，双眼仍看着手上的笔记。

“我很遗憾，裘德。”哈罗德沉默了一会儿说，那种真诚的口气让他抬起头，“我父母也过世了，不算太久以前。当然了，我比你老很多。”

“我很遗憾，哈罗德。”他说。然后猜着说，“你跟他们很亲。”

“是啊，”哈罗德说，“非常亲。你跟你父母呢？”

他摇摇头：“不亲，不算亲。”

哈罗德沉默了。“可是我敢说，他们以你为荣。”最后他终于说。

每回哈罗德问起有关他个人的问题时，他总觉得一股寒意袭来，仿佛从体内开始结冰，器官和神经罩上一层寒霜。那一刻，他觉得自己可能要崩溃了，如果他开口说话，那些冰就会破碎，让他整个人碎裂开来。所以他等了一会儿，直到确定自己能用正常的声音说话，才询问哈罗德剩下的文章要他现在找，还是等到明天早上。可是他没看哈罗德，只是低头对着自己的笔记本讲话。

哈罗德沉默了好一会儿才回答，“明天吧。”哈罗德低声说。于是他点点头，收拾东西回家，知道哈罗德的双眼一路跟着他一跛一跛地走到门口。

哈罗德想知道他是怎么长大的、是否有兄弟姐妹，还想知道他有些什么朋友，跟朋友们一起做些什么，他渴望信息。至少他可以回答最后一题，所以就告诉哈罗德朋友们的事情，他们怎么认识的、现在他们在哪里：马尔科姆在哥伦比亚大学读研究生，杰比和威廉在耶鲁。他喜欢回答哈罗德关于这些朋友的问题，喜欢谈起他们，喜欢听到哈罗德为这些朋友的故事开心大笑的声音。他告诉他 CM 的事情，还有桑托什和费德里科如何跟隔壁栋兄弟会会馆的计算机系大学生闹不和，有天早上他醒来，看到一串用避孕套做成的机动飞船嘈杂地飘过他的窗前，向上飘往四楼，每架飞船底下都有个标语，上头写着：桑托什·贾殷和费德里科·德卢卡有超袖珍老二。

但是当哈罗德问起其他问题时，他就觉得那些问题的重量、出现的频率和必然性简直压得他喘不过气。有时他觉得，哈罗德那些没有问出口的问题把空气变得好热好闷，简直跟问了没两样。人们想知道那么多，想得到那么多答案。他了解，他真的了解，他自己也很想得到答案，他也很想知道一切。然后他就会很庆幸自己有那些朋友，庆幸他们相较之下很少试图从他身上挖出什么，庆幸他们不打扰他，让他像一片空旷无名的大草原，黄色的表面之下有蚯蚓和甲虫在黑色土壤中钻动，让一片片碎骨缓缓钙化为岩石。

“你真的对这个很感兴趣。”他有次烦得这么回哈罗德。哈罗德问他有没有在跟谁交往，然后他听到了自己的口气，就停下来道歉。当时他们认识快一年了。

“为了这个？”哈罗德说，没理会他的道歉，“我是对你有兴趣，这没什么好奇怪的，朋友间本来就会聊这类事情。”

尽管他觉得不自在，还是持续回到哈罗德身边，持续接受他的晚餐邀约。尽管每回碰面，总有那么一刻他希望自己消失，或者担心他会让哈罗德失望。

某天晚上，他去哈罗德家吃晚餐，认识了哈罗德最要好的朋友劳伦斯，还有他太太吉莉安。劳伦斯是哈罗德读法学院时认识的，现在是波士顿上诉法庭的法官，吉莉安则在西蒙斯女子学院教英文。“裘德，”劳伦斯说，他的声音比哈罗德还低沉，“哈罗德跟我说，你同时也在麻省理工学院念硕士，是什么硕士？”

“纯数学。”他回答。

“纯数学跟……”吉莉安笑了一声，“跟一般的数学有什么不一样？”她问。

“这个嘛，一般数学或应用数学，我认为可以算是实用数学，”他说，“是用来解决问题、提供解答的，无论是在经济学、工程学、会计学，或任何方面。但纯数学不是用来提供直接、明显、能实际被应用的解答的，那纯粹是一种形式的表达。它唯一证明的，就是数学本身几乎无穷无尽的弹性。当然了，是在我们定义的那套假设里。”

“你是指，比如虚数几何学那一类的？”劳伦斯问。

“当然，包括在内，但不只是那些。纯数学往往只是……只是证明了数学本身那种不可能存在、却始终一致的内在逻辑而已。纯数学领域里还有各式各样的专业，比如你刚刚提到的几何纯数学，但还有代数数学、程序化数学、密码学、信息论，以及我在学的纯逻辑。”

“那是什么？”劳伦斯问。

他思索着：“数学逻辑，或者纯逻辑，基本上是真与假之间的对话。比方说，我可能跟你说：‘所有正数都是实数。2 是正数，因此 2 就一定是实数。’但这不见得确实为真，对吧？这是从逻辑上去推演、去假设的。我其实没有实际证明2是实数，但逻辑上这必然为真。所以你就会写出一份证明，从本质上去证明这两种陈述的逻辑确实为真，而且适用于其他无穷尽的情况。”他停下来，“你觉得这样有道理吗？”

“我看到，所以它存在。”劳伦斯忽然用拉丁语说。

他微笑：“那正是应用数学的意义。但纯数学要更……”他又想了一下，然后用拉丁语说，“我想象，所以它存在。”

劳伦斯也朝他微笑点头。“非常好。”他说。

“唔，我有个问题。”哈罗德说，之前他一直默默在旁边听，“你怎么会来读法学院？到底是为什么？”

大家都笑了起来，他也笑了。他常常被问到这个问题（李博士是绝望地问，他的硕士指导教授卡申博士则是困惑地问），而他总是会视谈话对象而改变答案，因为真正的答案——他想找到保护自己的手段，他想确保再也没有人可以找到他——似乎太自私、肤浅又琐碎，这种理由实在说不出口（而且会引起一大堆后续的追问）。此外，他现在已经懂得够多，知道法律的保护很脆弱：如果他真的想安全，他就该成为一个擅长狙击的神枪手，或是成为化学家，在实验室里面研究毒药。

不过那一晚，他说：“法学跟纯数学其实没有那么不同。我的意思是，理论上，法律可以为任何问题提供答案，不是吗？任何法律都经得起考验、可以适应各种情况。如果这些法律不能为自己涵盖范围内的所有事项提供解答，那就根本不算法律了，不是吗？”他停下来思索自己刚刚讲的，“我想，两者的差异是，法学里，有很多路径通向很多解答；而数学里，有很多路径通向同一个解答。同时，我猜想，法律的重点其实不在于真或假，而在于能否用于治理。

但数学不必方便或实用，或可以管理，数学只需要为真。

“但我想两者很像的另一点就是，数学跟法律一样，更重要的——更精确地说，是更让人难忘的——不是赢得一个案子，或证明一个定理，而是你的方式有多漂亮、简洁。”

“什么意思？”哈罗德问。

“嗯，”他说，“在法律里，我们会谈到一个漂亮的法庭辩论总结，或是一个漂亮的判决，我们指的当然不光是其中的逻辑性，也是措辞表达的方式。同样，在数学中，我们谈到一个漂亮的证明法，我们欣赏的是其中的简单，那种基本的，也许是不可避免的必然性。”

“那么费马最后定理呢？”朱丽娅问。

“那是不漂亮证明的绝佳例子。证明出这个定理固然很重要，但是这个证明却让很多人失望了，比如我的指导教授。那个证明长达几百页，涉及了数学中许多迥然不同的领域，而且整个证明的方法太折磨人，简直是曲折。所以，虽然这个定理已经被证明了，但还是有很多人在努力，想用更简练的方式证明出来。一个漂亮的证明就像一个漂亮的裁决，是简洁明白的，只用上四五个跨越数学各领域的不同概念，而且用相对简短的步骤，就可以推导出数学里一个重大而具有普遍性的新定理，它完全可被证明、绝对无法被动摇。而在数学建构的世界里，很少有不可动摇的绝对真理。”他停下来喘口气，忽然意识到自己一直讲个不停，其他人都默默地看着他。他可以感觉到自己脸红起来，感觉到那古老的憎恨再度像脏水般淹没他。“对不起。”他道歉，“真对不起。我不是故意这样讲个不停的。”

“你在开玩笑吧？”劳伦斯说，“裘德，我想这大概是我在哈罗德家十年来第一次真正有启发性的谈话了。谢谢你。”

大家又笑了起来，哈罗德往后靠坐在椅子上，看起来很快乐。“看到没？”他不小心看到哈罗德的嘴型，他正无声地对着桌子对面的劳伦斯说话，而劳伦斯点点头。他明白这是在说他，心底忍不住得意起来，同时又觉得害羞。哈罗德跟他的朋友们谈过他吗？眼前这是在测试他，但他根本不知道自己在受测？他很庆幸自己过关了，没有给哈罗德丢脸。同时让他庆幸的是，尽管有时他会觉得不自在，他可能终于在哈罗德家赢得一席之地了，他可能会再度受邀。

随着每一天过去，他就更信任哈罗德一点，但偶尔又想着自己是否在犯同样的错误。去信任别人比较好，还是谨慎一点比较好？如果你心底有一部分总是在等着对方背叛，这样能建立真正的友谊吗？有时他觉得自己好像在利用哈罗德的慷慨，利用他对自己乐观的信心；但有时候，他又觉得谨慎是明智的选择，因为万一最后结束得很难看，他也只能怪自己。但要他不信任哈罗德真的好难，被哈罗德搞得很难，而且同样重要的是，也被他自己搞得很难。他想要信任哈罗德，他想要屈服，他想要他心底的那个活物乖乖去睡觉，再也不要醒来。

在法学院第二年的某一晚，他在哈罗德家待到很晚，最后打开门要离开时，台阶、街道、树木全都被白雪掩盖，雪花打着旋扑向门，风大得让他们两人都后退一步。

“我打电话叫出租车。”他说，免得哈罗德还要开车送他回家。

“不，不行。”哈罗德说，“你今晚就住在这里。”

于是，他在哈罗德和朱丽娅家二楼的客房过夜。那个房间和主卧室之间隔着有窗子的大书房，还有一条短廊。“这是T恤。”哈罗德说，把一团灰色的柔软物件朝他抛过来。“这是牙刷。”他放在书架上。“浴室里有备用的毛巾。你还需要什么吗？水？”

“不用了。”他说，“哈罗德，谢谢你。”

“别这么说，裘德。晚安了。”

“晚安。”

他好一会儿都睡不着，盖着羽绒被，睡在柔软的床垫上，看着窗子被雪染成白色，听着水龙头的流水声，哈罗德和朱丽娅交谈的模糊低语，还有其中一人蹑手蹑脚走路的声音，然后，终于，什么都听不到了。在那些时刻，他假装他们是他的父母，而他周末从法学院回家来探望他们。这是他的房间，次日他会起床，做一些成年子女会陪父母做的事情。

法学院第二年结束后的夏天，哈罗德邀请他到他们夫妇位于鳕鱼角特鲁罗的房子玩。“你会喜欢那里的。”他说，“请你的朋友一起来，他们也会喜欢的。”于是 9 月初劳动节前的那个星期四，他和马尔科姆的实习一结束，他们四个就一起从纽约开车北上去特鲁罗。在那个劳动节的长周末里，哈罗德的注意力转移到杰比、马尔科姆和威廉身上。他也在观察他们，很佩服他们可以回答哈罗德的每一个问题，欣赏他们对自己的人生这么大方，可以说出自己的故事让大家嘲笑，把哈罗德和朱丽娅逗得大笑。他看着他们在哈罗德身边那么自在，而哈罗德跟他们在一起也很自在。他体会到那种奇特的愉悦感，看着他所爱的这些人爱上彼此。那栋房子有一条私人步道，通往一小片海岬上的私人海滩。上午，他们四个会一起走到海滩去游泳（就连他也下水了，穿着他的长裤、汗衫加一件牛津纺衬衫），然后躺在沙子上烤干，感觉黏在身上的衣服逐渐干燥，剥离他的身体。有时哈罗德会过来看他们，或者跟着一起游泳。到了下午，马尔科姆和杰比会在沙丘间骑脚踏车，他和威廉则徒步跟在后头，捡拾贝壳碎片和寄居蟹的空壳，威廉会放慢速度配合他。到了晚上没那么热时，杰比和马尔科姆分别忙着素描，他和威廉则阅读。他觉得整个人被太阳、食物、盐和满足感弄得懒洋洋的，晚上总是很早、很快就睡着，早上他会比其他人先醒来，独自走到后阳台望着大海。

我以后会碰上什么事？他问大海，我现在碰上了什么事？

假期结束，秋天的新学期开始。没多久他就明白，那个周末，他的某个朋友一定跟哈罗德说了些什么，不过他确定不是威廉，他只跟威廉稍微提到一点自己的过去。即使在当时，提到的事情也很少，只有三项事实，一个比一个微小，全都没有意义，加起来连一个故事的开头都凑不出来。就连童话故事的第一句，都比他告诉威廉的三件事要更详尽：从前有一个小男孩和一个小女孩，跟他们的伐木工父亲和继母，住在一片寒冷的森林深处。伐木工父亲很疼爱子女，但他非常穷，于是有一天……所以，不管哈罗德得知了什么，都是其他人凭着观察而推测的，只是一些推理、猜想和虚构。但不管是什么，都足以让哈罗德对他的提问（关于他的过去和他的家乡）就此停止。

随着几个月过去，然后是几年，他们发展出了一种默契，从不谈他 15 岁之前的事情，好像那十五年根本不存在。到了他去读大学时，有人把他从工厂的箱子里拿出来，按下他颈部的开关，他就颤抖着活起来。他知道哈罗德仅凭自己的想象，去填补那空白的十五年，某些想象的片段比他真正经历过的更糟，某些则更好。但哈罗德从没把自己想象的内容告诉他，他也不想知道。

他从不觉得他们的友谊是因为环境而形成的，但他觉得哈罗德和朱丽娅可能会这么想，也有心理准备。于是他搬去华盛顿当法官助理时，以为他们会忘了他，也试着做好失去这对朋友的准备。结果这并没有发生。反之，他们写电子邮件、打电话给他，每次其中一人到华盛顿时就会找他一起吃晚餐。夏天，他和朋友会去特鲁罗度假；感恩节，他们会去剑桥市拜访。两年后他搬到纽约，开始在联邦检察官办公室工作，哈罗德简直替他兴奋到不行，甚至提议让他住他们夫妇在上西城的公寓，但他知道他们常去那里小住，而且他不确定这个提议有多认真，于是就婉拒了。

每个星期六，哈罗德会打电话问起他的工作，他会聊起他的上司，副联邦检察官马歇尔。他的记忆力好得吓人，能背出所有最高法院的决议，闭着眼睛就能随便念上一段，念诵时声音变得呆板而沉闷，但从来不会多一个字或少一个字。他总以为自己的记性很好，但马歇尔的记忆力令他惊奇。

在某些方面，联邦检察官办公室会让他回想起少年之家，大部分是男性，整个地方有一种特殊而持续的敌对气氛。只要有一群不相上下、好胜心强的人待在同一个空间，而且明白其中只有少数人有机会脱颖而出，自然就会出现那种隐隐的唇枪舌剑（不过在这里，他们不相上下的是成就；在少年之家，他们不相上下的是饥渴和向往）。两百个助理检察官似乎都出自同样的五六所法学院，差不多每个人都是各校的法学评论学刊编辑，当过模拟法庭辩论赛的代表。他这个小组有四个人，主要负责证券诈欺案件。他和组员各自有着不同的资历和特质，期望能凭借它们略胜别人一筹。他拥有麻省理工学院的硕士学位（就算没人在乎，好歹也让他与众不同），曾担任巡回法庭沙利文法官的助理，而马歇尔和沙利文法官是好友。办公室里他最要好的朋友西提任则在英国剑桥大学拿到法律学位，搬到纽约前曾在伦敦担任两年出庭律师。他们三人组里头的第三人罗兹，大学毕业后拿了阿根廷的富布赖特奖学金赴美深造。（他们小组里的第四人是个很懒的家伙斯科特，谣传他能得到这份工作，是因为他父亲是总统的网球球友。）

他平常都待在办公室。有时，跟西提任和罗兹加班到很晚，吃着外卖食物时，他会想起在虎德馆的套房里和室友共度的日子。尽管他也很喜欢跟西提任和罗兹在一起，而且很尊敬他们独特的、具有深度的智慧，但那些时刻，他总会怀念起他的好友。他们的想法跟他截然不同，让他也跟着跳脱框架去思考。有回他跟西提任和罗兹讨论逻辑到一半，忽然想起他硕一那年，为了参加李博士开的纯数学专题研讨课前去面试时，被问到一个问题：为什么人孔盖是圆的？这是个简单的问题，很容易回答，但是当他回到虎德馆，把李博士的问题转述给室友听时，他们全都沉默不语。最后杰比终于开口，用流浪说书人那种柔和的口吻说："很久很久以前，长毛象在地球到处漫步，它们的脚印在地上留下了永恒的圆形凹印。"他们全都大笑起来。想到这件事，他露出微笑，有时他真希望自己有个像杰比一样的脑子，可以编出让别人开心的故事，而不是像他自己这样，总是在寻找解释。解释可能是对的，却缺乏浪漫、想象力，以及才思。

"该去秀一下我们的资历了。"每逢联邦检察官本人来到这一楼，西提任就会偷偷这么跟他咬耳朵。此时，所有助理检察官都会匆忙涌上去，一大群灰色西装像飞蛾见到火似的。他们两个和罗兹也会加入，但即使在那些时候，他也从来不曾提起他的王牌资历，明知这资历不但可以让马歇尔印象深刻，也会让联邦检察官停下来多看他两眼。在他得到这份工作后，哈罗德曾问他可否在亚当（也就是联邦检察官）面前提起他，因为哈罗德碰巧跟亚当认识很久了。但他跟哈罗德说他想靠自己。这是实话，但更重要的理由是，他不确定该把哈罗德的名字当成自己的资产，因为他不希望让哈罗德后悔跟他来往。于是他什么都没提。

然而，感觉上哈罗德好像还是在他身旁。办公室里大家最喜欢的娱乐，就是回忆法学院（还有他们当时参加的活动，吹嘘着各自在法学院的成就）。由于很多同事都跟他上过同一所法学院，其中不少人也认识哈罗德（还有一些人认识他），有时就会听见他们谈到自己修过哈罗德的课，或是为了这门课要做多少准备，听到这些他深以哈罗德为荣，也以自己认识他为荣（虽然他觉得这样很傻气）。次年，哈罗德有关宪法的那本书即将出版，办公室每个人都会读到致谢辞，看到他的名字，知道他当过哈罗德的研究助理，很多人会开始起疑心，他会看到他们一脸担心，努力回想曾在他面前说过哈罗德什么。然而到那时，他会觉得已经靠自己在这个办公室巩固了地位，跟西提任和罗兹找到了自己的位置，和马歇尔建立了关系。

他很愿意也很渴望成为哈罗德的朋友，但他还是很谨慎地避免这么宣称。有时他担心两人之间的亲近根本是他自己想象出来的。因为太过期望，才会在心里让这份交情膨胀，这时他就会（很尴尬地）把哈罗德《美丽的承诺》这本书从书架上抽出来，翻到致谢辞那一页再读一次，好像那致谢辞本身就是一份契约，宣告他对哈罗德的感觉至少在某种程度上是相互的。然而他一直准备着：这个月就会结束了，他会告诉自己。然后，到了月底：下个月，他下个月就不会想再理我了。他设法让自己持续处于准备好的状态，他设法让自己做好失望的准备，即使他很渴望最后证明自己是错的。

然而，这份友谊一直持续下去，像一条湍急漫长的河，把他卷入水流中，带着他往下，来到预想不到的地方。每当他觉得到达两人关系的极限时，哈罗德和朱丽娅就会打开另一个房间的门，邀请他进入。有一年的感恩节，朱丽娅的家人从英格兰来访，他因此认识了朱丽娅的父亲（一位退休的胸腔内科医生），以及哥哥（一位艺术史教授）。而哈罗德和朱丽娅来纽约时，会带他和威廉出去吃晚餐，去一些他们听过但吃不起的餐厅。他们夫妇也看过利斯本纳街那间公寓（朱丽娅的态度保持礼貌，哈罗德则吓坏了），恰好那个星期，公寓暖气不知为何刚好坏了，他们把上西城公寓的钥匙给了他一份。他和威廉一进去，就发现里头实在太温暖，刚到的第一个小时，他们就像两个假人似的坐在沙发上，因为暖气重回他们的生活而惊讶得无法动弹。而在哈罗德目睹他疼痛发作的样子之后——事情发生在他搬回纽约后的那个感恩节，当时他正在厨房炒菠菜，绝望中（心知自己绝对没法爬上二楼）他关掉炉火，拖着身子进入食品贮藏室，关上门躺在地板上等待——他们夫妇就重新安排了房子的格局，下回他去拜访，发现楼上客房的家具被移到了一楼客厅后方的套房里，那原先是哈罗德的书房，而那里面的桌椅和书都被搬到了二楼。

即使在这一切之后，一部分的他还总是等待有一天自己会被关在一扇门外，门把转不开。那样他也未必会太介意，因为置身在一个毫无禁区、为他提供一切却不要求回报的空间里，其实有点可怕，又让人焦虑。他设法尽可能地对他们付出，但能给的实在不多。而哈罗德那么轻易地给予他的一切，无论是答案或关爱，都是他无法回报的。

认识他们将近七年的那个春天，有一天他在他们家。那是朱丽娅 51 岁的生日，前一年她 50 岁生日时去了奥斯陆参加学术会议，于是决定今年要好好庆祝一番。那天他和哈罗德正在打扫客厅，其实是他在打扫，哈罗德任意从书架上抽出一本书来，告诉他那本书是怎么得到的，或是翻开封面，让他看看其他人写在里头的名字。

其中有一本《豹》，书前的扉页写着“劳伦斯·瑞里的财产。不准拿走。哈罗德·斯坦，我就是在说你！！”

当时他威胁要告诉劳伦斯，哈罗德也威胁他：“你最好不要，裘德。这样对你可没有好处。”

“不然呢？”他问，逗着他。

“不然——这个！”哈罗德说着便朝他扑过去，他还没来得及搞清楚哈罗德只是在玩闹，就猛然往后缩，转身想避开哈罗德，却不小心撞上了书架，撞到一个凹凸不平的瓷杯，那是哈罗德的儿子雅各布做的。结果杯子掉到地上，摔成干净利落的三片。哈罗德往后退，接着是一段可怕的沉默，他差点哭了出来。

“哈罗德，”他说，蹲在地上，捡起那些碎片，“我好抱歉，我好抱歉。请原谅我。”他真想把自己打趴在地板上，他知道这是雅各布生病之前帮哈罗德做的最后一件东西。在他上方，他只听到哈罗德的呼吸声。

“哈罗德，请你原谅我。”他又说了一次，手里捧着那些碎片，“不过我想我可以修好，我可以弄得好一点。”他看着马克杯发亮的乳白色釉面，不敢抬头。

他感觉到哈罗德蹲在他旁边。“裘德，”哈罗德说，“没关系，这是意外。”他的声音很轻，“把碎片给我。”他说，但他的动作很轻柔，听起来也不像生气。

他照做了。“我可以离开。”他说。

“你当然不能离开。”哈罗德说，“没事的，裘德。”

“但那是雅各布做的。”他愣愣地说。

“没错。”哈罗德说，“摔破了也还是。”他站起来。“看着我，裘德。”他说。他终于看了。“没事的。来吧。”哈罗德伸出一只手，他握住了，让哈罗德拉他站起来。那时他好想大哭，在哈罗德给了他一切之后，他的回报竟是毁掉他最心爱的人所做的珍贵物件。

哈罗德拿着马克杯碎片上楼回他的书房，他则默默地打扫完客厅。美好的白天逐渐变得灰暗。朱丽娅回家时，他等着哈罗德跟她说他有多愚蠢、多笨拙，但没有。那天的晚餐席上，哈罗德跟往常没有两样。等到他回到利斯本纳街，他手写了一封得体的信，很得体地道歉，然后寄给哈罗德。

几天后，他收到了回信，也是手写的信，日后他将珍藏一辈子。

“亲爱的裘德，”哈罗德写道，“谢谢你漂亮（但是没必要）的信。我感激你所写的一切。你说得没错，那个马克杯对我意义重大，但是你的意义更重大。所以请别再折磨自己了。

“如果我是另一种人，我可能会说，这整件事就是人生大致状况的隐喻：东西会破损，有时能被修复，但大多数情况下，你会明白无论什么被毁掉了，生活都会自我调整，弥补损失，有时甚至是令人惊叹的补偿。

“其实呢——或许我就是那种人。

“爱你的哈罗德。”

* * *

尽管他知道不是如此，尽管从他 17 岁起安迪就一直告诉他那些话，不过几年前，他还抱着某种小小的、坚定的希望，觉得自己可能会好转。尤其在特别糟糕的日子里，他会把费城那位外科医师的话说给自己听，“脊椎有很神奇的恢复能力”，一遍又一遍，简直像在念经。认识安迪几年后他上了法学院，终于鼓起勇气跟安迪提起，把他珍爱且紧抓不放的这句预言说出来，希望安迪会点点头说“一点也没错，只是需要时间而已”。

但安迪听了冷哼一声，“他这么告诉你？”他问，“这个状况不会好转的，裘德。等到你年纪大一些，状况还会恶化。”安迪当时正低头看着他的脚踝，用镊子把死肉从一个疮里夹出来。他听了忽然全身僵住，即使没看到安迪的脸，也知道他很懊恼。“裘德，对不起。”安迪说着抬头看，手还握着他的脚，“很抱歉我只能这样告诉你。”看他没回答，安迪叹了口气，“你不高兴。”

没错，那是当然。“我没事。”他设法开口，但还是没有勇气看安迪。

“我很抱歉，裘德。”安迪又轻声说了一遍。即使在当时，安迪就有两种反应模式：凶巴巴和温柔。两种他都常常碰到，有时还是在同一次看诊时。

“但有件事我可以保证。”安迪说，又回去对着他的脚踝，“我永远会照顾你。”

安迪说到做到。就某些方面而言，安迪是他生命中最了解他的人。安迪是他成年后唯一赤身裸体面对过的人，也是唯一熟悉他身体实际状况的人。他们认识时，安迪是住院医生，在研究生时期以及之后的时间里，他一直待在波士顿。后来，他们两人又在几个月内先后搬到纽约。他是整形外科医生，但他会帮他治疗各种状况，从感冒到背痛到腿的毛病。

“哇，”有天安迪看着他坐在诊疗室里咳痰（前一年春天，在他满 29 岁前不久，办公室的人纷纷染上了支气管炎），不动声色地讽刺说，“我真高兴我专攻的是整形外科，这对我真是个好练习。我想我受的训练就是要我做这个。”

他想笑，但又接着咳了一轮，咳到安迪得用力拍他的背部。“如果有人给我推荐一个真正的内科医生，我就不必跑来找一个整脊师来满足我所有的医疗需求了。”他说。

“哦……”安迪说，“你知道，或许你真的该去看内科医生。天晓得那会节省我多少时间，还有一大堆麻烦。”但除了安迪以外，他绝不会去看其他医生，而且，他认为安迪也不希望他去找别人，只是他们从来没谈过这个问题。

安迪知道他这么多，他对安迪却所知甚少。他知道安迪和他毕业于同一所大学，比他大 10 岁，也知道安迪的父亲来自印度古吉拉特邦，母亲是威尔士人，而安迪是在俄亥俄州长大的。三年前，安迪要结婚时，他很惊讶自己会受邀参加。那是个小小的婚礼，地点在安迪的岳父母位于上西城的一栋房子里。他找威廉陪他一起去。让他更惊讶的是，安迪跟他们介绍新婚妻子简时，简张开双手抱住他说：“大名鼎鼎的裘德 · 圣弗朗西斯！我听说过你好多事情！”

“啊，真的。”他说，满心的恐惧像是一群扑着翅膀的蝙蝠。

“不是坏事。”简微笑着说（她也是医生，是妇科），“可是他好喜欢你，裘德，我好高兴你来了。”他也见到了安迪的父母。在那晚婚礼的尾声，安迪一手揽着他的脖子，笨拙又响亮地在他脸上亲了一下，现在每次碰到他都还会这样。安迪亲他时，表情都很不自在，好像是不得不保持这个固定的仪式，让他觉得好笑又感动。

他欣赏安迪的很多方面，但最欣赏的就是他临危不乱的冷静态度。他们认识之后，安迪使他很难不持续去看诊，因为在他两次回诊没出现（他没忘记，只是决定不去而已），又不理会安迪打来的三次电话、寄来的四封电子邮件之后，安迪就会去虎德馆用力地敲他们的房门。从此他只好认命，想着有个医生或许不是坏事（毕竟，他还是得看医生），而且安迪可能值得信任。他们第三次见面时，安迪开始记录他的病历，或是他愿意讲的一切，只是记下来，从不评论也毫无回应。

一直要到几年以后（将近四年前），安迪才首次直接提到他的童年，这发生在他和安迪第一次大吵期间。他们之前当然有些小争执或意见不合，而且每年总有一两次，安迪会发表一篇长篇训话（他每六个星期去安迪那里一次，不过最近频率更高了，而且总是能从安迪迎接他和检查时简短、生硬的态度，预测到这回是训话约诊），内容涵盖他不愿意好好照顾自己，莫名其妙且令人愤慨；他拒绝去做心理咨询，令人心烦；还有他不肯吃止痛药，改善自己的生活质量，实在怪异。

那场大吵源于安迪的事后回想，认为他上一次来看诊是自杀未遂。事情发生在新年之前，当时他在割自己，不小心割得太靠近一条静脉，结果流了好多血，弄得一塌糊涂，他不得不找威廉帮忙。那天晚上在检查室里，安迪气得不肯跟他讲话，一边帮他缝伤口一边念念有词，那些缝线整齐又利落，简直像刺绣。

下一次回诊，安迪还没开口，他就知道他气坏了。他其实考虑过不要回去检查了，只不过他知道如果真的不去，安迪会一直打电话给他，甚至更糟，打给威廉，最后还可能打给哈罗德。一直打到他出现为止。

“我他妈的早该送你去住院。”安迪劈头就跟他说，然后又说，“我他妈的真是个白痴。”

“我觉得你反应过度了。”他开口，但安迪没理他。

“当时我碰巧相信你不是要自杀，不然我会火速把你送去住院，快到让你脑袋都晕了。”安迪说，“只是因为从统计学上说，像你这样割自己割了那么多次、又割了那么多年的人，和一个较少自残的人比起来，通常更没有迫切要自杀的需求。（安迪很喜欢统计数字。他有时怀疑这些数字是他自己编出来的。）可是裘德，这太疯狂了，也太惊险了。你得马上去看心理咨询师，否则我就要强制把你送去住院。”

“你不能这样做。”他说，也火大起来。他知道安迪可以，因为他查过纽约州的非自愿住院相关法律，对自己很不利。

“你明知道我可以的。”安迪说，此时他几乎在吼。他们的约诊总是在正常看诊的时间之后，有时看完后，如果安迪有时间又心情不错，两个人还会聊一下。

“我会告死你。”他荒谬地说，安迪也吼回去：“去告啊！你知道这个状况有多糟糕吗，裘德？你知道我的立场有多为难吗？”

“别担心。”他讽刺地说，“我没有任何家人，不会有人为了过失致死告你的。”

安迪后退，好像想揍他。“你居然敢讲这种话。”他缓缓地说，“你明知道我不是那个意思。”

他当然知道。“随便你。”他说，“我要离开了。”然后他滑下诊疗台（幸好，他还没换上诊疗的病人袍，因为他没来得及换，安迪就开始训他了），想离开诊间。尽管以他的步伐，离开房间不会太戏剧化，但安迪匆忙冲到门口挡住了去路。

“裘德，”他说，心情突然改变，“我知道你不想离开。这个状况变得太可怕了。”他吸了口气，“你跟别人谈过你小时候发生的事情吗？”

“那跟任何事情都没有关系。”他说，觉得好冷。安迪从没提过他告诉他的那些，现在居然提了，他发现自己有种被背叛的感觉。

“没关系才有鬼呢。”安迪说，那种夸张得令人难为情的用词（除了在电影里，真有人这样说话吗？）让他忍不住微微笑了。安迪误以为他在嘲笑他，再度改变了心情。“裘德，你这么顽固，实在傲慢得不可理喻。”他继续说，“你完全拒绝听任何人关于你身心健康的建议，这不是自我毁灭的病理学案例，就是对我们其他人很大的羞辱。”

他被这些话伤到了。“每回我不同意你，你就威胁要把我送去住院，那才是不可理喻的控制狂。尤其这回，我明明跟你说过，那只是愚蠢的意外而已。”他朝安迪大声说，“安迪，我感激你，真的。我不知道没有你的话我会怎么样。但我是成年人了，你不能支配我做什么或不做什么。”

“你知道吗，裘德？”安迪问（现在他又在吼了），“你说的没错，我不能控制你怎么决定，但我也不必接受。你去找其他混蛋当你的医生吧。我没办法替你效劳了。”

“很好。”他凶巴巴地说，然后离开了。

他记忆中，从来不曾为了自己这么生气过。让他生气的事情很多（一般的不公平、无能，还有没选中威廉去演戏的那些导演），但他很少为了自己的事情而生气，他的疼痛、过去和现在，他都设法不去担忧，不花时间去想其中的意义。他已经知道为什么那些事会发生在自己身上了，因为他活该。

但他也知道，自己的愤怒并不理直气壮。虽然他很气自己这么依赖安迪，但也很感激他，同时他也知道，安迪觉得他的行为莫名其妙。安迪的工作是让人好过一点：安迪看他，就像他看着一份乱七八糟的税法，是必须被理清、被修复的，而他自己是否觉得被修复几乎是不重要的。其实他真正试着修复的东西，就是他背上那些隆起的疤痕。那些疤痕形成一副可怕、不自然的样貌，皮肤紧绷又发亮，活像只烤鸭。他存钱就是为了这个，但他知道安迪不会赞成的。“裘德，”要是安迪听了他的计划，一定会说，“我跟你保证不会有用的，你只会把那些钱浪费掉而已。别去做。”

“可是那些疤好丑。”他会嗫嚅着说。

“才不丑，裘德。”安迪会说，“我跟上帝发誓根本不丑。”

（反正他不打算告诉安迪，他永远不必跟他进行这段对话。）

过了几天，他一直没有打电话给安迪，安迪也没打给他。但好像是上天要惩罚他似的，晚上入睡前，他的手腕就不断抽痛。但是工作时他又忘了，还边阅读边用手腕规律地敲着桌侧。这是他一直戒除不了的恶习。然后他手臂的缝线就会渗出血来，他就得在浴室的水槽里笨拙地清理。

“怎么了？”威廉有天晚上问他。

“没事。”他说。当然，他可以告诉威廉，他会倾听，然后老样子地说“嗯”，但他知道威廉会同意安迪的意见。

在他们吵架一星期后，他晚上回到利斯本纳街。那是星期天，他一路穿过西切尔西走回来，发现安迪在大楼前的台阶上等他。

他看到他很惊讶。“嗨。”他说。

“嗨，”安迪回答，他们站在那儿，“我不确定你会不会接我的电话。”

“我当然会接啊。”

“听我说，”安迪说，“我很抱歉。”

“我也是。对不起，安迪。”

“但是我真的认为你应该去做心理咨询。”

“我知道。”

总之，他们设法到此为止：一个双方都不满意的、脆弱的停火，心理咨询的问题是他们两人之间一片广大的灰色非军事区。两人的妥协方式（虽然他也搞不清是如何达成这个一致意见的）就是每次看诊过后，他得让安迪检查两只手臂，安迪会察看上头有没有新的割痕。只要发现一道，安迪就会在病历上记下来。他从来不确定什么又会引起安迪的暴怒：有时新割痕很多，但安迪只是咕哝着写下来；有时只有一道新割痕，安迪还是因此发脾气。“你他妈的把你的手臂都毁掉了，你知道吧？”他会问他。一部分的他明白，如果不让安迪做他的工作——说到底，就是治愈他——是对安迪的不尊重，也害安迪成为他专业上的笑话。对安迪来说，那些割伤的纪录（有时他想问安迪，如果达到某个数字，他是不是能得到奖品，但他知道安迪听了会生气）是假装自己至少能控制状况的一种方式，尽管他根本控制不了。这项信息的累积，是对真正治疗的一种小小弥补。

过了两年，他的左腿上又出现了一个疮，左腿的伤口向来比较棘手，于是他的割伤就被暂时搁置一旁，先处理腿上更紧急的问题。他第一次长这种疮是被车子撞伤后不到一年，很快就痊愈了。“但这不会是最后一次。”那个费城的外科医生说，“像你受了这种大伤，身上的一切，血管系统、皮肤系统，都受到了损伤，所以你偶尔就会生这种疮。”

这回是第十一个了。尽管他有准备，但他从来不知道成因是什么（昆虫咬伤？刮到金属档案柜的边缘？这类伤口一开始总是小得烦人，但还是有本事轻易地撕开他的皮肤，仿佛他的皮肤是纸做的），而且每次都很扰人：伤口化脓，令人作呕，还带着鱼腥味，小小的切口像个胚胎的嘴巴，里头会冒出黏稠的不明液体。腿上带着这么个怪物和神话电影里才会出现的开口走来走去实在很反常，而且这伤口怎么都不肯愈合。他开始每星期五都去安迪那，好让他帮忙清创、清理伤口并除去坏死组织，检查周围的区域，寻找新长出来的皮肤。他得憋着气抓住检查台边缘，尽量忍着不要大叫。

“裘德，你痛了要说。”安迪说过。他满头大汗地吸气吐气，在心里数着数字。“你会痛是好事，不是坏事。这表示你的神经没坏死，还在发挥功能。”

“很痛。”他勉强说了一声。

“从一分到十分，有几分呢？”

“七八分。”

“对不起。”安迪回答，“我快弄完了，我保证。再五分钟。”

等到结束了，他会坐下来，安迪会陪他一起坐着，给他一点喝的，一瓶汽水之类的甜饮料，慢慢地他会觉得朦胧的房间逐渐清晰起来，一点接一点。“慢慢喝。”安迪会说，“不然你会吐出来。”他看着安迪包扎伤口——他在缝合或包扎伤口时向来最冷静——在那些时刻，他觉得自己好容易受伤、好虚弱，不论安迪要求什么，他都会答应。

“你不能再割在两腿上了。”安迪会说，比较像警告，而不是建议。

“对，我不会的。”

“因为那就太疯狂了，即使是你。”

“我知道。”

“你的身体结构退化得太厉害，所以伤口感染得很严重。”

“安迪，我知道。”

他曾在几个不同的时间点，怀疑安迪背着他跟他的朋友谈话，因为有几次，他的朋友会用类似安迪的词汇和措辞讲话。即使在安迪所谓的“严重事件”发生四年后，他怀疑威廉还会在早上翻浴室的垃圾桶，害他在丢刮胡刀片时得采取额外的措施，把它们包在卫生纸和胶带里，带出去丢进上班途中的垃圾桶。“你的组员”，安迪如此称呼他们。心情好的时候，他会问：“你和你的组员最近怎么样？”心情不好的时候，会说：“我他妈的要告诉你的组员，让他们好好看着你。”

“安迪，我不准你说。”他会说，“总之，这不是他们的责任。”

“当然是他们的责任。”安迪会反驳。就像很多其他问题，在这件事上他们也无法达成共识。

但最近的这个疮出现至今已经是第二十个月了，一直没有愈合。或者应该说，它愈合了又破开，然后又愈合。他这星期五醒来时，觉得腿上有什么湿湿黏黏的，就在小腿下部、脚踝上方，显然是那道伤口又裂开了。他还没打电话给安迪（他打算星期一再打），但走这趟路对他来说很重要，因为他担心自己可能有一阵子没办法再走那么远了，说不定会有好几个月。

他来到麦迪逊大道和 75 街交叉口，离安迪的诊所很近。他的腿很痛，痛到他不得不走到第五大道，坐在中央公园外墙边的长椅上。他一坐下就体验到那种熟悉的晕眩感和反胃的恶心感，于是他弯腰等着水泥地不再起伏旋转，才有办法站起来。在那几分钟里，他感觉到自己的身体在闹叛变，如同他人生最核心、最乏味的挣扎，就是不愿意接受自己会一次又一次地遭到背叛。他根本不能指望自己的身体，但还是要持续维修它。这具躯壳多年前早该烧成一堆炭化的渣滓堆了，但他和安迪还是花了那么多时间，试着修理这无法修复的东西。为了什么？想必是为了他的心灵吧。但其中有种不可思议的傲慢（就像安迪可能会说的），仿佛他在抢救一辆破车，只因为他对车子的音响系统有特别的感情。

我只要再走几个街区就会抵达安迪的诊所了，他心想，但他绝不会走过去。这是星期天，安迪不必受他打扰，何况他现在的感觉以前也不是没有过。

他又等了几分钟，然后吃力地站起来，站了半分钟，又跌坐回去。最后，他终于可以站起来了。他还没准备好，但他可以想象自己走到人行道边缘，举手招一辆出租车，脑袋靠在后座的黑色塑料椅面上休息。他会数着上车要几步，就像他会数着下车到他那栋公寓要几步，然后从电梯走到公寓要几步，进门后到他房间又要几步一样。他这辈子第三次学走路，是在他腿上的撑架拆掉后。当时是安迪帮忙指导物理治疗师（她并不情愿，但还是听从了他的建议），而且就像安娜四年前所做的一样，安迪看着他走过一段 10 英尺的路，然后是 20 英尺、50 英尺、100 英尺。他走路的步态——左脚抬起来跟地面成将近九十度角，胯下形成一个矩形空间，右脚在后头倾斜——也是安迪设计的。他逼他练习了好几个小时，直到可以自己行走为止。当初也是安迪告诉他，说他觉得他可以不用手杖走路。等到他终于办到的时候，他非常感激安迪。

现在离星期一没几个小时，他告诉自己，同时努力保持站立的姿势。而且安迪不管多忙，一定会像往常那样帮他看诊。“你什么时候发现伤口又破了？”安迪会问，轻轻用一块纱布按着伤口。“星期五。”安迪会很不高兴地说：“那你那时为什么不打电话给我，裘德？无论如何，我都希望你不要再继续进行你那些愚蠢的走路行程了。”“不了，当然不会了。”他会说，但安迪不会相信。他有时很好奇，安迪会不会觉得他只是一个病毒和疾病的组合，如果把这些病痛拿掉，他会变成什么？如果安迪不必照顾他，还会对他有兴趣吗？如果有一天他的身体神奇地健全了，出现在安迪面前，走起路来像威廉和杰比那样毫无窘迫不安，可以靠坐在椅子上让衬衫往上滑，露出后腰也不害怕，或者有马尔科姆的长手臂，手臂内侧光滑得像撒了糖霜，那么，他对安迪来说会是什么？他对其他任何一个朋友来说会是什么？他们会比较不喜欢他吗？或是更喜欢他？或者他会发现——就像他常常害怕的——他以为是友情的东西，其实只是出于他们对他的怜悯？他这个人有多少是源于他的身体障碍？如果没有那些疤痕、割伤、疼痛、伤口、断裂、感染、夹板，以及分泌物，他现在会是什么样？未来又会变成什么样？

当然，他永远不会知道了。六个月前，他们设法把那个伤口控制住。安迪检查过，确认再确认，才发出一连串警告，伤口万一再裂开，他该怎么处理。

他没怎么认真听，那天他出于某些原因觉得整个人很轻盈，安迪却猛发牢骚，除了针对他那条腿的长篇训话之外，还因为他的割伤（安迪认为太多了）以及他的整体外貌（安迪认为太瘦了）而教训他。

他当时正在欣赏自己那条腿，转来转去，检查那个终于愈合的地方，同时安迪在旁边讲了又讲。“裘德，你有在认真听吗？”最后他终于问。

“我的腿看起来很好。”他说，没回答安迪的问题，只想要他的保证，“对不对？”

安迪叹气：“看起来……”然后停下，沉默片刻。于是他抬头，看到安迪闭上眼睛，好像要重新对焦，才又睁开来。“看起来很好，裘德。”他轻声说，“的确很好。”

当时他觉得心中涌起满满的感激，因为他知道安迪不觉得他的腿看起来很好，永远不会。对安迪来说，他的身体随时会遭受种种恐怖袭击，他们两个得时刻集中注意才行。他知道安迪觉得他有自毁倾向，或只会妄想，或总是拒绝。

但安迪永远不明白的一点是：他是个乐观主义者。每个月、每个星期，他都选择睁开眼睛，在这个世上再活一天。他选择再活一天，即使他觉得糟糕透顶，有时那疼痛像是把他放逐到另一个状态中，里头的一切，包括他努力想要忘记的过去，仿佛全褪成一片灰色的水彩。他选择再活一天，即使他的种种回忆把其他思绪都挤了出去，他必须很努力、很专心，才能让自己活在当下，尽量不要满怀绝望与羞愧。他选择再活一天，即使尝试让他筋疲力尽，光是醒来和活着就那么费力，因而他必须躺在床上思考要起床再尝试的理由。他选择再活一天，即使他有一个装了棉垫、刮胡刀片、酒精棉和绷带的塑料拉链袋，用胶带贴在水槽底下。他只要投降，去把那个袋子拆下来，一切都会容易太多。那些是非常糟糕的日子。

跨年夜前一天晚上真的是个错误，通常他不会这么不小心。当时他坐在浴室里，用刮胡刀片割手臂。他其实已经半睡着了，但等到他发现自己做了什么，有一分钟或两分钟（他没算），他真的完全不知道该怎么办，只是坐在那里，觉得让这个意外自然发展下去好像比较简单，免得还要自己做决定，还要把威廉、安迪扯进来，还要牵连到往后的几天、几个月。

他不知道最后是什么让他抓下毛巾架上的毛巾，包住自己的手臂，然后挣扎着拖起身子去叫醒威廉。但随着每一分钟过去，他离那个抉择就越来越远，之后种种事件的发展速度快得让他无法控制。他好怀念刚被车子撞伤的那一年，在认识安迪之前，当时一切似乎都有可能好转，未来的自己可能开朗而干净。当时他知道的那么少，却怀着那么大的希望，相信他的希望有朝一日可能会实现。

＊＊＊

来到纽约之前，是法学院时期。在那之前，是大学时期。然后在那之前，是费城，以及那段漫长、缓慢的横跨全国之旅。再之前，是蒙大拿州的少年之家，而在蒙大拿之前，是西南部，还有汽车旅馆的房间，以及寂寞漫长的公路和待在车上的时光。再之前，则是南达科他州和修道院。再之前呢？想必有一个父亲和一个母亲吧。或者更真实一点，只有一个男人和一个女人。然后，大概只有一个女人。然后是他。

当初是教他数学，而且总是要他别忘记自己有多么幸运的彼得修士告诉他，他们是在一个垃圾桶里发现他的。“就在一个垃圾袋里，里头有蛋壳、枯黄的莴苣和烂掉的意大利面条，还有你。”彼得修士说，“就在那家药房后头的巷子里，你知道的那家。”其实他不知道，他很少离开修道院。

稍后，迈克修士说根本不是这么回事。“你才不是在垃圾桶里面。”他告诉他，“而是在垃圾桶旁边。”没错，迈克修士勉强承认，的确有个垃圾袋，但他是在垃圾袋上头，不是里边。无论如何，谁晓得垃圾袋里有什么？而且谁在乎？里头的垃圾更可能是药房扔掉的：纸盒、卫生纸、包装绳和用来缓冲的小块塑料泡沫。“彼得修士讲的话，你绝不能全信。”迈克修士常常提醒他，“你绝对不能沉迷于这种自我神话的倾向。”每回他问起自己来到修道院的种种细节，他就会这样说：“你来了，现在住在这里，然后你应该专注于你的未来，而不是过去。”

他们为他创造出过去。彼得修士说，他被发现时光着身子（迈克修士说，只穿了尿布）。无论是哪种，他们都说，应该是有人把他丢在那里听天由命，因为那是4月中，天气非常冷，一个新生儿在那种天气里活不了多久。总之，他被放在那只有几分钟，因为他们发现他的时候，他身体几乎还是暖的，雪花还没填满旁边的轮胎印，或是走到垃圾桶旁又离开的那些脚印（球鞋印，大概是女人的八号鞋）。他很幸运地被他们发现（他们会发现他真是天意）。他所有的一切——他的名字、他的生日（是推估的）、他的住所、他的这条命——都是因为他们而来。他应该心存感激（他们并不期望他感激他们，而是期望他感激上帝）。

他从来不知道他们可能回答什么、不回答什么。面对一个简单的问题（他们发现他时，他在哭吗？他身上有纸条吗？他们找过是谁丢下他的吗？），他们可能置之不理或说不知道、不解释；但面对更复杂的问题，他们却会有更具叙述性的解释。

“州政府找不到任何人收养你。”（又是彼得修士说的。）“所以我们决定把你暂时留在这里，然后几个月过去，接下来是几年，然后就是现在了。故事结束了。现在赶紧算完这些方程式，你这样会拖上一整天。”

但是为什么州政府找不到任何收养人？理论一（这是彼得修士最喜欢的）：实在有太多未知的状况，包括他的种族、父母身份、可能有的先天疾病，等等。他是哪里来的？没有人知道。当地医院都没有符合他外形的婴儿出生记录。这一点让想要收养的人很不放心。理论二（迈克修士的）：这是一个贫穷的镇，位于一个贫穷的州的贫穷区域。无论一般大众多么有同情心（大家的确很有同情心，他不会忘记这点），要一户人家再多收养一个小孩，就是另一回事了，尤其是一户已经很拮据的人家。理论三（盖柏瑞神父的）：他注定要待在这里。这是上帝的旨意。这里就是他的家。现在他得停止问这些问题了。

然后是第四个理论，几乎是他们所有人在他不乖时一致会讲的：他很坏，从出生就坏。“你一定是做了很坏的事情，才会像那样被丢掉。”彼得修士每次用木条打过他之后，总会这么说，看着他站在那啜泣着道歉时，还会斥责他，“或许是你哭得太凶，他们再也受不了。”于是他哭得更凶，害怕彼得修士说得没有错。

那些修士们都对历史颇感兴趣，但每回他对自己的历史感兴趣时，他们就会很烦躁，好像他一直长不大，坚守着一个特别无聊幼稚的嗜好，不肯放弃。很快，他学会不要问，至少不要直接问。不过他总是保持警觉，提醒自己可能在看似不可能的时机，通过不同的来源获得信息。他跟着迈克修士阅读小说《远大前程》时，设法引导修士絮絮叨叨地讲起一个孤儿在 19 世纪的伦敦生活会是什么样，对他而言，伦敦陌生得就跟一百多英里外的南达科他首府皮埃尔市没两样。那堂课最后演变成一场说教。他早料到了，但在那堂课上，他的确学到自己就像《远大前程》里的孤儿皮普，如果查得到他的任何一位亲戚，他们就会把他送去给亲戚抚养了。显然他没有亲戚，只有孤身一人。

他的占有欲也是个需要矫正的恶习。他不记得自己什么时候开始想拥有东西，而且希望只有他有、别人都没有。“这里没有人拥有任何东西。”他们告诉他，但这是真的吗？比方说，他知道彼得修士有一把玳瑁梳子，颜色像是树皮上刚流下来的树汁，充满光亮。彼得修士很得意拥有这把梳子，每天早上都要用来梳他的小胡子。有一天那把梳子不见了，彼得修士就闯进他跟马修修士正在上课的房间，抓住他的双肩摇个不停，吼着说他偷走了那把梳子，最好赶紧交出来，否则要给他好看（加布里埃尔神父后来找到了那把梳子，原来滑进了彼得修士的书桌和暖气散热片之间的狭小缝隙里）。马修修士有一本《波士顿人》，是初版的布面精装本，有着磨得柔软的绿色书脊。有回，修士把书举在他面前让他看封面（“不要摸！我叫你不要摸！”）。即使是他最喜欢、很少讲话也从不骂他的卢克修士，都有一只鸟，是大家公认归他的。按照戴维修士的说法，严格说来，那只鸟不属于任何人，但当初是卢克发现那只鸟，予以照料、喂食，而且那只鸟总是飞向他，所以如果卢克想要那只鸟，就可以拥有它。

卢克修士负责照料修道院的花园、菜园，还有玻璃温室。在温暖的季节里，他会帮他做些小差事。他偷听其他修士的谈话得知，卢克修士来到修道院之前很有钱。后来发生了一些事，或是他做了某件事（谁也不清楚），让他失去或是送掉了大部分的钱。现在他来到这里，跟其他人一样穷，不过卢克修士出钱盖了玻璃温室，也帮忙付了一些修道院的营运费用。从其他修士大半躲着卢克修士的样子，他觉得卢克修士可能是坏人，尽管他一点都不凶恶，至少没对他凶过。

在彼得修士指控他偷了梳子之后不久，他第一次真正偷了东西：厨房里的一包饼干。那天早上，他正要去专门供他上课的房间，经过厨房，里头没人，那包饼干就放在料理台上，他刚好拿得到。于是他一时冲动拿了，抓了就跑，把它塞在身上穿的粗羊毛长袍里（是其他修士穿的袖珍版）。他绕回自己的房间，把饼干藏在枕头下，因此马修修士的课他迟到了，作为惩罚，修士用连翘树枝打他，但那包饼干的秘密让他觉得温暖又喜悦。那天晚上，他独自躺在床上，小心翼翼吃了一片（其实他根本不喜欢），把那饼干用牙齿分成八小片，每一小片都含在舌头上，直到又软又黏，才有办法吞下去。

之后，他偷得越来越多了。修道院里没有什么他真正想要，也没有什么真正值得拥有的东西。于是他随机偷拿他所看到的物品，没有真正的计划或渴望，通常是能找到的食物。有回早餐后他到处游荡，在迈克修士房间的地板上发现一颗脆硬的黑色纽扣；还有一次，加布里埃尔神父训话训到一半，转身去找一本书，他就伸手摸走了神父桌上的一支笔；而彼得修士的梳子是他真正计划要偷的，不过给他的快感没有更大。他偷火柴、铅笔和纸片（没有用的垃圾，不过是别人的垃圾），塞在内衣底下跑回卧室，藏在床垫下，那床垫好薄，他夜里都能感觉到背部底下的每个弹簧。

“别再跑来跑去，不然我就要打你了！”他匆忙冲向房间时，马修修士会这样吼他。

“是的，修士。”他会回答，然后逼自己慢下脚步。

他是在偷他最大的目标——加布里埃尔神父的银制打火机时被抓到的。他是趁他训诫到一半，必须中途停止，去接一通电话时，从他桌上偷走的。当时加布里埃尔神父弯腰越过电话键盘，他就伸手抓了打火机，握着那冰凉沉重的金属，直到终于下课。他一走出神父的办公室，就匆忙把打火机塞进内衣里，尽快走回房间。结果转弯时没看路，跟帕维尔修士撞了个满怀。修士还来不及吼他，他就往后倒下，打火机也摔出来，砸在石板地上。

当然，他被揍了，还被骂了，而且在他以为是最后一次的惩罚中，加布里埃尔神父把他叫进办公室，说要教他有关偷别人东西的一堂课。他看着，不明白什么意思，但是害怕得连哭都哭不出来。加布里埃尔神父折起手帕，凑到一瓶橄榄油的瓶口，然后把油抹在他左手背上。接着，神父拿了打火机——就是他偷的那一个——抓着他的手凑在火焰下，直到那油点燃，烧起来，整只手被一片幽灵似的白光吞没。他尖叫又尖叫，神父因为他尖叫而打他耳光。“别叫了。”他吼道，“这就是给你的教训，你以后绝对不会忘记不可偷窃。”

等到他恢复意识时，发现自己躺在床上，左手被绷带包扎起来。他所有的东西都不见了，偷来的东西当然没了，但他自己找到的东西也不见了，那些石头、羽毛和箭镞，还有卢克修士送给他当五岁生日礼物的化石。那是他有生以来的第一个礼物。

自从被抓之后，他被规定每晚要去加布里埃尔神父的房间，把衣服脱掉，由神父检查他身上是否藏了违禁品。后来事情一路恶化时，他会回想起那包饼干，真希望他当初没偷，真希望他没有把自己害得这么惨。

他的暴怒始于加布里埃尔神父的夜间检查。不久后，连彼得修士也在白天检查他。他会乱发脾气，去撞修道院的石墙，用尽力气放声尖叫。他会用烧伤的丑陋手背（直到六个月后，他的手背有时还是会痛，那是一种持续的深层抽痛）去敲木餐桌坚硬的角落，把他的颈背、手肘、脸颊——所有最容易痛、最柔软的部位——对着书桌的边缘撞去。他白天和黑夜都会这样暴怒，自己也控制不了。他感觉到那股怒气像一阵浓雾笼罩他，让他在其中放松，而他的身体和声音的种种活动方式，让他同时感到刺激和反感。尽管事后很痛，但他知道自己把修士们吓坏了，他们害怕他的怒气、大吼和力量。他们用任何能找到的东西打他，他们开始在上课房间墙壁的钉子上挂一根皮带，他们会脱下凉鞋打他个不停，害他次日连坐都没办法坐，他们说他是怪物，希望他死掉，说当初应该把他留在那个垃圾袋里不予理会。他也很感激他们这样对待他，那样就可以让他累得筋疲力尽，因为他自己控制不了心底的那头野兽，所以需要他们帮忙击退它，让它往后退回笼子里，直到下次又跑出来为止。

他开始尿床，被迫要更频繁地去找加布里埃尔神父，接受更多的检查，而神父检查他的次数越多，他尿床就越频繁。神父开始在夜里去他房间找他，还有彼得修士，后来又多了马修修士，于是他的状况越来越糟糕：他们逼他穿着尿湿的长睡衣睡觉，逼他白天也穿着那身衣服。他知道自己身上很臭，闻起来像尿和血，他会尖叫、暴怒、哭号，上课上到一半，他会把桌上的书扫下桌，修士们就立刻开始打他，不再上课。有时他被打得失去意识，后来他开始想念这种滋味：时间在那片黑暗中流逝，但他不在其中，他也不知道别人对他做了什么事。

有时他暴怒的背后有些原因，不过只有他自己知道。他觉得自己永远很脏、很龌龊，仿佛他体内有一座破败的建筑物，就像他有回难得离开修道院，被带去看的那座废弃的教堂：屋梁上生着点点霉斑，木椽裂开，上面布满了被白蚁蛀食的孔洞，毁坏的屋顶难堪地露出一块块三角形的白色天空。他在一堂历史课中学到水蛭，知道古时候人们认为水蛭可以从人类身上吸出不健康的血液，愚蠢而贪婪地把疾病吸入肥胖蠕动的身躯中，于是他在自己的闲暇时间——上完课之后，开始做杂务之前——走进修道院产业边缘的那条小溪，寻找自己的水蛭。但他一条都找不到，听修士说那条溪中没有水蛭，他尖叫又尖叫，叫到声音都没了，还是停不下来，即使那时他感觉喉咙里仿佛充满滚烫的血液。

有回他在自己的房间，加布里埃尔神父和彼得修士也都在。他设法不要叫出声，因为他已经学会只要他越安静，事情就会越快结束。此时，他仿佛看见卢克修士像一只蛾似的飞快掠过门框外，他觉得受到了羞辱，尽管当时他还不认识羞辱这个字。于是第二天，他在闲暇时间溜到卢克修士的花园，把每一株黄水仙的花朵都摘下来，堆在卢克修士的园艺工具小屋门口。那管状的花冠指向天空，像一张张打开的鸟喙。

稍后，独自忙着做杂务时，他觉得很后悔，悲伤令他双手沉重。当他把水提到房间的另一头时，水桶落地，他整个人扑在地上，懊恼又自责地尖叫。

晚餐时他吃不下。他寻找卢克修士的身影，想知道自己什么时候会被处罚、怎么处罚，想知道什么时候他得向卢克修士道歉。但是他不在。焦虑之下，他手上的金属牛奶壶掉在地上，冷白的液体泼溅在地板上，于是坐在他旁边的帕维尔修士把他从长椅上抓起来，推到地板上。“清理干净。”帕维尔修士朝他咆哮，把一条抹布朝他丢去，“星期五前你都不能再吃东西了。”那天是星期三。“回你的房间去吧。”趁修士改变心意之前，他赶紧跑回房间。

他的房间位于餐厅上方的二楼一角，原来是一间小储藏室，没有窗子，而且窄得只放得下一张行军床。他的房门向来开着，除非有修士或神父在里头，门才会关上。当他上了楼、绕过转角，远远就看到门关着。有一会儿，他默默地在空荡的走廊上逗留，不确定里头有什么等着他：大概是某个修士吧，或是一个怪物。没在小溪找到水蛭，他有时会幻想角落里深暗的阴影就是巨大的水蛭，摇晃着竖直身体，发亮的环状皮肤是油腻的黑色，等着用潮湿无声的重量闷死他。最后他终于鼓起勇气跑向那扇门，砰一声打开来，里头只有他的床和泥褐色的羊毛毯子，还有纸巾盒，以及书架上的课本。然后他看到房间的角落里，靠近床头处，有一个玻璃瓶插着一把黄水仙，顶端是鲜黄色有褶边的漏斗状花冠。

他坐在瓶子旁的地上，手指抚摸着那天鹅绒质感的花冠。那一刻他的忧伤很庞大、很强烈，他真想把自己给撕开，把手臂的伤疤扯掉，把自己撕成一片片的，就像他对卢克的花做过的那样。

但他为什么要对卢克修士做那样的事？卢克并不是唯一对他好的人。不惩罚他的时候，戴维修士总是赞美他，说他脑子动得很快。就连彼得修士都常常从镇上的图书馆借书给他阅读，等他看完了再一起讨论，认真听他的意见，好像他是个真正的人。但是卢克修士不仅仅是没打过他，而且会努力让他安心，表现出对他的忠诚。前一个星期天，他站在加布里埃尔神父那一桌的桌尾，正要念餐前祷辞时，忽然被一股捣蛋的冲动攫住了，想从面前抓起一把马铃薯块，在餐厅里乱丢。他几乎可以感觉到喉咙叫得沙哑的刺痛、皮带抽着背部的灼痛，还有他即将沉入的黑暗，以及醒来时将会看到白昼的炫目天光。他看着自己一手抬起来，看着手指张开有如花瓣，移向那个大钵。就在此时，他抬头看到了卢克修士。他朝他眨了一下眼睛，严肃而短暂，像照相机的快门般一闪，一开始他完全没意识到自己看到了什么。然后，卢克又朝他眨了一下眼睛，出于某个原因，这个动作让他冷静下来。他控制住自己，说了餐前祷辞后坐下，平静无事地吃完晚餐。

现在又有了这些花。但他还没想到这些花可能代表什么意义，门就打开了，是彼得修士。他站起来，在那可怕的一刻等待着他的，是他永远没准备好面对的事情，任何事都可能发生，任何事都可能降临在他身上。

次日，他上完课后直接跑去玻璃温室，决心要和卢克说些什么。

但当他走近时，决心就消失了。于是他磨蹭着，踢着路上的小石头，跪下去捡起小树枝，丢向修道院外围的树林。他到底打算说什么？他转身准备离开，走向修道院北端的一棵树，他在那棵树根部的裂缝间挖了个洞，放入一批新的收藏，不过都是他在树林里捡到的东西，不属于任何人：小石头、一根形状有点像瘦狗跃起的树枝。平常他大部分闲暇时间都在这里度过，挖出自己拥有的这些东西，拿在手里。此时他忽然听到有人叫他的名字，转身发现是卢克。卢克举起一只手打招呼，朝他走来。

“我就觉得是你。”卢克修士说着走近他（太不诚实了，很久以后他才想到，不然还会有谁？他是修道院里唯一的小孩）。无论怎么努力想，他还是想不出该怎么向卢克道歉，真的什么话都想不出来，不知不觉他哭了起来。他以前哭时从不觉得难堪，但那一刻却很难为情，于是他转身背对卢克修士，用有伤疤的那只手背遮着双眼。他忽然意识到自己好饿，而那时还只是星期四下午，他要等到第二天才有东西吃。

“哦，”卢克说，他感觉到修士跪下来，离他很近，“别哭，别哭。”但修士的声音很温柔，于是他哭得更凶了。

卢克修士站了起来，再度开口时，他的声音比较愉快了。“裘德，听我说。”他说，“我有个东西要给你看。跟我来吧。”修士开始走向玻璃温室，还回头确认他是不是跟了上来。“裘德，”修士又喊，“跟我来吧。”他不禁好奇起来，跟了上去，走向他熟悉的玻璃温室，带着一种陌生的急切感，好像他从没看过温室一般。

成年后，他有时会走火入魔，执迷地想找出事情开始出大错的确切时刻，仿佛他可以将那一刻冻结，保存在琼脂里，拿起来在课堂上教导学生：这就是发生的时候。这就是开始的时候，他会想，是我偷饼干的时候吗？是我毁掉卢克那些黄水仙的时候吗？是我第一次乱发脾气的时候吗？或是更不可能的：会是我做了一些事、让她把我丢在药房后头那个时候吗？那会是什么事？

但其实他知道：是在他走进玻璃温室的那个下午。是在他放弃一切，愿意跟着卢克修士之时。就是那一刻。从此以后，一切都没再对劲过了。

* * *

再走五步，他来到了前门，可是手抖得太厉害，钥匙插不进锁孔里。他诅咒着，钥匙差点掉地。然后他进了公寓，从前门到他的床只剩十五步了，可是走到一半，他不得不停下来，缓缓坐到地上，用手肘匍匐前进，完成最后那点距离。有一会儿他躺在那里，周围的一切旋转着，直到他有力气把床上的毯子拉下来盖住自己。他会躺在那儿直到太阳离开天空，公寓内变黑，最后他会用手臂把自己撑起来，爬到床上。然后他会睡着，没吃饭、没洗脸也没换衣服，他痛得发抖，牙齿咬得咯咯作响。他会孤单一人，因为威廉演出结束后会跟女朋友出去，要很晚才回家。

他会很早醒来，觉得好过一些，但伤口会在黑夜渗出液体。他星期天上午出门走路（灾难性的散步行程）前换上的纱布会被脓汁浸透，而他的长裤会因为分泌物黏在皮肤上。他会传短信给安迪，得到回复后会再传一则。然后他会冲澡，小心翼翼地拆掉绷带，上头黏着零碎的烂肉和发黑、黏湿的血块。他会喘着猛吸气，免得叫出声来。他会记得上回这种情况发生时他和安迪的对话，当时安迪建议他弄个轮椅以备不时之需。尽管他很不想再用轮椅，可是他但愿现在有一台。他想安迪说得没错，他的市区长途漫步的确代表着他不可饶恕的傲慢，他想假装一切没问题、不肯面对自己的残疾，实在太自私了，因为后果就是会影响到其他人。这些人多年来一直对他慷慨又和善，莫名又没有道理，到现在都快二十年了。

他会关掉花洒的水，放低身子躺在浴缸里，脸颊贴着瓷砖，等自己感觉好一点。他会想起自己受困了，困在这具他痛恨的身体里，怀着他所痛恨的过去，两者他都永远无法改变。他会想哭，因为挫折、憎恨和疼痛，但自从发生了卢克修士的事情以后，他告诉自己再也不可以哭了，从此他真的没再哭过。他会想起自己无足轻重，只是一个空壳，里面的果实早就干瘪，只能发出空洞无用的喀啦声。他会感受到在他最快乐和最难受的时刻都会出现的那种刺痛、打着冷战的厌恶，问他自以为是谁，竟然给这么多人造成麻烦，以为他有权利继续活下去。其实他自己的身体都跟他说该停下来了。

他会坐在那里等待，继续呼吸，然后他会庆幸现在时间还很早，威廉不可能发现他，也就不必再次救他。他会设法拖着身子站起来（虽然事后他不会记得是怎么做到的），爬出浴缸，吃几颗阿司匹林，再去上班。上班时，他会觉得纸上的字模糊地舞动。等到安迪来电时，应该才早上 7 点，他会告诉上司马歇尔他病了，拒绝马歇尔开车送他，但是如果感觉太难受了，就让他协助他上出租车。去上城的路上，他会经过他前一天才愚蠢地走过的那段路。等到安迪开门时，他会设法保持镇定。

“小裘。”安迪会这般喊他，并且处于温柔模式，他今天不会说教。接着他会让安迪带着他穿过空荡荡的等候室，此时他的诊所还没开门。然后安迪会帮他坐上那张他度过好多个小时、好多天的检查台。他甚至会让安迪协助他脱掉衣服，再闭上眼睛，等着安迪拆开他腿上的胶带，揭开湿透的纱布，露出破皮的伤口，等着那令人晕眩的剧痛袭来。

我的人生，他会想着，我的人生。除此之外没法再想别的，他会一直重复默念这几个字——一部分像念经，一部分像诅咒，一部分像宽慰——同时滑入他经历这类剧痛时会造访的另一个世界。他知道那世界离自己的世界从来不远，但他事后总是想不起来：我的人生。

2

有一回，你问我是什么时候开始认定他的，当时我告诉你我一直都知道。但是一说出口，我就知道那并非实情。我会这么说，是因为这话听起来很美，像是书中或电影里的角色会说的话。当时你我都觉得很痛苦、很无助，我觉得这样说，眼前的状况可能就不会让我们那么难受。那个状况，我们一直觉得有办法阻止，但还是发生了。那是在医院里，第一次发生的时候。我知道你记得：你那天早上从斯里兰卡的科伦坡搭上飞机，跳房子似的经过好几个城市和国家，花了好多时间，降落后停留一整天，然后又离开了。

但现在我想讲得精确一点。因为没有理由不精确，而且我应该力求精确。我一直想要这样，一直试着这样。

我不确定该从哪里讲起。

或许讲些好听的话吧，也的确是事实：第一次见面时，我立刻就喜欢你了。当时你 24 岁，我 47 岁（天啊），我当时觉得你很特别。后来，他谈到你的善良，但他从来不必跟我解释，因为我知道你很善良。那个夏天你们四个第一次来我的房子，对我来说，那是个非常奇特的周末，对他也是。对我，是因为我在你们四个身上看到雅各布可能变成什么样子；对他，则是因为他原先只把我当老师，但那回他突然看到我穿短裤和围裙，在烤架上烤蛤蜊，还跟你们三个争辩各式各样的话题。一旦我停止在你们脸上寻找雅各布的影子，我就开始享受那个周末了，很大一部分原因是你们三个是那么乐在其中。你们不觉得整个状况有什么奇怪：你们三个假设人们会喜欢你们，不是出于傲慢，而是因为人们总是喜欢你们。而且你们觉得，如果自己礼貌又友善，就没有理由认为对方不会回报。

但他当然有充分的理由不这么想，我是到后来才发现的。然后，我在用餐时观察他，发现争辩特别激烈时，他会往后坐，似乎完全退出战场，然后持续观察你们。你们三个是那么轻松地提出挑战，完全不怕激怒我，也毫无顾忌地动手去拿桌上的马铃薯、节瓜、牛排，还会开口要求自己想要的，并大方接受。

那个周末，我记得最清楚的是一件小事。那天，你跟他、朱丽娅和我，正走在通往瞭望台、两旁种了桦树的小径上（你还记得吗？当时那里只有一条窄窄的小路，茂密的树林是很久以后的事了）。我跟他并肩而行，你和朱丽娅在后头。你们不知正在聊什么，昆虫？野花？你们两个总是聊得来，你们都喜欢野外，也喜欢动物。我不明白乐趣何在，但我很喜欢你们两人这一点。你碰触他一边的肩膀，走到他面前，跪下来帮他把松开的鞋带重新绑好，然后回到后头跟朱丽娅边走边聊。整个过程很流畅，只是一个小动作：往前一步，弯下膝盖，又往后退到她旁边。对你来说这没什么，连想都没想，甚至没有中断谈话。你总是留心着他（不过你们三个都是），以十几种小小的方式照看着他，在那短短的几天，我都看到了，但我怀疑你不会记得这起小事件。

当你这么做的时候，他看着我，他脸上的表情——我至今无法形容，只知道在那一刻，我感觉心中有个什么崩塌了，就像一座盖得太高的沙塔：为了他，为了你，也为我自己。在他脸上，我看到了呼应我的表情。真不敢相信有人会去帮另一个人做这样的事情，这么不假思索，这么有风度！我看着他，打从雅各布死后，我第一次明白，所谓有个人或有个东西会让你心碎是什么意思。我以前一直以为这种说法太强说愁了，但在那一刻，我明白那可能是强说愁，但也是真实的。

而我想，我就是从那一刻开始认定他的。

* * *

我从没想过自己会为人父母，不是因为我有差劲的父母。事实上，我的父母很棒：我母亲在我很小的时候就死于乳癌，接下来五年只有我和父亲。他是自己开业的家庭医生，总是希望自己可以跟病人一起变老。

我们住在西端大道，靠 82 街，他的诊所就在我们住的那栋楼的一楼，我放学后常常会进去转一下。他的病人都认识我，我也以身为医生的儿子为荣，跟每个人打招呼，看着他接生的婴儿变成小孩，抬头看着我，因为他们的父母告诉他们我是斯坦医生的儿子，说我在一所很好的中学读书，是全纽约市最好的中学之一，还说如果他们够用功，说不定以后也可以去读。“亲爱的，”我父亲会这么喊我。即使我后来长得比他高了，每次放学后去诊所里，他一看到我，就把手掌放在我的后颈，吻一下我的脸颊。“我亲爱的，”他会说，“今天在学校过得怎么样？”

我八岁时，他娶了他的办公室主任阿黛尔。我童年的每个时刻她都不曾缺席：她总是带着我去买需要的新衣服，陪着我们父子过感恩节，准备好我的生日礼物。对我而言，不是阿黛尔像母亲，而是母亲就该像阿黛尔。

她年纪比我父亲大，是男人会很喜欢、相处自在，但从来不会想娶回家的那种女人。说得直白一点，就是她长得不漂亮。谁需要母亲漂亮呢？我有回问她是不是想要自己的孩子，她说我就是她的孩子，还说她无法想象能有更好的孩子。这说明了你需要知道的一切：关于我父亲、阿黛尔，以及我对他们的感觉。他们对待我的方式使得我从来不曾质疑她那番话，直到我三十几岁，跟我当时的太太为了该不该再生一个孩子（取代雅各布）而争吵。

阿黛尔是独生女，而我是独生子，我父亲也是：一家三口都是唯一的孩子。但阿黛尔的父母当时还健在（我父亲的父母则不在了），我们周末常常到布鲁克林去拜访他们，现在那一带已经被纳入公园坡了。他们住在美国近五十年，还是不太会讲英文，阿黛尔的父亲很害羞，母亲则很勇于表达情感。他们跟阿黛尔一样身材矮壮，而且跟她一样很和蔼。阿黛尔会跟他们讲俄语，然后她父亲（我理所当然喊他爷爷）会张开胖胖的拳头，给我看里头有什么秘密：一只木制鸟笛，或是一大块鲜艳的粉红色口香糖。即使我成年了，读法学院了，他照样会给我一些小玩意儿。他的杂货店老早就关了，这表示他那些玩意儿一定是从别处买来的。但是哪里呢？我一直想象有间秘密商店，里面都是几十年前流行过的玩具，但一些老移民还是忠实地光顾，买店家囤积的那些漆着螺纹的木陀螺、金属玩具兵和抛接沙包，里头的橡胶球在没拆开的塑料袋里就已经黏着污垢了。

我以前一直有个毫无根据的理论，认为男生如果年纪够大（因为此年纪足以做出判断），目睹了他父亲的第二段婚姻，那么他日后娶的太太就会像继母，而非母亲。结果我娶的人并不像阿黛尔。我的第一任太太莉柔，冷静又独立自主。她不像我认识的其他女生，总是把自己缩到最小（包括她们的才智，这是当然了，还包括她们的愿望、愤怒、恐惧与沉着），但莉柔从来不会。我们第三次约会时，才刚走出麦克杜格尔街的一家小餐馆，忽然有一名男子从旁边一处阴暗的走道踉跄走来，吐在她身上。她的毛衣沾了厚厚的橘黄色呕吐物，我清晰地记得其中一大团黏在她右手的那枚小钻戒上头，好像钻石上长出了肿瘤。周围的人猛吸一口气或惊叫起来，但莉柔只是闭上眼睛。换作别的女人，一定会尖叫（换作是我也会尖叫），但我记得她只是打了个明显的寒战，好像她的身体承认那很恶心，也同时摆脱了那种恶心。等到睁开眼睛，她就恢复了。她脱掉那件开襟毛衣，扔进最近的垃圾桶。“走吧。”她告诉我。我震惊得说不出话来，但是那一刻，我想要她，于是我跟着她一直走，最后走到她的公寓，是沙利文街的一个烂地方。从头到尾，她的右手一直微微举着，而那团呕吐物还黏在她的戒指上面。

我父亲跟阿黛尔都不是特别喜欢她，虽然他们从来没这么跟我说；他们很有礼貌，也尊重我的意愿。为了礼尚往来，我也从来没问过他们，免得逼他们撒谎。我不认为是因为莉柔不是犹太人（我父母并不虔诚），但是我想他们觉得我太敬畏她了。这也可能是我年老后才判定的。或许我佩服莉柔的那种能干，在他们眼里却是冷淡或冷漠。天晓得他们不是第一个这样想的人。他们对她总是很有礼貌，她对他们也相当客气，但我想，他们比较想要的媳妇，应该会稍微跟他们撒撒娇，让他们讲些我小时候丢脸的故事，可以跟阿黛尔吃午餐，跟我爸下西洋棋。事实上，就像你。但莉柔不是那样的人，也永远不会是。一旦我父母理解到这点，他们就保持一些距离，不是要显示他们不高兴，而是某种自律，好提醒自己应该试着尊重某些界限，比如她的界限。我跟她在一起时总觉得异常放松，仿佛面对她那样强悍的能力，连厄运都不敢来挑战我们。

我们是在纽约认识的，她比我大一岁。当时我在上法学院，她在读医学院。毕业后，我在波士顿找到法官助理的工作，她则开始实习。她专攻肿瘤科。当然，我一直很佩服，因为这会让人想到：再也没有什么比一个想治愈你的女医生更抚慰人心了，你想象她像个母亲般弯腰察看病人，身上的医生袍洁白如云。但莉柔不想被人佩服，她对肿瘤科有兴趣是因为这一科比较难，大家公认比较花脑筋。她和其他的肿瘤科实习生非常瞧不起放射科医生（太唯利是图）、心脏科医生（太趾高气扬且自鸣得意）、小儿科医生（太多愁善感），尤其是外科医生（极度傲慢）和皮肤科医生（不值一评，尽管他们常常和皮肤科医生合作）。他们喜欢麻醉科医生（诡异的书呆子、吹毛求疵，而且有上瘾倾向）、病理学医生（比他们还花脑筋），还有……唔，大概就这样了。有时他们一群人来我们家，吃过晚餐后会一起讨论病例和研究，而他们的伴侣（律师、历史学者、作家和比较次要的科学家）就被冷落在一旁。最后，我们便溜到客厅，讨论日常生活里各式琐碎、比较无趣的事情。

我们是两个成年人，那样的生活也够快乐。我们从不抱怨相处的时间不够多，无论是她还是我。她当住院医生期间，我们继续住在波士顿，然后她在研究生期间搬回纽约，我则留下。当时我一面在一家律师事务所工作，一面在法学院兼课。我们每个周末会轮流在波士顿和纽约碰面。她完成医生训练后搬回波士顿，我们结婚，买了栋房子（不是我现在那栋），小小的，就在剑桥市的边缘。

我父亲和阿黛尔从来没问我们是否打算生小孩（说起来，莉柔的父母也是。难以理解的是，他们都比她容易动感情得多，我们少数几次去加州圣巴巴拉看他们，她父亲会跟我说笑打趣，她母亲则端上一盘盘切成薄片的小黄瓜和撒了胡椒的西红柿片，都是他们自己菜园里种的，而莉柔会以一脸保持距离的表情看着我们，好像很难为情，至少被他们相对的开朗弄得不知所措。）我想他们以为只要不过问，就还有一点机会。但事实是，我觉得没有生小孩的必要；我从没想过要有小孩，甚至对小孩没特别的感觉。这个理由似乎足够让我们不要生了。我觉得，要生小孩，就应该很想要，甚至很渴望才行。这种事可不是怀着矛盾心理或毫无热情就能去试试看的。莉柔的感觉也一样，或者我是这么以为的。

但接着，在我 31 岁、她 32 岁那年，有一天晚上我回到家，发现她已经在厨房里等着我。这很不寻常，她的工作时间比我长，通常要晚上八九点才会到家。

“我得跟你谈一谈。”她说，很严肃，我忽然害怕起来。她看到我的表情，露出微笑。她不是个冷酷的人，我也不想让你以为她没有关怀和柔情，她其实都有。“不是什么坏事，哈罗德。”然后她笑了一声，“我想不是。”

我坐下来，她吸了口气：“我怀孕了。我不知道是怎么发生的，一定是有一两次忘了吃避孕药。快八周了。我今天去萨莉那确认了。”（萨莉是她医学院时期的室友，也是她最要好的朋友兼妇科医生。）她说得很快，用不连贯、摘要式的句子。接着她沉默了一会儿。“之前我还吃了催经药，你知道，所以我不知道自己怀孕了。”然后，看我没吭声，“你说点话吧。”

一开始我没办法开口，好一会儿才问："你觉得怎么样？"

她耸耸肩："我觉得还好。"

"很好。"我愚蠢地说。

"哈罗德，"她说，在我对面坐下来，"你想怎么做？"

"那你想怎么做？"

她又耸耸肩："我知道我想怎么做，但我想知道你的想法。"

"你不想留下。"

她没有反驳："我想听听你的意见。"

"如果我想留下呢？"

她已经有所准备："那我就会认真考虑。"

我没想到她会这样回答。"莉柔，"我说，"我们应该照你的意思去做。"这不完全是我宽宏大量，多半是出于懦弱。在这件事上，就像在很多事情上一样，我乐于让她做决定。

她叹气："不必今天就决定。我们还有一些时间。"她不必说，我也知道，还有四周的时间可以考虑。

那天晚上我躺在床上，思索着所有男人碰到女人跟他说她怀孕了都会想的事情：生出来的婴儿会是什么样子？我会喜欢他吗？我会爱他吗？然后，更压倒性的是：为人父亲，有那么多责任、条件、烦闷和失败的可能性。

次日早晨我们没有谈这件事，隔一天我们也没谈。到了星期五我们要上床睡觉时，她很困地说："明天我们得讨论这件事了。"我说："那当然。"但是我们没谈，一直没谈，然后第九周过去了，接着是第十周，然后第十一周和第十二周也过去了。要做什么都太晚了，不但困难，也不合伦理。此时我想，我们都松了一口气。时间帮我们做了决定（应该说，我们的不决定，帮我们做了决定），我们就要有小孩了。结婚以来第一次，我们两人都这么犹豫不决。

我们原先想象会生一个女孩，如果是，我们就要给她取名阿黛尔，沿用我母亲的名字；中间名是萨拉，是萨莉的正式名。但结果不是女孩，于是我们请阿黛尔取首名（她高兴得哭出来，是我极少数看到她哭的一次），萨莉取中间名：雅各布·莫尔。（我们问萨莉，为什么是莫尔？她说是出于托马斯·莫尔的缘故。）

有人觉得父母对子女的爱比较崇高、比较有意义、比较重要、比较了不起，但我从来不是那种人（我知道你也不是）。在雅各布出生之前我不觉得是那样，他出生之后我也没有改变想法。但是父母对子女的爱的确很奇特，那种爱的基础不是出于身体上的吸引，也不是出于愉悦感或才智，而是出于恐惧。有孩子之前你从来不知恐惧为何物；或许就是这种恐惧骗得我们以为这种爱比较重大，但其实恐惧本身才更重大。每一天，你的第一个想法不是“我爱他”，而是“他怎么样了”，一夜之间，整个世界忽然被重新安排，成了种种恐怖的障碍赛场地。我抱着他等候过马路时，一想到我的小孩或任何小孩要在这样的生活中幸存，真是太荒谬了。那概率就像晚春的蝴蝶存活的概率一样低（你知道，就是那些小小的白蝴蝶），有时我看到那些小蝴蝶在空中摇晃着飞翔，总是差点撞死在汽车的挡风玻璃上。

另外，让我告诉你我学到的两件事。第一件事，不管子女年纪多大，或他们是在什么时候、怎么样成为你的子女，一旦你决定把某个人想成你的子女，事情就改变了。之前你从他们身上得到的一切乐趣，你对他们的所有感觉，全被那种恐惧压过去了。那不是生物学上的恐惧，而是超生物学的。那不是源自要确保一个人的基因密码存活下去，而更接近一种渴望，渴望证明自己不被这个世界的计谋和挑战侵犯，渴望击败那些试图摧毁你所拥有的事物的力量。

第二件事情是：当子女死了，种种预期中的感觉你都会有。这些感觉，有太多人详尽记录下来了，我就不在这里一一列出了。只不过要说一声，那些关于悲痛的文字都一样，这种一致是有原因的——因为其实那些感受都没有偏离主轴。有时你觉得这种感觉比较多、那种感觉比较少，有时你觉得感觉的顺序不对，有时你觉得某种感觉持续得比较久、另一种感觉比较短暂。但那些感觉总是一样的。

没有人说过的是，当你的小孩死了，一部分的你（非常小但不可忽略的一部分）也松了一口气。因为，从你成为父母的那一天起，一直在你预期中、你日夜担心且为之做好准备的那一刻，终于来到了。

啊，你告诉自己，终于来到了，就是现在了。

之后，你再也没什么好害怕的了。

* * *

几年前，我的第三本书出版后，有记者问我能否一眼看出学生适不适合读法律。我的答案是：有时候。但往往你会看走眼，上半学期看起来似乎很聪明的学生持续退步，而一个你原先根本没注意的学生却逐渐散发光芒，你想要听他讲出自己的想法。

天资最聪颖的学生，第一年往往过得最辛苦。法学院，尤其是法学院的第一年，真的是不太鼓励锻炼创造力、抽象思考能力和想象力。我常常觉得，在这方面（根据我听说的，并非第一手信息）有点类似艺术学院。

朱丽娅有个朋友叫丹尼斯，从小就非常有艺术才华。他们小时候就很要好，有回她拿他 10 岁或 12 岁画的东西给我看，都是一些小素描：几只鸟在啄地，他没有表情的圆脸，或是他的兽医父亲抚摸着一只满脸痛苦的狗。丹尼斯的父亲看不出上绘画课有什么用，所以丹尼斯从没受过正式训练。等到他们年纪稍长，朱丽娅去上大学时，丹尼斯则去了艺术学院学习绘画。他说，第一个星期，他们可以随心所欲画任何东西，教授总是挑出丹尼斯的素描，钉在墙上，供大家赞美与批评。

但接下来，他们开始学习如何绘画：本质上，就是重新学画画。第二个星期，他们只画椭圆：宽的椭圆、胖的椭圆、瘦的椭圆。第三个星期，他们画圆：三维空间的圆、二维空间的圆。然后画一朵花、一个花瓶、一只手，再来是一颗头、一具身体。随着每周的训练，丹尼斯画得越来越糟。等到学期末，他的画就再也没被钉到墙上了。对于绘画，他变得很局促不安。现在他看到一只狗，它尾巴上的长毛轻轻扫过地面，他看到的不再是一只狗，而是盒子上接着一个圆。当他试着画的时候，他担心的是比例，而不是要抓住那只狗的神韵。

他决定找教授谈谈。我们的用意就是要击垮你，丹尼斯，他的教授说，只有真正有才华的人，才有办法重新站起来。

“那我想我不是真正有才华的人。”丹尼斯说。他后来成为出庭律师，和他的伴侣住在伦敦。

“可怜的丹尼斯。”朱丽娅说。

“啊，没事的。”丹尼斯叹气，但我们都不相信他真的没事。

同样的，法学院也会摧毁你的思维方式。小说家、诗人、艺术家通常在法学院的表现都不会太好（除非他们是差劲的小说家、诗人、艺术家），但是数学家、逻辑学者、科学家的表现也不见得好。

前者失败是因为他们有自己的一套逻辑；后者失败是因为他们只懂逻辑。

总之，他从一开始就是个好学生，杰出得不得了。但是他极力表现得很平凡，因而掩饰了他有多杰出。根据他在课堂上的回答，我就知道他有成为一流律师的所有条件：法律被称为一门买卖（trade）不是意外，就像所有的买卖一样，最重要的是记性要好，这点他有。其次重要的（也跟很多买卖一样）就是要看出眼前的问题所在，然后立刻看出后续可能的影响。那种眼光很像是工程承包商看房子的眼光，他们看到的不光是一座建筑，而是一大堆冬天会结冰的水管、夏天会潮湿胀大的护墙板、春天会涨满雨水的雨水槽、秋天第一波寒意来袭时会冻裂的水泥表面。对律师来说，他们眼中的房子也不是房子，而是一个上锁的保险箱，里面放满合约、留置权、未来诉讼、可能的违法或侵权。这栋房子代表你的财产、东西、你这个人、你的隐私权可能遭受的各种攻击。

当然，你不能真的永远这么想，不然你会把自己给逼疯。对大部分律师来说，一栋房子最终也只是一栋房子，需要放进东西、修理、重新粉刷、清空。但是有一段时期，每个优秀的法学院学生都觉得自己的观点转变了，他们了解到法律是无可逃避的，任何互动、日常生活的任何层面都逃不过法律善于攫取的长手指。一条街道变成一场惊人的灾难，聚集了各式各样的违法案例和潜在的民事诉讼。一场婚姻看起来就是一场离婚案。整个世界一时之间变得令人难以忍受。

他做得到，他拿到一个案子，就能看到结果。要做到这一点很难，因为你的脑袋必须想到所有的可能性、所有会发生的后果，然后选择要操心哪些、忽略哪些。但他同时也忍不住会思索案子牵涉的道德层面，这在法学院是没有帮助的。我有一些同事甚至不准学生在课堂上说出“对”和“错”。“对跟这个案子没关系。”我以前的一个教授常常这样对着我们咆哮，“什么是法律？法律上是怎么样？”（法律教授都很戏剧化，没一个例外。）另一个教授每回碰到有人提到“对”或“错”，什么都不会说，只是走到那个犯规的学生面前，递给他一小张纸（他在西装内侧口袋里放了一小叠），上头印着：锥蒙大楼二四一室。那是哲学系办公室。

比方说，有个假设性的案子：某个美式橄榄球队要去另一所学校打客场比赛，但是一辆面包车出故障了。所以他们问某位球员的母亲能否借她的车。母亲说没问题，但她不开车，于是她要求助理教练帮她开。结果，那辆车开到一半，可怕的事情发生了：车子在路上打滑、冲出路面、翻车，车上的人全部死亡。

这里头没有刑事案件。当时路面很滑，驾驶人也没有喝酒或嗑药。那是场意外。但那些死去球员的父母告了那辆面包车的车主。他们主张那是她的车，更重要的是，驾驶人是她指定的。他只是她的代理人，因此要负责的是她。所以结果呢，原告胜诉吗？

学生们不喜欢这个案子。我也不常教，因为太极端了，我认为会掩盖其中的教育意义。但只要我教这个案子，就总是听到课堂上传来一个声音说：“可是这样不公平！”这个字眼——公平——听了就让人很烦，但同样重要的是，学生对公平这个概念总是念念不忘。我会告诉他们，“公平”从来不是回答，但他们总会考虑到公平。

总之，他从来不谈公平与否。他好像对公平这件事没有什么兴趣，这点让我非常好奇。因为很多人关心公平与否，尤其是年轻人。公平这个概念是用来教导乖孩子的，是幼儿园、夏令营、游乐场和足球场上的管理原则。雅各布还可以去学校学习事物、还可以思考和讲话的时候，知道什么是公平，也知道公平很重要，需要受到重视。公平是针对幸福的人，他们有幸过着种种由安全感构筑出来的生活，其中模糊不定的事物比较少。

然而，对与错，就是针对——唔，或许不是不幸福的人，而是有伤痕的人、害怕的人。

啊，这一点，我现在才想到？

“所以原告会胜诉吗？”当时我问。那一年，他的第一年。我在课堂上教了这个案子。

“会。”他说，然后解释为什么，他出于本能知道他们为什么会胜诉。接着，果然，我听到教室后头传来一个小小的声音：“但是这样不公平！”我还没来得及开始那学期的第一次说教——“公平从来不是答案”云云，他就平静地说：“但这是对的。”

我从来没能问他那句话是什么意思。那堂课结束，所有人立刻站起来急着离开，简直是用跑的，仿佛教室里失火了。我还记得当时提醒自己下一堂课（就在那个星期的后几天）要问问他，但我后来忘了。然后忘了一次又一次。那几年，我不时会想起这段对话，每回我都心想：我一定要去问他那句话是什么意思。但我始终没问，不知道为什么。

于是这成了他的模式：他懂法律，他在法律领域特别有慧根。但接着，正当我希望他停下来不要讲的时候，他又会引入某个道德论点，并提到伦理。拜托，我会心想，拜托不要提道德。法律很简单，不像你想象的需要考虑那么多细节。在现实里，伦理和道德的确会影响法律，但在法学中不会。道德协助我们制定法律，但是道德无法协助我们应用法律。

我当时很担心他会让自己很辛苦，糟蹋自己真正的天赋，只因为思考过度（我很不想这么说自己的专业）。停止！我很想告诉他。但我从来没说，因为后来我发现，我很喜欢听他讲自己的想法。

到最后，当然，我其实不必担心，他学会了如何控制，学会了不要提到对与错。一如我们知道的，他这个倾向并不影响他成为了不起的律师。但后来我常常替他难过，也替自己难过。我真希望当初逼他离开法学院，真希望叫他改念哲学系。我教他的技巧根本就不是他需要的。我真希望我把他推到别的方向，让他的思维方式像当初那样柔软、有弹性，不必硬逼自己朝乏味的方向思考。我觉得自己把一个原本会画狗的人变得只会画形状了。

谈到他，很多事情让我心生愧疚。但有时无来由的，我最感到愧疚的是:我打开了面包车的车门,邀请他上车。虽然我没冲出路面，但我载他来到一个荒凉、冰冷、没有颜色的地方，还把他留在那里。而他原先上车的地方有一片充满鲜亮色彩的风景，天空爆出五彩烟火，让他惊奇得合不拢嘴。

3

他要去波士顿过感恩节的前三个星期，一个包裹寄到了他的办公室（那是个又大又笨重的扁木板箱，每一面都用黑色马克笔写着他的名字和地址）。他把木箱在书桌旁边放了一整天，直到那天晚上很晚了才有空打开来。

看到寄件地址，他就知道里头是什么了。即使是你不想要的东西，拆开包裹时你还是会有那种不由自主的好奇。箱子里是几层厚厚的褐色纸，接着是几层气泡垫，然后包着几层白纸，最后才是那幅画。

他把画转到正面。“献给裘德，致上我的爱与歉意，杰比。”杰比在画布上这么写着，就在他的签名“让·巴蒂斯特·马里昂”的上方。画框背面贴着一封杰比代理画廊的信封，里头的信件证明这幅画是真迹，并附上日期，信上还印了画廊的地址，以及登记员签名。

他打电话给威廉，知道他已经离开戏院，大概正在回家的路上：“猜猜我今天收到什么？”

威廉只稍微顿一下，就回答："那幅画。"

"没错。"他说，然后叹了口气，"所以我想，这件事是你在背后操纵的？"

威廉咳嗽："我只是跟他说，这件事他已经没别的办法了——如果他希望你以后还会跟他讲话的话。"威廉暂停一下，他听得到呼啸的风声，"你需要人帮忙把画搬回家吗？"

"谢了。"他说，"我打算把画暂时留在这里，以后再搬。"他把画包回原来的层层包装里，放进木箱，然后推到办公桌底下。关掉电脑前，他开始给杰比写一条短信，但是又停下来，删掉原来写的，收拾东西回家。

杰比最后还是把这幅画送给他了。他很惊讶，但同时也不惊讶（而且一点都不奇怪是威廉说服杰比这么做的）。十八个月前，就在威廉开始演出《马拉穆定理》之前，杰比接到上东城一家画廊的代理邀约，并在今年春天推出了首次个展"男孩们"。那一系列共有二十四幅画，是根据杰比拍摄他们三个人的照片画出来的。杰比遵守几年前的承诺，让他先看了打算画的那些照片。他同意了其中很多张（很不情愿，同意时还难受得反胃，但他知道这个系列对杰比有多么重要），但结果杰比对他不同意的那些照片反倒更有兴趣，其中少数几张（有一张他蜷缩在床上，双眼睁着但看不见，很可怕，左手很不自然地张得很开，像食尸鬼的爪子），他惊慌地发现自己根本不记得杰比拍过那些。那时他们第一次吵架：杰比一直哄他，接着发脾气，又威胁，又大吼，看他不肯改变心意，就试图说服威廉支持他。

"你知道我其实不欠你什么。"杰比发现说服不了威廉时，这么告诉裘德，"我的意思是，严格来说，我根本不必征求你的同意。

严格来说，我他妈的可以爱画什么就画什么。问你一声只是礼貌，你知道。”

他可以说一大堆理由来驳倒杰比，但他实在气得不想说了：“你答应过我的，杰比。”他说，“这样应该就够了。”他还可以补上一句：“你是我的朋友，你本该这么做。”但他几年前就明白，杰比对友谊和随之而来的责任的定义跟他不一样，而且这件事没有讨论的空间：要么你就接受，不然就拉倒。他当时决定接受。但是最近他开始觉得，要接受杰比和他的种种限制很吃力，似乎让人愤怒、疲倦、辛苦得没有必要了。

到最后，杰比不得不认输。展览开幕前的几个月，他偶尔会暗示被他称为“失去的画作”的那几件作品很伟大，把裘德画得不那么僵硬、胆怯或害羞，而且没那么庸俗（这是杰比最喜欢的论点）。后来，他觉得很难堪，因为自己竟然这么好骗，相信杰比会尊重他的意愿。

画展开幕日是 4 月下旬的一个星期四，就在他 30 岁生日过后不久。那天晚上冷得反常，梧桐树刚冒出来的嫩叶都被冻得碎裂。他转过街角来到诺福克街，停下来欣赏那家灯火通明的画廊，它像个明亮的金色箱子似的，在寒冷单调的黑夜里散发暖意。才刚进去，他就碰到了黑亨利 · 杨和他们在法学院认识的一个朋友，接着又碰到好多熟人，有大学时代的旧识，也有去利斯本纳街参加派对认识的人，还有杰比的两个阿姨，马尔科姆的父母，以及他好几年没见的杰比老友。因此他花了好多时间才挤过人群，看到那些画。

他一直都知道杰比很有才华。他们每个人都知道：无论你偶尔觉得杰比这个人有多么不厚道，他的作品还是可以让你相信你错了，所有你曾认定是他性格上的缺点，都反过来证明了你自己的小心眼和坏脾气，而且你还会相信杰比其实是个非常有同情心、有深度而宽容的人。那一夜，他毫无困难地看到了那些画的强度与美感，对杰比只有单纯的引以为荣和感激：当然是因为这些作品的成就，也因为杰比有能力画出那种色彩和影像，让其他的色彩和影像变得黯淡、贫弱，此外杰比也有能力让你用全新的眼光看这个世界。那些画排成长长的一列，像五线谱般延伸过几面墙，而杰比创造出的色调——浓密的瘀血蓝和波本黄，仿佛发明了一套截然不同的色彩语言。

他停下来欣赏《威廉与女孩》，这幅他在展前已经看过，而且已经买下。画中的威廉并没有面对镜头，双眼似乎转过来直视观者，不过想必是看着照相机后头的一个女孩。他很爱威廉脸上的表情，那是他非常熟悉的：正要微笑、嘴巴还很柔软且尚未启动，但眼睛周围的肌肉已经开始往上拉了。那些画没有按照时间顺序排列，所以排在这幅之后的是几个月前的他（他碰到画自己的作品就快步略过），再下一幅是《马尔科姆与弗洛拉，柏森街》，画的是马尔科姆和他姐姐，他从里头的家具认出这是弗洛拉在西村的第一间公寓，不过她早就搬走了。

他四处看了一圈要找杰比，发现他在和画廊经理交谈。那一刻，杰比拉长脖子看到他，朝他挥了挥手。“天才。”他隔着人群用嘴型向杰比示意。杰比咧嘴笑了，也用嘴型回他：“谢谢。”

接着，他转到第三面也是最后一面墙，看到那两幅画，都是画他的，两件杰比都没先让他看过。第一幅里面的他非常年轻，手拿一根香烟。第二幅他觉得是根据两年前拍的照片画的，他坐在床沿弯着腰，前额靠墙，双腿和双脚交叉，眼睛闭着——每次他疼痛发作结束都是这个姿势，集中全身的力气，设法再站起来。他不记得杰比拍了这张照片，也的确，这幅画的角度（相机从门框边缘往内窥看）说明杰比不打算让人记得他拍了照，因为根本是偷拍。一时之间，整个展览空间的声音笼罩在他周围，他只能盯着那两幅画看了又看：即使心里很痛苦，他还是明白自己的反应主要不是因为这两个画面，而是画面勾起的回忆和感觉，也明白他因为其他人竟能看到他人生中两个悲惨时刻的记录而产生的被侵犯感，只是个人的感受，只对他自己有意义。对其他任何人来说，这只是两件没有背景的画作，毫无意义，除非他公然说出其中的含义。但是啊，看到这两幅画让他很难受，他忽然急切地希望旁边没有人，只有他自己。

他设法撑过开幕之后的例行晚宴，感觉时间漫长得永无止境，他好想念威廉，但威廉那天晚上有表演，没办法来参加。至少他完全不必跟杰比讲话，反正杰比一直忙着招呼大家。对那些走过来找他——包括代理杰比的画廊老板——跟他说最后那两幅以他为主角的画是全场最佳作品的人（不知怎的，好像他也有贡献），至少他还能微笑以对，说杰比的确是了不起的天才。

但稍后回到家，可以重新控制自己之后，他终于能够跟威廉清楚表达自己遭到背叛的感觉。威廉毫不犹豫地站在他那一边，替他抱不平。因此他暂时消了点气，然后才明白，连威廉都对杰比的欺骗行为感到讶异。

这引发了第二次争执。他们在杰比公寓附近的一家小餐馆碰面，谈话证明杰比就是不肯道歉，顽固得令人火大。杰比只是说了又说，说那两幅画有多棒；说有一天等他克服了自己的那些问题，就会懂得欣赏这两件作品；还说这件事根本没什么大不了；说他真的得面对自己的不安全感，那种不安全感根本毫无根据，在这个过程中，说不定会证明这件事对他有所帮助；又说除了他之外，每个人都知道他长得有多好看，这一切难道不能让他明白，或许——不，铁定——他才是错估自己的那个人；最后，杰比还说那两幅画都画出来、完成了，他觉得应该怎么做？把画毁掉他会比较高兴吗？难道要把画从墙上拆下来，拿去烧掉吗？反正大家已经看过了，时间也不可能倒退，为什么他不能干脆接受，别再计较了呢？

"我没要求你毁掉它们，杰比。"他说，被杰比怪异的逻辑和简直就是冒犯人的诡辩气得脑袋发昏，想大叫，"我是要你道歉。"

但杰比没办法，或者不愿意道歉。最后他站起来离开，杰比也没有试图阻止他。

之后，他再也不跟杰比说话了。威廉也去找杰比谈过。根据威廉的说法，他们两个最后就在马路上吼来吼去，然后威廉也不跟杰比讲话了。所以从那时开始，他们主要是靠马尔科姆得知杰比的消息。马尔科姆还是一如往常地不表态，但也坦承他认为这件事错的绝对是杰比，同时又暗示他们两个太不切实际。"小裘，你明知道他不会道歉的，"他说，"这可是杰比啊。你只是在浪费时间而已。"

"我要求他道歉过分吗？"跟马尔科姆谈话之后，他问威廉。

"不。"威廉立刻说，"这件事太扯了，裘德。他太扯了，而且他一定要道歉。"

那次展览的画全数卖光。他买的《威廉与女孩》和威廉买的《威廉与裘德，利斯本纳街，II》都送到了他的办公室。《裘德，病后》（他后来知道画名，心底又生起一股怒火和羞辱感，霎时体验到所谓"气得盲目"是什么意思）被某个收藏家买走。他的购买向来被视为祝福和未来获得成功的预言：他只买艺术家首展的作品，而且被他买下作品的艺术家后来大都发展得不错。只有展览中最重要的作品《拿着香烟的裘德》还没确定归属。这是因为一个非常可怕的外行错误：画廊经理把这幅画卖给一位重要的英国收藏家，画廊老板却把它卖给了纽约的现代艺术博物馆。

“所以，好极了。”威廉跟马尔科姆说，知道马尔科姆会把他的话转达给杰比，“杰比应该跟画廊说，那幅画他要自己留着，而且应该把它送给裘德。”

“他不能这么做。”马尔科姆说，吓得好像威廉是在建议把那幅画丢到垃圾桶里，“那是纽约现代艺术博物馆啊。”

“谁在乎？”威廉说，“如果他真的那么厉害，还是有机会进现代艺术博物馆。不过马尔科姆，我告诉你，如果他想保住裘德这个朋友，真的只有这个解决办法。”

于是马尔科姆传了话。想到可能失去威廉这个朋友，足以让杰比打电话给威廉要求碰面。见面时杰比哭了，还控诉威廉背叛他，总是站到裘德那一边，根本不在乎杰比的事业，而杰比向来很支持威廉的事业。

这一切耗上了好几个月。当春天转入夏天时，他和威廉去了特鲁罗度假，没有杰比（也没有马尔科姆，他说他很怕留下杰比一个人）。杰比跟马尔科姆一家人去马撒葡萄园的阿奎纳过5月底的阵亡将士纪念日假期和7月4日国庆节假期，而他和威廉则踏上了计划已久的克罗地亚和土耳其之旅。

然后是秋天，威廉和杰比第二度碰面。在此之前，威廉很意外地获得了他的第一部电影片约，饰演格林童话改编的《银手姑娘》里的国王，1月就要去保加利亚的首都索非亚拍片；他在工作上获得晋升，全纽约最好的大型律师事务所之一克瑟葛罗的一位合伙人也来找他加入，但同时，他偶尔不得不开始使用安迪在5月帮他买的轮椅。此外，威廉和交往一年的女友分手，开始跟服装设计师菲莉帕在一起；还有他以前当法官助理时的同事克里根发了一封电子邮件给所有曾与他共事的人，在信中出柜，同时还谴责了保守主义；哈罗德一直在问今年感恩节有谁会来，还问他同行的人离开之后，能不能留下来住一夜，因为他和朱丽娅有事要跟他谈谈。这几个月，他和马尔科姆去看舞台剧，和威廉去看画展，另外还读了几本小说。以前他都是跟杰比讨论，因为四个朋友里就他们两个最爱看小说。有好多事情以前他们四个会一起讨论，但现在都是其中两个或三个人讨论。一开始他们有点无所适从，毕竟这么多年都是四人行，但他逐渐习惯了，而且就算他想念杰比——包括他的机智和自我中心，他有本事只看到这个世界可能影响他的事情——他也发现自己无法原谅他，甚至他已经完全可以接受没有杰比的生活。

而现在，他想他们的吵架结束了，这幅画是他的了。那个星期六，威廉跟他去办公室，他把画拆开来靠在墙上，两人沉默地看了好久，好像那是一只不会动的动物园动物。这幅画曾登上《纽约时报》的艺评版，稍后《艺术论坛》也有报道，但是直到现在，它平安地抵达他的办公室之后，他才有办法真正欣赏它。如果他能忘记里头画的是自己，他几乎可以看出这张画有多美好，也明白杰比为什么会被这个画面吸引：画中的陌生人一副害怕又提防的模样，无法分辨是男是女，衣服像是借来的，模仿着成人的动作和姿态，但显然对两者一点也不了解。他对画中那人再也没有任何感觉，但这种没感觉是刻意靠意志才办到的。就像你常常在街上碰到一个人，却故意不去看，随着一天天过去，都假装看不到，直到有一天，你真的看不到此人了，或者你让自己相信你看不到。

"我不知道要怎么处理这幅画。"他向威廉坦承，他很后悔，因为他不想要这幅画，而且很内疚威廉之前为了他跟杰比绝交，为了一个他知道自己不会再看的东西。

"嗯，"威廉沉默了一会儿说，"反正你可以送给哈罗德，我很确定他一定会很喜欢。"他这才明白，威廉或许一直都清楚他不想要这幅画，而且他不在意，也不后悔选择了他而非杰比，更没有因为必须做这个选择而怪他。

"是啊。"他缓缓地说，但他知道他不会这么做。哈罗德会很喜欢这幅画（他当初看展时就非常喜欢了），还会把画挂在显眼的位置。这么一来，每回他去拜访哈罗德都会看到。"对不起，威廉。"最后他终于说，"我很后悔把你拖过来。我想我要把画留在这里，等到我想出该怎么处理再说。"

"没关系。"威廉说。于是两人又把画包回去，放到办公桌下。

威廉离开后，他打开手机，终于写了一则短信给杰比。"杰比，"他写道，"很谢谢你的画，也谢谢你的道歉，两者都对我意义重大。"他暂停下来，想着接下来要说什么，"我一直很想念你，想知道你的近况。"他继续写，"等到你有空碰面时，记得打个电话给我。"这些都是实话。

忽然间，他知道自己该怎么处理这幅画了。他查到杰比那家代理画廊的登记员地址，写了一封短信给她，谢谢她把《拿着香烟的裘德》寄来，说他想把这件作品捐给纽约现代艺术博物馆，问她能不能帮忙促成这件事？

后来回头看时，他把这起事件当成某种转折点，是一段人际关系从此改变的关键：适用于他和杰比的友谊，这很自然，但也适用于他和威廉的友谊。在他二十来岁时，有时他会看着自己的朋友，感觉到一种非常纯粹、深厚的满足。他恨不得环绕他的世界当场停止，没有一个人必须离开那一刻，因为一切都处于均衡状态，他对他们的情感也是最完美的。当然，这样的事情永远不会发生。片刻之后，一切都改变了，那个时刻悄悄消失。

如果说在这起事件之后，杰比对他来说没有以前那么重要，未免太夸张、太决绝了。但他的确第一次有办法理解，自己多年来信赖的人有一天可能会背叛他。这很令人失望，但是也无法避免。人生会持续推着他前进，就算每个人都可能在某方面辜负他，但至少有一个人永远不会。

* * *

他认为哈罗德总有把感恩节搞得太过复杂的倾向（朱丽娅也赞同）。自从他第一次受邀到他们家过感恩节起，每年哈罗德都跟他保证（通常在 11 月初，此时他还对计划充满热忱），今年他要彻底翻转美国最逊的烹饪传统，让他大吃一惊。哈罗德一开始总是野心十足：九年前他们共度的第一个感恩节，也就是他读法学院的第二年时，哈罗德宣布他要做法式橙汁煎鸭，不过要用金桔来取代柳橙。

但是他带着前一晚做的核桃蛋糕抵达哈罗德家时，只有朱丽娅来门口迎接他。“别提鸭子的事。”她低声说，然后亲吻他的脸颊来打招呼。厨房里，愁眉苦脸的哈罗德正把一只大火鸡从烤箱里拿出来。

“一个字都不准说。”哈罗德警告他。

“说什么？”他问。

今年，哈罗德问他觉得鳟鱼怎么样。“在鳟鱼里塞其他馅料。”他补充。

“我喜欢鳟鱼。”他小心翼翼地回答，“但是你知道，哈罗德，我其实喜欢火鸡的。”他们每年的对话都大同小异，哈罗德会提议把各种肉类和蛋白质主菜作为火鸡的改良菜色，有蒸乌骨鸡、菲力牛排、豆腐木耳、熏白肉鱼自制黑麦沙拉。

“裘德，没人喜欢火鸡啦。”哈罗德不耐烦地说，“我知道你想干吗。别假装你喜欢火鸡，因为你不认为我有本事做别的，那是侮辱我。我们要吃鳟鱼，就这样。另外，你可以做去年做的那种蛋糕吗？我觉得跟我准备的这种葡萄酒很搭。把你需要的材料开清单给我就是了。”

他总想，最令人不解的是，大体上哈罗德对食物（或葡萄酒）不是那么有兴趣。他的品位其实很糟糕，常常带他去价钱很贵的二流餐厅，还开开心心地大吃烧黑的肉，吞下缺乏想象力、黏糊糊的意大利面。他和朱丽娅（同样对吃的兴趣不大）讨论过哈罗德每年感恩节这种奇怪的执迷：哈罗德迷过的东西很多，有些难以理解，但感恩节大餐尤其如此，能持续这么久更是诡异。

威廉觉得哈罗德会展开感恩节挑战，一开始有点为了耍宝，但经过这么多年，他变得更加认真，他现在真的停不下来了，即使知道自己从来不会成功。

“可是裘德，你知道，”威廉曾说，“这都是为了你。”

“什么意思？”他问。

“他在表演给你看。”威廉说，“他用他的方式告诉你他很关心你，才会试着让你刮目相看，只是没有说出来而已。”

他立刻摒弃这说法：“威廉，我不认为是这样。”有时，他会假设威廉说的可能有道理。这个想法让他乐坏了，觉得自己又傻气又有点可悲。

今年感恩节，威廉是唯一陪他去过节的朋友。因为等到他和杰比和好时，杰比已经说好要带马尔科姆去他阿姨家。他试着取消，但两个阿姨非常不高兴，他只得放弃反抗。

“今年会做什么主菜？”威廉问。感恩节前夕的星期三，他们搭上北上的火车，“驼鹿肉？鹿肉？龟肉？”

“鳟鱼。”他说。

“鳟鱼！”威廉回答，“唔，鳟鱼很简单。今年我们说不定真能吃到鳟鱼。”

“不过他说他打算塞一些馅料。”

“那收回刚刚讲的话。”

晚餐席上总共有八个人：哈罗德和朱丽娅夫妇、劳伦斯和吉莉安夫妇、朱丽娅的朋友詹姆斯和他的男友凯里，以及他和威廉。

“哈罗德，这是炸药鳟鱼。”威廉说，手上正切着他的第二片火鸡肉，全场大笑起来。

他很好奇，要到什么时候，他在哈罗德家吃晚餐才能不再觉得这么紧张、这么格格不入？当然，他的朋友帮了他忙。哈罗德喜欢跟他们争论，试着挑衅杰比说出过分又逼近种族歧视的话，问威廉他什么时候要定下来，跟马尔科姆辩论结构和美学趋势。他知道哈罗德喜欢跟他那些朋友互动，他的朋友也乐在其中，这给了他机会，只需聆听他们发挥本色，不必觉得非得参与不可；他们是一群鹦鹉，对彼此摇晃着一身鲜亮的羽毛，把自己展示给同伴看，丝毫没有畏惧或隐瞒。

那顿感恩节晚餐的主要话题是詹姆斯的女儿，那年夏天刚结婚。

“我老了。”詹姆斯抱怨道，劳伦斯和吉莉安也发出同情的叹息声，因为他们夫妇的两个女儿还在念大学，这个感恩节去了加州卡梅尔的朋友家过节。

“这个让我想到，”哈罗德说，看着他和威廉，“你们两个什么时候才要定下来？”

“我想他指的是你。”他说，看着威廉微笑。

“哈罗德，我今年 32 岁！”威廉抗议道，每个人又大笑起来。哈罗德一嘴食物，说：“这句话什么意思，威廉？算是解释吗，还是答辩？你又不是 16 岁！”

他那天晚上过得很开心，但心底有一部分还是很焦虑，担心哈罗德和朱丽娅次日要跟他谈的事情。在搭火车北上的途中，他终于跟威廉提了。之后在两个人一起合作的片刻（填火鸡料、把马铃薯烫了去皮、在餐桌上摆好餐具），他们设法猜想哈罗德可能要跟他谈什么。晚餐后，他们穿上大衣到后院坐着聊天，又开始思索这个问题。

至少他知道他们没事，他第一时间就确认了。哈罗德跟他保证他和朱丽娅都很好。那会是什么事呢？

“或许他觉得我太常跟他们在一起了。”他跟威廉说。也许哈罗德只是厌倦他了。

“不可能。”威廉说，快速又肯定，这让他松了口气。他们沉默了一会儿：“或许他们其中一个在别处找到更好的工作，所以要搬家？”

“这个我也想过。但我觉得哈罗德不会离开波士顿。朱丽娅也是。”

到最后，可能的选项实在不多，至少没那么多需要跟他谈的事情：或许他们要卖掉特鲁罗的房子（他很喜欢那栋房子，但为什么得跟他谈？）。或许哈罗德和朱丽娅要分开了（可是看起来他们的互动还是老样子）。或许他们要卖掉纽约的公寓，想问他有没有意愿买（不大可能，他很确定他们绝不会卖掉那间公寓）。或许他们要整修公寓，需要他帮忙监工。

之后，他们的猜测变得更具体也更不可能：或许朱丽娅要出柜（或是哈罗德）。或许哈罗德皈依了福音教派（也许是朱丽娅）。或许他们要辞掉工作，搬去纽约州北部的静修处。或许他们要成为苦行者，搬去克什米尔的偏僻小村定居。或许哈罗德成了共和党员。或许朱丽娅发现上帝了。或许哈罗德被提名为检察长，又或许哈罗德要代表社会党竞选总统。或许他们要在剑桥市广场开一家餐厅，只卖塞入肉类馅料的火鸡。此时，他们两个已经笑到不行，既是出于对未知的紧张、无助和自我纾解，也是出于这些猜测的荒谬性。总之，两人笑到坐在椅子上直不起腰，用大衣领子捂住嘴巴好闷住声音，笑出的眼泪把脸颊都冻得发痛了。

夜里躺在床上，他又开始想这件事。那些思绪有如触须般从他心底的某个黑暗空间悄悄爬出来，像一根细细的绿色藤蔓，缓缓钻进他的意识里。或许他们其中一人发现了他的过去。或许他们会把证据拿出来给他看，一份病历、一张照片，甚至是一段影片（这是他最大的噩梦）。他已经决定不去否认、争论，也不会为自己辩护。他会承认那是真的，他会道歉，解释他不曾故意欺骗他们，并且主动表示再也不会和他们联络，然后他会离开。他只会要求他们帮他保密，不要告诉任何人。他练习说那些话：对不起，哈罗德。真的很对不起，朱丽娅。我从来没有故意要让你们难堪。当然这样的道歉毫无作用。他可能不是故意的，但结果没有区别：他会让他们难堪，他已经害他们难堪了。

威廉次日早晨离开了，当天晚上他有演出。“你一知道就打电话给我，好吗？”威廉问，他点点头。“裘德，一切都会没事的。”威廉保证，“无论是什么，我们都会想办法解决。别担心，好吗？”

“你知道我无论如何一定会担心。”他说，试着响应威廉的微笑。

“是，我知道，”威廉说，“但努力看看，还有记得打给我。”

剩下来的白天，他一直忙着打扫（屋子里总是有很多要打扫的，因为哈罗德和朱丽娅都不太注重整洁）。等到他们一起坐下来，提早用晚餐，吃着他做的火鸡肉炖菜和甜菜沙拉时，他整个人简直紧张得像浮在半空中，只能假装在吃东西，把食物在盘子里移来移去，像罗盘的指针般乱晃，同时希望哈罗德和朱丽娅不会注意到。吃完后，他把盘子堆起来，准备收到厨房去，但哈罗德阻止了他：“裘德，先搁着吧。”他说，“或许现在我们该谈谈了？”

他觉得自己恐慌得手忙脚乱。“我真的应该先把盘子冲一下，不然剩下的汤汁会凝结在上头。”他无助地反抗，觉得自己好愚蠢。

“别管那些盘子。”哈罗德说。他知道哈罗德真的不在意盘子上的汤汁是否凝结，但一时之间他想到自己无所谓的态度是否太随意了。这样轻松的假象太不真实了。但最后，他没办法，只能放下盘子，跟着哈罗德走进客厅。朱丽娅正在给自己和哈罗德倒咖啡，同时给他倒茶。

他坐在沙发上，哈罗德坐在他左边的椅子上，朱丽娅坐在他对面那张饰有中亚手工刺绣的软凳上：他们总是坐在这样的老位置，三人中间是一张矮几。他真希望这一刻能冻结，因为这可能是他在这里的最后一刻。他最后一次坐在这个温暖而昏暗的房间里，有好多书，还有酸甜的苹果汁的气味；茶几底下是海军蓝和暗红色相间的土耳其地毯，蜷曲得皱成一团；沙发抱枕上有几处被磨得很薄，都能看到底下衬的白色薄布。他曾被允许珍爱这一切，因为它们是哈罗德和朱丽娅的，而他允许自己把他们的房子当成他自己的。

有一会儿，他们兀自喝着咖啡和茶，不看彼此，他也试着假装这只是个寻常的夜晚。但如果这是个寻常的夜晚，他们不会这么沉默。

“好吧。”哈罗德终于开口，把杯子放在茶几上，做好准备。他提醒自己，无论哈罗德说什么，他都不要为自己找借口。无论哈罗德说什么，只要接受就好，然后谢谢他所做的一切。

接下来又是一阵沉默。“这件事很难启齿。”哈罗德接着说，一手转着马克杯，他逼自己静心熬过哈罗德的下个停顿。“我本来都准备好讲稿了，对不对？”他问朱丽娅，她点点头，“但是我比我原先以为的还要紧张。”

“我知道。”朱丽娅说，“但是你做得很好。”

“哈！”哈罗德回答，“你这样撒谎，真是太好心了。”还朝她微笑。此时，他感觉客厅里只有他们两个人，一时之间，他们根本忘了他也在场。但接着哈罗德又沉默了，努力试着说出他想说的话。

“裘德，我已经，我们已经，认识你快十年了。”哈罗德终于说了，他看着哈罗德的双眼转向自己，随即又别开，转到朱丽娅头部上方，“这些年来，你逐渐成为我们非常关心的人，对我们两个都是。当然了，你是我们的朋友，但我们觉得你对我们不只是朋友而已，而是更特别的人。”他看着朱丽娅，她再度点点头，“所以我希望你不会觉得这件事太，太冒昧，但我们在想，你或许愿意考虑让我们，呃，收养你。”现在哈罗德又转向他，露出微笑，“你会成为我们法律上的儿子，也是法律上的继承人。有一天，这一切……”他空着的那只手挥向空中，滑稽地模仿豪爽的姿势，“都会是你的，如果你想要的话。”

他没吭声。完全讲不出话来，无法回应，他的脸颊麻痹了，不知道自己是什么表情。这时朱丽娅也匆忙补充：“裘德，”她说，“如果你不想，无论原因是什么，我们都完全理解。这样的要求太过分了。如果你拒绝，也不会改变我们对你的感觉。对吧，哈罗德？你在这里永远、永远都会受到欢迎，而且我们希望你永远是我们生活中的一分子。老实说，裘德，我们不会生气，你也不该觉得难受。”她看着他，“你需要一点时间考虑吗？”

这时，他才感觉到麻痹消退了。好像出于补偿似的，他的双手开始发抖，他便抓了一个抱枕用双臂抱住，好掩饰自己的颤抖。他试了好几次，才有办法开口。可是说话的时候却无法直视他们任何一个。“我不必考虑。”他说，觉得自己的声音听起来奇怪又虚弱，“哈罗德、朱丽娅，你们在开玩笑吧？这是我这辈子最渴望的，绝对、绝对没有任何事情比得上。我只是从没想到……”他停下来，觉得自己的话变得破碎。一时间，三个人都沉默下来，最后他终于有办法看他们两个：“我还以为你们要告诉我，你们再也不想跟我当朋友了。”

“啊，裘德。”朱丽娅说。哈罗德一脸困惑不解：“你怎么会这样想？”

他摇摇头，无法跟他们解释。

他们又沉默了，然后所有人都露出笑容——朱丽娅望向哈罗德，哈罗德朝他看，他则对着怀里的抱枕，不确定该如何结束这一刻，不确定接下来该怎么办。最后，朱丽娅两手一拍站起来。“香槟！”她说，随即离开客厅。

他和哈罗德也站起来，看着彼此。“你确定吗？”哈罗德低声问他。

“跟你一样确定。”他也低声回答，脑中浮现一个显然很没创意的笑话——这整件事还真像是求婚，但他实在不忍心开这玩笑。

“你知道，这样你就会一辈子跟我们绑在一起了。”哈罗德微笑，一手放在他肩膀上。他听了点点头，希望哈罗德一个字都别说了。要是说了，他就会哭出来、吐出来，或是晕倒、尖叫，整个人都燃烧起来。他忽然意识到自己有多疲惫、多精疲力竭，因为过去几个星期的焦虑，也因为过去三十年那份强烈的渴念、期盼、奢望，即使他一直告诉自己他不在乎。等到他们三个向彼此举杯，先是朱丽娅拥抱他，然后是哈罗德——被哈罗德抱住的感觉熟悉又亲密，搞得他差点要扭动起来。哈罗德叫他别去管那些该死的盘子，赶快去睡觉，他才松了一口气。

等他回到自己的房间，在床上躺了半小时后，才想到要去拿手机。他需要感受身子底下那张床的结实、棉被贴着脸颊的丝滑，以及他在床上挪动时床垫那种熟悉的凹陷。他需要跟自己保证这是他的世界，他还在其中，而且刚刚发生的事情是真的。忽然间，他想起自己以前跟彼得修士的一段对话。当时他问修士他有没有可能被收养，修士大笑，“不。”修士说，太斩钉截铁了，从此他再没问过。当时他年纪一定很小，但他清楚记得修士那坚定不移的态度，反倒增强了他寻求的决心。不过当然，这种事根本不是他能控制的。

他整个人迷迷糊糊的，打电话时都忘了威廉这会儿已经在台上了。不过威廉在幕间休息时间回电时，他还躺在床上原来的位置，处于同样类似昏迷的状态，手机还握在手里。

“裘德，”威廉喘着气听他说。他听得出威廉有多么替他高兴，只有威廉知道他成长过程的大致状况（还有安迪，以及哈罗德，在某种程度上）：修道院、少年之家、寄养的道格拉斯家。至于对其他人，他都尽可能避开不谈，到最后他会说自己很小的时候父母就过世了，后来是在寄养家庭长大的，这样对方通常就会停止追问。但威廉知道更多的真相，还知道被收养是他最不可能、却也最热烈的渴望。“裘德，这真是太好了。你有什么感觉？”

他设法挤出笑声：“觉得我会搞砸。”

“不会的。”两人都沉默了。“我还不知道可以收养成年人。”威廉说。

“可以的。我的意思是，这种事情不常见，不过可以的。只要双方同意。这类收养大都是为了继承。”他设法再度挤出笑声（他暗骂自己，别再试着发出笑声了），“我以前修过的家庭法都快忘光了，不过我知道我会拿到一张新的出生证明，上头有他们的名字。”

“哇。”威廉说。

“我知道。”他说。

他听到电话那头有人在喊威廉的名字，口气很威严。“你该挂电话了。”他告诉威廉。

“该死。”威廉说，“不过裘德，恭喜你。没人比你更有资格了。”然后朝吼他的人喊了一声。“我得挂电话了。”他说，“我想写信给哈罗德和朱丽娅，你不介意吧？”

“当然没问题。”他说，“不过威廉，先别跟其他人说，好吗？我想自己先沉淀一下。”

“我一个字都不会说。明天见。还有裘德……”但他没说完，或是没办法说下去。

“我知道，”他说，“我知道，威廉。我也有同样的感觉。”

“我爱你。”威廉说。他还没回应，威廉就挂断电话了。每回威廉跟他说这句话，他都不知道该说什么，但他总是渴望听到威廉这么说。这是个不可思议的夜晚，他挣扎着不想睡，尽可能保持清醒和警觉，好好享受并一再回忆刚刚发生的事情——一辈子的向往，在短短几小时内成真了。

次日回到纽约的公寓，看到威廉留下的字条，要他晚上等着，先别去睡。威廉回到家时带着冰激凌和胡萝卜蛋糕，两个人不是特别喜欢甜食，但他们都吃了；还有香槟，虽然他隔天得早起，但他们也喝了。接下来几个星期飞逝而过。哈罗德负责处理文书部分，寄来了一些表格要他签字，包括收养申请书、更改出生证明的宣誓作证书、查询他潜在犯罪记录信息的请求书，这些文件他趁午餐时间带到法院公证了；同事间，他只告诉了马歇尔、西提任、罗兹，他不希望其他任何人知道。他也告诉了杰比和马尔科姆，他们的反应一方面跟他预期的一模一样：杰比讲了一连串不好笑的笑话，速度快得简直像抽筋，好像最后总会有一个好笑的；马尔科姆则提出了各种他无法回答的假设性问题，一个比一个粗糙。另一方面，他们也真心为他兴奋不已。他告诉了黑亨利·杨，他在法学院时修过哈罗德的两门课，一直很佩服他；还告诉了杰比的朋友理查德，他和理查德相熟是因为一年前埃兹拉家一个漫长无聊的派对，当时他们两个从法国的福利制度聊起，然后转入各式各样的话题，成了派对上仅有的两个没醉倒的人。另外，他也告知大学时代认识的菲德拉，她听了开始尖叫；还有另一个大学时代的老友伊莱贾，也是听了直尖叫。

当然，他告诉了安迪。安迪一开始只是瞪着他，然后点点头，好像他在问安迪有没有多的绷带好让他带回去备用。但接着安迪开始发出一连串海豹似的怪异声音，既像吠叫，又像在打喷嚏，不久他才明白安迪在哭。那幅景象让他又惊骇又有点歇斯底里，不确定该怎么办。“你出去吧。”安迪哭到一半命令他，“我说真的，裘德，他妈的滚出去。”他照做了。次日上班时，他收到一大把像栀子花灌木的玫瑰花束，上面附了一张短笺，是安迪愤怒的粗体手写字：

裘德，我他妈的糗到简直没法写这张字条了。拜托原谅我昨天的表现。我真是太为你高兴了，唯一的问题是他妈的哈罗德怎么会拖到现在。我希望你把这件事看作一个讯号，务必更认真地照顾自己。这样等到哈罗德 1000 岁又失禁的时候，你才会有力气帮他换成人尿布。因为你知道，他才不会像正常人那样死在一个体面的年纪好让你轻松。相信我，父母就是这样烦死人了（不过当然，他们也很棒）。爱你的，安迪。

他和威廉一致同意，这是他们看过写得最棒的信之一。

但接着，狂喜的一个月过去了。到了 1 月，威廉去保加利亚拍戏，古老的恐惧又回来了，还伴随新的恐惧。他们预定 2 月 15 日要到法院完成正式的收养程序。哈罗德告诉他，经过一些安排，劳伦斯会负责主持。现在时间这么接近了，他清楚地意识到自己可能会无法避免地毁掉这件事，于是他开始回避哈罗德和朱丽娅，一开始是不自觉的，然后是刻意的。因为他相信如果他们太常被提醒、太认真去思考自己到底在做什么，他们就会改变心意。于是 1 月的第二周，他们来纽约看一场表演时，他假装去华盛顿出差；每个月通电话时他的话都很少，而且尽量简短。在他心中，每天的情势似乎变得越来越消极，而且越来越真实；每回他经过建筑物侧面，看到玻璃上映出自己丧尸般丑陋的跛行身影，就觉得很想吐。真的，谁会想要这个？自己可能成为别人的儿子，这个念头似乎越来越荒唐可笑，只要哈罗德多看他一眼，怎么可能不得出同样的结论？他知道这件事对他的影响不该这么大——毕竟，他是成年人了，他知道收养的仪式性质大过实际的社会意义——但他是这么想被收养，简直违反逻辑。现在，他受不了这个机会被夺走，不只因为每个他在乎的人都这么替他开心，也是因为他已如此接近了。

之前他也曾接近过，就在他抵达蒙大拿州那一年。当时他13岁，少年之家参加了一个三州合办的领养会。11月是全国领养月。于是一个寒冷的早晨，他们被命令穿得干净整齐，搭上两辆校车巴士，坐了两小时的车到米苏拉市。下车后，他们被带到一家饭店的会议厅。他们的巴士是最晚到的，整个会议厅里已经坐满了儿童，男生在一边，女生在另一边。会议厅中央是一排长桌，他走到男生那一边时，看到桌上堆着贴了标识的活页文件夹：男，婴孩；男，学步幼童；男，4－6岁；男，7－9岁；男，10－12岁；男，13－15岁；男，15岁以上。他们得知，文件夹里是每个人的简介，有照片、姓名，还有他们的资料：来自哪里、族裔、在校成绩、喜欢的运动、才华和兴趣等。他很好奇，他那张纸上写了些什么？他们会编出他有什么才华，是什么族裔跟什么出身？

年纪较大的男孩，被归在“15岁以上”的活页夹里面，知道他们永远不会被收养，所以等到育幼院的辅导员一转身，他们就从后门溜了出去，大家都知道他们去嗑药了。婴儿和学步幼童就继续当婴儿和学步幼童，他们会是最先被挑走的，但他们自己根本不知道。当他慢慢退到角落观察，看到某些男孩——那些年纪够大、参加过至少一次收养会，但还小得足以抱有希望的——就很有策略。他看着他们阴郁的脸转为笑脸，粗暴和霸道变成逗乐和玩闹，在少年之家彼此痛恨的男孩，现在玩耍逗趣的方式看起来很友善。他看到那些平时对辅导员很粗鲁、总是在走廊上彼此骂粗话的男生，现在满脸笑容地和穿梭在会议厅里的养父母候选人聊天。他看到男孩中最凶悍、最残忍的那个（是个 14 岁、名叫肖恩的，有回他在浴室里把他按在地上，膝盖用力压进他的肩胛骨）对着刚刚讲过话、这会儿正走向活页夹的那对男女指着自己的名牌。"肖恩！"他在他们身后喊道，"肖恩 · 格雷迪！"从那充满希望的沙哑声音，他听得出来肖恩竭力让自己不要听起来抱有任何希望，他头一次为肖恩感到难过，也很气那对男女。他看得出来，他们其实在翻"男，7－9 岁"的档案夹。但那些感觉很快就过去了，因为那些日子里他设法不要有任何感觉：不要有饥饿，不要有疼痛，不要有愤怒，不要有忧伤。

他没有花招，不会讨人欢心。他刚到少年之家时，整个人还很麻木，所以前一年 11 月院方没带他出席领养会。但是一年之后，他不确定自己有任何好转。没错，他越来越少想到卢克修士，但他在教室外的日子一片模糊；大部分时间他觉得自己像在飘浮，只希望没有人注意到他。好多事发生在他身上，他不像以前那样会反抗；有时他被伤害，身上仍有意识的那部分会很好奇以前那些修士现在会怎么想他：他的暴怒、乱发脾气、挣扎全消失了。现在他成了当年他们一直期盼的乖小孩。现在他希望成为一个飘浮的人，又薄又轻又不重要，仿佛毫无实体。

所以当天晚上，当他得知有一对黎瑞夫妇选中他时，觉得很惊讶，辅导员们也很惊讶。他注意到一对男女看着他，甚至朝他微笑吗？或许吧。但那天下午就像大部分下午，过去后一片模糊，甚至在回程的巴士上，他已经开始忘却一切。

感恩节假期前的那个周末，他会去黎瑞夫妇家试住，让他们看看彼此是否适合。那个星期四，一个叫博伊德的辅导员载他去黎瑞家；博伊德平常负责教工艺和水管配修，跟他不太熟。他知道博伊德了解某些辅导员对他做的事情，尽管他从没阻止他们，但也没参与。

当他在黎瑞家（一栋砖造平房，四面是休耕的黑暗田野）的车道下车时，博伊德抓住他的前臂，把他拉近，吓得他警觉起来。

“你他妈的别搞砸了，圣弗朗西斯。”他说，“这是你的机会，听到没？”

“是的，先生。”他说。

“那就去吧。”博伊德说着便放开他。他走向黎瑞太太，她正站在门口。

黎瑞太太胖胖的，而她先生纯粹就是魁梧，那双大大的红色手掌看起来像武器。他们有两个女儿，都二十来岁、嫁人了。他们觉得家里如果有个男孩应该不错，可以帮黎瑞先生（他专门修理大型农业机具，自己也务农）做些田里的活儿。他们说，之所以选中他，是因为他看起来很安静、有礼貌，他们可不想要一个惹是生非的捣蛋鬼；他们想要一个勤奋、懂得感激有个家的人。他们看过活页夹里的数据，知道他懂得干活儿，会打扫，而且听说他在少年之家的农场表现很好。

“你的名字可真不寻常啊。”黎瑞太太说。

他从没想过自己的名字不寻常，但还是说：“是的，夫人。”

“或许换个名字，你觉得怎么样？”黎瑞太太问，“比方叫科迪呢？我一直很喜欢科迪这个名字。听起来比较——唔，比较像我们家的孩子。”

“我喜欢科迪。”他说，其实他一点意见也没有。不管裘德还是科迪，对他来说，叫什么根本没差别。

“唔，很好。”黎瑞太太说。

那天夜里独自一人时，他对着自己说出那个名字：科迪·黎瑞，科迪·黎瑞。他走进那栋房子后，整个地方被施了魔法，把他变成另外一个人，有可能吗？就这么简单、这么快吗？裘德·圣弗朗西斯不见了，连带的，卢克修士、彼得修士、加布里埃尔神父、修道院，还有少年之家的辅导员以及他的羞愧、恐惧和污秽，全都一起消失。他会变成科迪·黎瑞，有父母，有自己的房间，可以成为任何他想成为的人。

那个周末接下来的时间都平静地过去了，平静得让他觉得随着每个小时、每一天过去，心底的自己也逐渐苏醒，可以感觉到他刻意收拢在自己周围的那些云散开、消失，可以感觉到未来，可以想象自己在其中的位子。他尽力保持礼貌，并且勤奋工作，这并不难：早上他很早起床，给黎瑞夫妇做早餐并洗碗（黎瑞太太大声又夸张地夸赞他，让他害羞得对着地面微笑），帮黎瑞先生的工具去除油污，重新接好一盏灯的电线。虽然有些事情他并不喜欢，例如星期天上教堂做无聊的礼拜、睡前还要在他们夫妇面前祈祷，但这些事不会比少年之家那些他不喜欢的事情更糟，他知道自己做得到，绝不会露出怨恨或不知感激的神情。他可以感觉到，黎瑞夫妇不像课本里描述的父母，也不是他渴望中的那种父母，但他懂得如何勤奋工作，懂得如何让他们满意。他还是很怕黎瑞先生那双红通通的大手，每回谷仓里只剩他们两人时，他就会发抖、充满警觉，但至少要怕的只有一个黎瑞先生，而不是好几个——就像之前那样，或像在少年之家那样。

博伊德星期天晚上来接他时，他为自己的表现感到高兴，甚至很自信。“状况怎么样？”博伊德问他。他可以很诚实地回答：“很好。”

从黎瑞先生告别时跟他说的话——“科迪，我觉得我们很快就会再看到你了”，他很确定他们星期一就会打电话来，很快，甚至星期五之前，他就会成为科迪·黎瑞，而少年之家就可以成为另一个他抛在脑后的地方了。但星期一过去了，接着是星期二、星期三，然后是第二个星期，他都没被叫去院长办公室，他寄去黎瑞家的信也没人回，而且每一天通往宿舍的那条车道依然漫长、空荡，没有人来接他。

最后，试住的两周之后，他知道星期四晚上博伊德会在工坊待到很晚，就跑去门口等他。他从晚餐时间起就在冰冷的户外等候，脚下的积雪嘎吱作响，直到博伊德走出门来。

“天啊。”博伊德一看到他就说，转身时还差点踩到他，“圣弗朗西斯，你不是应该回宿舍吗？”

“拜托，”他哀求道，“拜托告诉我——黎瑞夫妇要来接我了吧？”他看到博伊德的脸之前就知道答案了。

“他们改变心意了。”博伊德说。虽然辅导员和男孩们都公认博伊德不是个温柔的人，那一刻他几乎温柔起来，“结束了，圣弗朗西斯。他们不会收养你了。”他朝他伸出一只手，但他身子一缩躲开了。博伊德摇摇头走开。

“等一下。”他喊道，总算回过神来，吃力地跑过雪地追上博伊德，“再让我试一次。告诉我，我做错了什么，我会再努力的。”他可以感觉到那久违的歇斯底里又降临了，心中那个乱挥拳乱叫、尖叫得吓呆全场的男孩又冒出头来。

但博伊德再度摇头。“圣弗朗西斯，没有用的。”他说，停下来直视他，“听我说，再过几年，你就可以离开这里。我知道感觉好像很久，但其实并不是。然后你会成为大人，做你想做的事情。只要撑过这几年就好。”说完他又转身，这回很坚决地迈着大步离开了。

“怎么撑？”他在博伊德后头大喊，“博伊德，告诉我怎么做！怎么撑，博伊德，怎么撑？”他都忘了该尊称他为“先生”，而不该直呼“博伊德”。

那一晚，他多年来第一次乱发脾气。这里的处罚跟修道院一样，大同小异，现在却不能给他解脱，给他那种飞翔的感觉：现在他更懂事了，他的尖叫改变不了什么，他的怒吼只是召回原来的自己，召回过往的一切。于是每一种伤害、每一次侮辱，都变得更尖锐、更鲜明、更难受，而且比以往更刻骨铭心。

他永远、永远不会知道自己在黎瑞夫妇家的那个周末做错了什么。他永远不会知道那是不是自己能控制的事。多年来，他一直想忘却修道院和少年之家的种种，但他最努力忘记的是那个周末。因为他想忘掉那特别的耻辱：当时他竟然相信自己可以去当另一个人；他明明知道那不是真正的自己。

但现在，随着去法院的日子只剩六星期、五星期、四星期，他一直想着这件事。现在威廉不在家，没人监视他的作息和活动，他总是熬夜不睡，在家里打扫，用牙刷清理冰箱底下的空间，把浴室瓷砖的每一道小缝隙都漂白一遍，直到太阳开始照亮天空。他打扫是因为这样他就不会割自己，他割得太多了，就连他也知道自己有多疯狂、多具毁灭性；甚至他都被自己吓到了，包括自己做的事，还有自己的无力控制。他开始一种新的自残方法，把刀片一角放在皮肤上，然后往下压，尽可能深入，这样抽出刀片时（像斧头砍入树干般卡住），就会有半秒的时间可以拉开肉的两侧，出现一道干净的白沟，像是培根的侧面，然后血才开始涌出来，填满那道口子。他觉得晕眩，好像身体里充满了氦气。食物在嘴里总是有腐烂的气息，于是他停止进食，除非必要。他留在办公室加班，直到夜班清洁工开始在走廊上走动，胶底鞋摩擦地板发出有如老鼠的吱吱声，他才回家。有时他突然醒来，心脏跳得好快，得深吸几口气才能平静下来。只有工作和威廉的电话才能逼着他恢复正常，否则他永远不会离开屋子，会割自己割到手臂上的肉一块块掉光，然后冲进马桶里。他幻想着一刀刀割掉自己的肉，先是手臂，然后是双腿，然后是胸部、脖子和脸，直到只剩骨头，成了一具空荡、脆弱的骷髅，四处移动、叹气、呼吸，摇摇晃晃地过日子。

他每六周该去安迪那看诊一次，但最近两次都拖着没去，因为他很担心安迪可能会说的话。但最后，离法院公证日期不到四周时，他终于去了安迪那里，坐在一间诊室里，直到安迪站在门口说他晚一点才有空。

“你慢慢来，没关系。”他说。

安迪打量着他，稍稍眯起眼睛。“不会太久的。”他终于说话了，但随即就走开了。

几分钟后，他的护士凯莉进来。“嗨，裘德。”她说，“医生要我帮你量体重，可以麻烦你站到体重计上吗？”

他不想，但他知道这不是凯莉的错，也不是她的决定。于是他慢吞吞地下了检查台，站到秤上，没看数字。这时凯莉把数字写在他的病历表上，谢谢他，就离开了。

“那么，”后来安迪进来，看着他的病历表说，“首先我们要谈什么？你体重一下子减轻太多，还是你太常割自己？”

他不知道该怎么回答：“你为什么觉得我太常割自己？”

“我一向看得出来。”安迪说，“你眼睛下头有点——有点发青。你自己大概没注意到。另外，你在病人袍外穿了毛衣。每回状况糟糕的时候，你就会这样。”

“啊。”他说，他以前都没意识到。

他们都没说话，安迪把凳子拖近检查台，问他：“是哪一天？”

“2 月 15 日。”

“啊，”安迪说，“快了。”

“对。”

“你在担心什么？”

“我在担心……”他开了口，接着停下来，又试着开口，“我担心如果哈罗德发现我的真面目，他就不会想……”他又停下了，“而且我不知道哪种状况比较糟糕：如果他在收养前发现，那表示这事就不会成了；倘若事后才发现，他会明白我一直在欺骗他。”他叹了口气；之前他一直没法讲清楚，现在说出口，他才明白自己害怕的是这个。

“裘德，”安迪小心翼翼地说，“你觉得自己有什么地方那么糟，糟到让他不想收养你？”

“安迪，”他恳求，“别逼我说出来。”

“我真的不知道啊！”

“我做过的那些事。我因此染上的疾病。”他结巴了，非常恨自己，“那太恶心了，我太恶心了。”

“裘德，”安迪再度开口，每说几个字就停下来，他可以感觉到安迪谨慎地挑选着字眼，像在一片布满地雷的草坪，极其谨慎缓慢地往前走，“你当时年纪很小，是个小孩。那些事情是别人对你做的。你没有什么可以怪自己的，完全没有，从来没有，绝对不可能有。”

安迪看着他：“就算你当时不是小孩，只是个精虫上脑的男人，看到什么都想上，结果得了一大堆性病，那也没有什么好羞愧的。”他叹了口气，“你能不能试着相信我？”

他摇头：“我不知道。”

“我明白。”安迪说。他们沉默下来，“裘德，我真希望你去做心理咨询。”安迪又补了一句，声音好忧伤。他无法回答。过了两分钟，安迪站起来。“好吧，”他说，口气很坚定，“我们来看看那些割伤吧。”于是他脱掉毛衣，伸出双臂。

根据安迪的表情，他看得出状况比他预期的更糟。当他视线往下移，试图客观地看自己的手臂时，在几个短暂的瞬间，他瞥见安迪所看到的：每隔一段距离就有一团隆起的绷带贴着新的割伤，而半愈合的割伤，脆弱的缝线底下是尚未完全成形的疤痕组织，还有一个感染的割伤，上头干掉的脓已经结成厚厚的一块。

“那么，”安迪沉默许久才开口，此时他几乎检查完了他的右手臂，清理了那个感染的割伤，又在其他割痕上擦了抗生素药膏，“你的体重一下子减轻是怎么回事？”

“我不认为是一下子。”

“裘德，”安迪说，“不到八周瘦了十二磅[1]，这就叫一下子。而且你原本就没那么多体重可以减。”

“我只是不饿。”最后他终于说。

安迪没再说别的，默默检查完两只手臂，叹了口气再度坐下来，

---

1 约五公斤半。1 磅 ≈ 0.45 公斤，后不再注。

开始在笔记本上写字。“裘德，我要你每天吃完整的三餐。”他说，“外加这个清单上的每一样，每天吃。这个是标准三餐外要补充的，懂了没？否则我就要打电话给你的组员，叫他们在每一段用餐时间陪着你，看你吃。相信我，你不会想要这样。”他从笔记本撕下那张纸递给他，“另外，我要你下周再来这里。不准有借口。”

他看了一下清单——花生酱三明治、奶酪三明治、牛油果三明治、三颗鸡蛋（要有蛋黄！！！）、香蕉冰沙——然后折起来塞进长裤口袋。

“另外我还要你做一件事。”安迪说，“你睡到半夜醒来、想割自己的时候，我要你改成打电话给我。我不在乎几点，反正打给我就是了，好吗？”他点点头。“我是说真的，裘德。”

“我很抱歉，安迪。”他说。

“我知道你很抱歉。”安迪说，“但你不必觉得抱歉，总之不必对我抱歉。”

“对哈罗德吧。”他说。

“不。”安迪纠正他，“也不必对哈罗德抱歉，只要对你自己。”

他回家后吃了一根香蕉，觉得像在吃泥巴。然后换了衣服，继续刷洗客厅的窗子。他是前一夜开始洗的，他刷着，把沙发拖到窗前，这样就可以站在沙发的扶手上，也不管爬上爬下时背部的阵阵剧痛。接着，他把那桶灰色的脏水缓缓拖到浴缸倒掉。等他清理完客厅和威廉的房间，已经痛到只能爬到浴室。割完自己之后他打算休息一下，一只手臂举到头上，把地垫拖过来盖住自己。手机铃响时，他坐起身，茫然不知身在何处，接着才呻吟着移向卧室——里头的钟显示是上午 3 点，然后听到安迪非常暴躁（但警觉）的声音。

“我太晚打了。”安迪猜，他什么都没讲，“听我说，裘德。”安迪继续，“你再不停止，我就得把你强制送医了。而且我要打电话给哈罗德，告诉他为什么。我说到做到。”他暂停一下，“除此之外，裘德，你不累吗？你知道你不必对自己这样。你不必的。”

他不知道原因是什么——或许只是安迪声音里的冷静，那平稳的口气让他明白这回安迪是前所未有的认真；或许他只是发现，没错，他累了，累得终于愿意接受他人的命令——下一个星期，他乖乖遵照安迪的话。他每顿饭都吃，尽管那些食物被某些奇怪的魔法变成了泥巴和被丢弃的动物内脏，他仍逼自己咀嚼后吞下去，咀嚼后吞下去。他吃得并不多，但好歹都吃了。安迪每天晚上 12 点会打电话来，威廉则是每天早上 6 点打来（他无法鼓起勇气问是不是安迪联络过他，威廉也从没主动说）。12 点到 6 点之间是最难熬的。他无法完全不去割自己，但他设下了限制：割两道，就停下。不割自己的时候，他觉得有一股力量把他拖向更早的惩罚——在他被教导割自己之前，有一段时期他会站在他和卢克修士住的汽车旅馆房间外，一次又一次朝墙壁撞，直到他最后垮在地上，筋疲力尽，身体左侧永远是一块块蓝色、紫色、褐色的瘀伤。他现在不会去撞了，但他记得那个感觉，那种身体撞在墙上的满足感，把自己摔向一个固定不动的物体时所产生的可怕愉悦感。

星期五他去看安迪，他并不满意（他的体重完全没增加），但也没跟他说教（也完全没减轻），次日他飞到波士顿。他事先没告诉任何人他要过去，连哈罗德都没说。他知道朱丽娅正在哥斯达黎加参加学术会议，但哈罗德会在家。

六年前他有回要去过感恩节，因为抵达时他们夫妇碰巧都在各自的部门开会，于是朱丽娅事先配了一副钥匙给他。这回他自己用钥匙开门进去，倒了一杯水，边喝边看着后院。此时不到中午，哈罗德还在打网球，所以他走到客厅等候。但他睡着了，醒来时，哈罗德正摇着他的肩膀，着急地猛喊他的名字。

“哈罗德。”他说，坐了起来，“对不起，对不起，我应该先打电话的。”

“天啊。”哈罗德喘着气说，身上一股冰冷、辛辣的气味，“你还好吧，裘德？出了什么事？”

“没事，没事。”他说，还没说出口就觉得自己的解释很荒谬，“我只是想过来看看。”

“唔。”哈罗德说，顿了一下，“看到你，我很高兴。”他坐下来看着他，“过去几个星期，你有点像陌生人。”

“我知道。”他说，“对不起。”

哈罗德耸耸肩：“不需要道歉。我只是很高兴你没事。”

“是啊。”他说，“我没事。”

哈罗德歪着头：“你看起来不太好。”

他微笑：“我之前得了流行性感冒。”他往上看着天花板，好像他的台词就写在上头，“外头的那些连翘树篱都快垮了，你知道。”

“我知道，今年冬天风很大。”

“我可以帮你把那些木桩撑好，如果你想的话。”

哈罗德看了他半天，嘴巴稍微动了一下，好像同时想说话又不想说话。最后他说：“好啊，我们去弄吧。”

外头的寒冷简直是折磨，他们两个人都开始吸鼻子。他把木桩摆好，哈罗德用槌子把它敲进土里，冰冻的泥土像碎陶片般往上裂开。等到木桩敲得够深，哈罗德就把一段段绳子递给他，他再把灌木树篱中央的树干绑在木桩上，必须绑得够紧才好固定位置，但也不能紧到限制树的生长。他慢慢绑好，确定那些结打得很紧，又折掉几根太弯、无法挽救的树枝。

“哈罗德。”他说，此时他们已经处理完一半的灌木树篱，“我想跟你谈一件事，但是……我不知道该从何说起。”真蠢，他告诉自己。这个主意真蠢。你太蠢了，居然以为这种事情可能发生。他张开嘴想继续说，随即又闭上，然后又打开：他是一只鱼，傻乎乎地吐着泡泡。他真希望自己根本没来，根本没有开口谈。

“裘德，”哈罗德说，“告诉我吧，不管是什么事。”他暂停一下，“你改变心意了吗？”

“没有。”他说，“不，不是那样的。”他们又沉默了一会儿，“那你呢？”

“没有，当然没有。”

他绑完了最后一个结，吃力地站起身子，哈罗德刻意不帮他。“我不想跟你说这件事。”他说，低头看着连翘，那些光秃而细瘦的树枝好丑，“但是我一定得讲，因为，因为我不想欺骗你。哈罗德，我想你以为我是某一种人，而我不是。”

哈罗德沉默了一会：“我认为你是哪一种人？”

“好人。”他说，“像样的人。”

“唔，”哈罗德说，“没错，我是这样想的。”

“但——我不是。”他说，可以感觉到自己的双眼发热，尽管天气很冷，“我做过一些事情是，是好人不会做的。”他小声地说，“我只是觉得你应该知道关于我的这一点。我做过很可怕的事，让我羞愧的事。你要是知道了，会很后悔认识我，更别说跟我扯上关系了。”

“裘德，”哈罗德终于说，“我无法想象你做过的任何事会改变我对你的感觉。我不在乎你以前做过什么。或者应该说，我其实在乎，我很想听听你认识我以前的人生。但我总有个感觉，非常强烈的感觉，就是你绝对不想谈。”他停下来等着，“你想现在谈吗？你想告诉我吗？”

他摇摇头。他想谈，也不想谈。“我做不到。”他说。在他后腰下方，他感到第一股不舒服开始出现，一颗发黑的种子伸出它带刺的树枝。不要现在发作，他向自己哀求，现在不要。那恳求就像他真正的意思一样不可能：现在不要，永远都不要。

“唔，”哈罗德说，“因为缺乏确切的细节，我也没法确切跟你保证，所以我就给你一个概括性、全方位的保证好了，而且我希望你能相信。裘德：无论是什么事，无论你做过什么，我跟你保证，无论你以后会不会告诉我，我想让你成为我家里的一分子，绝对不会后悔。”他深吸一口气，举起右手，“裘德 · 圣弗朗西斯，我以你未来父亲的身份，在此赦免你——赦免所有你想寻求赦免的事情。”

这就是他想要的吗？赦免？他看着哈罗德的脸，熟悉得连闭上眼都记得他脸上的每道沟纹，尽管刚刚的宣告那么夸张又那么正式、严肃、毫无新意。他能相信哈罗德吗？最难的事情不是找到答案，卢克修士有回跟他坦承自己很难相信上帝之后这么说，而是找到之后要相信。他觉得自己再度失败了：他没有适当地坦白一切，没有事先确定自己想要听到哪种答案。如果哈罗德跟他说他是对的，说他们或许应该重新考虑收养的事情，那么就某种意义而言，他不是会比较好过吗？当然，他会非常震惊，但那是以前就体验过、已经了解的感觉。哈罗德不肯放开他，就等于提出一个他无法想象的未来；在那个未来中，某个人可能真的希望永远接纳他。但那种现实是他从来不曾体验过的，所以他毫无准备，没有路标可以参考。于是哈罗德走在前面领路，他跟在后面。直到有一天他醒来，哈罗德不见了，他会毫无防备地被困在一片陌生的土地中，没有人可以指引他回家。

哈罗德等待他的回答，但他已经痛到无法忍受，也知道自己必须休息。“哈罗德，”他说，“对不起，我想，我想我最好去躺一会儿。”

“去吧。”哈罗德说，并没有不高兴，“去吧。”

他回到自己的房间，躺在薄被上，闭上眼睛，但直到疼痛发作结束，他还是筋疲力尽。他告诉自己只能小睡几分钟，就要起来看哈罗德家里有什么材料，如果有红糖，他就要烘焙点心，厨房里有一钵柿子，或许他可以烤个柿子蛋糕。

但是他没有醒来。一个小时后，哈罗德进来查看，把手背贴在他脸颊，然后帮他盖了条毯子，他没有醒；晚餐过后，哈罗德又进来查看了一次，他也没有醒。他一直没有醒来，半夜 12 点电话响了，然后是清晨 6 点，同时固定电话在 12 点半和清晨 6 点半也都响过，于是哈罗德先是跟安迪、接着跟威廉讲了电话。他一直睡，睡过了上午，睡过了午餐时间，直到最后，他感觉到哈罗德的手放在他肩膀上喊他的名字，跟他说他的航班再过两三个小时就要起飞，这才醒来。

醒来之前，他梦到一个男人站在一片田野里。他看不到那个男人的脸，但是那人高而瘦，正在帮另一个比较老的男人把一台曳引机的笨重车壳钩在一辆卡车后头。他知道地点是在蒙大拿州，因为有一片发白、圆碗状的辽阔天空，还有那种独有的寒冷：完全没有湿气，比他去过所有地方的冷都更纯粹。

他还是看不到那个男人的脸，但他觉得自己知道他是谁，认出了他长长的步伐和双臂交抱听老男人讲话的姿势。“科迪。”他在梦中喊道。那男人转身，但他离得太远了，不太确定那男人棒球帽的帽檐底下，是不是一张跟他一样的脸。

* * *

2 月 15 日是星期五，这一天他请了假。本来大家考虑在星期四晚上举行晚餐派对，但最后还是决定在仪式（杰比这么称呼）之后再办一场早午宴。法院排定的时间是 10 点，等程序结束，大家就回到哈罗德家吃饭。

哈罗德本来想找外烩厨师，但他坚持要做菜，于是整个星期四傍晚他都在厨房里忙。当天晚上他做了烘焙——哈罗德喜欢的巧克力核桃蛋糕；朱丽娅喜欢的反转苹果塔；酸面团面包则是他们夫妇两个都爱的——然后把十磅螃蟹的蟹肉剔出来，加上鸡蛋、洋葱、西芹和面包丁，做成蟹肉饼。他把马铃薯洗干净，又迅速刷好胡萝卜，切掉抱子甘蓝的梗，这样次日他只要用油拌过、放进烤箱就好了。他把几盒无花果倒进一个大钵，打算烤过后，放在冰激凌上，再淋上蜂蜜和意大利陈年酒醋酱。这些都是哈罗德和朱丽娅最喜欢吃的，他很高兴能准备这些，很高兴自己有东西可以送给他们，无论是多小的东西。一整夜，哈罗德和朱丽娅不时走进厨房逗留。尽管他叫他们不要管，他们还是在旁边帮忙洗他用过的盘子和锅子，倒水或葡萄酒给他，还问能不能帮上忙，不管他一直要他们放轻松。最后他们终于去睡觉，他保证他也会去睡。结果他继续熬夜，在明亮寂静的厨房里小声唱着歌，双手忙碌着，防止自己陷入疯狂。

过去几天非常难熬，有些甚至可以列入他记忆中最难熬的时刻。他难受到有天夜里接到安迪 12 点的查勤电话后，又打过去。安迪提议凌晨 2 点跟他在一家小餐馆碰面，他接受了，只想赶紧逃离他的公寓，因为里头忽然充满种种无法抗拒的诱惑：当然有刮胡刀片，但也有刀子、剪刀、火柴，还有可以让自己摔下去的楼梯。眼前是在哈罗德的厨房里，他知道如果回到自己的房间，他就无法阻止自己直接进入浴室。他一直在里头藏了一个袋子，里头装的东西跟利斯本纳街那个袋子一模一样，就贴在水槽的底架上。他的手臂渴望得发痛，但他决心不要投降。他还剩下一些面团和面糊，决定加上松子和蔓越莓做一个水果塔，或许再做个圆形海绵蛋糕，覆上柳橙片和蜂蜜。等两个都烤好，应该就快天亮了。那样他就可以渡过危险，成功拯救自己。

马尔科姆和杰比明天都会搭早班飞机去法院跟他们会合。倒是本来该到场的威廉却不会来了，他上星期打电话来，说拍片进度延迟，要十八日才能回家，而不是原定的十四日。他知道这是没办法的事，但威廉的缺席还是让他难过得要命：这么重大的一天却少了威廉，一切简直变得无意义了。“结束后马上打电话给我。”之前威廉跟他说，“真受不了，我居然没办法赶到。”

不过，他有次在午夜的谈话开口邀请了安迪。他逐渐喜欢上这段时光：在那些谈话里，他们会讨论日常、平静、普通的事情，例如刚被提名的最高法院大法官候选人、最近的医疗法案（他赞成，安迪则不）、一本他们都读过的罗莎琳德·富兰克林（Rosalind Franklin）传记（他喜欢，安迪则不）、安迪和简正在重新装潢的公寓。他喜欢听到安迪带着真正的愤慨说“裘德，你他妈的一定是在跟我开玩笑”，感觉很新奇，因为他以前听到安迪讲这句话，总是在质问他的割伤，或是看到他外行的包扎技巧，而不是听到他发表关于电影、市长、书籍，甚至油漆颜色的意见。一旦他知道安迪不会利用这段谈话时间斥责他，或跟他说教，他就放松了，甚至得知了更多安迪本人的事情：安迪谈到他的双胞胎兄弟贝克特也是医生，心脏外科医生，住在旧金山；安迪很讨厌他的男朋友，正在设计甩掉贝克特；谈到简的父母要把长岛东端谢尔特岛的房子送给他们；谈到安迪高中时加入美式橄榄球校队，这种极富美国人风格的运动使他爸妈很不安；还谈到他大三时曾到意大利锡耶纳当交换学生，他在那里跟一个来自卢卡的女孩交往，胖了二十磅。他们以前不是没谈过安迪的私生活——每次约诊都会聊——但通过电话，他们谈得更多，也可以假装安迪只是他的朋友而非他的医生，即使安迪打电话来的前提恰恰可以推翻这个错觉。

“当然，你不必觉得有义务要来。”他邀请安迪去法院观礼之后，又匆忙补了一句。

“我很愿意去。”安迪说，“我还在想，你什么时候才要邀请我呢。”

他觉得很愧疚：“我只是觉得我已经害你的生活这么麻烦了，不希望你额外花更多时间在这个怪病人身上。”

“裘德，你不光是我的怪病人。”安迪说，“你也是我的怪朋友。”他暂停一下，“至少，我希望你是。”

他对着电话微笑，“我当然是。”他说，“我很荣幸能成为你的怪朋友。”

于是安迪也要来了，他当天下午就会飞回纽约，不过马尔科姆和杰比会留下来过夜，他们四个会在周六一起离开波士顿。

一到哈罗德家，看到哈罗德和朱丽娅把家里打扫得非常彻底，而且一副得意的样子，他很惊讶，也很感动。“你看！”总有一个会说，得意地指着平常堆放书籍或期刊的桌子、椅子或地板的角落，现在所有的凌乱都被清理了。到处都有鲜花——冬天的花：几棵叶牡丹、整枝白蕾山茱萸和白水仙，散发着甜美但微带粪便气味的芳香——

书架上的书也排得整整齐齐，就连沙发上快磨穿的地方都修补好了。

“你看看这个，裘德。”朱丽娅说，挽着他的手臂，带他去看走廊桌上那个青瓷钵。从他认识他们以来，那个钵一直是破的，侧边两块断掉的破片永远放在碗里，积了厚厚的灰尘。但现在修好了，洗得干净发亮。

“哇。”他说，他们指什么给他看，他就惊叹，咧嘴傻笑着，因为他们这么开心，他自己也开心极了。他从来不在乎他们家是否干净，就算他们家里的《纽约时报》堆得像一根根柱子，脚下有成群胖嘟嘟的老鼠钻来钻去吱吱叫，他也无所谓。但他知道他们以为他在乎，还误以为他不断勤勉地到处打扫是一种责备，尽管他一而再再而三跟他们保证不是。他现在打扫是为了分心，阻止自己去做别的事情，但他读大学的时候，帮其他人打扫是为了表达感激：那是他可以做的，也做习惯了，而且他们给了他这么多，他给他们的却这么少。杰比向来脏习惯了，从来没注意到。马尔科姆从小家里就有管家，所以他向来会注意到，也会跟他说谢谢。只有威廉不喜欢他这样。“别打扫了，裘德。”有天威廉说，在他捡拾杰比扔在地上的脏衬衫时抓住他的手腕，“你不是我们的佣人。”但他没能停止，当时没有，现在也没有。

等到他最后一次把料理台擦干净时，已经快 4 点半了。他踉跄走进自己的房间，写短信给威廉叫他别打电话来，就倒下去短暂、狠狠地睡了一觉。起床后，他把床铺好，冲完澡，换好衣服又回到厨房。哈罗德正站在料理台前，喝着咖啡看报。

“唔，”哈罗德说，抬头看他，“你看起来可真帅啊。”

他下意识地摇摇头。其实，他买了一条新领带，而且前一天才去剪了头发，觉得自己就算不帅，也至少清爽像样，这是他始终努力做到的。他很少看到哈罗德穿西装，但今天他也穿了西装。想到这个场合的郑重程度，他忽然害羞起来。

哈罗德朝他微笑："你昨天夜里显然很忙。你有睡觉吗？"

他也微笑："睡了。"

"朱丽娅正在准备。"哈罗德说，"不过我有个东西要给你。"

"给我？"

"没错。"哈罗德说，从装咖啡的马克杯旁拿起一个皮革小盒，大约像棒球那么大，然后递给他。他打开来，里头是哈罗德的手表，白色的圆形表面和朴素、清楚的数字，不过换上了一条崭新的鳄鱼皮表带。

"这是我 30 岁的时候，父亲送给我的。"哈罗德看他没说话，便开口说，"现在是你的了。而且你现在正好还是 30 岁，我至少还没破坏其中的对称性。"他把他手上的盒子拿过来，取出那支表，翻过来让他看背面刻的缩写：SS/HS/JSF。"索尔 · 斯坦（Saul Stein），"哈罗德说，"是我父亲。HS 是我，JSF 是你。"他把表递还给他。

他用拇指指尖轻轻拂过那行缩写。"我不能收，哈罗德。"他总算开了口。

"当然可以。"哈罗德说，"裘德，这是你的了。我已经买了新表，你不能再还给我了。"

他可以感觉到哈罗德在看他。"谢谢你。"最后他终于说，"谢谢你。"他好像说不出别的话了。

"这是我的荣幸。"哈罗德说。然后有几秒钟他们都没吭声，直到他回过神来，解下手上的手表，把哈罗德的表（现在是他的了）戴在手腕上，朝哈罗德举起手臂，哈罗德点点头。"不错。"他说，"你戴起来很合适。”

他正要回答些话，这时他听到、然后看到杰比和马尔科姆，两人也穿了西装。

“门没锁。”杰比说，马尔科姆吐口气。“哈罗德！”他拥抱他，“恭喜！是个男孩！”

“我很确定哈罗德没听过这个梗。”马尔科姆说，然后跟正要走进厨房的朱丽娅挥手打招呼。

下一个抵达的是安迪，接下来是吉莉安，他们会在法院和劳伦斯会合。

门铃又响了。“还有其他人要来吗？”他问哈罗德。哈罗德耸耸肩：“裘德，你能不能去开门？”

于是他打开门，外头站着威廉。他瞪着威廉一秒钟，然后，他还来不及提醒自己冷静下来，威廉就像一只麝香猫似的跳上来拥抱他，抱得很紧，让他一时之间很怕自己会往后倒下。“吓了你一跳吧？”威廉在他耳边说，他可以听出来他在微笑。这是今天早上他第二次说不出话来。

在法庭里将会出现第三次。他们坐两辆车过去。在他那辆车上（哈罗德开车，马尔科姆坐在前座），威廉解释他离开剧组的日期的确是延后了，但后来又改回来了。他没告诉他，只跟其他人说了，好给他一个惊喜。“是啊，谢了，威廉。”马尔科姆说，“我还得像中央情报局职员似的盯着杰比，好确定他不会说漏嘴。”

他们没去家事法院，而是来到了彭伯顿广场的上诉法院。里头是劳伦斯的法庭，今天大家都穿着正式服装，穿上法官袍的劳伦斯看起来有点陌生。他和哈罗德及朱丽娅对彼此说了誓词，劳伦斯从头到尾都在微笑。正式程序走完之后，有一小段混乱的拍照时间。

每个人都忙着帮其他人拍照，于是有了各种组合和位置。他是唯一完全没拍摄的人，每一张照片里都有他。

他正和哈罗德跟朱丽娅站在一起，等着马尔科姆搞清楚那台巨大而复杂的相机该怎么操作，此时杰比喊他的名字，他们三个人同时朝杰比看，杰比便拍了照。“好了，”杰比说，“谢了。”

“杰比，这张你最好不要拿去……”他开口说，但马尔科姆宣布他要按快门了，于是他们三人又乖乖转向马尔科姆。

他们在中午前回到哈罗德家。很快地，人们陆续抵达——吉莉安、劳伦斯、詹姆斯、凯里，还有朱丽娅和哈罗德的同事，有些人他从法学院毕业后就没见过了。他以前的歌唱老师也来了，还有他的数学教授李博士、硕士指导老师卡申博士、以前烘焙工房的老板艾莉森，以及他们四个在虎德馆的老友莱诺，他现在在韦斯利学院教物理学。一整个下午，人们来来去去，去上课、开会、审判，或是下课、下班后赶来。他原先不太希望有这样的聚会，有这么多人——哈罗德和朱丽娅成为他的养父母，不就会激起甚至鼓励人们提出问题，问他原先为什么没有父母呢？——但时间逐渐过去，没有人问任何问题，总之没有人想知道为什么他需要新的父母，于是他也忘了原先的恐惧。他知道告诉其他人关于收养的事情，仿佛是在自夸，而这种自夸会造成一些后果，但是他忍不住。就这么一次，他恳求某个为了他的不乖而处罚他的人，不管那是谁。就这么一次，让我庆祝这件发生在我身上的事吧。

这样的派对没有既定的送礼准则，于是客人们便自行挑选：马尔科姆的父母送了一大瓶香槟，还有一箱很棒的托斯卡纳葡萄酒，产自意大利蒙塔尔奇诺附近、他们家也有股份的一家酒庄；杰比的母亲要他转交一麻袋稀有的水仙球根给哈罗德和朱丽娅，还有给他的一张卡片；杰比的阿姨们则送了一盆兰花；联邦检察官送了一大箱水果，附上一张卡片，马歇尔、西提任和罗兹也在上头签了名；还有很多人带着葡萄酒和鲜花来；艾莉森几年前就曾跟哈罗德说细菌饼干是他做的，这回她带了四打他当初设计的饼干来，他脸红了，朱丽娅则开心得大叫起来。接下来众人就大吃各种甜食，他那天做的每件事都很完美，他说的每句话都很得体。有人过来找他时，他没有移动或躲开；别人碰触他时，他就由着他们。他笑得脸都发痛了，二十几年来的认可和关爱全都被塞到这个下午，他大口吞下，被所有这一切的陌生感搞得晕头转向。他不小心听到安迪和卡申博士为了印度北部城市古尔冈（Gurgaon）要兴建一个大型垃圾掩埋场而争辩，看着威廉耐心听着他以前的侵权法教授说话，还偷听到杰比跟李博士解释为什么纽约艺术圈烂到无可救药，暗中留意到马尔科姆和凯里试图抽出最大的那块蟹肉饼，又不想把整堆弄垮。

等到傍晚，每个人都离开了，只剩他们六个人四肢大张地坐在客厅里：他和哈罗德、朱丽娅、马尔科姆、杰比和威廉。房子里又是一片混乱。朱丽娅提到过晚餐，但每个人（包括他）都吃太多了，所以没有人（包括杰比）愿意去想晚餐。杰比送了哈罗德和朱丽娅一幅他的肖像，在递给他们之前说："这张不是根据照片画的，而是根据速写。"这幅画用水彩和墨水画在硬纸上，主要包括他的脸和脖子，不同于他熟悉的杰比风格，更加简约也更具动势，而且以灰色调为主。画中，他的右手悬在喉咙上方，好像要掐住自己的脖子，而他的嘴巴微开，瞳孔非常大，像黑暗中的猫眼。画中人无疑是他——他甚至认出那是自己的手势，不过那一刻，他想不起那个手势的含义，或者伴随着什么情绪。画中的脸比真人略大一些，他们所有人都沉默地盯着那张画。

“这真的是一件好作品。”杰比最后终于说，口气很满意，“哈罗德，万一你想卖，一定要通知我。”然后，每个人终于都笑起来。

“杰比，这真是太美了，真谢谢你。”朱丽娅说，然后哈罗德也说了类似的话。他一如往常，在面对杰比画他的那些作品时，总觉得很难把作品本身的美和他对自己影像的厌恶分开来，但他不想没礼貌，也跟着附和那些赞美。

“等一下，我也有个礼物。”威廉说，走向卧室，然后拿着一尊木雕回来，大约 18 英寸高，是一个大胡子男人穿着绣球花蓝的长袍，一缕火焰有如响尾蛇昂起的头般环绕着他的红发。他的右手臂斜举在胸前，左手臂垂在身侧。

“妈的，这位老兄是谁啊？”杰比问。

“这位老兄，”威廉回答，“是圣裘德（St. Jude），又称朱达 · 撒迪厄斯（Judas Thaddeus）。”他把木雕放在茶几上，把它转向朱丽娅和哈罗德，“我在罗马尼亚首都布加勒斯特的一家小古董店买的。”他告诉他们，“店家说这是 19 世纪晚期的作品，可惜我不懂，我想可能只是民间雕刻。不过我很喜欢。这尊木雕英俊又庄严，就像我们的裘德。”

“我也觉得。”哈罗德说，把那尊木雕握在手里。他抚摸着木雕打褶的长袍，还有头上的那圈火，“为什么他的头发着火了？”

“是要象征在五旬节那天，圣灵降临在他身上。”他不自觉地说了起来，旧日的知识从不曾远离，塞满他心中的地窖。“他是十二位使徒之一。”

“你怎么会知道这些？”马尔科姆问，坐在他旁边的威廉碰了一下他的手臂。“他当然知道了。”威廉轻声说，“不像我总是忘记。”他忽然满心感激威廉，不是因为他记得，而是因为他忘了。

"他是绝望处境的主保圣人。"朱丽娅说，从哈罗德手中接过那尊雕像。他脑中忽然浮现出句子：为我们祈祷，圣裘德，绝望的协助者与守护者，为我们祈祷。在他小时候，这是他夜里的最后一段祷词。后来大一点，他才会以自己的名字为耻，以这名字向世界所宣告的意义为耻，他很好奇修士们是否故意给他取这个名字（他很确定别人都是这么看的）：是一种嘲笑，是一种诊断，是一种预言。但有时他又觉得，这个名字是唯一真正属于他的名字，尽管他曾有过一些机会可以甚至应该改名，但他从来没改过。"威廉，谢谢你，"裘德说，"我很喜欢。"

"我也是，"哈罗德说，"各位，你们真是太好心了。"

他也带了一个礼物要给哈罗德和朱丽娅，但随着时间越来越晚，他觉得这个礼物似乎愈发渺小、愈发愚蠢了。几年前，哈罗德提过他和朱丽娅去欧洲度蜜月时，曾在维也纳听过一系列舒伯特早期独唱曲的表演。但哈罗德不记得他们喜欢的是哪几首，于是他自己列出一份清单，加上他喜欢的几首歌（大都是巴赫和莫扎特的作品），租了个小录音间，录制了一张自己唱这些歌的光碟；因为每隔几个月，哈罗德就会要他唱给他们听，但他总是因为太害羞而没唱。如今，他感觉自己搞错了，这份礼物不仅没价值，还是一种可耻的自我夸耀。他为自己的妄自揣测感到难堪，但是也无法鼓起勇气把礼物丢掉。于是，趁每个人都站起来伸懒腰、互道晚安之时，他溜到一旁，把那张光碟，外加他分别写给朱丽娅和哈罗德的信，塞进下层书架上的两本书之间（一本破烂的《常识》和一本翻得很旧的《白噪音》）。这份礼物放在这里，可能几十年都不会有人发现。

在通常的状况下，威廉会跟杰比睡楼上的书房，只有他忍受得了杰比的鼾声，而马尔科姆则跟他睡楼下。但那天晚上，大家各自回房休息时，马尔科姆自愿跟杰比同房，好让他和威廉可以多聊聊。

“晚安啦，情人们。”杰比在楼梯上往下喊。

他们准备上床睡觉时，威廉告诉他更多拍片现场的趣事：女主角很会出汗，每拍两个镜头整张脸就要补粉；演恶魔的男主角总是想巴结摄影和灯光设备等器材组人员，买啤酒请他们喝，还邀他们一起打美式橄榄球，但有回他想不起台词，就乱发了一顿脾气；那个演女主角儿子的九岁英国童星，有天走到点心桌旁找威廉，跟他说他真的不该吃那些苏打饼干，因为都是没有营养的热量，难道他不怕发胖吗？威廉说了一件又一件，他洗脸刷牙时边听边笑。

可是等关灯以后，他们躺在黑暗里，他睡床上，威廉睡沙发（他本来想让威廉睡床，两人还争执了一番），威廉轻声说：“公寓里真他妈的干净得要命。”

“我知道，”他皱了一下脸，“对不起。”

“不必对不起，”威廉说，“但裘德——状况真有那么糟吗？”

此时他明白，安迪的确把发生的事情告诉了威廉，至少是一部分。他决定诚实回答。“的确不太好。”他承认，然后，他不希望威廉觉得内疚，便说，“不过也没那么恐怖啦。”

他们沉默了一会儿。“我真希望当时陪着你。”威廉说。

“你是陪着我啊，”他跟他保证，“威廉——我想念你。”

威廉很小声地说：“我也想念你。”

“谢谢你赶回来。”他说。

“我当然要赶回来，小裘。”威廉在房间那头说，“无论如何都要想办法。”

他没说话，细细体会这个保证，决心牢牢记住，这样日后最需要的时刻他就可以想起来。“你觉得这事情进行得还好吧？”他问。

“那还用问？”威廉说，他听得出他坐起身来，“你没看到哈罗德的脸吗？他看起来像是得知绿党候选人首次当选总统，外加宪法第二修正案被删除，外加红袜队拿到总冠军，全都发生在同一天。”

他笑了：“你真这么觉得？”

“我非常肯定。裘德，他真的非常、非常高兴。他爱你。”

他对着黑暗微笑。他想听威廉一次又一次说着这样的话，不断地保证与确认，但他知道这样的愿望太自我耽溺了，于是改变了话题，两人聊起了一些琐碎小事，直到威廉睡着，接着是他。

一个星期后，他的晕眩感转变成了一种满足的宁静。过去一周，他每晚都一觉到天亮，梦到的不是过去，而是现在：有关工作的蠢梦，关于朋友的可笑荒唐梦。自从他学会割自己，这是将近二十年来，他头一次整整一个星期没在半夜醒来，头一次觉得他不需要刮胡刀片，于是他有勇气这么想：或许他痊愈了，或许他一直需要的就是这个；现在发生了，他就好转了。他觉得很棒，自己像是变了一个人：完整、健康又冷静。他是某人的儿子，有时这件事太难以抗拒了，他想象这件事是有形的，会显现出来，仿佛有金黄发亮的东西写在他的胸膛上。

他回到了他们的公寓，威廉跟他在一起。他带回来的第二尊圣裘德像放在厨房里，但这个圣裘德比较大，是中空的瓷制塑像，后脑勺有一道窄窄的开口。他们每天回家都会把零钱塞进去；他们决定，等到满了，就要去买一瓶很好的葡萄酒来喝，然后再从头开始存。

此时他还不知道，接下来几年他会一次又一次地测试哈罗德对他宣称的种种关爱，会不惜拼上性命去考验他的种种承诺，看这些承诺有多么坚定。他甚至不会意识到自己在这么做。反正他就是会，因为一部分的他永远不会相信哈罗德和朱丽娅。就算他很想相信他们，而且觉得自己相信，但他就是不会，他永远认为他们最终会厌倦他，有一天会后悔收养他。所以他会挑战他们，因为当他们的关系无可避免地终止时，他就可以回顾过去，确定是自己造成的，不仅如此，连造成的确切事件都清楚。这样他永远不必好奇或担心他做错了什么，或是该如何做得更好。不过那是未来的事情了，眼前，他的幸福完美无瑕。

从波士顿回来的第一个星期六，他如常去菲利克斯家当家教，贝克先生请他提早几分钟来。他们短暂谈了一下，然后他去音乐室，菲利克斯正在里头等他，一边叮咚弹着琴键。

“菲利克斯，”他说，此时他们刚上完钢琴课和拉丁语课，要休息一下再学德语和数学，“你父亲跟我说，你明年要离家去住校了。”

“是啊，”菲利克斯说，低头看着自己的双脚，“9 月。我爸以前也读那个学校。”

“我听说了。”他说，“你觉得怎么样？”

菲利克斯耸耸肩：“不知道。”他沉默了一会儿才说，“我爸说你今年春夏会帮我补课，让我赶上进度。”

“没错。”他保证，“我会帮你准备得很好，吓得他们都不明白是怎么回事。”菲利克斯还是垂着头，但他看到他的脸颊上方微微鼓起，知道他笑了，只是微微地笑。

他不知道是什么促使他说了接下来的话：是他希望的移情作用，或者只是在炫耀、刻意地宣告他人生过去一个月来所经历的难以置信并且奇妙的转折。“菲利克斯，你知道，”他说，“我以前也没有朋友，很长一段时间都没有，直到我比你大好几岁的时候。”他看不到菲利克斯，但可以感觉到他警觉起来，而且在认真听，“当时我也一直想交朋友，”他继续说着，而且说得很慢，因为他想确保他正确传达了自己的意思，“而且我一直很好奇自己会不会找到朋友，会怎么找到、什么时候找到。”他的食指抚过深色的胡桃木桌面，往上划过菲利克斯数学课本的书脊，再往下停在装了冷水的玻璃杯上，“然后我去上大学，碰到一些人。不论出于什么原因，他们决定当我的朋友，而且他们教了我所有的事——真的，他们让我成为更好的人，到今天还是如此。

“你现在不会了解我的意思，但有一天你会懂的。我想友谊的唯一诀窍，就是找到比你更好的人——不是更聪明、更酷的人，而是更善良、更慷慨，也更宽容的人——然后为他们能教你的一切而感激他们。当他们建议你做一些事情，无论是坏是好，都要认真听，同时要信任他们。这是最难的，但也是最棒的。”

他们两个人都沉默了好一会儿，听着节拍器的滴答声。这个节拍器有点毛病，有时关掉后，还是会随时动起来。“菲利克斯，你会交到朋友的。”最后他终于又开口，“你会的。你不必太努力去寻找，不像日后要维系那么努力。不过我跟你保证，这是值得付出的努力。比很多其他事都更值得努力，比方拉丁语。”此时菲利克斯抬头看着他，露出微笑，他也对他笑。“好吗？”他问他。

“好。”菲利克斯说，还在微笑。

“那接下来你要先学什么，德语还是数学？”

“数学。”菲利克斯说。

“选得好。”他说，然后把菲利克斯的数学课本拉过来，“看上回教到哪里，我们接着上吧。”于是菲利克斯翻到那一页，他们开始上课。

第三部分

虚荣

1

大学时代，他们住在虎德馆的第二年，隔壁套房住了三位女同志，都读大四，组了一个叫“背脂”的乐团，而且出于一些原因很喜欢杰比（后来也喜欢裘德，然后是威廉，最后才很不情愿地喜欢马尔科姆）。现在，他们四个毕业十五年后，那三个女同志中的两人成了一对，住在布鲁克林。而他们四个人里头，只有杰比还常跟她们联络，马尔塔成了非营利劳工组织的律师，弗朗西斯卡则是舞台设计师。

“有个令人兴奋的大消息！”10月的一个星期五，杰比在晚餐时告诉他们，“布什维克那两个贱货打电话来——伊迪来纽约了！”伊迪是女同志三人组里的第三个，一个健壮、情绪化的韩裔美国人，一直在旧金山和纽约之间跑来跑去，为某个不太可能成功的工作做准备：上回他们碰到她时，她正要去普罗旺斯的世界香水之都格拉斯受训，打算成为专业闻香师。在此之前八个月，她才刚完成阿富汗料理的厨师训练课程。

“为什么这个消息令人兴奋呢？”马尔科姆问，始终不太能谅解她们三个莫名地不喜欢他。

“这个嘛，”杰比说，暂停了一下，咧嘴笑了，“她正在转换！”

“转换成男人？”马尔科姆问，“饶了我吧，杰比。打从我们认识她以来，她从来没有显示出任何性别不安症的迹象！”马尔科姆以前的一个同事前一年转换性别了，马尔科姆于是自命为这方面的专家，总是责备他们的不宽容和无知，直到有回杰比终于朝他吼：“天啊，马尔科姆，我转换得可比多米尼克多太多了。”

“好吧，总之，她正在转换。”杰比继续说，“贱货们要在她们家帮她办一场派对，我们全部受邀了！”

他们哀叹起来。“杰比，再过五个星期，我就要去伦敦了，有一大堆事情还没办。”威廉抗议道，“我可不能花一个晚上，跑去布什维克听伊迪·金抱怨。”

“你不能不去！”杰比尖叫，“她们特别问起你！弗朗西斯卡邀请了一个不知道你在哪里认识的女生，说很想再看到你。要是你不去，她们就会觉得你自以为了不起，不屑理她们了。还有一大堆我们好久没见的人……”

“是啊，我们好久没见到他们，或许是有理由的。”裘德说。

“何况，威廉，无论你去不去，那个妞儿都会等着你。那里又不是世界尽头，就在布鲁克林的布什维克而已。小裘会载我们去的。”裘德一年前买了车，不是多炫的款式，但杰比很爱坐他的车。

“什么？我才不去。”裘德说。

“为什么？”

“别忘了，杰比，我现在坐轮椅了。我记得马尔塔和弗朗西斯卡那没有电梯。”

"不是那里。"杰比得意地回答，"你看你多久没去了？她们搬家啦，新家有电梯。其实呢，是运货电梯。"他往后靠，一只拳头在桌上轻敲，其他人坐着不说话，一副认命的样子，"所以我们要去喽！"

于是下个星期六，他们就在裘德位于格林街的公寓集合，由他开车载他们去布什维克。到了那，他在马尔塔和弗朗西斯卡的那个街区绕圈，想找停车位。

"她们家后头就有个地方可停。"十分钟后，杰比说。

"那是卸货区。"裘德告诉他。

"要是你把残障标志摆出来，我们就可以爱停哪儿停哪儿了。"杰比说。

"我不喜欢用那个标志，你知道的。"

"要是你不打算用，那买车要干吗呢？"

"裘德，我想那里有个位子。"威廉说，不理杰比。

"离她们的公寓有七个街区。"杰比咕哝道。

"闭嘴啦，杰比。"马尔科姆说。

进入派对后，他们各自被不同的人拉到屋里不同的角落。威廉看着裘德被马尔塔一手推走，"帮我"，裘德用嘴型无声地跟他说，他则微笑挥了下手。"要勇敢"，他也用嘴型回话，裘德翻了个白眼。他知道裘德有多么不想来，不想一再解释他现在为什么坐轮椅，可是威廉一直求他："拜托不要让我一个人去。"

"你不会落单的。还有杰比和马尔科姆。"

"你明知道我的意思。只待四十五分钟，我们就离开。杰比和马尔科姆如果想待久一点，他们可以自己想办法回曼哈顿。"

"十五分钟。"

“三十分钟。”

“好吧。”

此时，威廉被伊迪·金逮到了，她看起来还是跟大学时代差不多，或许胖了一点，顶多也就这样。威廉拥抱她。“伊迪。”他说，“恭喜了。”

“谢了，威廉。”伊迪说，朝他微笑，“你看起来很不错，真的真的很不错。”杰比以前有个理论，说伊迪暗恋他，但他从来不信。“我真的很喜欢《空隙侦探》，你在里面表现得太好了。”

“啊，”他说，“谢谢。”他痛恨《空隙侦探》。他讨厌整个拍摄过程——故事是奇幻类型，一对超自然侦探进入了健忘症患者无意识的心灵，但导演实在太专横了，搞得跟威廉一起主演的明星拍了两星期就辞演了，还得重新选角，而且拍片现场每天都会有人哭着跑掉——所以他讨厌这部电影，根本没去看。“那么，”他说，试着转移话题，“什么时候……”

“为什么裘德坐轮椅？”伊迪问。

他叹了口气。从两个月前开始，裘德就必须经常坐轮椅。他31岁以来，这是四年来的头一次。之前，他曾一再训练他们三人如何回答这个问题。“不是永久性的，”他说，“他只是腿上有个伤口感染了，走路走太久就会很痛。”

“老天，真可怜。”伊迪说，“马尔塔说他离开联邦检察官办公室，换了个很好的工作，在一家大型律师事务所。”杰比以前也总是怀疑伊迪暗恋裘德，威廉觉得不大可能。

“是啊，有两三年了。”他说，急着想把话题从裘德身上转开，他从不喜欢回答关于裘德的问题；其实他很愿意谈裘德，也知道什么可以说、什么不能说，还有可以代他回答什么，但他不喜欢别人问到裘德时那种狡猾、机密的口吻，好像可以哄他说出裘德自己不会讲的事情。“总之，伊迪，我真是太为你高兴了。”他停下来，“对不起，我早该问的，你还是希望大家喊你伊迪吗？”

伊迪皱眉：“为什么不希望？”

“唔……”他暂停，“我不知道你进行到过程中的哪个部分，而且……”

“什么过程？”

“唔，转换的过程？”他看到伊迪糊涂的表情时就该停下来的，但是他没停，“杰比说你正在转换？”

“是啊，转换到香港。”伊迪说，还是皱着眉头，“我要去那当自由接活的素食顾问，帮一些中型酒店从业者规划。慢着——你以为我要转换性别？”

“啊，老天。”他说，脑袋里同时冒出两个不同的念头：我要宰了杰比，还有我等不及要告诉裘德这段对话了，“伊迪，真是太对不起了。”

他还记得大学时代伊迪就有点怪：芝麻绿豆大的事情就会让她崩溃（他有回看到她大哭，只因为她手上冰激凌最顶端的那个球掉到了新鞋子上），但大事却让她无动于衷（她姐姐过世；她跟她女友分手时在宿舍外头的方院里尖叫、丢雪球，当时虎德馆里的每个人都探出窗子看热闹）。他不确定自己刚刚说错话是属于大事还小事，看起来伊迪自己也同样不确定，她小小的嘴困惑地扭成不同的形状。不过最后，她开始大笑，喊着房间另一头的某个人：“汉娜！汉娜！过来！你一定要听听这事！”他松了口气，跟她道歉并道贺，然后赶紧溜掉。

他穿过房间，朝裘德走去。多年来（到现在将近二十年了）参加过这么多派对，他们两个发明出一套自己的暗号，每个手势的含义都一样：救我，但紧急程度不同。通常，他们只要看着对方、用嘴型表达就行了，但是像今天这样的派对，整间公寓只点着蜡烛，而且就在他跟伊迪短暂交谈的那一会儿，客人的数量似乎暴增了好几倍，这时他们就得用上更夸张的肢体语言了。抓着颈背表示对方应该立刻打电话给自己；转动表带表示“过来这里取代我，或至少加入这场谈话”；拉左边耳垂表示“马上把我弄走”。十分钟之前，他早已用余光瞄见裘德一直拉着耳垂。现在他看到除了马尔塔之外，裘德旁边还有一个表情严肃的女人，他模糊地记得之前在一场派对上见过她（而且不喜欢）。她们低头对着轮椅上的裘德提问，看起来很霸道，而且在烛光下显得格外凶狠，好像裘德是个小孩，刚刚弄断了她们姜饼屋一角的甘草糖边缘，被她们当场逮住，而她们一时无法决定要拿他跟梅干一起烧烤，还是跟大头菜一起进烤箱烘焙。

他试了，稍后他会告诉裘德，他真的试过了；但他在房间这一头，裘德在另一头，他中途不断被拦下来，跟一些多年不见的人谈话，更烦的是，有的人他几周前才见过。当他努力往前挤时，还曾朝马尔科姆挥手，指着裘德的方向，但马尔科姆无奈地耸耸肩，用嘴型说着“什么”，他只好比个放弃的手势：算了。

我得离开才行，他挤过人群时心想。但老实说，他通常不介意这些派对，甚至颇有些乐在其中。他怀疑裘德也是如此，不过或许没那么享受——这类派对他当然应付自如，大家总是想找他讲话。尽管他们两个私底下总是抱怨杰比，他总是拖着他们去这类场合，这些冗长无聊的派对，但他们心里也明白，如果他们真的不想去，拒绝就是了，但他们很少拒绝——毕竟，他们得去哪里，才能把这套全世界只有两个人会讲的语言派上用场。

最近几年，当他的生活离大学时代越来越远，也离当年的自己越来越远，他有时会发现，看到当年的那些熟人可以让他放松。他曾取笑过杰比从来没有真正从虎德馆毕业，但其实，他佩服杰比可以替他们一路维系那么多当年的交情，也佩服他总有办法掌握那么多人的动态。尽管有那么多老朋友，杰比对生活的看法和体验方式总坚持一种现在时。在他身边，就连最怀旧的人也没办法像他那样反复对过往的种种好坏小事一再检视，宁可接受老友变成现在的模样。他也很感激杰比选择保持交情的那些人大部分都对现在的他无动于衷（他变成任何人都无妨）。其中有些人现在对待他的态度大不相同，尤其是最近一年左右，但大部分人的生活、兴趣和职业都太独特了，甚至过于冷僻，在他们眼中，威廉的成就并不比他们自己的成就更重要，或更不重要。杰比的朋友是诗人、行为艺术家、学者、现代舞者和哲学家——有回马尔科姆说，杰比跟大学时代每一个最不可能赚钱的人都交上了朋友——而他们的生活，就是补助、住处、奖金和奖项。在杰比的虎德馆交际圈内，成功的定义不是看你的票房数字（那是他的经纪人和经理人的标准），或是跟你一起演戏的人以及你得到的评论（那是他研究生同学的标准），单纯只看你的作品有多厉害，还有你是否引以为荣。（在这类派对上，还常常有人这么跟他说：“啊，我没看过《黑色水星 3081》，但是你为自己的表现感到骄傲吗？”不，他并不引以为荣。他演的是一个忧愁而神秘的银河系科学家，也是柔术高手，他独自击败了一个庞大的太空怪物。但他对自己的表现很满意：他很努力工作，认真对待自己的表演，这就是他唯一期望能做到的。）有时他很好奇自己是不是被愚弄了，是否杰比的整个朋友圈本身就是一件行为艺术作品。在里头，所有真实世界（始终只谈金钱，贪婪、嫉妒的世界）的竞争、关注和野心都被忽略了，人们只关注工作带来的纯粹愉悦。

有时从最好的方面来看，这种观点对他有止血作用，他把这些派对、这些和虎德馆老友们相处的时间当成某种净化和滋补品，让他重新成为以往的自己：为了在学校公演的《噪音远去》中得到一个角色而兴奋不已，还每天晚上逼着室友陪他对台词。

“事业的浸礼池。”裘德听他说出这个想法后，就微笑着说。

“利伯维尔场的灌洗。”他回应。

“野心的灌肠。”

“哇，这个好！”

但有时这些派对（比方今天的）则会造成反效果。有时他发现自己怨恨别人对他的定义，总是被简化且多年来从未改变：他以前是且永远是虎德馆八号套房的威廉·朗纳松，数学很烂，但女人缘很好，简单、容易被理解，迅速两笔就能画出形象。这个定义不见得是错的（在这一行他被视为知识分子，是因为他不看某些杂志和网站，而且读过那所大学，这的确会让人有点沮丧），他本来就知道自己这一生很渺小，但这么一来，他觉得更渺小了。

而有时，从昔日同伴对他事业的无知，他感觉到某种顽固、刻意和不满。去年，他拍的第一部真正的大片上映期间，他刚好去布鲁克林的瑞德胡克参加派对，跟一个以前常去虎德馆、现在总是参加这些聚会的男生聊天。他叫阿瑟，以前住在失败者大本营迪林厄姆馆，现在办了一份关于数字地图制作方法的杂志《历史》，冷僻但相当受尊崇。

“那么，威廉，你在做什么？”阿瑟终于开口问，前十分钟他都在谈最近一期《历史》的专题，用3D算法绘制出1839年到1842年中南半岛的鸦片路线图。

那一刻，他体会到了自己在这类聚会中偶尔会滋出的那种茫然迷失之感。有时这个问题是用一种开玩笑、讽刺的方式提出的，被当成一种道贺，然后他会微笑配合："啊，没什么大不了的，还在奥尔托兰端盘子。我们最近的银鳕鱼配飞鱼卵很受欢迎。"但有时问的人是真的不知道。这种状况现在越来越少发生了，偶尔发生时，提问者通常是某个生活圈离文化界很远、连阅读《纽约时报》对他们来说都算煽动叛乱行为的人。不过更常见的是，某个人坚定地无视他和他的生活与工作，为了表达他们的不以为然，不，是不屑。

他跟阿瑟没熟到确知他属于哪一类（不过倒是熟到足以不喜欢这个人，尤其阿瑟总是喜欢在跟人讲话时凑得很近，搞得他都后退到贴着墙壁了），于是他只回答："我在演戏。"

"真的啊。"阿瑟淡淡地说，"有什么是我听过的吗？"

这个问题——不是问题本身，而是阿瑟那种不在乎和嘲弄的口气——让他无名火起，但是他按捺着没有表现出来。"唔，"他缓缓说，"大部分都是独立制片。我去年拍了一部《乳香王国》，下个月要离开纽约去拍《不败者》，是由福克纳的小说改编的。"阿瑟一脸木然。威廉叹气：他还因为《乳香王国》得了奖。"另外我两年前拍的一部电影才刚上映，叫《黑色水星 3081》。"

"听起来很有趣。"阿瑟说，一副不感兴趣的表情，"不过我应该没听说过。呃，我得去查一下。威廉，你真行。"

他痛恨某些人说"威廉，你真行"的口气，好像他的工作是什么棉花糖幻象，只能用来唬自己和别人，而非真实存在。那天晚上他尤其火大，因为不到五十码[1]外，就在阿瑟脑袋后方的窗外，碰巧就有块聚光灯照射的广告牌矗立在一栋大楼楼顶，上头有他的脸（一

1　约 45.50 米。1 码 ≈ 0.91 米，后不再注。

脸难以否认的怒容：毕竟，他正在抵抗一个淡紫色、计算机仿真的巨大怪物），还有2英尺高的大字（《黑色水星3081》，即将上映）。在那些时刻，他会对虎德馆的老友们很失望。他们毕竟不比其他人更高明，他明白。到头来，他们只是嫉妒，想让我不舒服而已。可是我真蠢，因为我的确觉得不舒服。稍后他对自己很火大。这就是你想要的，他会提醒自己。干吗在乎别人怎么想？但演戏就是会在意他人怎么想（有时感觉那是所有的目的）。尽管他宁愿相信自己对其他人的意见免疫，仿佛已经超越了那个层次，但其实他做不到。

“我知道这听起来实在太小家子气了。”那次派对后他告诉裘德。他觉得自己那么火大很丢脸，但他不会跟其他人说。

“听起来一点也不小气。”裘德当时说。他们当时正从瑞德胡克开车回曼哈顿，“但阿瑟是个混蛋，威廉。他向来就是那样。研究过几年希罗多德，一点也没让他不像混蛋。”

他不情愿地笑了：“不晓得。”他说，“有时我觉得自己的工作好像很……很没意义。”

“威廉，你怎么能这么说？你是个了不起的演员，真的。而且你……”

“拜托别说我带给很多人欢乐。”

“其实呢，我没打算这么说。你的电影不是会带来欢乐的那一类。”（威廉已经逐渐被定型，经常被找去演黑暗复杂的角色——通常颇为暴力，往往引发道德争议——因而引发不同程度的同情，哈罗德称呼他为“恐怖的朗纳松”。）

“当然，除了外星人。”

“对，除了外星人。连他们也不会带来欢乐——到最后你把他们都杀光了，不是吗？可是威廉，我喜欢看那些表演，其他人大多也喜欢。这算是某种成就吧？有多少人可以说他们有办法除掉日常生活中的谁呢？”看他没回答，裘德又说，“你知道，或许我们不该再参加这些派对了。对我们两个来说，这些派对已经变成不健康的受虐和引发自我厌恶的活动了。”裘德转向他咧嘴笑，“至少你还在做艺术方面的工作。我倒不如去帮军火商工作算了。多萝西·沃顿今天晚上还问我，每天早上起床时，知道自己前一天又牺牲了自己一部分的灵魂是什么感觉。”

他终于大笑了：“不，她不会这么说吧。”

“会，她就是这么说的。害我觉得好像在跟哈罗德讲话。”

“是啊，如果哈罗德是个绑着辫子头的白种女人。”

裘德微笑：“我刚刚就这么说啊，就像在跟哈罗德讲话。”

其实，他们两人都知道为什么自己会继续参加这类派对，因为那些派对已经变成他们四个人难得相聚的机会之一，有时甚至还是唯一能创造出四人共同回忆的机会，维持他们友谊的生机的机会，就像是把一束束引火柴丢进快要熄灭的黑色炭火里，这是他们假装一切依然如昔的方法。

这也为他们提供一个借口，假装杰比一切都好，但其实他们三个都明白并非如此。威廉也说不出他哪里不对劲（碰到某些特定的话题，杰比也会用自己的方式躲避，几乎像裘德一样厉害），只知道杰比很寂寞、很不快乐、很彷徨，而这些感觉都不是杰比熟悉的。他感觉到，热爱大学时代，对于其中的结构、阶级和小圈子生态都应付自如的杰比，如今在每个派对中都试图重现他们四个人曾拥有的那种轻松、不必多想的友谊。当时他们还不清楚自己的专业定位，却因为都拥有抱负而凝聚起来，没有被各自的日常现实分隔。所以杰比筹划大家出门参加派对，其他三个也一如既往地乖乖遵从，甘心让他当领袖，让他为大家做决定。

他很愿意私下跟杰比见面，就他们两个。但最近这阵子，如果杰比不跟他的大学朋友一起玩，就会跑去找另一批完全不同的人，大部分都是想攀附艺术圈的人。这些人唯一的兴趣就是嗑很多药，然后随便乱上床，这类事情他实在没兴趣。他越来越不常在纽约（过去三年只有八个月）。当他难得待在纽约时，就会感到两股彼此矛盾的压力，一方面想跟朋友好好共度时光，一方面只想什么都不做。

现在，他继续朝裘德走去，发现他终于被马尔塔和她爱发牢骚的朋友放过，正在跟他们的朋友卡罗莱娜讲话。（看到这一幕，他又生出罪恶感，因为他好几个月没跟卡罗莱娜联系，知道她正在生自己的气。）此时，弗朗西斯卡忽然挡住他的路，要重新介绍他认识一个叫蕾切尔的女人，四年前他们曾在舞台剧《九重天》共事，她是剧场指导助理。他挺开心能再碰到她（四年前他就很喜欢她，一直觉得她很漂亮），但这会儿跟她讲话，他知道他们顶多就是聊一下而已，毕竟，他再过五个星期就要去外地拍戏了。现在不是陷入复杂新恋情的时候，而且他实在没有力气玩一夜情了，因为他知道，一夜情有可能以一种有趣的方式，变得跟长期恋情一样磨人。

跟蕾切尔聊了大约十分钟，他的手机震动起来，他道歉一声，看了一下裘德传来的短信：走了。不想打扰你和未来朗纳松太太的谈话，回家见。

“狗屎。”他说，然后对蕾切尔说，“对不起。”忽然间，派对的魔力消失了，他只想赶快离开。他们参加的这类派对是某种剧场，由他们四个讲好自己出演，但一旦其中一个演员离开舞台，继续演下去就没有意义了。他跟蕾切尔说再见（她一明白他真的要走，而且没邀请她一起，表情就从困惑变成敌意），再跟其他一群人道别——马尔塔、弗朗西斯卡、杰比、马尔科姆、伊迪、卡罗莱娜——至少有一半人因此很不高兴。他又花了三十分钟才终于从那个公寓脱身，下楼时，他抱着希望回了裘德的短信：你还在吗？我要走了。没等到回应，他又发：我坐地铁。先回我公寓拿点东西，晚点见。

他坐 L 线地铁到第八大道，然后往南走几个街区回公寓。在纽约，10 月下旬是他最喜欢的时节，错过了总令他伤心。他住在佩里街和西 4 街交叉口，是一间位于三楼的公寓，屋里的窗子刚好跟外头的银杏树顶齐高。他搬进去时总想象他周末会赖在床上，看着满树银杏的黄叶被风吹得纷纷掉落。但他其实从来没看过。

他对这间公寓没有特殊感情，除了这是属于他的、是他自己花钱买的，而且是他还清了学生贷款后买的第一个也是最重大的物品。一年半前，他刚开始找房子时，只知道他想住在下城，而且要有电梯，这样裘德就可以来拜访他。

"这样不是有点关系成瘾吗？"他当时的女友菲莉帕曾取笑地问他，但同时也不算取笑。

"是吗？"他问，明白她的意思，但假装不懂。

"威廉，"菲莉帕说，大笑着掩饰自己的不高兴，"就是啦。"

他耸耸肩，没生气："我不能住在一个他没办法来拜访的地方。"他说。

她叹气："我知道。"

他知道菲莉帕不是反对裘德什么；她喜欢他，而且裘德也喜欢菲莉帕，甚至有天裘德还轻声告诉威廉，说他觉得威廉回纽约时应该多花点时间陪菲莉帕。当初他和菲莉帕开始交往时（她是服装设计师，大部分是舞台剧的设计），她觉得他跟朋友的友谊很有趣，甚至很有魅力。他知道，她把这些友谊视为他忠诚、可靠、执着的证据。但他们继续交往下去，两人年纪大一些，有些事情就改变了，他花在杰比和马尔科姆，尤其是裘德身上的时间，转而成了他根本不成熟、不愿意为了与另一个人（也就是她）种种不确定的未来，抛弃眼前舒适生活（与他朋友的生活）的证据。她从没要求他完全舍弃他们——的确，他很喜欢她的一点，就是她跟自己的朋友关系很亲密，而且他们两个可以一整晚跟各自的朋友相处，在不同的餐厅进行不同的谈话，结束后再会合，两个截然不同的夜晚最后成了一个共享的夜晚——但终究，她希望他屈服，专注于她和他的感情，以取代其他人的。

这一点他做不到。但他觉得自己的付出比她意识到的要多。他们在一起的最后两年，他没去哈罗德和朱丽娅家过感恩节，也没去欧文家过圣诞节，而是去了她佛蒙特州的父母家。他放弃跟裘德每年一度的度假之旅，陪她去她朋友的派对、婚礼、晚宴及演出，而且回纽约时都陪着她，看她为《暴风雨》的戏服画草图，帮她把那些昂贵的彩色铅笔削尖。她睡觉时，他时差还没调过来，就在公寓里漫游，翻翻书，看看杂志，把食品柜里装意大利面和麦片的盒子排正。他开开心心地做了这一切，毫无怨尤。但这样还是不够，于是去年，在交往将近四年后，他们平静地分手了，而他心想，好吧。

欧文先生在弗洛拉的产前送礼会上听到他们分手的消息，摇摇头："你们这些小子真的成了一群不想长大的彼得·潘。"他说，"威廉，你几岁了？ 36？我不晓得你们是怎么回事。你们赚了钱，有了一些成就。你们不觉得自己应该认真当个大人，别总是黏在一起吗？"

但是要怎么当大人？配偶关系真的是唯一合理的选项吗？（然而，只有一个选项就等于没选项了。）"几千年的演化和社会发展下来，这是我们唯一的选择吗？”今年夏天他们去特鲁罗度假时，他这样问哈罗德，哈罗德大笑起来：“威廉，听我说，”他说，“我觉得你过得很好。我知道我总是啰唆要你定下来，而且我也同意马尔科姆的老爸说伴侣关系很棒，但你唯一真正要做的，就是当个好人，而你已经是了，还有享受人生。你还年轻，还有很多年可以搞清楚自己想做什么、想过什么样的生活。”

“那如果现在这样就是我想过的生活呢？”

“唔，那也很好啊。”哈罗德说。他朝威廉微笑，“你们这几个小子实现了每个男人的梦想，你知道，甚至包括了约翰·欧文的梦想。”

最近他一直在想，关系成瘾是否真的有那么糟。他从友谊中得到快乐，也没有伤害到任何人，谁在乎是不是关系成瘾？不管怎样，友谊怎么可能比伴侣关系更让人相互成瘾？你 27 岁时受到欣赏的事情，为什么到了 37 岁就变得怪异了？为什么友情就不如伴侣关系好，难道不是更好吗？两个人一直在一起，日复一日，不是被性爱或身体的吸引力、金钱、子女或财产绑在一起，而是凭借彼此的共识走下去，为一个从未签订契约的同盟关系付出。友谊是见证另一个人在人生中缓慢滴流的悲伤，以及种种漫长的无聊，加上偶尔的成功。友谊是你能有幸在场见识另一个人最悲惨的时刻，懂得这是一种荣幸，而且知道你同样可以在他身边悲伤。

然而，比起自己可能的不成熟，他更困扰的是他身为朋友的能力。他向来自认是个不错的朋友，友谊对于他向来很重要。但他真的擅长当个好朋友吗？比方说，杰比的问题一直没解决，好朋友会想出办法的。而且一个好的朋友会想出更好的办法处理裘德的事，而不是像念经似的告诉自己，就是没更好的办法，如果有，如果某个人（安迪？哈罗德？任何人？）能想出一个计划，他很乐意照做。但即使他这么告诉自己，也知道他只是在为自己找借口。

安迪也很清楚这一点。五年前，安迪打电话到索非亚吼他。那时他第一次拍电影，已经很晚了，他一接起电话就听到安迪说：“对于一个自称是个很棒的朋友来说，你他妈的根本没有拿出证据来。”他开始自我防卫，因为他知道安迪说得没错。

“慢着。”他说，坐直身子，愤怒与害怕赶跑了残留的睡意。

“他坐在家里，他妈的都把自己割成碎片了，现在全身都是疤痕组织，看起来像具他妈的骷髅，威廉，你人呢？”安迪问，“别跟我说‘我在拍戏’。你为什么没打电话问问他的情况？”

“我每一天都打电话给他。”他说，也吼了起来。

“你明知道这件事对他来说很难熬。”安迪继续说，声音盖过他的，“你明知道收养这件事会让他更脆弱。为什么你没采取好保护措施，威廉？为什么你其他所谓的朋友不做点事？”

“因为他不想让他们知道他在割自己，这就是为什么！而且安迪，我不知道这件事会让他这么难熬。”他说，“他从来没跟我提过！我怎么会晓得？”

“因为！你应该要晓得的！他妈的用用你的脑子，威廉！”

“你他妈的不要跟我吼。”他吼回去，“安迪，你只是在生气，因为他是你的病人。你想不出办法让他好过一点，你就来怪我。”

他一说出口就后悔了。那一刻，他们两人都沉默下来，对着电话喘气。“安迪。”他先开口。

“不，”安迪说，“威廉，你说得没错。对不起，我很抱歉。”

“不，是我很抱歉。”他忽然很难过，想到裘德坐在利斯本纳街丑陋的浴室里。他离开前，曾到处寻找裘德的刮胡刀片——找了水箱盖底下、浴室医药柜后头，甚至找过碗橱抽屉底下，每一个抽屉都拉出来，检查过各种角度——还是找不到。但安迪说得没错，这的确是他的责任。他应该做得更好。结果没有，所以没错，他失败了。

“不，”安迪说，“威廉，我真的很抱歉，我完全没有借口。而且你说得没错——我不知道该怎么办。”他的口气好疲倦，“只不过威廉，他以前——他以前过得那么糟，而且他信赖你。”

“我知道。”他喃喃地说，“我知道他信赖我。”

于是他们拟出一个计划。后来他回到纽约，就比以前更严密地监视裘德，结果一无所获。被收养后的那一个月左右，裘德跟以前很不一样。他也说不上来是哪里不一样。除了很偶尔的状况，他难以判定裘德那天开心或不开心。裘德平常并不会无精打采、不露情绪，然后忽然间就变了个人——他的基本行为模式、节奏、姿势还是跟以前一样。但有些什么改变了。很短的一阵子，他有种奇怪的感觉，他认识的裘德换成另一个裘德，而这个新的、被偷换过来的裘德，他可以向他询问任何事；这个裘德可能会讲起宠物和朋友的趣事，以及童年的片段；这个裘德穿长袖是因为怕冷，而不是为了遮掩什么。他决心尽可能多相信裘德说的话：毕竟，他不是裘德的医生，他只是裘德的朋友。他的任务是以裘德希望的方式对待他，而不是把他当成暗中监视的对象。

于是过了一阵子，他的警觉性逐渐消失了，但最终，另一个裘德离开了，回到童话和魔法的世界中去了，原先他认识的裘德回来了。每隔一阵子，就会有一些麻烦的状况出现，提醒他：他认识的裘德，不过是裘德允许他知道的部分。他到外地拍戏时，每天都会打电话给裘德，通常是事先讲好的时间。去年有一天，他们在电话中如常地聊天，裘德讲话跟平常没有两样，就在两人为了威廉拍戏的趣事大笑时，他听到背景中清楚无误的广播声，只有医院才会有：

"呼叫纳撒瑞安医师。纳撒瑞安医师请到三号手术室。"

"裘德？"他问。

"别担心，威廉。"他说，"我没事，只是有一点轻微的感染。我觉得安迪有点太紧张了。"

"什么样的感染？老天啊，裘德！"

"血液感染，但是没什么。老实说，威廉，如果真的严重，我会告诉你的。"

"不，你他妈的才不会告诉我，裘德。血液感染就很严重了。"

他沉默了一会儿："威廉，我会告诉你的。"

"哈罗德知道吗？"

"不，"他说，忽然很凶，"你不可以告诉他。"

这类对话事后总让他震惊而困扰。接下来整个傍晚，他都在努力回想上星期的对话，仔细寻找任何不对劲，任何因为自己的愚蠢而忽略掉的线索。在比较宽容而好奇的时刻，他会把裘德想象成一个魔术师，唯一的招数就是隐瞒，但随着每一年过去，他的本事越来越厉害，现在他只要拉起丝制斗篷的一角遮在眼前，整个人就会立刻隐形，就连最了解他的人都看不到。但在其他时候，他好恨这个招数，一年又一年费心地帮裘德保密，除了极少的信息，他从来没能得到什么重大消息，连试着帮他、公然表示忧虑的机会都没有。这样不公平，在那些时候他会想，这不是友谊。这是某种别的东西，但不是友谊。他觉得自己被硬推进某个他从来不想玩的共谋游戏里。裘德跟他们沟通的一切，都显示他不想接受帮忙。然而，他无法接受。问题在于，某个人要求你别烦他，你要如何置之不理，即使这会危及你们的友谊。这是个棘手的两难问题：你要怎么帮助一个不想被帮助的人，同时明白如果你不试着帮忙，那么你根本算不上朋友？

他有时真想朝裘德大吼：跟我谈一谈。把事情告诉我，告诉我该怎么做，才能让你跟我谈。

有回在派对上，他无意间听到裘德跟某个人说他会告诉威廉所有事，当时他一方面觉得很得意，一方面又很困惑，因为其实他什么都不知道。有时他觉得不可思议，他居然会这么关心一个人，即使他拒绝说出朋友间会分享的事情——他们认识前他过着什么样的生活、他害怕什么、他渴望什么、他受什么样的人吸引、日常生活的烦恼和悲伤。因为裘德自己不肯谈，有时他真希望跟哈罗德谈谈裘德，搞清楚他知道多少，同时看他们和安迪能不能把各自了解的事情拼凑起来，或许可以得到一些解答。但这只是梦想：要是真这么做，裘德永远不会原谅他，他们之间原本的联系也会消失殆尽。

这会儿回到公寓，他迅速检查了一下邮件（他很少收到什么有趣的，所有工作相关的信件都会寄给经纪人或律师；个人邮件则会寄到裘德的公寓），找到他上星期去完健身房回公寓时落下的剧本，然后连大衣都没脱，又匆匆离开。

自从一年前买下这间公寓以来，他总共只在里面待过六星期。卧室里有张日式床垫，客厅里放着从利斯本纳街搬来的茶几，还有杰比在街上捡来的那把埃姆斯玻璃纤维椅子，以及他的几箱书，就这样。理论上，马尔科姆打算帮他重新装修，把厨房边没窗子的小书房改为用餐空间，同时处理其他问题。但马尔科姆好像感觉到威廉缺乏兴趣，就一直没把整修这间公寓列入优先待办事项。他有时会抱怨一下，但他知道这不是马尔科姆的错。毕竟，是他自己一直没回复马尔科姆的电子邮件，包括收尾、瓷砖、嵌入式书柜的尺寸，还有马尔科姆订制前要他同意的长沙发。直到最近，他才请律师把动工前必须签订的文件寄给马尔科姆。下星期，他和马尔科姆要碰面做一些决定，等到他1月中拍完戏回来，公寓应该就会像马尔科姆保证过的，就算不是改头换面，也大有改善。

同时，他多多少少还是跟裘德一起住。当初跟菲莉帕一分手，他就直接搬进了裘德格林街的公寓。他的理由是，自己的公寓还没装修，而且基于他对安迪的承诺，他一直霸占裘德家多出来的卧室不走。但其实是他需要裘德的陪伴，需要裘德稳定不变的存在感。当他去英格兰、爱尔兰、加州、法国、摩洛哥的丹吉尔、阿尔及利亚、印度、菲律宾、加拿大时，他需要有个家的形象在纽约等着他，而那个形象从来不包括佩里街。对他来说，家就是格林街。当他远离纽约且寂寞时，他就会想到格林街的公寓、他在那里的房间，周末裘德结束工作后，他们会熬夜聊到很晚，觉得时光缓慢而悠长，相信这一夜会持续到永远。

而现在，他终于要回家了。他跑下楼梯，出了前门，来到佩里街上。傍晚天气转冷了，他走得很快，几乎是在小跑，如往常一般享受着独自走路的愉悦，享受在一个这么多人的城市里落单的感觉。这是他最想念的事情之一。在拍片现场，你从来不会落单。会有一名副导演陪你走回休息的房车，再陪你走回拍片现场，即使房车和现场距离只有五十码。当初他逐渐熟悉拍片现场的状况时，对于拍电影时似乎鼓励把演员当小孩看的文化，首先觉得震惊，继而觉得好笑，最后觉得厌烦。他有时觉得自己像是被直立绑在一个玩偶身上，被用轮子推着移动，有人陪他走到化妆部门，然后到服装部门。又有人陪他走到现场，再走回房车。一两个小时后，又会有人来房车里接他，护送他到拍片现场去。

“绝对不要让我习惯这种事。”他有回跟裘德说，几乎是恳求。

这是他所有拍片故事的收尾台词：有关午餐时每个人照职位和阶级自动分开——演员和导演一桌，摄影组另一桌，器械组第三桌，服装组第四桌，道具组第五桌——大家都只聊一些小事，比如你的健身房、你想去的餐厅、你正进行的特殊饮食计划、健身教练，还有香烟（你有多想抽一根），以及做脸（你有多么需要）；有关剧组人员，他们痛恨演员的同时，碰到演员对他们最细微的关注却又在意得不得了，实在令人羞愧；化妆组爱搬弄是非，关于所有演员的生活，他们的信息量简直多到吓人，他们早就学会在帮演员调整假发和扑粉时保持绝对的安静，让自己完全隐形，同时倾听椅子上的演员们打电话，无论是女演员大吼男朋友，还是男演员低声安排深夜的一夜情对象。就是在这些拍片现场，他才明白自己被监视的程度比想象中更严重，而且自己很容易就相信，拍片现场的生活就是实际的生活——一切都有人帮你准备好，而且真的可以制造出太阳照耀你的效果。

有回他站在自己的标记上，等着摄影师做最后的调整。这时第一副导大声警告："他的头发！"摄影师只得走过来轻轻捧着他的头，往左倾斜 1 英寸，再往右，又往左，好像在壁炉台上放一个花瓶一般。

"别动，威廉。"摄影师警告，他保证他不会动，连呼吸都放到最轻，但其实他很想傻笑。他忽然想到他的父母（令他不安的是，随着年纪渐长，他越来越少想到他们），还有亨明。有半秒钟，他看到他们就站在左边，在拍片现场外头，正好远得让他无法看清他们的脸，反正他再也想象不出他们的表情了。

他喜欢告诉裘德这些事，把自己在拍片现场的日子讲得好笑又欢乐。他原先没想到演戏会是这样，但他以前哪里懂得演戏会是什么样？他总是做好准备，总是准时，对每个人都很有礼貌，乖乖听摄影师的指示，除非有绝对的必要，否则从不跟导演争执。但即使拍过这么多电影（过去五年拍了十二部，其中八部是最近两年拍的），经历了种种荒谬，他发现最超现实的时刻，就是在摄影机开拍之前。当他站在第一个标记处、第二个标记处，或是摄影师宣布准备好了，“化妆服装组！”第一副导喊道，然后化妆和服装人员就匆忙朝他俯冲过来，好像他是一块腐肉，那些人拨弄他的头发，拉直他的衬衫，用软刷子搔过他的眼皮。这个过程通常只有三十秒左右，但在这三十秒的时间里，他垂下眼皮免得粉粒飘进眼睛，其他人的手霸道地在他的身体和头上触摸，好像身体不再是他的。此时他会有种奇怪的感觉，觉得自己死了，飘在半空中，他的生命不过是一段想象。在那些时刻，一串旋风似的影像掠过他的心头，太快又太混乱，无法实际看清每一个画面：其中当然有他正要拍摄的场景，以及他稍早拍过的场景，但也有总是盘踞在他心头的场景，那些他夜里睡着前会看到、听到、记得的事情——亨明、杰比、马尔科姆、哈罗德、朱丽娅、裘德。

“你快乐吗？”他有回问裘德（当时他们一定是喝醉了）。

“我不认为快乐适合我，”裘德最后终于说，好像威廉给了他一盘他不想吃的东西，“但是适合你，威廉。”

当化妆和服装人员对着他又拉又抓，他想到他当时应该问裘德这句话是什么意思：为什么适合他，但不适合裘德？等到他拍完那场戏，他就忘了这个问题，也忘了之前的那段对话。

“音效开动！”第一副导喊道，化妆和服装人员赶紧散开。

“开了。”音效人员回答。

“摄影机准备。”摄影师喊道，接着有人宣布第几场戏，打板。

然后他睁开眼睛。

2

刚过 36 岁生日的一个星期六早晨，他睁开眼睛，体验到那种偶尔会感受到的奇怪、美妙的感觉：发现自己的人生晴朗无云。他想象哈罗德和朱丽娅在剑桥市，两个人困倦地在厨房里走动，将咖啡倒进他们有着缺角和咖啡渍的马克杯里，把装报纸的塑料袋外头的露水甩掉。在空中，威廉正从南非开普敦飞向他。他想象马尔科姆在布鲁克林家里的床上紧靠着苏菲，然后，因为他觉得充满希望，便想象杰比安全地在下东城的床上打呼。在格林街这里，暖气散发出轻微的嘶嘶声。床单闻起来像肥皂和天空。他的上方是马尔科姆一个月前装的钢管枝形吊灯。他的下方是一片发亮的黑色木地板。这间公寓一片寂静，而且是他的（还是觉得它很大，充满种种可能性和潜力）。

他把脚趾伸向床尾，然后往回缩向小腿：没事。他移动躺在床垫上的背部：没事。他把两边膝盖朝胸口缩起：没事。没有任何地方痛，连一点痛的迹象都没有。他的身体又是他的了，可以帮他执行他想象中的任何动作，不会抱怨或搞破坏。他闭上双眼，不是因为累了，而是因为这是完美的一刻，他知道该如何享受。

这些时刻从来不会持续太久（有时候，只要坐起身，他就像脸上挨了一记耳光似的被提醒，是他的身体在控制他，不是他控制他的身体），但最近几年状况恶化后，他每天都很努力地放弃自己会再好转的想法，试着专注于暂时摆脱痛苦的那些时刻，并且感激自己的身体饶过了他。最后他缓缓坐起身，同样缓慢地站起来，一切还是很棒。他判定这是美好的一天，然后走到浴室，略过卧室角落里仿佛在生闷气的轮椅。

他准备好，然后拿着办公室带回来的一些文件坐下来等。通常碰到星期六，他的时间大都用在工作上——从他走遍纽约的时期以来，这个习惯没有改变过。啊，他那些长途步行之旅！他真的一度可以像山羊似的走到上东城，然后走回来，靠自己就走上十一英里吗？——但今天他要跟马尔科姆碰面，带他去找自己的西装师傅，因为马尔科姆要结婚了，需要买一套西装。

他们还不确定马尔科姆是不是真的要结婚，只是认为他会而已。过去三年来，马尔科姆和苏菲分手又复合，接着又分手，然后又复合。但过去一年，马尔科姆找威廉谈过婚礼的事情，还问威廉会不会觉得婚礼是一种迁就；又问杰比关于珠宝的事情，问女人说她们不喜欢钻石时，是真的这么想、还是只是说着玩的；还找他询问婚前协议书的事情。

他尽力回答马尔科姆的问题，然后给了他一个法学院同学的名字，是一位婚姻法律师。“啊，”马尔科姆当时说，身子往后退，好像他要告诉他的是职业杀手的名字，“我不确定我目前有这个需要，裘德。”

“好吧。”他说，收回那张马尔科姆连碰都不想碰的名片，“唔，哪天要是你需要，问我一声就是了。”

一个月前，马尔科姆问他能不能帮他挑一套西装。“我连一套西装都没有，这样是不是很夸张？”他问，“你不觉得我应该有一套西装吗？你不觉得我应该让自己看起来，我不知道，比较成人或什么的？你不觉得这样应该对生意有帮助？”

“小马，我觉得你看起来好得很，”他说，“而且我不觉得你在生意上还需要什么帮助。但是如果你想买一套西装，没问题，我很乐意帮你。”

“谢了。”马尔科姆说，“我的意思是，我只是觉得自己应该有一套西装。你知道，以防有什么需要。”他暂停一下，“顺带讲一声，我不敢相信你有个西装师傅。”

他微笑，“他不是我的西装师傅。”他说，“他只是专门做西装，而某些西装碰巧是我的。”

“老天，”马尔科姆说，“哈罗德真的创造了一个怪物。”

他忍不住大笑。他常常觉得，好像只有西装能让他看起来比较正常。坐轮椅的那几个月，那些西装能再度向他的客户保证他很能干，同时也向自己再度保证他是公司的一分子，至少可以穿得跟其他人一样。他并不觉得自己虚荣，而是一丝不苟。小时候在少年之家，他们偶尔会跟当地学校的男学生打棒球赛。每回他们走上场，那些男学生总是捏着鼻子嘲笑他们：“去洗个澡吧！”他们会大叫，“你们好臭！你们好臭！”但他们确实会洗澡：按规定，他们每天早上都要淋浴，把黏答答的粉红色沐浴乳挤在手掌和毛巾上，然后搓洗皮肤，同时会有一个辅导员在莲蓬头前方走来走去地巡视，拿着薄毛巾抽打那些不乖的男生，或者朝不够认真洗澡的人大吼。即使到现在，他还是很怕自己邋遢、肮脏或难看。“你永远会很丑，但这不代表你不能干净点。”加布里埃尔神父以前总是这么告诉他。尽管加布里埃尔神父对很多事情的看法都是错的，但他知道这点他说得没错。

马尔科姆来了，跟他拥抱打招呼后，就像往常那样开始审视整间公寓，伸着长脖子，缓缓转着圈，目光像灯塔的光，边转还边喃喃发出评论。

他在马尔科姆开口提问前就先回答了：“小马，下个月。”

“你三个月前就这么说了。”

“我知道。但是现在我是认真的。现在我有钱了，或者这个月底就会有了。”

“钱的事情，我们讨论过了。”

“我知道。你真是太慷慨了，但是我不能不付你钱。”

他在这间公寓里已经住了四年多，却一直因为缺钱没装修，而他缺钱是因为他在付公寓贷款。这四年多里，马尔科姆画了设计图，隔出两个卧室，帮他挑了一张有如灰色宇宙飞船的沙发，放在客厅中央，又解决了一些小问题，包括地板。“这太疯狂了，”当时他告诉马尔科姆，“等整修完毕，你还是得重铺地板。”但马尔科姆说他无论如何都要做，那种地板漆是新产品，他想试用一下，而真正装修之前，格林街会是他的实验室，他可以拿它来做一些小实验，如果他不介意的话（而他当然不介意）。但除此之外，整间公寓差不多还是保持了他刚搬进来时的样子：一个长长的四方形，位于南苏荷区一栋建筑的六楼，两边都有窗子，一侧朝西，一侧朝东；南边整面墙也有窗子，俯瞰一座停车场。他的房间和浴室在东头，看出去是默瑟街一栋低矮楼房的屋顶；威廉的房间和浴室（其实是客房，但他一直把它当成威廉的房间）则在西头，下面是格林街。厨房位于公寓中央，还有第三间浴室。套房之间的空间很大，黑色地板像黑色琴键般发亮。

他拥有了这么多空间，但至今依然有一种不熟悉的感觉，更不熟悉的是自己居然负担得起。但是你负担得起，他有时还得提醒自己，就像他站在杂货店里，想着是否该买一盒自己喜欢的黑橄榄。那种橄榄好咸，咸得他嘴巴发涩、双眼泛泪。刚搬到纽约市时，吃黑橄榄是一种享受，他一个月只买一次，一次只买一勺。每天晚上他只吃一颗，一边坐着读案情摘要，一边缓缓啜吸着橄榄核上的肉。你可以买，他现在告诉自己，你有那个钱了。但他还总是忘记。

他之所以买得起格林街的公寓，而且冰箱里常备着一盒橄榄，背后的原因是他在罗普克工作，这是全纽约最有权势、最有名望的律师事务所之一。他在那里担任辩护律师，而且一年多前升为合伙人。五年前，他跟西提任和罗兹经办一件证券诈欺案，起诉一家叫柴克瑞·史密斯的大型商业银行。那个案子和解之后没多久，一个叫卢西恩·沃伊特的人联络他，他知道他是罗普克诉讼部门的总监，而且之前曾代表柴克瑞·史密斯银行与他们协商。

沃伊特邀他一起喝杯酒聊聊。他对他的工作印象深刻，尤其是法庭表现，他说。柴克瑞·史密斯银行也对他印象深刻。其实他早听过他的名字（他和沙利文法官是法学院的老同学），也打听了一下他的状况。他有没有考虑过离开联邦检察官办公室，加入黑暗阵营呢？

要说他从没想过，那就是撒谎了。在办公室里，周围的人不断离去。他知道西提任正在跟华盛顿的一家国际法律事务所洽谈。罗兹在犹豫是不是该去一家银行的法务部工作。至于他，之前已经有两家律师事务所找上门来，但他都拒绝了。他们都很喜欢联邦检察官办公室，所有人都是。但西提任和罗兹的年纪比他大，罗兹和他太太想生小孩，他们得赚钱。钱，钱，钱，有时他们谈的唯一话题就是钱。

他也会考虑钱，不可能不考虑。每回他去杰比或马尔科姆朋友的公寓参加派对回家，利斯本纳街就显得更寒碜、更难忍受。每次电梯故障，他得爬楼梯上楼，到了门口还得背靠着前门坐在地上休息一阵子，才有力气开门进去。此时，他就会梦想住在一个电梯不会出故障的可靠地方。每回他站在地铁入口的楼梯顶端准备往下走，抓着扶手且吃力得几乎要用嘴巴呼吸时，他会希望自己能坐出租车。然后还有其他恐惧：在他心情低落的时刻，他会想象自己老了，肋骨外头的皮肤都像羊皮纸了，还住在利斯本纳街，手肘撑地爬进浴室，因为他再也没办法走路了。在这个梦里，他孤单一人，没有威廉、杰比、马尔科姆、安迪，没有哈罗德和朱丽娅。他很老很老，身边没有其他人，只剩他自己照顾自己。

“你几岁了？”沃伊特问。

“31。”他说。

“31还很年轻，”沃伊特说，“但是你不会永远这么年轻。你真的想在联邦检察官办公室里变老吗？你知道大家怎么说助理检察官的：人生的大好年华就这样过了。”沃伊特谈到报酬，谈到升迁机会，“答应我你会考虑。”

“我会的。”他说。

他的确考虑了。他没跟西提任或罗兹讨论（也没跟哈罗德谈，因为知道他会说什么），而是跟威廉讨论，两人一起比较这份工作明显的优点和缺点。工作时间长（他的工时本来就很长，威廉说），工作性质很无聊，而且很可能要跟一堆混蛋共事（除了西提任和罗兹，他本来也跟一堆混蛋共事，威廉说）。当然，他现在得去帮他过去六年起诉的那些人辩护：撒谎者、骗子、小偷，以及伪装成受害者的有地位、有权势的人。他不像哈罗德或西提任，他很务实，他知道当律师意味着牺牲，不是牺牲金钱，就是牺牲道德，但这样背弃他明知是正义的一方，还是令他很困扰。是为了什么？确保他不会变成那个孤单又患病的老人？这好像是最糟糕的那种自私、最糟糕的那种任性，拒绝承担他明知道应该承担的责任，只因为他害怕，担心自己过得不舒适或很凄惨。

然后，他和沃伊特碰面两周后的星期五，他很晚才回家。那天他筋疲力尽，必须坐轮椅，因为右腿实在太痛了，回到利斯本纳街的公寓时，他一放松，就觉得自己整个人都虚脱了，因为再过几分钟，他就可以进门，用微波炉加热过、冒着蒸汽的湿毛巾包住小腿，坐在温暖的公寓里。但是当他按了电梯按钮，却听到齿轮摩擦声，还有电梯坏掉时微弱的绞盘怪声。

"不要！"他大喊，"不要！"他的声音在门厅里回荡，他对着电梯门拍了又拍，"不，不，不！"他拿起公文包朝地上摔，里头的文件散落一地。在他周围，整栋公寓依然一片寂静，没人能帮他。

最后他停止发火，觉得羞愧又愤怒，然后把那些文件收回公文包里。他看了一下手表：11 点。威廉正在演出《九重天》，但他知道此时他已经下台了。可是他打电话过去，威廉没接。他恐慌起来。麦坎·马尔科姆去希腊度假了。杰比在一个艺术村。安迪的女儿比阿特丽斯上个星期才出生，所以他不能找他。他只肯让这几个人帮他，让他们拖着他爬那么多层楼，当他像树懒似的抓着对方不放时，至少不会觉得太不自在。

但那一刻，他失去了理智，拼命只想赶紧回到家里。于是他站起来，把公文包夹在左边腋下，然后把轮椅（太贵了，不能留在大厅里）收起来夹在右边腋下，开始爬楼梯。他身子左边紧贴着墙，右手抓着轮椅的一根轮辐，爬得很慢——只能靠左腿往上跳，尽量避免把任何重量放在右腿，也避免轮椅碰到伤口。他往上爬，每爬三级就要停下来休息。从大厅到五楼要爬一百一十级楼梯。爬到第五十级时，他全身抖得厉害，不得不停下来坐半小时。他一次又一次打电话给威廉并发短信给他。打到第四通电话，他留言了，但希望自己永远不必留："威廉，我真的需要帮忙。拜托打给我。拜托。"他想象威廉立刻回电话，告诉他马上赶来，但他等了又等，威廉都没回电话。最后，他设法又站了起来。

总之，他努力进了门。但那一夜接下来的事情他完全不记得了。次日醒来时，他发现威廉睡在他床边的地毯上，安迪睡在客厅拖来的椅子上。他舌头不听使唤，意识朦胧，还很想吐，于是他知道安迪一定帮他注射了止痛药。他很讨厌止痛药，因为接下来他会变得茫然，还会便秘好几天。

他再度醒来时，威廉不在了，但安迪已经醒来，死瞪着他。

"裘德，你他妈的一定得搬出这栋公寓。"他轻声说。

"我知道。"他说。

"裘德，你那时在想什么？"威廉从杂货店回来后问他。安迪已经帮着他去过洗手间（他没办法走路，得让安迪抱他去），让他躺回床上，他身上还穿着前一天的衣服，等到威廉回来才离开。威廉前一晚演出后去参加派对，没听到手机响；等他终于听到留言，急忙赶回家时，发现他躺在地板上抽搐，才打给安迪。"你为什么不打给安迪？你为什么不找间餐馆坐下来等我？你为什么不打给理查德？你为什么不打给菲莉帕叫她找到我？你为什么不打给西提任、罗兹、伊莱，或菲德拉，或两个亨利·杨，或……”

“不知道。”他悲惨地说。他无法跟健康的人解释病人的逻辑，也没有力气去试。

下一个星期，他联络了卢西恩·沃伊特，谈好了工作条件。签约后，他打电话给哈罗德，沉默了五秒钟，才深吸一口气，开始讲话。

“裘德，我只是不明白，”哈罗德说，“真的不明白。你从来没让我觉得你很爱钱。你爱钱吗？我的意思是，你当然爱钱。你在联邦检察官办公室有大好前程。你在那里的工作很重要。可是你现在完全放弃，要去帮谁辩护？一堆罪犯。他们太有权势、太确定自己不会被抓到，因而被抓这件事他们根本从没想过。他们认为法律只适用于年收入不到九位数的人。他们认为法律要制裁谁，只能由种族或收入来决定。”

他什么都没说，只是乖乖听着哈罗德越来越生气的声音，因为他知道哈罗德说得对。他们没有明确谈过，但他知道哈罗德一直以为他会朝公职体系发展。这些年来，哈罗德不时丧气而悲伤地谈到一些他很欣赏的优秀学生辞掉工作（包括联邦检察官办公室、司法部、公设辩护律师服务处、法律援助组织的工作），跳槽去大型律师事务所。“一个社会要发挥应有的功能，就必须靠那些拥有杰出法律头脑的人才，把维持社会运作当成自己的责任。”哈罗德常常说。而他也赞同，至今不变。这也是为什么他此刻无法为自己辩护。

“你难道不想为自己说话？”哈罗德最后终于问他。

“对不起，哈罗德。”他说，哈罗德没吭声，“你对我很生气。”他嗫嚅道。

“我不是生你的气，裘德，”哈罗德说，“我是失望。你知道你有多特别吗？你知道你如果留下，可以改变多少事情吗？如果你想要，你可以成为法官，有一天还能当上最高法院大法官。但是现在不可能了。你到一间大型律师事务所当辩护律师，你原来可以完成那么多杰出的工作，如今却要站到敌对的那一方。这真是太浪费了，裘德，太浪费了。”

他又沉默了。他心中重复着哈罗德的话：太浪费了，太浪费了。哈罗德叹气：“所以你到底是为了什么呢？”他问，“是钱吗？就是为了钱吗？裘德，你为什么不告诉我你需要钱？我可以给你一些的。一切都是为了钱吗？告诉我你需要什么，我很乐意帮忙的。”

“哈罗德，”他开口，“你真是太好心了。但是……但是我没办法接受。”

“狗屎，”哈罗德说，“你是不肯。我现在提出一个办法，让你不要辞职，裘德，不要接受一个你会痛恨的职务或工作——不是或许，而是一定——而且我不要求你回报，也没有附带条件。我是在告诉你，为了让你留在原来的地方工作，我很乐意给你钱。”

啊，哈罗德，他心想。“哈罗德，”他痛苦地说，“我跟你保证，我需要的钱，不是你给得了的。”

哈罗德沉默不语，再度开口时，他的口气变了：“裘德，你是惹上什么麻烦了吗？你知道你可以告诉我的。无论是什么，我都会帮你。”

“不是，”他说，可是好想哭，“哈罗德，不是这样。我很好。”他用右手抓住贴了绷带的小腿，因为那里持续作痛。

“唔，”哈罗德说，“那我就松了口气。但是裘德，你怎么可能需要那么多钱呢？除了买房子。这个朱丽娅和我会帮你的，你听到了没？”

有时，哈罗德缺乏想象力的程度让他懊恼又惊奇。在哈罗德的心目中，人人都有以自己为荣的父母，存钱只是为了买房子或度假，想要什么开口就是了。他似乎没意识到在某些人生活的世界里，这些东西不见得是与生俱来的，也不是人人都有同样的过去和未来。但是这样想太不厚道了，他很少这么想。大部分时间，他都欣赏哈罗德坚定的乐观，他没办法或不愿意变得愤世嫉俗，不愿意去寻找不幸或悲惨的一面。他很爱哈罗德的纯真，尤其是想到他所教授的、他所失去的，就更觉得他了不起。所以他怎么能告诉哈罗德，自己必须考虑到每隔几年就得换新，而且保险不完全给付的轮椅？他怎么能告诉哈罗德，安迪的诊所没跟保险公司合作，从没收过他医疗费，但有一天可能开始要收；如果是这样，他当然不能不付钱？他怎么能告诉哈罗德，他最近腿上的这个疮，安迪提过要他去住院，而且有一天或许要截肢？他怎么能告诉哈罗德，如果他截肢，就得花钱住院，做物理治疗、装义肢？他怎么能告诉哈罗德，他想动背部手术，用激光把那些疤痕清除得一干二净？他怎么能告诉哈罗德他最深的恐惧：他的寂寞，他害怕成为一个装了导尿管、胸部瘦骨嶙峋的老人？他怎么能告诉哈罗德，他梦想的不是婚姻或子女，而是有一天如果有需要，有足够的钱雇人来照顾他，这个人会对他很和气，同时给他隐私和尊严？没错，还有一些他想要的东西：他想住在一个电梯不会坏的地方。他想随时想坐出租车就能坐。他想找私人游泳池，因为游泳能平抚他的背痛，而且他现在再也没法到处乱走了。

但是这些他都不能告诉哈罗德。他不想让哈罗德知道他的毛病这么多、知道他收养的根本是个废物。于是他什么都没说，只跟哈罗德说他得挂电话了，说下回再跟他谈。

甚至在跟哈罗德谈论之前，他已经准备好，面对新工作要逆来顺受，不要期望什么，但先是让他不安、继而让他惊奇、接着让他开心、最后让他有点厌恶的是，他发现自己乐在其中。他当联邦助理检察官时，处理过药厂的案子，于是刚到律师事务所时，承办的案子很多都跟药厂有关：有家药厂新设立了亚洲分公司，要发展一套反腐败政策，于是他和一位资深合伙人律师出差去东京，这是一个清楚、好解决的小案子，并不常见。其他案子都比较复杂，拖得比较久，有时还会拖到地老天荒，他大部分时间都在忙着为另一个客户（某大型制药集团）汇整出针对“诈领法案”的辩护依据。进入罗普克律师事务所不久，罗兹工作的那家投资管理公司因为证券诈欺案被调查，于是来找他，也因此确保了他能升任合伙人：他有出庭经验，这是事务所里大多数普通律师没有的，但他知道自己必须带来客户，而第一个客户总是最难找的。

他永远不会向哈罗德承认，不过他真心喜欢调查由内部吹哨人检举的起诉案，喜欢设法挑战“海外反腐败法”的适用范围，喜欢有机会延展法律，像延展一条橡皮筋，拉到超过自然最大张力的点，让它弹回来刺痛你。白天他会告诉自己，这是一种智力的投入，他的工作不过是表达法律本身的弹性。但夜里，他有时会想到，如果老实跟哈罗德谈自己的工作，哈罗德会说些什么，于是耳边又响起他的话：太浪费了，太浪费了。那些时刻他会想，他在做什么？这份工作让他见利忘义了吗？或者他其实一直是这样，只不过把自己想成另一个样子了？

“一切都在法律的范围内。”他会这么跟脑袋里的哈罗德辩驳。

“只因为你做得到，不表示你就该去做。”他脑袋里的哈罗德会这么反驳他。

的确，哈罗德当初说的话还是有几分道理，因为他想念联邦检察官办公室。他想念站在正确的那一方，身边环绕着热情、愤怒、热衷于改革的同伴。他想念搬回伦敦的西提任，想念现在偶尔会跟他碰面喝酒的马歇尔，还有比较常见到面的罗兹。罗兹现在常年一副疲惫苍白的样子，他记得以前的罗兹总是欢乐且充满活力，他们在办公室加班到很晚、累得头昏眼花时，他会播放电子探戈音乐，然后跟一个想象中的女人在办公室里回旋起舞，只为了逗他和西提任从电脑上抬头，并且在看了之后大笑。他们渐渐老了，所有的人都一样。他喜欢罗普克律师事务所，他喜欢里面的人，但他从来不曾跟他们加班到深夜、讨论案子、聊起彼此看的书，这里不是那种办公室。他这个年纪的普通律师，家里都有不快乐的女友或男友（或者他们本身就是不快乐的女友或男友）；年纪比他大的都结婚了。少数不讨论手上工作的时刻，他们会聊一下订婚、怀孕、买房子。他们不会为了好玩或热情而讨论法律。

事务所鼓励大家从事公益服务工作，于是他开始去一个非营利的艺术家团体当义工，提供免费的法律咨询服务。那个组织的办公时间是每天下午和晚上，艺术家会来找律师咨询，因此他每周三晚上会早些下班，7 点就离开，到苏荷区的布鲁姆街，在那个团体地板破烂的办公室里坐三小时，协助专门出版激进学术著作的非营利小出版社、有知识产权纠纷的画家，或是拿着各式各样合约前来咨询的舞蹈团体、摄影师、作家。那些合约要不就因为超出法律范围（他看过一份用铅笔写在纸巾上的合约）而没有意义，要不就是复杂得没有必要，害那些艺术家看不懂（连他都看不太懂了），但上面却有他们的签字。

哈罗德其实不太赞成他做这份义务工作，他感觉得出来，哈罗德认为这份工作很琐碎。“这些艺术家里有真正优秀的吗？”哈罗德问过他。“大概没有吧。”他说。但这些艺术家优秀与否轮不到他来判断，因为已经有其他一大堆人在做了。他去那里，只是提供一些艺术圈里非常缺乏的协助，因为那个圈子有太多人都活在对实用性充耳不闻的世界里。他知道自己这样想太浪漫了，但他欣赏他们。他欣赏可以一年又一年只靠着自己被急速消耗的希望活下去的人，即使他们每一天都变得更老，也变得更卑微。而同样浪漫的是，他觉得自己去这个组织当义工的时间，等于是在向他的朋友们致敬。这些人都过着令他惊异的生活，他觉得他们非常成功，也以他们为荣。不像他，这些人没有清楚的路径可以遵循，却依然顽强地开路前进，他们把自己的时间用来创造美丽的事物。

他的朋友理查德是那个组织的理事，最近搬到苏荷区了，有时星期三回家途中会顺道过来。如果他刚好有空，两人会坐在一起聊一下；如果他正好在忙，理查德就远远跟他挥个手。某天晚上咨询结束后，理查德邀他去自己家喝杯酒。他们从布鲁姆街往西走，经过中央街、拉斐特街、克罗斯比街，以及百老汇大道、默瑟街，然后在格林街向南转。理查德住在一栋窄长的大楼内，石材已经转为煤灰色，一扇高耸的车库门占据了一楼。车库门右边还有一道金属门，门的上端嵌了一面像脸那么大的玻璃窗。这栋大楼没有大厅，只有一道铺了瓷砖的灰色走廊，上方用电线吊着三颗灯泡。沿着走廊往右转，是囚室般的工用电梯，就像利斯本纳街他们原始的客厅那么大，按一个钮，栅栏式的电梯门会颤抖着哗啦哗啦关上，但却能在裸露煤渣砖的电梯井里顺畅运作。到了三楼，电梯停下，理查德打开电梯门，把钥匙插入面前那道巨大得令人生畏的钢制双扇门，门后就是他住的公寓。

“老天。”他边说边走进去。理查德开了灯，地上是刷白的木地板，墙面也漆成白色。上方挑高的天花板，每隔约 3 英尺就有一座枝状吊灯——古老的、玻璃制的、新的、钢制的——高度不等，他往前深入时，可以感觉到玻璃的喇叭形灯罩轻轻擦过他的头顶，而理查德的个子比他还高，就得弯下身子，免得撞到额头。整间公寓没有隔间，但快到尽头之处，有一个浅浅的、独立的玻璃箱，高度和宽度就跟前门一样。他走近时，发现箱子里是个巨大的蜂巢，形状就像优雅的柳珊瑚。玻璃箱再过去，有一张罩着毛毯的床垫，床垫前铺着一张白色粗毛的柏柏尔地毯，几面镜子映照着灯光，还有一张白色羊毛沙发、电视机，像是广大荒漠中的小孤岛。他从没见过面积这么大的公寓。

“那不是真的，”理查德说，看到他在观察那个蜂巢，“是蜡做的。”

“太了不起了。”他说。理查德点头表示谢意。

“来吧，”他说，“我带你逛一下。”

他递了一瓶啤酒给他，然后打开冰箱旁的一扇门。“逃生楼梯。”他说，“我超喜欢的，看起来简直是——直通地狱，你懂吧？”

“没错。”他同意，看着门内的楼梯消失在黑暗中，他忍不住后退，忽然间觉得很不安，同时又觉得自己这样很蠢。理查德似乎没注意到，把门关起来上锁。

他们乘电梯下到二楼，进入理查德的工作室，理查德带他参观正在进行的作品。“我把这些称为虚假陈述。”理查德说，让他握住一根他以为是白色桦木枝、其实是黏土烧制的作品；然后是一块浑圆光滑、重量很轻的石头，其实是白蜡树木材被车床削成的，但看起来沉重而结实；还有一副用几百根小瓷骨拼成的鸟类骨骼。工作室的正中央放着一排七个玻璃箱，把整个空间一分为二，它们比楼上那个装着蜡蜂巢的玻璃箱要小，但还是大得像商店橱窗，每个箱子里都装着一大块锯齿状、有如崩塌小山的暗黄色物质，看起来半似橡皮半似肉。“这些是真的蜂巢，或者曾经是。”理查德解释，“我让蜜蜂进去待了一阵子，然后放掉蜜蜂。每一件的标题就是蜜蜂在里头住的时间，也就是这些物质实际作为一个家与庇护所的时间。”

他们坐在理查德平常工作时坐的、带有滚轮的皮革办公椅上喝啤酒聊天，聊理查德的工作，还有他将在六个月后开幕的下一次也就是第二次展览，还聊到杰比的新画作。

“你还没看过，对吧？”理查德问，“我两周前去过他工作室，那些画真的很美，是他有史以来画得最好的。”他露出微笑，“里头有很多画你，你知道。”

“我知道。”他说，设法不要皱起脸，“那么，理查德，”他说，改变话题，“你是怎么找到这个工作室的？这里真是太棒了。”

“是我的。”

“真的？是你买的？太厉害了，没想到你有这么成人的一面。”

理查德大笑：“不，这整栋楼——都是我的。”他解释他的祖父母是进口商，在他父亲和他阿姨小时候，祖父母就在下城闹市区买了十六栋楼房，全是旧时的厂房，用来储藏他们进口的货物：六栋在苏荷区，六栋在翠贝卡区，还有四栋在唐人街。他的四个孙子、孙女满 30 岁时，都会得到其中一栋。等到他们满 35 岁时（就像理查德前一年一样），就会得到第二栋。满 40 岁时，会再得到第三栋。最后一栋则是等他们满 50 岁之时获得。

“想要哪一栋，你们能挑吗？”他问，体会到他每回听到这类故事时特有的那种晕眩加上难以置信：不仅是因为有这样的财富存在，还因为它能被如此轻松地提及，而且是由他认识这么久的人所拥有的。这也让他想到，自己不知怎的还是那么天真又不谙世故，因为他永远无法想象这样的财富，永远无法想象他认识的人有这样的财富。即使这么多年之后，即使他在纽约待了这些年，尤其是他在工作上已有了这么多历练，每回讲到有钱人，他下意识想到的依然不是埃兹拉、理查德或马尔科姆，而是忍不住联想到讽刺漫画里的情景：一个老男人，从有深色玻璃的汽车里跨出来，手指肥肥的，一身豪华着装、秃顶光亮，拥有苗条娇小的太太和地板发亮的大房子。

“不行，”理查德咧嘴笑了，“他们会把他们认为最适合我们个性的一栋给我们。我那个爱抱怨的表哥就分到了富兰克林街的一栋楼，以前是用来存放醋的。”

他大笑：“那这一栋楼以前是放什么的？”

“我带你去看。”

于是他们回到电梯，往上到四楼，理查德开了门又按开灯，他们面对着一排排在栈板上堆得老高的货物，都快碰到天花板了，他觉得那是砖头。“但这不是普通的砖头，”理查德说，“是装饰用的陶瓦砖，从意大利的翁布里亚进口的。”理查德从一架没堆满的栈板上拿起一块递给他，他转动那块罩着一层鲜绿色薄釉的陶瓦砖，手掌抚过上头的气泡。“五楼和六楼也堆满了这些玩意儿。”理查德说，“他们正要把这些砖头卖给芝加哥的一个批发商，然后这两楼就会被清空了。”他微笑，“现在你知道为什么我这里有一台这么好的电梯了。”

他们回到理查德住的那层公寓，再度经过那堆枝状吊灯，理查德又给了他一瓶啤酒。“听我说，”他说，“我得跟你谈一件重要的事情。”

"没问题。"他说，把啤酒放在桌上，身子前倾。

"那些瓷砖大概年底前就会被从这里搬出去了。"理查德说，"五楼和六楼的格局跟这一楼完全一样，灰泥墙在同样的地方，都有三间浴室。我的问题是，你想不想要其中一层？"

"理查德，"他说，"我很愿意，不过你打算收多少钱？"

"我谈的不是租，裘德，"理查德说，"是买。"理查德说他已经跟父亲谈过了，他父亲就是他祖父母的律师。他家里会把这栋楼房改成合作公寓，请他买一定数额的股份。理查德家里唯一的要求，就是理查德或他的继承人如果决定要卖，就要给理查德家优先购买权。理查德家会开一个合理的房价，他每个月付理查德一笔租金，分期抵免房款。理查德说，他们戈德法布家族之前已经这样做过了，他那位爱抱怨的表哥的女友一年前就买下了醋大楼的一层。显然，如果他们每个人都把手上的一栋楼改为至少两个单位的合作公寓，就可以得到某种减税优惠，所以理查德的父亲正在设法让所有的孙辈照做。

"你为什么要这么做？"他一回过神来，就轻声问理查德，"为什么是我？"

理查德耸耸肩，"住在这里有点孤单。"他说，"虽然我也不会总是跑去找你。不过知道有另一个活人住在这栋楼里感觉比较好。而且你是我朋友里面最有责任感的，其他人都差太多了。我喜欢有你做伴。另外……"他停下来，"答应我你不会生气。"

"老天，"他说，"我答应就是了。"

"威廉跟我说了你上回发生的事情，你知道，就是你去年想上楼，结果电梯坏了。没什么好难为情的，裘德。他只是担心你而已。我跟他说我本来就打算要问你，而他觉得你在这里可以住很久，永远住下去。这里的电梯从来不会坏。就算坏了，我就在楼下。我的意思是——当然啦，你可以买别的地方，不过我希望你考虑搬进来。”

那一刻他感觉到的不是生气，而是被暴露：不光是气理查德，也气威廉。他尽可能把自己的种种隐藏起来，不让威廉看到，不是因为不信任，而是不想让威廉把他当成一个不完整的人，需要照顾跟帮助。他希望威廉和其他所有人都认为他可靠又坚强，可以把自己的问题拿来找他帮忙解决，而不要总是让他向他们求助。他觉得很难为情，想着那些有关他的对话——威廉和安迪，威廉和哈罗德（他很确定出现的频率比他想的要多），而现在又有威廉和理查德——他也很难过威廉花那么多时间担心他，难过他对威廉来说就像亨明一样（如果亨明还活着的话）是个需要照顾、代他做决定的人。他眼前又浮现出自己成为老人的那个画面：有可能在威廉的预想中，他的未来也是这样，他们两人有同样的恐惧吗？在威廉心中，他的人生结局似乎是不可避免的，就跟他自己所想的一样？

然后他想到有次和威廉、菲莉帕的对话，菲莉帕正谈着等到有一天，她和威廉都老了，他们会接收她父母在南佛蒙特州的房子和果园。“我现在就可以预想到那个样子。”她说，“孩子们都搬回来跟我们住，因为他们在真实世界混不下去，而且他们会有六个孩子，都取了些破坏狂、胡萝卜或雌狐之类的怪名字。那些小鬼会光着身子跑来跑去，不去学校读书。威廉和我还得养他们，直到地老天荒。”

“那你们的小孩会做哪一行？”他问，即使玩游戏也还是很务实。

“奥伯伦做装置艺术，只用食品做；而米兰达弹奏纱线琴弦的齐特琴。”菲莉帕说，于是他微笑了，“他们会永远在读研究生，威廉得一直工作到非常老，最后我还得用轮椅推他到拍片现场……”她停下来，脸红了，稍微暂停了会又立刻继续，“……才能付他们的学费和生活费。我得放弃服装设计，开一家有机苹果泥公司，才能支付所有债务，同时维修我们的房子，那房子到处都被白蚁蛀蚀。我们会有一张充满刮痕的大木桌，大到我们十二个人都坐得下。”

“十三个人。”威廉忽然说。

“为什么？”

“因为——裘德也会跟我们一起住。”

“哦，是吗？”他轻声问，但是心里很开心，而且松了一口气，因为自己被纳入了威廉的老年规划中。

“当然了，你会住在访客小屋，每天早上破坏狂会送荞麦格子松饼给你，因为你太受不了我们，不肯加入我们的大餐桌。早餐过后，我会过去跟你一起混，好躲开欧布朗和米兰达，不然他们会要我对他们最近的工作成果发表睿智和表示支持的评论。”威廉朝他咧嘴笑，他也微笑以对。不过他看得出菲莉帕再也笑不出来了，只是瞪着桌子。然后她抬起头，他们的双眼对上半秒钟，她又赶紧别开视线。

之后没多久，他觉得菲莉帕对他的态度就改变了。除了他之外，其他人都看不出来——或许连她自己都不觉得——但他以前回到公寓，看到她在桌前画草图，两人会友好地聊聊天，他会喝着水看她画；但现在她只是朝他点个头说“威廉去买东西了”或“他很快就回来”，即使他根本没问（利斯本纳街的公寓向来欢迎她，无论威廉在不在），而他会逗留一下，直到她摆明了不想聊天，他才回自己的房间去工作。

他明白菲莉帕为什么会怨恨他：无论他们去哪里，威廉都会邀请他，什么事都会把他算在内，即使他们退休，即使在菲莉帕为他们的老年所编织的白日梦里。从此之后，他就会小心地推辞威廉的邀约，即使是一些非伴侣性质的聚会——如果他们要去马尔科姆家的派对，而他也受邀了，他会刻意自己去；到了感恩节，他一定会邀请菲莉帕一起来波士顿过节，不过最后她还是没出席。他甚至设法跟威廉讨论自己感觉到的，好提醒威廉注意她的感受。

“你不喜欢她吗？”威廉担心地问。

“你明知道我喜欢菲莉帕，”他回答，“但是我觉得——我觉得你应该更常跟她单独相处，威廉，只有你们两个。总是有我在旁边，她一定觉得很困扰。”

“她这么跟你说了？”

“没有，威廉，当然没有。我只是猜想。从我对女人的广泛经验，你知道。”

后来，威廉和菲莉帕分手时，他内疚得好像一切都该怪自己。但即使在此之前，他就很好奇威廉是否也明白，不会有任何一个认真的女朋友能容忍他在威廉的生活里无处不在；他很好奇威廉是不是该试着为他拟定别的计划，免得他最后还要住在他和他太太的小屋里，免得他成为威廉可悲的单身汉朋友，徒劳地提醒他过往的幼稚生活。我会孤单一个人，他断定。他不会毁掉威廉幸福的机会：他希望威廉有果园、白蚁蛀蚀的房子、孙子孙女和嫉妒他的太太。他希望威廉得到应得的和渴望的一切。他希望威廉的每一天都没有担忧、义务和责任，即使那些担忧、义务和责任是针对他的。

隔周，理查德的父亲（三年前，他在理查德的第一次个展上碰到过，是个高大、爱笑、和蔼可亲的人）把合约和那栋楼的工程报告寄给他。他找了当房地产律师的法学院同学帮忙看合约，自己也看了；工程报告则交给马尔科姆帮忙看。那层公寓的价钱让他差点吐出来，但他同学叫他一定要买：“这种价钱实在不可思议，裘德。你在那一带绝对、绝对、绝对找不到这么大又这么便宜的地方了。”

马尔科姆看过工程报告，又亲自去现场看过那个空间，也告诉他同样的结论：买下来。

于是他买了。尽管他和理查德家讲好一个轻松的十年付款期，免利息、租金抵房款，但他决心尽快付清。每两个星期，他就把半数的薪资支票拿去付公寓的房款，另一半才用于储蓄和日常开支。他在跟哈罗德的周末例行通话中说他搬家了（“感谢老天。”哈罗德当时说，他从来就没喜欢过利斯本纳街那栋公寓），但没提到自己买下了一层公寓，因为他不希望哈罗德觉得该资助他买房。他从利斯本纳街只带来了他的床垫、一盏灯、桌子、一张椅子，全摆在新家的角落。到了夜里，他有时工作到一半，会抬头看看，想着这个决定多么荒唐：他怎么有可能填满这么大的空间？这里怎么可能属于他？他想到多年前住在波士顿的赫里福德街，当时他只梦想能有自己的卧室，有扇可以关上的门。即使在华盛顿当沙利文法官的助理时，他都还只能跟某国会议员的立法助理合租只有一间卧室的公寓，他睡客厅，而且很少看到室友。所以利斯本纳街是他生平第一次有自己的房间，是真正的房间，有真正的窗户，完全属于他。但搬到格林街一年后，马尔科姆装好了隔间的墙壁，整个地方开始让他觉得舒适了一点。再过一年，威廉搬进来，感觉上就更舒适了。他见到理查德的机会比原来以为的少，因为两人都常常到外地出差或旅行，但在星期天晚上，他有时会下楼去理查德的工作室帮点小忙，用砂纸把小树枝磨得光滑，或者剪掉孔雀羽毛的中轴。理查德的工作室是他小时候会很喜欢的地方——到处是容器或大钵，装着令人惊叹的各种小东西：树枝、石头、干掉的甲虫、羽毛、颜色鲜艳的小鸟标本，还有用白色软木材制成的各种形状的积木——有时他真希望自己可以丢开工作，坐在地板上玩，因为他小时候总是忙着做各种杂务，没办法这样玩。

住满三年时他付清了房款，又立刻开始为装修存钱。花的时间比他原先预估的短，一部分原因是跟安迪之间发生的一些事。他有天去上城安迪的诊所复诊，安迪走进来，表情严肃，但又有种奇异的得意。

“怎么了？”他问，安迪沉默地把一篇从杂志上剪下的文章递给他。他读了。那是一份学术报告，主题是一种近年开发的半实验性激光手术，原先很有希望以无伤害性的方式去除蟹足肿疤痕，但现在证明会有中长期的不良反应：虽然可以去除蟹足肿，但病患会生出有如灼伤的破皮伤口，而且疤痕底下的皮肤会明显变得更脆弱、更容易裂开，造成水泡和感染。

“这个就是你想要做的，对吧？”安迪问他，但他只是坐在那里，手里拿着那份报告，说不出话来。“我了解你，小裘。而且我知道你去过那个庸医汤普森的诊所。别否认！他们打过电话来要你的病历，我没给。拜托别去做，裘德。我说真的。你最不需要的就是背部和腿上都有开放性伤口。”然后，看他什么都不说，“你说话啊。”

他摇摇头。安迪说得没错：他一直在为这个手术存钱。他每年的分红奖金和大部分存款，还有他多年前当菲利克斯的家教赚来的钱，都拿去付那间公寓的房款了，但近几个月，确定即将付掉最后一笔分期房款之后，他就开始为手术存钱了。他全都算好了：他会动手术，再存装修的钱。他想象着未来的样子——他手术后的背部光滑无痕，原先那些厚厚的、无法改变的、蠕虫般的疤痕会在几秒钟之内蒸发，而他在少年之家和费城待过的所有证据，也会随着疤痕消失，那几年的记录都会从他的身上抹去。他那么努力想要忘掉，每天都在努力，但无论怎么样，都有那些疤痕在提醒他，证明他假装没有发生过的事情，其实是确确实实发生过的。

“裘德，”安迪说，在诊疗台他旁边坐下，“我知道你很失望。我保证等到有安全又有效的治疗方法出现的时候，我会告诉你的。我知道那些疤痕很困扰你，我一直在帮你留意这方面的信息，但眼前实在什么办法都没有。如果让你去动这个手术，我会良心不安的。”他没说话，两人都静了下来，“裘德，我想我应该更常问你的——这些疤会痛吗？会不会不舒服呢？皮肤会不会觉得紧绷？”

他点点头。“听我说，裘德，”安迪暂停一下说，“我可以给你一些按摩药膏，对除疤会有帮助，但是你需要有个人每晚帮你按摩，否则不会有效。你愿意让谁帮你吗？威廉？理查德？”

“我没办法。”他说，低头看着他手上的那篇文章。

“好吧，”安迪说，“我还是会开处方给你，也会教你怎么用——别担心，我已经问过一位皮肤科医生，这个疗法不是我乱编出来的——但我不知道对你会多有效。”他滑下诊疗台，“你可以打开检查袍，转向墙壁吗？”

他照做了，感觉到安迪的双手放在他肩膀上，然后缓缓摸过他的背部。他以为安迪可能会像平常那样告诉他，“其实没那么糟糕，裘德”或是“你没有什么好难为情的”，但这回他没说，只是双手抚过他的背部，好像他的手掌本身就是激光，在他背部上方徘徊治愈着他，让那双手底下的皮肤逐渐变得健康无痕。最后安迪跟他说他可以把检查袍穿好，于是他穿好、转过身来。“裘德，我真的很抱歉。”安迪说，这回是安迪不敢看他。

看诊完毕，他把衣服换回去时，安迪问他：“要不要去吃点东西？”但他摇摇头：“我该回办公室了。”安迪没说话，但他要离开时，安迪叫住他，“裘德，”他说，“我真的很抱歉，我不想当非得摧毁你希望的那个人。”他点点头，心里知道安迪不喜欢，但在那一刻，他实在受不了跟安迪在一起，只想赶快离开。

总之，他提醒自己——他决心要变得更实际，不要再想着可以让自己好转——他不能动这个手术，就表示他现在有钱付给马尔科姆，可以开始装修公寓了。拥有公寓的这几年来，他亲眼见证了马尔科姆在工作上变得更大胆也更有想象力，所以马尔科姆一开始的设计图几经变动、修订和改进：从这些设计图中，连他都能看得出马尔科姆逐渐发展出一种审美上的自信，一种胸有成竹。他刚跳槽到罗普克不久，马尔科姆就从瑞司塔建筑师事务所辞职，跟以前的两个同事以及建筑研究所时认识的苏菲一起创办了“钟模”建筑师事务所；他们的第一个委托案是帮马尔科姆父母一个老友的备用小公寓装修。“钟模”接的案子大部分是住宅，不过去年他们第一个重要的公共委托案得奖了，是多哈的一座摄影博物馆，而马尔科姆就像威廉和他自己，越来越不常在纽约了。

“我想，绝对不要低估父母有钱的重要性。”某个混蛋有回在杰比的派对上酸溜溜地发牢骚，因为那人听说，在洛杉矶为二战时被囚禁的日裔美国人设立的纪念碑竞图比赛中，“钟模”得到了第二名。当时他和威廉还没来得及开口，杰比就开始吼那个混蛋。他和威廉隔着杰比的头相视微笑，因为他这么强烈地捍卫马尔科姆而觉得骄傲。

于是，根据格林街公寓每次新修订的蓝图，他看到走廊出现又消失，厨房变大又缩小，原先沿着没窗户的北墙排列的书架搬到有窗户的南墙边，然后又搬了回去。其中有一回的蓝图把所有墙壁全部取消了。“这里原先是仓库，没有隔间的，小裘，你应该要尊重原来的完整性。”马尔科姆跟他争辩，但他很坚持：他需要一间卧室，他需要一扇可以关起来锁上的门。另外一回，马尔科姆想把南边的窗户全部封起来，但这些窗子是他当初选择买六楼的原因，后来马尔科姆也承认那个主意很白痴。不过他乐于看马尔科姆工作，很感动这位好友花那么多时间（超过他自己花的时间），思考他日后会如何生活。而现在这一切就要成真了。现在他有足够的存款让马尔科姆充分发挥，就连他最古怪的设计幻想都可以满足。现在他有足够的钱去买马尔科姆建议购买的每一种家具、每一张地毯、每一个花瓶。

近日来，他常跟马尔科姆争辩他最新的设计。上回是三个月前，他们看草图时，他注意到主浴室里的一个元素他无法辨别。“那是什么？”他问马尔科姆。

“安全扶手。”马尔科姆说得很快，好像说得快就可以变得没那么重要，“小裘，我知道你会说什么，可是……”但他已经更仔细地看过蓝图，望着马尔科姆在浴室里做的小小注记，显示淋浴间和浴缸周围也加上了钢制安全扶手，还有厨房里，有些料理台的高度被降低了。

“但我现在根本没坐轮椅了。”他丧气地说。

“可是裘德……”马尔科姆开口，然后又停下。他知道马尔科姆想说什么：可是你以前坐过轮椅，以后也会重演的。但马尔科姆没这么说，而是说：“这些是美国残疾人法案的参考原则。”

“小马，”他说，因为自己动气而懊恼，“我明白。但我不希望这里变成那种残障公寓。”

“不会的，裘德。这里会是你的公寓。但是你不觉得，或许预防一下……”

“不，马尔科姆。拿掉这些东西。我说真的。”

“可你不觉得，为了实用性起见……”

“现在你倒是对实用性有兴趣了？你之前不是希望我住在这个5000 平方英尺[1]、没有墙壁隔间的空间里？”他停下来，“对不起，小马。”

“没关系，裘德。”马尔科姆说，“我了解。我真的了解。”

这会儿，马尔科姆站在他面前咧嘴笑着：“我有个东西要给你看。”他说，挥着手上那根卷成棒状的纸。

“马尔科姆，谢谢你，”他说，“但是我们晚一点再来看吧？”他之前已经跟西装裁缝师约好了时间，不希望迟到。

“很快的，”马尔科姆说，“我会留下来让你仔细看。”他在他旁边坐下，解释他修改、调整过的地方。“料理台回到原先的标准高度。”马尔科姆说，指着厨房，“淋浴区没有安全扶手，但我加了这个壁架，你可以用来当座位，以防万一。我发誓看起来会很棒。我也保留了马桶旁边的扶手——你还是考虑一下，好吗？我们最后才会装。如果你真的、真的很讨厌，我们可以拿掉，可是——可是，小裘，我还是要装上。”他很不情愿地点头。当时他并不知道，多年后，他会很感激马尔科姆为他的未来做好准备。即使当时他不想要，他仍会注意到他公寓里的通道比较宽，浴室和厨房特别大，轮椅可以利落顺畅地旋转；所有的门都很宽，而且尽可能用横向拉门取代转动式推门；主浴室水槽底下没有储藏柜；最高的衣橱杆只要按一个气动按钮就可以下降；而且马尔科姆赢了有关马桶周围安全扶手的那场争执。他会感觉到一种略带苦涩的惊讶，没想到他人生中又有另一个人预见到了他的未来（先是安迪、威廉、理查德，现在是马尔

1　约 464.52 平方米，1 平方英尺 ≈ 0.09 平方米，后不再注。

科姆），而且知道会有什么必然的结果。

接着他们去西装店，马尔科姆量身定做了一套海军蓝西装和一套深灰色西装。裁缝师富兰克林跟他打招呼，问他为什么两年没来了。“我很确定是我的错。”马尔科姆微笑着说。然后他们一起来到西装店附近一家客满的以色列餐厅吃中饭，喝着玫瑰柠檬水、吃着中东香料烤花椰菜。他心想，星期六能休息真好。马尔科姆对就要开始装修那间公寓感到很兴奋，他也很兴奋。“这个时机真是太完美了。”马尔科姆一直说，“我星期一就让办公室把所有的申请数据送去市政府，等许可下来，我多哈那边的工作也完成了，可以马上动工。施工期间，你可以搬去威廉那边。”马尔科姆才刚完成威廉公寓的装修工作，而且施工期间大都是他在监工，而不是威廉。到了施工末期，连油漆颜色都是他帮威廉决定的。他觉得马尔科姆的工作成果完美极了，他不介意接下来一年都住在那里。

吃过中饭后时间还早，于是他们在餐厅外的人行道上逗留。过去一星期都在下雨，但今天的天空是蓝色的，而且他觉得精神还很好，甚至有点坐立不安，便问马尔科姆要不要散步。他看得出来马尔科姆迟疑了，目光上下打量他，好像想确认他到底有没有办法走，但接着就微笑地答应了。他们两个人开始往西走，然后向北，朝格林威治村走去。他们经过马尔伯里街以前杰比住过的那栋楼房（杰比后来搬到更东边去了），同时沉默了一会儿，他知道两人都想起了杰比，很纳闷他现在怎么样了，同时知道但也不知道为什么他不肯回复他们和威廉的电话、短信和电子邮件。他们三个谈过几十次，还跟理查德、阿里和两个亨利·杨商量过该怎么办，但每回他们想找杰比，他都躲着他们，拒绝碰面，或是根本不理会。“我们也只能等到状况恶化了。”理查德有回说。他担心理查德的判断是对的。

有时候，杰比好像再也不是他们当初那位好友了，而他们什么也做不了，只能等到他碰上足够大的危机，大到只有他们能解决时，他才会再度空降到他们的生活里。

“好吧，马尔科姆，有件事我得问清楚。”他说。他们走在哈德逊街上，这一个路段周末时一片荒凉，人行道上没有行道树，路上也空荡荡的，没什么行人，“你到底要不要跟苏菲结婚？我们都很想知道。”

“老天，裘德，我真的不知道。”马尔科姆说，但听起来他像是松了一口气，好像一直等着有人问起这个问题。他举出潜在的缺点（婚姻太传统；感觉上过于永久；他其实对婚礼没兴趣，但担心苏菲想要举办；他父母一定会设法插手；接下来的人生要跟另一个建筑师共度害他沮丧；他和苏菲是“钟模”建筑师事务所的共同创办人，要是两个人之间出了什么状况，那事务所会怎么样？），还有优点，但听起来也像缺点（如果他不求婚，他觉得苏菲会离开他；他父母一直跟他啰唆个不停，他很想结婚好让他们闭嘴；他真的很爱苏菲，也知道他不可能找到比她更好的对象了；他现在 38 岁，觉得自己必须做个决定了）。他听着马尔科姆倾诉，忍着不要露出笑容。他一直很喜欢马尔科姆这一点，在纸上规划设计时可以这么果断，但在生活的其他部分中却又这么犹豫不决，而且这么毫不害羞地就讲出来。马尔科姆从来不会假装自己比实际上更酷、更有自信或更圆滑。随着年纪渐长，他越来越欣赏且佩服马尔科姆可爱的坦诚性格，以及对朋友和朋友意见的完全信赖。

“裘德，你觉得呢？”马尔科姆最后终于问，“我其实一直很想找你谈谈。我们要不要找个地方坐下来？你有时间吗？我知道威廉正在飞回来的途中。”

他可以更像马尔科姆一点，他心想，他可以向朋友寻求帮助，在朋友面前显露自己的脆弱。毕竟，他以前就显露出过脆弱的一面，只不过都不是自愿的。他们一直对他很好，从来不会让他难为情——这不该让他有所领悟吗？比方说，他可以问威廉能不能帮他按摩背部，如果威廉看了很反感，他以后再也不提就是了。而且安迪说得没错，他自己实在没办法擦那些按摩药膏，最后就没擦了，但是他也没把药膏丢掉。

他思索着自己可以怎么跟威廉谈这件事，却发现即使用想的，他才说出威廉，就再也说不下去了。于是那一刻，他知道自己终究没办法拜托威廉帮忙：不是因为我不信任你，而是我受不了让你看到真正的我。他想象自己跟威廉说，但这段对话永远不会发生。现在他想象自己是个老人，仍是孤单一人，在格林街上，在这些漫游中，他看到威廉在一处有浓密绿树环绕的房子里（纽约州东北部的阿第伦达克山脉，或是佛蒙特州的伯克希尔地区）过得很快乐，周围是爱他的人。或许一年有几次，他会进城来格林街看他，共度一个下午。在这些白日梦中，他总是坐着，所以他不确定自己是不是还能走路，但他知道自己很高兴看到威廉，而且每次碰面结束，他都可以告诉他不必担心，说他可以照顾自己，像祝祷般向威廉保证，同时很高兴自己够坚强，不会用他的需求、他的孤单、他的向往，去破坏威廉的田园牧歌生活。

但他提醒自己，那是很多年以后的事了。眼前是马尔科姆和他充满希望、期待的脸，等着听他的回答。

“他要到晚上才会回来。”他告诉马尔科姆，“我们有一整个下午，小马。你要谈多久，我都奉陪。”

3

上回杰比尝试停止嗑药（真正努力尝试），是7月4日国庆节的那个周末。其他人都不在纽约市。马尔科姆陪苏菲去德国汉堡拜访父母，裘德陪哈罗德和朱丽娅去丹麦哥本哈根，威廉正在土耳其的卡帕多西亚地区拍戏，理查德去了怀俄明州的一个艺术村，亚洲亨利·杨在冰岛的雷克雅未克。只有他留下来，要不是他这么坚定，他也会离开。他会去纽约州的比肯市，理查德在那有一栋房子，或者去长岛南岸的阔克村，埃兹拉在那有一栋房子，或者去纽约州的伍德斯托克，阿里在那有一栋房子，或者——算了，现在其他人不太会把房子借给他住了，何况他跟大部分人都不来往了，因为他们搞得他很烦。但他讨厌纽约的夏天。所有胖子都讨厌纽约的夏天：每样东西都黏在其他东西上，肉黏着肉，肉黏着布料，你从来不会真的觉得干爽。然而，他来到布鲁克林区肯辛顿一栋白色砖砌楼房三楼的工作室，打开前门的锁，不由自主地朝走廊尽头杰克逊的工作室瞥了一眼，这才进了门。

他没有药瘾。没错，他嗑药。没错，他嗑很多，但他没上瘾。其他人都上瘾了。杰克逊就是一个，还有赞恩，还有埃拉。马西摩和托佛也都上瘾了。有时他感觉他是唯一还没越界掉下去的人。

但是他知道很多人都以为他上瘾了。这就是为什么他该去乡下的时候却偏偏待在纽约：四天，不嗑药，只工作，这样就没有人敢再啰唆了。

今天星期五，是第一天。他工作室的冷气坏了，所以他进门的第一件事就是打开所有窗子，然后出去轻轻敲了一下杰克逊的门，确定他不在之后，把自己工作室的门也打开。平常他从不开门，既是因为杰克逊，也是因为噪音。他的工作室是这栋五层楼房三楼的十四个房间中的一个。这些房间本来只能当成工作室使用，但他猜想，整栋楼大概有百分之二十的人其实都在这里非法居住。他偶尔在早上10点前抵达工作室时，会看到有人穿着四角内裤在走廊上拖着脚步走动，而且去大厅尽头的洗手间时，有人会在那里的水槽擦澡、刮胡子或是刷牙。他会跟他们点个头，对方也会点头响应一下。然而悲惨的是，那整体的效果不像大学，而像监狱。这让他很沮丧。杰比大可在别处找到更好、更有隐私的工作室，但他选中这里，是因为（他都不好意思承认）这栋楼看起来像宿舍，而他希望它能给他重回大学时代的感觉。但结果并没有。

这栋楼房同时应该属于“低噪音密度”（管他是什么意思）的区域，但除了艺术家之外，还有很多乐团也租了这里的工作室，包括很烂的鞭击金属乐团、很烂的民谣乐团、很烂的不插电乐团。所有的乐器声混合成一种吉他试音时的噪音所发出的漫长哀鸣。那些乐团不该在这里的。所以每隔几个月，屋主陈先生过来突击检查时，他就会听到走廊里回荡着叫喊声，连关着门都听得到。每个人奔走相告，直到五层楼全充满了“陈！”“陈！”“陈！”的警告，所以等到陈先生走进楼下大门时，整栋楼一片寂静，不自然得让他想象可以听到隔壁邻居的刀摩擦着磨刀石的声音，还有另一边邻居的万花尺在画布上刮出轻轻的刮擦声。然后陈先生会回到他的车上，离开，于是相应的呼喊声此起彼落，“解除！”“解除！”“解除！”不和谐的乐器噪音再度响起，像聒噪的蝉鸣。

一旦他确定这层楼只有他一个人（老天，大家都跑哪里去了，地球上真的只剩下他了吗？），他就脱掉衬衫，过了一会儿，又脱掉长裤，开始收拾好几个月没打扫的工作室。他一趟又一趟地走到货运电梯旁的垃圾桶，在里头塞满披萨盒、空啤酒罐、乱涂画过的碎纸张、笔毛因没清洗而硬得像干草的画笔，还有荒废已久、颜料硬得像黏土的水彩调色盘。

打扫很无聊，清醒时打扫尤其无聊。于是就像他有时会做的那样，他认真想着吸冰毒时那些应该发生在他身上，但结果全没发生的美好事情。他认识的其他人吸了冰毒后都消瘦了，他们不停地跟陌生人性交，或者连续打扫、整理公寓，或者在工作室干上好几个小时。但他还是很胖，他的性交欲望消失了，他的工作室和公寓还是一塌糊涂。没错，因为他总是一口气工作很久（每次十二三小时），但不是因为冰毒的关系，而是因为他工作向来努力。只要是绘画或素描，他总是可以保持长时间的专注。

收拾了约一个小时后，工作室看起来还是跟他刚进门时没两样。他好想抽根烟，但是他没烟，或是喝点酒，但是他没酒，也不该有，现在只是中午而已。他知道牛仔裤口袋里有一颗口香糖球，于是翻找出因为天热而变得有点潮湿的口香糖，塞进嘴里，躺在那咀嚼着，闭上双眼。他背部和大腿底下的水泥地凉凉的，他假装自己在别的地方，而不是在布鲁克林三十二摄氏度的七月天。

我现在觉得怎么样？他问自己。

还好，他回答自己。

他开始看的那个心理咨询师曾要他这样问自己。“就像是音响的试音。”他曾说，“只是检查自己的方式：我现在觉得怎么样？我想嗑药吗？如果我想，那是为什么？你可以用这个方式跟自己沟通，分析一下你的冲动，而不是投降算了。”真够智障的，杰比当时心想。他现在还是这么想。然而就像很多智障的事情一样，他没法把这问题从记忆中抹去。现在，偶尔碰到一些讨厌的时刻，他会不自觉地问自己感觉怎么样。有时答案是：“觉得想嗑药。”于是他就嗑了，即使只为了向那个心理咨询师证明他的方法有多智障。看到没？他在心里跟他的心理咨询师贾尔思说。贾尔思还不是医学博士呢，只是社工硕士。你的自我检验理论就这么点用。接下来呢，贾尔思你还有什么招数？

去看贾尔思不是杰比自愿的。六个月前，1 月的时候，他母亲和阿姨们对他采取了小型的干预行动，一开始是他母亲说起杰比以前是个多开朗又早熟的孩子，结果看看他现在变成什么样。然后，他的亲阿姨克丽丝汀名副其实地扮演起了坏警察，朝他大吼说他如何浪费了她姐姐给他提供的所有机会，还有他怎么变成一个超级讨厌鬼，接着三人中向来最温和的席薇亚阿姨提醒他，说他这么有才华，她们都希望他回头，而且他不考虑去治疗吗？他当时没有接受干预的心情，即便是这么温和又令人舒适的干预（他母亲还做了他最喜欢的奶酪蛋糕，大家边吃边讨论他的缺点），因为除了其他事情之外，他还在生她们的气。前一个月，他外婆过世了，他母亲花了一整天打电话给他。她宣称找不到他是因为他不接电话。但他知道外婆过世的那一天他没嗑药，他的手机也一整天开着，所以他不确定母亲为什么要撒谎。

“杰比，外婆要是知道你变成这样，一定会伤心死。”他母亲这么告诉他。

“老天，妈，滚蛋啦。”他厌倦地说，受不了她这样哭得全身打战，结果克丽丝汀冲过来甩了他一巴掌。

之后，他就同意去看贾尔思（是席薇亚一个朋友的朋友），算是跟克丽丝汀和他母亲道歉。不幸的是，贾尔思真是个白痴，而且每次去做心理咨询（由他母亲出钱，他才不要把钱浪费在心理咨询上头，尤其是烂的咨询），他就要回答贾尔思各式各样了无新意的问题，而且知道自己的答案一定会让他很兴奋——杰比，为什么你觉得自己这么受药物吸引？你觉得药物给了你什么？你觉得为什么过去短短几年你嗑药嗑得这么凶？你觉得你为什么不像以前那样常跟马尔科姆、裘德和威廉谈话？他会故意提到死去的父亲，提到父亲缺席引发了巨大的空虚感和失落感，谈到艺术圈的肤浅，谈到他担心自己永远无法出人头地的恐惧，然后看着贾尔思在笔记本上狂写。他既瞧不起贾尔思的愚蠢，也觉得自己的幼稚令人作呕。恶搞心理咨询师（即使是个活该被恶搞的咨询师）这种事，是你 19 岁的时候才会干的，不是 39 岁。

尽管贾尔思是白痴，但杰比发现自己真的会思考他问的那些问题，因为那些问题他也问过自己。尽管贾尔思提出的每个问题像是各自独立的，但他知道其实每个问题都跟上一个有关。如果有可能在文法上和语言学上把所有问题融合成一个大问题，就能真正表明他为什么会是现在这个样子。

关于第一个问题，他会跟贾尔思说，他一开始没那么喜欢嗑药。这种话听起来好像很显而易见，甚至很傻气，但事实上，杰比知道很多人（大都很有钱，白人，觉得生活无聊，不受父母疼爱）一开始会嗑药，就是因为他们以为药物能让自己变得更有趣、更令人畏惧、更引人注意，或只是因为药物能让时间过得更快。比如，他的朋友杰克逊就是这种人，但他不是。当然，他向来会嗑药，每个人都会，但在大学时代、二十来岁时，药物之于他就跟甜点一样（他也很喜欢甜点），是他小时候不被允许接触的一种消耗品，但现在他可以任意取用了。嗑药就像晚餐后吃谷物片泡牛奶一样，虽然喉咙会甜得发干，但仍可以像喝甘蔗汁一样把碗里剩下的牛奶啜饮而尽，这是身为成人的特权，也是他打算好好享受的。

问题二和问题三：药物什么时候变得这么重要？为什么？他也知道答案。那时他 32 岁，开了第一次个展。展览后发生了两件事：第一件是他真的变成明星了，不但艺术媒体上有写他的文章，连一般的非艺术读者看的杂志和报纸也有关于他的报道。第二件就是他跟裘德和威廉的友谊毁了。

或许“毁”这个字眼太强烈了，但总之是变了。他承认自己做了很不好的事，威廉站到了裘德那一边（关于这一点，他为什么要觉得惊讶？回顾他们的友谊，事实早就一再证明：威廉总是一次又一次地站在裘德那一边）。就算后来他们都说原谅他，但他们的关系起了根本的改变。裘德和威廉两个人自成一组，联合起来对抗其他人，甚至对抗他（为什么他以前都没看出来）：我们两人同心协力。然而，他一直以为他和威廉才是一组。

好吧，结果不是。那他还能跟谁一组呢？不会是马尔科姆，因为马尔科姆后来开始跟苏菲交往，他们自成一组了。那么谁是他的伙伴？谁会跟他一组？没有人，看起来往往就是这样。他们抛弃了他。

然后，随着每一年过去，他们就把他抛得更远。他一直知道自己会是四个人之中最先成功的。这不是狂妄，他就是知道。他工作比马尔科姆努力，也比威廉更有野心（在这个竞赛中，他没把裘德算在内，因为裘德的专业自有一套完全不同的衡量标准，而那套标准他并不关心）。他早就准备好成为富有的那个，或是成名的那个，或是受尊敬的那个，而且他知道，即使当他梦想着自己变得富有、知名、受尊重时，他依然会是他们三个人的朋友，他永远不会为了其他人而抛弃他们，无论诱惑有多么大。他爱他们；他们是他的。

但他没想到是他们抛弃了他，没想到他们因为自己的成就而把他丢在后头。马尔科姆自己创业。裘德在工作上也非常厉害，有回还当了他的代表律师。前一个春天，他和某收藏家之间发生了愚蠢的争执，他想告对方，好讨回一件早期的画作。当初那收藏家承诺他随时可以买回去，结果却食言了。收藏家的律师听到杰比叫他联络自己的律师裘德·圣弗朗西斯时，抬起了眉毛。“圣弗朗西斯？”对方律师问，“你怎么请得到他？”他后来跟黑亨利·杨讲起这件事，但黑亨利·杨并不惊讶。“啊，没错，”他说，“裘德是出了名的冰冷无情，而且残酷。他会帮你把画讨回来的，杰比，别担心。”他很吃惊：他的裘德？大二之前根本没法抬头看着你眼睛的裘德？残酷？他实在无法想象。“我知道，杰比，”黑亨利·杨听了他表达自己的难以置信之后说，“不过他工作时就变了一个人。我有回在法庭上看到他，他简直令人害怕，无情得不得了。要不是之前就认识他，我会以为他是个超级大混蛋。”结果黑亨利·杨说得没错，他拿回了那幅画，不仅如此，还收到了那个收藏家的一封道歉信。

当然，还有威廉。他心底糟糕的、小气的那个部分必须承认，他从来、从来没想到威廉会这么成功。他也不是不希望他成功，只不过从来没想到会真的发生。缺乏好胜心的威廉、从容不迫的威廉，大学时代还曾放弃主演《怒回首》的机会，好回家照顾生病的哥哥。一方面他懂，但另一方面他也不懂——他哥哥当时又没病危，就连威廉的母亲也叫他不要回去。以前，他的朋友需要他的活泼和兴奋，但现在不再是如此了。他不喜欢把自己想成一个希望朋友受他控制的人，但或许他就是这样。

关于成功，有一点他以前一直不明白，那就是成功会让人变得无趣。失败也会让人无趣，但无趣的方式不同。失败的人会不断努力追求一件事：成功。但成功的人也只会努力维持他们的成功。跑步和原地跑步是不一样的。尽管跑步无论如何都很无聊，但至少是在移动，会经过不同的风景，看到不同的景象。同样的，裘德和威廉似乎拥有一些他没有的东西，能让他们远离成功所带来的那种令人窒息的倦怠，远离那种单调乏味：你一觉醒来明白自己成功了，但接着你每天都要继续做那些让你成功的事情，因为一旦你停下来，你就再也不是成功人士，而是失败人士了。他有时觉得他和马尔科姆真正与裘德和威廉的差异，不是他们的种族或财富，而是裘德和威廉所拥有的无穷的感知惊奇的能力；比起他来，他们的童年过得太可怜、太无趣了，成年后他们似乎长年处于一种眼花缭乱的状态中。他们毕业后的那年 6 月，欧文夫妇买机票送他们四个去巴黎玩，原来他们家在巴黎第七区有一间公寓。“很小的公寓。”马尔科姆当时忙着澄清。他初中时跟母亲去过巴黎，高中又跟同学去过，大二升大三的暑假也去了。不过直到他看到裘德和威廉的脸，他才强烈地体会到这个城市的美，和它充满希望的魔力。他羡慕他们依然拥有这种被惊呆的能力（不过他也明白，至少对裘德而言，那是经历了漫长而苛刻的童年所得到的回报），羡慕他们一直相信在成年后的人生中会持续地体验到种种惊奇，相信最神奇的岁月还在前面等着他们。他也记得他们第一次吃海胆，他们那种反应让他在不耐烦之余又羡慕得要命（好像他们是海伦·凯勒，才刚明白手上那一摊冰凉的玩意儿有个名字，而他们竟然有幸认识）。身为成人还能发现这个世界的种种愉悦，会是什么样的感觉啊？

他有时觉得，这就是为什么他这么喜欢嗑药的原因。不像很多人以为的，是因为药物可以让你逃避日常生活，而是药物让日常生活似乎不那么日常了。嗑了药之后，在短暂的一段时间内（每个星期渐渐缩短），整个世界会变得美妙而未知。

但其他时候他会很纳闷：到底是这个世界失去了色彩，还是他的朋友失去了色彩？从什么时候开始，每个人都变得这么相似？他常常觉得，上回人们这么有趣是在大学时代、研究生时代，然后他们就缓慢但不可避免地变得跟其他人一样了。就拿“背脂”乐团那三个女同志来说吧，在学校的时候，她们三个曾光着上身，晃着肥大又肉感的胸脯一路走到查尔斯河，抗议政府削减了对“计划生育联盟”的补助（没人确定裸身跟这个抗议有什么关系，但管他的）；她们曾在虎德馆地下室演唱了很棒的歌曲，还曾在宿舍外头的方院点火烧掉了某个反女权主义的州参议员的画像。但现在弗朗西斯卡和马尔塔在谈论要生小孩，还从布什维克的工业风公寓搬到波伦丘的褐石公寓。而伊迪这回是真的、真的自己创业了。去年，他建议她们办个重新合体的纪念演唱会，她们全部大笑，但他并没有开玩笑的意思。这种执着的怀旧让他沮丧，感觉自己老了。然而，他忍不住觉得，最光辉灿烂、一切都是荧光色的年代已经过去了。以前每个人都有趣多了。到底发生了什么事？

老了，他猜想。随之而来的，就是工作、金钱、子女。预防死亡的事物，确保人生有意义的事物，提供抚慰、背景与内容的事物。大家就这样被生物学和传统习俗支配着往前走，就连最心怀不敬的人都无法抵抗。

但那是他的同伴。他真正想知道的是他的朋友们怎么会变得这么传统，而且为什么他没有更早留意到。当然了，马尔科姆一直很传统，但不知怎的，他对威廉和裘德的期望更高。他知道这听起来有多可怕（所以他从没说出口），但他常想自己是因为快乐的童年而遭殃的。如果他童年有过什么真正有趣的遭遇呢？唯一发生在他身上有趣的事情，就是读了一所大部分是白人的预备学校，但根本不有趣。感谢老天他不是作家，不然他就没有东西可以写了。像裘德，成长的过程不像其他人，看起来也不像其他人，然而杰比知道，裘德一直努力让自己看起来跟其他人没有两样。如果可以交换，他当然很愿意拥有威廉的容貌；他愿意杀掉某个可爱的小动物，以换取裘德的外形——那种神秘的跛行（其实比较像滑行），还有他的脸和身体。但裘德大部分时间都设法挺直身子并低着头，好像这么一来，就不会有人注意到他的存在。这样真的很可惜，在大学时代还可以理解，当时的裘德像个小孩，瘦巴巴的，光是看着他都会让杰比觉得关节发疼。但现在，裘德已经长大成人，杰比看他还那样就会很生气，尤其是裘德的难为情往往跟他自己的计划相冲突。

“你这辈子想永远当个一般、无聊、典型的人吗？”他有回问裘德。（这是在他们第二度大吵期间，当时他想说服裘德让他画裸像，但在开口前就明白自己完全没有胜算。）

“是的，杰比。”裘德当时回答他，用那种偶尔刻意表现出来的空荡、平静的眼神看他，令人生畏，甚至有点可怕，“其实那恰恰就是我想要的。”

有时他怀疑裘德这辈子唯一想要的，就是在剑桥市跟哈罗德、朱丽娅一起玩扮家家酒。比如去年，杰比的一个收藏家邀请他参加巡航之旅，那位收藏家非常有钱，而且是重要的艺术赞助人，有艘游艇定期往返于希腊诸岛间，船上还有博物馆级的现代艺术大师作品，虽然都放在船上的洗手间里。

马尔科姆当时在多哈或哪里忙他的案子，但威廉和裘德在纽约，于是他打电话给裘德，问他要不要一起去：全部由那个收藏家出钱，他会派私人飞机来接他们，然后一起在游艇上过五天。他不知道自己为什么还要打电话问，其实发条短信给他们就行了：跟我在泰特伯洛机场碰面，要带防晒油。

但是，他问了。裘德谢谢他，接着说：“可是那是感恩节。”

“所以呢？”他问。

“杰比，很谢谢你邀请我，”裘德说，他不敢置信地听着，“听起来好像很棒，但是我得去哈罗德和朱丽娅家。”

他完全目瞪口呆。当然，他也很喜欢哈罗德和朱丽娅，而且跟其他人一样，他看得出来他们对裘德多么有益，让裘德变得没那么依赖他们的友谊，但是拜托！那是波士顿，他随时都可以去看他们。但是裘德说不，没得商量。（然后，当然，因为裘德说不，于是威廉也说不。到最后，他只好跟着他们两个和马尔科姆去了波士顿，看着晚餐桌上的场景生闷气——替身父母，替身父母的朋友，一大堆平庸的食物，自由派争执着民主党的政治，为了一些他们全都同意的议题而大声叫嚷。这一切真是老套平凡得让他想尖叫，不过对裘德和威廉却有种异乎寻常的魅力。)

所以哪个先发生：是先跟杰克逊走得近，还是先领悟到他的好友们有多么无趣？他是在第二次个展开幕时认识杰克逊的，也就是他举办第一次个展将近五年后。那次个展的标题是“我认识的每个人、我爱过的每个人、我恨过的每个人、我上过的每个人”，而且展览内容就是如此：一百五十幅 15 英寸乘 22 英寸的画作，上面是一张张画在薄纸板上的脸，都是他认识的人。激发这个系列的灵感，是他在裘德被收养那天送给哈罗德和朱丽娅的一幅裘德画像。(老天，他好爱那幅画。他真该自己留着的。或者应该用另一幅比较不那么出色的去交换：反正只要是画裘德，哈罗德和朱丽娅都会很高兴。上回他去剑桥市的时候，还认真考虑要偷走那幅画，趁离开前从门厅的挂钩上拿下来，塞进他的大旅行袋里。) 再一次，“我认识的每个人”个展很成功，虽然那个系列并不是他真正想做的；他真正想做的，是他手头正在进行的系列。

杰克逊也是那个画廊代理的艺术家。杰比知道这个人，但是之前从没见过，在开幕后的例行晚宴上经人介绍认识后，他很惊讶自己那么喜欢他，也惊讶他居然这么有趣。杰克逊不是平常会吸引他的那一型。首先，他非常、非常讨厌杰克逊的作品，他做的是现成物雕塑，但都使用了最愚蠢又明显的那类现成物，比如，把芭比娃娃的两条腿粘在一个鲔鱼罐头的底部。啊老天，他第一次在画廊网站上看到那件作品时心想，他跟我是同一间画廊代理的？他甚至不觉得那是艺术，而是挑衅，不过只有高中生——不，初中生——才会认为那是挑衅。杰克逊认为自己的作品有金霍尔兹(Edward Kienholz)的特征，让杰比觉得被冒犯了，而且他根本不喜欢金霍兹。

第二，杰克逊很有钱，有钱到他这辈子没有上过一天班。有钱到他的画廊经理会同意代理他（每个人都是这样说，老天，他希望这是真的）是为了给杰克逊父亲一个人情。有钱到他的展览作品全部卖光光，谣传是因为他的母亲（某种飞机基本机械零件的生产商，她在杰克逊很小的时候就和他父亲离婚了，嫁给了一个投资心脏移植手术所需的某种基本小装置的商人）买下了所有作品，然后送去拍卖，把价钱顶高后再买回来，好抬高杰克逊的成交价纪录。跟他所认识的其他有钱人（包括马尔科姆、理查德、埃兹拉）不同，杰克逊很少假装自己不是有钱人。每次杰比发现其他的有钱朋友假装节省，就觉得这些人很烦；但有回凌晨 3 点他们嗑多了药咯咯傻笑，又饿得半死，跑去杂货店买两条巧克力棒，他看到杰克逊拿出一张百元大钞拍在桌面，跟店员说不用找了，这让他当场清醒过来。杰克逊对钱的漫不经心有种令人厌恶的特质，提醒杰比：尽管他不这么认为，但其实他自己也很无趣、很传统，而且是他母亲的乖儿子。

第三点，杰克逊甚至长得不好看。他猜想他是异性恋者，无论如何，他身边总是围绕着年轻女人，杰克逊对待她们的态度很轻蔑，但那些皮肤光滑、表情空虚的女人还是老缠着他，像甩不掉的线头似的。他是杰比见过最不性感的人了。杰克逊的头发是浅黄色，几近纯白的，一脸痘疤，牙齿看起来显然很昂贵，但已经转为脏灰色，牙缝间结了一道道奶油黄的牙结石，让杰比看了就恶心。

他的朋友很讨厌杰克逊，但显然后来杰克逊和他那帮朋友会继续待在他的生活里，他们都设法跟他谈杰克逊——比如埃拉那样的寂寞富家女、马西摩之流的半吊子艺术家，还有像赞恩那样自称是艺术作家的人，其中许多都是杰克逊被纽约的每一家私立学校（包括杰比读的那所）踢出来后，最后才去读的那家烂学校的同学。

“你总是抱怨埃兹拉是冒牌艺术家，”威廉曾说，“可是杰克逊除了是个彻头彻尾的混蛋之外，到底跟埃兹拉有什么不同？”

杰克逊的确是混蛋，跟他在一起，杰比也成了混蛋。几个月前，他第四次或第五次决定停止嗑药，某天他打电话给裘德。当时是下午 5 点，他才刚醒来，就感觉糟糕透顶，觉得自己不可思议地苍老又疲倦，整个人完蛋了——他的皮肤黏糊糊的，牙齿上像长满了舌苔，眼睛干涩得像木头。他生平第一次想死，觉得不必再没完没了地拖拉下去。我一定要做些改变，他告诉自己，不能再跟杰克逊鬼混了，我得停止，一切都得停止。他想念他的好友，他想念他们那么纯真、那么干净，他想念跟他们在一起时从来不必勉强自己。

于是他打电话给裘德（那是当然，因为威廉他妈的不在纽约，马尔科姆又说不定会吓得慌了手脚），拜托他、哀求他下班后过来。他告诉他剩下的冰毒收在哪里（就在他床铺右侧下方那块松掉的木板底下），还有他的大麻烟斗，要他扔进马桶里冲掉，全部扔光光。

“杰比，”裘德说，“听我说。你去克林顿街的那家小餐馆，好吗？带着你的素描本。去吃点东西。我会尽快赶过去，等我这个会一开完就动身。等我弄好了，会发短信给你，你就可以回家了，好吗？”

“好。”他说。于是他站起来，冲澡冲了很久，几乎没刷洗自己，只是站在莲蓬头下面冲水。接着他完全遵照裘德的指示做：他拿了素描本和铅笔，去那家小餐馆，点了一个鸡肉三明治，又喝了咖啡。等待着。

等到一半，他看到一个身影经过，一头肮脏的头发和精巧的下巴，是杰克逊。他看着他走过去，那种得意、富家公子的轻快步伐，还有那愉快的隐隐微笑，让杰比很想打他，不带感情地，仿佛杰克逊只是他在街上看到的一个丑八怪，而不是他几乎每天见到的人。然而，就在即将走出视线时，杰克逊转头看着窗内，直直看着他，露出那个丑陋的微笑，随即转身回来，走进那家小餐馆，仿佛他一直知道杰比在那里，仿佛他这回突然出现只是要提醒杰比：杰比现在属于他，别想逃出他的手掌心，而且他要杰比做什么，杰比就得随时乖乖去做，他的人生再也不会是他自己的了。认识至今头一次，他害怕杰克逊，而且恐慌起来。发生了什么事？他纳闷。他是让·巴蒂斯特·马里昂，向来都是由他做计划，别人乖乖地服从他，而不是反过来。他忽然明白，杰克逊永远不会放过他，而他很害怕。现在他得听从别人的，被别人控制了。他怎么有办法不被控制？他要怎么找回原来的自己？

“嗨。”杰克逊说，看到他一点都不惊讶，好像杰比是他用念力变出来的。

他能说什么？“嗨。”他说。

然后他的手机响了：裘德发短信跟他说现在安全了，他可以回来了。“我得走了。”他说。站起来往外走时，杰克逊跟着他。

他来到公寓前，看到裘德发现杰克逊就站在他旁边，表情瞬间变了。“杰比，”他冷静地说，“很高兴看到你。你准备要走了吗？”

“走去哪里？”他愚蠢地问。

“去我那里。”裘德说，“你说过要帮我搬那个我够不到的箱子？”

但他太困惑了，脑袋还是一团混乱，因而没听懂：“什么箱子？”

“就是放在橱架上的箱子，我够不到的那个。”裘德说，还是不理杰克逊，“我需要你帮忙，要我自己爬梯子上去搬实在太困难了。”

那时他就该听懂的，裘德从来不会提到自己无法做什么。他是在为他提供一条出路，而他蠢得看不出来。

但是杰克逊看出来了，“我想你的朋友是要你离开我。”他嬉皮笑脸地告诉杰比。即使他明明见过他们，但他向来都这么称呼他们：你的朋友，杰比的朋友。

裘德看着他，“你说得没错。”他说，还是用那种冷静、平稳的声音，“我的确这么打算。”然后又转头看着他，“杰比，你不想跟我走吗？”

啊，他想。但在那一刻，他做不到。他不懂为什么，永远不懂，但他就是做不到。他毫无力气，虚弱到连装都装不出来。“我没办法。”他低声跟裘德说。

“杰比，”裘德说，抓住他一只手臂，把他拖向人行道边缘，杰克逊带着一脸嘲弄的愚蠢笑容站在那里看，“跟我走吧，你不必待在这里。跟我走，杰比。”

谁知他开始哭，不是很大声，也不是哭个不停，但就是哭了。“杰比，”裘德又说了一次，声音很低，“跟我走吧，你不必回那里去。”

但是，“我做不到，”他听到自己说，“我做不到。我想上楼。我想回家。”

“那我跟你一起进去。”

“不，不要，裘德。我想一个人静一静。谢谢你，你回去吧。”

“杰比。”裘德又继续说，但他转身跑开，把钥匙插入前门，跑上楼去，知道裘德没办法追上来，而杰克逊则紧跟在他后头，发出刻薄的大笑声，同时裘德的喊声“杰比！杰比！”也一路跟着他，直到他进了自己的公寓（裘德先前进去时帮他打扫过了：水槽是空的；盘子堆在沥水架上晾），再也听不见。裘德打电话给他，他就关掉手机；裘德一直按门铃，他就关掉前门对讲机的声音。

然后杰克逊把他带来的可卡因切碎，排成一行行的，接着他们两个用鼻子吸了。那一夜变成之前几百个同样的夜晚：同样的节奏，同样的绝望，同样地体会到了那种暂时停止的糟糕感觉。

“你的朋友，他很漂亮，”那一晚稍迟些，他听到杰克逊说，“但是可惜啊……”这时杰克逊站起来模仿裘德走路，那种东倒西歪的奇怪步伐根本一点都不像，他还故意像个白痴似的半张着嘴，双手在身前上下晃动。他整个人嗑药嗑得茫然了，没办法抗议，茫然得什么都没说，只能眨着眼睛看杰克逊在房间里跳来跳去，试着想讲话捍卫裘德，双眼却被泪水刺痛。

次日他醒来时已经很晚了，发现自己趴在厨房旁的地上。他绕过睡在书架一旁地上的杰克逊，走进自己的房间，看到裘德帮他铺好的床，又想哭了。他小心翼翼地掀起床边右侧的那块木板，伸手进去摸：里面什么都没有。于是他躺在床上，抓着被子的一角把自己完全盖住，把整个头也盖起来，就像他小时候那样。

试着睡觉时，他逼自己思考为什么会跟杰克逊混在一起。其实他不是不知道为什么，只是羞愧得不愿意去想。他开始跟杰克逊来往，是为了证明他不必靠自己的朋友，证明他没被自己的生活困住，证明他可以也会自己做决定，即使这些决定很糟糕。到了他这个年纪，往后大概不会再认识什么新朋友了，朋友的朋友该认识的也认识了，生活圈子变得越来越小。杰克逊愚蠢、乳臭未干又残忍，根本不该是他瞧得上的那种人，也根本不值得花时间结交。这个他知道。这就是为什么他坚持跟杰克逊来往：为了让他的朋友惊愕、失望，为了让他们看看，他才不会被他们的期望束缚住。这样真的很愚蠢、很愚蠢、很愚蠢，也太傲慢了，而且他是唯一因此受苦的人。

“你不可能真的喜欢这家伙。”威廉有回跟他说。他完全了解威廉是什么意思，但他还是假装没听懂，只为了唱反调。

"为什么不行，威廉？"他问，"他很搞笑啊。他真的想做点事情，我需要的时候他真的就在我身边。为什么不行，啊？"

药物或毒品也是一样。嗑药不是厉害的表现，也不酷，而且不会让他更有趣。现在这个年头，如果你是认真创作的人，你就不会嗑药。放纵的观念已经消失了，那是垮掉的一代、抽象表现主义、欧普艺术和波普艺术时代流行过的。现在这个年头，或许你会抽点大麻。或许每隔一阵子，如果你感觉非常糟糕，你可能会吸一条可卡因，但顶多就是这样。这是纪律的时代、剥夺的时代，不是灵感的时代，而且无论如何，灵感也不等于嗑药。他认识且尊敬的艺术家——理查德、阿里、亚裔亨利·杨，都没人嗑药：无药物、无糖、无咖啡因、无盐、无肉、无麸质、无尼古丁。他们是苦行艺术家。在比较叛逆的时刻，他会尝试欺骗自己，假装嗑药过时、老套到某个地步后，又变成了很酷的一件事。但他知道其实并非如此，就如同他知道自己并不真心喜爱杰克逊家有时会举行的性爱派对一样。在威廉斯堡那间充满回音的公寓里，一群群皮肤柔软的人在里头移动，盲目地摸索着彼此。有回他在这样的派对上碰到一个男孩，太过纤瘦、年轻又没有胡子，完全不是杰比的菜，那男孩要杰比看他从自己身上割出的一道伤口吸出血来，他听了很想大笑。但他没笑，而是看着那男孩在自己的二头肌上划了一刀，然后扭着脖子舔那些血，像只小猫在舔自己，他忽然觉得心头涌起一股悲伤。"啊，杰比，我只是想要一个体贴的白人小伙子。"他的前男友、现在的朋友托比有回跟他哀叹，此时他想起来，微微一笑。他也是。他想要的只是一个体贴的白人小伙子，不是这个长得像蝾螈的可悲生物，苍白到简直像是透明的，舔着自己身上的血。那绝对是全世界最不性感的姿势了。

但在所有他能回答的问题中，有一个他却回答不了：他要怎么脱身？他要怎么停下来？他人在这里，名副其实地被困在他的工作室中，名副其实地偷窥着走廊，好确定杰克逊没有过来。他要怎么逃离杰克逊？他要怎么找回以往的人生？

他请裘德来帮他处理掉存货的次日晚上，才终于给裘德回电。裘德要他过去，他拒绝了，于是裘德就来他家。他坐在那里瞪着墙壁，裘德帮他做晚餐，煮虾仁意大利炖饭，做好了装在盘子里递给他，然后靠在料理台上看着他吃。

“可以再给我一盘吗？”他吃完第一盘后问，裘德又给了他。他原先不知道自己有多饿，握着汤匙的手都在发抖。他想到了母亲家的周日晚餐，自从外婆死后，他就再也没去了。

“你要训我一顿吗？”他最后终于问了，但裘德只是摇摇头。

他吃完后，坐在沙发上看关成静音的电视，其实根本没看进去，只觉得那闪光和模糊的影像很舒服。裘德则在厨房洗盘子，洗完就在他旁边的沙发坐下，忙着弄一份案情摘要。

电视上是威廉演的一部电影——他在里头演一个爱尔兰小镇的骗子，左边的脸颊上疤痕交错——他停在那个频道，没看剧情，只看着威廉的脸，看着他的嘴巴无声动着。“我想念威廉。”他说，随即才发现自己讲这话有多么不知感激，但裘德放下笔看着屏幕。“我也想念他。”裘德说。两个人就瞪着屏幕上的朋友，他离他们好远。

“别走，”他快睡着时对裘德说，“别离开我。”

“我不会离开的。”裘德说。他知道裘德会留下来。

次日早晨他很早醒来，发现自己还在沙发上，电视已经关掉了，身上盖着羽绒被。而裘德蜷缩在组合沙发另一头的椅垫上，还在睡。他心底有一部分总觉得裘德很过分，因为他不肯向他们透露自己的事情，总是遮遮掩掩又神神秘秘，但那一刻，他对他只有感激和欣赏，于是他坐在旁边的椅子上，审视那张他很爱画的脸，还有那颜色复杂的头发，他每次看到都会想，那么多深浅不同的色调，要调色调好久，才能准确描绘。

这回我做得到，他默默告诉裘德。这回我做得到。

只不过他显然做不到。他在他的工作室里，现在才下午 1 点，他好想吸大麻，满脑子想到的只有烟斗，玻璃内壁上结了一层残余的白色粉末，而这只是他试着停止嗑药的第一天而已，他已经在嘲弄自己了。周围环绕着的是他唯一在乎的东西，他下一个系列的画作“秒，分，时，日”。在这个系列里，他跟着马尔科姆、裘德、威廉各一整天，拍下他们的一举一动，然后从每天各挑出八到十张来画。他已经决定好要画下他们每个人典型的工作日，都在同一年的同一个月，然后每张画标上他们的名字、地点及拍照日期。

威廉的系列是最遥远的：他跑去伦敦，威廉在那拍一部叫《新来者》的电影。他挑的照片包括了电影场景内和场景外的威廉。每个人都有他最喜欢的一幅画：威廉的是《威廉，伦敦，10 月 8 日，上午 9 点 08 分》，里面是他坐在化妆师面前的椅子上，凝视着镜子里的自己，同时化妆师用左手指尖抬起他的下巴，右手拿着化妆刷在他脸颊上刷粉。威廉的双眼低垂，但显然还在看镜中的自己，双手紧握椅子的木头扶手，仿佛坐在云霄飞车上，很怕放了手就会飞出去。他面前的台面上堆得乱七八糟，有眉笔刚削下来的一条条有如蕾丝碎片的卷曲薄木屑；还有打开的化妆盘内各种深浅不同的红色，所有你能想象的红色；一团团面纸上沾了更多的红色，像血一样。而马尔科姆，他最喜欢的是深夜拍下的一张远景画面，他坐在他家厨房的料理台前，用四方形的米纸做出他想象中的建筑物。《马尔科姆，布鲁克林，10 月 23 日，下午 11 点 17 分》，他喜欢这件作品不是因为构图或颜色，而是因为个人的原因：在大学时代，他总是拿马尔科姆做好的陈列在窗台上的那些小小模型开玩笑，其实他很欣赏那些模型，也很喜欢看马尔科姆制作——他的呼吸会减缓，整个人完全安静下来，而他惯常的神经质（有时简直是有形的，像是尾巴之类的附属肢体）也消失了。

他不按顺序同时进行三个人的作品，但裘德的部分他总是调不出想要的颜色，因此完成得最少，也最不完整。他仔细审视那些照片时，注意到每个朋友的一天都有某种一致的色调，清晰且带有光泽。他跟着威廉拍摄的那几天，他拍片的场景是贝尔格维亚的一间公寓，那里的光线特别金黄，像是蜂蜡。稍后，回到威廉在诺丁山租的公寓，他拍了威廉坐着阅读的照片，那里的光线也是黄色调，不过不太像糖浆，比较清新，像深秋时苹果的皮。对照之下，马尔科姆的世界是蓝色调。他在 22 街那个乏味的、有白色大理石柜台的办公室，在他和苏菲结婚后在布鲁克林科布尔山买的那栋房子里。裘德的世界则是灰色，不过是一种银灰色，像黑白照片特有的色泽，结果证明，这种颜色很难用亚克力颜料复制，虽然在描绘裘德的画作中他已经大幅调淡色彩，试图描绘那种闪烁的光。在开始画之前，他得先找出办法让灰色发亮，而且保持干净，这个过程让人感到很挫败，因为他只想画画，而不是为了颜色瞎忙一气。

但是为了你的画而沮丧是正常的事——你不可能不把你的作品想成你的同事和共同参与者，仿佛那作品有时会决定要讨人喜欢、跟你一起合作，有时又决定要很好斗、寸步不让，像个坏脾气又爱抱怨的学步小孩。你就是得继续做下去，试了又试，然后有一天，你就会弄对了。

然而，就像他向自己承诺过的——你做不到的！他脑袋里跳着舞的小恶魔尖叫着嘲笑他，你做不到的！那些画也在嘲弄他。因为这个系列本来也包括他自己的一天，但将近三年来，他都找不出值得记录的一天。他试过，花过几十天，拍过几百张自己的照片。但事后去看，会发现每一天都是同样的收尾：嗑药嗑到茫然。或者那些影像会拍到傍晚就停止，他知道那是因为他茫然了，茫然到没办法继续拍照。而且这些照片里还有其他东西是他不喜欢的：他不想把杰克逊纳入自己生活的纪录中，杰克逊却总是出现。他不喜欢照片中自己嗑药后脸上的那种傻笑，他不喜欢照片中自己的脸从白天的胖而充满希望，变成晚上的胖而贪婪。这不是他想画的自己。但他越来越觉得，这就是他应该画的自己，毕竟这就是他的生活，他现在就是这样。有时醒来，四周一片黑暗，他不知道自己身在何处、现在是几点，也不知道今天是星期几。就连“一天”这个概念都变得像是一种嘲笑。他再也无法清楚判断一天的结束和开始。帮帮我，在那些时刻，他会说出声来，帮帮我。但他不知道自己是在向谁恳求，也不知道自己期望接下来发生什么事。

现在他累了。他早就累了。现在是星期五的下午 1 点半，7 月 4 日国庆节周末的星期五。他穿上衣服，关上工作室的窗子，锁好门，走下这栋寂静楼房的楼梯。“陈。”他说，声音在楼梯间里好大，假装自己在对其他艺术家同行发出警示，假装他在跟某个可能需要帮忙的人沟通。“陈，陈，陈。”他要回家，他要回去吸大麻。

他在一种可怕的噪声中醒来，那是机器的声音，金属磨着金属，于是他开始对着枕头大叫，好让枕头闷住他的声音，叫到最后，他才发现那是门铃声。于是他慢吞吞地爬起来，无精打采地走到门边。“杰克逊？”他问，按着对讲机按钮，听到自己的声音有多害怕、多紧张。

对方顿了一下。“不是，是我们，”马尔科姆说，“让我们进去。”于是他按了开门钮。

他们全都来了，马尔科姆、裘德、威廉，好像要来看他表演似的。“威廉，”他说，“你应该在卡帕多西亚拍片的。”

“我昨天才回来。”

“但是你应该要到……”他记得的，“要到 7 月 6 日，你说你要到那一天才会回来的。”

“今天是 7 月 7 日。”威廉轻声说。

一听这话，他开始哭，但他脱水了，哭不出眼泪，只有声音。7 月 7 日：他失去了好多天。他什么都不记得了。

“杰比，”裘德说，走近他，“我们会带你脱离这个。跟我们走吧。我们会带你去找专业协助。”

“好吧。”他说，还在哭，“好吧，好吧。”他身上还裹着毯子，他觉得好冷，但他让马尔科姆带他走到沙发前坐下，等到威廉拿着一件毛衣过来时，他顺从地举高双手，就像小时候母亲帮他穿衣服时那样。“杰克逊人呢？”他问威廉。

“杰克逊不会来烦你了。”他听到裘德说，就在他上方某处，“别担心，杰比。”

“威廉，”他说，“你是什么时候停止当我的朋友的？”

“我从来没有停止当你的朋友，杰比。”威廉说，在他旁边坐下来，“你知道我是爱你的。”

他往后靠在沙发上，闭上眼睛。他可以听到裘德和马尔科姆很小声地交谈，接着马尔科姆走到公寓另一头他卧室那里。他听到那块木板被拿起来，又放回去，然后是马桶冲水声。

“准备好了。”他听到裘德说，于是他站起来，威廉也跟着起身。马尔科姆走过来，一手揽着他的背部，他们一群人拖着脚步走向前门。此时他忽然被一股恐惧攫住：如果他走出去，他知道自己会看到杰克逊，就像那天在小餐馆那样忽然出现。

“我不能离开。”他说，站住了，“我不想离开。别逼我。”

“杰比。”威廉开口。威廉的声音、威廉整个人的存在，其中有个什么让他在那一刻无名火起，于是他甩开马尔科姆的手臂，转身面对他们，忽然浑身是劲。“你没资格叫我做什么，威廉，”他说，“你从来没站在我这边，从来没支持我，也从来不打电话给我，所以你别想跑来这里看我笑话——可怜、愚蠢、完蛋的杰比，我是英雄威廉，我要来救你了——只因为你高兴，好吗？他妈的别烦我了。”

“杰比，我知道你很生气，”威廉说，“但是没有人要看你笑话，尤其是我。”但杰比还没回话，就看到威廉很快看了裘德一眼，仿佛两个人在密谋什么，因为某些原因，这个举动搞得他更加愤怒。以前他们四个彼此了解，他和威廉每个周末都会出去玩，次日回来就把前一晚的故事跟马尔科姆和裘德分享，而裘德从来不出去玩，从来不分享他的故事。那样的日子都到哪里去了？为什么到最后他是落单的那一个？为什么他们要留下他，让杰克逊玩弄他、摧毁他？为什么他们不更努力地把他抢回去？为什么他要毁了自己的一切？为什么他们要让他这样？他想毁掉他们，他要他们体会到他所经历的那种非人的可怕感觉。

“还有你，”他说，转向裘德，“你喜欢看到我有多完蛋吗？你喜欢总是当那个知道其他所有人的秘密、自己却一件事都不肯说的人吗？你觉得这算什么，裘德？你以为你可以成为这个群体的一分子，但是自己什么都不必说，什么都不告诉我们吗？唔，你他妈的这样是不行的，我们他妈的全都受够了。”

“够了，杰比。”威廉厉声说，抓住他的一边肩膀，但他忽然变得很壮，挣脱了威廉，双脚出奇的灵活，像个拳师般朝书架舞动。他看着裘德，裘德沉默地站在那里，非常平静，眼睛睁得很大，像要等着他继续说下去，等着杰比进一步伤害他。他第一次画裘德的眼睛时，还跑去一家宠物店拍下一条糙鳞绿树蛇的照片，因为两种翠绿色很相似。但那一刻，裘德的双眼颜色变暗了，几乎成了水游蛇那样的灰褐色，而他很荒谬地希望自己的颜料在手边，因为他知道只要有颜料，他就可以当场准确地画出那个颜色，连试色都不必。

“这样是不行的。”他又对着裘德说。然后，在他意识到之前，就不知不觉地学起杰克逊对裘德那种丑恶的模仿，嘴巴像杰克逊之前那样张开，发出一种低能的呜咽，然后右脚故意拖在身后，好像是石头做的一样。“我是裘德。”他口齿不清地说，“我是裘德·圣弗朗西斯。”有几秒钟，他的声音是房间里唯一的声音，他的动作是房间里唯一的动作。在那几秒钟，他想停止，却停不下来。然后威廉冲向他，他看到的最后一个景象就是威廉的拳头往后挥，听到的最后一个声音就是骨头裂开的脆响。

他醒来时不知道自己身在何处。他觉得呼吸困难，发现鼻子上有东西。当他想抬起手摸摸看时，却做不到。他一低头，看到自己的手腕都被带子缚在床沿，才知道自己在医院。他闭上眼睛回想：威廉揍了他。然后他想起是为什么，于是把眼睛闭得很紧，无声地痛哭起来。

那一刻过去了，他再度睁开眼睛，把头转向左边，那里有一面丑陋的蓝色帘子挡住了门。接着他又转向右边，朝着清晨的光线，他看到了裘德，在他床边的椅子上睡着了。那椅子小得实在不适合睡在上头，他蜷缩成一个很可怕的姿势：膝盖缩到胸口，一边脸颊靠在膝盖上，双臂环抱着小腿。

你明知道你不该这样睡觉的，裘德，他在心里这样告诉他，你醒来时会背痛的。但即使他可以伸手摇醒他，他也不会这么做。

啊老天，他心想。啊老天，我做了什么？

对不起，裘德，他在脑袋里说。这回他可以好好哭了，眼泪滑进嘴里，他没法擦掉的鼻涕也流下来。但他保持安静，没发出任何声音。对不起，裘德，对不起。他在脑袋里兀自重复着，然后用气音说出来，但是很小声，小声到他只能听见自己的嘴唇打开又合上，如此而已。原谅我，裘德。原谅我。

原谅我。

原谅我。

原谅我。

第四部分

相等公理

1

要去波士顿参加老友莱诺婚礼的前一夜，他收到李博士的短信，说他以前的指导教授卡申博士过世了。“是心脏病发，非常快。”李博士写道。葬礼安排在星期五下午。

次日早晨他直接开车到墓园去，再从墓园去卡申博士家。那是一栋两层楼的木造建筑，位于波士顿西郊的牛顿市。每年年底，卡申博士都会请他当时指导的所有研究生去家里吃晚餐。在这类派对上，大家都知道不能讨论数学。“你们可以谈任何话题，”卡申博士曾告诉他们，“但就是不能谈数学。”只有在卡申博士的派对上，他才会成为全场最不拙于社交的人（而且理所当然，也是最不聪明的那个），于是教授总是要他带头找话说。“那么，裘德，”他会说，“你最近对什么感兴趣？”其他研究生里至少有两个（都是博士候选人）有轻微的自闭症，他看得出来他们有多努力想找话讲、有多努力想遵守餐桌礼仪。每次这类晚餐前，他都会先研究一下现在的在线游戏（其中一个博士生很爱）或是网球（另一个博士生很爱）方面有什么新消息，才有办法提出他们可以回答的问题。卡申博士希望他的学生都有一天能找到工作，所以除了教他们数学，他觉得也有责任教他们如何适应社会、如何应对进退。

卡申博士的儿子利奥（比他大五六岁）有时会加入他们的晚宴。他也有自闭症，但不像唐纳德和米哈伊尔，一看就知道他有自闭症，而且严重到虽然读完了高中，但进大学却只读了一个学期就没法继续，唯一能找到的工作就是在电话公司当计算机程序设计师，每天坐在一个小房间里修改屏幕上的程序代码。他是卡申博士唯一的儿子，现在还住在家里。另外还有卡申博士的姐姐，她是几年前卡申博士的妻子过世后才搬进来的。

来到卡申博士家，他跟利奥聊了一下。利奥好像在发呆，嘴巴咕哝着，但双眼看着别的地方。他也跟卡申博士的姐姐讲了话，她是东北大学的数学教授。

“裘德，”她说，“看到你真高兴。谢谢你过来。”她握住他的手，“你知道，我弟弟常常提起你。”

“他是个很棒的老师，”他告诉她，“他教了我好多。我很遗憾。”

“是啊，”她说，“发生得非常突然。可怜的利奥……”他们看向利奥，他目光呆滞地瞪着空气。“我不知道他要怎么面对这件事。”她跟他吻颊道别，“再次谢谢你。”

出来时，外头非常冷，挡风玻璃上黏着冰。他缓缓驶到哈罗德和朱丽娅家，自己开了门进去，喊他们的名字。

“终于来了！”哈罗德从厨房走出来，用抹布擦着手。哈罗德拥抱他，这是前几年开始的惯例。尽管他觉得很不自在，但如果要解释为什么他希望哈罗德别再这样，会让他更加不自在。“裘德，卡申的事情我很遗憾。我听到后也吓一跳——我大概两个月前才在法院碰到他，当时他看起来很硬朗。”

“是啊，”他说，解开绕在脖子上的围巾，哈罗德接过他的大衣去挂，“而且74岁，还不算太老啊。”

“天啊，”哈罗德说，他才刚满65，“你这样想真是太令人开心了。先去你的房间放东西吧，然后来厨房。朱丽娅去开一个会，大概再一小时就会回来了。”

他把自己的袋子拿去客房——哈罗德和朱丽娅都称之为“裘德的房间”或是“你的房间”——换下了西装，再去厨房。哈罗德看着烤箱里的一锅东西，好像在望一口井。“我想做波隆那肉酱，”他说，双眼仍盯着锅，“可是发生了一些事，里头一直有分层，看到没？”

他看了：“你放了多少橄榄油？”

“很多。”

“很多是多少？”

“非常多。显然是太多了。”

他微笑：“我来补救吧。”

“感谢老天，”哈罗德说，往后退开，“我正希望你会这么说。”

晚餐时，他们聊到朱丽娅最喜欢的一个研究员，她认为他可能要跳槽到另一个研究室，还有最近法学院流传的一个八卦，以及哈罗德正在编的一本有关“布朗控告教育局案”的论文选集，又聊到了劳伦斯的双胞胎女儿，其中一个就要结婚了，这时哈罗德咧着嘴说：“那么，裘德，你的大生日快到了。”

“只剩三个月！”朱丽娅轻快地说，而他却哀叹起来。“你打算怎么过？”

“大概什么都不做吧。”他说。他什么都没计划，也不准威廉计划。两年前威廉的40岁生日，他在格林街办了一个盛大的派对。

以前他们四个总是说各自的 40 岁生日要去哪里哪里，结果都没实现。威廉生日那天正在洛杉矶拍戏，但拍完之后他们就去了博茨瓦纳参加狩猎旅行。不过只有他们两个，因为马尔科姆当时在北京忙一个案子，而杰比——唔，威廉没提要邀请杰比，他也没提。

“你一定要庆祝一下。”哈罗德说，“我们可以在这里帮你办个晚宴，或者去纽约。”

他微笑着摇摇头：“40 岁就是 40 岁，没什么两样。”不过小时候，他从来没想过自己能活到 40 岁。受伤之后那几个月，他有时会梦到自己是成人。尽管梦境非常模糊（他从来不太确定自己住在哪里，也不确定自己在做什么工作，不过在那些梦里，他通常都在走路，有时还在跑），但他总是很年轻，他的想象力拒绝让自己活到中年。

为了改变话题，他告诉他们沃尔特 · 卡申博士葬礼上的事，李博士念了一段悼词。“不喜欢数学的人总是指责数学家把数学搞得很复杂，”李博士说，“但任何真心喜欢数学的人都知道，其实正好相反：数学鼓励简单，而数学家最重视的莫过于简单。所以也难怪，沃尔特最喜欢的数学公理，就是数学领域中最简单的公理：空集合公理。

“空集合公理就是零的公理。它的规定是，一定有个空无的概念，一定有个零的概念：零值、零项。数学里假设有一个空无的概念，但被证明了吗？没有，但它一定存在。

“如果哲学一点来看，今天就是这样，我们可以说，生命本身就是空集合公理。从零开始，以零结束。我们知道这两种状态存在，但两种经验我们都没有办法得知：即使我们无法体验，但这两者都是人生必需的一部分。我们假设了空无的概念，我们无法证明，但它必然存在。所以我宁可想成沃尔特没有死，而是向自己证明了空集合公理，我宁可想成他证明了零的概念。我想再没有别的事情能让他更高兴的了。优雅的心灵都想要优雅的结尾，而沃尔特拥有最优雅的心灵。所以，愿他一路好走，愿他验证了他深爱的公理。”

他们都沉默了一会儿，思索着这段话。“拜托告诉我，那不是你最爱的公理。”哈罗德突然说。他听了大笑。“不，”他说，“的确不是。”

次日白天他都在睡觉，然后晚上去参加婚礼，因为两位新郎以前都在虎德馆住过，所以在场每个人他几乎都认识。非虎德馆的客人——莱诺在韦斯利学院的同事，辛克莱在哈佛大学（他在那里教欧洲史）的同事——都站在一起，好像是为了保护自己，而且他们看起来无聊且茫然。整个婚礼很随性，也有些混乱——客人一到，就分别被莱诺派了任务，但他们大部分人都没认真做：他负责让客人在签名本上签名；威廉负责帮每个客人找到自己的桌子——大家走来走去，说多亏莱诺和辛克莱，多亏这个婚礼，他们不必去参加二十周年同学会了。所有的人都来了：威廉和他的女友罗宾、马尔科姆和苏菲，还有杰比和一个陌生的新男友。不必查座位卡，他就知道他们被安排在同一桌。“裘德！”多年不见的人跟他说，“你好吗？杰比在哪里？我刚刚跟威廉聊了一下！我刚刚看到马尔科姆了！”然后，“你们四个还是像以前那么要好吗？”

“我们都还有联络，”他说，“他们现在都很好。”这是他和威廉之前决定的说法。他很好奇杰比会怎么说，不知是会像他和威廉一样对真相轻描淡写，还是会忽然直肠子发作说出实话：“没有，我们现在不太来往了。我现在只跟马尔科姆联络。”

他好多个月没见到杰比了。当然，他听说了他的近况：通过马尔科姆，通过理查德，通过黑亨利·杨。但他再也不跟杰比来往了。即使时隔将近三年，他还是没办法原谅他。他试了又试，知道自己这样有多难搞、有多小气、有多不厚道。但他就是没办法。每当他看到杰比，就看到杰比模仿自己的样子。他一直恐惧，也想过自己看起来是什么样，一直恐惧，也想过别人怎么看他，在杰比模仿他的那一刻，他证实了过往所有的恐惧和猜测。但他从来没想到他的朋友会那样看他，至少，他从来没想到他们会告诉他。那模仿的精确性的确很让他伤心，但真正让他震惊并且心碎的原因，在于模仿他的人是杰比。每当夜深人静睡不着时，他偶尔会看到杰比在半月下拖着脚步，嘴巴张开流着口水，双手像爪子般抬在胸前说：我是裘德。我是裘德·圣弗朗西斯。

那天夜里，他们把杰比送去住院。到医院时，杰比已经神志不清、猛流口水，但恢复意识后，他就变得愤怒、暴力，朝着他们所有人尖叫，双手乱打护理员，身子扭动着想要挣脱，直到院方给他打了镇静剂，才把全身无力的他拖走。后来，马尔科姆坐一辆出租车离开，他和威廉坐另一辆回佩里街的家。

他在出租车上没办法看威廉，也没有其他事情能转移注意力——没有表格要填，没有医生要见。那是个闷热的夏夜，他却觉得自己越来越冷，双手开始发抖。威廉伸出左手抓住他的右手，在回市区那段漫长而沉默的车程中始终握着不放。

他陪伴杰比，直到他恢复，并决心要待到他好转为止；这么多年的情谊，他不能在这个时候抛下杰比不管。他们三个人轮班，下班后他就到医院，坐在杰比的病床边阅读。有时杰比会醒来，但大多数时间都处于昏迷状态。杰比在戒毒，但医生发现他的一个肾脏感染了，所以杰比一直住在医院的主病房区，手上插了静脉注射管，脸慢慢地消肿。醒来时，杰比会求他原谅，有时是很戏剧化的恳求，碰到他比较清醒时，则是轻声的哀求。这类对话是他觉得最棘手的。

“裘德，对不起，”杰比会说，“我当时脑子乱成一团。拜托告诉我你原谅我了。我太差劲了。我爱你，你知道的。我绝对不会想伤害你的，绝对不会。”

“我知道你当时昏头了，杰比。”他会说，“我知道。”

“那就告诉我你原谅我。拜托，裘德。”

然后他会沉默一会儿。“没事的，杰比。”他会说，但他没办法让“我原谅你”这几个字从嘴巴吐出来。到了夜里独自一人时，他会一遍又一遍地说：我原谅你，我原谅你。明明很简单，他劝告自己，这样可以让杰比好过一点。每当杰比看着他，眼白浑浊发黄，他就会命令自己：快说，快说啊。但他就是做不到。他知道自己害杰比感觉更糟糕。他明明知道，但就是说不出来。那几个字像石头，就埋在他的舌头下方。但他没法吐出来，就是没办法。

后来，杰比每天晚上从勒戒中心打电话给他时，他会坐在那沉默地听着杰比兀自说个不停，刺耳又学究气，说他已经变成了一个更好的人，说他了解到了他不能靠别人、只能靠自己，还有他（裘德）要明白人生不光是工作而已，要好好过每一天，并且学着爱自己。杰比勒戒完回家，必须重新适应。有短暂的几个月他们很少听到他的消息。只知道杰比租的公寓被房东收回，他先搬回母亲家，设法重建自己的生活。

但接下来有一天，他打电话来了。那是2月初，离他们送他去医院将近七个月了。杰比想跟他见面谈谈。他就约了去威廉家附近一家叫克莱芒蒂娜的小餐馆碰面。当他在拥挤的餐桌间缓缓前进，走向靠着后墙的座位时，忽然明白为什么自己挑了这家餐馆：因为这里太小、太挤，杰比就没办法再模仿他的样子了。一领悟到这点，他就觉得自己好傻好懦弱。

他跟杰比很久没见了。杰比站起来身体前倾，隔着餐桌拥抱了他一下，很轻、很小心翼翼，然后才坐下。

“你气色很好。”他说。

“谢了。”杰比说，“你也是。”

有大约二十分钟，他们谈着杰比的生活：他加入了戒冰毒的自助团体。他打算在母亲家继续住几个月，再决定往后的事情。他又开始工作了，继续住院前就在做的那个系列。

“太好了，杰比。”他说，“我真是以你为荣。”

接下来是一段沉默，他们看着店里的其他人。隔着几张桌子，有个年轻女郎戴了一条长长的金项链，不断地把项链绕在手指上又松开。他看着她跟她的朋友讲话，项链绕起又松开，直到她抬头看着他，他才别开眼睛。

“裘德，”杰比开口，“我想告诉你——我完全清醒了——我很抱歉。那件事太可怕了，太……”他摇摇头，“那真的太残忍了。我没有……”他又停下来，沉默了一会儿。“对不起，”他说，“我真的很抱歉。”

“我知道你很抱歉，杰比。”他说，忽然感到一种前所未有的哀伤。其他人曾经对他残忍，让他感觉很糟糕，但那些都不是他深爱的人，他不会总是期盼那些人把他视为完整无损的。而杰比是第一个。

然而，杰比也是他最早的朋友之一。他在大学时期因为疼痛发作、被室友送去医院而认识安迪那回，安迪后来告诉他，是杰比抱他进去的，而且要求医生先看他，还因为大闹急诊室被赶出去——但至少他先把医生找来了。

在杰比画他的那些作品中，他看得出杰比对他的爱。他还记得某个夏天在特鲁罗，他看到杰比在素描，从杰比脸上的笑容，那个小小的微笑，还有那粗壮的前臂在纸上小心移动的方式，就知道他在画他很珍惜、很心爱的事物。“你在画什么？”当时他问。杰比转向他，举起素描本，他看到上头画的是他，他的脸。

啊，杰比，他心想，啊，我会想念你的。

“你能原谅我吗，裘德？”杰比看着他问。

他无话可说，只能摇摇头。“我没办法，杰比。”最后他终于说，“我没办法。我没办法看着你的脸而不想起……”他停下来。“我没办法。”他又说了一次，“对不起，杰比，真的很对不起。”

“啊。”杰比说，然后他咽了口口水。他们又坐了好一会儿，什么话都没说。

“我会永远希望你有美好的人生。”他对杰比说。杰比缓缓点头，没看他。

“唔。”杰比最后终于开口，并且站起来。他也站起来，朝杰比伸出一只手。杰比看着那手，好像那是外星来的，从没见过，眯着眼睛审视了一会，终于也伸出手握住，但是没握着上下摇晃，而是低头，用嘴唇吻了那手一下。然后杰比放开他的手，跌跌撞撞，几乎是跑着离开那家小餐馆，还撞到了几张小桌子，一边说着“对不起，对不起”。

他偶尔会碰到杰比，大部分是在派对上，总是在人群中，两人对彼此礼貌而热诚。他们会寒暄几句，这是最痛苦的。杰比再也不会试着拥抱他或吻他，而是大老远就伸出手朝他走来，然后他接住，两人握手。杰比的个展“秒，分，时，日”开幕时，他请花店送花过去，但附上的卡片极其简短。开幕日那天他没去，但下一个星期六，在去加班途中，他绕到那间画廊，逗留了一小时，慢条斯理地逐一欣赏那些画。杰比的这个系列本来也打算要纳入自己的一天，但最后还是没有，只有他、马尔科姆和威廉的一天。那些画很美，他把每一幅都看了，想到的不是里面描绘的生活，而是杰比创造这些作品时的生活——其中很多是在杰比最凄惨、最无助的时候画的，然而这些画却充满自信，而且精致。看着这些作品，会让人感受到创作者的同情心、温柔和优雅。

马尔科姆还是跟杰比维持着好友关系，但觉得有必要为此跟他道歉。于是马尔科姆找了他，把这件事说开，希望他认可。“啊不，马尔科姆，”他说，“你当然应该跟他维持好友关系啊。”他不希望杰比被他们所有人抛弃，他不希望马尔科姆觉得必须背弃杰比以证明自己的忠诚。他希望杰比有个从 18 岁开始就认识他的老友，从他是全校最搞笑、最聪明的人时开始，而他和每个人都很清楚这一点。

不过，威廉再也不跟杰比来往了。杰比一从勒戒中心出来，威廉就打电话给杰比，说他没办法再跟他当朋友了，还说杰比自己很清楚为什么。于是他们的友谊告终了。这件事令他很惊讶，也很难过，因为他一直很爱看杰比和威廉一起大笑、一起斗嘴，而且很爱听他们诉说他们的生活。他们两个都那么无畏、那么勇敢，他们是他派出去的特使，从一个不太拘谨、比较欢乐的世界带回讯息来给他。他们总是懂得如何享受各种事物，他也一直佩服他们这一点，很感激他们愿意与他分享。

“你知道，威廉，”有回他说，“我希望你不跟杰比来往的原因，不是跟我有关的那件事。”

“当然是因为跟你有关的那件事。”威廉说。

“可是那不是理由。”他说。

"当然是。"威廉说，"没有更好的理由了。"

他之前从来没有碰到过，所以并不真正了解要终止一份友谊会有多缓慢、多哀伤，又有多困难。理查德知道他和威廉都不跟杰比往来了，但不知道原因，至少无法从他这里知晓。现在，多年过后，他再也不怪杰比了；他只是忘不了。他发现他心底有一块很小但无法忽略的部分，始终担心杰比可能会再做一次，他发现自己很害怕跟他单独相处。

两年前，杰比首次没跟他们去特鲁罗度假，哈罗德问他是不是发生了什么事。"你现在都没提起他了。"哈罗德说。

"这个嘛，"他说，不知道该怎么讲下去，"哈罗德，我们，我们现在不是朋友了。"

"我很遗憾，裘德。"哈罗德顿了一会儿说，还点点头，"你可以告诉我发生了什么事吗？"哈罗德又问。

"没有办法。"他说，专心摘掉樱桃萝卜的叶梗，"那是个很长的故事。"

"你觉得可以修复吗？"

他摇摇头："我不认为可以。"

哈罗德叹气。"我很遗憾，裘德。"他又说了一次，"事情一定很严重。"他没吭声。"你知道，我一直很喜欢看你们四个在一起。你们的友谊很特别。"

他再度点点头。"我知道，"他说，"我也这样觉得。我很想念他。"

他至今依然想念杰比，也预计自己会永远想念他。尤其是碰到这种婚礼的场合，以前他们四个都会整夜交谈、取笑其他人。那种四人共有的开心，还有从彼此身上得到的开心，令人羡慕，简直令人嫉恨。但现在杰比和威廉只是隔着桌子彼此点个头，而马尔科姆讲话飞快，以掩饰紧张的气氛，而且他们四个（他永远会想成他们四个、我们四个）开始不太得体地连番逼问同桌的其他三个人，对他们的笑话放声大笑，把他们当成不知情的人形盾牌。他隔壁坐着杰比的男朋友奥利弗（完全就是杰比一直想要的那种体贴白人小伙子），二十来岁，刚拿到护理学位，显然为杰比痴迷。“杰比在大学里是什么样子？”奥利弗问，而他回答：“很像他现在这样：搞笑、敏锐、嚣张、聪明，也很有才华。他一直都很有才华。”

“唔，”奥利弗思索着说，看着似乎太专心听苏菲讲话的杰比，“我从来不觉得杰比搞笑，真的。”然后他也望向杰比，很好奇是奥利弗对杰比解读错误，还是杰比已经变了一个人，他再也认不出来了。

那一夜的尾声，他们彼此吻颊或握手道别时，奥利弗（杰比显然什么都没告诉他）跟他说他们三个人应该找时间多聚一聚，因为他知道他是杰比认识最久的老友之一，一直想多了解他。他听了报以微笑，说了些含糊的话，然后朝杰比挥挥手就走出去了，威廉正在门外等他。

“你觉得怎么样？”威廉问。

“还好。”他说，朝他微笑。他觉得这些有杰比的聚会，威廉比他更难受，“你呢？”

“还好。”威廉说。他的女朋友把车开到人行道边缘，他们晚上住饭店，“我明天打电话给你，好吗？”

回到剑桥市，他自己开门进入静悄悄的屋里，尽量轻手轻脚走回自己的卧室，然后从马桶附近一块松掉的瓷砖底下拿出他的小袋子，割自己割到他觉得完全放空为止，双臂平举在浴缸上方，看着瓷面染上深红。他每次见过杰比总会有相同的行为，他好奇自己是否做了正确的决定。他好奇他们所有人——他、威廉、杰比、马尔科姆——当晚是否都难以入眠，躺在床上想着彼此的脸，想着二十多年友谊中种种有好有坏的对话。

啊，他心想，如果我是个更好的人，如果我是个更宽厚的人，如果我是个比较不以自我为中心的人，如果我是个更勇敢的人。

他今天割太多道了，觉得头昏眼花。他抓着毛巾杆站起来，走到浴室柜前，打开柜门，看着门后那面穿衣镜。他格林街的公寓里没有穿衣镜。“不要有镜子。”之前他告诉马尔科姆，“我不喜欢镜子。”但其实是因为他不想面对自己的模样，不想看到自己的身体，不想看到镜中自己的脸。

但是在哈罗德和朱丽娅的家，有一面镜子，而他站在镜前几秒钟，凝视着自己，然后摆出杰比那一夜模仿他的驼背姿势。杰比没有错，他心想，他没有错。这就是为什么我没办法原谅他。

现在他嘴巴松垮地张开，绕着小圈单脚跳，右脚拖在后方。在这个安静、死寂的房子里，空气中充满了他的呜咽声。

* * *

5月的第一个星期六，他和威廉去56街他办公室附近一家很小、很贵的寿司店，吃了一顿他们所谓的“最后的晚餐”。那个餐厅只有六个座位，全部面对着一排宽敞、柔滑的柏木吧台。而且用餐的三个小时里，只有他们两个客人。

他们都明白这一顿有多贵，但看到账单时，两个人还是当场吓呆，又开始大笑。他不确定笑的原因是花这么多钱吃一顿晚餐很荒谬，还是他们花得起。

"我来吧。"威廉说，但是当他要伸手掏皮夹时，侍者正拿着裘德的信用卡过来还他，因为他趁威廉去洗手间时，已经把信用卡交给侍者了。

"该死，裘德。"威廉说，他咧嘴笑了。

"这是最后的晚餐，威廉。"他说，"等你回来，可以请我吃一顿墨西哥塔可卷饼。"

"如果我能回来的话。"威廉说。这是他们两人最近常开的笑话，"裘德，谢了。这一顿不该由你付的。"

这是今年第一个天气温和的夜晚。他告诉威廉如果他真想为这顿晚餐表示感谢，就陪他走走路。"多远？"威廉警觉地问，"裘德，我们可不能一路走回苏荷区。"

"又不远。"

"最好不要，"威廉说，"因为我真的很累了。"这是威廉的新招数，而且正合他意。威廉不会叫他不要做某些事情，因为对他的腿或背部不好，而是设法讲得好像自己没办法去做，好让他打消念头。最近这阵子，威廉总是太累没法走路，或是身子太酸痛、太热、太冷。但他知道这些都不是真的。有个星期六下午，他们去逛了几家画廊后，威廉跟他说他没办法从切尔西走回格林街（"我太累了"），于是他们坐出租车回家。次日午餐时，罗宾说："昨天天气真好不是吗，威廉回家后，我们还出去慢跑呢——多远？八英里吧，是吧，威廉？——一路沿着西城高速公路往北再回来。"

"哦，是吗？"他问她，看着威廉露出尴尬的微笑。

"我能说什么？"威廉说，"没想到我又恢复精力了。"

这会儿他们开始朝南走，不过先往东离开百老汇大道，免得等一下还要经过时代广场。威廉已经为下一个角色而把头发染成了深色，还留了大胡子，不太会被认出来。不过他们两个都不想被堵在观光人潮中。

这是威廉远行前最后一次见他了，接下来可能超过六个月都没法见面。星期二，威廉就要离开纽约去塞浦路斯，开始拍《伊利亚特》和《奥德赛》，他在片中饰演主角奥德修斯。这两部电影将连续拍摄并依序上映，不过它们的卡司和导演都一样。拍片地点遍及欧洲和北非各地，还要到澳洲拍摄几场战争戏。因为拍片行程紧凑，又要跑那么多地方，所以还不确定中间有没有空档回纽约。这是威廉参与过最复杂、野心最大的拍片计划，他很紧张。“一定会是非常不可思议的经历，威廉。”他向他保证。

“或是一场不可思议的灾难。”威廉说。威廉并不悲观，从来不会，但他看得出来，威廉很焦虑，急着想把工作做好，同时担心最后的表现不尽如人意。不过威廉每次开拍前都会担心，但就如同他提醒威廉的那样，每部片子的结果都很不错，而且还不光是不错而已。总之，他想，这就是威廉一直能接到工作，而且都是好工作的原因：因为他确实认真对待自己的工作，也自觉责任重大。

不过他很忧心接下来的六个月，尤其因为过去一年半威廉总是待在纽约。首先他拍了一部小成本电影，主要在布鲁克林拍摄，只拍了几个星期就杀青了。然后他演了一出舞台剧《马尔代夫渡渡鸟》，描述了两个鸟类学家兄弟，其中一人缓慢地陷入一种无法归类的疯狂。演出期间，他们两人每周四夜里都会一起吃迟来的晚餐。一如威廉的每一出戏，这一出他也看了好几回。第三次去看时，他发现杰比和奥利弗也去了，就坐在他前面几排，不过是在靠戏院的左侧。整出戏期间，他的视线总是飘到杰比那里，看他是不是也被同样的台词逗得大笑或被吸引得全神贯注。他同时想到，以前只要是威廉的演出，他们三个至少会结伴看一次，而这回是第一次没约。

两人沿着第五大道往南走。此时路上没有什么行人，只剩明亮的橱窗，还有灯光下零星的垃圾在微风中翻滚——被吹鼓后活像水母的垃圾袋和皱巴巴的报纸。“好吧，听我说。”威廉说，“有件事我跟罗宾说我会跟你谈。”

他等着。对罗宾和威廉他一直很留意，不想犯当初菲莉帕和威廉在一起时同样的错误。所以每回威廉找他一起去哪里，他都会先确认威廉问过罗宾了（最后威廉叫他别再问了，说罗宾知道他对他有多重要，她完全能接受，还说如果她不能接受，那她就要想办法接受），而且在罗宾面前，他都设法表现出自己是个很独立的人，老年时不可能搬去跟他们一起住（不过他不太清楚到底该怎么传达这个讯息，也不确定自己传达得成功不成功）。他喜欢罗宾，她是哥伦比亚大学的古希腊罗马文化教授，两年前曾受邀担任电影顾问，她有一种带刺的幽默感，不知怎的老让他想到杰比。

“好吧。”威廉说，深吸一口气，让自己平静下来。啊，不会吧，他心想。“你还记得罗宾的朋友克拉拉吗？”

“当然记得。”他说，“就是在克莱芒蒂娜餐厅见过的那个。”

“没错！”威廉得意地说，“就是她！”

“老天，威廉，别那么瞧不起我吧，那不过是上星期的事。”

“我知道，我知道。唔，总之呢，事情是这样的——她对你有兴趣。”

他没搞懂：“什么意思？”

“她跟罗宾问起你是不是单身。”威廉停了一下，“我跟她说我不认为你有兴趣跟任何人交往，但是我会问问。所以，现在我就在问你了。”

这个想法实在太荒唐了，他花了好一会儿才搞懂威廉的意思，然后他停下脚步大笑，难为情又难以置信。“威廉，你一定是在开玩笑。”他说，“这太荒谬了。”

“为什么荒谬？”威廉问，忽然严肃起来，“裘德，为什么？”

“威廉，”他说，平静下来，“我觉得很荣幸。可是……”他扮了个鬼脸又大笑，“这真的太荒谬了。”

“哪里荒谬？”威廉说，他可以感觉到这段对话转向了，“是有人会被你吸引吗？这种事又不是第一次。你看不到，是因为你不让自己看到。”

他摇摇头：“威廉，我们谈点别的话题吧。”

“不，”威廉说，“这回你别想逃避，裘德。为什么这样很荒谬？为什么很荒唐？”

他忽然觉得很不自在，完全停下了脚步，就在第五大道和45街的交叉口，他想找辆出租车。当然，没有出租车。

他正在思索该怎么回应时，忽然想起在杰比公寓那一晚的几天后，他曾问威廉杰比是不是没说错，至少就某部分而言：威廉怨恨他吗？因为他告诉他们的事情不够多？

威廉沉默好久，还没开口，他就知道答案了。“听我说，裘德，”当时威廉缓缓地说，“杰比当时……当时他发神经了。我永远不会讨厌你的。你没有义务把秘密告诉我。”他暂停一下，“不过没错，我的确希望你多告诉我一些你的事。不是我想知道，而是如果你说了，那么或许我可以帮上一点忙。”他停下来看着他，“就这样。”

从那时开始，他就试着告诉威廉更多事。但自打二十五年前安娜过世以来，有太多话题他根本没跟人谈过，他发现，他确实找不到字眼去描述。他的过去、他的恐惧、在他身上发生过的事情——

这些话题只能用他不会讲的语言谈：波斯语、乌尔都语、中文、葡萄牙语。他一度试着写下来，觉得或许比较容易，结果并没有——他不知道该怎么跟自己解释这一切。

“你会找到自己的方法，去谈你过去发生的事。”他还记得安娜所说的话，“你非得找到不可，如果你想跟任何人亲近的话。”他后来常常希望自己当时愿意跟她谈，让她教自己谈的方法。他的沉默一开始是一种保护，但经过这些年，已经转变成某种近乎压迫的东西，反过来控制他。现在即使他想摆脱沉默，都没办法了。他想象自己浮在一个小水泡中，上下四周都冻成厚厚的冰墙，厚达数英尺。他知道有个办法可以出去，但手上没有工具；他不知道如何下手，于是双手徒劳地在滑溜的冰上乱扒。他本来一直以为，只要不谈自己的过去，他就会比较讨人喜欢，也比较不奇怪。但现在，他没讲的部分却让他更奇怪，成为怜悯，甚至怀疑的目标。

“裘德？”威廉这会儿逼问他，“为什么很荒谬？”

他摇摇头：“反正就是很荒谬。”他又开始往前走。

两人安静地走了一个街区。然后威廉问：“裘德，你想过要找个伴吗？”

“我从没想过我能找到。”

“我问的不是这个。”

“不知道，威廉，”他说，不敢看威廉的脸，“我想我只是觉得那种事情不适合我这样的人吧。”

“什么意思？”

他又摇头，没说话，但威廉又逼近：“因为你有健康问题？就是这个原因吗？”

健康问题，他心里有个尖酸刻薄的声音说，这个说法可真是婉转啊。但是他没说出来。“威廉，”他恳求道，“我求你，不要再谈这些了。我们有这么美好的一晚。这是我们的最后一夜，接下来很久我都见不到你了。能不能换个话题？拜托？”

威廉默默走了一个街区，才又开口：“你知道，我和罗宾刚开始交往时，她问我你是同性恋者还是异性恋者，我只好跟她说我不知道。”他暂停一下，“她当时很震惊，一直说：‘你们从十来岁开始就是最要好的朋友，你居然不知道？’菲莉帕以前也问过我你的事。我也只能告诉她我跟罗宾说的：你很不愿意谈自己，而我向来试着尊重你的隐私。

“但是我想，裘德，性倾向这类事情，我希望你能告诉我。不是因为我可以拿这些信息做什么，只是这样我能更了解你。我的意思是，或许你两种都不是，或许你两种都是，也或许你就是没兴趣。对我来说都没有差别。”

他没说任何话，也说不出话来。于是他们又走了两个街区：38街、37街。他感觉到自己的右脚在人行道上拖着，知道自己太累或太沮丧时就会这样，只因为实在累得或沮丧得没法更努力了。同时，他也庆幸威廉走在他左边，不太会注意到。

“我有时很担心，你已经决定要说服自己，说你自己就是没吸引力或不讨人喜欢，于是判定某些经验跟你绝缘。但其实不是这样的，裘德，任何人跟你在一起，都是他们的福气。”威廉在一个街区后说。够了，他心想。从威廉的口气，他知道往下他要谈更多，于是他焦虑起来，心脏跳得很快。

“威廉，”他说，转向他，“我想我们最好叫个出租车。我累了——我最好上床休息了。”

“裘德，拜托，”威廉说，口气很不耐烦，让他缩了一下，“听我说，对不起。但是真的，裘德。我现在试着要跟你谈一件重要的事情，你不能就这样离开。”

这话让他停了下来。“你说得没错。”他说，“对不起。我很感激你，威廉，真的。但要谈这件事，对我来说实在太困难了。”

“要谈任何事，对你来说都太困难了。”威廉说，他又缩了一下，威廉叹口气，“对不起。我老想着有一天我要跟你谈，真正谈开来，但始终没谈，因为我怕你会把自己封闭起来，然后就不跟我讲话了。”两人都不说话。他觉得很内疚，因为他知道威廉说得没错，他的确会这样做。几年前，威廉曾试着跟他谈他自残的事情。当时他们也在走路，谈到某个地步，对话忽然变得难以忍受，他就招了一辆出租车，匆忙爬上去，留下威廉站在人行道上，难以置信地喊着他的名字。车子往南飞驰的时候，他开始暗自咒骂自己。后来威廉很生气，他也道了歉，他们就又和好了。威廉再也没谈过这类事情，他也没有。“但是裘德，告诉我一件事吧，你会觉得孤单吗？”

“不会。”最后他终于说。一对伴侣走过去，大笑着。他想到他们刚开始走路时，两个人也在大笑。他怎么会毁掉这一夜，毁掉他几个月来最后一次见到威廉的机会？“威廉，你不必担心我。我会一直好好的。我总有办法照顾自己的。”

然后威廉叹气，整个人沮丧不已，看起来挫败极了，让他觉得很罪恶。但他也松了口气，因为他感觉到威廉不知道如何谈下去，很快他就可以换个话题，愉快地结束这一晚，然后逃避。“你总是这么说。”

“因为这是真的啊。”

他们又沉默了许久，站在一家韩国烤肉餐厅的门口，空气中充满蒸汽、烟雾和烤肉的气味。“我可以离开了吗？”最后他终于问。

威廉点点头。他走到人行道边缘举起手，一辆出租车停下。

威廉帮他开门。他要上车时，威廉双手拥住他不放，他也拥住威廉。“我会想念你的。”威廉对着他的颈背说，“我不在的时候，你会好好照顾自己吗？”

“会的。”他说，“我保证。”他退后看着他，“那就 11 月见了。”

威廉勉强挤出半个微笑。“11 月见。”他也说。

在出租车上，他发现自己真的累了，就把前额靠在油腻的玻璃隔板上，闭上眼睛。到家时，他觉得整个身躯沉重得像一具尸体。回到他那层公寓后，一锁上前门，他就开始脱衣服：鞋子、毛衣、衬衫、汗衫、长裤，边走边丢在地板上，一路走到了浴室。他双手颤抖着，把黏在水槽底下的那个小袋子拿出来。尽管他之前没想到这天晚上会有割自己的必要——一整个白天和傍晚都没有任何迹象——但他现在几乎是饥渴起来。他两边前臂上的皮肤早就没有空白的地方了，他就在旧的割痕上再割，用刮胡刀片的边缘割过那粗糙、网状的疤痕组织。当新的割痕愈合，就会形成多疣的皱痕，他看到自己把自己毁得多严重，既令他厌恶、惊愕，同时也令他着迷。最近他开始用安迪开给他擦背的那种药膏擦手臂，他觉得有点帮助：那些皮肤变得比较松弛，疤痕也变得柔软有弹性。

马尔科姆为他在浴室隔出的淋浴区非常大，大到他现在坐在里头割自己时，双腿可以往前伸直。等到他割完，就会仔细把血冲掉，因为淋浴区的地板是一整块大理石，马尔科姆一再交代他，要是大理石染了色，就没有办法补救了。然后他回卧室躺在床上，头晕晕的，但是不太困，他只是瞪着吊灯在黑暗的房间里形成水银般的光泽。

“我很孤单。”他说出声来，公寓的静默吸走了那些话，就像棉花吸了血。

这种孤单是他最近才发现的，不同于他以前体验过的任何孤单：不是童年时没有父母的那种；也不是跟卢克修士躺在汽车旅馆房间里睡不着，忍着不动以免吵醒他，望着亮白的月光照在床上的那种。他成功逃离少年之家那回，有一夜来到了一棵橡树下，两道隆起的树根有如两条腿岔开，他就缩在树根间的空隙里，尽量缩得小小的。当时他也觉得很孤单，但现在他明白当时那种感觉不是孤单，而是害怕。现在他没什么好怕了。现在他已经保护好自己了：他有这间公寓，门上有三道锁，而且他有钱了。他有父母，有朋友。他再也不必为了食物、交通、住处、逃跑，而去做任何他不想做的事情。

他之前没跟威廉撒谎：他不适合有伴侣，也没想要过。他从不羡慕朋友们有伴侣，就像是一只猫不会羡慕狗的叫声。他从来没想到要羡慕，因为那是不可能的，和他这个物种完全不兼容的。但最近，很多人表现得好像那是他可以拥有，或是应该想要拥有的。就算他知道他们多半出于善意，但仍感觉像是在嘲弄他。那种迟钝、残忍的程度，简直像在告诉他，他可以成为十项全能选手。

他早就料到马尔科姆和哈罗德会来劝他。马尔科姆是因为自己很快乐，看到一条通往快乐的路（自己走过的那条），偶尔就会来问能不能帮他介绍某个人，或问他想不想找个伴。当他拒绝时，马尔科姆就不知所措。而哈罗德，则是因为他知道哈罗德最喜欢父母角色的原因，就是可以闯入他的生活，而且在里头尽可能地查探。有时候，他也渐渐享受这部分——他很感动有人对他兴趣大到会支持他，会对他的决定感到失望，会对他抱着期待，会假设自己对他有责任。两年前，他和哈罗德去一家餐厅，哈罗德批评他说，罗普克的工作害他成了企业不法行为的帮凶，批评到一半时，他们发现侍者站在桌旁，手里拿着菜单。

“打扰一下，”那个侍者说，“要我晚一点再过来吗？”

“不，没关系。”哈罗德说，拿起他的菜单，“我只是在骂我的儿子，不过我可以点完菜再继续骂。”那侍者给了他一个同情的微笑，他也微笑以对，心里其实很兴奋能当众被称为儿子，很兴奋终于为人子女了。稍后，哈罗德又继续责备他，他就假装被骂得很不高兴，但其实，他整个晚上都很开心，满足感渗透到了他的每个细胞里，让他一直忍不住微笑，笑到最后哈罗德都问他是不是喝醉了。

但现在哈罗德也开始问他一些问题。“这个地方太棒了。”他上回来纽约市区时说。当时他来参加他的生日晚宴，他已经叫威廉别办了，但威廉没听他的话。哈罗德次日来到他的公寓，就像每次来一样，一进门就夸赞个不停，说他每回都会说的话，“这个地方太棒了”，“这里真是太干净了”，“马尔科姆真是做得太好了”，最近又加了别的，“不过裘德，这个地方好大。你自己一个人不觉得孤单吗？”

“不会，哈罗德，”他说，“我喜欢一个人独处。”

哈罗德咕哝着，“威廉好像很快乐，”他说，“罗宾好像是个好姑娘。”

“她的确很好。”他说，帮哈罗德泡茶，“我也觉得他很快乐。”

“裘德，你不希望自己也像那样快乐吗？”哈罗德问。

他叹气：“不希望，哈罗德。我很好。”

“唔，那我和朱丽娅呢？”哈罗德问，“我们希望看到你有个伴。”

“你知道我想让你和朱丽娅开心。”他说，试着保持声音的平稳，“但这方面我恐怕帮不了忙。来。”他把茶递给哈罗德。

有时他很好奇，要是他没意识到自己应该觉得孤单的事实，没意识到自己的生活有些奇怪、不够满意之处，那么他还会觉得孤单吗？总是有人问他是否想要那些自己根本从没想要、从不认为自己可能拥有的东西。哈罗德和马尔科姆当然会问，但还有理查德（他女朋友印蒂亚也是艺术家，两人就差没同居了），以及他越来越不常见到的朋友们，包括西提任、伊莱贾和菲德拉。甚至当年一起当沙利文法官助理的同事克里根，几个月前跟他丈夫来纽约时来拜访他，也问了同样的问题。有些人问起时带着怜悯，有些人则带着怀疑：第一种人替他感到遗憾，因为他们假设他单身不是出于自己的选择，而是无奈接受的；第二种人则对他怀有某种敌意，因为他们认为单身是他的选择，公然违抗了成人的基本法则。

不管是哪种，40 岁单身跟 30 岁单身是不一样的，每增加一岁，单身这事就更加无法理解、更不值得羡慕，也更可悲、更不适当。过去五年，他都独自参加各种晚宴，一年前，他在公司升为权益合伙人后，也是独自参加合伙人的年度旅游。旅游前的那个星期，卢西恩在星期五晚上来他的办公室，像平常那样坐下来跟他探讨这个星期的事务。他们谈到年度旅游，这回要去加勒比海的安圭拉，他们两个都很怕年度旅游，不像其他合伙人，嘴上说害怕，但他和卢西恩都认为他们其实很期待。

“梅瑞迪丝会去吗？”他问起卢西恩的太太。

“会。”卢西恩回答，沉默了一下，他知道接下来他会说什么了，“你会带谁去吗？”

“不会。”他说。

又是一阵沉默，卢西恩只是盯着天花板。“这些场合，你从来没携伴参加过，对吧？”卢西恩问，声音刻意装得很轻松。

“对。”他说，看卢西恩没再说话，他主动问了，“卢西恩，你想跟我讲什么吗？”

“没有，当然没有。”卢西恩说，目光又回到他身上，“我们事务所不会管这种事情，裘德，你知道的。”

他忽然感觉到一股愤怒和难堪：“只不过事实是显然会管。如果管理委员会说了什么，卢西恩，那你可得告诉我。”

“裘德，”卢西恩说，“我们没有。你明知道这里的每个人有多么尊敬你。我只是觉得——这可不代表事务所的意见，纯粹只是我个人的——很想看到你跟某个人定下来。”

“好吧，卢西恩，谢了。”他厌倦地说，“我会好好考虑的。”

他总是刻意表现得很正常，但却不会因此想要一个伴。他想要，是因为他明白自己很孤单。严重到有时觉得那孤单简直是有形的，像是一堆湿透的脏衣服压在他的胸口。他无法抛开那种感觉。其他人讲起来好像很简单，仿佛整个过程中最困难的部分，就是决定想要个伴。但他知道不是如此：有了伴就意味着要把自己袒露在某个人面前，但除了安迪之外，他从来没有对任何人做过；有了伴就意味着他要面对自己的身体，他已经至少十年没看过自己脱光衣服的模样——即使在冲澡时，他也不看自己。而且有了伴就表示要跟某个人性交，这部分他 15 岁以后就没有做过，而且害怕得要命，光是想想就觉得整个胃填满某种蜡般的冰冷物质。他刚开始找安迪看诊时，安迪偶尔会问他是否有性行为，到最后他告诉安迪，如果他哪天真有性行为就会告诉他，所以安迪可以不必再问了。于是安迪再也没问，他也从来不会主动告诉他这项信息。

但尽管他那么害怕性行为，他也希望被碰触，他想要感觉到另一个人的手抚摸他。这个想法让他吓坏了。有时他看着自己的手臂，满心的自我厌恶顿时涌上来，强烈得让他快没法呼吸。他的身体会变成这个样子，很多是他无法控制的，但两只手臂就完全是他自己造成的了，只能怪自己。他刚开始割自己时，是割在腿上，只有小腿，而且原先还没学到要安排位置，只是随意用刀片划过皮肤，看起来就像一堆交叉的刮痕。没有人注意过，因为不会有人看别人的小腿，就连卢克修士也没提过。但现在，没有人不会注意到他的手臂、他的背部、他的双腿，上头遍布各种疤痕：小溪般的纹路是移除毁坏组织和肌肉时形成的，而大如拇指指纹的凹陷则是以前两腿撑架的螺丝钻入肉和骨头所留下的，一片片光滑如缎的皮肤是车祸灼伤留下的痕迹，还有一些两腿生疮后愈合的伤口，现在像是微微隆起的火山口，周围永远染上了一种暗铜的色泽。穿着衣服时，他是一个人，但没了衣服，他就露出了真正的模样，堕落的那几年清楚地显示在他的皮肤上，他自己的肉身宣传着他的过去，宣传着其中的腐化和败德。

有一次在得克萨斯，他的一名顾客是个怪诞的男子——胖到肚子的肉像钟摆似的垂在两腿间，而且全身都是湿疹，皮肤非常干燥，只要一移动，就会有鬼影似的小片皮屑从他的手臂和背部浮起来，飘到空中。他看到那男人就觉得恶心，但反正所有顾客都很恶心，就某个方面来说，这个胖男人并不比其他人更好或更差。他帮那男人吹箫时，那个大肚子就压住他的脖子，那男人边叫边跟他道歉：对不起，对不起，他说，用指尖摸着他的头顶。那男人的指甲很长，厚得像骨头，刮过他的头皮，但是很轻柔，像一把扁梳的叉齿。不知怎的，仿佛这几年来他也变成了那个男子，他知道要是有人看到他，也会觉得厌恶，被他的种种畸形搞得想吐。他不希望有人得站在马桶前干呕，就像他帮那男人服务过后，捧着洗手液塞进嘴里，想把自己洗干净，又被那洗手液的味道弄得作呕。

所以，现在他终于明白，他再也不必为了食物或住处去做他不想做的事情了。但他愿意做什么，让自己不那么孤单呢？为了得到亲密关系，他有可能会摧毁自己努力建立且保护的一切吗？他打算忍受多大的羞辱？他不知道，他很怕知道答案。

但是逐渐的，他更怕自己永远不会有机会知道答案。如果永远没有亲密关系，当个人又有什么意义呢？但是他提醒自己，孤单不是饥饿、贫困或疾病；孤单是不会致命的，也不是非得消除不可。他现在的生活已经比太多人好，也比他以往所能预料的好。除了眼前的一切，还想要拥有伴侣关系，似乎有点太贪婪、太奢侈了。

几个星期过去了。威廉的作息非常不规律，会在各式各样的时间打电话来：凌晨1点，或是下午3点。他听起来很疲倦，但从不抱怨，因为那不是威廉的本性。他告诉他当地的风景，他们获准拍摄的一些考古遗址，还有拍片现场的一些小事故。威廉不在时，他愈发倾向于待在屋里什么都不做，但他也知道这样不健康，于是警觉地在周末排满活动，参加派对或晚宴。他去博物馆看展览，跟黑亨利·杨去看舞台剧，跟理查德去逛画廊。他多年前的家教学生菲利克斯现在组了一个叫“沉静的美国人”的朋克乐团，于是他找马尔科姆一起去看他们的表演。他跟威廉说起自己看了什么、读了什么，说起他和哈罗德、朱丽娅聊了些什么，说起理查德最新的作品计划，还说起他在那个非营利组织的客户，说起安迪女儿的生日派对和菲德拉的新工作，说起他跟其他人的谈话。

“再过五个半月。”威廉在一次通话结束时这么说。

“再过五个半月。”他跟着复述。

那个星期四，他去罗兹的新公寓吃晚餐，那里离马尔科姆父母家很近。去年 12 月他们碰面喝酒时，罗兹谈起这间新公寓成了他所有梦魇的源头：他半夜醒来，满脑子都是各种账单 ——学费、房屋贷款、维修保养、税——最后汇聚成一个吓死人的巨大数字。“这还是有我爸妈帮忙。”他说，“现在亚历克丝还想再生个小孩。我现在 45 岁，裘德，可是已经累垮了，要是再生一个，我就得工作到 80 岁了。”

今天晚上罗兹似乎比较镇定，脖子和脸颊呈粉红色，他看了也比较放心。“天啊，”罗兹说，“你怎么一直这么苗条啊？”十五年前，他们在联邦检察官办公室刚认识时，罗兹看起来还像个曲棍球选手，一身精瘦的肌肉，但自从跳槽到银行后，他越来越胖，而且老得很快。

“你要讲的，其实是干瘪吧？”他告诉罗兹。

罗兹大笑，“我可没那么想，”他说，“不过我就暂时接受你的诠释吧。”

这顿晚餐有十一个人，罗兹得把书房的办公椅、亚历克丝梳妆台的凳子都搬出来。他记得罗兹家的晚餐有个特色：食物总是很完美，桌上总是有鲜花，但是宾客名单和座位安排总是出状况。有时是亚历克丝邀请了个刚认识的人却没告诉罗兹，有时是罗兹算错人数，于是他们原先精心策划的正式晚宴，就会变得混乱而随意。“狗屎！”罗兹每次都这么说，但每次也只有他在意而已。

今天亚历克丝坐在他左边，两人聊起她的工作。她原来在一家时装公司罗思科当公关主任，刚刚辞职，让罗兹非常惊恐。“开始想念上班的日子了吗？”他问。

“还没。”她说，“我知道罗兹很不高兴，”她微笑，“但是他会想开的。我只是觉得应该趁孩子还小，待在家里多陪陪他们。”

他问起了他们夫妇在康涅狄格州买的乡村住宅（罗兹梦魇的另

一个来源），她把状况告诉他，缓慢的整修过程现在已经进入了第三个夏天。他发出同情的叹息。“罗兹说过你去哥伦比亚郡看房子。”她说，“你后来买了吗？”

“还没。”他说。那栋房子只是个选项：看要买下那里，还是跟理查德一起出钱整修一楼，把车库修得能用，再加个健身房和一个小游泳池——会制造恒定水流的那种，这样你就可以在原地逆水游泳——结果他们选择整修一楼。现在他每天早上都在完全私人的状态下游泳：他在健身房的时候，连理查德都不会进去。

“我们其实在等那栋房子整修好。”亚历克丝承认，“可是也没有办法——小孩还小，我们希望他们有个院子。”

他点点头，之前他听罗兹说过了。他常常觉得，他和罗兹（还有几乎律师事务所每个同龄的人）似乎过着两种并行但截然不同的成人生活。他们的世界由子女统治，那些小暴君的需求（学校、度假营、活动、家教）支配了每个决定，而且接下来十年、十五年、十八年都会如此。子女为成人生活提供了一种迫切而无法改变的目的感和方向感：他们决定了每年度假要去哪里、去多久；他们决定了家里会不会有多余的钱，如果有，该怎么花；他们让每一天、每一星期、每一年、每一生成形。拥有子女就像是在绘制某种地图，你唯一要做的，就是遵循他们出生那天给你的路线，乖乖地照着画。

但他和三个好友都没有子女，因此整个世界在眼前展开，种种可能性简直多得令人透不过气来。没了子女，你的成人身份是永远不确定的；没有小孩的成人为自己创造出一种成年生活，这常常令人振奋，但也是一种长年不稳定、令人陷入自我怀疑的状态。或者对某些人来说是如此，马尔科姆肯定就是这样，他最近还拟了一张清单，列出生小孩的优点和缺点，来找他商量，差不多就像四年前在决定要不要跟苏菲结婚时那样。

“不知道，小马，”他听完马尔科姆的清单后说，“听起来你生小孩的理由，好像是因为你觉得自己应该要，而不是你真的想要。”

“我当然会觉得应该要。”马尔科姆说，“裘德，难道你从来不觉得，我们基本上还活得像个小孩吗？”

他不曾有这种感觉，他的人生离童年很远，远得不能再远了。“不会。”他说，“小马，那是你爸的想法。如果你没有小孩，你的人生也不会更不完整，或更不理直气壮。”

马尔科姆叹气，“或许吧，”他说，“或许你说得没错。”他露出微笑，“我的意思是，我不是真的很想要小孩。”

他也微笑，“唔，”他说，“反正你永远可以改变心意。或许有一天你可以收养一个悲惨的 30 岁孤儿。”

“或许吧。”马尔科姆说，“毕竟，我听说国内有些地方正流行这种事呢。”

这会儿罗兹在厨房喊亚历克丝，越喊越急——“亚历克丝。亚历克丝！亚历克丝！”——她只好暂时告退去帮忙。他转向坐在右边的那个人，他在罗兹的其他晚宴中从没见过他，是个深色头发的男子，鼻子看起来像是被打断的：一开始坚决地往一个方向延伸，过了鼻梁又忽然改变方向，而且同样坚决。

“凯莱布 · 波特。”

“裘德 · 圣弗朗西斯。”

“让我猜猜看：天主教徒。”

“让我猜猜看：不是。”

凯莱布大笑："你猜对了。"

他们聊天，凯莱布说他之前十年都在伦敦担任一家时装公司的董事长，最近刚搬来纽约接任罗思科的执行长。"亚历克丝很好心，昨天临时起意邀请我来，我心想，"他耸耸肩，"有何不可呢？要不是来这里跟一群友善的好人吃一顿大餐，就是坐在旅馆房间看着一堆房地产清单找房子。"厨房里传来金属落地连串的叮咚响声，还有罗兹的咒骂。凯莱布看着他，抬起双眉。他笑出来，"别担心，"他向他保证，"这种事很常见。"

接下来的晚餐，罗兹努力让全桌客人打成一片，结果没成功——桌子太大了，而且他很不明智地安排原先彼此熟识的朋友坐在一起——于是他一直和凯莱布聊天。他 49 岁，在北加州马林郡长大，三十多岁搬离纽约后一直在别处定居。他也读过法学院，不过他说，以前学的那些，在工作上一天都没有派上过用场。

"从来没有？"他问。每次听到有人这么说，他都很怀疑，对于那些宣称读法学院是巨大的浪费、是三年错误的说法，他总是心存怀疑。不过他也知道自己一直对法学院感情很深，因为法学院不只给了他谋生的本领，从很多方面来说，也给了他人生。

凯莱布想了一下，"好吧，或许不是从来没有，不过不是一般预期的那样。"他终于说。他有一种深沉、小心、缓慢的嗓音，带着抚慰的同时，不知怎的又有点令人害怕。"法学院所学的东西里头，真正派上用场的其实是民事诉讼法。你认识的人里头有设计师吗？"

"没有。"他说，"不过我有很多艺术家朋友。"

"唔，那么你就了解他们的想法有多么不同——越好的艺术家，就越有可能完全不适合做生意，真的是完全不行。我过去二十年在五家不同的时装公司待过，亲身见证了那种行为模式——拒绝遵守工作期限，无力控制预算，简直完全没办法管理员工——实在太一致了，搞得你开始怀疑，或许当设计师的先决条件就是缺乏这类特质，或者设计师这份工作本身鼓励他们有这样的概念缺失。所以在我的立场上，我要做的，就是在公司内部建立一套管理制度，然后确保这套制度可以执行、可以处罚。我不太确定该怎么解释：你不能告诉他们这样做或那样做对生意有用——那对他们毫无意义，至少对其中某些人来说是这样，尽管他们总是说他们明白——你必须告诉他们，这套制度就是他们那个小小宇宙的运作法则，而且要让他们相信如果不遵守这些规定，他们的宇宙就会崩溃。只要可以说服他们这点，你就可以让他们照你需要的做。这真是可以把人搞疯。”

“那你为什么还一直跟他们合作？”

“因为他们的思考的确非常不一样。看起来太迷人了。有些人基本上接近文盲：看他们写的字条，连凑出一个完整句子都有困难。但接着你看到他们画的草图，给衣服打褶，或只是配颜色，那真是……不知道，太美好了。我实在没办法用别的方式形容。”

“不，我完全懂你的意思。”他说，想到了理查德、杰比、马尔科姆，还有威廉，“那就像是你被允许窥探另一种思考方式，你根本没有办法想象，更别说要清楚表达了。”

“一点也没错。”凯莱布说，头一次对他露出微笑。

晚餐接近尾声，每个人都在喝咖啡时，凯莱布将双脚从桌下移出来。“我得走了。”他说，“我想我还处在伦敦时间。很高兴认识你。”

“我也是，”他说，“我聊得很高兴。祝你幸运，希望你在罗思科顺利建立一套管理方式。”

“谢了，我会需要这样的运气。”凯莱布说，正要起身时，又停下来说，“下回有空的话，要不要一起吃个晚饭？”

一时之间，他吓呆了。但接着他在心里骂自己：他没什么好怕的。凯莱布才刚搬回纽约——他知道要找个可以聊天的人有多么困难，要找个朋友有多么困难，因为你不在的这些年，所有的朋友都成家了，也陌生了许多。只是聊聊天而已，没什么。"那就太好了。"他说，和凯莱布交换了名片。

"不必起来。"凯莱布一看他要起身，就忙着说，"我再跟你联络。"他看着凯莱布（他比他原先以为的高，至少比他高 2 英寸）对亚历克丝和罗兹说再见，然后没再回头就离开了。

次日他接到凯莱布的短信，他们约了周四吃晚餐。那天傍晚，他打电话谢谢罗兹的晚餐，顺便跟他打听凯莱布。

"说来尴尬，我根本没跟他讲过话。"罗兹说，"亚历克丝是在最后一刻邀请他的。这就是我对这些晚餐派对有意见的地方：她为什么要邀请一个她刚离开的公司里刚来的新执行长呢？"

"所以你也不了解他的事情？"

"没错。亚历克丝说他在那一行很受敬重，罗思科花了一番力气才把他从伦敦挖过来。不过我只知道这些。你为什么要打听他？"他几乎听得出罗兹的笑意，"可别告诉我你要拓展客户，从证券业和制药业的迷人世界跨出来了？"

"我就是这么打算的，罗兹。"他说，"谢了，另外也帮我跟亚历克丝说声谢谢。"

星期四到了，他和凯莱布约在西切尔西的一家日式居酒屋。点菜之后，凯莱布说："你知道，上星期晚餐时，我看着你，一直在想我在哪里见过你，然后我想到了——是一幅让 · 巴蒂斯特 · 马里昂的画。我上一个公司的创意总监有那幅画——其实呢，他想让公司付那幅画的钱，不过那是另一个故事了。画里是你的脸，你站在户外，而你后方有一盏路灯。”

这种事他以前也碰到过几回，总是让他很不安。“没错。”他说，“我知道你说的是哪一幅，那是‘秒，分，时，日’——他的第三次个展。”

“没错。”凯莱布说，朝他微笑，“你跟马里昂很熟吗？”

“现在没什么来往了，”他说，一如往常地心痛，“不过我们是大学室友，我认识他很久了。”

“那个系列很棒。”凯莱布说，于是他们聊了杰比的其他作品，凯莱布也看过理查德的作品，还有亚裔亨利·杨；聊到伦敦好的日本餐厅实在很少；另外又聊到凯莱布的妹妹，现在跟她第二任丈夫和一大窝子女住在摩纳哥；聊到凯莱布的父母，生了很久的病，在他三十来岁时过世；又聊到今年夏天凯莱布法学院的老同学去了洛杉矶，把位于长岛汉普顿桥的那栋房子让给他使用。另外，他们也聊了很多罗普克律师事务所，以及罗思科前任执行长留下来的财务烂摊子，这让他相信凯莱布不光是想找个朋友，也在物色他们公司的法律代表，于是他开始思索事务所里谁应该负责这家公司。他想着：应该交给艾芙琳，她是比较年轻的合伙人之一，前一年差点离开，打算跳槽去一家时装公司当法务部主管。艾芙琳会表现得很好，她很聪明，而且对时装业很有兴趣，非常适合这家公司。

他正在想这件事，凯莱布忽然问:“你单身吗？”然后笑了起来，“你干吗那样看我？”

“对不起。”他说，很吃惊，但还是露出微笑，“没错，我是单身。不过我才刚跟我的朋友谈过这件事。”

“你的朋友怎么说？”

“他说……”他开口，随即停了下来，觉得很尴尬；凯莱布忽然改变话题及口气，让他很困惑，“没什么。”他说。凯莱布微笑，没继续逼问他。此时，他想着要怎么把今晚的事告诉威廉，尤其是刚刚这段。他会告诉他，你赢了，威廉。如果威廉又提起这个话题，他决定就让他提吧。这回，他不会再逃避他的提问了。

他付了账，两人走到外头，发现正下着雨。虽然不大，但已经下了好一阵子，所以没有出租车，而且街道闪着微光，像是甘草绳糖。“我有辆车在等，”凯莱布说，“要不要我送你一程？”

“你不介意吗？”

“一点也不。”

那辆车载着他们到下城，抵达格林街时，已经是倾盆大雨，大到看不出车窗外的任何形状，只看得到颜色，亮片般的红色和黄色的灯，整个城市只剩下喇叭声和打在车顶的哗啦雨声，吵得他们几乎听不到彼此讲话。车子停下来，他正要下车，但凯莱布叫他等一下，说他有雨伞，要陪他走进去。他还来不及反对，凯莱布已经下车打开雨伞，两个人挤在雨伞下走进大楼，门在他后方轰然关上，他们站在黑暗的走廊上。

“这个大厅还真特别呢。”凯莱布讽刺地说，抬头看着那个电灯泡，“不过的确有种帝国末日的雅致。”他大笑起来，凯莱布也笑了，“罗普克知道你住在这样的地方吗？”凯莱布问。他还没来得及回答，凯莱布就靠过来吻他，力道之大，让他整个背部靠在门上，而凯莱布用双臂圈住他。

那一刻，他脑中一片空白，整个世界，还有他自己，全部自行消失。已经好久好久没有人亲吻他了，他想起以前被亲吻时那种无助的感觉，还有卢克修士总是告诉他只要张开嘴放松就好，于是现在——出于习惯和记忆，并且无能为力做其他事——他就张开嘴放松，等着这个吻结束，数着一秒秒过去，设法用鼻子呼吸。

终于，凯莱布往后退，看着他，过了一会儿，他才抬头迎视。然后凯莱布又吻他，这回用双手捧着他的脸，他又有了小时候每次被吻会有的那种感觉，觉得身体不是自己的，每个姿势都是预先决定的，是一个接一个的反射动作，不管接下来发生什么，他都只能屈服。

凯莱布又停下来，再度往后退，看着他，像在罗兹家晚餐桌上那样抬起双眉，等着他开口说话。

“我以为你是要找法律代表。”最后他终于说。这句话实在太白痴了，他觉得脸烫起来。

可是凯莱布没笑，“不是。”他说。两人又沉默了好一会儿，最后是凯莱布开口：“你不打算邀请我上楼吗？”他问。

“我不知道。”他说，突然希望威廉能帮他，虽然这不是威廉常帮他解决的那类问题。事实上，威廉大概根本不觉得这是问题。他知道自己是个多么淡漠、小心的人，尽管这种淡漠和警觉害他绝对不会成为任何聚会、任何房间里最有趣、最兴奋或最受瞩目的人，但到目前为止都保护了他，给他一段远离丑恶和污秽的成年时光。但有时他不免纳闷是否把自己保护过头了，忽视了身为人类的某些基本要素。或许他现在准备好有个伴了。或许已经隔了够久的时间，往后会不一样。或许他错了，或许威廉对了。或许他不需要永远禁绝这种经验。或许他不像自己想的那么令人厌恶。或许这回他真的可以。或许到头来他不会被伤害。那一刻，凯莱布似乎是魔法变出来的，像阿拉伯神话中的精灵，是他最严重的恐惧和最大的希望催生出来的，在这个时刻降临到他的生活里来考验他：一边是他所熟知的一切，是他既有的模式，规律而平淡乏味得像是漏水的水龙头发出的叮咚声响，他独自一人但很安全，把所有可能伤害他的事物挡在外面；另一边则是波涛、骚动、暴风雨、刺激，他无法控制的一切，有可能变得非常糟糕或令他狂喜的一切，他成年生活试图避开的一切，因为缺失而让他的生活失去色彩的一切。在他心中，那个活物犹豫着，立起两只前腿扒着空气，像是要寻找答案。

别去做，别欺骗自己了，无论你怎么告诉自己，你都知道自己是什么，一个声音说。

冒险试一次吧，另一个声音说，你很孤单，你得试试看。这是他向来忽略的声音。

这种机会可能不会再有了，那个声音又说。这句话让他停了下来。

结果会很惨的，第一个声音说。然后两个声音都沉默下来，等着看他会怎么做。

他不知道该怎么做，他不知道会发生什么事。他得弄清楚。他学到过的一切都叫他离开；但他期望的一切都叫他留下。勇敢一点，他告诉自己，就勇敢这一次吧。

于是他目光回到凯莱布身上。“走吧。”他说。虽然他已经开始害怕，但他还是假装不怕，开始沿着狭窄的走廊朝电梯走。除了他右脚刮过水泥地的声音，他还听到凯莱布的鞋底接触地面的声音、雨水敲着防火梯的轰响，以及他自己跳得很急的焦虑心脏。

* * *

一年前，他开始帮一个叫马格瑞夫和巴斯克特（Malgrave and Baskett）的大型制药公司辩护。这家公司的董事会被一群股东控告渎职、无能、玩忽职守。“老天，”卢西恩那时还嘲讽地说，“真不懂他们为什么会这样想！”

他听了叹气："我知道。"马格瑞夫和贝斯凯这家公司根本是一塌糊涂，大家都知道。找上罗普克之前的那几年，这家制药公司不得不应付两宗内部吹哨人提起的诉讼（一个指出该公司有一组老旧且危险的制造设备，另一个指出另一组设备制造出了被污染的产品）。于是法院向该公司发出传票，调查涉及了一连串养老院的复杂回扣案；此外公司也被指控非法营销该公司最畅销的一种药。那种药物原先获得核准上市，只能治疗精神分裂症，结果却用来治疗阿兹海默症。

于是，他花了十一个月访谈了五十名马格瑞夫和巴斯克特的现任和前任主管，汇整出了一份答辩报告。他的团队里还有十五名律师，有天夜里加班，他听到他们提到这家公司，叫它"弊端加混蛋"。

"你们敢让客户听到就试试看。"他斥责他们。当时很晚了，已经凌晨 2 点，他知道他们很累。如果他是卢西恩，就会吼他们，但他也累了。前一个星期，团队里一名普通律师，是个年轻女性，凌晨 3 点从座位上站起来，转头看了一圈，就晕倒了。他叫了救护车来，让其他人都回家，但隔天早上 9 点前要准时上班；他自己又多待了一个小时才回家。

"你让他们回家，然后自己留下来？"卢西恩第二天问他，"你变得心软了，圣弗朗西斯。幸好你在审判时不会这样，要是让对方律师知道他们的对手这么好欺负，我们连一场官司都别想赢了。"

"这表示我们事务所不会送花给埃玛·格什吗？"

"哦，已经送了。"卢西恩说，站起来慢吞吞地走出他的办公室，"'埃玛，养好身体，早点回来，不然走着瞧。爱你的罗普克大家庭。'"

他喜欢出庭，他喜欢在法庭里辩论、演说，永远都不嫌多。但这回他跟马格瑞夫和贝斯凯的目标，是在进入折磨人的、冗长无聊、拖上好几年的调查与收集证据开始之前，就让法官撤销这个案子。他写了驳回原告起诉的申请书，9 月初，地方法院的法官就驳回了。

“我真是以你为荣。”卢西恩那天晚上说，“弊端加混蛋不知道他们有多幸运，这个案子本来铁定会输的。”

“唔，弊端加混蛋好像真的不知道哦。”他说。

“没错。不过我猜想，只要你有脑子找对律师，你就算当个彻头彻尾的白痴也没关系。”他站起来，“你这个周末打算去哪里吗？”

“没有。”

“唔，做点放松的活动吧。出门玩玩，吃顿大餐。你的气色不太好。”

“晚安，卢西恩！”

“好吧，好吧。晚安。恭喜了——真的，这回真的是大胜。”

他又在办公室待了两小时，把文件整理分类，设法把零碎的东西收拾好。每回一个案子的结果出来，他都没有解脱或胜利的感觉：只有疲倦，一种单纯、应有的疲倦，好像他做完了一天该做的体力劳动。十一个月的工作，包括访谈、调查、更多访谈、事实查核、撰写、重写……然后，刹那间就结束了，另一个案子又要开始。

最后他终于回到家。走向卧室途中，他忽然疲倦得停下来，坐在沙发上就睡着了，一个小时后醒来，他既茫然又口渴得要命。过去这几个月，他跟大部分朋友都没见面，也没谈话，就连跟威廉的通话都比平常简短。这一部分要怪弊端加混蛋，这个案子要准备的东西太多了；但另一部分则归因于他对凯莱布的事一直很困惑，而且还没跟威廉提起过他。不过这个周末凯莱布都在汉普顿桥，他很高兴自己能独处几天。

他们交往三个月了，他还是不知道自己对凯莱布有什么感觉，他甚至不太确定凯莱布是不是喜欢他。或者应该说：他知道他很喜欢跟他聊天，但有时他会不小心看到凯莱布用一种近乎厌恶的表情看他。“你真的很英俊，”凯莱布有回说，口气似乎茫然不解，手指抬起他的下巴，把他的脸转向自己，“可是……”凯莱布没讲完，但他感觉得出凯莱布想说：可是有什么不对劲，可是你还是让我受不了，可是我不懂为什么我没法真正喜欢你。

比方说，他知道凯莱布讨厌他的跛行。他们开始交往几周后，有一天凯莱布坐在沙发上，他去拿一瓶葡萄酒。走回来时，他注意到凯莱布很专心地看着他，让他紧张起来。他倒了酒，两人开始喝，然后凯莱布说：“你知道，我认识你的时候，我们都坐着，所以我不知道你走路会一跛一跛的。”

“是啊。”他说，提醒自己不必为这种事道歉。他没有设圈套给凯莱布，他没有故意欺骗他。他吸了口气，设法让自己的语调轻松、带着一点好奇：“要是当初知道的话，你就不会想跟我交往了吗？”

“不知道，”凯莱布沉默了一会儿说，“我不知道。”他当时很想消失，很想闭上眼睛让时光倒流，回到遇见凯莱布之前。他会婉拒罗兹的邀约；他会继续过着他渺小的人生；他永远不会知道有什么不同。

凯莱布讨厌他的跛行，但更厌恶他的轮椅。凯莱布第一次白天来他家时，他带着他参观了一圈。他很以这间公寓为荣，每天都很庆幸自己住在里面，同时又不敢相信这里是他的。马尔科姆把威廉的套房（他们都这样称呼）留在原来的位置，但把它加大了，还在靠北的角落加了一间办公室，离电梯很近。公寓中间的长形开放空间放了一架钢琴，起居空间朝南，还有一张马尔科姆设计的餐桌放在没有窗子的北边，餐桌再过去是占满一整墙的书架，直到厨房。上头挂着艺术作品，有他朋友的，也有朋友的朋友的，或是他这些年买的其他作品。公寓的整个东头是他的：靠北边是卧室，往南经过衣物间，就来到浴室，里面有窗子，开向东边和南边。虽然大部分时间他都把公寓里的遮光帘拉下来，但也可以一口气全部打开，整个空间就像纯粹的光线构成的长方形，人在里面，和外面的世界只隔着一层迷离的薄纱帘。他常觉得这个公寓仿佛是个骗局：暗示住在里面的是个开放、地位重要且乐意回答所有问题的人，但他当然不是那样。利斯本纳街的旧居，有着黯淡的凹室和昏黑的狭窄通道，墙壁因为漆过太多次，可以摸到虫子在里头产卵而形成的突起和破洞。那样的地方，才更能准确地反映他这个人。

为了凯莱布的来访，他提前打开了所有遮光帘，让整个空间充满阳光。他看得出凯莱布的确印象深刻。他们缓缓走过去，凯莱布仔细审视着那些艺术作品，问起他是如何得到的、创作的艺术家是谁，也注意到某些他看过的。

然后他们进入卧室，他正要介绍房间另一头的那件作品（画作里，威廉坐在化妆师前的椅子上，是从“秒，分，时，日”的展览里买来的），凯莱布忽然问：“那是谁的轮椅？”

他看向凯莱布的视线。“我的。”他顿了一下回答。

“可是为什么？”凯莱布问他，一脸困惑，“你可以走路啊。”

他不知道该说什么。“有时候我需要轮椅。”最后他终于说，“少数时候，我没那么常用。”

“很好，”凯莱布说，“看起来你不需要。”

他很吃惊。这是表示关心，还是一种威胁？但他还没搞清楚自己该有什么感觉，或者该怎么回答，凯莱布已经转身进入他的衣物间，他跟在后面，继续为他介绍。

一个月后，有天晚上很晚了，他们约在凯莱布的办公室外碰面，就在肉品包装区的西端。凯莱布的工时也很长；这是7月初，再过八周罗思科就要推出他们的春装秀。他那天开车去上班，但是晚上没下雨，所以他下车后坐上轮椅，在一盏路灯下等待，直到凯莱布下来，在跟某个人讲话。他知道凯莱布看到他了——他朝他举了下手，凯莱布微微点了个头：他们两个都不喜欢公然表达感情——就这么观察着，直到凯莱布讲完话，那个人开始朝东走。

“嗨。”他说，看着凯莱布走向他。

“你为什么坐轮椅？”凯莱布问道。

一时之间，他说不出话来，等到终于开口，他嗫嚅道：“我今天有需要。”

凯莱布叹气，揉揉眼睛：“我还以为你没在用轮椅。”

“我是没在用啊。”他说，羞愧得都可以感觉到自己在冒汗了，“只有很偶尔，绝对需要的时候才用。”

凯莱布点点头，但是继续捏着鼻梁，不肯看他。“听我说，”凯莱布最后终于说，“我想我们还是不要吃晚餐了。你显然不太舒服，我也累了，我得回去睡个觉才行。”

“啊，”他说，很气馁，“没关系，我了解。”

“好吧，很好。”凯莱布说，“我再打电话给你。”他看着凯莱布迈着长长的步伐越走越远，直到转弯消失。然后他自己上车开回家，割自己割到流了好多血，直到抓不稳刮胡刀片了才停下来。

次日是星期五，凯莱布没联络他。好吧，他心想，就这样了，也好：凯莱布不喜欢他坐轮椅的事实。他也不喜欢。他不能因为凯莱布不能接受这件事而怨恨他，因为连他自己都不能接受。

但星期六上午，凯莱布打电话给他。当时他刚去楼下游泳回来。“星期四晚上的事情很对不起。”凯莱布说，“我知道你一定觉得我无情又古怪，对你坐轮椅这么——这么反感。”

他坐在餐桌旁的椅子上：“其实一点也不古怪啊。”

“我以前跟你提过，我父母亲在我成年后的大半时间里都在生病。”凯莱布说，“我父亲是多重硬化症，而我母亲——没人知道她得了什么病。我大学时代她生病了，从此没好过。她有脸痛、头痛，长期有各式各样的、不严重的不舒服。虽然我相信是真的，但让我非常困扰的是，她好像从来不想好转，她就是放弃了，我父亲也是。家里到处都是他们向疾病投降的证据：第一根拐杖，然后是助行器、轮椅，再来是电动车，还有各种药瓶、卫生纸、缓解疼痛的药膏气味，天晓得还有什么。”

凯莱布停下。“我想继续跟你交往，”最后他终于说，“但是，但是我没办法面对这些跟软弱、疾病有关的附加对象。我就是没办法。我讨厌这些。那会让我很不安，让我觉得——不是沮丧，而是狂怒，觉得自己必须奋力抵抗。”他又停了一下，“只是我当初认识你的时候，真的不知道你是这样。”末了他又说了，“我本来以为我可以接受，但现在不确定我做得到。你可以理解吗？”

他咽下口水，很想哭，但他可以理解，他的感觉就跟凯莱布一模一样。“可以。”他说。

尽管不太可能，他们还是继续交往下去。凯莱布迅速而彻底地渗透到他的生活里，让他一直处于震惊状态。那就像童话故事的情节：一个住在黑暗森林边缘的女子听到敲门声，打开小屋的门。就算只是片刻，就算她没看到任何人，但就在那短短几秒钟，几十个恶魔和鬼魂就从她身旁溜过，进入屋内。从此她再也无法摆脱他们，永远被纠缠不放。有时他的感觉就是如此。其他人也是这样吗？他不知道，他害怕得不敢问人。他发现自己脑袋里面一直努力回想着自己跟朋友的谈话，或是偶尔偷听别人谈论他们的伴侣关系，设法衡量自己碰到的状况是否正常，寻找各种蛛丝马迹，以便判断自己该怎么做。

然后是性爱的部分，结果比他想象的更糟糕：他都忘了那有多么痛苦、多么糟蹋人、多么讨厌，而自己又有多不喜欢。他讨厌那些姿势、那些体位，每一种都是屈辱，让他觉得自己很无助、很软弱；他讨厌那些滋味和气息；最严重的是，他痛恨性交的声音：那种肉类拍打的声音、受伤动物的呻吟和闷哼，这些状况或许应该让他兴奋起来，但他只觉得倒胃口。他领悟到，有一部分的他总以为成年后会比较好，仿佛光是年龄增加，就能把这类经验变成某种绝妙而令人愉快的事情。上大学时，二十来岁时，三十来岁时，他会倾听别人带着无比的欢欣和愉悦谈论性爱。他心想：那个居然让你们兴奋成这样？真的吗？我记得的根本不是这样。但是他也没办法纠正别人，说其他千千万万个人都是错的。所以显然性爱里有些东西他没搞懂，显然有些地方他做错了。

他们上楼的第一个夜晚，他就知道凯莱布期望什么。“我们得慢慢来。”他告诉他，“我已经很久没做了。”

凯莱布在黑暗中望着他，他还没开灯。“多久？”他问。

“很久。”这是他唯一说得出口的。

于是有一阵子，凯莱布很有耐性。但接下来就没了。有天夜里，凯莱布还想脱掉他的衣服，他硬拉开他的手。“我没办法。”他说，“凯莱布……我没办法。我不想让你看到我的样子。”他鼓起所有勇气才说出这句话。他惊恐得全身发冷。

“为什么？”凯莱布问。

“我身上有疤。”他说，“在背上和两腿上，还有手臂。很难看，我不希望你看到。”

他其实不知道凯莱布会说什么。他会说“我很确定没有那么糟糕”，然后非得脱掉他的衣服不可？或者他会说“我们来看看”，硬是脱掉他的衣服，然后站起来离开？他看到凯莱布犹豫着。

“你不会喜欢的。”他又说，“真的很恶心。”

这句话似乎帮凯莱布下了决定：“好吧。”他说，“我不必看到你身体的每个部分，对吧？重要部位就够了。”然后那一夜，他躺在床上，身上衣服半穿半脱，等着事情结束，同时想着万一凯莱布逼他脱光，那就更屈辱了。

尽管有这些失望之处，跟凯莱布在一起也有种种不可怕的一面。他喜欢凯莱布用缓慢、深思的说话方式，谈起共事的时装设计师，谈起他对色彩的了解以及对艺术的欣赏。他喜欢可以跟他谈自己的工作这一点（有关“弊端加混蛋”），而且凯莱布不光了解那些案子的挑战，也觉得很有趣。他喜欢凯莱布专注地听他讲事情，提出的问题也显示了他有多么专注。他喜欢凯莱布欣赏威廉、理查德、马尔科姆的作品，而且和他尽情地谈起这些老友。他喜欢凯莱布离开时，总会用双手捧着他的脸，暂停一会儿，像是某种沉默的祝福。他喜欢凯莱布的结实，他身体的力量；他喜欢看他的动作；他就跟威廉一样，对自己的身体感到那么自在。他喜欢凯莱布睡觉时，偶尔会霸道地把一只手臂横到他的胸前。他喜欢在凯莱布身边醒来。他喜欢凯莱布有点奇怪、带着一种淡淡的危险与威胁：他完全不同于他成年后会挑选的那种人——那些他判定永远不会伤害他、非常善良的人。和凯莱布在一起时，他觉得更像个人，同时也更不像个人。

凯莱布第一次打他时，他惊讶也并不惊讶。那是 7 月底，他半夜 12 点左右离开办公室去凯莱布家。那天他用了轮椅（最近他两脚不太对劲，他不知道是怎么回事，但两只脚几乎都没了感觉，像脱臼似的，他一试着走路就会摔倒），但是到了凯莱布家，他把轮椅留在车上，缓慢地走向前门，每走一步都得把脚抬得异常的高，免得绊倒。

他一进公寓，就知道自己不该来。他看得出凯莱布心情很糟，感觉得到空气因为他的怒火变得闷热又污浊。之前，凯莱布终于搬到了花店区的一栋大楼，但是东西大半还没拆箱。此时他整个人烦躁又紧绷，牙齿磨得嘎吱响。他带了吃的去，于是缓缓地走到料理台放下来，故作轻松地讲话，想转移凯莱布的注意力，免得他注意到他的步态，绝望地试图让情势好转。

“你干吗那样走路？”凯莱布打断他。

他真不愿意向凯莱布承认自己还有其他毛病，他无法再一次鼓起勇气了。“我这样走路很怪吗？”他问。

“对，看起来就像科学怪人。”

“对不起，”他说，“我自己都没注意到。”离开，他心里的声音说，马上离开。

“唔，别再那样走了，看起来很可笑。”

“好吧。”他低声说，把咖喱舀到一个大碗里要给凯莱布。“来吧。”他说，但是他走向凯莱布时，因为想走得正常点，结果却绊了一下，右脚绊到左脚，碗掉了，绿咖喱泼溅在地毯上。

稍后，他会想起凯莱布一言不发，冲过来反手给了他一耳光，打得他往后摔倒，后脑撞在铺了地毯的地板上。“快点滚出去，裘德。”他视力恢复之前就听到凯莱布说，甚至没有怒吼，“滚出去，我现在没办法看你。”于是他照做，努力站起身，走着可笑的科学怪人步伐离开那间公寓，让凯莱布清理他制造的混乱。

次日他的脸开始变色，左眼周围出现一片奇异的优美色调：堇菜紫、琥珀褐和酒瓶绿。等到那个周末，他到上城跟安迪约诊时，脸颊已经转成了苔绿色，左眼肿得几乎睁不开，上唇是肿胀、柔软的亮红。

“老天啊，裘德，”安迪一看到他就说，“你他妈的出了什么事？”

“轮椅网球赛。”他说，还咧嘴笑。他前一夜在镜子前练习过这个笑容，脸颊被扯得发痛。他已经做过功课：在哪里打球、多久打一次、有多少人参加。他编了一个故事，自己先练习，在办公室里也讲给其他人听，直到听起来很自然，甚至很滑稽：对方球员大学时代是名高手，一个正手拍轰过来，他转身不够快，球就砰一声打中了他的脸。

他把这一切告诉安迪，安迪边听边摇头。“好吧，裘德，”他说，“我很高兴你尝试新的东西。不过老天，你觉得打网球是个好主意吗？”

“你不是总叫我少用脚？”他提醒安迪。

“我知道，我知道。”安迪说，“可是你有那个游泳池，这样还不够吗？而且无论如何，你刚被打到的时候，就该来找我。”

“安迪，这只是点瘀青。”他说。

“这瘀青他妈的很严重，裘德。我的意思是，天啊。”

“好吧，总之，”他说，装出漫不经心的口气，甚至有点挑衅，“我得跟你谈谈我的脚。”

“说吧。”

“那种感觉很奇怪：好像两脚封在水泥棺材里。我感觉不到它们的位置，也控制不了。我抬腿放下时，小腿可以感觉到我把脚放下了，但脚本身感觉不到。”

“啊，裘德，”安迪说，“这是神经损伤的征兆。”他叹了口气，“除了你多年来都没有这样过以外，好消息是，这种状况不是永久性的。坏消息是，我没办法告诉你什么时候会停止，或什么时候又会开始。另一个坏消息是，除了等待，唯一的治疗方式就是止痛药，但我知道你不想吃。”他暂停一下，“裘德，我知道你不喜欢止痛药带来的感觉，但现在已经有更好的止痛药，比三十年前甚至二十年前都要好。你愿意试试看吗？至少让我给你开一点轻微的止痛药，让你的脸好过一点。那样不是很痛吗？”

“其实没那么糟。”他撒谎，但最后他还是接受了安迪开的处方。

“另外少用脚。”安迪检查过他的脸后说，“还有老天在上，别去打网球了。”接着在他离开之前又说，“别以为我会不提你的割伤！”自从跟凯莱布交往以来，他割自己割得更凶了。

回到格林街，他把车停在楼下车库前的车道上，准备把钥匙插入前门时，听到后头有人喊他，回头只见凯莱布正要下车。他此时坐在轮椅上，只想赶紧进去。但凯莱布的动作比他快，趁门关上前先卡住了它，于是两个人又单独在大厅里。

“你不该来的。”他对凯莱布说，不肯看他。

“裘德，听我解释。”凯莱布说，“我很抱歉，真的。我那天实在……工作正好很不顺，一切都烂透了，就把气发在你身上。我本来想早点过来的，可是公司的状况糟到实在走不开。我真的很抱歉。”他蹲在他旁边，“裘德，看着我。”他叹气，“我真的很抱歉。”他用双手捧着他的脸，转向自己，“你可怜的脸。”他轻声说。

他还是不太明白自己那天晚上为什么让凯莱布上楼。或许他愿意向自己承认，他感觉凯莱布打他有种不可避免的成分，甚至让他小小松了一口气：他一直在等，因为他的自大，因为他居然以为自己可以拥有其他人所拥有的，他知道自己会得到某种惩罚。然后，终于来了。这就是你得到的，他脑袋里的那个声音说，谁叫你要装成你明知道自己不是的那种人，还想着你跟其他人一样好。他回想起之前杰比有多怕杰克逊，想起他当时了解杰比的恐惧，了解你可以被另一个人困住，离开那个人这么简单的动作却让你感觉非常难。他对凯莱布的感觉就跟当初对卢克修士的一样：他轻率地把自己托付给这个人，在这个人身上寄托了那么多希望，以为这个人可以救自己。即使后来他们显然救不了他，即使他的希望破灭，他还是没办法脱离他们，他就是没有办法离开。他和凯莱布在一起有种合理的对称性：他们两个是毁坏品和摧毁者，是一山垃圾和嗅着垃圾的胡狼。他们的关系只有彼此知道——他没见过凯莱布生活中的任何人，也没把凯莱布介绍给自己生活里的任何人。他们都明白彼此的关系有种可耻的成分，他们因为彼此的反感和不安而结合：凯莱布忍受他的身体，他忍受凯莱布的嫌恶。

他一直知道，如果自己想跟某个人在一起，就得做出某种交换。而凯莱布，他知道，是他能找到最好的对象了。至少凯莱布并不畸形，不是施虐狂。凯莱布对他所做过的事情，没有一样是他以前没碰到过的。他一再这么提醒自己，一遍又一遍。

9 月底的一个周末，他开车到凯莱布的朋友在汉普顿桥的别墅，凯莱布会在那里待到 10 月初。罗思科的春装发布会非常顺利，凯莱布比较轻松了，甚至会表示关爱。他后来只打过他一次，对着他胸口打了一拳，打得他踉跄后退，但凯莱布当场就道歉了。除此之外，两人的状况好极了：周三和周四夜晚，凯莱布会在格林街过夜，然后在周五开车去汉普顿桥。他则很早去上班，工作到很晚。“弊端加混蛋”的案子结束之后，他以为自己可以松一口气，即使只是短暂的。结果没有，公司又派了一个新客户给他，是一家投资公司涉嫌证券诈欺遭到调查。即使现在，他还是会因为星期六不工作而感到罪恶。

除了他的罪恶感，那个星期六很完美，他们白天大部分时间都待在室外，两个人都在工作。傍晚凯莱布烤了牛排，边烤边唱歌，他停下来倾听，知道两人都很快乐，一时间，他们对彼此的矛盾心理都化为烟尘，短暂而毫无重量。那一夜，他们很早就去睡觉，凯莱布没要求做爱，他睡得很沉，是这几个星期来睡得最好的一夜。

但次日早晨，还没完全醒来，他就感觉到脚痛又回来了。两个月前，他的脚痛忽然完全消失，但现在又开始了。他站起来时，还感觉到这回的状况更糟：好像两腿只到脚踝为止，以下的两只脚底板无力而感到剧痛。走路时，他得低着头看着，确定自己抬起了一只脚，而且确实落地了。

他走了十步，但越走越辛苦——太困难、太花心力了，他想吐，于是他又在床沿坐下。别让凯莱布看到你这样，他警告自己。然后才想到凯莱布出去慢跑了，这是他每天早上的习惯。现在屋里只有他一个人。

所以他还有一点时间。他用手臂把自己拖到浴室里冲澡。他想到他放在车上备用的轮椅。凯莱布一定不会反对他坐轮椅吧，尤其是如果他可以摆出很健康的模样，这只是一个小小的倒退，只有一天的不便而已。他计划次日清晨再开车回市区，但如果必要的话，也可以提早离开。他希望不要——昨天太美好了，或许今天也会很美好。

凯莱布回来时，他已经换好衣服，坐在客厅的沙发上等着，假装在读一份案情摘要。他看不出凯莱布心情如何，不过他慢跑完通常心情还不错，甚至特别宽容。

“我切了一些剩下的牛排。”他告诉他，“要不要我帮你煎个蛋？”

“不必了，我自己来。”凯莱布说。

“慢跑怎么样？”

“很好，很棒。”

“凯莱布，”他说，设法保持声音轻快，“听我说，我两只脚有点问题，只是神经受损的副作用，偶尔才会出现，不过会让我走路很困难。你介意我去拿车上的轮椅吗？”

有一分钟，凯莱布什么都没说，只是喝掉他手上那瓶水。“不过你还是可以走路，对吧？”

他逼自己看着凯莱布：“唔，严格来说，没错。但是……”

“裘德，”凯莱布说，“我知道你的医生大概不同意，但我必须说，我觉得你总是挑最简单的解决方式，实在有点软弱吧。我认为你就是必须忍受一些事，你知道吗？我对我父母的想法就是这样：他们总是轻易地屈服于每一种疼痛、每一次的不舒服。

“所以我想，你应该要坚强起来。我想如果你可以走路，那就该走。我只是认为，当你有能力做得更好的时候，就不该养成这种宠爱自己的习惯。”

“啊，”他说，“好，我明白。”他忽然觉得很羞愧，好像自己刚刚提了什么肮脏而不正当的要求。

“我要去冲澡了。”凯莱布沉默了一会儿说，随即走开。

剩下的那一整个白天，他都尽量少移动，而凯莱布仿佛不想找到对他发脾气的理由，也没要求他做任何事。凯莱布做了午餐，两个人在沙发上吃完后，便各自对着电脑工作。厨房和相连的客厅是一整个阳光明亮的空间，一整面落地窗面向草坪，往外俯瞰着沙滩。等到凯莱布去厨房做晚餐时，他趁着他背对客厅的机会，像蠕虫般慢慢移动到门厅的洗手间。他想去卧室的袋子里拿阿司匹林，但那里太远了，于是他跪在门口，等到凯莱布再度面向灶台时，才爬回自己待了一整天的沙发。

“晚餐好了。”凯莱布宣布。他吸了口气站起来，两脚感觉像煤渣砖，沉重又笨拙，然后他盯着脚，开始走向餐桌。感觉好像走了好几个小时，才走到餐椅旁。中间他一度抬头看着凯莱布，他的下颌移动，看着他的眼神似乎带着恨意。

“快点。”凯莱布说。

他们沉默地吃着。他简直受不了。刀子摩擦着餐盘：受不了。凯莱布咀嚼四季豆的嘎吱声大得没必要：受不了。他嘴里的食物全化为一头肉乎乎的野兽：受不了。

“凯莱布。”他开口了，很小声，但凯莱布没回应，只是把椅子往后一推，站起来走向水槽。

“把盘子拿来给我。”凯莱布说，然后看着他。他慢吞吞站起来，开始艰难地走向水槽，看着每次脚落地，才敢走下一步。

后来他很好奇，如果他在那一刻更努力一点、更专心一点，是否能设法走完那二十步而不摔倒。反正那样的状况没有发生。他左脚还没落地，右脚就提早半秒抬起来，他摔倒了，手上那叠瓷盘落在前方，砸在地板上哗啦响。然后，凯莱布冲过来，快得好像他早就料到了，他来到他面前，抓起他的头发，用拳头打他的脸，力道大得让他往后飞起来，落地时撞上茶几，后脑勺撞在桌沿上。茶几上的葡萄酒也被撞倒了，没喝完的酒咕噜咕噜流到地上，凯莱布大吼一声，抓住酒瓶的颈部，朝他的后颈敲下去。

“凯莱布，”他猛吸一口气，“拜托，拜托。”他从来不是那种求饶的人，就连小时候都不会，但不知怎的，他已经变成这样的人了。在他小时候，这条命对他来说没什么意义；但现在，他真希望还是那样。“拜托，”他说，“凯莱布，拜托原谅我。对不起，对不起。”

但他知道，凯莱布不再是人类了，他变成了一头狼或是郊狼，他就是肌肉，是愤怒。他对凯莱布无足轻重，只是头猎物，可以被丢弃。他被拖到沙发边缘，他知道接下来会发生什么，但无论如何还是继续哀求着。“拜托，凯莱布，”他说，“拜托不要。凯莱布，拜托。”

再度恢复知觉时，他发现自己躺在沙发后方的地板上，屋子里很安静。“哈喽？”他喊道，好恨自己声音里的颤抖，没听到任何动静。其实他用不着听，就知道屋里只有他一个人。

他坐起身。把内裤和长裤拉起来，活动一下手指和双手，膝盖缩到胸口又放下，肩膀前后动一动，脖子左右转一转。他颈背有点黏黏的，但他伸手检查后松了一口气，发现那不是血，而是葡萄酒。他全身都在痛，但没有伤口。

他爬到浴室，迅速清理好自己，收拾好东西放进包里，爬到前门。一时之间，他很怕自己的车不见了，那他就会被困在这里。但是还好，车子还在，就停在凯莱布的车旁边，等着他。他看了手表一眼：半夜 12 点了。

他用双臂和膝盖爬过草坪，包包痛苦地从一边肩膀悬吊而下，前门到汽车的那两百码简直像是有几英里长。他好想停下来，他好累，但他知道自己不能停。

上车后，他没敢看镜子里的自己，就发动引擎开走了。开了大约半小时，一旦他知道自己离那房子够远、够安全了，他才开始发抖，抖到车子都开不稳。于是他停到路边等待，前额靠在方向盘上。

他等了十分钟、二十分钟，然后转身。尽管连这个动作都是折磨，他还是从包里找出手机，拨了威廉的电话，等待着。

“裘德！”威廉说，听起来很惊讶，“我正想打给你。”

“嗨，威廉，”他说，希望自己的声音听起来很正常，“我大概猜到你的想法了吧。”

他们谈了几分钟，然后威廉问：“你还好吧？”

“当然很好啊。”他说。

“你的声音有点奇怪。”

威廉，他想说，威廉，我真希望你在这里。但他只是说：“对不起，我只是头痛。”

他们又聊了一下。挂电话前，威廉说：“你确定你没事？”

“确定。”他说，“我很好。”

“好吧，”威廉说，“好吧。”然后说，“再五个星期。”

“再五个星期。”他想念威廉到简直无法呼吸。

挂断电话后，他又等了十分钟，才终于停止颤抖，发动车子开回家。

次日，他逼自己观察浴室镜中的自己，他羞愧、震撼又感到悲惨，差点叫出声来。他整个人都变形了，丑得吓人——即使是他，也实在太丑、太怪了。他穿上最喜欢的西装，尽量让自己看起来像样一点。凯莱布踢了他的身侧，让他做每个动作、每次呼吸时都非常痛。离家之前，他先打电话跟牙医约诊，因为他感觉有一颗上牙被打松了。另外，他也跟安迪约了当天晚上看诊。

他去上班。“这个造型不适合你哦，圣弗朗西斯。”一个他很喜欢的资深合伙人在上午的管理委员会议说，大家都笑了。

他挤出微笑：“恐怕你说得没错。”他说，“还有件事你们一定会很失望。我即将宣布，很可惜，我有希望成为残奥会网球冠军的日子，已经结束了。”

“唔，我可不觉得可惜。”卢西恩说，同时会议上的每个人都假装失望地哀叹起来，“你在法庭上很有攻击性。我想从现在开始，那应该成为你唯一的搏斗运动了。”

那天晚上去看诊，安迪质问他：“裘德，我之前怎么跟你交代网球的事情？”

“我知道。”他说，“不会再有了，安迪。我保证。”

“这回是什么？”安迪问，手指放在他的颈背上。

他故意夸张地叹气：“我转身，一个反手拍的意外就发生了。”他等着安迪说些什么，但他没有，只是擦了点抗生素软膏在他的脖子上，然后贴上绷带。

次日，安迪打电话到他办公室。“我得私下跟你谈谈，”他说，“有很重要的事情。能不能找个地方碰面？”

他警觉起来。“一切都没事吧？”他问，“你还好吧，安迪？”

“我很好。”安迪说，“但是我得跟你碰面谈谈。”

他把晚餐休息的时间提早，两人约在他办公室附近的一家酒吧，里面的常客是罗普克事务所旁边那栋大楼里的日本银行职员。他到的时候，安迪已经在了，他将手掌轻轻地放在没受伤的那半边脸上。

“我帮你点了啤酒。”安迪说。

他们沉默地喝着，然后安迪说：“裘德，我问你这个问题的时候，我要你抬头看着我。你……你是不是在伤害自己？”

“什么？”他惊讶地问。

“这些打网球的意外，”安迪说，“会不会其实是……是别的？你是不是故意摔下楼梯、去撞墙，或什么的？”他吸了口气，“我知道你小时候常常这样。现在又开始了吗？”

“没有，安迪。”他说，“我没有，这些伤不是我自己弄的。我跟你发誓，我以——以哈罗德和朱丽娅发誓，我以威廉发誓。”

“好吧。”安迪说，吐了一口气，“我的意思是，我真的松了口气。知道你只是个笨蛋，不听医生的指示，但这也不是新闻了。而且很明显，你网球打得很烂。”安迪微笑。他逼自己微笑以对。

安迪又帮两人点了一轮啤酒，有一会儿，两个人沉默无言。“裘德，你知道吗？”安迪缓缓地说，“这几年来，我想了又想，不知道该拿你怎么办。不，什么都别说，先让我讲完。我常常夜里睡不着，问自己对你的处理对不对：有好多次，我差点要把你强制送医，准备打电话给哈罗德或威廉，跟他们说我们得合力把你送去住院。我跟一些当心理医生的老同学谈过，把你的事情告诉他们，说这个病人我很熟，问他们如果站在我的立场该怎么做。我认真听了所有人的建议，还听了我的心理医生的建议，但没有一个人能肯定地告诉我正确的答案是什么。

“我一直为了这件事折磨自己。但我始终觉得——你在很多方面都这么正常，而且生活达到这么诡异但不可否认成功的平衡，所以我想，我不知道，我实在不应该打乱这个平衡。你知道吗？所以我就让你一年接着一年地继续割自己，而每一年，每一次我看到你，就会想到自己让你继续这样是不是对的，是不是应该更努力地逼你去寻求专业协助，让你停止伤害自己。”

“对不起，安迪。”他低声说。

“不，裘德，”安迪说，“这不是你的错。你是病人。我本来就该搞清楚什么是对你最好的，但是我觉得——我不知道自己有没有办到。所以你带着那些瘀青来找我的时候，我第一个想到的就是我的决定还是错了。你知道吗？”安迪看着他，再度看到安迪迅速擦了一下眼睛，他很惊讶。“这么多年都是这样。”安迪暂停一下说，两人又陷入沉默。

“安迪，”他终于说，自己也很想哭，“我跟你发誓，我没有用别的方式自残，只有割伤而已。”

“只有割伤而已！”安迪说，然后发出一个刺耳的笑声，“好吧，我想，就你这几年的状况来说，我应该很庆幸，‘只有割伤而已。’你知道这样有多惨吧，我居然应该松一口气？”

“我知道。”他说。

星期二、星期三过去了，然后是星期四；他感觉脸上的伤恶化，接着又好转，然后又恶化了。他一直担心凯莱布可能会打电话给他，或是更糟，去他公寓，但几天过去了，都没有消息。或许他一直待在汉普顿桥。或许他被车子撞了。说来奇怪，他发现自己竟然没有任何感觉——没有害怕，没有恨意，什么都没有。最坏的状况已经发生了，现在他自由了。他有过一段伴侣关系，结果很糟糕，现在他再也不必去试了，因为他已经向自己证明他没有那个能力。以前他老担心人们会怎么想他、想他的身体，跟凯莱布在一起的那段日子证实了他害怕的种种都是对的。他的下一个任务就是学会接受这件事，而且不要悲伤。他知道自己以后大概还是会觉得孤单，但现在他知道如何回应那种孤单了。现在他很确定那种孤单还是比较好的状态，好过他跟凯莱布在一起体会到的恐惧、羞愧、厌恶、沮丧、眩晕、兴奋、渴望、勉强。

那个星期五，哈罗德来纽约参加哥伦比亚大学的一场学术会议，他们碰了面。他已经事先写信警告哈罗德自己受了伤，但哈罗德还是大惊小怪，操心了半天，问他是不是真的还好，问了好几十次。

他们在哈罗德最喜欢的餐厅之一碰面，那里的牛肉来自主厨自己在纽约州北部农场里饲养的牛，每只都取了名字；蔬菜则种在大楼屋顶。他们边聊天边吃着主菜时（他很小心地只用右边牙齿咀嚼，而且小心不要让新装的那颗牙齿碰到食物），忽然感觉到有个人站在桌子旁，他抬头看，是凯莱布。他已经说服自己别有任何感觉，但那一刻，他立刻被排山倒海而来的恐惧淹没。

他们在一起时，他从没看过凯莱布喝醉，但这会儿他立刻看出他喝醉了，而且处于一种危险的状态。“你的秘书告诉我你在这里。”凯莱布对他说，“你一定是哈罗德。”他说，朝哈罗德伸出手。哈罗德跟他握了手，一脸困惑。

“裘德？”哈罗德问他，但他说不出话来。

“我是凯莱布·波特。”凯莱布说，然后滑进他们半圆形的卡座里坐下，紧贴着他，“你儿子正在跟我交往。”

哈罗德看看凯莱布，又看看他，张开嘴巴，但说不出话来。他认识哈罗德以来，这还是头一次。

“我问你一件事。”凯莱布对哈罗德说，同时身体前倾，好像要表达自信。他则盯着凯莱布狐狸似的俊美脸庞，还有他发亮的深色眼睛，“老实说，你难道从没想过要一个正常的儿子，而不是瘸了腿的？”

一时之间没人说话，他可以感觉空气中有种电流。“你他妈的是谁？”哈罗德咬牙道。他看到哈罗德的脸色变了，五官扭动得迅速又剧烈，从震惊转为厌恶又转为愤怒，有一瞬间看起来甚至不像人类，像穿着哈罗德衣服的食尸鬼。然后哈罗德的表情再度改变，他看到哈罗德脸上有个什么变得坚硬起来，仿佛他的肌肉就在自己的面前硬化。

“他是被你打。”他非常缓慢地对凯莱布说，然后惊慌地对他说，“根本不是网球，对不对，裘德？是这个人打的。”

“哈罗德，不要。”他开口，但凯莱布抓住他的手腕，他觉得手腕快要骨折了。“你这个撒谎精。”凯莱布对他说，“你是个瘸子、撒谎精，还是个烂货。另外你说得没错——你很恶心。我连看你都没办法，没办法。”

“你他妈的滚出去。”哈罗德说，咬着牙吐出每个字。虽然都是用气音说的，但感觉很大声，整个餐厅忽然很安静，他觉得每个人都听到了。

“哈罗德，不要。”他哀求着，“别闹了，求求你。”

但哈罗德不理他。“我要打电话报警。”他说，然后凯莱布滑出卡座站起来，哈罗德也站起来，“你马上给我滚出去。”哈罗德又说了一次。这回每个人真的都朝他们这看了，他无地自容得简直想吐。

“哈罗德。”他又恳求道。

从凯莱布摇晃的动作，他看得出他真的醉得很厉害。他推了一下哈罗德的肩膀，哈罗德正要推回去时，他终于能发出声音，喊了哈罗德的名字。哈罗德转向他，放下手臂。凯莱布朝他微微一笑，然后转身离去，挤过了几个静静围过来的侍者。

哈罗德又站了一会儿，瞪着餐厅门，想跟着出去。他又绝望地喊了哈罗德的名字，哈罗德这才回到他身边。

“裘德……”哈罗德说，但他摇摇头。他很生气，气疯了，他的羞辱感跟他的怒火比起来，简直不算什么。在他们周围，他听到人们又开始谈话。他朝侍者挥手，给了自己的信用卡，几秒钟后侍者回来还给他。他今天没坐轮椅，此刻他非常后悔。在他离开餐厅的短短几秒钟，他觉得自己从来没有这么灵活、走得这么快，又这么果决。

外头正下着倾盆大雨。他的车停在一个街区外，他沿着人行道往前，哈罗德默默陪在他旁边。他气得真不想开车送哈罗德，但此时他们在市区东端，靠近 A 大道。现在又下着雨，哈罗德绝对叫不到出租车。

“裘德……”他们上车后，哈罗德就开口了，但他打断他，眼睛只看着前面的路。“哈罗德，我一直求你什么都别说，”他说，“结果你还是说了。你为什么要那样做，哈罗德？你认为我的人生是一场笑话吗？你认为我的问题只是让你跃上大舞台的机会吗？”他甚至不明白自己讲这些话是什么意思，不明白自己想这些做什么。

“不，裘德，当然不是。”哈罗德说，他的声音轻柔，“对不起，我气得失去理智了。”

出于某些原因，这句话让他清醒过来。接下来几个街区，他们保持沉默，听着雨刷的声音。

“你之前真的在跟他交往吗？”哈罗德问。

他只点了一下头。“那现在呢？”哈罗德问，他摇摇头。“很好。”哈罗德咕哝道，然后声音很轻地说，“他打了你吗？”

他不得不先控制好自己，才有办法开口回答。“只有几次。”他说。

“啊，裘德。”哈罗德说，他从来没听过哈罗德这种口气。

“不过让我问你一个问题吧。”哈罗德说。此时他们沿着第 15 街往前开，经过第六大道，“裘德，你为什么要跟一个会对你这样的人交往？”

他又沉默地开过一个街区，想着该怎么说，该怎么清楚表达他的理由，让哈罗德了解。“我很孤单。”最后他终于说。

“裘德，”哈罗德说，然后停了一下，“这个我明白。但是为什么是他？”

“哈罗德，”他说，他听到自己的声音是多么可怕、多么凄惨，“要是你长得像我这样，你就没得挑了。”

他们又沉默下来，哈罗德说：“停车。”

“什么？”他说，“不能停，后面还有车啊。”

“裘德，停下这辆该死的车。”哈罗德又说了一次。看他没停，哈罗德就伸手抓住方向盘猛地往右扭，开进消防栓前的一个空位。后面的车子超车过去，一路猛按喇叭警示。

“天啊，哈罗德！”他喊道，“你到底想干吗？你差点害我们出车祸！”

“你好好听着，裘德。”哈罗德缓缓说，朝他伸手，但他往后缩，紧贴着车窗，避开哈罗德的手，“你是我这辈子见过最美的人。”

“哈罗德，”他说，“别说了，别说了，拜托你别说了。”

“看着我，裘德。”哈罗德说，但他没办法，“是真的。你自己看不出来，让我太伤心了。”

“哈罗德，”他说，几乎是呻吟了，“拜托，拜托。如果你在乎我，就别再说了。”

“裘德。”哈罗德说，然后再度伸手，但他又瑟缩了起来，举起手保护自己。透过眼角，他看得到哈罗德缓缓垂下手。

最后他终于把手放回方向盘上，但颤抖得太厉害了，没办法重新发动车子，于是他把双手塞在大腿底下等待。“啊老天，”他听到自己一遍又一遍地说，“啊老天。”

“裘德。”哈罗德又说。

“别烦我了，哈罗德，”他说，现在连他的牙齿也咯咯打战，要讲话都很困难，“拜托。”

他们静静坐了几分钟。他专注地聆听雨声，看着红绿灯从红色转成绿色再变为橙黄色，数着自己的呼吸。最后他的颤抖终于止住，于是他发动车子，往西行驶，然后转往北，来到哈罗德的公寓。

“今天晚上来我这里住吧。”哈罗德说着转向他，但他摇摇头，只看着前方，“那至少上来喝杯茶，待到你觉得好过些吧。”但他还是摇头。“裘德，”哈罗德说，“我真的很遗憾——为了这一切，为了所有的事情。”他点点头，但还是说不出话。“如果你需要什么，会打电话给我吗？”哈罗德坚持问他，他又点了点头。然后，哈罗德缓缓举起一只手，摸了他脑后两下，好像他是野生动物，这才下了车，轻轻关上车门。

他走西城高速公路回家。他全身酸痛，筋疲力尽。现在他觉得自己被羞辱到底了。他被惩罚够了，他心想，即使对他而言都够了。他会回家，割割自己，然后他会开始忘却：尤其是这一夜，但也包括过去四个月。

到了格林街，他把车子停进车库，坐着电梯经过静默的楼层，抓着电梯的网格门：他累到如果不抓个什么，就会垮在地上。理查德这个秋天去罗马当驻地艺术家，整栋大楼像一座坟墓似的包围他。

他进入黑暗的公寓，正在摸索电灯开关时，忽然有个什么朝他肿起的那边脸扑来，即使在黑暗中，他还是看得到自己新装的那颗牙齿飞了出去。

是凯莱布，当然了，他在黑暗中听得到也闻得到他的呼吸。凯莱布打开电灯主开关，公寓里大放光明，令人目眩，比白天还要亮。

他抬头，看到凯莱布正低头盯着他。即使喝醉了，他还是很镇定，而且现在因为怒气而清醒了一点，眼神平稳而专注。他感觉到凯莱布抓着他的头发把他提起来，感觉到他打向他没受伤的右脸，感觉到自己的头被打得往后一晃。

凯莱布始终一语不发，拖他到沙发，唯一的声音就是凯莱布平稳的呼吸和他自己疯狂的吸气。凯莱布把他的脸压进椅垫里，然后一手按着他的脑袋，另一手开始脱下他的衣服。他恐慌起来，开始挣扎，但凯莱布用手臂压着他的颈背，让他全身麻痹，无法动弹。他可以感觉到自己一点接着一点暴露在空气中——他的背部、他的双臂、他的后腿——等到所有衣服都被脱掉，凯莱布又拉着他站起来，把他往前推，但他摔倒了，仰天躺着。

“起来。”凯莱布说，“快点。”

他照做了，鼻子流出东西来，鲜血或是鼻涕，让他更难呼吸。他站着，这辈子从没觉得这么赤裸、这么暴露、毫无遮蔽。他小时候，碰到有什么事情发生在他身上，总是有办法离开自己的身体，跑到别的地方去。他会假装自己是个没有生命的物体——一根窗帘杆，一具天花板上的风扇——一个冷静无感的见证者，看着底下发生在他身上的这一幕。他会看着自己，什么都感觉不到：没有怜悯、没有愤怒，什么都没有。但现在他试了又试，却发现自己无法抽离。他就在这间公寓里，他的公寓，站在一个厌恶他的人面前，而且他知道这只是漫漫长夜的开始，不是结束，他毫无办法，只能忍受着熬过去。他无法控制这个夜晚，无法使之停止。

“老天，”凯莱布打量了他半天之后说，这是他第一回看到他全身赤裸，“老天，你真的很畸形，你真的是。”

出于某些原因，这个宣告把所有往事都带了回来，他发现自己二十几年来第一次哭。“拜托，”他说，“拜托，凯莱布，我很抱歉。”但凯莱布又抓住他的颈背，半催促半拖拉着他往前门走。他们进入电梯，下了楼，然后他被拖出电梯，沿着走廊来到门厅。此时他已经歇斯底里起来，恳求着凯莱布，一次又一次问他要做什么、要对他怎么样。到了前门，凯莱布抓起他，有那么片刻，他的脸抵着门上那面开向格林街的肮脏小玻璃。然后凯莱布打开门，把他推出去，全身赤裸，来到街上。

“不！”他大喊，半在脑子里、半喊出声，“凯莱布，拜托！”他渴望有人会经过，却又绝望地生怕有人经过。但雨太大了，没有人经过。雨水疯狂地打在他脸上。

“求我。”凯莱布说，在雨中提高嗓门，于是他乖乖恳求他。“求我留下来。”凯莱布命令道，“跟我道歉。”他都照做，一遍又一遍，嘴里充满了他的血和泪。

最后他终于被带进门，拖回电梯里，凯莱布用各种难听的字眼骂他。他道歉又道歉，遵照凯莱布的命令，把凯莱布说的那些话重复说一遍:我很讨厌。我很恶心。我毫无价值。我很抱歉,我很抱歉。

回到公寓里,凯莱布放开他的脖子,他倒下去,双腿根本站不住。凯莱布踢他肚子，踢得他吐了出来。接着又踢他背部，他滑过马尔科姆那漂亮、干净的地板，倒在呕吐物中。他美丽的公寓，他心想，他在这里一直觉得很安全。这件事就发生在他美丽的公寓里，周围都是美丽的东西，是朋友出于友谊送给他的，是他用自己赚的钱买的。他美丽的公寓，门上装了锁。在这里，他应该被安全地保护着，不会有故障的电梯，或是需要用双臂爬上楼的难堪，他应该永远觉得像个完整的人。

然后他又被抓起来，移动着，但实在很难看出他要被带到哪里去：他一只眼睛已经肿到睁不开了，另一只眼睛也视线模糊。他的视野时而清楚，时而模糊。

但接着他明白了，凯莱布要带他到通往紧急逃生梯的门那去。那是马尔科姆保留的老厂房元素之一：一方面是因为消防法规，一方面是他也喜欢那座坦率而实用、丑得理直气壮的逃生梯。现在凯莱布拉开插销，他发现自己站在陡峭楼梯的顶端。“简直像直通地狱。”他还记得理查德这么说过。他身子一侧黏着呕吐物，同时还可以感觉到其他液体（他不敢去想那是什么）在他脸上、脖子上、大腿上往下流淌。

他因为疼痛和害怕而啜泣起来，手抓着门框。此时他听到而非看到，凯莱布往后退，接着冲向他，一脚踢中他的背，他就飞进了楼梯的黑暗中。

他飞起时，忽然想到了卡申博士。或者未必是卡申博士，而是他申请成为他的指导学生时，曾被问到的问题：你最喜欢的公理是哪个？（CM 有回说那是数学宅男的搭讪词。）

“相等公理。”他说。卡申博士赞许地点点头。“这个公理很好。”他说。

相等公理规定，x 永远等于 x：这个公理假设你有一个名叫 x 的概念，那么它一定恒等于自己，它有一种唯一性，具有某种不可约的性质，因而我们必须假设它永远绝对地、不可改变地恒等于它自己，假设它最重要的本质绝不改变。但这项公理无法被证明。永远、绝对、绝不：这些词汇跟数字一样常用，构成了数学的世界。并不是每个人都喜欢相等公理——李博士有回就说这项公理害羞又做作，是公理的裸体扇子舞——但他一直很欣赏这个公理的不可捉摸，这个等式本身的美总会被证明它的尝试所掩盖。这是那种会把你逼疯、把你累垮、轻易害你耗上一辈子的公理。

但现在他确知这个公理有多么真实，因为他自己——他的人生——就证明了这个公理。他意识到，以往的我将永远是现在的我。脉络背景或许改变了：他可能住在这间公寓里，可能有一份他很喜欢的工作、赚很多钱，可能有了他深爱的父母和朋友。他可能备受尊敬，在法庭里，他甚至令人畏惧。但基本上，他还是那个同样的人，会让人倒胃口，本来就该让人讨厌。而在他发现自己悬在空气中的那几分之一秒里，在飞上天的狂喜以及预料得到的可怕落地之间，他知道 x 将永远等于 x——不论他做了什么，也不管他离开修道院和卢克修士多少年，无论他赚多少钱，或者有多努力想要忘记。当他一边的肩膀撞上水泥，整个世界在一瞬间猛地从他下方抽身时，他想到的最后一件事，就是这个公理：x = x，他想着，x = x，x = x。

2

雅各布还很小的时候，六个月左右吧，莉柔得了肺炎。就像大部分健康的人，她一生病就变得非常差劲：爱抱怨又任性，最严重的是，她被不熟悉的状况吓到了。“我从不生病的。”她一直这样说，好像有人搞错了什么，好像她碰到的事情应该发生在别人身上才对。

雅各布是个多病的婴儿，不是特别严重，但他出生到那时已经感冒过两次，我还没见过他微笑，就先听到他的咳嗽声：一种出奇成熟的干咳。因此，我们决定，接下来几天莉柔最好去萨莉家休息养病，我则留在家里照顾雅各布。

我本来自以为可以对付我儿子，但那个周末，我打电话给我爸一定超过二十次，问他不断发生的各式疑难杂症，或者确认一些我明明知道但慌乱中忘掉的事情：他发出像打嗝的怪声，但实在太不规律，不可能真是打嗝，那会是什么？他的大便有点太稀，这是什么征兆？他喜欢趴着睡觉，莉柔说他应该仰着睡，可是我总听说他趴着睡也完全没问题啊，这样可以吗？当然，我可以自己查阅这些问题，但我希望有肯定的答案，而且我希望听到由我父亲说出来，他不只知道正确的答案，也会用正确的方式说。听到他的声音就让我放心。“别担心。”每次挂电话前他都这么说，“你做得很好。你知道怎么做。”他让我相信真的是如此。

雅各布生病之后，我就比较少打电话给我父亲了，我没有勇气听他讲话。此时我想问他：我要怎么熬过这些？之后我要怎么办？我怎么能看着我的小孩死去？全是我无法鼓起勇气问的问题，而且我知道这些只会害他试着回答时哭出来而已。

我们发现雅各布不对劲时，他才刚满四岁。每天早上，莉柔会带他去托儿所，每天下午我上完课之后，就会去接他。他有一张严肃的脸，所以大家总是误以为他闷闷不乐，但其实并非如此：在家里，他会到处奔跑，在楼梯爬上爬下，我就跟在他后头跑。我躺在沙发上阅读时，他会跑来扑在我身上。莉柔跟他在一起时也变得很爱玩，有时他们两个会在屋里跑来跑去，尖声叫嚷着，那是我最喜欢的声音、我最喜欢的混乱。

他开始变疲倦是10月的时候。有天我去接他，其他小孩、他所有的朋友全挤在一起，忙着讲话或蹦蹦跳跳。我寻找他，发现他躺在教室另一头的角落里，蜷缩在他的垫子上，正在睡觉。一个老师坐在他旁边，看到我后，就挥手要我过去。“我想他可能是得了什么病。”她说，“他这两天一直没什么精神。今天吃过中饭就累得不得了，我们只好让他睡觉。”我们很喜欢这家托儿所，其他托儿所会逼小孩阅读或上课，但不仅大学里的教授偏爱这家托儿所，我也认为这里适合四岁小孩：他们只要听大人读故事书、做各种手工，或是去动物园远足。

我抱着他上车。到家时，他醒了，看起来很好。他吃了我做给他的点心，然后听我读故事书，我们再一起做餐桌中央的装饰品。之前四岁生日时，萨莉送了一套漂亮的木质积木，切割成了类似晶洞的各种形状，积木可以堆得非常高，组成各种有趣的形状；我们每天都会用积木组合出新东西，放在餐桌中央当装饰，等到莉柔回家，雅各布就会跟她解释我们今天组合的是什么（一只恐龙、航天员的高塔），莉柔会拍照记录。

那天晚上，我把雅各布老师说的话转述给莉柔听。第二天，莉柔就带他去看医生，医生说看起来完全正常，没什么不对劲。不过我们接下来几天还是密切观察他：他的精力变得较好还是较差？他是不是睡得比平常久？吃得比平常少？我们不知道，但是我们很害怕：再也没有什么比无精打采的孩子更令人害怕的了。这个句子现在看来，似乎是一段可怕命运的委婉说法。

谁知突然间，情况开始急转直下。我们去我父母家过感恩节，吃晚餐时，雅各布发作了。这一刻他还好好的，下一刻他就全身僵直，身体像一块木板似的滑下椅子，溜到餐桌底下，他的眼球翻白，喉咙发出一种奇怪、空洞的咔嗒声。这个状况只持续了十秒左右，但是太可怕了，可怕到我现在还能听到那可怕的咔嗒声，还能看到他头部那恐怖的僵硬，双腿在空中蹬着。

我父亲赶紧打电话给纽约长老会医院的一个朋友。我们赶去那里，雅各布住进医院，我们四个人都留在病房过夜——我父亲和阿黛尔穿着大衣躺在地上，莉柔和我坐在病床两侧，彼此都没有勇气看对方。

等他状况一稳定下来，我们就带他回家。莉柔打电话给雅各布的小儿科医生，是她医学院的同学，帮她约了最好的神经科医生、最好的遗传学家、最好的免疫学家。我们不知道他得的是什么病，但无论是什么，莉柔都要确保雅各布得到最好的治疗。接下来几个月，就是看一个又一个医生。抽血，做脑部扫描，做反射测试，检查眼睛和听力。整个过程太具有侵入性、太令人沮丧了（在认识这些医生前，我从不知道可以用那么多方式说“我不知道”）。有时我会想，对于那些不像我们有这么多关系、不像莉柔那么懂医学的父母来说，这样的情况会有多么艰难、多么无法面对。但即使有莉柔专业的医学知识，看着雅各布因为针尖刺入皮肤而大哭时，我们也不会好受到哪里去。他的血管被扎了太多次，左手臂的一根血管开始萎陷。而且就算有那么多的关系，也无法防止他病得越来越重，发作得越来越频繁。他会颤抖、口吐白沫，发出一种原始而可怕的嚎叫，低沉得根本不像一个四岁大的小孩会发出的声音，同时他的头还会左右摇晃，双手扭曲。

他得的是一种罕见的神经退化疾病，叫西原综合征，罕见到一连串的基因测试都无法诊断。等到终于确诊时，他几乎全盲了。那是 2 月。到了 6 月他满五岁时，就几乎不能再讲话了。到了 8 月，我们已不认为他还有听力。

他发作得越来越频繁，我们试过一种又一种药物，也试过各种组合。莉柔有个神经学医生朋友跟我们说有一种新药，在美国还没通过核准，但是在加拿大买得到。那个星期五，莉柔就和萨莉开车北上到蒙特利尔又回来，总共花了十二个小时。有一阵子，那种药有用，不过害他起了严重的皮疹，只要碰到他的皮肤，他就会张嘴尖叫，可是他发不出声音，眼泪流个不停。“对不起，小朋友。”我会恳求他，即使我知道他听不见，“对不起，对不起。”

我几乎没办法专心工作，那一年我只能兼课。那是我在大学教书的第二年、第三个学期。我走在校园里，无意间听到某些谈话，就会很愤怒——有人说她和男朋友分手了，有人说他考试成绩很差，有人说他扭到脚踝了。我想说，你们这些愚蠢、琐碎、自私、只关心自己的人。你们这些可恨的人，我恨你们。你们的问题根本就不是问题。我儿子快死了。有时我的憎恶强烈到连自己都不舒服。当时劳伦斯也在那所大学教书，我必须送雅各布去医院时，他会帮我代课。我们请了看护来家里照顾他，但每次到医院看病我们都会亲自带他去，这样才能持续追踪他还剩多少时间。到了 9 月，他的医生检查过后看着我们："不会太久了。"他语气非常温柔，而那是最糟糕的部分。

劳伦斯每个周三和周六晚上会过来；吉莉安是每周二和周四；萨莉是周一和周日；莉柔的另一个朋友纳森则是每周五。他们在这里时，会帮我们煮饭或打扫，莉柔和我则陪着雅各布，跟他说话。过去一年间，他已经停止长大了，手臂和腿因为缺乏活动而变得软趴趴的，简直像没有骨头一样。我们抱着他的时候，必须确定也抱紧他的手脚，否则他的四肢就会晃出去，整个人看起来像死了一样。他在 9 月初就再也张不开眼睛了，不过眼里有时会渗出液体：眼泪，或是一团团发黄的黏液。只有他的脸还鼓鼓的，因为他吃的药含有高剂量的类固醇，其中一种让他的脸颊长出了湿疹，像糖果红的砂纸，摸起来永远又热又粗。

我父亲和阿黛尔在 9 月中搬进我们家，我不敢看他。我知道他知道看着自己的孩子死去是什么滋味，我知道他有多伤心那是我的孩子。我觉得自己好像失败了，觉得自己因为当初没有更想要这个孩子而受到了惩罚。我觉得如果当初我对生小孩的态度不是那么犹豫，这样的事情就绝对不会发生。我觉得这是在提醒我，当初我得到这个天赐大礼，那么多人渴望我却不想要，有多愚蠢而荒谬。我觉得很羞愧——我永远无法成为我爸爸那样的父亲，而且我痛恨让他看到我的失败。

雅各布出生前，有一晚我问父亲有没有什么睿智的话可以告诉我。我当时在开玩笑，但他当真了，我所有的问题他都会当真。“唔，”他说，“当父母最困难的一件事就是重新调整。你这方面做得越好，就越能成为好父母。”

当时我几乎把这句忠告当成耳边风，但是雅各布后来病得越重，我就越常想到这句话。我们都说希望子女快乐，只要快乐、健康就好，但我们其实不是这样想。我们都希望他们跟我们一样，或是比我们强。我们人类在这方面非常缺乏想象力，无法想象子女有可能比我们差。但我猜想那样的要求太多了。那一定是某种进化上的权宜措施——如果我们都这么明确、清楚地意识到哪些地方可能错得离谱，我们就不会生小孩了。

我们刚发现雅各布病了，有哪里不对劲的时候，我和莉柔很努力地重新调整，而且很快。比方说，我们从来没说我们希望他读大学；我们只是假设他会，而且也会读研究生，因为我和莉柔都读了。但雅各布第一次发作后，我们在医院待的第一夜，向来擅长计划、总是提早五步十步看到事态发展的莉柔说：“无论这是什么病，他还是可以活得长寿又健康，你知道。他可以去很多很棒的学校读书。有很多地方会教他怎么独立生活。”我那时说了她一顿，我指控她这么快、这么轻易地就放弃他。事后，我很羞愧。后来的她让我佩服：面对这个孩子不如她预期的事实，她调整得快速而顺畅。我佩服她早就知道（比我早太多了），拥有孩子的重点不在于你希望他达到什么成就，而是他带给你的愉悦，无论是以什么形式，即使那种形式几乎不会被当成愉悦。更重要的是，你有幸能带给他愉悦。在雅各布剩下的人生中，我总是落后莉柔一步：我一直梦想他会好转，梦想他会回到原来的样子；而她，只想着以他当时的状况，可以过什么样的人生。或许他可以去读特殊学校。好吧，他根本不可能去上学，或许他可以去参加托儿游戏班。好吧，他不能去托儿游戏班，但或许还可以活很久。好吧，他没办法活很久，但或许他可以拥有短暂而快乐的一生。好吧，他没办法拥有短暂而快乐的一生，但或许他这短暂的一生可以过得有尊严：这个我们可以给他，而她对他别无所求。

雅各布出生时我 32 岁，被确诊时我 36 岁，过世时我 37 岁。那是 11 月 10 日，离他第一次发作将近一年。我们在大学里举行了仪式，即使在麻木的状态中，我也看到所有人都来了，也都哭了，包括我们的父母、朋友和同事，还有雅各布的朋友（当时上一年级了），以及那些朋友的父母。

我父母回到纽约的家，莉柔和我最后又各自回去忙工作。有好几个月，我们几乎不说话，也没办法碰触对方。一部分原因是筋疲力尽，但我们也很羞愧：羞愧我们共同的失败，羞愧我们可以做得更好，却没有为彼此挺身而出（这种感觉不合理，却挥之不去）。雅各布过世后一年，我们第一次谈到是不是该再生个孩子。一开始两个人很客气，但谈话结束得非常糟糕，我们互相指责：关于我从一开始就不想要雅各布、她从来不想要生他，以及我怎么失败、她怎么失败。我们冷战，接着道歉。再试一次。但每次讨论到最后都是以同样的方式收场。那些谈话很伤人，无法弥补。到最后，我们分居了。

现在回想起来很不可思议，我们完全停止沟通。我们离婚离得干净利落，很顺利——或许太干净利落、太顺利了。这让我好奇，在雅各布之前，是什么让我们在一起的——如果没有他的话，我们还会在一起吗？直到后来，我才有办法想起当初我为什么会爱上莉柔，我从她身上看到什么、欣赏什么。但当时，我们就像负责同一项任务的两个人，任务困难、令人精疲力竭，而现在任务结束了，我们就该分开，回到各自的正常生活。

有很多年我们都没联系——不是因为会吵架，而是有别的原因。她搬到波特兰。我认识朱丽娅之后没多久，有天碰到萨莉（她也搬家了，搬到洛杉矶）刚好来波士顿看她父母，她告诉我莉柔再婚了。我请萨莉转达我的祝福，萨莉说她会的。

有时我会查一下莉柔的现况：她在奥瑞冈大学的医学院教书。有回我有个学生，看起来好像我们想象中雅各布长大后的样子，像到我差点打电话跟她说，但我始终没这么做。

然后有一天，她打电话给我。那是十六年后了。她刚好来波士顿参加会议，问我要不要一起吃个中饭。再度听到她的声音，感觉很奇怪，既陌生又立刻变得熟悉起来，那个声音跟我谈过几千几万次话，谈过各种重要和平凡的事。我听过那声音对她抱在怀里摇晃的雅各布唱歌，听过那声音说："这是有史以来最棒的一个！"同时拍下当天的积木塔照片。

我们约在医学院附近的一家餐厅见面。她在当住院医生时，那家餐厅专门卖所谓的"高档鹰嘴豆泥"，我们都觉得很好吃。但现在那家餐厅改卖手工肉丸，有趣的是，餐厅里还有一股鹰嘴豆泥的气味。

我们见了面，她看起来就跟我记忆中一样。我们拥抱后坐下来。有一会儿，我们谈着工作，谈萨莉和她的新女友，谈劳伦斯和吉莉安。她告诉我她丈夫是流行病学专家，我则告诉她有关朱丽娅的事。她

43 岁时又生了个女孩。她拿照片给我看，很漂亮，看起来很像莉柔。我这么告诉她，她微笑。“那你呢？”她问，“你有了另一个孩子吗？”

是的，我说。我刚刚收养了一个以前的学生。我看得出来她很惊讶，但还是露出微笑，恭喜我，又问我他的事情，以及是怎么发生的。我告诉了她。

“那太好了，哈罗德。你很爱他。”

“是的。”我说。

我很想告诉你，那是我们某种第二阶段友谊的开始，我们一直保持联络，而且每一年我们都会谈到雅各布，谈他如果在世会是什么样子。但事情并非如此，不过我们也没有交恶。那次碰面时，我终于告诉她那个让我很不安、很像长大后的雅各布的学生。她说她完全明白我的意思，说她也碰到过一些学生，或只是在街上擦肩而过的青年，她觉得在哪里见过，后来才明白她曾想象我们的儿子就是那个样子，好好活着，离开了我们，也不再是我们的，但自由自在地生活在这世界里，不知道我们一直在找他。

临别时我跟她拥抱道别，祝福她一切安好。我告诉她我很关心她。她也跟我说了同样的话。我们都没提出要跟对方保持联络；我愿意想成是因为我们都太尊重彼此了，不会去提这种事情。

但这些年来，在一些零星的时刻，我会接到她的消息。我会收到一封电子邮件，里面只写着“又看到另一个了”，而我明白她是什么意思，因为我也会发这类电子邮件给她，“哈佛广场，大约 25 岁，6 英尺 2 英寸，瘦巴巴，一身大麻味。”她女儿大学毕业时，她发电子邮件通知我；然后是她女儿办婚礼；第三次是她的第一个孙子出生。

我爱朱丽娅。她也是科学家，但她始终跟莉柔截然不同。她乐观活泼，莉柔镇静；她感情外露，莉柔内敛，开朗热情中带着纯真。尽管我这么爱朱丽娅，有很多年，一部分的我始终觉得我跟莉柔有种更深、更难以解释的情感。我们一起生了个小孩，我们一起看着他死去。有时我觉得我们之间有种实体的连接，一条长长的绳子从波士顿连接到波特兰：当她扯动她那一头，我就会感觉到。无论她去哪里，无论我去哪里，都会有一条发亮的绳子在我们之间，不时被扯一下，永远不会断掉。我们的每个动作，都会让对方想起我们再也无法拥有的一切。

* * *

朱丽娅和我决定收养他之后，大约在我们告诉他之前六个月，我先告诉了劳伦斯。我知道劳伦斯非常喜欢他，也尊敬他，认为他对我有好处。此外，我也知道劳伦斯生性谨慎，比较小心。

的确，我们长谈了一番。“你知道我有多喜欢他。”他说，“可是真的，哈罗德，你对这个孩子实际了解多少？”

“不多。”我说，但我知道他不是劳伦斯能想到最坏的那些状况：我知道他不是盗贼，不会趁夜里我和朱丽娅睡在床上时杀掉我们。这一点劳伦斯也知道。

当然，我也知道（虽然不确定，也没有任何实际证据）他小时候发生过非常糟糕的事情。他们四个第一次来特鲁罗时，有天夜里很晚我下楼到厨房，发现杰比坐在餐桌前画画。我一直觉得杰比独处时，确定自己不必表演了，就会变成另外一个人。于是我坐下来看他画什么，都是你们其他三个人，我又问他在研究生院上些什么课。他还告诉我他欣赏哪些人的作品，其中四分之三我都没听说过。

我正要离开上楼时，杰比喊了我的名字，我又回来。“听我说，”杰比的口气很难为情，“我不想没礼貌或什么的，不过你别再问他那么多问题了。”

我又坐了下来：“为什么？”

杰比很不自在，同时也很坚决。“他没有父母。”他说，“我不知道情况，但他跟我们都不肯谈。总之没跟我谈过。”他停了一下，“我想他小时候发生过一些很可怕的事情。”

“哪种可怕的事？”我问。

杰比摇摇头：“我们不确定，不过我们觉得一定是非常糟糕的身体虐待。你没注意到他从来不脱衣服，也不让任何人碰他？我想一定有人毒打过他，或者……”杰比停了下来。杰比从小备受关爱和保护，他没有勇气去想那个或者之后会是什么，我也没有勇气。但我当然注意到了。我之前问他问题，并不是故意要让他不安，但即使我看到那些问题确实让他不安，还是没法停止。

“哈罗德，”晚上他离开后，朱丽娅会说，“你搞得他很不安。”

“我知道，我知道。”我会说。我知道他的沉默背后不是什么好事。我不想听那些故事，却又想听听看。

大约在去法院办收养手续的一个月前，某天周末他突然跑到我们家，我们完全没料想到。当时我打完例行的网球赛回来，发现他躺在沙发上睡着了。他是来找我谈的，想设法跟我坦白一些事。但到最后，他还是说不出口。

那一夜安迪打电话给我想找他，非常恐慌。我问安迪为什么半夜 12 点打给他，他只是含糊其词地带过：“他最近很不好过。”

“因为收养的事情吗？”我问。

“我真的不能说。”他一本正经地回答——你也知道，安迪不见得遵守医生和病人之间的保密协议，但如果他要遵守，那就会坚持到底。然后你也打来了，讲了你自己的含糊说法。

次日，我问劳伦斯能不能帮忙查一下，看是否有他名字的未成年犯罪记录。我知道不太可能发现什么，就算发现了，档案也是封存的状态。

那个周末我跟他说的话，都是认真的：他以前做过什么，我都无所谓。我了解他。对我来说，重要的是他现在的样子。我告诉他，以前他是什么样子对我来说都没区别。但当然，这个想法太天真了，我收养了当时的他，就连带收养了以前的他，只不过我不认识以前的他。后来，我很后悔自己当时没跟他讲得更清楚：以前的他，不管是什么样，也是我想要收养的。后来，我越来越纳闷，如果我早个二十年、在他还是婴孩的时候就发现他，那他会怎么样？如果不是二十年，那么早个十年甚至五年呢？后来他会变成什么样，我会变成什么样？

劳伦斯没查到任何资料。我松了一口气，但也觉得失望。我们办了收养的法定手续；那天很棒，是我人生中最开心的日子之一。我始终没后悔过。但身为他的父亲从来不容易。几十年来，他为自己制定出各式各样的规则，而且一定是根据某个人的教导——他没有资格做什么，不能享受、期盼或奢望什么，不能渴求什么。我花了好几年才搞清这些规则，又花了更长的时间去说服他这些规则的谬误。他极度自律，各方面都是；而自律这种特质就像警惕性，要让某个人放弃几乎是不可能的。

同样困难的是我（和你）尝试要让他抛开某些关于他自己的想法：他的外貌、他应得的事物、他的价值，以及他这个人。我至今没碰到过一个像他这么两极化的人：他可以在某些领域这么充满自信，在其他领域却又毫无信心。我还记得有回看到他出庭，让我心存敬畏又胆寒。他帮一间大型制药公司辩护，之前他帮这些大药厂处理了吹哨人举报的联邦起诉案，已经建立了名声。那是个大案子、一个重要的案子——现在已经成了法学院里的重要案例——但他非常非常冷静，我很少看到这么冷静的辩护律师。证人席上就是那位内部吹哨人，是个中年女性。他表现得十分冷酷、顽强、一针见血，因而整个法庭都安静下来，专心看着他。他从头到尾没有提高嗓门，毫无冷嘲热讽，但我看得出他很享受。我看得出他在法庭上逮到那个证人前后说辞不一致，让他精神大振，而且从中获得满足。其实说辞不一的程度非常轻微，轻微到换成另一个律师可能就会忽略。他平常是个温和的人（对他自己则不是），举止和声音都很温和，但是在法庭上，那种温和却自行烧毁，只留下了残忍和冷酷。这是在凯莱布事件过后约七个月，后续事件的五个月前，当我看着他把那个证人讲过的证词念给她听、完全不必低头看面前的笔记本，他的脸平静、英俊又充满自信。而我却总是看到那个可怕的夜晚他坐在车上的样子，当时我伸手要摸他的侧脸，他躲开，举起双手护着头，好像我只是另一个想伤害他的人。他的存在是双重性的：有工作中的他以及工作外的他；有当时的他以及平常的他；有法庭上的他，以及车子里那个孤立得令我害怕的他。

那一夜，我待在上城的公寓，不断兜着圈子踱步，想着我所了解的他，我眼中看到的一切，还有我听到他说起自己经历的事情，要多么努力才能忍着不要咆哮。比凯莱布以及凯莱布说的话还要糟的，就是听到他所相信的就是那样，他对自己的判断这么大错特错。我想其实我一直知道他是这么想的，但听到他这么赤裸裸地说出来，比我原先想象的更糟糕。我永远忘不了他说的：“长得像我这样，你就没得挑了。”我永远忘不了他说这句话时，我感到的绝望和愤怒。我永远忘不了他看到凯莱布，还有凯莱布在他一旁坐下时，他脸上的表情。我的脑筋转得太慢，一时搞不清楚是怎么回事。如果你的小孩对自己有这样的看法，你怎么能算是称职的父母？那是我永远无法重新调整的。我从来没当过成年人的父母，我猜想我始终不了解要花多大的力气。这么辛苦，我并不怨恨，我只觉得自己愚蠢又不够格，居然没有更早了解这一点。毕竟，我也是个有父母的成年人，以前也常常去找我父亲求助啊。

我打电话给朱丽娅，她当时正在圣塔菲参加有关新疾病的学术会议，我跟她说了发生的事情，她难过地长叹一声：“哈罗德……”她开口，然后又停下。我们以前谈过认识我们之前他是什么样。我们两个都猜错了，但结果证明她猜得比我准确，尽管当时我觉得太荒谬、太不可能了。

“我知道。”我说。

“你得打电话给他。”

我已经打过了，试了又试，电话响了又响，就是没人接。

那天夜里我躺在床上睡不着，一下子担心，一下子又有那种男人会冒出来的幻想：枪、杀手、复仇。我还幻想要打电话给吉莉安那位在纽约当警探的表亲，要他去逮捕凯莱布·波特。我幻想要打电话给你，然后你、安迪和我埋伏在他家公寓外头，杀了他。

次日早晨我很早就出门，不到8点就买了贝果和橙汁去格林街。那是灰蒙蒙的一天，泥泞而潮湿，我按了三次他家门铃，每次持续好几秒钟，然后又退到人行道边缘，眯起眼睛往上看着六楼。

我正打算再按，便听到他的声音从对讲机传来：“哈喽？”

“是我。”我说，“我可以上去吗？”他没回应。“我想道歉。”我说，“我得见你，我带了贝果来。”

他又沉默了一会儿。“哈喽？”我问。

“哈罗德。”他说，我注意到他的声音怪怪的，像被闷住了，好像他嘴里多长出两排牙齿，而他正隔着那些牙齿讲话，“如果我让你上来，你能答应我你不会生气吼我吗？”

轮到我没回应了，我不明白这话是什么意思。“好吧。”我说。过了一两秒钟，门开了。

我出了电梯，有一分钟，我什么都没看到，只看到那间漂亮的公寓和满屋子的光线。然后我听到有人喊我的名字，往下看到了他。

我手上的贝果差点落地，我觉得自己的四肢变成了石头。他坐在地上，但用右手撑着地。我跪在他旁边时，他别开头举起左手遮脸，好像要挡住自己。

“他拿了备用钥匙。”他说，整张脸肿得几乎连嘴唇都没办法动了，“我昨天晚上回家，他就已经等在这里。”他转向我，整张脸就像一只动物被剥了皮、体腔往外翻，留在热气中腐烂，各种器官软糊成一摊烂肉：眼睛只剩两排黑睫毛，脸颊是可怕的蓝色，腐烂的蓝，发霉的蓝。我以为他在哭，但结果没有。“对不起，哈罗德，对不起。”

我先确定我不会开始大吼——不是对他，而是要表达某种我说不出的东西——然后才开口。“我会照顾你的。”我说，“我会打电话报警，然后……”

“不行，”他说，“不要报警。”

“一定要。”我说，“裘德，你一定要报警啊。”

“不行。”他说，“我不会报案的。我不能……”他吸了口气，“我不能承受那种羞辱。我没办法。”

"好吧。"我说，心想这个稍后再来讨论，"如果他再回来呢？"

他轻轻摇了一下头："不会的。"他说，用那种含糊的声音。

我开始觉得脑袋发晕，因为得一直努力忍住跑出去找到凯莱布、把他杀掉的冲动，努力接受居然有人这样对待他，看着像他这么有尊严、向来镇静而整洁的人，居然被打得这么惨、这么无助。"你的轮椅在哪里？"我问他。

他发出一个羊叫般的咩咩声，说了句话，但声音小到我只好请他再说一次，我看得出来他讲话有多痛。"在楼梯下头。"他终于说。这回我很确定他在哭，虽然他根本睁不开眼睛让泪水流出来。他开始发抖。

这时我自己也在发抖。我把他留在那里，坐在地上，然后自己走下楼去拿他的轮椅。那轮椅之前被丢下楼梯，砸到对面的墙，往下落到通往四楼的半途。我拿着轮椅回来时，注意到地板上黏着东西，然后看到餐桌附近一大片发亮的呕吐物，凝结成糊。

"一手勾住我脖子。"我告诉他。他照做了，接着我扶他起来，他叫出声，我连忙道歉，把他放在轮椅上。我注意到他的长袖运动衫背部沾着新的和旧的血（他穿着平常睡觉时穿的灰色保暖针织运动衫），而且长裤的背面也有血。

我离开他几步，打电话给安迪，说我有紧急状况。我很幸运，安迪那个周末没出城，他说二十分钟内会赶到诊所跟我们会合。

我开车送他过去，帮他下了车。他好像不愿意用左手臂，而且我扶着他站起来时，他的左脚一直悬空，避免碰到地面。当我用手臂抱住他胸膛、把他放到轮椅上时，他发出一种像鸟叫的声音。安迪打开门看到他时，我以为安迪就要吐出来了。

"裘德。"安迪终于开口喊他，蹲在他旁边，但他没回应。

我们把他送进一间检查室，就出来跟安迪在接待区谈了一会。我告诉他凯莱布的事，还有我认为发生了什么事。我告诉他我认为他伤到哪里：他的左手臂应该有骨折，左腿不太对劲，还有他身上哪里在流血，他家里地板上也有血。我还说他不肯报案。

“好的。”安迪说，我看得出来他很震惊，不断吞口水，“好的，好的。”他停下来揉揉眼睛，“你可以在这里等一阵子吗？”

四十分钟后，他从检查室出来。“我要送他去医院照 X 光。”他说，“我很确定他的左手腕骨折了，还有几根肋骨。另外如果他的左腿……”他停下来，“也有骨折的话，那就麻烦了。”他说。他似乎忘了我也在场，忽然又想到了，“你该走了。”他说，“等我快处理完，会再打电话给你。”

“我留下来吧。”我说。

“不要，哈罗德。”他说，然后声音放柔和些，“你得打电话到他办公室，他这星期不可能去上班了。”他暂停一下，“他说，他说请你告诉公司，说他出了车祸。”

我要离开时，安迪又低声说：“他之前跟我说他在打网球。”

“我知道。”我说，很替彼此觉得难过，也觉得我们好笨，“他也是这么告诉我的。”

我带着他的钥匙回到格林街。有好几分钟，我只是站在门口，看着那个空间。那时云散开了一些，不需要很多阳光（即使遮光帘都拉下来）就能让整间公寓很亮。我一直觉得这是个充满希望的地方，有高高的天花板，非常干净、一目了然。

这是他的公寓，当然有很多清洁用品，于是我开始打扫。我擦了地板，有些黏黏的地方是干掉的血。因为地板颜色太黑了，实在很难看出来，但我闻得到，是一种浓厚、野生的气味，鼻子一闻就知道。他显然曾试着清理浴室，但里头的大理石上同样有擦过的血，干掉后成了落日般的锈粉红色，这些痕迹很难清洗，但我尽力。我去查看垃圾桶，可能是想寻找证据吧，但里头什么都没有，全都被清空了。他前一晚穿的衣服被扔在起居间的沙发附近。衬衫撕得破破烂烂，简直像是爪子抓破的，于是我把它丢掉了，把西装送去干洗。除此之外，公寓里面非常整齐。我不安地进入卧室，以为会看到破掉的灯、乱扔的衣服，但结果里面整齐干净得像是没人住，宛如是样品屋、展示广告里令人羡慕的生活。住在这里的人会开派对，无忧无虑，充满自信。夜里他会拉起遮光帘，和朋友们在屋里跳舞，经过格林街、默瑟街的人会往上看着这个浮在空中的灯箱，想象里面的人绝不会不快乐、恐惧或担心。

我写了电子邮件给卢西恩（我跟他见过一次，他其实是劳伦斯一个朋友的朋友），说裘德出了车祸，现在住院了。我去杂货店买了应该适合他吃的食物：浓汤、布丁、果汁。我查到凯莱布 · 波特的地址，重复默念着，直到我背下来——西 29 街 50 号 17 J 公寓。我打电话给锁匠说很急，要请他换掉所有的锁，包括一楼大门、电梯、这间公寓的前门。我打开窗子，让潮湿的空气带走血和消毒水的气味。我留了话给法学院的秘书说家里出了紧急状况，我这星期没办法回学校上课，并留了话给两个同事，问他们能不能帮我代课。我想过要打电话给以前法学院的朋友阿维，他在地检署工作。我会解释发生了什么事，不会提到他的名字。我会问这个朋友要怎么样才能逮捕凯莱布 · 波特。

“可是你说被害人不肯报案？”阿维会说。

“唔，是啊。”我必须承认。

“可以说服他吗？”

“我不认为。”我必须承认。

“那么，哈罗德，”阿维会说，既困惑又烦恼，“这样的话，我就不知道该跟你说什么了。你跟我一样清楚，如果被害人不肯说，我什么都做不了。”我记得自己当时想着，就像我非常偶尔会想到的，法律真是太靠不住了，这么取决于偶发事件，整个制度这么无法抚慰人心，对那些最需要法律保护的人这么没有用处。

然后我进入他的浴室，摸着水槽下方，找到那个装了刮胡刀片和棉垫的小袋子，丢进焚化炉。我厌恶那个袋子，也厌恶自己知道会发现它。

七年前的5月初，他来特鲁罗的别墅玩。当时是临时起意，我去那里想写点东西，刚好有便宜的机票，我跟他说他应该来玩，结果出乎我预料，他真的来了，即使是当时，他也很少离开办公室。他那天很开心，我也是。我留下他在厨房里切一颗紫甘蓝，我则带着水管工上楼，要在浴室里装一个新马桶。装好之后，我问水管工离开前能否帮忙看看楼下浴室，裘德房间里的那间，里头的水槽会漏水。

他帮我看了，把不晓得什么东西弄紧，又换了个零件。然后，他从浴室出来时，递给我一个东西。“这个在水槽底下。”他说。

“这是什么？”我问，接过那个袋子。

他耸耸肩：“不知道，不过粘在那里，用防水胶带粘得很牢。”我愣愣地站在那里，瞪着那个袋子。水管工收拾好工具，跟我挥个手就离开了。我听到他吹着口哨走出去，中间还跟裘德说再见。

我看着那个袋子，那是一般的透明塑料袋，里头有一包十片装的刮胡刀片、小片装的酒精棉片、几块折成方形的纱布，以及绷带。我站在那里，拿着那个袋子，我知道那些东西是用来做什么的，虽然我从来没看到证据，也的确没看过类似证据的东西。但是我知道。

我走到厨房，他在里头，正在洗一盆小马铃薯，还是开开心心的，甚至小声地哼着歌。他只有在非常满足的时候才会这样，就像一只独自晒太阳的猫发出满足的呼噜声。“你要找人装马桶，该早点告诉我。”他说，没抬头，“我可以帮你安装，让你省一笔钱。”这些事情他全都会：水管工程、电工、木工、园艺。他有一回去劳伦斯家，跟劳伦斯解释他可以安全地把那棵野生酸苹果幼苗从后院一角挖出来，成功移植到能晒到太阳的角落。

有好一会儿，我站在那里看着他，感觉到好多事情突然一口气发生，加起来却什么都没有，只有一种麻木，因为感情过剩造成的空白。最后我终于喊了他的名字，他抬头。“这是什么？”我问他，把那个袋子举到他面前。

他整个人僵住不动，一手悬在盆子上方，我还记得小水滴凝成水珠，从他的指尖滑落，好像他用刀子割了自己，流出水来。他张开嘴巴，然后又闭上。

“对不起，哈罗德。”他说，声音很轻柔。他垂下手，缓缓在抹布上擦干。

这让我很生气。“我没要求你道歉，裘德。”我告诉他，“我是问你这是什么。不要跟我说：‘那是装了刮胡刀片的袋子。’这是什么？你为什么要把它粘在你的水槽底下？”

他看了我好久，用那种特有的眼神，我知道你明白是哪种。你看得出他虽然望着你，却在心底一直往后退。你看得出他心里的城门关上锁起，护城河上的桥也拉了起来。“你知道那是用来做什么的。”他终于说，还是很小声。

“我要听你说出来。”我告诉他。

“我就是需要它。”他说。

“告诉我，你用这些东西做什么。”我说，看着他。

他低头看着那盆马铃薯。“有时候我需要割自己。”他最后说，“对不起，哈罗德。”

忽然间我恐慌起来，而我的恐慌使我更加失去理性。“他妈的这什么意思？”我问他，可能还是吼出来的。

此时他往后退，退向水槽，想拉开距离，好像生怕我会扑过去。“我不知道。”他说，“对不起，哈罗德。”

“有时候是多常发生？”我问。

我看得出来，他也恐慌了。“不知道。”他说，“不一定。”

“那就估计一下，告诉我大概的。”

“不知道，”他绝望地说，“不知道。一星期两三次吧，我猜想。”

“一星期两三次！”我说，然后停下来。忽然间我觉得我没办法待在屋里了，我从椅子上拿了大衣，把那个袋子塞在内侧的口袋里。“我晚一点回来的时候，你最好还待在这里。”我一说完就离开了。（他很会开溜，每回他觉得朱丽娅和我对他不满，就会设法尽快离开我们的视线，好像他是肇事的汽车之类的，必须要移走才行。）

我从后门下了楼梯，走向海滩，穿过沙丘，感觉到那种因为领悟到自己的极度不称职、确知自己有错而生出的狂怒。那是我第一次明白，就如同他跟我们相处时是两面人一样，我们跟他相处时也是两面人：我们看他时，只看我们想看的那一面，避免去看其他的。我们太没有能力应付这种事了。大部分人都很容易处理：他们的不快乐就是我们的不快乐，他们的悲伤可以理解，他们短暂爆发的自我厌恶很快就会过去，而且可以商量。但他的不是，我们不知道该怎么帮他，因为我们缺乏想象力去判断他的问题。但这是找借口。

等到我回到屋里，已经快天黑了，隔着窗子我也看得到他的轮廓在厨房里移动。我坐在阳台的一张椅子上，真希望朱丽娅也在这里。当时她去英格兰看她父亲了。

后门打开。“吃晚餐了。”他轻声说，于是我站起来进屋去。

他做了我最爱吃的菜：把我前一天买来的海鲈鱼清炖，小马铃薯用我喜欢的方式烤过，再加上一大堆百里香和胡萝卜，还有紫甘蓝沙拉，我知道淋的一定是我喜欢的芥末籽酱汁。但是我毫无胃口。他帮我分好菜，然后是他自己的，我们坐下来。

“看起来太棒了。”我告诉他，“谢谢你辛苦做了这些菜。”他点点头。我们看着各自的盘子，看着他做出来的美味食物，却都没吃。

“裘德，”我说，“我要道歉。真的很对不起——我真不该就这样跑掉的。”

“没关系，”他说，“我了解的。”

“不，”我告诉他，“是我的错。我太生气了。”

他又低头看着盘子。“你知道我为什么生气吗？”我问他。

“因为，”他说，“因为我把那个东西带到你的房子里。”

“不，”我说，“那不是原因。裘德，这栋房子不光是我的或朱丽娅的，也是你的。我希望你觉得可以带家里需要的任何东西来这里。

“我生气，是因为你对自己做这么可怕的事情。”他没抬头，“你的朋友知道你这样做吗？安迪知道吗？”

他轻轻点了个头。“威廉知道，”他说，声音很低，“还有安迪。”

“那安迪怎么说？”我问，心想，该死的安迪。

“他说——他说我该去做心理咨询。”

“那你去了吗？”他摇摇头，我又感觉怒气上涌，“为什么不去？”

我问他，但他什么都没说，“剑桥市的房子里，也放了这样的袋子吗？”我说。他沉默了一会儿，抬起头来看着我点点头。

“裘德，”我说，“你为什么要对自己这么做？”

有好一会儿，他都没吭声，我也没说话。我听着海浪的声音。最后，他说：“有几个原因。”

“比方说？”

“有时候是因为我感觉很糟糕，或者很羞愧，我必须让身体实际感觉到。”他开口，瞥了我一眼又低下头，“有时候是因为我感受到太多事情，而我不想有任何感觉——这个能帮我把那些感觉清理掉。有时候是因为我觉得快乐，我必须提醒自己不应该快乐。”

“为什么？”我愣了一下，才勉强开口，但他只是摇摇头没回答。我也陷入沉默。

他吸了口气，“听我说，”他说，忽然果断起来，看着我的双眼，“如果你想取消收养，我会谅解的。”

我震惊得简直要生气了——我根本没想到这回事。我正要骂他几句，却看到他此时的样子，明白他设法要勇敢起来，但其实已经吓得要死了：他真的以为我可能想取消收养。如果我这样说，他真的会谅解的。他正等着我开口。后来我才明白，刚办收养手续的那几年，他一直在想能持续多久，总是想着他会不会做出什么事，让我取消收养。

“我绝对不会取消的。”我说，尽可能说得坚决。

那天晚上，我设法跟他谈。我看得出来他对自己的所作所为很羞愧，但他真的不明白为什么我这么在乎，为什么你、我和安迪要这么大惊小怪。“那又不会致命，”他一直说，好像我们担心的是这个，

“我知道怎么控制。”他不肯去做心理咨询，但也无法告诉我为什么。我看得出来他讨厌割自己，但他也无法想象不割自己的生活。“我需要，”他一直说，“我需要的。这会让事情好一点。”但是我告诉他，你这辈子总有一段时间是没有这个的吧？他摇摇头。“我需要。”他重复说，“这能帮助我，哈罗德。这件事你得信我。”

“为什么你需要？”我问。

他摇头。“它帮助我控制我的生活。”他终于说。

最后，我也没办法再说什么了。“这个我要没收。”我说，举起那个袋子，他皱了一下脸，然后点点头。“裘德，”我说，他也看着我，“如果我把这个丢掉，你还会再弄一包来吗？”

他静默了一会儿，然后看着他的盘子，说：“会。”

当然，我还是把那袋子扔了，塞进垃圾袋深处，扔到街尾的垃圾拖车里。我们沉默地收拾厨房——两个人都累坏了，完全吃不下——之后他去睡觉，我也回房休息。那些年我还一直试着尊重他的个人空间，否则我就会抓住他不放了，但当时我没有。

我躺在床上睡不着。我想到他，想到他长长的手指渴望地抓着刮胡刀片，于是我起床，下楼到厨房去。我从烤箱下头的抽屉里拿出大型搅拌钵，然后把所有我能找到的锋利对象放进去：刀子、剪刀、葡萄酒开瓶器和龙虾叉。然后我拿着那些东西到客厅，坐在我那张面海的椅子上，怀里紧紧抱着那个大钵。

我听到吱嘎声，醒过来。厨房的地板发出声音，我在黑暗中坐直了，逼自己不要出声，听着他走路，左脚轻轻落下，随之是右脚的拖行声，非常清楚。一个抽屉打开，几秒钟后关上。然后是另一个抽屉，再是另一个，直到他打开、关上每个抽屉、每个橱子。他没开灯——那天的月光够亮——我可以想象他站在那个刚被清除掉锋利对象的厨房里，明白我拿走了一切：连叉子都拿走了。我坐在那里，屏住气，听着厨房里的寂静。一时之间，我们仿佛在对话，一种不用言语或视觉的对话。终于，我听到他转身，脚步声逐渐远去，退回他的房间。

次日晚上我回到剑桥市，在他的浴室找到一个跟特鲁罗那个一模一样的袋子，随即丢掉。但是从此以后，我在剑桥市或特鲁罗再也没有找到过这种袋子了。他一定是藏到了其他地方，让我找不到，因为他带着那些刀片是上不了飞机的。我每次去格林街，就会找机会跑去他的浴室。他在里头的老地方也藏了一个袋子，每回我都会偷走，塞在口袋里，带出去丢掉。当然，他一定知道是我偷走的，但是我们从来没谈过。每回他都会再弄个新袋子放在老地方，而每回我去，也总能找到袋子。直到后来他知道得防着我为止。然而，我从来没有停止检查过：每次去他的公寓，或是后来去他纽约州北部的别墅，或伦敦的那间公寓，我都会去他的浴室找那个袋子。我后来再也没找到过，马尔科姆的浴室设计得很单纯、很简洁，但即使是这样的设计，他还是找得到地方藏那些袋子，让我再也无法找到。

这些年来，我一直试着跟他谈这件事。我发现第一个袋子的次日，就打电话骂安迪，安迪很破例地让我骂。“我知道，”他说，“我都知道。哈罗德，我想问你，不是挖苦也不是耍嘴皮子。我要你告诉我：我该怎么做？”而当然，我不知道能说什么。

你是跟他谈得最深的人。但我知道你很自责。我也自责，因为我做了比接受更糟糕的事：我容忍了一切。我选择忘记他在割自己，因为实在太难找到解决办法了，也因为我想开心享受他希望我们看到的那一面，即使我知道实情不只是这样。我告诉自己我应该让他保持自己的尊严，同时选择忘记在几千个夜里，他牺牲了自己的尊严。我应该要指责他、试着开导他，就算知道这些方法行不通，而我明知道自己该怎么做，却没有试过其他办法：更激烈、可能害我们疏远的方法。我知道自己懦弱，因为我从来没跟朱丽娅提过那个袋子，我从没把特鲁罗那一夜发现的事情告诉她。最后她发现了，那是少数几次我看到她那么生气。“你怎么可以让这种事情一再发生？”她问我，“你怎么可以让这种事持续这么久？”她从没说过她认为我该负直接的责任，但我知道她是这么想的，怎么可能不是呢？连我也是这么想的。

此刻我待在他的公寓里，而几个小时前，我躺着睡不着时，他正在这里被毒打。我拿着手机坐在沙发上，等着安迪打电话来，告诉我他已经准备好要回到我身边，就要回来让我照顾了。我打开对面的遮光帘，往后坐回去，瞪着钢灰的天空，直到每片云融入另一片中，直到最后我什么都看不见，只看到一片模糊的灰，白昼缓缓融入夜晚。

* * *

那天傍晚6点，是我送他过去的九个小时后，安迪打电话来，我马上赶过去。“他在检查室里睡着了。”安迪说，接着说明，“左手腕骨折，还断了四根肋骨。谢天谢地两腿没有骨折。没有脑震荡，感谢老天。尾椎骨裂了。一边肩膀脱臼，我帮他复位了。背部和躯干到处都是瘀伤，显然是被踢的，不过没有内出血。他的脸没有看起来那么糟：双眼和鼻子都没有骨折或外伤。我给他的瘀伤冰敷了，你也必须定时帮忙冰敷。

“他双脚有划伤。这是我担心的。我开了个低剂量的抗生素处方给你，为了预防，要让他先开始吃。但如果他提到觉得发热或发冷，就得马上通知我。他现在最不需要的，就是双腿感染。他的背上有脱皮……”

“什么意思，‘有脱皮’？”我问他。

他一脸不耐，“破皮。”他说，“他被鞭打了，大概是用皮带抽的，不过他不肯告诉我。我帮他包扎了，我会给你一种抗生素药膏，你得保持伤口干净，明天开始每天换药。他不会想让你换，不过他妈的没办法。所有的注意事项我都写在这里了。”

他交给我一个塑料袋，我看着里头：几瓶药丸、几卷绷带、几管药膏。“这些，”安迪说，拉出里面的一样东西，“这是止痛药，他很讨厌止痛药，但是他会需要的。每十二小时让他吃一颗：早上一次，晚上一次。这种药会让他有点糊涂，所以别让他自己一个人出门，别让他拿重物。这种药也会让他想吐，但一定要逼他吃东西：一些简单的食物，比方炖饭或高汤。尽量让他坐轮椅，反正他这个样子也别想到处跑了。

“我打过电话给他的牙医，帮他约了星期一早上9点；他掉了两颗牙。最重要的是尽量让他多睡觉。我明天下午会过去看他，这星期每天晚上都会过去。别让他去上班，不过我不认为他会想去。”

他忽然停下来，就跟之前开始时一样突然。我们沉默不语地站在那里。“我他妈的真不敢相信。”安迪最后终于说了，“那个他妈的混蛋。我真想找到那个浑球杀了他。”

“我知道。”我说，“我也是。”

安迪摇摇头，“他不肯让我报警，”他说，“我求过他了。”

“我知道。”我说，“我也是。”

进入检查室看到他，又是一次新的震惊。我想帮他坐上轮椅，但是他摇摇头，于是我们沉默地看着他坐上去，仍穿着同样的衣服，血已经干成生锈的大片污渍。“谢谢你，安迪。”他说，非常小声，“对不起。”安迪一手放在他的后脑上，什么也没说。

等我们回到格林街，天已经全黑了。他的轮椅，你也知道，是那种非常轻、非常精致的轮椅，设计上是要让轮椅主人能独立自主，根本没有把手，因为设计者假设轮椅主人自尊很强，永远不可能让别人推他。于是我只能抓着轮椅靠背的顶端，位置非常低，就这样推着轮椅前进。我进入公寓后，停下来打开灯，我们两个都眨了眨眼。

“你打扫过了。”他说。

“唔，是啊。”我说，“恐怕没办法像你自己打扫的那么彻底。”

“谢谢你。”他说。

“没什么。”我说，我们又沉默了一下，“我来帮你换衣服，然后你吃点东西吧？”

他摇头：“不，谢了。我不饿。而且我可以自己来。”现在他变得抑郁、自制。我之前熟悉的那个人消失了，他再度把自己关在心底那个只有小小开口的地下迷宫里。他向来很有礼貌，但当他试着要保护自己，或是要强调自己有能力时，他就会变得更加有礼貌：客气而疏远，好像他是个进入危险部落的探险家，留意着不要太介入部落里的异常活动。

我在心底叹气，然后推他到房间里，我告诉他如果需要的话，我就在外面，他听了点点头。我关上门，坐在门外的地板上等。我听得见水龙头打开又关上，然后是他的脚步声，接着是一长段沉默，然后是他坐上床发出的轻响。

我进去时，他已经躺着盖好被子了。我坐在他旁边的床沿。“你确定不想吃点东西？”我问。

“确定。”他说，然后顿了一下看着我。他现在可以睁开眼睛了，在白色床单的对照下，他成了一片肥沃、丰饶的迷彩：他的眼睛是丛林绿，头发是金色和褐色的条纹，而他的脸，已经不像早上那么蓝，转为一片微微发亮的铜褐色。“哈罗德，我真的很抱歉。”他说，“很抱歉我昨天晚上吼你，很抱歉我给你惹了这么多麻烦，很抱歉……”

“裘德，”我打断他，“你不必抱歉。我才应该说对不起。我真希望我可以让你好过一点。”

他闭上眼睛又睁开，然后别开目光。“我觉得好羞愧。”他轻声说。

我抚着他的头发，他没有反抗。“你不必羞愧。”我说，“你没做错什么。”我想哭，但我觉得他可能也想哭。如果他想哭，我就要设法别哭。“你知道吧？”我问他，“你知道这不是你的错，你知道你不该受这种罪？”他什么都没说，于是我一直问、一直问，直到最后他轻轻点了个头。“你知道那家伙是个他妈的混蛋吧？”我问他，他别开脸，“你知道这一切都不该怪你吧？”我问他，“你知道这不代表你是什么样的人，也不代表你的价值？”

“哈罗德，”他说，“拜托。”然后我停下，其实我真该继续问下去的。

有一会儿，我们都没说话。“我可以问你一个问题吗？”我说。过了一两秒钟，他才点头。我开口前都还不知道要说什么，而且我说出来的时候，也不知道那个问题是哪里来的，只不过我想那是我一直知道、却始终不想问的，因为我害怕他的回答，我知道他会怎么说，而我不想听。“你小时候受到过性侵害吗？”

我可以感觉到（而非看到）他全身变得僵硬，而且在我的手底下，我发现他开始颤抖。他还是没看我，而且这会儿把头转向了左边，贴了绷带的手臂放在脸旁边的枕头上。“天啊，哈罗德。”最后他终于说。

我抽回手，“当时你几岁？”我问。

他有一会儿没回答，然后把脸埋进枕头里。“哈罗德，”他说，“我真的很累，我要睡了。”

我一手放在他肩膀上，他惊跳了一下，但是我没拿开。在我的手掌底下，我可以感觉到他的肌肉绷紧了，全身颤抖。“没事的。”我告诉他，“你没有什么好羞愧的。”我说，“那不是你的错，裘德，你明白吗？”但他假装睡着了，不过我还是可以感觉到那种震颤，他全身警戒而恐慌。

我又在那里坐了一会儿，看着他全身僵硬不动。最后我走出房间，关上门。

接下来那个星期，我一直待在那里。你那天晚上打电话来，我帮他接了电话，跟你撒谎，说他出车祸什么的，听到你声音里的忧虑，我好想告诉你事实。次日，你又打来，我在他门外听着他也跟你撒谎：“车祸。不，不，不严重。什么？我去理查德的别墅过周末。我开车时打瞌睡，撞到一棵树。不知道，我累了吧——我工作量太大了。不，是租来的车。因为我的车送去保养了。没什么大不了的。没什么，我没事的。没有啦，你也知道哈罗德——他总是大惊小怪。我保证。我发誓。没有，他在罗马，要到下个月底才会回来。威廉，我跟你保证。没事的！好，我知道。好，我保证。我会的，你也是。再见。”

大部分状况下，他都很顺从、很温驯。每天早上，他会喝掉他的浓汤，吃掉他的药。那些药让他变得迟钝。每天早上他都在书房里工作，到了 11 点，他会去长沙发上睡觉。睡过午餐时间和一整个下午，直到我叫他吃晚餐。你每天晚上打电话给他。朱丽娅也会打给他，我总是想偷听，但没听到多少，只知道他没说什么，这表示一定都是朱丽娅在说话。马尔科姆来过几次，还有两位亨利·杨、伊莱贾和罗兹也来看过他。杰比送了一幅素描过来，里头是一朵鸢尾花，我从来不知道他也会画花。一如安迪所料，他不肯让我帮他的两腿和背部换药，无论我怎么求他、吼他，他都不肯让我看。他只肯让安迪帮他换药。我听到安迪跟他说："你每隔一天就得到我诊所来，让我帮你换，我是认真的。"

"好啦。"他凶巴巴回答。

卢西恩也来看过他，但当时他在书房里睡觉。"别吵醒他。"卢西恩说，然后探头偷偷看了一下，"天啊。"我们聊了一会儿，他告诉我事务所里大家有多欣赏他。听别人夸你的孩子，这种事情你永远不会腻，无论他是四岁、在托儿所捏黏土很厉害，或是 40 岁、在大型律师事务所里很会保护企业罪犯。"我本来想说你一定很以他为荣，但我太了解你的政治立场，所以就不说了。"他咧嘴笑。我看得出来，他相当喜欢裘德，我发现自己有点嫉妒，随即觉得自己也太小气了。

"不，"我说，"我的确很以他为荣。"我觉得很自责，因为这些年来我都为了他待在罗普克而训斥他，但他在那里明明觉得很安全，也真的轻松自在，可以把他的恐惧和不安全感隔绝在外。

下个星期一，就在我离开的前一天，他看起来好多了：脸颊变成芥末黄，不过已经消肿，又看得到脸上的骨头了。他呼吸、讲话时没那么痛了，气音少了些，比较像原来的样子。安迪把他早上的止痛药药量减半，他的意识也更加清楚，不过精神倒不见得比较好。我们下了一盘西洋棋，他赢了。

“我星期四晚上会回来。”我晚餐时告诉他。我那个学期只有周二、周三、周四有课。

“不，”他说，“你不必回来了。谢谢你，哈罗德。但我真的没事了。”

“我已经买了机票，”我说，“总之，裘德，你不必总是拒绝，你知道。还记得吗？接受就好。”他就没再说什么了。

所以我还能告诉你什么呢？那个星期三他回去上班，不理会安迪要他休养到周末的建议。而安迪也不理会他的威胁，每天晚上都来帮他换药，检查他的两腿。朱丽娅回来了，10 月的每个周末，她或我会来纽约，住在格林街陪他。工作日，马尔科姆会过来陪他过夜。他不喜欢，我看得出来，但我们才不管他喜不喜欢，这件事我们就是要坚持。

他逐渐好转，两腿没有感染，背部也没有。安迪一直说他很幸运。他瘦下来的体重又养回来了。等到你 11 月初回家，他几乎已经痊愈了。到了感恩节时（这一年改去我们纽约的公寓过节，免得他跑太远），他的石膏已经拆掉，而且又能走路了。晚餐时我仔细观察他，看着他跟劳伦斯聊天，跟劳伦斯的双胞胎女儿谈笑，却不断想起那一夜的他，想到凯莱布抓住他手腕时，他脸上痛苦、羞愧、恐惧的表情。我想到之前得知他用轮椅的那天：在特鲁罗发现那个袋子后不久，我到纽约参加学术会议，他坐着轮椅跟我在餐厅见面，当时我很震惊。“你为什么从来没告诉过我？”我问，他假装很惊讶，说以为他讲过了。“不，”我说，“你没提过。”最后他才告诉我，他不希望我看到他那个样子，把他当成软弱无助的人。“我绝不会那样想你的。”我告诉他。尽管我不认为自己会那样想，但那的确改变了我对他的想法，那提醒了我，我对他的了解只是一小部分而已。

有时候，那个星期好像是一场闹鬼事件，只有安迪和我目睹。

接下来几个月，偶尔有人会拿来开玩笑：笑他驾驶技术很烂，笑他网球天王的野心，他也会大笑起来，说些自我嘲讽的话。但在这些时刻，他都不敢看我，因为我会让他想起当时的真相，提醒他那段引以为耻的往事。

但后来，我会明白那个事件是如何把他很大的一块拿掉、如何改变了他：把他变成另一个人，或者是把他变回了以前的模样。我会把他认识凯莱布之前的那几个月，视为他多年来最健康的时期：见面时，他会让我拥抱他，也会让我碰触他，比如，在厨房里从他身边经过时，我若伸出一只手揽着他，他会继续以同样的稳定节奏切着面前的胡萝卜。这样的事情，我们花了二十年才达成。但凯莱布事件之后，他倒退了。感恩节时，我走过去要拥抱他，他很快就往左闪，只是一点点，刚好让我双手扑空。接下来有一秒钟，我们看着彼此，我知道几个月前他允许我做的那些事情，全都一笔勾销了，我得从头开始。我知道他已经判定凯莱布是对的，判定他自己很令人反感，判定他身上发生的事情都是活该。而那是最糟糕、最可恶的事情。他决定相信凯莱布，而不是我们，因为凯莱布确认了他以前一贯的想法，他一直被教导的事情。而相信既有的想法，总比改变心意要来得容易。

后来，当事情恶化时，我会一直想着当初要是能多说什么或多做什么会怎么样。有时我会想着自己说什么都没用，因为有些话或许有帮助，但从我们嘴里说出来都无法让他相信。我还是会幻想那些事：枪、民兵队、西 29 街 50 号 17 J 公寓。但这回我们不会开枪，我们会一人抓住他一只手，把他押进车里，开到格林街，把他拖上楼。我们会告诉他要说什么，然后警告他我们就在门外的电梯里等着，手枪已经上膛，瞄准他的背部。隔着门，我们会听到他说的话：

我讲的那些都不是真心的，我完全错了，我做的那些事错了，但更重要的是，我说的那些话，其实是针对另一个人。相信我，因为你以前相信过我：你漂亮又完美，我讲的那些话从来不是真心的。我错了，我误解了，没有人会比我错得更离谱。

3

每天下午 4 点，最后一堂课结束之后、第一项例行杂务开始之前，他有一个小时的自由时间，但是星期三有两小时。有一阵子，他会利用这些时间阅读或在修道院周围探险，但最近，自从卢克修士跟他说可以之后，他把时间都花在温室里。如果卢克修士也在里面，他会帮他浇水，同时记住这些植物的拉丁语学名——Miltonia spectabilis（堇色兰）、Alocasia amazonica（观音莲）、Asystasia gangetica（宽叶十万错），这样下回他就可以跟修士说出来，得到赞美。“我觉得 Heliconia vellerigera（金刚蝎尾蕉）长大了。”他会摸着那毛茸茸的苞片说，卢克修士会看着他摇头。“真是难以置信，”他会说，“老天，你的记忆力太好了。”然后他会兀自微笑，很得意自己能让修士刮目相看。

如果卢克修士不在温室里，他就会玩他的东西打发时间。修士跟他示范过，如果他把温室远处角落的一叠塑料花盆搬开，会看到一块小小的铁栅栏，把铁栅栏拿开，就会发现底下有个小洞，放得下一个塑料垃圾袋，可以把东西藏在里面。于是他把自己收集的小树枝和石头从树底下挖出来，改放到温室的小洞里。温室长年温暖又潮湿，他可以在那里检视自己的收藏，不会冻得双手发麻。那几个月，卢克替他增加了一些收藏品：给了他一片海玻璃，说是他眼睛的颜色；还有一个金属哨子，里面有个小圆球，摇晃时会像个铃铛般叮当响；还有个小玩偶，是一个男人穿着酒红色的羊毛上衣，系的腰带边缘镶着松石绿的小珠子，修士说这是一个纳瓦霍印第安人做的，他小时候就有了。两个月前，他打开他的塑料袋，发现卢克留给他了一根圣诞节常见的红白纹拐杖糖，尽管当时已经是 2 月份了，但他还是兴奋极了：他从没吃过拐杖糖，一直想尝尝看，他把那根糖折成好几段，吸到每一段的头上都尖尖的，才放进嘴里，用臼齿碾磨。

卢克修士要他次日一下课就过来，有个惊喜要给他。这让他一整天都烦躁不安、魂不守舍，就算有两位修士打了他（迈克修士给了他一记耳光；彼得修士打了他屁股），他也几乎没多留心。直到戴维修士警告他，说他如果不专心上课，就要罚他多做其他杂务，也没有自由时间了，他这才专注起来，终于度过了这一天。

一等到他走出修道院外，看不见里头的人了，他就开始跑。这是春天，他忍不住快乐起来：他喜欢樱树，上头开满了泡沫般的粉红色花朵；也喜欢郁金香那发亮、不可思议的颜色；还有新长出来的青草，踩在脚下又软又柔。有时他会独自拿着纳瓦霍玩偶和一根形状像人的小树枝到户外，坐在草地上跟它们玩。他会出声假装它们在讲话，声音小得只有自己听得到，因为迈克修士说男生不可以玩娃娃，而且他太大了也不该玩。

他很好奇这一刻卢克修士是不是看到他在跑。有个星期三，卢克修士跟他说："我今天看到你跑来这里。"他张嘴正要道歉时，卢克修士又说："小子，你真能跑！跑得好快！"他说不出话来，直到修士笑着说他应该把嘴巴闭上。

他走进温室时，里面没有人。"哈喽？"他喊道，"卢克修士？"

"在这里。"他听到他的声音，便转向了温室旁边的小屋。里面堆着肥料、一瓶瓶离子水和挂满大小剪刀和园艺剪的架子，地上堆着一袋袋护根层。他喜欢这个小屋，喜欢里面森林、苔藓的气味。他赶紧走过去敲门。

刚走进去时，他感到茫然不知所措。那房间昏暗寂静，卢克修士正弯腰对着地板上小小的火焰。"过来一点。"修士说。他照做了。

"再过来一点，"修士说，然后大笑，"裘德，没关系的。"

于是他凑得更近了，修士拿起一个东西说："惊喜！"他看到一个小松糕，中央插着一小根点燃的火柴棒。

"这是什么？"他问。

"今天是你生日，对吧？"修士说，"这是你的生日蛋糕。来吧，许个愿，吹熄蜡烛。"

"是给我的？"他问，看着那火焰摇曳不定。

"对，是给你的，"修士说，"快点，许个愿。"

他从来没有过生日蛋糕，但他在书上读过，知道该怎么做。他闭上眼睛许愿，再睁开眼睛吹熄火柴，小屋里全黑了。

"恭喜你！"卢克说，然后打开灯。他把松糕递给他。他想分给修士一点，但卢克摇摇头："这是你的了。"他吃了那夹了小颗蓝莓的松糕，觉得是他这辈子吃过最好吃的东西，很甜又很松软。修士看着他露出微笑。

"我还有一个东西要给你。"卢克说，伸手从背后拿出一个包裹给他。那是一个大大的扁盒子，用报纸包着，上头系了绳子。“来吧，打开它。”卢克说，于是他解开绳子，把报纸小心翼翼地拆掉以便今后好再利用。那是个普通的褪色硬纸盒，他打开来，发现里面装了各式各样的原木。每一根两端都有凹口，卢克修士教他把凹槽互嵌，构成一个方盒子，然后把树枝排在顶端，成为某种屋顶。多年以后，他上大学时，看到一家玩具店的橱窗里有一盒这种原木，这才明白当年他那份礼物缺了某些部分：一个可当屋顶的红色三角形尖顶结构，还有铺在上头的绿色木板。但他小时候收到它的那一刻，已经开心得说不出话来，直到他想起要有礼貌，才对修士谢了又谢。

“不客气，”卢克说，“你又不是天天都刚好满八岁，对吧？”

“对。”他承认，对着礼物露出大大的笑容，而且在那段自由时间里，他一直用那些零件盖房子和盒子。卢克修士看着他，有时伸手把他的头发塞到耳后。

他一有空就去温室找修士。跟卢克在一起，他成了另一个人。对其他修士来说，他是个负担，集各种麻烦和缺陷于一身，而且每天都会增加一点小毛病：他太爱做白日梦、太情绪化、太精力旺盛、太爱幻想、太好奇、太没耐心、太瘦、太爱玩。他应该要更心存感激、更得体、更克制、更恭敬、更有耐心、更灵巧、更有纪律、更虔诚。但对卢克修士来说，他很聪明、反应很快、很伶俐、很活泼。卢克修士从不会跟他说他问的问题太多了，或有些事要等他长大了才能知道。卢克修士第一次呵他痒时，他猛吸一口气，然后开始大笑，无法控制，卢克修士也跟他一起大笑，两个人在兰花下方的地上扭打成一团。“你的笑声真可爱。”卢克修士说，还有“裘德，你的微笑太可爱了”，以及“你真是个充满喜悦的人”。到最后，那温室像被施了魔法，把他变成了卢克修士眼中的那个男孩，滑稽又开朗，让人想亲近，而且比实际的他更好、更不同。

当他跟其他修士处得很糟时，他会幻想自己在温室里，玩他自己的东西或跟卢克修士讲话，然后自言自语重复着卢克修士跟他说过的事情。有时状况糟到他没法去吃晚餐，但次日他总会在房间里发现卢克修士留给他的东西：一朵鲜花、一片红叶，或是一颗特别圆的橡实。他会收集起来，藏在铁栅栏之下。

其他修士注意到他总是跟卢克修士在一起，他感觉到他们似乎不赞同。"跟卢克在一起要小心点。"帕维尔修士警告他，偏偏帕维尔修士最常打他或骂他了。"他不是你以为的那种人。"但他不理会。他们没有一个是自己说的那种人。

某天他很晚才去温室。那个星期很难捱，他被打得很惨，连走路都会痛。前一天晚上，盖柏瑞神父和马修修士都来找过他，现在他全身的每块肌肉都在发痛。那是星期五；迈克修士出乎意料地提早让他下课，他想着可以去玩那些原木。就像每回自由时间那样，他想独处——他想坐在那温暖的空间里玩他的玩具，假装自己在很远很远的地方。

他进去的时候，温室里没有人，于是他掀起铁栅栏，拿出他的印第安玩偶和那盒原木，但他玩的时候，发现自己开始哭。他已经试着少哭了（因为哭了感觉更糟，而且修士们很讨厌他哭，会因此惩罚他），但他控制不了自己。他至少学会不要哭出声，于是静静地掉泪。虽然安静地哭的麻烦是很痛，而且会用尽他的注意力，最后不得不放下玩具。他待在那里，直到第一声钟响，才把东西收回去，冲下坡，奔向厨房，他要去削胡萝卜和马铃薯、切芹菜，好准备晚餐。

后来，因为一些他始终无法断定的原因（连他成年后都搞不清楚），事态忽然急转直下。修士们打他打得更凶，上课的状况恶化，训诫也更严厉。他不确定自己做了什么，对他自己而言，他好像一直是老样子。但修士们对他的耐心似乎快用光了。就连向来无限制借他书的戴维修士和彼得修士，好像都不太想跟他讲话了。“走开，裘德。”戴维修士说——当时他去找修士，想跟他谈一本修士给他的希腊神话——“我现在不想看到你。”

他越来越相信他们打算摆脱他。这把他吓坏了，因为修道院是他有生以来唯一的家。修士们都跟他说外面的世界充满危险和诱惑，离开了修道院，他要怎么存活，他要做什么？他知道他可以工作；他会园艺、会做菜，也会打扫，或许他可以找到做这类事情的工作。或许有别人愿意收留他。如果是这样，他向自己一再保证，他会更乖的。他对这些修士犯下的错误，绝对不会重演。

“你知道为了照顾你，要花多少钱吗？”迈克修士有天上课上到一半问他，“我不认为我们当初想到你会待这么久。”这两句话他不知该怎么回应，只是坐在那里，呆呆地瞪着书桌。“你应该道歉。”迈克修士告诉他。

“对不起。”他低声说。

现在他累到连去温室的力气都没有了。只要一上完课，他就跑到地窖的一个角落里，帕维尔修士以前跟他说那里有老鼠，但马修修士说没有。他会爬到那些堆放成箱食物油、意大利面和一袋袋面粉的储藏网架上休息，等到铃声响起才上楼去。晚餐时间他都躲着卢克修士。如果修士朝他微笑，他就别过头去不理不睬。他现在确定自己不是卢克修士认为的那个男孩了（欢乐？滑稽？），而且他以自己为耻，也为自己欺骗了卢克而感到羞愧。

他躲了卢克一个多星期。有一天，他到地窖里的躲藏处，看到卢克在那里等着他。他想找个地方躲起来，但那里没有地方可以躲，于是他转向墙壁哭了起来，一边哭一边道歉。

“裘德，没事的，”卢克修士说，走上前来拍着他的背，“没事的，没事的。”修士在地窖台阶上坐下。“过来，坐在我旁边。”修士说。但他摇头，因为太难为情而没有过去。“那至少坐下来吧。”卢克说。于是他坐下，靠在墙上。然后卢克站起来，开始检视某个高处网架的箱子，取出一个东西递给他：玻璃瓶装的苹果汁。

“我不能喝。”他马上说。他根本不该出现在地窖里，他是从侧边的小窗钻进来，再爬下网架的。帕维尔修士负责管理仓库，每周都会清点；要是少了东西，被责怪的一定是他，一如往常。

“别担心，裘德，”修士说，“我会买新的补回去。来，拿去吧。”终于，在修士的好言劝慰下，他接过来。那果汁甜得像糖浆，他想慢慢喝，喝久一点，又想大口喝掉，免得修士改变心意把果汁收回去。

他喝完后，他们默默坐在那里，修士低声说：“裘德，他们对你做的事是不对的。他们不该对你那样，他们不该伤害你。”他差点又哭起来。“裘德，我永远不会伤害你，你知道吧？”他这才有办法看着卢克，看着他仁慈、忧虑的长脸、他短短的灰色络腮胡、让他的大眼显得更大的眼镜，然后点点头。

“我知道，卢克修士。”他说。

卢克修士安静了许久，才继续说：“裘德，你知道吗？我来这里之前，来修道院之前，我有一个儿子。你常常让我想起他。我很爱他。但是他死了，之后我就来这里了。”

他不知道该说什么，但感觉上，他似乎什么都不必说，因为卢克修士一直讲个不停。

“有时我看着你，心想：你不该受到这样的待遇。你应该跟着另一个人，一个……”卢克修士停下来，因为他又哭了。“裘德。”卢克修士惊讶地说。

“不要，”他啜泣着说，“拜托，卢克修士——别让他们赶我走，我会更乖的，我保证，我保证。别让他们赶我走。”

“裘德，”修士说，在他旁边坐下，把他拥入怀里，“没有人要赶你走。我保证，没有人会赶你走的。”最后他终于镇定下来，两个人坐着好久不说话。“我的意思只是，你应该跟一个爱你的人在一起。比如我。如果你跟着我，我永远不会伤害你。我们在一起会过得非常愉快。”

“那我们要做什么呢？”他终于能问了。

“这个嘛，”卢克缓缓说，“我们可以去露营。你露过营吗？”

当然没有。于是卢克告诉他露营的事情：帐篷、营火、焚烧松木的气味和噼啪声，叉在小棍上烤的棉花糖，还有猫头鹰的叫声。

次日他又回到温室，接下来几个星期、几个月，卢克告诉他种种他们可以一起做的事，只有他们两个：他们会去海滩，去大城市，去露天游乐场。他会吃披萨、汉堡，还有整根的玉米，以及冰激凌。他会学打棒球，学钓鱼，他们会住在一栋小木屋，只有他们两个，就像父子。他们上午阅读，下午玩耍。他们会有个园子，种植各种蔬菜和花卉，没错，或许有天他们也会盖温室。他们会一起做各种事情，去各种地方，像是最要好的挚友，但是更要好。

他陶醉在卢克的种种故事中，每当状况很糟时，他就想着这些故事：他们会在园子里种植大小南瓜，在屋后小溪钓黄鲈鱼。他们的小木屋就是他用那些原木玩具所盖的扩大版，在里头，卢克保证他会有一张真正的床，就算最冷的夜里，屋内也永远温暖。另外，他们每星期都可以烤松糕。

一天下午，他们沉默地工作着。那是 1 月初，温室里虽有暖气，但他们还是得用粗麻布把所有温室植物包起来。他向来看得出卢克什么时候会谈他们的小木屋、什么时候不谈，他知道今天是沉默的日子，修士整个人似乎都心不在焉。即便是心情低落的时刻，卢克修士也从不曾对他严厉，只是沉默，而那种沉默，他知道要避开。但是他好想听卢克修士的故事，他太需要了。那天他过得太糟糕了，糟到让他想死，所以他想听卢克修士讲他们的小木屋，两人在里头可以做的事情。他们的小木屋里不会有马修修士、盖柏瑞神父或彼得修士。不会有人骂他或伤害他。那就像永远住在温室里，永远活在魔法里。

他正提醒自己不要讲话时，卢克修士忽然对他说："裘德，我今天好难过。"

"为什么，卢克修士？"

"唔，"卢克修士说，然后暂停了一下，"你知道我有多关心你吧？但是最近，我觉得你根本不关心我。"

这些话把他吓坏了，一时语塞。"不是这样的！"他告诉修士。

但是卢克修士摇着头。"我一直跟你讲我们在森林里的房子，"他说，"但我不觉得你真的想去。对你来说，那些只是故事，就像童话一样。"

他摇头。"不，卢克修士。那些对我来说也是真的。"他真希望自己可以告诉卢克修士那些故事有多么真实，他有多么需要那些故事，而且那些故事帮了他多少。卢克修士看起来很沮丧，但他终于设法说服修士自己也想要那样的生活，他也想跟卢克修士住在一起，没有别人，他愿意付出一切，去得到那样的生活。最后，终于，修士露出微笑，蹲下来拥抱他，上下抚着他的背。“谢谢你，裘德，谢谢你。”修士说，他很开心自己能让卢克修士高兴，也向他道谢。

卢克修士看着他，忽然一脸严肃。他说，这件事他想了很久，他觉得该是他们去建造那栋小木屋的时候了。该是他们一起离开的时候了。卢克说他不会一个人去做这事，裘德会跟他一起走吗？他保证吗？他想跟卢克修士在一起，就像卢克修士想跟他在一起，在他们完美的小世界里，只有他们两个人吗？他当然想啊——他当然会跟他走。

于是他们有了计划。他们会在两个月后的复活节之前离开，他会在他们的小木屋里过九岁生日。卢克修士会准备好一切，他唯一要做的就是当个乖孩子，努力学习，不要惹出任何麻烦。最重要的是什么都别说。如果让其他人发现这个计划，卢克修士说，他就会被赶出修道院，往后只能靠自己，到时候连卢克修士也帮不了他。他答应了。

接下来的两个月既可怕又美妙。可怕的是日子过得好慢。美妙的则是他有个秘密，让他的生活更美好，这表示他在修道院的生活即将告终。每天他都迫不及待地醒来，因为离他和卢克修士的新生活又近了一天。每回他跟其他修士在一起，想到很快就可以远离他们，就觉得自己没那么惨了。每回被打或被骂，他会想象自己在小木屋里，便有了忍耐下去的坚毅（卢克修士教了他这个词）。

他请求卢克修士让他帮忙准备，卢克修士叫他去收集修道院周围每种植物的花叶标本。每天下午，他拿着《圣经》在修道院周围徘徊，把叶子和花瓣夹在纸页间。他很少去温室了，但每回看到卢克，修士都会严肃地眨一下眼睛。他暗自微笑，觉得他们的秘密温暖而甜美。

那一夜终于来到，他很紧张。傍晚才刚吃过晚餐，马修修士就跟他在一起，但最后还是离开了，剩他一个人。接着卢克修士出现了，一根手指按着嘴唇，他点点头。他帮着修士把自己的书和内衣放进修士打开的纸袋。然后他们蹑手蹑脚地经过走廊，下了阶梯，走出黑暗的修道院，进入黑夜。

“只要走一小段路，就到车子那了。”卢克低声说，这时他站住了，“裘德，怎么了？”

“我的袋子，”他说，“我放在温室的那个袋子。”

卢克露出和蔼的微笑，一手放在他头上。“我已经放到车上了。”他说，然后他也微笑响应，很感激卢克没忘记。

空气很冷，但他几乎没注意。他们一直走，沿着修道院长长的碎石子车道，过了木栅门，爬上通往公路的小丘，来到公路上，夜晚安静得发出一片嗡嗡声。他们走路时，卢克修士指着不同的星座，要他说出星座名，他全都说对了，卢克修士就低声赞美他，摸着他的后脑勺。“你真聪明，”他说，“我很高兴我挑了你，裘德。”

现在他们走在公路上，他这辈子只来过几次，在去看医生或看牙的时候，但此时路上一片空荡，一些麝鼠和负鼠之类的小动物在前方蹦蹦跳跳。他们来到汽车旁，那是一辆长长的、褐红色的旅行车，上头生着锈斑，后座塞满箱子和黑色塑料袋，还有一些卢克最喜欢的植物，装在深绿色塑料网里，像是有着丑陋斑点花瓣的西蕾丽嘉德丽亚兰（Cattleya schilleriana）和枝节低垂的尾端开出一朵花的火龙果（Hylocereus undatus）。

在汽车里看到卢克修士很奇怪，比坐在汽车里更奇怪。不过更加奇怪的是他此时的感觉：一切都值得了，他所有的悲惨都要结束了，他就要迎接一种新生活，像他在书上读到过的那么美好，说不定还要更美好。

“准备要走了吗？”卢克修士低声问他，咧嘴笑了。

“准备好了。”他也低声回答。然后卢克修士转动了引擎钥匙。

* * *

忘记有两种方式。有很多年，他都在心里模拟（以缺乏想象力的方式）一个地窖的画面。每天结束时，他会收集起自己不愿回想的影像、片段和字句，把沉重的钢制门打开一条缝，把它们赶紧塞进去，再尽快关上，关得牢牢的。但这个方法没什么用，那些记忆还是会渗出来。他逐渐明白，重要的是消除那些记忆，而不是把它们储藏起来。

于是他又发明了其他的解决办法。小的记忆（小小的轻蔑、侮辱），你就一次又一次重温，直到它们失效，直到它们被重复到几乎失去意义，或者直到你相信它们是发生在别人身上，你只是听说而已。比较大的记忆，你就在脑袋里想着那个场景，固定住，像一段影片一样，然后开始删除它，一帧接着一帧。这两个步骤都不容易。比方说，你不能在删除的中途停下来检视那些内容；你不能开始浏览某些片段，期望自己不会陷入其中的细节，因为你当然会。你必须每天晚上努力删除，直到最后完全删光。

当然，那些记忆从来不会完全消失。但至少会变得比较遥远——不会像鬼魂似的纠缠着你，拽着你要你注意，你不理会时还跳到你面前，占用掉你那么多时间和心力，搞得你简直没法思考别的事情。在空余的时间里——在你睡着之前，在你坐了一夜的飞机、就要降落之前，此时你不够清醒，难以工作，也没累到能睡着——它们就再次出现骚扰你，所以你最好想象出一块白色屏幕，又大又亮、静止不动，像一面盾牌在脑海中竖起。

挨揍后的接下来几个星期，他努力想忘掉凯莱布。去睡觉前，他会先走到公寓的前门。他觉得自己很蠢，竟然用旧的钥匙插入锁孔，好让自己相信门没法开，自己真的安全了。他会设定并重设自己安装的警报系统，那系统敏感到连影子经过都能引发一连串的哔哔声。然后他会躺着，但睡不着，双眼在黑暗的房间里睁开，专注着想忘记一切。但是很难——那几个月有好多记忆纠缠着他，搞得他快崩溃了。他听到凯莱布对他讲着种种难听的话，他看到凯莱布凝视赤裸身体的自己时的表情，他感觉到自己摔下楼梯时那种空白而令人讨厌的窒息感，于是他缩成一团，双手捂住耳朵并闭上眼睛。最后他终于起床，走到公寓另一头的办公室去工作。他很庆幸手上有个大案子快要开庭了，让他白天忙得没空去想别的。有一阵子他根本很少回家，只回去睡两小时，再花一小时冲澡、换衣服。直到一天晚上，他首度在事务所疼痛发作，还很严重。夜班管理员发现他躺在地板上，打电话给大楼的安保部门，接着安保部门打给他们事务所的主席彼得森·特里梅因，特里梅因再打电话给吕西安（他唯一交代过万一这样的事情发生时该怎么办的人）。吕西安打电话告知安迪，然后和特里梅因赶到办公室等安迪过来。他看到他们了，看到他们的脚，即使他猛吸气、在地板上扭动，还是试着挤出力气求他们离开，跟他们保证自己没事，说他只是需要独处。但他们没离开，吕西安轻柔地擦掉他嘴边的呕吐物，坐在他头旁边的地上握住他的手，他难为情得都要哭出来了。事后，他一次又一次地告诉他们没什么，这种事情常常发生，但他们逼他那一周在家休息，而且下个星期一，吕西安跟他说，他们规定他要在合理的时间回家：周一到周五是晚上 12 点，周末是晚上 9 点。

“吕西安，”他懊恼地说，“这太荒谬了。我又不是小孩。”

“相信我，裘德。”吕西安说，“我告诉管理委员会的其他人，说我认为我们应该把你当成参加普里克尼斯锦标赛的阿拉伯马，但出于某个奇怪的原因，他们很担心你的健康，同时也担心那个案子。因为某个理由，他们认为如果你生病了，我们就赢不了那个案子。”他跟吕西安争了又争，但是没有用，到夜里 12 点，他办公室的灯就会忽然熄掉，他只好乖乖回家。

凯莱布事件后，他几乎没法跟哈罗德谈话，就连看到他都成了一种折磨。这使得哈罗德和朱丽娅频繁的来访成了一种挑战。他觉得很难堪，居然让哈罗德看到他那样。他一想到哈罗德看到他染血的长裤、问起他的童年（到底有多明显？人们真能从跟他的谈话中得知多年前发生在他身上的事情吗？如果是，他要怎么做才能隐瞒得更好？），就觉得严重反胃，使得他必须停下手边的事情，等那一刻过去。他感觉到哈罗德试着像以往那样对待他，但有些状况改变了。哈罗德再也不会为了罗森 · 普理查德相关的事情骚扰他，也不会问他去当大企业非法行为的帮凶是什么滋味，当然再也不会提到他什么时候要找个伴安定下来。现在哈罗德都是问他的感觉：他还好吗？他觉得怎么样？他的腿情况如何？他是不是累坏了？他最近是不是常用轮椅？他需要别人帮忙做什么吗？而他每次的回答都一模一样：还好，还好，还好；不用，不用，不用。

还有安迪，他忽然重新开始那些深夜来电。现在他每天夜里 1 点会打来，而且每次约诊时（安迪增加到每两周一次）他不再像以前那样大呼小叫，而是变得安静、客气，搞得他很紧张。安迪会检查他的双腿，细数他的割伤，问所有他平常问的问题，检查他的反射。每次他回家，清空口袋里的零钱时，就会发现安迪偷塞了一张心理医生山姆·娄曼的名片，上头写着：第一次看诊我出钱。总是有同样的名片，但每回写了不同的句子：为我去吧，裘德。或者：去一次就好。这些名片就像烦人的幸运签饼，他总是丢掉。这个举动令他感动，也令他觉得厌烦，因为根本没意义。同样的感觉发生在每回哈罗德来访后，他得放个新的袋子在水槽底下；他得去衣柜间角落找一个盒子，里面放了几百个小包装的酒精棉片和绷带，一沓沓的纱布，还有几十包刮胡刀片，然后做一个新的袋子，贴回原来的地方。人们总是决定他的身体该怎么用。尽管他知道哈罗德和安迪想帮他，但是他幼稚、执拗的那一部分就是很抗拒：他要自己决定。总之，他对自己的身体能控制的部分已经这么少了，他们怎么能连这一点都要夺走？

他告诉自己他没事，他已经复原了，他已经重新取得平衡了，但其实，他知道有什么不对劲，知道自己变了，也退步了。威廉回家了，即使他没在场看到发生了什么事，也不知道凯莱布这个人和他的羞辱（为了确保不让威廉得知，他事先跟哈罗德、朱丽娅和安迪交代过，如果他们敢泄露给任何人，他就跟他们绝交），不知怎的，他看到威廉还是很羞愧。“裘德，我很遗憾。”威廉回来后看到他身上打的石膏，说，“你确定你没事吗？”但石膏根本没什么，石膏是最不可耻的部分，一时间，他很想告诉威廉真相，破例倒在他怀里痛哭，向威廉坦白一切，请求他让自己好过一点；而且他希望威廉告诉他，即使他以前是那样的，但他依然爱他。当然，他没有。他给威廉写过一封很长的电子邮件，里头充满了精心编造的谎言，详述他的车祸。他们重逢的第一夜，两个人熬夜到很晚，什么都聊，就是不聊威廉之前收到的那封邮件，最后两个人精疲力竭地倒在起居间的沙发上过夜。

但他继续过日子。他起床，去上班。他渴望有人做伴，这样他就不会想到凯莱布；同时他又很怕有人做伴，因为凯莱布曾令他想到自己多么不像个人，多么不健全，多么令人作呕，于是他实在不好意思跟其他正常人在一起。他想着自己的每一天，就像他以前走路时双脚疼痛和麻木时会有的想法：他会熬过这一步，然后下一步，到头来事情总会好转。最后他将学到如何把这几个月纳入自己的人生，予以接受，然后继续走下去。他向来可以的。

那个案子上了法庭，他获得胜诉。这是大胜，吕西安一直这么告诉他，他也知道是这样没错，但他最大的感觉是恐慌：现在他要做什么？他有个新客户，是一家银行，但这份工作的内容是冗长的数据收集，不需要一天二十四小时疯狂地工作。他会在家里，只有自己一个人，脑袋里只盘踞着凯莱布事件。特里梅因向他道贺，他知道自己应该开心，但他跟特里梅因要求更多工作时，特里梅因大笑。“不，圣弗朗西斯，”他说，“你得去度假。这是命令。”

他没去度假。他先答应了吕西安，然后是特里梅因，说他会去，但眼前没办法。正如他之前所担心的：他休假待在家里，自己做晚餐，或是跟威廉去看电影，忽然间，过去几个月跟凯莱布交往的某一幕会出现。接下来是少年之家的一幕，还有他和卢克修士那几年的一幕，他和特雷勒医生那几个月的一幕，然后是他车祸受伤的一幕，车头大灯的炫目白光，他的头猛地往旁边扭。他的脑袋里充满各种影像，像一群爱尔兰神话中的报丧女妖非要引起他的注意不可，用她们尖尖的长指甲对着他又抓又扯。凯莱布释放了他心中的那些野兽，他再也无法哄骗它们回到原来的地牢，他被迫意识到自己究竟花了多少时间、多少注意力去控制那些回忆，也意识到他多么无力驾驭这些回忆。

“你还好吧？”有天晚上威廉问他。那天他们去看一出舞台剧，他根本没看进去。后来两人去餐厅吃晚餐，他漫不经心地听着威廉讲话，希望自己的回答都正确，同时拨着盘子里的食物，设法表现得很正常。

“很好啊。”他说。

事情越来越恶化，他知道，却不知道该如何改善。事件过了八个月了，他每天都越常回想起来，而不是越少。他有时觉得自己跟凯莱布交往的那几个月就像一群鬣狗，每一天都追着他，每一天他都要用尽全力逃离，设法不要被它们冒着白沫、生着利齿的嘴巴噬咬、吞没。过去一切有帮助的事情（专注、割自己）现在都没用了。他割自己割得越来越凶，但那些记忆没有消失。每天早上他都去游泳，现在每天晚上也去游，游上好几英里，直到只剩下冲澡和爬上床的力气。游泳时，他会默念各种东西：背拉丁语动词变化，列举法庭证明，引用法学院学过的判例。他的脑子是他的，他告诉自己。他有办法控制，他不会受摆布。

“我有个主意。”有回跟威廉一起吃饭，他又没说什么话，威廉便这么说。那天威廉讲任何话时，他的反应总是慢了一两秒钟，过了一会儿，他们都沉默下来。“我们应该一起去度假。我们应该实现两年前本来要去的摩洛哥之旅。等我回来，我们就去。裘德，你觉得呢？到时候是秋天了，那里一定很美。”此时是6月下旬，离事件九个月了。威廉8月初又要离开，去斯里兰卡拍新戏，要到10月初才会回纽约。

威廉说话时，他正想着凯莱布如何说他畸形，直到威廉沉默下来，他才想到自己该回答了。“当然好，威廉，”他说，“听起来很棒。”

那个餐厅在熨斗区，付账之后，他们散了一会儿步，两个人都没说话。突然间，他看到凯莱布迎面走来，一时恐慌就抓住威廉，把他拉到一栋大楼的门口，两个人都被他的迅速和力气之大吓了一跳。

“裘德，”威廉警觉地说，“你在做什么？”

“不要说话，”他低声跟威廉说，“站在这里不要回头。”威廉照做，跟他一起面对眼前那扇门。

他数着一秒秒过去，直到他很确定凯莱布已经走过去了。他小心翼翼地往人行道看，才发现那人根本不是凯莱布，只是另一个深色头发的高个子男人，但不是凯莱布。于是他吐出一口气，一时间觉得又挫败又愚蠢又解脱。他注意到自己手里还紧攥着威廉的衬衫，于是便赶紧松开。“对不起，”他说，“对不起，威廉。”

“裘德，发生了什么事？”威廉问，盯着他的眼睛看，“这是怎么回事？”

“没事，”他说，“我只是以为我看到了一个不想看的人。”

“谁？”

“不重要。是个对手律师，很混蛋，我不想理他。”

威廉看着他。“不是，”他终于说，“不是另一个律师。是别人，是某个你害怕的人。”威廉停下来，往前看着街道，然后看看后方。“你吓坏了，”他说，声音充满好奇，“裘德，到底是谁？”

他摇摇头，设法编个什么谎告诉威廉。他总是跟威廉撒谎：大谎、小谎。他们的整个友谊就是一个谎言——威廉以为他是这个人，但其实他不是。只有凯莱布知道真相。只有凯莱布知道他过去是什么样的人。

“我已经告诉过你了，”他终于开口，“是另一个律师。”

“不，不是。”

“是，就是。”两个女人从他们旁边走过，他听到其中一个兴奋地跟另一个咬耳朵，“那是威廉·拉格纳松！”他闭上眼睛。

“听我说，”威廉低声说，“你到底是怎么回事？”

“没事，”他说，“我累了。我得回家。”

“好吧。”威廉说。他招了辆出租车，帮着他上车，然后自己也坐进去。“格林街和布鲁姆街交叉口。”他跟司机说。

在出租车上，他双手开始颤抖。这样的状况越来越常发生，他不知道该怎么停止。这个毛病始自他小时候，但只有在极端的状况下才会发生：当他试着不要哭，或是极度疼痛、却自知不能发出声音时。现在，这个毛病却会发生在奇怪的时刻，只有割自己会好一点，但有时他抖得太严重，很难控制刮胡刀片。这会儿他双手交叉抱在胸前，希望威廉没注意到。

到了楼下大门，他设法摆脱威廉，但威廉不肯离开。“我想独自安静一下。”他告诉他。

“我了解，”威廉说，“我们一起安静吧。”他们站在那里，彼此相对，最后他终于转身，但钥匙插不进锁孔里，因为他的手抖得太厉害了。威廉从他手里拿过钥匙，把门打开。

“你到底是怎么回事？”一进到公寓里，威廉就问了。

“没事，”他说，“没事。”现在他的牙齿也咯咯作响，他小时候发抖时从来不会这样，但现在几乎每次都两个一起来。

威廉走近他，他别开脸。“我不在的时候出了一些事，”威廉迟疑地说，“我不知道是什么事，但一定有，而且是很糟糕的事。自从我拍完《奥德赛》回来，你就表现得很奇怪。我不明白为什么。”威廉停下来，双手放在他肩膀上。“告诉我，裘德，”他说，“告诉我是什么事。告诉我，我们看看要怎么样让情况好转。”

“不行，”他低声说，“威廉，我做不到，我做不到。”接下来两人沉默了好一会儿。“我想去睡觉了。”他说。威廉放开他，他便走进浴室。

他出来时，威廉穿了一件他的T恤，正把客房的羽绒被搬到他卧室的沙发上，那沙发上方的墙壁上就挂着威廉坐在化妆椅的那幅画。“你在做什么？”他问。

“我今天晚上留下来过夜。”威廉说。

他叹口气，但威廉抢着说下去。“裘德，你有三个选择，”他说，“第一，我打电话给安迪，跟他说我觉得你真的很不对劲，带你去他诊所让他看看。第二，我打电话给哈罗德，他会吓坏，打给安迪。或者第三，你让我今天晚上待在这里监视你，因为你不肯跟我谈，他妈的什么都不肯告诉我，而且你好像从来不明白你至少该给你的朋友一个尝试帮你的机会——你至少欠我这个。”他的声音发哑，“所以你选哪个？”

啊，威廉，他心想。你不明白我多么想告诉你。但他只会说：“我很抱歉，威廉。”

“很好，你很抱歉，”威廉说，“去睡觉吧。你有多的牙刷放在老地方吗？”

“有。”他说。

次日晚上他加班到很晚，回家后发现威廉又躺在他房间的沙发上，正在看书。“你今天过得怎么样？”威廉问，没放下手上的书。

“很好。”他说。他等着看威廉会不会解释自己为什么还在这里，但没等到，最后他走向浴室。经过衣柜间时，他看到威廉的旅行袋，拉链打开了，里头装了足够的衣服，显然他打算在这里待上一阵子。

他觉得很可悲，可是他不得不承认，威廉在这里的确有帮助——不光是在他的公寓，还在他的房间。他们不必说什么话，光是威廉的存在，就能让他平静且恢复专注。他比较少想到凯莱布，也比较少想到任何事。仿佛因为有必要向威廉证明自己很正常而让他真的变得比较正常了。光是跟一个他知道永远不会伤害他的人在一起就令他宽心。他终于可以静下心来，也睡得着了。尽管他很感激，却也受不了自己这么依赖别人、这么软弱。他就这么需索无度吗？多年来帮过他的人有多少？他们干吗要帮他？他自己又为什么让别人帮他？更够格的朋友会叫威廉回家，跟威廉说他自己一个人没事的。但他没这么做。他让威廉在纽约剩下的几个星期都像条狗似的，睡在他的沙发上。

至少他不必担心得罪罗宾。《奥德赛》快杀青时，威廉和罗宾就分手了，因为罗宾发现威廉偷吃，背着她跟一个服装助理上床。"我根本就不喜欢她。"威廉当时在电话里告诉他，"我偷吃是出于最糟糕的原因——因为我很无聊。"

他想了想。"不，"他说，"如果你是为了想伤害她而偷吃，那才是最糟糕的原因。你说无聊，那只是最愚蠢的原因。"

威廉顿了一下，开始大笑。"谢了，裘德。"他说，"谢谢你让我同时觉得好一点，也更糟一点。"

威廉一直陪着他，直到要去科伦坡[1]那天。他将在新片中饰演20世纪40年代初斯里兰卡一个没落荷兰商人家族的长子，他已经蓄了厚厚的小胡子，两边尾端还朝上翘；威廉跟他拥抱告别时，他感觉到那小胡子搔着他的耳朵。一时间，他差点崩溃，很想求威廉

1　斯里兰卡最大的城市和商业中心。

不要离开。他想告诉他，别走。留在这里陪我。我很怕孤单一人。他知道如果自己真的这么说，威廉会留下的，至少他会想办法试试看。但他永远不会这么做。他知道威廉不可能耽误电影拍摄，他知道威廉会因为自己无法留下而觉得内疚。于是，他什么都没说，只是很难得地抱紧了威廉（他很少在肢体上对威廉显露任何情感），他可以感觉到威廉很惊讶，接着也把他抱得更紧，两个人就站在那里紧拥了好久。他记得当时还想着自己穿得不够厚，威廉把他抱得这么紧，会感觉到他背部衬衫底下的疤痕，但是那一刻，更重要的就只是靠近他。他感觉这是最后一次这样了，是他最后一次见到威廉了。每回威廉离开时，他都有这种恐惧，但这回却特别强烈，特别难以解释，感觉像是真正的离别。

威廉离开后，刚开始几天还好，但接着又恶化了。那些鬣狗回来了，数量比之前更多，也更饥饿，更留神寻找猎物。然后其他的一切也回来了：他以为自己已经控制且抹去棱角的多年回忆，全部再度涌向他，在他眼前吠叫跳跃着，那些声音让人无法忽视，那些吵嚷坚持不懈，非得要吸引他的注意。他半夜猛喘着醒来，嘴里喊着的那些名字是他早已发誓绝对不再想起的。他脑袋里一次又一次地回放着和凯莱布的那一夜，走火入魔，而且记忆放慢许多，因而他赤裸地站在格林街雨中的几秒钟延长为几个小时，他飞下楼梯花了好几天，凯莱布在淋浴间、在电梯里强暴他花了好几个星期。他幻想着拿起一把冰锥，刺穿耳朵，刺入脑中，好停止那些回忆。他梦想用脑袋撞墙，撞到头骨破裂、炸开，灰色的肉“砰”的一声滚出来，成为一摊湿漉漉、血淋淋的模糊碎块。他空想着要把一桶汽油淋遍全身，然后点一根火柴，让他的脑子被大火吞噬。他买了一套 X-ACTO 片[1]刀片，放了三片在掌心，捏紧拳头，看着血从手里滴入水槽，同时他的尖叫声响彻安静的公寓。

他要求吕西安给他更多的工作，也如愿以偿了，但还是不够。他想去那个非营利艺术家团体做更多义务服务，但他们没有多余的时段给他。他去了以前罗兹做公益服务的一个移民权利组织，但他们说目前缺的是会讲中文和阿拉伯语的人，不想浪费他的时间。他割自己割得越来越凶；又开始绕着疤痕周围割，这样就可以把那些凸起、发着银光的疤痕组织割掉，但这样没有什么帮助，就是不够。到了夜里，他向自己多年不信的神祈祷：帮我，帮我，帮我，他恳求道。他快发疯了，这个状况必须停止。他没法永远跑下去。

那是 8 月，纽约市一片空寂。马尔科姆跟苏菲去瑞典度假；理查德在意大利的卡普里岛；罗兹在缅因州；安迪去了长岛东端的谢尔特岛（“记住，我离这里只有两个小时；如果你需要我，我坐下一班渡轮就回来了。”他离开前说，一如他每次放长假那样）。他没办法跟哈罗德在一起，每次看到哈罗德，他都会想起自己曾经沦落得有多惨；他打电话说自己工作太多，没办法去特鲁罗。然后他临时起意买了张机票飞到巴黎，在那里度过漫长、孤单的劳动节周末，独自在街上漫游。他没联络任何在巴黎的熟人（西提任当时在一家法国银行工作，住赫里福德街时楼上的邻居伊西多尔也在巴黎教书，菲德拉则在一家纽约画廊的巴黎分公司当总监），反正他们一定都到外地度假了，不会留在巴黎市区。

他累了，真的好累。他花了好多力气不让那些野兽近身。他有时想象自己被包围，它们一起扑上前，用爪子和尖喙又啄又抓又扯，

1　一个美国刀片品牌。

直到他被吞噬殆尽，他完全不会反抗。

从巴黎回来后，他做了个梦，梦到自己跑过一大片干裂的红土平原。他身后是一团乌云。他跑得很快，但那团云更快。乌云离他越来越近，他听到嗡嗡声，才明白那是一大群昆虫，又可怕又油亮又嘈杂，双眼底下伸出一对像螯的东西。他知道自己停下来就会死，但即使在梦中，他都知道自己撑不了多久；到了某个时间，他就再也跑不动，必须开始跛行，连在梦中都无法脱离这个现实。接着他听到一个人声，不熟悉，但冷静、充满权威，对着他说话。“停下，”那声音说，“你可以结束这个。你不必撑下去。”你可以结束这个。你不必撑下去。听到这句话真是一大解脱，于是他突然停下，面对那团离他只差几秒钟距离的乌云，筋疲力尽地等着一切结束。

他醒来，很害怕，因为他知道那些话的意思，惊骇的同时又觉得欣慰。现在，当他熬过每一天，脑袋里都会听到那个声音，然后想到他其实可以停止，不必再继续下去。

他以前当然考虑过自杀；当年在少年之家，还有在费城，还有安娜死后，他都想过。但总有事情阻止他，不过现在他不记得是什么事了。如今每当他被那些鬣狗追着跑时，他就会跟自己争辩：为什么他要这么做？他好累；他好想停下来。不知怎的，知道自己不必继续下去是一大慰藉。这提醒了他，让他想到自己还有别的选择；也提醒他：即使潜意识不遵从他的知觉，也不表示他失控了。

仿佛是做实验一般，他开始想如果他要离开的话，得交代什么。1 月，他领到进事务所后最大的一笔年度分红，他更新了自己的遗嘱，所以这部分准备妥当了。他得写一封信给威廉、一封给哈罗德、一封给朱丽娅；他也想留话给吕西安、理查德、马尔科姆；还要写给安迪；写给杰比，原谅他。然后他就可以走了。每一天，他都想着这些事情，然后就好过一点。想着这件事给了他坚毅。

然而，想到一个程度，那就不再只是个实验。他想不起自己是怎么决定的，但决定之后，他觉得自己更轻盈、更自由，也比较不那么受折磨了。那些鬣狗依然追着他，但现在他可以看到，在很远的远方，有一栋房子开着门，他知道一旦自己跑进那栋房子，他就安全了，一切追逐都会消失。那些鬣狗当然不喜欢这样——它们也看得到那扇门，它们知道他就要逃掉了——而每一天，那些追逐都更凶恶，追逐他的阵容变得更壮大、更吵嚷，也更坚持。他的脑子狂吐出一段段回忆，到处泛滥——他回想起多年来没再想过的人、感觉和事件。他舌头上仿佛变魔术般冒出种种滋味；还闻到几十年没闻到过的香味。他的身体都妥协了；他会被他的回忆淹没；他得做点事情。他试过了——他这辈子都在努力尝试。他试过当个不一样的人，他试过当个更好的人，他试过让自己干净。但是没有用。一旦他决定之后，他就深深入迷了，因为自己满怀希望，只要结束生命，就可以拯救自己多年来的不幸——他可以成为自己的拯救者。没有法律规定他得活下去；他的这条命还是他自己的，他爱做什么就做什么。这么多年来，他怎么都没有明白这一点？现在他的选择似乎很明显了；唯一的问题就是为什么拖了这么久。

他打电话找哈罗德；从哈罗德如释重负的声音，他知道自己听起来一定比较正常了。他跟威廉交谈。“你听起来好多了。”威廉说。他也听得出威廉松了口气。

“我是好多了啊。”他说。跟他们分别谈过之后，他感觉到一股后悔的力量，但是他下定决心了。总之，他对他们没有好处；他只是个麻烦的大集合，如此而已。除非他自己停下来，否则他会以自己的种种需要毁掉他们。他会从他们身上一直索取一直索取一直索取，直到他一口口啃光他们的肉为止；他们会解决他所提出的每一道难题，但他还是会找出新的办法摧毁他们。他走了之后，他们会为他哀悼一阵子，因为他们是好人，最好的人，而他会因此遗憾——但最终他们会明白，他们的人生没有他会更好。他们会看清他从他们身上偷走了多少时间；他们会了解他根本是个小偷，吸光了他们所有的精力和注意力，吸干了他们的血。他希望他们能原谅他；他希望他们能看清这是他对他们的道歉。他离开他们——他最爱的人。而为了你所爱的人，你就该这么做：让他们自由。

那天来到了：9月底的星期一。前一夜他才发现，他挨揍后几乎正好满一年，不过他并没有刻意这样计划。那天晚上他很早就下班了。前一个周末，他都在整理手上的案子，他写了一份备忘录给吕西安，详细列出手上工作的状况。回到家，他把他的信排列在餐厅的桌上，还加上一份遗嘱。他留话给理查德的工作室主任，说主浴室的马桶水箱一直在漏水，问理查德能不能让水管工次日早上9点过来检查（理查德和威廉都有他公寓的备份钥匙），因为届时他已经去上班了。

他脱掉西装外套、领带、鞋子和手表，进入浴室。他坐在淋浴间，卷起袖子。他准备了一杯苏格兰威士忌，慢慢喝着稳定情绪，还有一把美工刀，他知道这比刮胡刀片好握。他也知道自己该怎么做：沿着两边手臂的静脉割三条垂直线，尽量割得深而长。然后他就会躺下来等死。

他等了一会儿，哭了一会儿，因为他又累又怕，也因为他准备好要走了，他准备要离开了。最后他揉揉眼睛，开始动手。他先从左手臂开始，划下第一刀，结果比他原先以为的要痛，他叫出声来。然后划了第二刀。他又喝了一杯威士忌。那些血好黏稠，比较像胶状而非液体，而且是一种明亮、闪着微光的油黑色。他的长裤已经沾上了血，紧握的手也开始放松了。他划了第三刀。

两手都割完之后，他往后靠着淋浴间的墙壁，忽然很荒谬地希望有个枕头。苏格兰威士忌让他全身温暖，他的血流出来，围绕着双腿越积越多，于是他的体内与体外交会，内部浸浴着外表。他闭上眼睛。在他后方，那些鬣狗朝着他怒不可遏地嚎叫。他前方是那栋打开门的房子。他还没接近，但已经比以前都更接近了：近得足以看到屋里，有一张床可以休息，他可以在长跑之后躺下来睡觉，在里头，有生以来第一次，他将会安全了。

* * *

他们进入内布拉斯加州之后，卢克修士在一小片麦田边缘停下，示意他下车。当时天还没亮，但他听得到鸟儿的骚动，听到它们跟尚未露脸的太阳对话。他牵着修士的手，两人蹑手蹑脚离开车旁，来到一棵大树下。卢克解释其他修士会找他们，所以他们得改变外貌。他脱掉那件讨厌的长袍，穿上卢克修士递给他的衣服：有帽兜的长袖运动衫和牛仔裤。不过他换上之前，先站着不动，让卢克用一把电动剃刀帮他剪头发。修士们很少帮他剪头发，现在已经留得很长，超过耳朵了，卢克修士边剪边发出难过的声音。“你美丽的头发。”他说，然后小心翼翼地把头发包在他的长袍里，再塞进一个垃圾袋。“你现在看起来就像其他男孩了，裘德。但之后等我们安全了，你就可以再把头发留长，好吗？”他点点头，但其实，他喜欢自己看起来像其他男孩。然后，卢克修士自己也换了衣服，他转开身好让修士有隐私。“你可以看的，裘德。”卢克笑着说，但他摇摇头。等他转回身来，看到身穿格子衬衫和牛仔裤、露出微笑的修士，根本认不出来了。接着修士剃掉大胡子，那银色的短毛像金属碎片般掉落。然后两个人都戴上棒球帽，不过卢克修士的帽子里还装了一顶淡黄色的假发，好盖住他全秃的脑袋。另外他们还有一人一副眼镜：他的是黑色圆框平光镜，卢克修士的则是大大的褐色方框镜，原先的眼镜则放到垃圾袋里。卢克修士说，等到安全后，他就可以把眼镜拿下来了。

他们要前往得州建造他们的小木屋。他原先一直想象得州是一片平原，只有沙尘、天空、马路。卢克修士说大部分是这样没错，但这个州的某些部分，比如他的家乡东得州，就有云杉和雪松森林。

他们花了十九个小时才抵达得州。本来可以更快的，但中间修士在公路边暂停，说他们得打个盹，于是两个人睡了几小时。卢克修士也带了一些花生酱三明治，到了俄克拉荷马州时，他们在休息站的停车场停下来吃。

他心目中的得州原本由一大片风滚草和草皮组成，但单凭卢克修士的少许描述，它已经转变为一片松树森林。那些松树高大而芳香，阻绝了其他声音、其他生活。当卢克修士宣布他们现在正式进入得州时，他看着车窗外，觉得很失望。

“森林在哪里？”他问。

卢克修士大笑：“裘德，耐心点。”

卢克修士解释，他们得在一家汽车旅馆先待几天，一方面要确定其他修士不会追上来，另一方面他们也可以开始寻找完美的地点来建造小木屋。那家汽车旅馆叫“金手”，他们的房间有两张床——真正的床——卢克修士让他先挑。他挑了靠浴室那张，卢克修士则睡靠窗的那张，隔着窗子就可以看到他们的车。“你先去冲个澡，我去店里买些东西。”修士说。他忽然害怕起来。“裘德，怎么了？”

“你会回来吗？”他问，很恨自己的声音听起来这么害怕。

“我当然会回来，裘德，”修士说，走过来给他一个拥抱，“我当然会回来啊。”

他回来时，带了一条切开的面包、一瓶花生酱、一串香蕉，还有一大瓶牛奶、一包杏仁，外加一些洋葱、青椒和鸡胸肉。那天晚上，卢克修士把他在停车场买来的小烤炉架起来，他们烤了洋葱、青椒和鸡肉，卢克修士给了他一杯牛奶。

卢克修士建立了他们的日常生活。他们一早就起床，卢克修士会用他买的咖啡壶给自己冲一壶咖啡。然后他们开车到镇上，去当地高中的田径场，让他跑一小时，卢克则坐在露天看台上喝咖啡看他跑。之后，他们回到旅馆房间，修士会给他上课。卢克修士去修道院之前是数学教授，他一直想做与孩子有关的工作，后来就去小学教六年级。但他也懂其他科目，包括历史、阅读、音乐和语文。卢克修士懂的比其他修士多好多，他不懂以前住在修道院时，为什么卢克修士从没教过他。接着他们吃午餐（又是花生酱三明治），然后下午上课到 3 点，他就可以到停车场上绕着圈子跑步，或是跟修士沿着高速公路散步。那家汽车旅馆面对着州际高速公路，经过车子的呼啸声是永远的背景音乐。“就像住在海边一样。”卢克修士总是这么说。

之后，卢克修士会煮第三壶咖啡，然后开车出去寻找盖小屋的地点，他则留在旅馆房间。为了他的安全，修士离开时总是把房门上锁。“任何人敲门都不要开，听到没？”修士要求他，“任何人都不行。我有钥匙，我回来会自己开门。另外别拉开窗帘，我不希望任何人看到你一个人在里面。外头有很多危险的人，我不希望你受到伤害。”出于同样的原因，他也不能用卢克修士的笔记本电脑，反正修士一离开房间就会带走。“你不知道外头有什么坏人，”卢克修士说，“裘德，我希望你安全。跟我保证。”他保证了。

他会躺在自己的床上阅读。卢克修士也不准他看电视，回来时还会摸电视机，看看是不是温的；他不想惹修士不高兴，不想惹麻烦。卢克修士的车上也有一台电子琴，他会用那个练习；修士从来没骂过他，但是很把他的课业当回事。天空转暗时，他会不自觉地坐在卢克修士那张床的角落，偷偷拉开窗帘一角看外头的停车场，寻找卢克修士的车子；他心里某部分总是担心卢克修士再也不会回来了，担心修士厌倦他，担心自己会被单独留下。这个世界好可怕，有那么多他不知道的事物。他设法提醒自己有些事情他可以做，他会干活，或许他可以在汽车旅馆找到清洁的差事，但他总是很焦虑，只有看到那辆旅行车开过来才能放松，然后向自己保证他明天会更乖，绝对不会给卢克修士任何不回来的理由。

某天傍晚修士回到房间，一脸疲倦。几天前，他回来时很兴奋，说他找到完美的土地了。他描述了一片有雪松和松树环绕的林间空地，附近有一条鱼类繁多的小溪，那里的空气很凉、很安静，可以听到每个松球落到柔软土地上的声音。他甚至拿了张照片给他看，一片墨绿色和阴影，然后解释他们的小木屋要盖在哪里，他要怎么帮忙建造，哪里会是阁楼卧室（那会是他专属的秘密堡垒）。

看到修士沉默了好久，他再也忍不住了。“怎么回事，卢克修士？”他问。

“啊，裘德，”修士说，“我失败了。”他说他自己如何试了又试要买那块地，但他就是没有足够的钱。“对不起，裘德，对不起。”他说。令他惊讶的是，修士哭了起来。

他从来没看过大人哭。“卢克修士，或许你可以再去教书，”他说，试着安慰他，“我喜欢你。如果我是小孩，我会很想让你教的。”但修士苦笑着抚摸他的头发，说那不行，他要教书就得拿到这个州的教师执照，而那个过程漫长又复杂。

他想了又想，然后他想到了。“卢克修士，”他说，“我可以帮忙——我可以找个工作。我可以帮忙赚钱。”

“不，裘德，”修士说，“我不能让你这么做。”

“可是我想帮忙。”他说。他还记得迈克修士跟他说养他花了修道院多少钱，觉得内疚又害怕。卢克修士为他做了这么多，他却完全没回报。他不光是想要帮忙赚钱而已；他非帮不可。

最后他终于说服修士，修士抱抱他。“你真是一百万人中才有的一个，你知道吗？”卢克跟他说，“你真的好特别。”然后他偎着修士的毛衣微笑。

次日他们如常上课，然后修士又离开了，这回说要去帮他找份好工作，找份他可以帮忙赚钱的差事，这样就可以买下地盖小木屋了。这回卢克回来时满脸微笑，甚至很兴奋，他看了也跟着兴奋。

“裘德，”修士说，“我碰到一个人愿意给你一些工作；他就在外头等，你现在就可以开始了。”

他也对着修士微笑。“我要做什么？”他问。在修道院里，他学过扫地、擦灰尘、抹地。他可以把地板打蜡打得亮晶晶的，连马修修士都很佩服。他知道如何擦亮银器、铜器和木头。他知道如何清洁瓷砖间的缝隙，以及刷马桶。他知道如何扫出水沟里的落叶，清理并重新放置捕鼠器。他知道如何洗窗子、手洗衣服。他会熨衣服、缝纽扣，还有本事把针脚缝得又细又均匀，看起来就像是裁缝机缝出来的。

他会做菜。虽然只会十几道菜，但他知道如何清洗马铃薯、胡萝卜、芜菁甘蓝并削皮，也能切出一堆洋葱而不掉泪。他会去鱼骨头，也懂得拔鸡毛并清理。他会做生面团、烤面包，还会把蛋白从液体打成固体、再打成某种比固体更好的形态，就像有形的空气一样。

而且他会园艺。他知道哪种植物喜欢阳光，哪一种又不喜欢。他可以判定一棵植物是太干还是浇了太多水。他知道一棵乔木或灌木什么时候需要换盆，什么时候又强壮到可以移植到土地上。他知道哪种植物要防寒、如何防寒。他知道如何剪枝、插枝。他知道如何混合肥料，在土里加上蛋壳好增加蛋白质，如何掐死一只蚜虫而不伤到底下的叶子。他可以做这一切，虽然他比较希望是和园艺相关的，因为他想在户外工作，而且早晨跑步时，他可以感觉到夏天快来了，开车去田径场时，他看到了田野间开着野花，真想置身其中。

卢克修士跪在他旁边。"你要做你跟盖柏瑞神父和其他两个修士做过的那些事。"修士说。然后缓缓地，他明白卢克的意思了。他往后退向床边，忽然满心恐惧。"裘德，现在会不一样的。"卢克没等他回答就说，"会结束得很快，我保证。而且你很擅长的。我会在浴室等着，确保不会出错，好吗？"他摸着他的头发。"过来这里，"他说，然后抱着他，"你是个很棒的孩子，"他说，"因为你和你所做的一切，我们就能拥有我们的小木屋了，好吗？"卢克修士说了又说，他终于点头。

那个男人走进来（多年后，这会是那些人里头极少数他记得的脸之一，有时他在路上看到某个男人，觉得眼熟，便想：我怎么会认识他？是我在法庭见过的人吗？是去年那个案子的对手律师吗？然后他会想起来：他看起来就像第一个顾客），卢克则去紧邻他床铺后方的浴室里。接下来他和那男人性交，之后那男人便离开了。

那天夜里他很安静，卢克对他和善又温柔，甚至拿了一块饼干给他，是一块脆姜饼干。他设法对卢克微笑，设法吃下去，但他没有办法。于是他趁卢克没注意时，用一张纸把饼干包起来丢掉。次日早上他不想去田径场跑步，但卢克说他运动一下会觉得比较好过，于是他去了，试着跑步，但实在太痛了，最后他就坐下来，直到卢克说他们可以离开了。

现在他们的每日固定作息不一样了：上午和下午还是会上课，但现在某些夜晚，卢克修士会带男人回来，那是他的顾客。那些男人会带着自己的毛巾和床单，开始之前先铺在床上，离开时再带走。

他很努力地不要在夜里哭，但有时忍不住，卢克修士会坐在他旁边，抚着他的背安慰他。“还要多少，我们才能盖小木屋？”他问，但卢克只是哀伤地摇头。“暂时还不知道。”他说，“但你做得很好，裘德。你很擅长这个。没什么好羞愧的。”但他知道这事情就是有什么可耻的地方。没有人跟他说过，但他就是知道。他知道自己做的是错的。

然后，过了几个月（中间他们换了很多汽车旅馆；每十天左右就会搬一次，全都在东得州。每次搬家，卢克就会带他去森林里，那里真的很美，然后到他们要盖小木屋的那片林间空地），事情又改变了。有天夜里他躺在床上（他每周有一天晚上不必接客。“度个小假期吧。每个人都需要休息一下，尤其是像你这么努力工作的人。”卢克微笑着说），卢克忽然说，“裘德，你爱我吗？”

他犹豫了。四个月前，他会骄傲又不假思索地立刻说是的。但现在，他爱卢克修士吗？他常常想这个问题。他想要爱他。修士从不伤害他，也不打他，更不会对他说刻薄话。他照顾他。他总是在墙后守着，好确定他没事。上个星期，一个顾客想逼他做一些事情，但卢克修士说那些事他如果不愿意就永远不必做，于是他挣扎着想叫，但他脸上蒙着枕头，知道自己的声音被闷住了。他慌了，差点哭出来。忽然间脸上的枕头被拿开，那男人压在他身上的重量不见了，他看到卢克修士叫那男人滚出房间，用一种他从没听过修士用的口气，让他害怕又佩服。

但有别的事情让他觉得自己不该爱卢克修士，让他觉得修士对他做了非常糟糕的事情。但毕竟这是他自愿的，他会这么做是为了森林里的小木屋，为了他自己的阁楼卧室。于是他告诉修士他爱他。

他看到修士脸上的笑容时，一时间也很开心，好像看到了小木屋似的。“啊，裘德，”修士说，“这是我这辈子所得到最棒的礼物了。你知道我有多爱你吗？我爱你超过爱我自己。我把你当成是亲生儿子。”然后他也微笑了，因为有时候，他会偷偷把卢克想成他父亲，而他是卢克的儿子。“你爸说你九岁了，但是你看起来不止。”一个顾客开始之前曾疑心地跟他说，于是他照卢克教他的说：“我的个子比较高。”他很高兴那个顾客以为卢克是他父亲，但同时又觉得不高兴。

然后卢克修士跟他解释，当两个人像他们这么相爱时，就会睡在同一张床上，而且会赤裸相对。他听了不知该说什么，但他还来不及思考那是什么状况，卢克修士就移到他床上，脱掉他的衣服吻他。他从来没接吻过（卢克修士不准顾客吻他），而且他也不喜欢，不喜欢那种潮湿和力量。“放松，”修士告诉他，“放松就好，裘德。”他努力地尽量放松。

修士第一次要他性交时，跟他说这跟他和顾客做不一样。“因为我们相爱。”他说。起初他相信了，等到最后他却发现感觉是一样的——同样疼痛，同样难熬，同样不舒服，同样可耻——他猜想自己的感受不对，尤其因为修士事后那么开心。“那不是很美好吗？”修士问他，“感觉不是很不一样吗？”于是他附和了。要他承认根本没什么不同，就跟前一天和顾客做一样糟糕，实在太难为情了。

如果他当晚接了客，卢克修士通常就不会要他性交，但他们总是睡在同一张床上，总是会接吻。现在他们的一张床用来接客，而另一张床是属于他们的。他逐渐痛恨起卢克嘴里的味道，那种不新鲜的咖啡臭，他舌头又滑又湿，猛地往他嘴里钻。到了深夜，修士在他旁边睡着，挤得他整个人紧挨在墙上。他有时会哭，但没哭出声，暗自祈祷被带走，带到其他地方，哪里都好。他再也不会想到小木屋了；现在他梦想着修道院，想着当初自己离开是多么愚蠢。那里毕竟好一点。他们早晨出门时会经过其他人，卢克修士总是叫他垂下眼睛，因为他的眼睛太特别了，要是那些修士们在找他们，他的眼睛就会泄底。但有时他想抬起眼睛，好像光凭他眼睛的颜色和形状，就可以发出讯息，跨越几千里、几个州传给修士们：我在这里。救我。拜托带我回去。再也没有什么是属于他的了：他的眼睛、他的嘴巴，甚至他的名字，卢克修士只有私下才喊他，在别人面前，他是乔伊。“这位是乔伊。”卢克修士会这么说，而他会从床上站起身等待，垂着头，让顾客打量他。

他珍惜上课的时间，因为上课的时候卢克修士不会碰他，而且在那些时间里，卢克修士一如他所记得的那样，是他信任而遵从的人。但之后一天的课上完了，每天晚上又会跟前一晚一样。

他变得越来越沉默。“我爱笑的小男孩哪里去了呢？”卢克会微笑地问他。他会试着报以微笑。“享受这个没关系的。”修士有时会说，而他会点点头。修士就朝他微笑，抚摸他的背。“你喜欢做这个吧？”他会问，然后挤一下眼睛。他点头，不讲话。“我看得出来，”卢克会说，还是微笑，很以他为荣，“你是天生好手，裘德。”有的顾客也会跟他说，你生来就是要做这个的。尽管他很讨厌听到这句话，但他知道他们说得没错。他生来就是要做这个的。他出生了，被遗弃，被发现，然后就被拿来做他生来该做的事情。

很多年后，他会试着回想自己到底什么时候才真正明白，永远不会盖那个小木屋，他梦想的生活永远不会是他的。刚开始，他会记录他接了多少客，想着等达到某个数字（四十？五十？）时就一定够了，一定可以停止。但接着那数字越来越大，大到有一天他看着那数字，明白有多么大，开始哭了起来，对自己做的事既害怕又作呕，从此再也不算了。所以是他达到那个数字的时候吗？或是他们一起离开得州的时候？（当时卢克跟他保证华盛顿州的森林更棒，于是他们开车往西，经过新墨西哥州和亚利桑那州，然后往北，中途在一些小镇停留几星期，住在小汽车旅馆里，跟他们住过的第一家旅馆一模一样。无论他们在哪里停留，总是有男人；夜里没有男人时，就有卢克修士，修士对他的那种渴望，是他自己对任何事物都不曾有过的。）或是当他明白自己痛恨每周的休息日更甚于正常工作日，因为回到正常生活比没有假日更可怕？是他开始注意到卢克修士故事中的不一致的时候吗？有时修士以前深爱的不是儿子，而是外甥，也没有死掉，而是搬走了，从此卢克修士没再见过他；有时他说他教书教到一半放弃，是因为他感觉到上帝召唤他加入修道院，但有时又因为他厌倦总是得跟校长谈判，因为校长显然不像修士那么关心学生；在某些故事里，他在东得州长大，在其他故事里，他的童年又是在加州卡梅尔，或是怀俄明州拉勒米，或是奥瑞冈州尤金市度过的。

或者是在他们要去华盛顿州途中，经过犹他州、进入爱达荷州那天？他们很少冒险进入真正的市区（他们的美国没有树、没有花，只有漫长延伸的公路，唯一的绿色就是卢克修士当初带出来唯一存活的那株洋兰，一直活着，还长着叶子，但是不开花），但这回他们破例了，因为卢克修士在某个镇上有个医生朋友，要带他去检查。他显然被某个顾客传染了某种疾病，尽管卢克修士要求他们采取预防措施。他不知道那个镇的名字，但种种正常的迹象和周遭的生活让他很惊讶。他沉默地注视车窗外，看着那些他总在想象但很少亲眼看到的景象：女人们推着折叠式婴儿车站在街上，彼此谈笑；一个慢跑者喘着气跑过去；牵着狗的家庭；这个世界不光是由男人组成，还有儿童和女人。通常在这些车程中，他会闭上眼睛——现在他随时都在睡觉，等着每天告终——但这一天，他却异常地警觉，好像这个世界正设法告诉他什么，而他唯一要做的就是倾听这个讯息。

卢克修士一边开车，一边试着搞清楚地图，最后把车停在路边，审视地图，念念有词。此处街道对面就是一个棒球场，他观察着，仿佛突然间，球场里头开始充满人群：大部分是女人，还有奔跑大叫的男孩。那些男孩身穿白底红条纹的制服，除此之外，他们看起来都不一样——不同的头发、不同的眼睛、不同的皮肤。有些很瘦，跟他一样，有些则胖胖的。他从来没有一口气看到这么多跟自己同龄的男孩，于是朝着他们看了又看。然后他注意到，尽管不一样，他们其实也有共通点：他们都在笑，很兴奋能在户外活动，在这干热的空气中，头上有晴朗的太阳，他们的母亲从塑料置物盒里拿出一罐罐汽水、一瓶瓶水和果汁。

“啊哈！找到地方了！”他听到卢克说，然后听到他折起地图。但发动引擎前，他感觉卢克顺着他的目光看过去，一时之间两个人只是默默望着那些男孩，直到最后卢克抚摸他的头发。“我爱你，裘德。”他说。过了一会儿，他如常回答：“我也爱你，卢克修士。”之后他们就开车离开了。

他跟那些男孩一样，但其实并非如此：他不一样。他永远不会是那些人中的一员。他永远不会是那种跑过球场、同时母亲在后头喊他先过来吃些点心再打球才不累的男孩。他永远不会有小木屋里自己的床。他永远不干净了。那些男孩在球场上打球，而他则和卢克修士开车去看医生，根据他之前去看别的医生的经验，他知道这种医生有某些地方不对劲，总之不是好人。他离那些男孩好远，就像离修道院那么远。他离自己好远，离他原先期盼的自己好远，远得简直就好像他根本不再是一个男孩，而是完全不同的东西。现在这就是他的人生，而他完全无能为力。

到了那家诊所，卢克凑过来抱着他。“我们今天晚上要好好开心一下，只有你和我。”修士说。他点点头，因为他没有别的选择。“走吧。”卢克说着，放开他。于是他下了车，跟着卢克修士穿过停车场，走向已经打开等着他们的那扇褐色门。

* * *

第一段记忆：一间医院病房。他睁开眼睛之前就知道这是医院病房，因为他闻得出来，也因为那种安静的特征（一种不是真正安静的安静）很熟悉。接下来他发现：威廉睡在一张椅子上。这让他很困惑，为什么威廉在这里？他应该在外地，在另一个地方啊。他也想起来，是斯里兰卡。但他不在那里。他在这里。好奇怪，他心想。不知道他为什么在这里？这是第一段记忆。

第二段记忆：同样的医院病房。他转头看到安迪坐在床边，没刮胡子，看起来很憔悴，给了他一个奇怪、勉强的微笑。他觉得安迪握紧了他的手（他原先都没意识到自己有手，直到感觉安迪握紧它），他试着回握，但没办法。安迪抬头看着某个人。“神经受损？”他听到安迪问。“或许吧。”另一个他看不到的人说，“但如果运气好的话，比较可能是……”然后他闭上眼睛又陷入沉睡。那是第二段记忆。

第三、第四、第五和第六段记忆其实根本不算是记忆：是几个人的脸、他们的手、他们的声音，凑向他的脸，握住他的手，跟他讲话——有哈罗德、朱丽娅、理查德、吕西安。第七和第八段记忆也一样：马尔科姆、杰比。

第九段记忆又是威廉，坐在他旁边，跟他说他很抱歉，但他得离开了。说只去一阵子就会回来。威廉在哭，他不知道为什么，但那好像没什么稀奇，因为他们全在哭，不但哭，还跟他道歉，搞得他很困惑，因为他们没有做错什么事，这点至少他还知道。他想叫威廉不要哭，说自己很好，但嘴巴里的舌头很厚，这么大的一片却毫无用处，他根本使唤不了。威廉握着他一只手，但他没有力气抬起另一只手放在威廉的手臂上向他保证，最后只好放弃了。

在第十段记忆里，他还在医院，但在不同的病房，他还是很累，双臂疼痛，两只手掌各握着一个发泡橡胶球，他应该捏住五秒钟，再松开五秒钟。然后再捏住五秒钟，松开五秒钟。他不记得是谁叫他这样做了，也不记得是谁给了他那两个球，但他还是照做，虽然每次做，他的手臂都会更痛，一种破皮的灼痛。他顶多做三四轮，就筋疲力尽，不得不停止。

某天晚上他醒来，往上方游出层层他记不清的梦境，意识到自己身在何处，以及为什么。接着他又睡着了，但次日他转头看到一名男子坐在床边的一张椅子上，他不知道这个人是谁，但是之前见过。他会坐在那里看着他，有时会跟他讲话，但他完全无法专心听那人在讲什么，最后总是闭上眼睛。

“我在一个精神治疗机构里。”这回他告诉那名男子，他的声音听起来不对劲，尖利又沙哑。

那男人笑了。“没错，你在一家医院的精神科大楼，”他说，“你记得我吗？”

“不记得，”他说，“但是我认得你。”

“我是所罗门医生，是这家医院的精神科医生，”他停顿一下，“你知道你为什么在这里吗？”

他闭上眼睛点点头。“威廉呢？”他问，“哈罗德呢？”

“威廉必须回斯里兰卡拍片，”那医生说，“他会在……”他听到翻纸的声音，“10 月 9 日回来。所以再过十天。哈罗德中午会过来；他向来是中午过来，你记得吗？”他摇头。“裘德，”那医生说，“你能告诉我你为什么在这里吗？”

“因为，”他开口了，吞咽着，“因为我在淋浴间做的事情。”

接下来是一段沉默。“没错，”那医生轻声说，“裘德，你能告诉我为什么……”但他只听到这里，因为他又睡着了。

下回他醒来时，那个人不见了，换成哈罗德坐在那个位置上。“哈罗德。”他说，用他奇怪的新声音。本来手肘撑在大腿上、脸埋在双手里的哈罗德忽然抬头看，好像他在大叫。

“裘德。”他说，站起来坐到床沿。他从他右手拿走那个球，握在自己手里。

他觉得哈罗德气色好差。“对不起，哈罗德。”他说。哈罗德开始哭。“别哭，”他告诉他，“拜托别哭。”哈罗德起身走到浴室，他可以听到他在里头擤鼻子。

那天晚上，只剩他一个人时，他也哭了：不是因为他所做的事，而是因为他没成功，因为他还活着。

每过去一天，他的脑子就更清醒一点。每一天，他醒来的时间都更长一点。大部分时间，他什么感觉都没有。人们来看他，在那里哭，而他看着他们，只看到他们脸上那种奇怪之处：每个人哭的时候看起来都一样，哼着鼻子，脸上不常用的肌肉把嘴巴扯向不自然的方向，成为不自然的形状。

他什么都没想，脑子宛如一片白纸。他得知了发生事情的片段：理查德的工作室主任以为水管工那天晚上 9 点要过来，而不是次日早晨 9 点（即使在朦胧的意识中，他还是搞不懂怎么有人以为水管工晚上 9 点会来）；于是理查德发现了他，叫了救护车送他到医院；然后理查德打电话给安迪、哈罗德跟威廉；威廉从科伦坡飞回来陪他。他很抱歉让理查德发现他——计划的这部分一直让他很不安，不过当时他还想着理查德对血的容忍度很高，因为他曾用血做雕塑，是朋友中最不可能有心理创伤的。他跟理查德道歉，他摸摸他的手背，跟他说没事的，没关系。

所罗门医生每天都来，试着找他谈，但他没有什么可以说的。大部分时间，大家都不跟他讲话，只是来了就坐在那里，做自己的事情，或者兀自对他讲话，似乎不期待回应，这点他很感激。吕西安常常来，通常带着礼物，有回带了一张大卡片，事务所里每个人都签了名。“我很确定这玩意儿只会让你好过一点点，”他不动声色讽刺地说，“反正我都带来了。”而马尔科姆帮他做了一栋想象的房子模型，窗子是薄脆的羊皮纸，放在他床边的桌上。威廉每天早上和晚上都会打电话来。哈罗德念《霍比特人》给他听，这本书他从没看过；哈罗德没办法来的时候，朱丽娅就会来，接着哈罗德上回停下的地方继续念：那是他最喜欢的访客时间。安迪则是每天晚上在访客时间结束后过来，跟他一起吃晚餐；安迪担心他吃得不够多，所以自己吃什么都会多带一份给他。有回安迪外带了一盒牛肉大麦浓汤来，但他的手还太虚弱，无法拿汤匙，所以安迪得喂他，慢慢地一匙接一匙。这种事以前会让他难为情，但现在他不在乎了：他张开嘴巴接受那毫无滋味的食物，嚼一嚼吞下去。

“我想回家。”有天晚上他说，同时看着安迪吃火鸡肉总汇三明治。

安迪吃掉最后一口看着他：“哦，是吗？”

“是的，”他说。他想不出任何其他的话可说，“我想出院。”他以为安迪会说些讽刺的话，但他只是缓缓点头。“好，”他说，“好，我会跟所罗门谈。”他皱了一下脸，“吃你的三明治吧。”

次日，所罗门医生说：“我听说你想回家。”

“我觉得我在这里待很久了。”他说。

所罗门医生沉默了一会儿。“你在这里没待几天，”他说，“不过以你自残的历史和你这回企图的严重性，你的医生安迪和你父母认为，继续住院是最好的。”

他想了想。“所以如果我的企图没那么严重，我就可以早点回家了？”这似乎太合逻辑了，不太可能有用。

医生微笑。“大概吧，”他说，“其实我不完全反对让你回家，裘德，但是我认为我们得准备一些保护措施。”他停了一下。“不过让我烦恼的是，你一直很不愿意跟我讨论你当初为什么会有这个企图。康垂克特医生，对不起，就是安迪，他告诉我，你一直很抗拒做心理咨询，你能不能告诉我为什么？”他什么都没说，医生也等了一会儿。“你父亲告诉我，你去年有过一段受凌虐的伴侣关系，对你造成了长期的影响。”医生说。他觉得自己全身发冷，但他逼自己闭上眼睛，不要回答，最后他听到所罗门医生站起来要离开。“我明天会再过来，裘德。”他走之前说。

最后，显然他不会接受医生的咨询，也不可能再伤害自己，他们就让他出院了，但是有一些条件：院方将他交由朱丽娅和哈罗德照顾，并且强烈建议他继续服用医院开的药，只是减轻剂量。同时也强烈建议他每周去做两次心理咨询。另外他每星期要去安迪那里一次。事务所那边则休长假，这个已经安排好了。他全部同意，在出院文件上签了名（手里的笔摇摇晃晃握不稳），在安迪、所罗门和哈罗德的签名下面。

哈罗德和朱丽娅带他去特鲁罗，威廉已经在那里等他。每天晚上他都贪婪地沉睡，白天他和威廉会从沙丘走到海边。那是10月初，冷得没法下水，但他们会坐在沙滩上看着远方的地平线，有时威廉会跟他谈话，有时不会。他梦到过那海洋变为一片坚固的冰，海浪在上升途中冻结，威廉在远方的岸上，呼唤着他，他缓缓跨过冰面走向他，双手和脸被寒风吹麻。

他们很早就吃晚餐，好让他早早就寝。晚餐的菜总是很简单，容易消化。如果有肉，其他三个人就会帮他先切好，免得他还要拿刀。每次晚餐哈罗德都会倒一杯牛奶给他，好像他是个小孩，而他就喝了。他得吃完盘子里至少一半的食物才能离桌，另外他不能给自己夹菜。他累得没力气反抗，尽量配合一切。

他总是很冷，有时他会在半夜醒来，盖了好几层被子还是冷得发抖。他会躺在那里，看着躺在同一间房对面沙发上的威廉呼吸着，然后望向窗框一角和窗帘之间，看着天空里一朵朵云飘过弦月，直到他能再入睡为止。

有时他想着自己所做的，感觉到在医院时同样的悲伤：悲伤他失败了，悲伤他还活着。而有时他想着想着，又担心极了：现在每个人对他的态度真的不一样了。现在他真的是个怪胎了，一个比以前更怪的怪胎。现在他得开始重新说服人们他很正常。他想到办公室，本来在那里，他的过去根本不重要。但现在会有另一个关于他的故事与之相抗衡了。他不光是事务所有史以来最年轻的股东合伙人（特里梅因有时会这么介绍他），还是那个曾企图自杀的合伙人。他们一定很生他的气，他心想。他想到自己在那里的工作，不知道现在谁接手。他们大概根本不需要他回去了。谁会想要再跟他共事？谁有办法再信任他？

而且不光是罗森·普理查德看待他的眼光不一样——每个人看他的眼光都不同了。他花费多年累积起来的自主权，设法跟每个人证明那是他应得的，现在全没了。现在他连切自己的食物都不行。前一天，威廉还得帮他系鞋带。“会好转的，小裘，”威廉跟他说，“慢慢会好转的。医生说只是要花点时间。”每天早上，哈罗德或威廉得帮他刮胡子，因为他的手还不稳；他看着镜中那张不熟悉的脸，同时他们抓着刮胡刀从他的脸颊往下刮到下巴。他以前在费城的道格拉斯家时自己学着刮胡子，但大一那年威廉又重新教了他一次。当时威廉告诉他，因为看到他迟疑、乱刮的动作，好像用一把长柄大镰刀在清除灌木。“微积分很厉害，刮胡子很逊。”威廉当时说，朝他露出微笑，免得他更难为情。

这时他会告诉自己，你总是可以再试一次。光是想到这个，就让他觉得更坚强，但反常地，他不知怎的就是不想再试了。他太累了。再试一次就表示要准备，表示他得找到够锋利的东西，找到独处的时间，而他一直没办法独处。当然，他知道还有别的办法，但他还是顽固地只想用他选择过的那个方式，即使没成功。

但大部分时间，他什么感觉都没有。哈罗德、朱丽娅和威廉问他早餐想吃什么，选择多到令人受不了——煎饼？华夫饼？谷物片？蛋？什么样的蛋？溏心蛋？全熟的水煮蛋？炒蛋？荷包蛋要煎一面还是两面？要全熟还是半生？或者水波蛋？他会摇摇头，最后他们就不再问了。他们任何事都不再问他的意见，他觉得清净多了。午餐（也是早得荒谬）之后，他会在客厅壁炉前的沙发小睡一下，听着他们的说话声、洗盘子的水声入眠。傍晚时，哈罗德会念书给他听；有时威廉和朱丽娅也会留下来一起听。

大约十天后，他和威廉回到格林街的家。他一直很担心回来所看到的景象，但进入浴室后，他发现里头的大理石干净无瑕。“马尔科姆，”威廉在他开口问之前就说了，“他上星期才完成。全部换新了。”威廉帮着他躺上床，给了他一个牛皮纸信封袋，上头写着他的名字。威廉离开后，他打开来看。里头是他写给每个人的信，还没拆开，他的遗嘱也没拆开。理查德附上一张字条：“我想你会想要这些。爱你的，理查德。”他把那些信放回大信封袋，双手颤抖。隔天他把整袋放进他的保险箱。

次日早晨他很早就醒来，蹑手蹑脚经过睡在卧室另一头沙发上的威廉，在公寓里四处转了一圈。有人在每个房间摆了鲜花，或是整枝枫叶，或是一钵钵小南瓜。整个空间闻起来很宜人，就像苹果和雪松木。他走到书房，看到有人把他的信件放在书桌上，马尔科姆的纸制小房子放在一叠书上头。他看到几个没拆的信封，寄件人有杰比、亚洲人亨利·杨、印蒂亚，还有阿里，于是知道里头是他们替他画的素描。他走过餐厅的桌子，手指滑过书架上成排的书脊；他走进厨房，打开冰箱，看到里头装满他喜欢的食物。理查德之前开始做更多的陶瓷，餐桌中央就摆了他一件不规则的大型作品，上面的釉彩描出绳子般的白色纹路，摸起来粗糙而舒适。旁边是他和威廉的圣裘德雕像，威廉搬去佩里街的时候带走了，但现在又带回来了。

他任由日子一天天过去。早上他去游泳，回来后和威廉吃早餐。接着物理治疗师过来要他练习握泡沫橡胶球、短绳子、牙签、笔。有时他得用一只手拿起好几样东西，夹在手指间，非常困难。他的手抖得比以前更厉害，手指感到阵阵刺骨的抽痛，但治疗师告诉他别担心，那是他的肌肉在自我修复，他的神经在重新设定。然后他吃午餐，小睡一下。他午睡时，理查德就过来看着，威廉则出门办些事情，或是下楼去健身房，或者，他希望，去做一些有趣、放纵、跟他及他的问题无关的事情。下午会有人来看他，除了以前那些老面孔，也有新面孔。他们会待一个小时，然后威廉就会请他们离开。马尔科姆和杰比来过，他们四人有一段尴尬、礼貌的谈话，聊着大学时代做过的事，但他很高兴看到杰比，希望等自己脑袋不那么糊涂时可以再碰面，以便跟他道歉，告诉他自己原谅他了。杰比离开前小声告诉他：“一切都会好转的，裘德。相信我，我懂的。”然后又说：“至少你在这个过程中没有伤害任何人。”他觉得内疚，因为他知道他有。安迪晚上会过来给他做检查，拆掉绷带，清理缝线周围的区域。他还是没看过自己手上的缝线（他没有勇气看），所以安迪清理时，他就看别的地方或是闭上眼睛。安迪离开后，他和威廉吃晚餐，吃过晚餐，附近的精品店和少数几家画廊都打烊了，路上空寂无人，此时他们就出门散步，绕着苏荷区走一个正方形的路线，往东到拉斐特街，往北到休斯敦街，往西到第六大道，往南到格兰特街，往东到格林街，然后回家。这段路很短，但走得他筋疲力尽。有次回家后，他双腿突然一软，在走往卧室的中途倒下。朱丽娅和哈罗德每周四坐火车来，整个周五、周六，外加周日半天都陪着他。

每天早上，威廉都会问他："你今天想跟娄曼医生谈谈吗？"他每天早上都回答："还没准备好，威廉。但快了，我保证。"

到了 10 月底，他觉得强壮一些，没那么虚弱了，清醒的时间也可以维持得比较久。他可以躺着拿起一本书看，不会颤抖得必须转身趴着，好把书靠在枕头上；吃面包时可以自己涂奶油；也可以穿上有扣子的衬衫，因为他现在可以把扣子塞进扣眼了。

"你在读什么？"某天下午他跟威廉坐在客厅沙发上，他问威廉。

"一个剧本，我在考虑要接。"威廉说，放下手上的那叠纸。

他看着威廉脑袋后方的一个点。"你又要离开了吗？"这样问实在自私得可怕，但他忍不住。

"不，"威廉顿了一下说，"我想我会留在纽约一阵子，如果你觉得可以的话。"

他对着沙发上的椅垫微笑。"我觉得可以。"他说，然后抬头看到威廉对着他微笑。"能再看到你笑，真的很好。"威廉只这么说，又继续读剧本。

到了 11 月，他才想到 8 月下旬威廉 43 岁生日的时候他毫无表示。他跟威廉提了。"唔，严格来说，你并没有错过，因为我当时不在纽约，”威廉说，“不过当然，你要帮我补过也可以。我来看看。”他想了一下。“你准备好要面对外面的世界了吗？要不要出去吃顿晚餐？早一点去？”

“没问题。”他说。于是他们隔周去了东村一家卖压制寿司的日料小店，这几年来他们常去。他点了自己要吃的；他一直很紧张，担心自己选错了，但威廉很有耐心等他慢慢考虑。等到他决定了，威廉朝他点点头。“选得好。”他说。他们吃的时候，聊起两人的朋友、威廉决定要接的那出戏，以及他在读的一本小说。什么都聊，就是不聊他。

“我想我们应该去摩洛哥。”他们慢慢散步回家时他说。威廉看着他。

“我再想想。”威廉说，握住他的手臂，带着他往旁边挪，好避开迎面而来的骑车人。

“我想送你一个生日礼物。”过了几个街区后，他说。真的，他想送个东西给威廉谢谢他，表达他无法对威廉说出口的：一个可以适当传达他多年来的感激与爱的礼物。他们稍早谈过那出戏之后，他想到威廉去年其实已经答应要接拍一部电影，预定1月初要去俄罗斯拍摄。但他问起时，威廉只是耸耸肩。“喔，那个啊，”他说，“结果没成。没关系，反正我也不是很想接。”他很怀疑，于是上网查，看到有报道说威廉因为私人原因退出那部电影，最后由另一名演员接演。当时他看着屏幕，那篇报道在他眼前模糊起来，但后来他跟威廉问起，威廉又是耸耸肩。“如果你发现跟导演的想法实在不合，你就会这样说。大家都不想没面子。”他说。但他知道威廉没说实话。

“你不必送什么给我。”威廉说。他早就知道威廉会这么说，而且一如往常，他回答说：“我知道我不必送，但是我想送。”他又补了一句，一如往常，“一个更好的朋友会懂得该送你什么，不必你建议。”

“一个更好的朋友是会这样。”威廉同意，而他也是老样子，同时微笑，因为感觉上这就像他们以往的正常对话。

又过去了很多天。威廉搬到公寓另一头的套房。吕西安打了几次电话来，问他一些事情，每回都会道歉，但他其实很开心接到他的电话，也很开心吕西安现在每次打来，都会先抱怨某个客户或同事，而不是问候他状况如何。除了特里梅因、吕西安和其他一两个人，事务所没人知道他缺席的真正原因：同事和客户听到的，都是他动了紧急的脊椎手术，现在正在复原期。他知道等他回到罗森·普理查德，吕西安会立刻派给他正常的工作量；不会说要让他慢慢进入状态，不会猜测他的抗压能力，而他很感激。他没再吃药了，这才明白是那些药害他迟钝，等到药效完全消退，他很惊讶自己整个人有多清醒——就连视野都不一样了，好像把一面玻璃窗上所有的油污和脏痕擦掉，他终于可以看清外头鲜绿的草坪，还有结着黄色果实的梨子树。

但他也明白那些药之前一直保护着他，现在没了药，那些鬣狗又回来了，数量比较少，动作也比较缓慢，但还是绕着他打转，跟着他不放，就算不那么起劲，也还是在那儿，成了一群讨厌但顽强的同伴。其他记忆也回来了，同样的老记忆，但也有新的，他强烈意识到自己为每个人造成多大的不便，欠了别人多少情，而且永远偿还不了。然后还有那个声音，会在零碎的时刻忽然低语：“你可以再试一次，你可以再试一次。”他试着不理会，因为在某个阶段（就像他当初决定自杀一样，同样无法说清确切时间），他就决定要努力好起来，所以他不想被提醒自己可以再试一次，而活着（往往让他觉得可耻又荒谬）不是他唯一的选择。

感恩节到了，他们再度去哈罗德和朱丽娅在西端大道的公寓，而且又是一小群人共聚：劳伦斯和吉莉安（他们的两个女儿去各自的夫家过节了）、他、威廉、理查德和印蒂亚、马尔科姆和苏菲。吃晚餐时，他感觉到每个人都在尽量不要太注意他。当威廉提到他们12月中要去摩洛哥旅行时，哈罗德的反应太放松、太不好奇了，他知道他一定事先跟威廉彻底讨论过（大概也跟安迪谈过），也同意了。

“你什么时候要回罗森·普理查德上班？”劳伦斯问，好像他只是暂时放几天假似的。

“1月3号。”他说。

“这么快！”吉莉安说。

他朝她微笑。“还不够快呢。”他说。他是真心这么觉得，他已经准备好要设法恢复正常，再努力试着活下去。

他和威廉很早就离开了。那天晚上他在浴室里割自己，是他出院后的第二次。这是药物之前抑制的另一件事：他割自己的需要，感受那种鲜明、震撼的疼痛的需要。他第一次割的时候，很惊讶居然这么痛，还纳闷为什么他长期以来要这样对自己——当时他在想什么啊？但接着他感觉心中的一切放慢下来，自己轻松了，而记忆变得模糊，就想起这件事在过往如何帮助了自己，为什么他当初会开始做这件事。他企图自杀的疤痕是双手的三道垂直线，从手掌根延伸到接近手肘内侧，而且痊愈得并不好，看起来就像是他把一根根铅笔硬塞进皮肤底下。现在那些疤痕有一种奇异、珍珠般的光泽，简直像皮肤被烧过似的，现在他握起拳头时，就会看到那些疤痕绷紧。

那一夜他尖叫着醒来。这种事在他重新调整、进入有梦的生活后，就开始发生了。之前吃药，他不会做梦，就算做了梦，梦境也太奇怪或没有意义，所以醒来后很快就忘了。但在这回的梦里，他在汽车旅馆房间内，有一群男人抓着他，他很绝望，设法反抗。但他们的数量一再成倍数地增加，他知道自己会输，他知道自己会被摧毁。

其中一个男人一直喊他名字，然后把手放在他脸颊上。出于某些原因，这让他更害怕，便把对方的手推开，接着那男人就朝他泼水。他喘着气醒来，看到威廉在他旁边，脸色苍白，手里有个玻璃杯。“对不起，对不起，”威廉说，“我实在没办法叫醒你，裘德，对不起。我去拿毛巾给你。”威廉拿着一条毛巾和装满水的玻璃杯回来，但他抖得太厉害没法拿稳。他对威廉再三道歉，威廉只是摇摇头叫他别担心，说没关系的，那只是个梦。威廉拿了一件新衬衫给他，背过身子让他换衣服，再把湿掉的那件拿去浴室。

“谁是卢克修士？”威廉问。此时两人沉默地坐在一起，等着他的呼吸恢复正常。他没回答。“你一直叫着：‘帮我，卢克修士，帮我。’”他还是没吭声。“裘德，他是谁？是修道院里的人吗？”

“威廉，我没办法谈。”他说，而且好怀念安娜。再问我一次，安娜。他对她说，然后我就会告诉你。教我怎么做。这回我会认真听的。这回我会讲的。

那个周末，他们去理查德在纽约州北部的别墅，到房子后方的森林里长途散步。稍后，他成功做了出院后的第一餐。他做了威廉最喜欢吃的羊小排，虽然他得让威廉帮忙切开羊排（他的手还没灵活到可以自己切），但其他都是他自己做的。那天夜里他又尖叫着惊醒，威廉再度来到他床边（这回没拿水泼他），又问起卢克修士，还有为什么他一直求他帮忙。再一次，他还是没办法回答。

次日他感觉很累。双臂疼痛，身体也在痛，于是散步时他没怎么说话，威廉也没多说。下午他们检查去摩洛哥的计划：他们会从非斯出发，开车经过沙漠，期间待在瓦尔扎扎特附近，最后，终点是马拉喀什。回程时，他们会去巴黎待几天，拜访西提任和威廉的一个朋友，然后在元旦之前回到纽约。

他们吃晚餐时，威廉说："我想到你可以送什么生日礼物给我了。"

"哦？"他说，松了一口气，因为他可以专心想他能给威廉的东西，而非一直想着要求威廉帮更多忙，总想着自己占掉他那么多时间，"说来听听看吧。"

"唔，"威廉说，"算是个大礼了。"

"什么都行，"他说，"我是认真的。"威廉看了他一眼，他不太能解读。"真的，"他又保证，"什么都可以。"

威廉放下小羊肉三明治，吸了口气。"好吧，"威廉说，"我真正想要的生日礼物，就是你告诉我卢克修士是谁。不光是他的身份，还包括你——你和他的关系，以及你觉得为什么你总在夜里喊他的名字，"威廉看着他，"我要你诚实、详尽地告诉我整个故事。这就是我想要的。"

接下来是一长段沉默。他忽然发现自己还满嘴食物，于是想办法吞下去，再放下举在半空的三明治。"威廉，"最后他终于说了，因为他知道威廉是认真的，而且他没办法拒绝，说服他改要别的礼物，"一部分的我的确想要告诉你。但如果我说了……"他停下，"如果我说了，我怕你会厌恶我。等等。"看到威廉正要开口，他说。他注视威廉的脸。"我答应你我会说。我答应你。但是……但是你得给我一点时间。我从来没跟人真正讨论过这件事，我得想清楚该怎么说出那些话。”

“好吧，”威廉最后终于说，“那么，”他暂停一下，“如果我们一起想办法呢？我问你一些简单点的问题，你回答，这样你就明白谈一谈其实没那么难？如果真的很困难，我们再商量看看。”

他吸了口气，吐出来。这是威廉啊，他提醒自己。他永远不会伤害你的，绝对不会。时候到了，该说出来了。“好吧，”他终于说，“好吧。问我吧。”

他看到威廉盯着他往后靠，设法决定该从几百个问题里挑出哪一个，才是一个朋友该问另一个朋友但从来都不能问的。他双眼涌出泪水，因为他让他们的友谊变得这么不平衡，也因为这么多年来威廉都陪着他，一年又一年，即使他一再逃避，即使他拿自己的问题向他求助、却不肯说出问题的缘由。他对自己承诺，在他新的人生里，他不会再那么苛求朋友了，他会更大方。无论他们想要什么，他都会给他们。如果威廉想要信息，就该给他，他自己必须琢磨该如何给。他会一次又一次受伤——每个人都会——但如果他打算尝试，如果他打算活下去，他就得更坚强一点，他得准备好自己，他得接受这是人生必然会有的取舍。

“好，我想到一个了，”威廉说。他的身子挺得更直，让自己准备好，“你手背上的那个疤是怎么来的？”

他眨眨眼，很惊讶。他不确定这个问题会走向哪里，但既然已经提出了，他反而松了一口气。他最近很少想到这个疤，现在他看着它，那塔夫绸般的光泽。他用指尖轻轻抚过，想着这个疤会如何引出其他问题。然后他想到卢克修士，想到少年之家，想到费城，想到过往的一切。

但人生里，哪件事不会牵涉出其他更大、更哀伤的故事呢？威廉问的就是这个故事：他不必把背后的一切全扯出来，扯出那一大团巨大而丑陋、由种种难题纠结在一起的混乱。

他想着要怎么开始，开口前把要讲的先在脑袋里规划好。终于，他准备好了。“小时候我向来很贪心，”他说。隔着桌子，他看到威廉撑着手肘，身体前倾，在他们多年的友谊中，这是威廉第一次成为倾听者，要听他说出一个故事。

* * *

他 10 岁，他 11 岁。他的头发又长了，比在修道院时还长。他长高了，卢克修士带他到一家二手商店，称重量买了一大袋衣服。“慢一点！”卢克修士会跟他开玩笑，按着他的头顶，好像要把他按小一点，“你长太快了！”

现在他总是在睡觉。上课时，他醒着，但到了傍晚，他就觉得有个什么降临到他身上，他会开始打呵欠，睁不开眼睛。一开始，卢克修士也把这件事拿来开玩笑。“我的瞌睡虫，”他说，“我的梦想家。”但是有一夜，顾客走了之后，卢克修士陪着他坐下来。有好几个月，甚至超过两年，他一直反抗顾客，大部分是出于本能反应，而不是以为可以让他们停下来。但最近，他开始只是躺在那里，一动也不动，等着发生的事情赶紧结束。“我知道你很累，”卢克修士说，“这很正常，你正在长大。长大很辛苦、很累人。而且我知道你很努力工作。但裘德，你跟顾客在一起的时候，就得表现得有点精神；他们花钱是为了跟你在一起，你知道——你得让他们看到你也很享受。”他什么都不说。修士又说：“当然了，我知道这对你来说并不愉快，不像我们两个在一起那样，但是你得表现出一点活力，好吗？”修士凑过来，把他的头发塞到耳后。“好吗？”他点点头。

也大约在这阵子，他开始撞墙。他们当时住的那家汽车旅馆（在华盛顿州）有两层，有回他拿着冰桶上楼去拿冰块。那天下雨，到处又湿又滑，他下楼时绊了一下摔倒了，一路摔到楼下。卢克修士听到声音赶紧冲出来。他没骨折，但是有擦伤和流血，卢克修士就取消了当天晚上的预约。那天晚上，修士对他小心翼翼，还帮他端茶，他觉得自己有好几个星期没这么有活力了。那回跌倒和疼痛的新鲜感有种恢复健康的功效。那是诚实的痛、干净的痛，没有羞耻和污秽，他已经好几年没有这样的感觉了。下个星期，他又去拿冰块，但这回，他下楼回房途中，在楼梯下方的小三角空间停下，还没意识到自己在做什么，就整个人朝砖墙撞过去，而且一边想象着把身上的每粒尘土、每滴液体、过去几年的每段记忆都撞出来。他要重新设定自己；他要让自己回到某种纯净的状态；他要为自己所做的事惩罚自己。之后，他好过多了，有精神多了，好像长途赛跑后那样呕吐了，这才有办法回到房间。

但最后，卢克修士明白了他在做什么，找他谈话。“我知道你很失望，”卢克修士说，“但是裘德，你做这些事对你没有好处。我很担心你。顾客也不喜欢看到你全身都是瘀青。”他们沉默了一会儿。一个月前，遇到一个非常糟的夜晚，一群男人离开后，他又啜泣又哭号，多年来第一次近似乱发脾气。卢克坐在他旁边，一直揉着他发痛的肚子，还用枕头捂住他的嘴好闷住声音。他求卢克让他停下。修士也哭了，说他会的，说他恨不得只有他们两个人，但他为了照顾他，早就把所有钱都花光了。“裘德，我一点也不后悔，”修士说，“但现在我完全没钱了。我只剩下你。对不起。但我现在真的开始存钱了。

总有一天，你可以停止的，我保证。”

“什么时候？”他啜泣着问。

“很快的，”卢克说，“很快的。一年。我保证。”他点点头，虽然他早就明白修士的承诺毫无意义。

但接着，修士说要告诉他一个秘密，可以帮助他纾解他的挫败感。次日，他给了他一袋装了刮胡刀片、酒精棉片、棉花和绷带的袋子，教他割自己。“你得实验一下，看什么感觉最适合。”修士说，然后教他割完了要如何清洁并贴上绷带。“这个给你。”他说，把袋子交给他，“需要补充的时候跟我说一声，我会帮你准备好。”他一开始很怀念摔下楼梯和撞墙的戏剧化动作，还有那种威力和分量，但他很快就喜欢上割自己的私密性和可控性。卢克修士说得没错：割自己比较好。他割的时候，好像排掉了体内的毒素、污秽、愤怒。就如同他旧日的水蛭梦复活了，有着同样的效果，而这种效果是他一直期盼的。他真希望自己是金属或塑料做的，可以用水冲一冲，刷洗干净。他想象自己被灌满了水、清洁剂和漂白水，排光光之后，他体内的一切又干净卫生了。现在，晚上的最后一个顾客离开后，他就会进入浴室，他的身体是他的，可以做他想做的事情，直到修士跟他说该睡觉了。

他很依赖卢克：依赖他的食物，依赖他的保护，现在还依赖他的刮胡刀片。每回他生病必须去看医生时（无论卢克修士多么努力，他还是会被顾客传染，另外有时他割完后没有处理好，伤口也会感染），卢克修士就会带他去买他需要的抗生素。他逐渐习惯了卢克修士的身体、他的嘴、他的手。他不喜欢，但是卢克吻他时他不再慌张，而且修士双手抱着他时，他也会顺从地回抱。他知道再也没有人能像卢克对他那么好，即使他做错了什么事，卢克也从来没骂过他，即使过了这么多年，也从来没打过他。早些时候，他想过或许哪天会碰到一个更好的顾客，可能会想带他走，但现在他知道永远不可能了。有一回，他在顾客准备好之前就开始脱衣服，那男人打了他一耳光，然后骂他。“天啊，”他说，“别那么快，你这个小骚货。你做这个做多少次了？”就像每次有顾客打他时一样，卢克会从浴室里走出来骂那个男人，逼那个男人保证会更守规矩，否则就要赶他走。顾客会骂他：骂他骚货，骂他婊子，骂他肮脏，骂他恶心，还骂他花痴（他本来不懂花痴是什么，查了才知道），骂他是奴隶、垃圾、废物、污秽、没用、人渣。但卢克从来没对他说过这些字眼。卢克说，他很完美，他很聪明，他把这些事做得很好，一点错也没有。

修士还是会谈到他们要在一起，不过他现在谈的是海边的一栋房子，在加州中部，然后描述卵石海滩、嘈杂的海鸟、色彩如风暴般的海水。他们会在一起，只有他们两个，就像已婚的伴侣。他们再也不是父子；现在他们是平等的。等到他满 16 岁，他们就会结婚。他们会去法国和德国度蜜月，在那里，他终于可以跟真正的法国人和德国人讲法语和德语。还要去意大利和西班牙，卢克修士曾在那住过两年：一次是以学生的身份，一次是大学毕业后那年。他们会给他买一架钢琴，这样他就可以弹琴唱歌。“其他人要是知道你接过多少客，就不会想要你了。”卢克修士说，“是他们太笨了才不想要你，但是我永远都想要你，就算你接过一万个客人也一样。”等他满 16 岁就可以退休了，卢克修士说。然后他静静地哭了，因为之前卢克修士答应他满 12 岁就可以停止，他一直在算日子。

有时，卢克会为他必须做的事道歉，当顾客很残忍、当他很痛、当他流血或有瘀青的时候。有时，卢克表现得好像他很喜欢他做这些似的。“唔，刚刚那回真不错啊，”他会在顾客离开后说，“我看得出你喜欢这回，对不对？别否认，裘德！我听得出你自己也很享受。唔，这样很好。享受你的工作是好事。”

他满12岁了。卢克说，现在他们在俄勒冈，正要去加州。他又长高了，卢克修士预测他会一路长到6英尺1英寸或6英尺2英寸，还是比卢克修士矮，但没矮多少。他也开始变声，不再是小孩了，这使得找顾客变得更困难。现在单独来的客人变少了。他讨厌成群结伴来的顾客，但卢克说他只能找到这些。他看起来比他的实际年龄大，顾客都以为他13岁或14岁。卢克说，在这个年纪，每一年的生意都会差很多。

到了秋天，9月20日。他们当时在蒙大拿州，因为卢克觉得他会想看看那儿的夜空，星星亮得像电灯。那天没有什么不寻常。两天前，他接了一大群结伴而来的客人，状况糟到卢克不光是取消了次日的顾客，还连续两夜让他单独睡觉，那张床完全是他的。不过那天夜里，生活又恢复正常。卢克来到他床上跟他一起睡，开始吻他。然后，他们性交到一半时，忽然有人敲门，很大声、既坚持又突然，害他差点咬到卢克修士的舌头。“警察，”他听到门外的人喊，“开门，马上开门。”

卢克修士一手紧紧捂住他的嘴巴。“别出声。”他用气音说。

“警察，”那声音又喊了，“埃德加·威尔默特，我们有你的逮捕令。马上开门。”

他很困惑：谁是埃德加·威尔默特？是某个顾客吗？他正要告诉卢克他们搞错了，但他一抬头看到他的脸，立刻明白他们要找的就是卢克修士。

卢克修士起身离开他，比划着示意他待在床上。“别动，”他低声说，“我马上回来。”然后跑进浴室。他听到门“咔嗒”一声锁上。

“不要，”他看到卢克离开，着急地用气音说，“别离开我，卢克修士，别留下我一个人。”但修士还是离开了。

然后一切似乎变得很慢，同时又变得很快。他没动，整个人吓呆了，但接着是木头碎裂声，房间里充满了男人，他们把手电筒高高举在头旁边，他看不见他们的脸。其中一个走向他说了一些话（声音太吵，他恐慌极了，根本听不到），然后帮他拉起内裤，帮着他站起来。“你现在安全了。”有个人告诉他。

他听到其中一个男人咒骂，从浴室里大喊：“马上叫救护车。”于是他挣脱了抓着他的那个男人，从另一个人手臂底下钻过去，迅速冲了三步来到浴室门口，看到一根长长的绳子绕着卢克修士的脖子，他嘴巴张开，眼睛紧闭，那张脸和他的胡子一样灰。他尖叫起来，一次又一次地尖叫，接着他被拖出房间，仍叫着卢克修士的名字，一遍又一遍。

接下来的事情他不太记得了。他被一再询问；他被带到医院，有个医生给他检查，问他被强暴了多少次，但他没办法回答，他被强暴过吗？是他同意做这个的，全都同意过。那是他的决定，是他做的决定。“你性交过多少次？”那个医生改问。于是他说：“跟卢克修士，还是跟其他人？”那医生说：“什么其他人？”等他讲完，那个医生转过身，把脸埋在双手里，等到医生转身回来看他，张开嘴巴要说话，却一个字都没吐出来。他很确定地知道他一直在做的那些事情是不对的，觉得很羞愧、很肮脏，简直想死。

他们送他去少年之家，把他的东西还给他：他的书，从修道院带出来的纳瓦霍玩偶、石头、树枝、橡实、那本夹着压花的《圣经》，还有害他被其他男生取笑的衣服。在少年之家，他们知道他以前是什么样，知道他以前做过什么，知道他已经被毁掉了，所以当某些辅导员开始对他做人们多年来对他做的事情时，他并不吃惊。不知怎的，其他男孩也知道他以前是什么样。他们用难听的话骂他，就跟顾客骂他的一样；他们还孤立他，每回他走向一群人，他们就会散开来跑掉。

他们没把装了刮胡刀片的袋子还给他，于是他学会就地取材：有天下午他在厨房帮忙时，从垃圾桶里偷来一个空罐头的铝盖，在瓦斯火焰上消毒，用完就塞在床垫下。他每星期都偷一个新的铝盖。

他每天都想到卢克修士。在学校里，他跳了四级；他们让他上数学课、钢琴课、英国文学课，还去社区大学上法语和德语课。他的老师问他是谁教他这些的，他说是他父亲。“他教得真好，”他的英语老师告诉他，“他一定是个很棒的老师。”他不知道该怎么回应，她只好接着转向下一个学生。到了夜里，当他和辅导员在一起时，他会假装卢克修士就站在墙后头，万一事情变得太可怕就会跳出来；这表示发生在他身上的所有事情，卢克修士知道他都能承受。

后来他逐渐信赖安娜，曾告诉她几件卢克修士的事情。但他不愿意告诉她一切。谁都没说。他跟着卢克太傻了，他知道。卢克跟他撒谎，对他做了很可怕的事情。但他想要相信，即使经历这一切，卢克还是真的爱他的，这一部分是真的：不是歪曲，不是合理化，而是真的。他不认为自己受得了安娜所说的（就像她说其他人那样）：“裘德，他是恶魔。他们说他们爱你，但那样说只是为了要操纵你，你还不明白吗？恋童癖都是这样；他们就是这样拐骗小孩。”成年后，他还是无法判定自己对卢克的想法。没错，他很坏。但他比其他修士坏吗？他当初真的做错决定了吗？如果他留在修道院，真的会比较好吗？他继续待在修道院里，会被毁得更严重还是轻微一点？卢克影响了他所做的一切、影响了他整个人：他对阅读、对音乐、对数学、对园艺、对语文的喜好，都是卢克遗留给他的。他割自己、他的怨恨、他的羞愧、他的恐惧，还有他的疾病，他没有办法有正常性生活，没能力当个正常人，这些也是卢克给他的。卢克教他如何从生活中找到愉悦，也把愉悦全部夺走。

他很小心不要说出卢克的名字，但有时他会想到这个名字，无论他变得多老、过去了多少年，只要一想到，刹那间眼前就浮现出卢克微笑的脸。他想到他和卢克“相爱”时，想到他被诱骗时，他年纪太小、太天真、太孤单、太想获得关爱，什么都不懂。那时他奔向温室，打开门，那热气和花香像斗篷般围绕他。那是他最后一次拥有这么单纯的快乐，最后一次领略到这么不复杂的欢欣。“我漂亮的男孩来了！”卢克会喊道，“喔，裘德——真高兴看到你。”

第五部分

快乐年代

1

有一天，就在满 38 岁后大约一个月，威廉忽然发现自己成名了。一开始，他没有原先想象中的那么慌乱，一部分原因是他一直觉得自己已经算名人了（他和杰比都算是）。有时他跟谁一起出门，裘德或其他人，在曼哈顿下城热闹的市中心，有人走过来跟裘德打招呼，然后裘德介绍他："艾伦，你认识威廉吗？"艾伦说："当然了。威廉·拉格纳松。大家都认识威廉。"但不是因为他的工作，而是因为艾伦以前室友的妹妹在耶鲁时跟他交往过，或者他两年前帮艾伦朋友哥哥的剧作家朋友演出过剧本朗读会，或者因为艾伦是艺术家，曾跟杰比和亚裔亨利·杨一起办过联展，在开幕会后的派对上认识了威廉。在他成年以后的大部分时间，纽约市只不过是大学时代的延伸，每个人都认识他和杰比，而且有时候，好像他们大学的整个基础设施都被从波士顿搬起来，"砰"的一声放在曼哈顿下城和布鲁克林周边的那几个街区内似的。他们四个人平常来往的，还是跟大学时代同样的人（好吧，如果不是同样的人，至少是同类型的人），而在那个艺术家、演员和音乐家的圈子里，大家当然都认识他，因为本来就是这样。那个世界并不大；大家都认识彼此。

在他们四个里头，只有裘德，还有马尔科姆（在某种程度上），体验过在另一个世界、真实的世界生活，里头的人从事生活必需的各种工作：制定法律、教书、治病、解决问题，还有管理金钱跟买卖东西（他总觉得，他认识艾伦并不让人惊讶，裘德认识艾伦才比较让人惊讶）。就在他满 37 岁前夕，他接了一部内敛的电影《梧桐法院》，饰演一名最后出柜的南方小城律师。演他父亲的那位演员他很欣赏，片中的父亲不苟言笑，常会出言斥责，他对自己的儿子不满，且因为自己的挫折而变得刻薄。为了准备自己的演出，他请裘德解释自己每天到底在做什么，他听的时候，不自觉地有点为裘德难过起来，因为他觉得裘德很聪明，而且是他永远无法理解的那种聪明，但裘德把人生花在这些听起来乏味至极、简直像智慧版女佣的工作上：打扫、分类、洗涤、收纳，做完了再到下一家重新开始。他当然没把这想法说出来。有个星期六，他去罗森·普理查德找裘德，浏览他的档案夹和文件，然后趁着裘德在写东西时，在他的办公室闲逛。

“好吧，你觉得怎么样？”裘德问，在椅子上往后靠，朝他咧嘴笑。他也露出微笑说：“令人刮目相看。”因为在某个方面的确是，裘德大笑。“我知道你在想什么，威廉，”他说，“没关系，哈罗德也是这样想的。‘太浪费了，’”他模仿哈罗德的口气，“‘太浪费了，裘德。’”

“我不是那样想的。”他抗议，但其实他就是这样想的。裘德总是为自己缺乏想象力惋惜，为自己改不掉的务实惋惜，但威廉从来没这么看他。而且的确是很浪费：不是他待在一家大型律师事务所，而是他居然会从事法律方面的工作。其实，他心想，像裘德这么聪明的人，实在应该做点别的工作。他不知道做什么，但不会是这个。他知道这样想很荒谬，但他原先一直不太相信裘德读了法学院之后，到头来会变成律师。他一直想象裘德读到某个时候就会放弃、改做别的，比如当数学教授，或是歌唱老师，或是精神科医生（虽然他当时就觉得很讽刺），因为他很善于倾听，而且总是很会安慰朋友。他不明白自己为什么总是有这个想法，即使显然后来裘德很热爱自己的工作，也做得很出色。

结果《梧桐法院》意外地大受欢迎，为威廉赢得史无前例的好评和奖项提名。再加上电影上映时，他两年前拍摄的另一部较大、较炫的电影，因为后期制作拖延，竟碰巧同时上映，让他颇出风头，连他自己都看得出来这会改变他的演员生涯。他接戏向来很谨慎——如果硬要说他有什么过人的才华，他觉得就是他对角色的品位——但在那一年之前，他从来不曾拥有真正的安全感，不觉得自己到五六十岁还有机会演戏。裘德总跟他说他对自己的事业有种过分的谨慎，其实他比他自以为的要好太多了，但他从来不这么觉得；他知道自己很受同行和评论家尊重，但他心中有一部分始终担心自己的演员生涯会毫无预警地突然告终。他是个实际的人，却身在一个最不实际的行业，每次接到一个角色后，他就会告诉朋友他永远接不到下一个，说他很确定这是最后一次了，一部分是为了暂时推迟他的恐惧（如果他说出这个可能性，那事情就比较不会发生），一部分则是表达自己的恐惧，因为那种感觉是真的。

不过后来，他只有在和裘德独处时，才敢把自己的忧虑说出来。“如果我再也接不到工作了呢？”他会问裘德。

“不会的。”裘德会说。

“如果会呢？”

“这个嘛，”裘德认真地说，“这个情况极度不可能，但如果你再也不能演戏，那你可以去做别的。而且在你摸索的时候，你就搬来跟我住。”

当然，他知道自己还是接得到工作，他一定得相信这点。每个演员都相信。表演是一种诈骗的形式，一旦你无法相信自己做得到，其他人也不会相信了。但他还是希望裘德向他保证，他希望万一真的没办法演戏时，还有个地方可以去。每隔一阵子，当他觉得异常且变得格外自怜自艾时，就会想着以后如果演不了戏，那要做什么，他觉得自己或许可以去教残障儿童。他会做得很好，而且乐在其中。他可以预见自己从一所小学走路回家，从他想象中位于下东区的学校，往西走回苏荷区的格林街。当然，到时候他会卖掉自己的公寓，去读教育硕士（在这个梦里，他以前赚来的几百万，从来不敢花掉的那几百万，全都神奇地消失了），而他会住在裘德的公寓里，仿佛过去二十年都被彻底抹去。

但是《梧桐法院》之后，这些丧气的幻想出现得比较少了。在37岁这一年的下半年，他比以往更有自信了。有些情况起了根本的改变，变得更巩固了，他的名字仿佛被刻在石头上。他永远都会有工作；如果他想要的话，可以休息一下了。

那是9月，他刚结束一部片子的拍摄工作，立刻又要出发去欧洲宣传新片；他只能回纽约待一天，裘德跟他说他想去哪里他都配合，他们会见面，吃个午餐，然后他就要上车直接到机场赶飞机到伦敦。他好久没回纽约了，真的很想在下城找家有家庭气氛的便宜小馆子，就像他们二十几岁那几年常去的越乡餐馆，但他最后挑了中城一家以海鲜闻名的法国餐厅，这样裘德就不必跑太远了。

那家餐厅里坐满了企业家，就是会以西装剪裁和手表的精巧无声地传达富有和权力的那种人，你必须很有钱、很有权力，才能了解他们传达的内容。对其他人来说，他们只是一些穿灰色西装的男人，看起来都一样。带位的女侍带着他就座，裘德已经先到了，正在等他。看到裘德站起来，他上前紧紧拥住他，虽然知道裘德不喜欢这样，但他最近决定反正迟早要这样做。他们站在那里，彼此相拥，左右环绕着灰西装男子，然后他放开裘德，两人坐下。

“我让你够尴尬了吗？”他问裘德，裘德笑着摇摇头。

他们要谈的事情很多，时间又那么短，裘德还在一张收据背面写了一份讨论顺序列表，他看了大笑，不过他们大致上就照着谈。就在讨论完第五项（马尔科姆的婚礼：他们祝酒时要说什么？）、正要讨论第六项（格林街公寓的整修进度，当时里头正在拆）时，他起身去洗手间，走回来时，有种被人注视的不安。他当然很习惯被人盯着看，但这回感觉有点不太一样，那种打量眼光的强度和沉默，让他好久以来头一次难为情，他意识到自己穿着牛仔裤而非西装，显然跟这里格格不入。事实上，他忽然发现每个人都穿着西装，他是唯一没穿的人。

“我想我穿错衣服了。”他回座后低声跟裘德说，“大家都瞪着我看。”

“他们瞪着你看，不是因为你穿的衣服，”裘德说，“而是你很有名。”

他摇头：“对你和几十个人来说，或许吧。”

“不，威廉，”裘德说，“你真的很有名。”他对他微笑，“不然你以为他们为什么没拿西装外套借你穿？他们可不会随便让没穿正装的人走进来的。而且你以为他们为什么一直送这些开胃小菜上来？我跟你保证，可不是因为我。”说到这里，裘德大笑起来，“不过你干吗挑这里呢？我以为你会挑个下城的小店。”

他咕哝着抱怨：“我听说这里的腌渍生鱼不错。还有你刚刚说那个是什么意思，这里有服装规定吗？”

裘德再度微笑，正要回答，那些举止合宜的灰西装男子之一走向他们，显然很抱歉打断他们。“我只是想跟你说，我很喜欢《梧桐法院》，”他说，“我是大粉丝。”威廉谢谢他。那位五十来岁的男子正要再说些什么，此时看到了裘德，眨眨眼，明显认出他是谁，又瞪着他一会儿，显然在脑袋里将裘德重新归类，把对他的认识重新归档。那男子张开嘴巴，然后又闭上，离开前再度道歉，从头到尾，裘德只是平静地看着他微笑。

“哎呀呀，”裘德说，看到那男人匆匆离开，“那是全纽约最大事务所之一的诉讼部门主管，而且显然是你的仰慕者。”他对威廉咧嘴笑了，“现在你相信你很有名了吧？”

“如果名气的基准是被二十几岁的罗得岛艺术学院女研究生或没出柜的老先生认出来，那么没错。”他说。两个人开始偷笑，像小孩子似的，笑了半天才有办法平静下来。

裘德看着他，“只有你才会上了杂志封面，还不认为自己有名。”他充满关爱地说。但那些杂志封面上架时，威廉并不在真实世界，而是在拍片现场。在拍片现场，每个人的举止都一副自己很有名的样子。

“不一样的，”他告诉裘德，“我没办法解释。”但稍后，在前往机场的车上，他明白是哪里不一样了。没错，他习惯被注视。但他真正习惯的，是被某种类型的人在某种特定的地方注视，比方想跟他上床的人，或者想跟他谈话、因其有助于自己事业的人，或是对某些人来说，光是认得出他这个简单的事实，就足以触发他们心中某种饥渴和狂乱，让他们渴望来跟他打招呼。然而，他不习惯被其他有事可做、有比和一个纽约演员打招呼更重大的事要操心的人盯着看。纽约到处都是演员。有权力的人会盯着他看的唯一时刻，就是他在电影首映会上被介绍给片场主管时，他们会握手寒暄，而他看得出那些片场主管在打量他，计算他的得分、他们付了多少钱给他，还有这部电影因为请他来演必须赚多少钱。

很违反常理的是，当这种情况越来越常发生（他走进一个房间、一家餐厅、一栋建筑物时，就会感觉到大家同时暂停，虽然只有一秒钟），他也开始明白，他可以把自己的能见度打开或关上。如果他走进餐厅时期待被认出来，通常就会。如果他走路时不想有人打扰，的确很少被认出来。他始终无法判定，除了自己的意愿之外，到底是什么让这种能见度改变。但反正有用，这就是为什么，在那顿午餐过后六年，他搬去跟裘德住，多多少少可以在苏荷区大部分地方走来走去。

自从裘德自杀未遂回家后，他一直住在格林街。几个月过去，他发现他把越来越多的东西搬到他以前的卧室——一开始是他的衣服，然后是笔记本电脑，然后是几箱书和他最喜欢的羊毛毯，早上起床去冲咖啡时，他喜欢把那毯子裹在身上晃来晃去。他总是东奔西跑，所以他其实不需要或拥有太多东西。一年后，他还住在那里。某天早上他很晚才醒来，给自己冲了咖啡（他也得把咖啡机带过来，因为裘德没有咖啡机），犹有睡意地在公寓里面闲逛，好像第一次注意到他的书不知怎地出现在裘德的书架上，他以前买下的艺术品现在挂在裘德家的墙上。这是什么时候发生的？他不太记得了，但感觉很对劲，他觉得自己就该搬回这里。

就连马尔科姆的父亲欧文先生都赞成。今年春天马尔科姆生日时，他在马尔科姆家遇到欧文先生，当时欧文先生说："我听说你搬去跟裘德住了。"他说没错，准备好听一番说教，说他们总是长不大，毕竟他就要满 44 岁了，而裘德也快 42 岁了。"你是个很好的朋友，"欧文先生说，"我很高兴你们彼此照顾。"当初裘德企图自杀让欧文先生很惊慌；当然了，他们全都很惊慌，但他们知道，在这些朋友里头，欧文先生一直最喜欢裘德。

"唔，谢谢你，欧文先生，"他说，很惊讶，"我也很高兴。"

裘德刚出院的那几个星期，威廉总是不定时地走进他的房间，好确定裘德在里头，还活着。当时裘德一直在睡觉，他有时会坐在床沿凝视着他，因为他还活着而感到一种恐怖的惊奇。他会想：要是理查德晚二十分钟发现他，裘德就死了。裘德出院后大约一个月，威廉去药妆店买东西，看到架子上挂着一把美工刀，感觉那似乎是非常老式、残忍的工具，他差点当场飙泪。安迪告诉过他，当初急诊室的外科医生说，他这辈子没见过有人像裘德这样在自己身上割出这么深、这么坚决的伤口。他一直知道裘德很烦恼，但此时他才惊讶地发现，原来自己对裘德了解这么少，原来裘德伤害自己的决心这么深。

他觉得就某些方面而言，他过去这一年对裘德的了解，超过以往二十六年的总和，而且他发现的每一件新事物都很可怕：裘德的故事是他没有能力回应的，因为其中有太多根本没法解答。他手背上那个疤的故事（最开始的故事）恐怖得让威廉整夜睡不着，还认真考虑要打电话给哈罗德，只为了讲给某个人听，让某个人陪着他一起哑口无言。

次日，他忍不住总瞪着裘德的那只手看。裘德最后拉下袖子遮住手背。“你让我很尴尬。”他说。

“对不起。”他说。

裘德叹气。“威廉，如果你的反应是这样，我就不打算把那些故事告诉你了，”裘德终于说，“没关系，真的。那是很久以前的事了。我后来都没再想了。”裘德又暂停一下，“如果我告诉你这些事，我不希望你看我的眼光有什么不一样。”

他当时深吸一口气。“不会，”他说，“你说得没错，一点也没错。”所以现在他听裘德说那些故事时，就很小心什么都不要说，不要发出任何细小的、非批判性的声响，好像他所有的朋友都曾被浸过醋的皮带抽打到晕死过去，或曾经被迫吃掉地板上自己的呕吐物，好像那些都是正常的童年仪式。但除了这些故事，他还是一无所知，他还是不知道卢克修士是谁。除了修道院或少年之家几个独立的故事之外，他还是什么都不知道。他还是不明白裘德是怎么去到费城，他在那里发生了什么事。他还是不知道他车祸受伤的故事。如果裘德是从比较不难受的故事开始讲，那么现在他听了那么多，知道他没说出来的故事必定更骇人。他几乎不想知道了。

这些故事也算是某种妥协，因为裘德表明他不会去娄曼医生那做心理咨询了。安迪大都是周五晚上过来，而裘德刚回罗森 · 普理查德上班后不久，安迪有天傍晚上门，在裘德的卧室帮他检查，威廉去调酒，然后大家坐在沙发上喝。当时灯光被调暗了，外头的天空飘着雪。

“山姆·娄曼说你还没打电话给他，”安迪说，“裘德，这样太扯了。你得打电话给他。这是原先讲好的。”

“安迪，我跟你说过了，”裘德说，“我不会去的。”威廉虽然不赞同，但很高兴听到裘德恢复了昔日的顽固。两个月前他们在摩洛哥，他晚餐吃到一半时抬头，看到裘德瞪着眼前一碟碟当地的传统小菜，没办法夹菜吃。“裘德？”他问，而裘德看着他，一脸害怕。“我不知道要从哪里开始。”他小声说，于是威廉伸手用汤匙在每一碟菜里都舀了一匙，放在裘德的盘子上，然后告诉他从最顶端的那勺炖茄子吃起，接着顺时针吃其他的菜。

“你一定得做点什么。”安迪说。他看得出安迪设法保持冷静，但是失败了，这也让他觉得被鼓舞了，因为这是某种恢复正常的表示。“威廉也是这样想的，对吧，威廉？你不能继续这样下去！你的人生有个大创伤！你得开始找个人讨论才行！”

“好啦，”裘德说，一脸疲倦，“我会告诉威廉。”

“威廉不是专业医疗人员！”安迪说，“他是演员！”听到这里，裘德看着他，两个人开始大笑，笑得他们得放下饮料。安迪最后站起来说他们两个都太幼稚了，他不懂自己干吗要操这个心，然后就离开了。裘德还在后头喊他：“安迪！对不起！不要走！”但他笑得太厉害，根本讲不清楚话。这是他几个月来头一次（甚至从裘德企图自杀之前算起）听到裘德的笑声。

稍后，等他们恢复过来，裘德说：“威廉，我想我可能，呃，偶尔会告诉你一些事情。但是你介意吗？这样会是负担吗？”他说当然不介意，说他想知道。其实他一直想知道，只是没说出来。他知道这话听起来像是责备。

他可以说服自己裘德已经恢复了原状，但他也看得出来他改变了。他觉得其中一些改变是好的：比如他愿意谈自己的过去了。有些改变则不太好：虽然裘德的手强壮多了，颤抖的频率也越来越低，但偶尔还是会颤抖，而且他知道裘德因此而感到难为情。另外，裘德比以前更怕被人碰触，威廉注意到，尤其是哈罗德；一个月前，哈罗德来访时，裘德几乎是手舞足蹈地躲开哈罗德的拥抱。他看到哈罗德脸上的表情，很替他难过，于是走过去拥抱他："你知道他不是故意的。"他低声对哈罗德说。哈罗德吻了一下他的脸颊，"威廉，你真是体贴。"他说。

现在是 10 月，离裘德企图自杀已经过了十三个月。晚上他在戏院演舞台剧，要演到 12 月，然后他会拍从斯里兰卡回来后的第一部电影，改编自契诃夫的剧作《万尼亚舅舅》。他很兴奋，而且这部电影将在哈德逊河谷拍摄，这样他每天晚上都可以回家。

这个拍摄地点不是巧合。"我要留在纽约工作。"自从他前一年秋天退出那部要在俄罗斯拍摄的电影后，他就这样交代私人经理和经纪人。

"要多久？"他的经纪人基特问。

"不知道，"他说，"至少到明年吧。"

"威廉，"基特沉默了一会儿说，"我知道你和裘德有多亲，但你不觉得你应该好好利用眼前的声势吗？你现在可以演任何你想演的角色了。"他指的是《伊利亚特》和《奥德赛》，两部都非常成功；就像基特指出的，他现在可以演任何他想演的戏了。"以我对裘德的了解，他也会说同样的话。"基特看他没吭声，便又说道，"这又不是你的老婆、小孩或什么。这是你的朋友啊。"

"你的意思是'只是你的朋友'。"他不耐烦地说。基特就是这样，向来用经纪人的立场思考，他也信任基特的想法——他在演员生涯一开始就跟他合作；他尽量不跟他争执。而基特一直很会指引他。"从不注水，从不马虎。"他喜欢这样炫耀威廉的演员生涯，评论他演过的角色。他们都知道基特远比他自己更有野心，向来如此。

然而，当初理查德打电话给他时，也是基特让他搭上第一班离开斯里兰卡的飞机，还让制作人停工七天，好让他飞回纽约再飞回去。

“威廉，我不想惹你生气，”基特小心翼翼地说，“我知道你爱他。但是拜托，如果他是你毕生的至爱，那我还能理解。但是你这样为自己的事业设限，我觉得好像太极端了。”

他有时也很好奇，不知道自己爱其他人时能否像爱裘德那么深。当然，这是因为裘德这个人，也是因为跟裘德在一起那种全然的自在感，他们认识了这么久，他相信裘德永远可以看清当下的他。他的工作、他的生活，全是伪装和演戏。有关他的一切、他所处的环境时常在改变，包括他的头发、他的身体、他当天晚上要睡的地方。他常常觉得自己是液体做成的，不断被从一个色彩鲜艳的瓶子倒进另一个色彩鲜艳的瓶子，每换一次瓶就会流失一点色彩。但他和裘德的友谊让他觉得自己的身份中有种永远不变的、真实的东西。尽管他的生活有种种伪装，但裘德可以看清连他自己都看不出来的本质，仿佛裘德的见证才让他这个人真实存在。

读研究生时，有个老师曾告诉他，最好的演员也最无趣。太强烈的自我意识是有害的，因为一个演员必须让自我消失，以便融入角色。“如果你想当个名人，那就去当歌星吧。”他的老师这么说。

他明白其中的道理，至今依然，但其实，他们人人都渴望有自我，因为你演得越多，就越远离你以为的那个自己，也更难找到回头的路。难怪他有这么多同行都损伤严重。他们借着模仿他人赚钱、建立生活、找到定位——那么还用得着惊讶他们需要不停地寻找一个拍片现场、一个舞台，好让生活有个重心吗？没了这些拍片现场或舞台，他们的定位和身份何在？所以他们会信教，交女朋友，投入公益活动，好从中得到一些自己的东西。他们从不睡觉，从不停下来，也害怕独处，害怕要问自己我是谁（“当一个演员讲话但没人听到时，他还算是演员吗？”他的朋友罗曼有一回这么提问。他自己有时也会纳闷）。

但是对裘德来说，他不是演员，他是他的朋友，而这个身份取代了其他一切。他担任朋友这个角色太久了，已经成为他这个人不可磨灭的一部分。对裘德而言，他的首要身份不是演员，就像裘德的首要身份不是律师一样，他们要描述彼此的第一个或第二个或第三个特点，都绝对不是演员或律师。裘德记得他以假扮他人为生之前，是个什么样的人：他有个哥哥，有父母，没见过什么世面，看到什么都觉得很厉害，看到什么人都觉得很迷人。他知道有些演员不希望任何人记得他们过去是什么样的，但他不是那种人。他希望被提醒自己过去是什么样；他希望身边有这么一个人，对这个人来说，他的演员事业永远不是他最值得一提的事情。

而且老实说，他也很喜欢裘德身边的人：哈罗德和朱丽娅。裘德被收养使他头一次羡慕裘德所拥有的东西。他在很多方面上佩服裘德（他的聪慧、思虑缜密和机智），但从来没嫉妒过。看着哈罗德、朱丽娅跟裘德在一起，看着他们观察裘德的样子，他感到一种空虚：他的父母过世了，尽管大部分时间他很少想到这一点，却不禁想到父母在世时，即使那么疏远，他们至少是他生活中一股稳定的力量。现在没了家人，他就像一张飘在空中的纸，随着每阵风飘向不同的方向。他和裘德本来就有这个共通点。

当然，他知道这种羡慕很荒谬，而且太不厚道了。他从小有父母，裘德却没有。而且他知道哈罗德和朱丽娅很喜欢他，就像他也喜欢他们那样。他们夫妻看过他的每一部电影，而且两个人都会写长信仔细评论，总是对他的表现赞美有加，而且会针对合演的明星和整部电影发表睿智的评语（他们唯一没看过的，或至少没提过的是《肉桂王子》，就是裘德企图自杀时他正在拍摄的那部电影。他自己也始终没看过）。他们阅读每一篇关于他的报道，比如他向来避开的评论，而且每本有他特写报道的杂志他们都会买来看。每年他的生日前，他们会打电话问他打算怎么过，哈罗德还会提醒他要满几岁了。到了圣诞节他们总会送他礼物，比如一本书，加上一个幽默的小礼物，或是可以放在口袋里的巧妙小玩具，让他讲电话或坐在片场化妆时可以把玩。感恩节时，他和哈罗德会坐在客厅里看球赛，朱丽娅则在厨房忙碌。

“薯片快吃完了。”哈罗德会说。

“我知道。”他会说。

“你再去拿一点吧？”哈罗德会说。

“你是主人哦。”他会提醒哈罗德。

“你是客人哦。”

“是啊，一点也没错。”

“叫裘德帮我们拿一点过来。”

“你去叫！”

“不，你去叫。”

“好。”他会说，“裘德！哈罗德还要薯片！”

“威廉，你真会胡说八道。”等到裘德拿薯片进来时，哈罗德会说，“裘德，这完全是威廉的主意。”

最重要的是，他知道哈罗德和朱丽娅爱他是因为他爱裘德；他知道他们相信他会照顾裘德——他对他们的意义就是如此。他不介意，甚至引以为荣。

但总之，最近他对裘德的感觉不太一样了，他不确定该怎么办。

有个星期五晚上，很晚了，他刚从剧院回来，裘德也刚下班。两人坐在沙发上聊天，没有什么特定的主题，他差点靠过去吻裘德。但他忍住了，捱过那一刻。但从此以后，他就一再冒出那样的冲动：两次、三次、四次。

这让他开始担心了。不是因为裘德是男人，他跟男人也有过接触，每个他认识的人都有过类似经验。上大学时，他和杰比有天晚上喝醉，就出于无聊和好奇亲热过（结果两个人都松了口气，觉得完全没劲。“真的很有趣，没想到一个长得这么好看的人，这么让人倒胃口。”当时杰比这么跟他说）；也不是因为他以前从没察觉到裘德对自己有吸引力——其实所有的好友多少都对他有种淡淡的吸引力——而是因为他知道一旦自己想尝试什么，就得非常确定，因为他强烈感觉到，像裘德这样凡事认真的人，对感情也不可能随便。

裘德的性生活和性倾向对认识他的每个人来说，一直是引人好奇的话题，对威廉的女友来说更是如此。偶尔，裘德不在场时，他们三个（他、马尔科姆、杰比）也会聊起来：他有性生活吗？他有过性经验吗？跟谁？他们都看过派对上有人留意裘德或跟他调情，而每一回裘德都没注意。

“那个女孩一直在跟你放电。”派对后走回家时，他会跟裘德说。

“哪个女孩？”裘德会说。

他们三个谈过，因为裘德早就表明不肯跟任何一个人谈。每次一谈起，他就会狠狠瞪他们一眼，然后刻意改变话题，让你绝对不可能误解他的意思。

“他曾经晚上没回家过吗？”杰比问（他和裘德还住在利斯本纳街的时候）。

“两位，”他会说（这番谈话让他很不自在），“我不认为我们应该讨论这个。”

“威廉！”杰比会说，“别那么胆小了！你没有泄露什么机密。只要告诉我们：有或没有。有过吗？”

他叹了口气。“没有。”他说。

然后三个人会沉默一会儿。“或许他没有性欲。”过一会儿马尔科姆会说。

“不，没性欲的是你，马尔[1]。”

“去你的，杰比。”

“你觉得他是处男吗？”杰比会问。

“不是。”他会说。他不知道自己为什么知道，但他很确定裘德不是处男。

“太浪费了。”杰比会说，他和马尔科姆会互看对方，知道接下来杰比会说什么。“那个长相在他身上太浪费了。他的长相应该给我，至少我会好好享受。”

过了一阵子，他们就逐渐接受这是裘德的一部分，把这个话题加入不能讨论的清单里。一年又一年过去，裘德从没跟谁约会过，也从没看到他跟谁交往。“或许他瞒着我们，过着另一种火辣的生活。”理查德有回说，而威廉只是耸耸肩。“或许吧。”他说。但其实，即使没有任何证据，他也知道裘德没有。以同样缺乏证据的方式，他认为裘德大概是同性恋者（或许不是），而且大概没有谈过恋爱（他真的希望这点自己猜错了）。尽管裘德一再宣称不是那样，威廉却从不相信他不孤单、从不相信他心底某个小小的黑暗角落里不想有个伴。他还记得在莱昂内尔和辛克莱的婚礼上，马尔科姆带着苏菲，

1　马尔科姆的昵称。

他带着罗宾，杰比（虽然当时他们断交了）带着奥利弗，而裘德还是独自出席。裘德似乎不受困扰，但威廉看着桌子对面的他，还是很替他难过。他不希望裘德孤独终老，他希望裘德有个照顾他、被他吸引的伴。杰比说得没错，这样真的太浪费了。

所以他被裘德吸引，就是伴侣之间的吸引吗？或是担心与同情转化为另一种比较可以接受的形式？是他说服自己他被裘德吸引，只是因为他受不了看着裘德孤单一个人吗？他不认为是这样。但他也不知道。

换作从前，他唯一会一起讨论这件事的人是杰比，但现在他没办法跟杰比谈了，即使他们又成为朋友，或至少努力在恢复友谊。他们从摩洛哥旅行回来后，裘德曾打电话给杰比，两人一起出去吃晚餐，一个月后，威廉和杰比也一对一吃了晚餐。不过奇怪的是，他觉得自己比裘德更难原谅杰比，于是他们的会面变成一场灾难：杰比一直炫耀、夸张地摆出欢乐的姿态，而他一直在生闷气，直到两个人离开餐厅，就开始骂对方。他们站在空荡的培尔街上（当时下着小雪，没有其他人出门），指控彼此高傲又残忍，不理性又只顾自己，自以为是又自恋，假圣人又搞不清楚状况。

“你认为有谁会像我这么恨自己吗？”杰比吼道（他的第四次个展，记录他嗑药以及跟杰克森在一起的那段日子，标题就是“自恋者的自我憎恨指南”，而杰比在他们的晚餐中好几次提到，证明他已经狠狠地公然惩罚过自己，改过自新了）。

“没错，杰比，我认为有，”他也吼，“我认为裘德恨自己远远超过你可能恨你自己的程度，而且我认为你明知道，还害他更恨自己。”

“你以为我不知道吗？”杰比大喊，“你以为我他妈的不因此恨自己吗？”

“不，我觉得你恨自己还恨得不够，”他喊，“为什么你要那样做，杰比？你为什么要对他那样？偏偏是他？”

然后，他很惊讶，杰比竟然整个人垮了下去，坐在人行道边缘。“威廉，为什么你从来不像爱他那样爱我？”他问。

他叹了口气。“啊，杰比，”他说，然后坐在杰比旁边寒冷的人行道上，“你从来不像他那么需要我啊。”那不是唯一的原因，他知道，但的确是其中的一部分。他的生活里没有其他人需要他。人们都想要他——为了性爱，为了自己的新片，甚至为了他的友谊——但只有裘德需要他。只有对裘德而言，他才是不可或缺的。

“你知道，威廉，”杰比安静了一会儿说，“或许他不像你以为的那么需要你。”

他想了一会儿。“不，”他最后说，“我想他就是那么需要我。”

接下来，换杰比叹气了。“其实呢，”他说，“我觉得你说得没错。”

很奇怪，之后状况就改善了。尽管他（小心翼翼地）努力学着再度享受与杰比相处，但他不确定自己准备好要跟他谈这个特定的话题。他不确定自己想听到杰比打趣说，他已经上过一切有两条 X 染色体的，所以现在要换到有 Y 染色体的，或者开玩笑说他放弃了异性恋霸权的标准，或是最糟糕的，说他感觉自己被裘德吸引，其实是出于其他的原因：因为裘德自杀未遂而产生的错误内疚，或是某种施恩的心态，或者不过是无聊而已。

所以他什么也没做，什么也没说。几个月过去了，他草率地跟其他女人约会，每次都会检视自己的感觉。这太疯狂了，他告诉自己。这不是个好主意。这两句话都没错。如果他没有这些感觉，那就简单得多了。但是有这些感觉又怎样？每个人都知道，有些事情最好不要按照自己的感觉去做，否则人生会变得复杂不已。他不断跟自己长篇对话，想象出一句又一句的台词——他的跟杰比的，但两者都是他自己的话。

然而，那些感觉依然持续着。他们到剑桥市过感恩节，这是两年来的头一回。晚上他和裘德同房，因为朱丽娅的哥哥从英国牛津来访，住在楼上的卧室。当天夜里，他躺在卧室沙发上还没睡着，看着裘德睡觉。他心想，如果能爬到那张床上，躺在他旁边睡着，那该有多简单？他觉得整件事似乎有种命中注定的意味，而荒谬的不是这件事本身，而是他的抗拒。

他们是开车到剑桥的，回程由裘德开车，好让他在车上补眠。“威廉，”即将进入纽约市区时，裘德说，“我有件事要问你。”他看着他，“你还好吗？有什么心事吗？”

“没问题啊，”他说，“我很好。”

“你最近好像蛮……忧心忡忡吧，我想。”裘德说。他没吭声。“你知道，你跟我住真的是很大的恩情。而且不光是跟我住，而是……一切。要是没有你，我真不知道该怎么办。但我知道你一定累坏了。我只是希望你知道：如果你想搬回家，我不会有事的。我保证。我不会再伤害自己了。”裘德说的时候一直看着前面的路，但现在转向他，“我不知道自己怎么这么幸运。”裘德说。

有好一会儿，他不知道该说什么。“你希望我搬回家吗？”他问。

裘德沉默了一会儿。“当然不希望，”他很小声地说，“但是我希望你快乐，而你最近好像不是很快乐。”

他叹气。“对不起，”他说，“你猜得没错，我最近是有别的心事。但绝对不是因为我跟你一起住。我喜欢跟你一起住。我很爱跟你一起住。”他设法想着接下来该讲什么正确、完美的话，但是想不出来。

“对不起。”他又说了一次。

“不必道歉，”裘德说，“但是如果你想谈谈你的心事，随时都可以的。”

“我知道，”他说，“谢了。”之后两个人一路沉默到家。

接下来是12月，他的舞台剧演完了。他们四个人一起去印度度假，这是多年来的头一回。2月时，他开始拍《万尼亚舅舅》。拍片现场是他很珍惜也一直在寻找但很少碰到的组合——他跟每个人都合作过，每个人都喜欢并尊敬彼此，导演满头乱发，个性和善而温柔，编剧是一位裘德很欣赏的作家，把剧本改编得完美而简单，能有机会讲出那些对白让他觉得愉快极了。

威廉年轻时曾演过一出舞台剧《蓟草巷大宅》，剧情描述一个正在打包，要搬离圣路易斯一栋大宅的家庭，这栋房子在父亲家已经传了好几代，但现在他们没办法继续负担庞大的维修费用。这出戏不是单一布景，而是在哈林区找来的一栋荒废的褐石公寓里上演，舞台就设在一楼，观众可以在各个房间来去，只要别进入绳子围起的区域就行；你可以从各个不同的角度观赏，看到不同的演员和空间。他当时饰演心理损伤最严重的长子，第一幕的大部分时间都沉默地待在餐厅里，用报纸把盘子包起来。他为这个儿子想出一种紧张的抽搐动作，因为这个角色无法想象离开自己童年的房子，当父母在客厅吵架时，他就放下盘子，整个人贴在餐厅的另一头、靠近厨房的那面墙上，开始抠壁纸。虽然大部分表演都发生在客厅，但总是有少数几个观众会留在他的餐厅，看着他抠下壁纸（是深蓝色的壁纸，近乎全黑，上头印着淡蓝色的百叶蔷薇）在手里捻揉着，扔到地上。所以每天晚上，餐厅一角就会散落着小小的壁纸卷，好像他是只笨拙的老鼠，正在盖自己的小巢穴。那出戏演起来很累，但是他非常喜欢：那种跟观众的亲密，不可思议的舞台设定，还有他为那个角色创造出来的小小的、细微的肢体动作。

这回的《万尼亚舅舅》在感觉上就很接近那出舞台剧。那栋房子是哈德逊河畔镀金年代[1]的豪宅，当年富丽堂皇，但如今已经朽烂而破败（就是他的前女友菲丽帕一度想象他们年老时会住的那种房子），导演只用到三个房间：餐厅、客厅，还有阳光房。这回没有观众，取而代之的是剧组，跟着他们在那些空间内移动。他很喜欢这部作品，但一部分的他也知道《万尼亚舅舅》不是现阶段对他最有帮助的作品。在拍片现场，他是阿斯特洛夫医生，但回到格林街，他就成了索尼娅，而索尼娅（他以前就很喜欢这出戏，也很喜欢、很同情索尼娅）在任何情况下，都从来不是他想过自己会饰演的角色。他跟其他人谈起这部电影时，杰比说："所以这是一部性别中立（gender-blind）的电影了。"然后他问："什么意思？"杰比说："唔，你显然是叶莲娜嘛，对吧？"大家笑了起来，尤其是他。他当时心想，这就是他最喜欢杰比的一点，杰比总是比他所知道的更聪明。"他演叶莲娜太老了啦。"裘德充满感情地补充，他们又笑了起来。

《万尼亚舅舅》的拍摄过程很有效率，只花了三十六天，在3月的最后一个星期杀青。刚拍完没多久，有一天他跟一个老朋友（也是前女友）克雷西在翠贝卡区碰面吃午餐，吃完后正要走回格林街，外头下着干燥的小雪，让他想起自己有多喜欢深冬的纽约。此时的天气在两个季节间悬而未决，裘德每个周末都会做菜，他可以在冷清的街上走好几个小时，只看到零星几个出来遛狗的人。

他沿着教堂街往北，刚过瑞德街时，无意间看到右边一家小餐

1　指美国内战后繁荣昌盛时期，约1870—1898年。

馆里头，安迪坐在角落一张桌子前阅读，于是他走进去。“威廉！”安迪看到他走过来很惊讶，“你怎么会来这里？”

“我刚刚跟一个朋友吃午餐，正要走路回家，”他说，“你怎么会来这里？你家离这很远呢。”

“你们两个就是很喜欢走路，”安迪说着摇摇头，“乔治来附近参加一个生日派对，我刚刚送他过去，晚一点再去接他回家。”

“乔治现在几岁了？”

“九岁。”

“老天，都这么大了？”

“我知道。”

“你想要有人做伴吗？”他问，“或者你想要一个人安静一下？”

“不了。”安迪说，把一张纸巾塞到书里当书签，“留下来吧，拜托。”于是他坐下了。

他们当然聊了裘德（当时他刚好去印度孟买出差），聊了《万尼亚舅舅》（“我只记得阿斯特洛夫医生是个不可思议的家伙。”安迪说），聊了他4月底即将在布鲁克林开拍的新电影，还有安迪的太太简执业的诊所扩大规模，也聊到他们的子女：乔治刚被诊断出有气喘，比阿特丽斯明年想去上寄宿学校。

然后，他还来不及阻止自己（其实他也不觉得有必要阻止），就告诉了安迪他对裘德的种种感觉，还有他不确定这些感觉的意思，也不知道该怎么办。他说了又说，安迪默默听着，脸上没有表情。小餐馆里面只有他们两个顾客，窗外的雪下得更大更急。他觉得自己虽然焦虑，内心深处却很平静，很高兴自己可以找个人说出来，而且这个人跟他和裘德都认识很多年了。“我知道这件事好像很奇怪，”他说，“我也想过这可能会是什么。安迪，我真的想过。但有一部分的我也在想，是不是一直以来就该这样发展；我的意思是，我一直在跟不同的人交往，到现在也超过二十年了，总是定不下来的原因，是不是我本来就不会定下来，因为我注定要跟他在一起。或许这是我对自己的说法，或许只是出于好奇。但我觉得不是，我觉得我了解的自己不是那样，”他叹了口气，“你觉得我该怎么办？”

安迪沉默了一会儿。“首先，”他说，“我不认为这很奇怪，威廉。我觉得从很多方面来说，这样都很合理。你们两个之间一直有一种很不一样、很独特的感情。所以……我以前总是很好奇，尽管你有那些女朋友。

“自私一点讲，我觉得这样很棒：对你是如此，对他尤其是。我想如果你想跟他成为伴侣，对他而言，是最有助于让他恢复健康的礼物了。

“但是威廉，如果你要投入，你就得准备好对他、对这段关系有某种承诺，因为你说得没错：你不能只是跟他玩一玩，哪天又说不玩了。而且我想你应该要知道，经营这段伴侣关系会非常、非常辛苦。你得从头开始让他信任你，用不同的眼光看待你。接下来我要说的，我不认为违反了医生与病人之间的保密协议，我认为跟你有亲密关系对他来说会非常困难，所以你必须对他非常有耐心才行。”

他们两个都沉默了一会儿。“所以如果我要做这件事，就应该想清楚这会是一辈子的事。”他告诉安迪，安迪看着他几秒钟，然后露出微笑。

“这个嘛，”安迪说，“有的无期徒刑还更惨呢。”

“没错。”他说。

他回到格林街。4 月到来，裘德结束出差回家。他们庆祝裘德的生日——“43岁，”哈罗德叹口气说，“我都不太记得43岁的事情了。”——之后他开始拍下一部电影。主演的女星是个老友，他研究生时期就认识了。他饰演一个腐败的警探，而她饰演他太太。他们两个上了几次床。日子一如往常地过下去，他工作，收工后回到格林街，想着安迪说的那些话。

一个星期六的早晨，天才刚亮，他就醒了。那是5月底，天气变幻莫测：有时感觉像3月，有时又像7月。裘德就躺在离他90英尺处。忽然间，他的胆怯、他的困惑、他的犹豫不决似乎都显得很愚蠢。他在家里，而家就是裘德。他爱他；他注定要跟他在一起；他永远不会伤害他——这一点他有把握。所以还有什么好怕的？

他还记得自己以前跟罗宾的一段谈话。当时他在为《奥德赛》和《伊利亚特》的拍摄做准备，正在重读这两部史诗，他大一时读过，但之后就没再碰了。此时他和罗宾才刚开始交往，还试着要给对方好印象，而且因为想顺从对方的专长，把彼此弄得有点晕头转向。“这部史诗里，最被过誉的是哪几句？”他问。罗宾翻着白眼背出来：“‘我们的考验还没结束。前面还有一个辛苦任务在等着——广阔无边，充满危险，重大又漫长，而我必须从一开始就勇敢面对，奋战到结束。’”她发出干呕的声音，“太夸张了。而且不知道为什么，全国每一个输多胜少的美式橄榄球队，赛前都要念出这几句为自己打气。”她补充道，他听了大笑。她狡黠地看着他。“你打过美式橄榄球，”她说，“我敢说这几句也是你最喜欢的。”

“绝对不是。”他说，假装不高兴。这是他们之间的一种游戏，但有时未必是游戏：他是笨演员，还是更笨的体育选手，而她是跟他交往的聪明女生，会教他一些他不懂的事情。

“那告诉我，你认为最被过誉的句子是什么。”她向他挑战。他背出来之后，她目不转睛地看着他。“嗯，”她说，“很有趣。”

这会儿他下了床，身上裹着毯子，打着呵欠。今天晚上，他会跟裘德谈谈。虽然不知道接下来会怎么样，但他知道自己会很安全；他会让彼此都很安全。他到厨房去冲咖啡，一边低声背出那些句子，每回他离开很久回到家、回到格林街时，总会想到这些句子——“那么告诉我：我必须完全确定。我来到的这个地方，真的是伊萨卡吗？”——同时在他周围，整户公寓充满了光。

* * *

每天早晨他会起床去游个两英里，然后上楼坐下来，边吃早餐边看报纸。他的朋友因此取笑他（因为他自己做早餐，不是上班途中买的；而且他还订报纸，是纸质的），但其中的仪式感总是令他平静：即使是在少年之家的时候，早餐时间辅导员总是很温和，而其他男孩也太困了，所以都不会来烦他。他可以坐在食堂的角落阅读、吃他的早餐，在那短短的时刻里，他可以独自清净一下。

他阅读很有效率，首先浏览《华尔街日报》，然后是《金融时报》，这才开始从头到尾阅读《纽约时报》。就是在此时，他看到讣闻版的标题：“凯莱布·波特，52岁，时装界高级经理人”。突然间，满嘴的炒蛋和菠菜变成了硬纸板和胶水，他艰难地咽下，觉得很想吐，觉得每根神经末梢都在抖动着苏醒过来。他还得连看那则讣闻三遍，才有办法搞懂一切：胰腺癌。“非常快。”他的同事兼长年老友说。在他的管理之下，新崛起的时装品牌罗思科积极拓展亚洲与中东市场，同时也开设了第一家纽约市精品店。他病逝于曼哈顿家中。遗属包括他住在蒙地卡罗的妹妹米凯拉·波特·德索托、六名外甥子女，以及伴侣尼古拉斯·兰恩，也是时装界高级经理人。

他呆坐了一会儿，看着报纸，直到那些字在眼前成了一片抽象的灰色，然后他尽快跛行冲到靠近厨房的浴室，抱着马桶，把刚刚吃下的东西吐出来，吐得最后只剩口水。他放下马桶盖坐上去，脸埋进双手里，直到自己好过些。他极度渴望他的刮胡刀片，但他向来很小心不在白天割自己，一部分原因是感觉不对，另一部分原因是他知道必须给自己设下限制，无论是多么虚假的限制，否则他就会成天都在割自己了。最近他还非常努力试着完全不要割自己。但今晚，他心想，他会允许自己破例。现在是早上 7 点，再过十五小时左右，他就会再回到家里。他现在唯一要做的，就是熬过这个白天。

他把脏盘子放进洗碗机，悄悄走过卧室，进入浴室，冲了澡、刮过胡子后，到衣帽间穿好衣服，还先确定衣帽间通往卧室的门完全关好。此时，他每天早上的例行公事多加了一个步骤：现在，如果按照过去一个月的惯例，他会打开门，走到床边，坐在左边床沿，把一只手放在威廉的手臂上，然后威廉会睁开眼睛朝他微笑。

“我要出门了。”他会说，也露出微笑。威廉会摇摇头说：“不要走。”而他会说：“我非走不可。”威廉又说：“五分钟。”他说：“就五分钟。”接下来，威廉会拉起毯子的一角让他钻进去，威廉会贴着他的背，他则闭上眼睛等威廉的双手抱住他，希望自己永远留下来。十分钟或十五分钟后，他会很不情愿地起来，在威廉身上最近的地方吻一下，但是不吻嘴（即使到现在四个月了，要他吻嘴还是有困难），然后出门去上班。

但今天早上，他跳过了这个步骤。只是在餐桌前暂停一下，写张便条给威廉，解释自己得早点去上班，不想吵醒他，走向门时，又回头抓起桌上的《纽约时报》带走。他知道这个举动有多么不理性，但他不想让威廉看到凯莱布的名字、照片，或任何有关他的痕迹。威廉还不知道凯莱布对他做过的事，他也不想让他知道。他甚至不希望他意识到凯莱布的存在——或者应该说曾经存在，因为凯莱布现在不存在了。在他的手臂底下，那份报纸简直像活生生、有热度的一样，凯莱布的名字是一团深色的毒药，就藏在那些纸页间。

他决定开车去上班，以便独处一会儿，但车子离开车库前，他把报纸拿出来，又读了一遍那篇讣闻，才折起来塞进公文包。突然间他哭了起来，猛烈、带着呼吸声的啜泣，是那种源自横膈膜的哭法。当他把头靠在方向盘上，试图恢复控制时，他终于有办法跟自己承认他是多么明确、深刻地感到如释重负，也承认过去三年来他有多么害怕，至今依然觉得羞辱和惭愧。他拿出报纸，好恨自己又读了一遍那篇讣闻，停在"以及伴侣尼古拉斯·兰恩，也是时装界高级经理人"这句。他很好奇：凯莱布对他做过的事情，也会对尼古拉斯·兰恩做吗？或者尼古拉斯一定不是活该要遭受这样对待的人？他希望尼古拉斯从没经历过自己的遭遇，但他也确信他没有，这一点让他哭得更厉害。当初哈罗德劝他报案时，提出的理由之一就是这个，说凯莱布很危险，如果报案了，让警方逮捕他，他就保护了其他人不会再受到凯莱布的伤害。但他知道其实不是这样的，凯莱布不会对其他人做那类事。凯莱布打他、恨他，不是因为他会殴打、痛恨其他人，凯莱布殴打又痛恨他，只因为是他，不是凯莱布的关系。

最后，他终于恢复镇定，擦干眼泪，擤了鼻涕。爱哭是他跟凯莱布交往时期残留的习惯之一。多年来，他一直有办法控制，而现在——自从那一夜后——他好像总是在哭，濒临哭的边缘，或者很努力地阻止自己哭出来。那就像是把他过去二三十年来的进展全部一笔勾销，他再度成为卢克修士照顾的那个小男孩，爱哭，无助，又脆弱。

他正要发动车子时，双手颤抖了起来。现在他知道自己做什么都没用，只能等待，于是把双手压在大腿下，设法逼自己以平稳的节奏深呼吸，有时这样会有帮助。几分钟后手机响起时，颤抖稍微减轻了，他希望自己接电话时声音正常。“嗨，哈罗德。”他说。

“裘德，”哈罗德说，不知怎的，他的声音没什么起伏，“你看了今天的《纽约时报》了吗？”

他的颤抖立刻加剧。“看了。”他说。

“胰腺癌的死法很痛苦。”哈罗德说，声音听起来冷酷而满足，“很好，我很高兴。”他暂停了一下，“你还好吧？”

“很好，”他说，“很好，我很好。”

“电话信号不太稳，”哈罗德说。但他知道不是，而是他的手抖得太厉害，根本没法拿稳手机。

“对不起，”他说，“我在车库里。听我说，哈罗德，我最好赶紧去上班了，谢谢你打来。”

“好吧，”哈罗德叹口气，“你想谈的话，就打电话给我，好吗？”

“好的，”他说，“谢谢你。”

这是忙碌的一天，他很庆幸，也设法专心工作，不让自己有时间想别的。上午过了一半，他接到安迪传来的短信——猜想你已经看到那个混蛋死了。胰腺癌＝非常痛苦。你还好吧？他回信息跟安迪保证他还好，午餐时他又最后一次看了那篇讣闻，然后把整份报纸塞进碎纸机，回头忙电脑上的工作。

到了下午，他接到威廉的短信，说要跟他碰面谈下一部新片的导演把约定的晚餐时间延后了，他觉得晚上 11 点之前回不了家。

他看了短信后松了口气。到了9点，他跟同事说他今天要提早走，然后开车回家，直接走向浴室，一路把西装外套脱掉、卷起袖子、解开手表；等到他割下第一刀时，几乎因为渴望而换气过度。过去两个月来，他从来没有一次割超过两刀，但现在他丢开之前的自律，割了一刀又一刀，直到最后呼吸减缓，感觉到昔日那种舒适的空荡逐渐在心中安顿下来。他割完之后，清理好又洗了脸，然后去厨房，把周末做的浓汤加热，这才吃了一整天的第一餐，刷完牙后就倒在床上。他因为割伤变得虚弱，但他知道只要休息个几分钟就没事了。他的目标是在威廉回家前恢复正常，不要让他有任何理由担心，不要做任何蠢事，搞砸过去十八个星期这场不可能又极度愉快的美梦。

当初威廉把自己的感觉告诉他时，他实在太困惑、太不敢相信了，只因为是威廉说的，他才相信这不是个可怕的玩笑：他对威廉的信任太强烈了，胜过威廉那些话的荒谬性。

但只是勉强胜过一点。“你在说什么？”他问了威廉第十次。

“我说，我被你吸引。”威廉耐心地说，看他没吭声，便继续说：“小裘……我不认为有那么奇怪，真的。这么多年来，你难道都没对我有那种感觉吗？”

“没有。”他立刻说，威廉大笑。但他没开玩笑。他绝对、绝对不会过度自信到妄想能跟威廉在一起。此外，他也不是威廉的理想对象。他想象威廉的对象是个美丽又聪慧的女子，某个懂得自己有多幸运也让威廉觉得幸运的人。他知道这样想（就像他有关成人伴侣之间的许多想象），有点模糊又天真，但他不认为不可能。他当然不是应该跟威廉在一起的那种人；要威廉跟他在一起，而不是跟他替威廉空想的那个女子，实在是难以置信的大暴跌。

次日，他把一份清单交给威廉，列出威廉不该跟他在一起的二十个理由。他递过去时，看得出威廉觉得有点好笑，但威廉一开始阅读，表情就变了。他则退回自己的书房，这样就不必看着威廉。

过了一会儿，威廉来敲门。“我可以进来吗？”威廉问。他说可以。

“我正在看第二点。”威廉严肃地说，“裘德，我很不想告诉你这个，但我们有同样的身材，”他看着他，“你比我高 1 英寸，但是我可以提醒你一下吗？我们可以穿彼此的衣服啊。”

他叹气。“威廉，”他说，“你明知道我的意思。”

“裘德，”威廉说，“我知道这对你来说很奇怪，而且意想不到。如果你真的不想跟我在一起，我就放弃，不打扰你，而且保证我们之间的一切都不会改变。”他停下。“不过如果你想说服我不要跟你在一起，是因为你害怕或难为情——唔，这个我理解。但是我不认为这个理由够好，让你连试都不肯试。我们可以慢慢来，按照你想要的速度，我保证。”

他沉默了一会儿。“我可以考虑一下吗？”他问。威廉点点头。“当然可以。”他说，然后走出房间，把拉门关上。

他静静地在书房里坐了许久，思索着。在凯莱布之后，他就发誓再也不要对自己这样了。他知道威廉绝对不会对他做出任何不好的事情，但他的想象力受到了限制。他现在无法设想一段伴侣关系的收场不是挨打、被踢下楼梯、被迫去做他告诉过自己永远不必再做的事情。他自问，他真的不会把威廉这么善良的人逼到那无可避免的结局吗？就连威廉都会被他激起恨意，这不是事先可以预料到的吗？他果真这么想要有个伴，而忽略了历史（他个人的历史）给他的教训吗？

但接着，他心中还有另一个声音回嘴争辩。你疯了才会拒绝这个机会。那个声音说，这是你始终信任的那个人。威廉不是凯莱布；他永远不会那样做的，永远不会。

于是终于，他走到厨房，威廉正在弄晚餐。“好吧，”他说，“我们来试试看吧。”

威廉看着他微笑。“过来。”威廉说，于是他过去了，威廉吻了他。他一直很害怕、很惊恐，而且再度想到卢克修士。于是他张开眼睛，提醒自己这是威廉，不是他害怕的人。正当他逐渐放松，却又看到凯莱布的脸如脉搏般在他心里一闪一闪，他往后挣脱威廉，咳嗽着，一手抹着嘴巴。“对不起，”他说，转身背对威廉，“对不起。我对这个不太行，威廉。”

“什么意思？”威廉问，又把他转过来，“你很棒啊。”他感觉自己整个人放松地瘫软下来，庆幸威廉没生他的气。

从此，他时常把他对威廉所知的一切，拿来跟某个——任何一个——对他有丝毫肉体欲望的人相比较，尤其是他对那些人的期待。仿佛他期望自己知道的威廉会被另一个人取代；仿佛他们的友谊关系转为伴侣关系，威廉就会换了一个人。在头两三个星期，他很怕自己可能会以某种方式害威廉心烦或失望，很担心自己可能会逼他生气。他等了好几天才鼓起勇气，告诉威廉他受不了他嘴里的咖啡味（他没解释原因：其实是因为卢克修士那可怕、健壮有力的舌头，还有他永远黏着咖啡碎渣的牙龈边缘。这是他欣赏凯莱布的一点：他不喝咖啡）。他再三道歉，直到威廉叫他别再道歉了。“裘德，没关系的，”他说，“我早该明白的，真的。我不喝就是了。”

“可是你爱咖啡啊。”他说。

威廉微笑。“我是很喜欢咖啡，没错，”他说，“但是我并不需要它。”他再度微笑，“我的牙医肯定高兴死了。”

同样在第一个月，他告诉威廉关于性爱的事。他们的交谈都是在夜里、躺在床上时，这样要讲事情比较容易。他总是把夜晚和割自己联系在一起，但现在夜晚变成别的——在黑暗的房间里跟威廉谈话，此时碰触他比较不会让他难为情，而且可以看清威廉的五官，同时又可以假装威廉看不到他。

“你希望有一天有性生活吗？”他有天晚上问。即使问出口的时候，他已经知道听起来有多愚蠢。

但威廉没笑他。“是的，”他说，“我很希望。”

他点点头。威廉等着。“我需要一点时间。”他终于说出口。

“没关系，”威廉回道，“我可以等。”

“但如果得等我好几个月呢？”

“那就等几个月。”威廉说。

他又想了想。“那如果要等更久呢？”他小声问。

威廉伸手过来，摸着他的侧脸。“那就等更久。”他说。

两个人都沉默了好一会儿。“那这期间你要怎么办？”他问。威廉笑了。“我还是有点自制力的，裘德，”他说，朝他微笑，“我知道这对你来说很震撼，但我也可以很久没有性生活。”

“我没有别的意思。”他再度开口，后悔极了，但威廉抓住他，响亮地吻了他的脸颊。“我是开玩笑的啦，”他说，“没关系，裘德。你要花多少时间都没问题。”

于是他们一直没有性生活，有时他甚至说服自己，或许他们永远不会有。但同时他也越来越享受，甚至渴望威廉的身体接触，以及他的关爱，那么轻松自然又随性，让他也跟着感到更轻松更随性了。威廉睡在床的左侧，他睡在右侧。他们睡在同一张床的那一夜，他转向右边那一侧，威廉靠过来贴着他，把右手塞到他的脖子底下，横过他的肩膀，然后左手抱着他的肚子，双腿塞进他的腿间。他对这个举动很惊讶，但一旦克服了一开始的不安，他就发现自己喜欢这样，就像被抱在襁褓中。

然而，6月的一个夜晚，威廉没这样抱着他，他担心自己做错了什么。次日早上（清晨是另一个谈话时段，让他们谈一些似乎太微妙、太艰难，无法在大白天谈的事情），他问威廉自己是不是惹他不高兴了，威廉一脸惊讶地说没有，当然没有。

"我只是很好奇，"他说，结结巴巴的，"因为你昨天晚上没有……"但是他讲不下去，太难为情了。

这时他看到威廉一脸恍然大悟，靠过来用双手抱住他。"这个？"威廉问，他点点头。"那是因为昨天夜里太热了。"威廉说。他等着威廉笑他，但结果没有。"那是唯一的原因，小裘。"从此以后，威廉每天晚上都会用同样的姿势抱他，即使到了7月，连冷气都没法消除空气中的闷热，两个人浑身大汗地热醒。这个，他明白，就是他一直想从伴侣关系中得到的。他希望自己有一天能被碰触的意思就是这个。以前凯莱布有时会拥抱他，很短暂，而他总得压抑想要他再抱一次、抱更久的冲动。但现在，所有他知道存在于彼此相爱且有性生活的健康成人之间的身体接触他全都有了，而且还不必恐惧性交本身。

他无法主动碰触威廉，也没办法开口要求威廉碰他，但他期待每回在起居室经过威廉身边时，威廉会抓住他一只手臂，把他拉近了吻他，或是他站在厨房炉子前，威廉从后头走近，双臂圈住他的胸部或腹部，就跟在床上拥抱时位置相同。他以前向来欣赏杰比和威廉善于利用身体传达情感，对彼此、对身边所有人都是如此。他知道他们清楚不能对他这样，尽管他很感激他们对自己很谨慎，但有时这也会让他伤感。他真希望他们偶尔违抗他，用对待其他人时友善的信心拥抱他或碰触他。但他们从来不会。

他花了三个月，直到 8 月底，他才终于有办法在威廉面前脱衣服。每天晚上他都穿着长袖 T 恤和运动裤上床睡觉，威廉则只穿着内裤睡觉。“你这样不会不舒服吗？”威廉问。他摇摇头，其实不舒服，但他也不完全讨厌。头一个月，他每天都对自己承诺：他会脱掉衣服，从此就不穿着上床了。他这天晚上就打算这样，因为他早晚得这么做。但他的想象力只能到此为止。他无法想象威廉的反应会是如何，也不知道次日他会怎么做。到了晚上，他们躺在床上时，他的决心又崩解了。

某天晚上，威廉把手伸到他的 T 恤底下，两手放在他的背部。他赶紧躲开，用力到整个人都掉下床去。“对不起，”他告诉威廉，“对不起。”然后爬回床上，始终紧靠着床垫边缘。

两人沉默了一会儿。他仰天躺着，瞪着吊灯。“你知道吗，裘德，”威廉终于说了，“我看过你没穿衬衫的样子。”

他看着威廉，威廉吸了口气。“在医院里，”他说，“他们在帮你换药，还有帮你洗澡。”

他双眼发热，又转回去瞪着天花板。“你看到多少？”他问。

“没有全看到，”威廉安慰他，“但我知道你背部有疤。我以前也看过你的手臂。”威廉等着，看他什么都没说，就叹了口气，“裘德，我保证不是你想的那样。”

“我怕你会对我反感。”他最后终于有办法开口。凯莱布的话又浮现在他脑海：你真的很畸形；你真的是。“我想我也不可能永远不脱掉衣服，对吧？”他问，试着笑出声，把这件事转成一个玩笑。

“唔，是啊，”威廉说，“虽然一开始感觉不会太好，但小裘，我觉得这对你是好事。”

于是次日晚上，他脱了。威廉一上床，他就赶紧在被子底下脱掉衣服，然后转身面对自己那一头，背对着威廉。从头到尾眼睛都闭着，但是当他感觉威廉的手掌放在他背部，就在两块肩胛骨之间，他哭了出来，哭得很凶，是几年来不曾有过的伤心、忿恨的痛哭，整个人被羞愧淹没。他一直想起和凯莱布的那一夜，那是他最后一次这么没有保护、最后一次哭得这么惨，而他知道威廉只了解部分他这么难受的原因，知道他不会明白他这一刻的羞愧——裸着身子，承受另一个人的怜悯——几乎和他露出那些疤痕带来的羞愧同样重大。他听到威廉（主要是从口气，而不是从他所讲的话）一直好言安慰，而且很惊慌，试着让他好过一点，但他痛苦得根本听不出威廉在讲什么。他试着下床，好去浴室割自己，但威廉抱住他，抱得很紧，让他没法动弹，最后他终于平静下来。

次日早晨醒来时——很晚，这天是星期天——威廉凝视着他，一脸疲倦。“你还好吗？”威廉问。

他想起前一夜。“威廉，”他说，“我真的、真的很抱歉。真的很抱歉。我不知道自己怎么了。”他这才想到自己身上还是没穿衣服，于是双手伸进被单里，把毯子拉高到下巴。

“不，裘德，”威廉说，“我才应该抱歉。我不知道这对你会这么痛苦。”威廉伸手抚着他的头发。两个人沉默了一会儿。“这是我第一次看到你哭，你知道。”

“唔，”他说，吞咽着，“出于某些原因，这诱惑的招数没有我希望的那么成功。”他对威廉露出一丝微笑，威廉也笑了。

他们那天早上就躺在床上谈话。威廉问他某些疤的来由，他告诉了他。他解释自己为什么会有背部的那些疤：那天他想逃出少年之家，结果被逮到；接下来被毒打；因为扫帚柄上的碎木片嵌进肉里，造成感染，形成一个个脓包，他背部流脓流了好几天；伤口痊愈之后，就留下了那些疤。威廉问他最后一次在任何人面前裸身是什么时候，他撒谎说除了安迪之外，是他 15 岁的时候。然后威廉针对他的身体说了各式各样难以相信的好话，他选择忽略，因为他知道那些不是实话。

“威廉，如果你想退出，我能了解。”他说。原先他建议不要跟任何人说他们的友谊可能转变成别的关系。尽管他告诉威廉这样可以给他们空间和隐私，好慢慢相处，但他也觉得这样可以多给威廉一些重新考虑的时间，有机会改变心意，而不必担心其他人的想法。当然，这个决定让他不禁想起，自己跟凯莱布的交往同样是秘密进行，但他还是得提醒自己这回不一样，除非他自己偏要弄得一样。

“裘德，我当然不想，”威廉说，“当然不要。”

威廉用一根指尖抚过他的眉毛。出于某些原因，他觉得这个手势很能安慰自己：深情却又毫无性爱意味。“我只是觉得，对你来说，我会带给你一连串不愉快的惊讶。”最后他终于说。威廉摇摇头。“惊讶，或许，”他说，“但不会是不愉快。”

于是每一夜，他都试着脱掉衣服。有时做得到，有时做不到。有时他可以让威廉碰触他的背部和手臂，有时就不行。但是他没办法大白天在威廉面前光着身子，有时连夜晚也没办法。他从电影和偷听别人的谈话中得知伴侣会对彼此做的事情，他也没办法。他无法在威廉面前换衣服，也无法跟他一起冲澡；他以前曾被卢克修士逼着一起冲澡，他很不喜欢。

但总之，结果证明他的害羞并没有传染效果，而且威廉那么频繁且不当回事地光着身子，简直让他着迷。早上，他偷偷拉开威廉那一侧的毯子，用一种临床检验的精确程度，仔细打量威廉睡觉的模样，注意到他的身体有多么完美。然后带着奇怪的反胃和晕眩，想起他是能看到的那个人，而眼前这一幕是天上掉下来的。

有时，他领悟到这一切有多么不可靠，于是整个人平静下来。他的第一次恋爱（那能称为恋爱吗？）：卢克修士。他的第二次：凯莱布·波特。第三次：威廉·拉格纳松，他最亲爱的朋友，他所认识最棒的人，他几乎可以得到他想要的任何人，无论男女，然而出于某些奇怪的理由（扭曲的好奇心？疯狂？同情？愚昧？）却挑上了他。他有天晚上做了个梦，梦到威廉和哈罗德一起坐在桌前，两人低头看着一张纸，哈罗德用计算器加总一个数字，他知道（虽然没人告诉他）哈罗德在付钱给威廉，好让威廉跟他在一起。在那个梦里，他觉得被羞辱的同时，又有种感激。因为哈罗德竟然这么慷慨，而威廉居然愿意配合。他醒来时，正要跟威廉讲话，然后脑子一转，想到这实在太不合逻辑了。他还得提醒自己威廉当然不需要那些钱，他已经很有钱了，而且无论威廉跟他在一起、选择他的理由有多令人不解且不可知，总之没有人强迫他，他是出于自由意志才做出这个决定的。

那天晚上他在床上阅读，等着威廉回家，但最后还是睡着了。醒来时，威廉的手摸着他的侧脸。

“你回来了。”他说，露出微笑，威廉也朝他微笑。

他们躺在黑暗中，谈着威廉跟那个导演的晚餐，还有这部电影预定 1 月下旬在得州开拍。《二重唱》这部片子是他很喜欢的一本小说改编的，描述同在小城一所高中任教的两个音乐教师，一个是没出柜的同性恋女子，一个是没出柜的同性恋男子，两人从 20 世纪60年代到80年代的二十五年婚姻。“我需要你帮忙，”威廉告诉他，“我真的、真的得温习一下弹钢琴的技巧。而且我还得在电影里唱歌。他们会帮我请一个指导老师，不过你可以陪我练习吗？”

“当然可以，”他说，“你不必担心，你的嗓子很棒，威廉。”

“我的声音很单薄。”

“很甜美。”

威廉大笑，捏紧他的手。“你去跟基特说，”他说，“他已经抓狂了。”他叹气，“你今天过得怎么样？”他问。

“还好。”他说。

他们开始接吻。他还是得睁着眼睛，提醒自己吻的是威廉，不是卢克修士。他本来表现得很好，直到他想起跟凯莱布回到公寓的第一夜，凯莱布把他压在墙上，以及随之而来的一切，他忽然推开威廉，别过头去。“对不起，”他说，“对不起。”他今天晚上没脱衣服，现在他还把袖子拉下来盖住手。威廉在他旁边默默等着，然后他听到自己说：“我认识的一个人昨天死了。”

“啊，裘德，”威廉说，“真是遗憾。是谁呢？”

他沉默了好久，试着说出话来。“我交往过的一个人。”最后他终于说，觉得舌头变得很笨拙。他可以感觉到威廉专心起来，感觉到他凑近了一两英寸。

“我都不知道你有跟谁交往过，”威廉低声说，然后清了清嗓子，“什么时候？”

“你在拍《奥德赛》的时候。”他说，同样小声，又一度，他感觉气氛变了。我不在的时候出了一些事，他还记得威廉这么说过，是很糟糕的事。他知道威廉也记得这段对话。

“好吧，”威廉沉默了好一会儿说，“告诉我吧。是谁这么幸运？”

这会儿他几乎无法呼吸，但还是说下去。“是一个男人。”他开口。尽管没看威廉，专心盯着枝状吊灯，他仍可以感觉到威廉鼓励地点点头，希望他继续说。但他没办法；威廉必须催促他，也真的催了。

“告诉我他的事吧，”威廉说，“你们交往了多久？”

“四个月。”他说。

“那为什么结束？”

他想着该如何回答。“他不是很喜欢我。”他终于说。

威廉还没开口，他就感觉到他的怒气。“那他就是笨蛋。”威廉说，声音紧绷。

“不，”他说，“他非常聪明。”他张开嘴巴还想说别的（要说什么，他也不知道），但就是说不下去。于是他闭上嘴巴，两个人沉默地躺在那里。

最后，威廉又催促他。“后来发生了什么事？”他问。

他等着，威廉也陪他等。他可以听到两人的呼吸此起彼落，就好像他们把这个房间、这户公寓、这个世界的所有空气都吸进肺里又吐出来，只有他们两个，没有其他人。他数着两人的呼吸：五次，十次，十五次。到了二十次，他说：“威廉，如果我告诉你，你能保证不生气吗？”他感觉威廉又挪动了一下。

“我保证。”威廉说，声音很低。

他深吸了一口气：“你还记得我那次出车祸？”

“记得，”威廉说，声音听起来不太确定，好像被勒住脖子，变得急促，“我记得。”

“那其实不是车祸。”他说。就在这时，他的双手开始发抖，他赶紧把手藏在被子底下。

"什么意思？"威廉问，但他一直没说话，最后他感觉威廉明白了。然后威廉忽然扑到他旁边，面对他，伸手到被子底下找他的手。"裘德，"威廉说，"有人对你这样吗？有人……"他说不出那些字眼，"有人打你吗？"

他点头，轻轻地，很庆幸自己没哭，虽然他觉得自己快要爆炸了：他想象自己的肉像炸弹碎片似的爆开来，脱离骨骼，砸到墙上，从吊灯垂下，染得床单血肉模糊。

"啊老天。"威廉说，手垂了下来。他看到威廉匆匆下床。

"威廉。"他在后头喊着，然后起身跟到浴室。威廉弯身对着水槽，呼吸沉重，当他想碰他肩膀时，威廉甩开他的手。

他回到卧室，坐在床沿等待。等到威廉进来时，他看得出他刚刚哭了。

那漫长的几分钟，他们并肩坐着，双臂靠在一起，什么都没说。"有讣闻吗？"威廉最后终于问了，他点点头。"给我看。"威廉说。于是他们到他书房里开了电脑查找，他后退让威廉看。他看着威廉读了两次、三次。之后威廉站直身子拥住他，抱得好紧，他也伸手回抱。

"你为什么都不告诉我？"威廉凑在他耳边问。

"讲不讲都没区别。"他说。威廉退后看着他，两手握住他的肩膀。

他知道威廉正试图控制自己，他看着他长长的嘴巴紧闭着，下巴的肌肉微微抽动。"我希望你告诉我一切。"威廉说，牵起他的手，带着他走向书房的沙发，让他坐下来。"我去厨房调杯酒就回来，"威廉说，他看着他，"我也会帮你调一杯。"他什么都做不了，只能点点头。

他等待时，想到了凯莱布。那一夜之后，他再也没有凯莱布的消息，但每隔两三个月，他就会查一下。一查就有了，每个人都看得到：凯莱布在派对上、在开幕仪式上、在展览上微笑的照片。一篇有关罗思科第一家独立精品店的报道，里头凯莱布谈到现在时装市场竞争激烈，指出一个年轻品牌要脱颖而出所面临的种种挑战。一篇杂志文章提到花卉区再度兴起，引用了凯莱布一段话，谈到住在这样的地带，尽管有很多饭店和精品店，依然能感觉到那种粗犷的吸引力。而这会儿他心想：凯莱布也查过他的近况吗？他会把他的照片给尼古拉斯看吗？他会说“我跟他交往过，他很怪诞”吗？他会向尼古拉斯（他想象他是个整洁的金发男子，充满自信）示范他走路的样子，两人一起大笑他在床上有多可怕、多死气沉沉吗？凯莱布会忘了他吗？至少选择永远不要想到他吗？因为他是个错误、一个短暂的污秽时刻、一个反常现象，应该被包在塑料袋里，塞在凯莱布心中远远的角落，跟童年坏掉的玩具和许久以前令人难堪的事物放在一起。他一直搞不懂，他为什么、又怎么会让那逐渐远去的四个月，影响自己这么大，改变自己的人生这么多。但接着，他可能也该自问（他的确常常问），为什么他要让自己人生的头十五年支配接下来的二十八年。他已经极其幸运了；他拥有人们梦寐以求的成年时光。那么，为什么他要坚持一再回顾、一再重温那么久以前发生的事情呢？为什么他就不能单纯地享受当下呢？为什么他要这么执着于自己的过往呢？为什么离童年越远，当年的一切就越鲜明，而不是越模糊呢？

威廉拿着两杯加了冰的威士忌回来，身上加了一件衬衫。他们坐在沙发上好一会儿，各自啜着酒，他觉得血管里充满暖意。“我要告诉你了。”他对威廉说，威廉点点头，但开始说之前，他先靠过去吻了威廉。这是他这辈子第一次主动吻别人，他希望借着这个吻，将他说不出来的一切传达给威廉，就连在黑暗中、在清晨的灰光中都说不出来的一切：他羞愧的一切，他感激的一切。这回，他闭上眼睛，想象着很快地，他也可以去到一般人接吻时、做爱时去的那个地方：他从来没有造访过的那片土地，他很想看看那个地方，他期盼，并且没有永远禁止他进入的那个世界。

* * *

每回基特来纽约，他们都会碰面吃午餐或晚餐，或者在经纪公司的纽约办公室碰面，但 12 月初基特来纽约时，威廉请他来格林街的公寓。“我做午餐请你吃。”他告诉基特。

“为什么？”基特问，立刻警觉起来。尽管两人合作密切，但并不是好友，威廉也从没请他来格林街。

“我有件事要跟你谈。”他说，听得出基特的呼吸刻意放得缓慢而悠长。

“好吧。”基特说。他知道最好不要问是什么事，或是不是出了什么错；只需假设不是好事。在基特的世界里，“我有件事要跟你谈”不会是好消息的前奏。

这点他当然知道。即使他可以跟基特保证，他心中那个有点残忍的部分却决定不要。“好吧，”他开心地说，“下星期见了！”另一方面，挂了电话后，他却想着自己不肯跟基特保证，不光是幼稚而已。他认为自己必须告诉基特的事情（现在他和裘德在一起了）并不是坏消息，但他不确定基特也这么想。

他们之前已经决定把两人的关系告诉少数几个朋友。首先，他们告诉哈罗德和朱丽娅，这是最能得到正面响应、最令人愉快的告白，虽然裘德出于某些原因一直很紧张。那不过是两周前感恩节假期的事，哈罗德和朱丽娅很高兴、很兴奋，两个人都抱了他，哈罗德还哭了。裘德坐在沙发上，看着他们三个，一抹淡淡的笑容挂在脸上。

然后他们告诉理查德。他不像他们预期中那么惊讶。“我觉得这样太棒了。”他坚定地说，仿佛他们刚刚宣布两人要一起投资一项房地产。他拥抱了他们两个。“太好了，”他说，“做得太好了，威廉。”他懂得理查德试图跟他传达的讯息。就像他几年前告诉理查德，裘德需要一个安全的住处，但其实他试图传达的是：请理查德在他没办法时帮忙照看裘德。

然后他们分别告诉马尔科姆和杰比。先是马尔科姆，他们认为他要不是很震惊，就是很乐观，结果是后者。“我真替你们两个高兴，”他说，满面笑容地看着他们，“这真是太棒了，我很高兴你们两个在一起。”他问他们是怎么发生的，多久以前发生的，还取笑地问他们是否发现了彼此以前不知道的事情（他们两个互看一眼——还好马尔科姆不知道！——但什么都没说。马尔科姆一笑置之，好似知道他们有一堆肮脏的小秘密，总有一天他会挖出来）。接着马尔科姆叹了口气。“只是有一件事我很难过。”他说。他们问他什么事。“你的公寓啊，威廉，”马尔科姆说，“我装潢得那么漂亮。现在没人住，一定很孤单。”他们两个设法忍着没笑出来。接着他跟马尔科姆保证，他其实已经把那里租给一个朋友了，是来自西班牙的一个男星，之前在曼哈顿拍电影，拍完后决定留下来待一年。

至于杰比就比较棘手了，两个人都知道他会有什么反应：他会觉得被背叛、被忽视。他占有欲特别强，加上他跟交往四年多的男友奥利弗刚分手，这些感觉又会更恶化。他们找他出来吃晚餐，这样他比较不会当众大发脾气（不过一如裘德指出的，也不能完全保证），并且由裘德说出这个消息——有他在场，杰比还是比较小心，比较不会说出什么不恰当的话。他们看着杰比放下叉子，脸埋进双手里。“我好想吐。”他说。好不容易才等到他抬起头，说：“但是我真的很替你们高兴。”两个人这才松了一口气。杰比回去叉着他的布拉塔奶酪：“我的意思是，我很不爽你们没有更早告诉我，但是我很高兴。”主菜上来了，杰比叉着他的海鲈鱼：“我的意思是，我真的很火大。不过。我，很，高，兴。”等到甜点上来，杰比显然非常激动（乱挖着他的巧克力熔岩舒芙蕾）。他们在桌子底下互相踢脚，一半是濒临歇斯底里，一半是真的担心杰比可能在餐厅里当场爆发。

晚餐后，他们站在餐厅外头，威廉和杰比抽着烟，三个人讨论杰比即将举行的第五次个展，还有他在耶鲁大学的学生（杰比最近几年在那里教书）。结果这个短暂的休战状态被走向他的一个年轻女郎打断（“可以跟你拍张照吗？”），杰比发出介于冷哼和抱怨之间的声音。后来在走回格林街的路上，他和裘德都大笑了：笑杰比很慌乱，还试图表现大方，显然很吃力；还笑他始终如一的专心致志。“可怜的杰比，”裘德说，“我还以为他的脑袋就要炸掉了。”他叹口气，“但是我能理解。他一直爱着你，威廉。”

“才不呢。”他说。

裘德看着他。“现在是谁看不清楚自己了？”他问，因为威廉总是这么告诉他，说裘德对自己的看法，根本是自己胡思乱想出来的。

他也叹气。“我该打电话给他。”他说。

“今天晚上先别打扰他吧，”裘德说，“等他准备好了，自然会打给你的。”

于是他等着。那个星期天，杰比来格林街公寓拜访，裘德开了门就告退，说他还有工作要忙，然后把自己关在书房里面，让威廉和杰比单独谈谈。接下来两小时，威廉坐在那里听杰比讲一堆乱七八糟、兜来转去的话，许多控诉和问题中间都穿插着“但是我真的很替你们高兴”。杰比很生气：气威廉没有更早告诉他，气威廉甚至没找他商量，气他们竟然先告诉马尔科姆和理查德（理查德！）。杰比很心烦：威廉可以跟他说实话的啊；他一直比较偏爱裘德，不是吗？他干吗不承认就好了呢？另外，他是不是一直对裘德有这种感觉？他这么多年跟女人上床，是不是只是用来扰乱他人想法的漫天大谎？杰比很嫉妒：他明白裘德的吸引力，他真的明白，而且他知道这样讲不合逻辑，或许还有点自我中心，但如果要他诚实一点，那么他得告诉威廉，一部分的他对于威廉选了裘德而非他，的确有点不高兴。

“杰比，”他说，一次又一次，“那个感觉是逐渐发展出来的。我没告诉你，是因为我需要时间先搞清楚。至于被你吸引，我能说什么？我就是没有。你也没被我吸引啊！我们还亲热过一次，记得吗？你说害你很倒胃口，记得吗？”

然而杰比根本不管。“我还是不懂你为什么先告诉马尔科姆和理查德。”他闷闷不乐地说。威廉没回答。“总之，”杰比沉默了一会儿说，“我真的很替你们两个高兴。真的。”

他叹气。“谢谢你，杰比，”他说，“这对我们来说意义重大。”他们再度沉默下来。

“杰比，”裘德从书房走出来，一副很惊讶杰比还在的表情，“你要不要留下来一起吃晚饭？”

“你们要吃什么？”

"鳕鱼。另外我会烤一些马铃薯，就是你喜欢的那种做法。"

"那好吧。"杰比说，还是板着脸。威廉隔着杰比的头，在上方对裘德咧嘴笑。

他到厨房帮裘德做沙拉，杰比则跨坐在餐桌前，翻着一本裘德留在那的小说。"这本我看过。"他对着他们喊，"你想知道结局是什么吗？"

"不要，杰比，"裘德说，"我才看了一半。"

"那个部长最后还是死了。"

"杰比！"

之后，杰比的心情似乎好些了。就连他最后的开炮都有点无精打采，好像他只是出于义务，而不是真有这种感觉。"十年内，我敢说你们两个就会完全转到女同性恋的领域去了。走着瞧好了。"这是一个。还有，"看你们两个在厨房，就像看着约翰·柯林[1]的画作，只是人种稍微暧昧一点的版本。你们知道我在说什么吗？自己去查。"这是另一个。

"你打算出柜，还是要保密？"晚餐时杰比问。

"我不会发新闻稿，如果你的意思是这个，"威廉说，"可是我也不打算隐瞒。"

"我想这是个错误。"裘德立刻补充。威廉懒得回答；这件事他们已经争执了一个月。

晚餐后，他和杰比坐在沙发上喝茶，裘德则在厨房整理脏碗盘，放进洗碗机。此时，杰比看起来几乎已经被成功地安抚了，而他想起杰比大部分晚餐前后的心情变化就是这样，即使早在利斯本纳街

---

1 John Currin，美国现代画家。

时期：傍晚一开始，他锐利又尖酸，结束时则是平静又温和。

“你们的性生活如何？”杰比问。

“很棒。”他立刻说。

杰比看起来很不高兴。“该死。”他说。

但是这自然是谎话。他不知道他们的性生活是否很棒，因为他们还没有过。上个星期五，安迪过来，他们告诉了他，安迪站起来郑重地拥抱两人，好像他是裘德的父亲，而他们刚跟他说他们订婚了。离开时，威廉送他到门口。两人等电梯时，安迪低声跟他说："进行得还顺利吗？"

他顿了一下。“还好。”他终于说。安迪好像察觉出他没说的一切，捏了一下他的肩膀。“我知道不容易，威廉，”他说，“但你一定做对了什么事，我从来没见过他这么轻松、这么愉快，真的从来没有。”他的表情似乎想再说些什么，但还能说什么？他不能说，“如果你想谈谈他，就打电话给我”，或“需要任何帮助就跟我说一声”，然后他离开了，电梯下降时他朝威廉敬了个礼。

那天夜里，杰比离开后，他想着当初和安迪在小餐馆里的对话，连安迪都警告过他这会有多困难，当时他没完全相信。回顾起来，他很高兴自己当时没相信。要是相信了安迪，他可能会畏缩，可能就害怕得不敢试了。

他翻身看着睡着的裘德。今天晚上他脱了衣服，此刻正仰天躺着，一边手臂弯曲放在头旁边，而威廉一如他常做的那样，手指沿着他的手臂内侧往下拂过，上头的疤痕形成一片悲惨的地形，像是一片被大火烧过的高山和谷地。有时，确定裘德熟睡后，他会打开自己那一侧的床头灯，更仔细地审视他的身体，因为裘德拒绝在大白天让人看到。他会掀开他身上的被子，手掌抚过他的手臂、双腿、背部，感觉那皮肤的质地在他手掌下从粗糙变为光滑，惊叹着皮肉能形成的各种排列组合，惊叹着身体即使碰到刻意摧毁它的企图，也有种种自愈的方式。他曾去夏威夷大岛拍过一部电影。某个休息日，他和其他演员就到熔岩区徒步旅行，看着地表从多孔且干燥如石化骨头的岩石，转为一片微微发亮的黑色地景，那些熔岩凝结为一道道结霜的奔流漩涡。裘德的皮肤也同样变化多端、同样不可思议，有些地方看起来或感觉起来一点也不像皮肤，简直是超越尘世的未来幻想，好像是一万年后皮肉的样貌。

“你很反感吧？”裘德第二次脱掉衣服时曾低声说，他听了摇摇头。是真的：裘德总是隐藏、保护他的身体，因而亲眼看到时，不知怎的还有点扫兴；比起他曾想象的，实在太普通、太缺乏戏剧性了。但看到那些疤让他很难受，不是因为审美上的不舒服，而是每道疤都是承受痛苦或遭受凌虐的证据。因为这个原因，裘德的手臂是最令他难过的部分。好几个夜里，当裘德睡着时，他会抬起他的手臂，数着那些割痕，设法想象自己处在一种故意让自己疼痛、主动想伤害自己的情境里。有时那手臂上有新的割痕（他总是知道裘德什么时候割自己，因为那些夜晚裘德会穿着衬衫睡觉，他得趁他熟睡时推高他的袖子，摸着那些绷带），他想不通裘德是什么时候割的，为什么自己都没注意到。裘德自杀未遂后他搬进来住时，哈罗德曾告诉他裘德把装有刮胡刀片的袋子藏在哪里，于是他就像哈罗德那样，开始把那些袋子丢掉。但后来那些袋子就完全消失了，他猜不到裘德藏在哪里。

但有时候，他完全没有好奇之感，只有敬畏：裘德身上的损伤比威廉原先理解的要更严重。我怎么可能都不晓得？他会问自己。

我怎么可能都没看到?

然后是性爱的事情。安迪警告过他，但裘德对性爱的恐惧及反感还是让他很烦恼，偶尔还会被吓坏。接近 11 月底，他们在一起六个月后，某天晚上他把双手探入裘德的内裤里，裘德发出一个奇怪、哽住的声音，就像一只动物被另一只动物咬住时发出的那种声音，同时猛地往后挣开，力道之大使他的脑袋撞到了床头柜。“对不起，”他们同时向对方道歉，“对不起。”头一回，威廉也感觉到某种恐惧。一直以来，他都假设裘德是极度害羞，但总有一天，他会把难为情抛开，自在得足以有性爱生活。但在那一刻，他明白自己原先以为是不好意思的部分，其实是一种恐惧，他明白裘德或许永远不会自在，也明白如果有一天他们终于有性行为，那是因为裘德决定自己非做不可，或威廉决定自己非逼他不可。这两种选项都不是他喜欢的。其他人对他总是主动投怀送抱；他从来不必等，从来不必试着说服某个人他不危险、不会伤害他们。我该怎么办？他问自己。他没聪明到可以自己想出办法，但又没有人可以问。随着每个星期过去，他的欲望越加强烈、越加无法忽视，他的决心也更强大。他已经好久没有这么想跟一个人做爱，而这又是他所深爱的人，让整个等待过程更难以忍受也更荒谬。

那天晚上裘德睡着后，他看着他。或许我犯了错，他心想。

他说出声来：“我不知道事情会这么复杂。”在他旁边，裘德呼吸着，对威廉的背叛浑然不觉。

到了早晨醒来，他想起当初除了自己的天真和傲慢之外，他为什么想追求这段感情。当时还很早，但他已经醒了，他隔着衣帽间半开的门，观察裘德穿衣服。这是最近的新发展，他知道这对裘德来说有多不容易。他看到裘德多么努力尝试，看到他和他认识的人都视为理所当然的事情（在别人面前穿衣服；在别人面前脱衣服），都是裘德必须一再练习的。他看到他有多么坚决，有多么勇敢。这提醒了他，他也得继续尝试下去。他们两个人都不确定；两个人都在尽力尝试；两个人都会怀疑自己，都会前进与倒退。但他们都会持续尝试，因为他们信赖对方，也因为只有对方才值得这样的辛苦、这样的困难、这样的不安和暴露。

他再度睁开眼睛时，裘德坐在床沿对他微笑。他心中充满对他的深情：因为他这么美，这么宝贵，这么容易就让人爱上他。"不要走。"他说。

"我非走不可。"裘德说。

"五分钟。"他说。

"就五分钟。"裘德说，然后滑进被单底下，接着威廉用双臂圈住他，小心不要弄皱他的西装，还闭上眼睛。这也是他很喜欢的：他很喜欢知道自己在那些时刻里让裘德快乐，很喜欢知道裘德想要关爱，而自己是被允许提供关爱的人。这是自大吗？这是傲慢吗？这是自鸣得意吗？他不认为如此，但他也不在乎。那一夜，他告诉裘德，他觉得他们那星期去哈罗德和朱丽娅家过感恩节时，应该要告诉他们夫妇，说他们两个在一起了。"威廉，你确定吗？"裘德当时问他，一脸忧虑。他知道裘德真正问的是，他对这段感情确定吗？裘德一直帮他开着门，让他知道他可以随时离开。"我要你认真想想，尤其在告诉他们之前。"这些话裘德不必说出来，但威廉明白，如果他们告诉了哈罗德和朱丽娅，而他稍后又改变心意的话，会有什么后果：他们会原谅他，但一切再也不会一样了。他们永远、永远会优先选择裘德而不是他。这点他知道，本来就该这样。

"我确定。"他说。于是他们说了。

这会儿，他倒了一杯水，拿着一碟三明治到餐桌给基特，想到了这段对话。“这什么？”基特问，一脸怀疑地看着那些三明治。

“烤乡村面包，夹佛蒙特车达奶酪和无花果，”他说，“还有茅菜沙拉拌生梨和西班牙火腿沙拉。”

基特叹气。“威廉，你明知道我现在尽量不吃面包的。”他说，但其实他不知道。基特咬了一口三明治。“好吃。”他不情愿地说，“好吧，”他继续说，放下三明治，“告诉我吧。”

于是他说了，还说他不打算公布这段恋情，但也不打算隐瞒。于是基特哀叹起来。“他妈的，”他说，“他妈的。我就想到可能是这个。我不明白为什么，但我就是知道。他妈的，威廉。”他前额靠在桌上，“给我一分钟想一下。”基特对着桌子说，“你跟埃米尔说了吗？”

“说了。”他说。埃米尔是威廉的私人经理。基特和埃米尔合作得最好的时候，就是联手起来反对威廉。他们意见一致时就喜欢对方；意见不同时就不喜欢对方。

“他怎么说？”

“他说：‘老天，威廉，我真高兴你终于找到一个你真正深爱又相处得好的伴侣，身为你的朋友和长年的支持者，我真是再高兴不过了。’”（埃米尔真正说的是：“天啊，威廉。你确定吗？你跟基特谈过没？他怎么说？”）

基特抬起头瞪着他（他没什么幽默感）。“威廉，我很替你高兴，”他说，“我关心你。但你想过这对你的事业会有什么影响吗？你想过你会因此被定型吗？你不知道在这一行，同性恋演员会受到什么待遇。”

“其实，我真的不认为自己是同性恋。”他开口，只见基特翻了个白眼。“别这么天真了，威廉，”他说，“只要你碰过一根，你就是同性恋了。”

“你讲话真是一如往常，微妙又优雅。”

“随便啦，威廉，这件事你可不能掉以轻心。”

“我没有啊，基特，”他说，“但我又不是一线男演员。”

“你总是这么说！但你就是，无论你喜不喜欢。你只是装得好像你的事业会继续在同一个轨道运行——你忘了卡尔的遭遇吗？”卡尔是基特一个同事的客户，也是十年前最红的影星之一。他被迫出柜，事业也逐渐走下坡。讽刺的是，正因为卡尔被淘汰、突然不再受欢迎，才促成了威廉的崛起——威廉接到的角色中，至少有两个原先一定会去找卡尔。“不过听我说，你远比卡尔有才华，戏路也比较广。现在的气氛跟卡尔当年出柜时也不同了——至少国内是这样。但如果我不告诉你要准备好会有某种冷淡的待遇，那我就是没有尽到分内的职责。你向来注重隐私，这件事难道就不能保密吗？”

他没回答，只是伸手又拿了一个三明治。基特审视着他：“裘德觉得呢？”

“他觉得我最后会沦落到在阿拉斯加邮轮上演歌舞剧。”他承认。

基特冷哼一声。“威廉，你必须想的，是把你和裘德的想法加起来除以二。”他说。“我们好不容易才一起建立起这一切啊。”他悲观地说。

他也叹气。裘德第一次见到基特是将近十五年前，事后他转向威廉，微笑着说：“他是你的安迪。”这些年来，他逐渐明白这句话再准确不过了。很诡异的是，实际上，基特和安迪不光彼此认识（他们同届，大一时还住在同一栋宿舍），而且他们在某种程度上都喜欢以威廉和裘德的创造者自居。他们是他们的捍卫者和守护者，但他们同时也利用每个机会，决定并塑造他们的生活。

“这件事，我还以为你会更支持一点呢，基特。”他难过地说。

“为什么？因为我是同性恋者？威廉，当个同性恋者经纪人，跟当个你这种水平的同性恋演员，可是大不相同。”基特说，然后咕哝道，“好吧，至少有个人会很高兴。诺尔（《二重唱》的导演）一定他妈的乐歪了。这对他那部小制作可是很大的宣传。威廉，我希望你喜欢演同性恋电影，因为你的下半辈子可能只会演这类电影了。”

“我其实不认为《二重唱》是同性恋电影。”他说，然后抢在基特翻白眼、再度教训他之前说，“如果最后是这样的下场，也没关系。”他把自己告诉过裘德的话告诉基特，“我永远都会有工作的，别担心。”

（“但如果你接不到电影了呢？”裘德曾问。

“那我就去演舞台剧。或者去欧洲工作，我一直想多接瑞典那边的工作。裘德，我跟你保证，我会永远、永远演下去的。”

裘德沉默了。当时他们躺在床上，时间很晚了。“威廉，如果你想保密的话，我真的不介意——一点也不介意。”裘德说。

“可是我不想。”他说。他的确不想。他没有那个力气，没有那个谋划的本领，也没有那个忍耐力。他知道有几个演员——比较年长，比他更具商业性——其实是同性恋，却跟女人结婚。他看到他们的生活有多空洞、多虚伪。他不想过那种生活，他不想在离开拍摄现场后，还觉得自己在扮演一个角色。当他回家时，他希望自己真正觉得是在家里。

“我只是怕你以后会怨恨我。”裘德承认，声音很小。

“我永远不会怨恨你的。”他向裘德保证。）

这会儿，他听着基特又悲观地预测了一个小时，然后，终于，当威廉摆明了不会再改变心意时，基特似乎也改变了心意。“威廉，一切都会没事的。”他坚定地说，仿佛之前一直担心的人是威廉，“要是有任何人办得到，那就是你了。我们会让你不受影响的。一定会没事的。”基特歪头看着他，“你们两个打算结婚吗？”

“天啊，基特，”他说，“你刚刚还想拆散我们呢。”

“不，我没有，威廉。我没有。我只是想让你瞒着别说，如此而已。”他又叹了口气，但这回是认命的叹气，“我希望裘德感激你为他所做的牺牲。”

“这不是牺牲。”他抗议，但是基特狠狠看了他一眼。“现在不是，”他说，“但以后可能会是。”

裘德那天晚上提早回家。“进行得怎么样了？”他问威廉，仔细看着他。

“很好，”他坚定地说，“进行得很好。”

“威廉……”裘德才要开口，就被他打断。

“裘德，”他说，“已经决定了。一切都会很好的，我跟你发誓。”

基特的办公室设法把消息压了两个星期，第一篇报道发出来时，他和裘德已经搭上前往香港的飞机，去找裘德在贺瑞佛街的老室友查理·马，接下来再去越南、柬埔寨、老挝。他度假时都尽量不去看短信之类的讯息，不过基特接到《纽约》杂志一个作者打来的电话，于是他知道会有一篇报道。那篇文章刊登时，他们已经到了河内。基特把文章转给他们，没有附上任何评论，他很快浏览了一下，当时裘德在浴室里。“拉格纳松目前正在度假，无法取得他的回应，但是他的经纪人证实了拉格纳松与裘德·圣弗朗西斯的恋情。圣弗朗西斯是一位评价很高的知名诉讼律师，服务于著名的罗森·普理查德律师事务所。两人从大学一年级成为室友以来，就是非常亲近的朋友。”他读着，然后是“拉格纳松是目前为止愿意公开同性恋情的最知名的演员”。接着像是讣闻似的，列出他拍过的电影，引用各路经纪人与公关人员对他的祝贺，赞美他的勇气，但同时也预测他演员生涯几乎肯定会走下坡，报道还引用了他认识的导演和演员所说的话，保证他的坦白绝对不会影响他的事业。最后引用了一位不具名的片场高层主管的话，他说威廉的强项从来不是爱情文艺片，因此大概不会有影响。报道最后有个网址，链接了一张他和裘德 9 月去惠特尼美国艺术博物馆参加理查德的个展开幕的照片。

裘德从浴室出来后，他把手机递给他，看着他阅读那篇文章。“啊，威廉。”裘德说，过了一会儿，裘德一脸懊丧的表情，“我的名字发出来了。”他才第一次想到，裘德希望他保密，可能不光是为了威廉的隐私，也是为了他自己的。

“你不认为你应该先问裘德，看我可不可以证实你交往的对象是他？”基特之前曾经问他，当时他们在商量基特要代威廉跟记者说些什么。

“不，没问题，”他说，“他不会介意的。”

基特沉默了一会儿。“威廉，他可能会介意。”

他原先真的不认为裘德会介意。但现在，他很怀疑自己是否太过傲慢了。他自问，怎么回事，只因为你无所谓，你就以为他也无所谓？

“威廉，对不起。”裘德说。他知道自己应该好言安抚，裘德大概觉得很内疚，而且自己也该道歉，但当时他实在没有心情。

“我要出去跑步。”他宣布。就算没看裘德，他也感觉到裘德点了头。

现在还很早，外头的城市依然安静而凉爽，空气是一种脏白色，街道上只有少数几辆汽车掠过。他们住的饭店位于法国区的歌剧院附近，他跑过歌剧院，然后回头朝向饭店所在的殖民时代区域跑去，经过一堆蹲着的小贩，面前摆着许多扁平的大竹篮，上头放着鲜绿色的小青柠，还有一堆堆刚割下来的香草植物，闻起来有柠檬、玫瑰、胡椒的气味。街道变窄时，他放慢脚步，弯进一条巷子，里头挤满了一个个小吃摊，只有一个女人站在一个大锅后头搅拌着浓汤或油，顾客们坐在四五张塑料凳子上赶紧吃完早餐，就走出巷子，骑上自行车离开。他停在巷子的另一端，等着一名男子骑自行车经过，自行车后座绑着的篮子上装着一根根法棍，热腾腾如同蒸牛奶般的香气充满了他的鼻腔。之后，他走进另一条巷子，里面蹲满了小贩，面前摆着香草植物和一堆堆山竹，还有一盘盘装在金属盘子里银粉色的鱼，新鲜得他都能听到鱼的吸气声，看得到鱼的眼珠绝望地游移。在他上方挂着一串串灯笼般的鸟笼，每个笼子里都有一只鸟生气勃勃地鸣叫着。他身上有一点现金，便买了一把香草植物打算给裘德；那把香草看起来像迷迭香，但闻起来有种宜人的肥皂味，他不知道那是什么植物，但他觉得裘德可能知道。

他太天真了，当他缓步走回饭店时心想：有关他的演员生涯，有关裘德。为什么他总是以为他知道自己在做什么？为什么他总是认为自己可以做任何想做的事，而且一切都能如他想象的那样发展？这次失败是因为创造力、傲慢，或者（一如他的假设）纯粹是因为愚蠢？很多他信赖且尊敬的人一直警告他（基特的警告关乎他的事业；安迪的警告关乎裘德；裘德的警告则是关乎他自己），然而他总是不理会。生平头一次，他纳闷基特是不是说对了，裘德是不是说对了，是不是自己永远都接不到工作了，或至少不会是他喜欢的那类工作。他会怨恨裘德吗？他不认为；他希望不会。但他从没想到，竟然真有这个可能。

但比这种恐惧更大的问题，是他很少有勇气问自己：如果他逼裘德做的那些事情，根本对裘德没有好处呢？前一天，他们头一次一起冲澡，事后裘德很安静，深深陷入了神游状态里，双眼无神而空荡，让威廉一时间害怕起来。裘德根本不想一起洗澡的，但威廉逼他。在淋浴间里，裘德僵硬而严肃，威廉从裘德紧绷不动的嘴巴看出他在忍受，在等着赶紧结束。但他没让他离开淋浴间，一直逼他留下。他的表现（不是故意的，但是谁管你）就像凯莱布——他逼裘德去做他不想做的事，而裘德去做是因为他要他做。“这样对你有好处的。”他说，想到这里（虽然他当时如此相信）他简直要反胃了。从来没有人像裘德这样毫不怀疑地相信他，他却根本不知道自己在做什么。

“威廉不是专业医疗人员，”他还记得安迪曾这么说，“他是个演员。”尽管当时他和裘德都大笑起来，但他不确定安迪是错的。他凭什么试图指导裘德的心理健康呢？“别这么信赖我。”他想对裘德说。但他怎么能？他不是一直希望裘德信赖他、希望这段恋情由他负责？他不是一直希望自己对另一个人不可或缺，以至于没了他，那个人甚至无法掌握自己的人生？现在他得到了，但这个位置的种种要求吓坏他了。他之前要求负责，却没完全了解自己可能造成多大的伤害。他真的有能力担负这个责任吗？他想到裘德对性爱的恐惧，知道在那恐惧背后还有另一个问题，那是他一直在推测但从来没有问起的。所以他该怎么做？他真希望有个人可以斩钉截铁地告诉他做得好或不好；他真希望有个人能在这段恋情中指引他，就像基特指引他的事业那般，告诉他什么时候该冒险，什么时候该撤退；什么时候该扮演英雄威廉，什么时候又该扮演恐怖的拉格纳松。

啊，我在做什么？他步伐沉重地跑过街道，对自己喃喃念叨着，沿途经过了男人、女人和儿童，正准备开始这一天，也走过窄如橱柜的建筑物，以及一些贩卖形如砖头的硬挺草编枕的小店，还有胸前抱着一只模样傲慢的蜥蜴的小男孩，我在做什么？啊，我在做什么？

一个小时后他回到饭店，天空已经从白色转为一种可口的、带着薄荷绿的蓝。旅行社如往常一样帮他们订了一间双床套房（他忘了请助理去更改），裘德正躺在前一夜他们睡的那张床上阅读，已经换好了外出服。他进门时，裘德站起身，走过来拥抱他。

“我全身是汗。”他咕哝着，但裘德不肯放手。

“不会有事的。”裘德说。他后退看着他，抓住他的双臂。“一切都会好好的，威廉。”他说，用威廉偶尔听到他跟客户讲电话时那种坚定、宣告的语气，“真的。我永远会照顾你，你知道的，对吧？”

他微笑。“我知道。”他说，但让他安心的其实不是保证本身，而是裘德看起来这么自信、这么有能力、这么确定他也有办法付出。这让威廉想到他们的关系毕竟不是一场救援任务，而是他们友谊的延伸；在他们过去的友谊中，他救过裘德很多次，裘德也常常救他。每回他都会帮助疼痛中的裘德，或者帮裘德挡掉问太多问题的人，同样地，裘德也总是耐心地倾听他担心自己的工作，在他没接到角色时，劝慰他走出愁惨的心情，或者在他丢掉一份工作、没有足够的钱养活自己时，出钱帮他支付大学的学生贷款（而且连续三个月，让他觉得好丢脸）。然而在过去七个月，他不知怎地决定要修补裘德，要把他修理好，但其实他根本不需要修理。裘德一直相信他说的话；他也得试着对裘德做同样的事。

“我点了早餐送到房间来，”裘德说，“我想你可能需要一点隐私。要去冲个澡吗？”

“谢谢你，”他说，“但我想等吃过饭再去洗。”他吸了口气，可以感觉到焦虑退去，自己又恢复到正常的状态。“不过你可以陪我唱歌吗？”过去两个月，为了准备《二重唱》，他们每天早上都一起练唱。在电影里，他的角色和饰演他太太的角色要参加一场年度的圣诞表演，他和那位女演员都必须唱歌。导演给了他一份练习歌单，裘德会陪他一起练：裘德唱主旋律，他唱和声。

“当然可以，”裘德说，“老样子？”过去一星期，他们都在练习他在电影中必须清唱的《齐来崇拜歌》，而且一整个星期，他都在同一个地方走音、唱得太高，就是第一段的“齐来虔诚同崇拜”。他每回走音，听到自己唱坏了，就皱起脸，而裘德会朝他摇摇头，继续唱下去，他就跟着唱完。“你想太多了，”裘德会说，“你唱得太高，是因为你太专注于要把音唱准；不要想就是了，威廉。这样你就能掌握了。”

但是那天早上，他很有把握自己会唱对。他把还拿在手上的那束香草植物递给裘德。裘德谢谢他，摘下几朵紫色小花在指尖揉捻出香气。“我想这是一种紫苏。”他说，伸出手指让威廉闻。

“好香。”他说，他们相视而笑。

于是裘德开始唱，他跟着，一路唱完都没有走音。才唱完最后一个音符，裘德立刻又开始唱歌单上的下一首《圣婴为我们降生》，之后是《好国王文萨雷斯》，威廉一次又一次跟着唱。他的嗓音不像裘德那么圆润，但在那些时刻他听起来也算及格，说不定还超过了及格：他听得出自己的嗓音伴随着裘德的，听起来更好了，于是他闭上眼睛专心享受。

送早餐来的门铃响时，他们还在唱，但他站在那里，裘德一手按着他的手腕，于是他们留在原处，裘德坐着，他站着，继续唱完那首歌的最后几个字，直到唱完了，他才去开门。在他周围，房间里充满了那不知名香草的芳香，翠绿而新鲜，但很熟悉，就像某种他原先没意识到自己喜欢的东西突如其来地出现在他的生命中。

2

威廉第一次离开他时（大约是二十个月前、前年的1月），一切都出了错。那时威廉去得州拍《二重唱》，才走了两个星期，他的背痛就发作了三次（一次在办公室，另一次在家里，持续了整整两小时）；他的脚痛又回来了，右小腿出现了一道疮（哪里来的他也不知道）。然而之前一切都好好的。他不得不在一星期内去看安迪两趟。“我怀疑，”安迪说，“你就是太得意忘形了。”

“啊，这……”他说，几乎痛得讲不出话来，“这难免吧？”那天晚上躺在床上时，他感谢自己的身体一直很乖，按捺了这么久。他私下认定，在和威廉谈恋爱的这几个月，自己一次轮椅都没用过。这段时间他的背痛很少发作，就算发作也很短暂，而且从来没在威廉面前。他知道这样很傻，因为威廉知道他有什么毛病，见过他最惨的那一面；但他还是很庆幸在两个人开始用不同的方式看待彼此时，自己能有一段重新创造的时期，扮演一个身体健全的人。所以他恢复正常状态后，也没告诉威廉自己发生了什么事（他太厌倦这个话题了，无法想象其他人不会有同样的感觉）。等到威廉3月回纽约时，他多多少少好转了，又能走路，小腿上的疮也再度获得控制了。

自从那次去得州拍片，威廉又四度离家多日，两次去拍片，两次去巡回宣传。每一次，有时甚至就在威廉离开那天，他的身体就会出状况。但他很感谢自己的身体这么好心、这么会抓时机：仿佛他的身体抢在他的脑子之前，先替他决定他应该经营这段感情，而且尽责地设法移除种种障碍和尴尬。

现在是9月中，威廉又准备离开了。自从许久以前的“最后晚餐”之后，这就变成他们的例行仪式：每回威廉离开前的那个星期六，他们会找个奢华的地方吃晚餐，接下来聊一整晚。星期天早上他们会睡到很晚，下午会检查一些实际的事务：威廉不在时要完成的事情，没解决的事情要解决掉，还要做一些决定。他们的关系一路发展到今天，两人之间的谈话变得更亲密，也变得更世俗，而离别前的最后一个周末总是能简单扼要而完美地反映这种状况：星期六是用于恐惧、秘密、告白和回忆，星期天则是用于后勤、日常筹划，让他们共同的生活正常运转。

这两种跟威廉的谈话他都喜欢，但他对世俗部分的欣赏程度远超过他原先的想象。他总是觉得自己在一些大事上和威廉紧密相连，例如爱情、信赖，但他也喜欢在小事上面和他紧密相连，像是账单、税务、定期看牙医。他总是想起几年前有次去哈罗德和朱丽娅家，当时他严重感冒，那个周末大部分的时间都倒在客厅沙发上，裹着毯子断断续续睡觉。那个星期六晚上，他们一起看电影，中间哈罗德和朱丽娅讨论起特鲁罗房子的厨房整修工程。他半瞌睡、半清醒地听着他们小声交谈，那些内容无聊到他根本听不懂大部分细节，但也感觉到一种莫大的平静。对他而言，这似乎就是成年伴侣关系的理想表现，有个人可以跟你讨论共同生活中的种种例行琐事。

“我留话给那个园艺公司了，跟他说你这星期会打电话过去，对吧？”威廉问。此时他们在卧室帮威廉收拾最后一批行李。

“对，”他说，“我也写了字条。提醒自己明天打给他。”

“另外我跟马尔说你下个周末会跟他一起北上去工地那边，你知道。”

“我知道，”他说，“我已经排进行事历了。”

威廉本来一边讲话，还一边把一堆堆衣服放进旅行袋，但这会儿他停下来看着他。“我感觉好糟糕，”他说，“把这么多事情丢给你。”

“别这样，”他说，“一点也不麻烦，我发誓。”他们生活中大部分的行程都是由威廉的助理和他的秘书们安排；但是纽约州北部那栋房子的种种细节，则是由他们亲自打理。他们从没讨论过要这样，但他感觉两人都参与建造这栋房子、见证他们一起建立这个地方是很重要的，这是从利斯本纳街的那户公寓之后，他们联手打造的第一个地方。

威廉叹气。“可是你这么忙。”他说。

“别担心，”他说，“真的，威廉。我应付得来。”威廉还是一脸忧虑。

那天夜里，他躺在床上没睡着。打从他认识威廉以来，每回他要离开，他总有同样的感觉，就连跟威廉讲话时，他都能预料到他离开后自己会多想念他。现在他们真的、实际在一起了，奇怪的是，那种感觉反倒更为强烈；如今他已经很习惯有威廉在场，所以他的缺席变得更巨大，更令人软弱无力。“你知道我们还有件事情要谈。”威廉说，等到他不吭声，威廉就拉下他的袖子，轻轻握住他的左手腕。“我要你答应我。”威廉说。

“我发誓，”他说，“我会的。”在他身旁，威廉放开他的手，翻身仰躺，两人都不说话。

“我们都累了。”威廉打了个呵欠说。的确，才不到两年，威廉被重新归类为同性恋者；吕西安从事务所退休，他接任了诉讼部门的主管位置；而他们要在纽约州北边、离纽约市八十分钟车程的乡下盖一栋房子。他们一起共度周末时（威廉在家时，他也设法留在家里，工作日更早去上班，这样周末就不必留到那么晚了），有些傍晚，他们只是一起躺在起居室的沙发上，不讲话，看着周围的光线逐渐消失。有时他们会出门，但频率远比以前低。

“转到女同性恋领域所花的时间，比我预期的短很多。”杰比有天晚上这么评论道。那天，他们邀请他和他的新男友弗雷德里克过来吃晚餐，另外还有马尔科姆和苏菲、理查德和印蒂亚，以及安迪和简。

“饶了他们吧，杰比。”理查德轻声说，其他人大笑起来，但他觉得威廉并不介意，他自己当然也不介意。毕竟，除了威廉之外，其他事他才不在乎呢。

这会儿他躺在床上，有好一会儿，他等着看威廉会不会再说点别的。他很好奇他会不会想要做爱；大部分状况下，他还是无法判定威廉什么时候想要、什么时候不想。他不知道什么时候拥抱会变成更具侵略性或他不想要的东西，但他总是做好准备。虽然他不愿承认、不愿去想，也永远不会说出来，但随着威廉的离开，这是极少数让他期待的事情之一：威廉不在的那几周或几个月，就不会有性交，他终于可以放轻松了。

到现在，他们有性生活已经十八个月了（他知道自己得停止计算时间，免得他的性生活好像某种刑期，而他努力要熬过去似的），之前威廉等了他将近十个月。在那十个月里，他一直强烈感觉到某个地方有个时钟在倒数，尽管他不知道自己还剩多少时间，但他知道就连威廉这么有耐性的人，也不会永远等下去。几个月前，他无意间听到威廉跟杰比撒谎说他们的性生活很棒，他就向自己发誓当天晚上要跟威廉说他准备好了。但是他太害怕了，最后还是让那一刻过去了。之后过了一个多月，他们在东南亚度假时，他再度向自己保证他会尝试，但再一次，他还是什么都没做。

接下来的 1 月，威廉去得州拍《二重唱》，他把那独处的几个星期用来心理建设，然后威廉回家的那一夜，他就告诉威廉他准备好了——他还是很惊讶威廉居然会回到他身边；他惊讶而狂喜，开心得想把头伸出窗外尖叫，不为了什么，只因为这一切实在太不可能了。

威廉看着他。“你确定吗？”他问他。

他当然不确定。但是他知道如果自己想跟威廉在一起，早晚都得做这件事。“确定。”他说。

“你真的想做吗？”威廉接下来又问，还是看着他。

他不知道这个问题的含义：是个挑战？或者真是个问题？最好别冒险，他心想。于是他说：“想，我当然想。”看到威廉的笑容，他知道自己选择了正确的答案。

但首先，他必须告诉威廉有关他的病。“未来如果你要性交，务必事先说出你的病情。”多年前费城的一个医生曾这样告诉他，“你不能把这些病传染给其他人。”那个医生态度很严厉，他永远忘不了当时所受到的羞辱，还有害别人跟他一样肮脏的恐惧。于是他写下一篇说词背起来，但真要说出口，比他预估的难太多了，而且他讲得很小声，中间很多地方都得重复。之前这套说辞他只跟凯莱布讲过一回。他听完沉默了一会儿，用他低沉的声音说："裘德 · 圣弗朗西斯，原来是个小骚货。"他逼自己微笑并同意。"大学嘛。"他设法说，凯莱布对他微微一笑。

威廉听了这篇说辞也沉默了一会儿，看着他问道："你是什么时候得这些病的，裘德？"然后说："我很遗憾。"

当时他们一起躺在床上，威廉睡在他那一侧，面向他，他则仰躺着。"我在华盛顿的那一年迷失了。"最后他终于说。这当然不是实话，但讲实话就得跟威廉谈更多，而他还没准备好。

"裘德，我很遗憾，"威廉说，伸手拥住他，"你可以告诉我发生了什么事吗？"

"不，"他固执地说，"我想我们该做了，就是现在。"他已经准备好了，再等一天也不会有所改变，只会让他失去勇气而已。

于是他们做了。一大部分的他希望甚至期盼跟威廉做情况会有不同，自己终能享受这个过程。但从一开始，他就感觉到昔日每一种恶劣的感官知觉都回来了。他设法专注地想这一回显然好很多：威廉比凯莱布温柔，对他没有任何不耐烦，毕竟威廉是他深爱的人。但结束后，他还是有同样的羞愧、同样的反胃、同样想自残的渴望，想把五脏六腑都掏出来，朝墙壁上狠狠摔过去，摔成一片血淋淋的。

"还好吗？"威廉低声问。他转头看着威廉的脸，他深爱的那张脸啊。

"还好。"他说。他心想，或许下回会好一点。然后，下一回还是一样，他就想着再下一回可能会好一点。每一回，他都希望状况有所不同。每一回，他都告诉自己会好转。当他明白就连威廉也救不了他，自己已经无药可救，这种经验对他来说已经永远毁掉时，他陷入一生难得的深沉哀伤。

最后，他为自己订下几条规则。第一，他绝对不会拒绝威廉。如果这是威廉想要的，那就给他，他绝对不会拒绝。威廉为了跟他在一起牺牲了那么多，又带给他莫大的平静，他决定尽力感谢他。第二，他会试着表现出一点生气和热忱，一如卢克修士一度要求他的。和凯莱布交往的末期，他开始回复到这辈子的惯常习性：凯莱布让他翻身，拉下他的长裤，他就躺在那里等待。而现在，跟威廉在一起，他试着回忆卢克修士的命令（他向来都乖乖遵从）——翻身；现在发出一点声音；现在告诉我你喜欢这样——然后尽量把这些纳入过程中，这样他就会像个积极的参与者。他希望技巧多少能掩饰他缺乏热忱。威廉睡着时，他会逼自己回忆卢克修士教过他的，而那是他成年后一直设法忘掉的。他知道威廉对他的熟练很惊讶。他向来保持沉默，听其他人吹嘘自己的床上功夫，或是他们希望在床上做些什么；他总是有办法忍受朋友们关于性事的种种对话，自己却从来不加入。

第三条规则，威廉每主动三次，他也会主动一次，免得太不对等。第四，无论威廉希望他做什么，他都会做。他一次又一次提醒自己，这是威廉。这个人绝对不会故意伤害你。无论他要求你做什么，都是合理的。

但接着他眼前会浮现卢克修士的脸。你也信赖过他，那声音纠缠着他，你以前也以为他在保护你。

你居然敢，他跟那声音争辩，你居然敢拿威廉跟卢克修士比。

有什么差别？那个声音凶回来。他们都想从你身上得到同样的东西。到头来，你对他们都是一样的。

最后他对性爱过程的害怕逐渐降低，但畏惧还是没有减少。他一直知道威廉很享受性爱，但他很惊讶且很沮丧地发现，威廉似乎非常享受跟他做爱。他知道自己这样想有多不公平，但他发现自己因此对威廉失去了一点尊敬，而且因为自己有这些感觉而更恨自己。

他设法把重点放在这些经验比跟凯莱布时好太多了。还是会痛，但是跟其他任何人相比都比较不痛，这当然是好事。还是不舒服，不过比较轻微。另外，他仍觉得可耻。虽然跟威廉做，他有办法让自己安心些，因为他知道自己至少带给他最关心的人一点点愉悦。这一点帮助他撑过每一回。

他告诉威廉自己因为车祸受伤失去了勃起的能力，但这不是实话。根据安迪的说法（这已是好几年前了），他没有任何生理上的理由导致无法勃起。但无论如何，他就是没办法，而且好多年了，从大学开始就是这样。即使读大学时，他也很少勃起，就算有也无法控制。威廉问过他能不能做些什么，比方打针或吃药，但他说他对那些药物的某种成分过敏，对他而言也没有差别。

凯莱布对他这种无能并不觉得太困扰，威廉却会。“难道我们不能做些什么帮你吗？”他一次又一次地问，“你跟安迪谈过吗？我们要不要试试别的方法？”直到最后他厉声叫威廉别再问了，说他搞得自己感觉像个怪胎。

“对不起，裘德，我不是故意的，”威廉沉默了片刻说，“我只是希望你享受这个而已。”

“我很享受啊。”他说。他讨厌跟威廉撒这么多谎，但他还能怎么办？不撒谎就意味着要失去他，意味着要孤独终老。

有时，甚至常常，他会咒骂自己，责备自己能力多么有限，但有时，他会对自己宽容一点。他知道自己的脑子如何努力保护他的身体，为了庇护他，让他的性冲动完全停摆，把曾经引起庞大痛苦的那些部分完全冻结。但通常，他知道自己错了。他知道自己对威廉的怨恨是错的。他知道自己对威廉喜爱前戏的不耐烦是错的——每回性交前那漫长、尴尬的无聊时段，他知道那些细微的亲密动作，是威廉实验的方式，看自己能激起他多大的性冲动。但在他的经验里，性交是要尽快度过的一件事，带着几近粗暴的效率和简洁。当他发觉威廉试图拖长这个过程时，他开始提供一个果断的方向，后来他才明白威廉一定误以为那是热情。然后，他会听到卢克修士在他脑袋里胜利地宣告——我听得出来你自己也乐在其中——而觉得难堪。我没有，他以前总是想这么说，现在他也想说：我没有。但是他不敢。他们在谈恋爱，而谈恋爱的人总是会性交。如果他想保住威廉，他就得履行他的条件，而他不喜欢这些责任也改变不了这一点。

然而，他还是没有放弃。他向自己承诺他会努力修补自己，就算不是为了自己，也是为了威廉。他偷偷买了三本性爱自助书（下单时他不免觉得脸红），趁威廉去巡回宣传新片时偷偷阅读，等到威廉回来，他就设法学以致用，但结果还是一样。他买了一些给女性读者看的杂志，里头有文章提到如何在床上表现得更好，他仔细研读。他甚至买了一本书，讲性侵犯的受害者（他痛恨这个用语，从未用在自己身上）如何处理性事。有天晚上他锁起书房的门，关在里面阅读，免得被威廉发现。但是过了大约一年，他决定改变自己追求的目标：他可能永远都没办法享受性爱，但不表示他没办法让威廉更享受。这样既能表达他的感谢，自私一点，也更能保住他和威廉的亲密关系。所以他努力抛开羞愧感，专注在威廉身上。

现在他重拾性生活了，才发现这些年来周遭充满了性爱话题，而他竟然设法将之彻底排除在外。二十几年来，他一直回避讨论性爱，但现在每次碰到，他都会认真听：他偷听同事、餐厅里的女人、街上擦肩而过的男人的谈话，他们全在谈性爱；谈他们什么时候有、希望有更多（好像没人希望减少）。仿佛回到大学时代，他的同伴再度成为他偷学的老师，他总是警觉地收集信息，倾听各种方法。他收看电视上的谈话秀，很多是关于伴侣间是如何停止性生活的；那些已婚的来宾有好几个月，甚至好几年没有性生活。他会研究那些节目，但没有一个能提供他想要的信息：与人成为伴侣后，性生活会持续多久？他还得等多久，这种性生活停止的状况才会发生在他和威廉身上？他看着那些伴侣：他们快乐吗？（显然不，他们上谈话节目，把自己的性生活告诉一堆陌生人，是想寻求帮助。）但他们似乎很快乐，不是吗，至少是某种形式的快乐。电视上那对男女已经三年没有性爱了，但是那男人的手会碰触那女人的胳膊，显然他们对彼此还有关爱，显然他们还在一起的原因比性爱更重要。在飞机上，他会看浪漫爱情喜剧片，里头穿插已婚人士无性生活的笑料。所有年轻人演的电影都是关于想要性爱；所有老年人演的电影也是关于想要性爱。他看着这些电影，觉得好挫败。你们什么时候才能停止想要性交？有时他可以领略其中的讽刺：威廉，在各方面都是理想伴侣，他还是想要性爱；而他，在各方面都不是理想的伴侣，却不想要。他这个瘸子不想要性爱，威廉无论如何还是渴望他。然而，威廉就是他的快乐；他得到了自己从没想到过能拥有的快乐。

他曾经跟威廉保证，如果他想念跟女人上床，就应该去，他不会介意的。“我不想念，”威廉说，“我想跟你上床。”换作别人听了会很感动，他也很感动，可是他同时感到绝望：这个情况要到什么时候才会终止？无可避免地，如果永远不会终止呢？如果永远不可能让他停止呢？他想起那些年在汽车旅馆的房间里，即使在当时，无论多么虚假，他也有个日子可以期盼：16 岁。当他满 16 岁，就可以停止了。现在他 45 岁了，感觉上好像又回到 11 岁，等着有一天某个人——以前是卢克修士，现在是威廉（不公平、不公平）——告诉他："到此为止。你已经完成了你的责任，再也不会有了。"他真希望有个人能告诉他：尽管他有那些感觉，他还是一个完整的人；真希望有人跟他说他一点毛病都没有。这个世界肯定有个人跟他有相同的感觉吧？他对性交的厌恶肯定不是需要矫正的缺陷，只是偏好的问题吧？

某天晚上，他和威廉躺在床上，两人都过了辛苦的一天。威廉忽然谈起他和一个老朋友吃了中饭，是个叫莫莉的女人，这些年他们偶尔会碰面一两次。威廉说，她以前有段时间过得很辛苦，现在经过二十多年，她终于告诉她母亲，说前一年过世的父亲曾对她实行性侵害。

"好可怕，"他不自觉地说，"可怜的莫莉。"

"是啊，"威廉说，沉默了一会儿，"我只是告诉她，她没什么好羞愧的，她没做错任何事。"

他感觉自己浑身发热。"你说得没错。"最后他终于说，然后夸张地打了个大呵欠，"晚安，威廉。"

有一两分钟，两个人都没说话。"裘德，"威廉柔声说，"你到底打不打算告诉我？"

能说什么？他心想，全身僵住不动。为什么威廉现在要问起这个？他这么努力表现得像正常人，还以为自己做得很好——或许其实没有。他得更努力才行。他从没告诉威廉他和卢克修士的事。不仅一直无法开口谈，而且一部分的他也知道自己不必说出来。过去两年，威廉一直用各种方法逼近这个话题，通过朋友和熟人的故事，有些有名字、有些没有（他不得不假设其中有些是编出来的，因为不可能有人有这么多被性侵的朋友），通过他在杂志上看到恋童癖的故事，通过各种关于羞愧本质的谈话，还有为何不该觉得羞愧。每回讲完，威廉会停下来等，好像在精神上伸出一只手邀他共舞。但他始终没握住威廉那只邀舞的手。每一回，他都保持沉默，改变话题，或只是假装威廉根本没说过。他不知道威廉是怎么逐渐明白他的这部分，他也不想知道。显然他以为自己假扮的那个人，并不是威廉或哈罗德所看到的。

“你为什么问我这个？”他问。

威廉挪动了一下身子。“因为……”他说，停顿一下。“因为，”他又说，“我早就该逼你谈这个了，”他又停了一下，“早在我们开始有性生活之前。”

他闭上眼睛。“难道我表现得不够好吗？”他低声问，可是一说出口就后悔了；这句话他该拿去问卢克修士，而威廉并不是卢克修士。

从威廉的沉默，他感觉得出来他也对这个问题感到震惊。“不是，”他说，“我的意思是，你表现得很好。但是裘德——我知道你以前出过一些事。我希望你能告诉我，我希望你让我帮你。”

“那些都过去了，威廉，”他最后终于说，“那是很久以前的事了。我不需要帮助。”

两人又沉默了一会儿。“卢克修士就是伤害你的人吗？”威廉问。他没吭声，几秒钟过去。“裘德，你喜欢做爱吗？”

如果他开口，就会哭出来，因此他无法回答。“不”这个字这么短、这么容易说出口，连小孩都可以，比较像个声音而非文字，只是用力吐出一口气。他唯一要做的就是张开嘴唇，那个字就能吐出来。然后——然后怎样？威廉会离开，带走一切。我可以忍受这个，他们做爱时他会想，我可以忍受这个。他可以忍受这个，以换取每天早晨在威廉旁边醒来，换取威廉给他的种种关爱，换取有他做伴的舒适。威廉在起居室看电视而他经过时，威廉会伸出一只手，他会握住，两个人就保持那样的姿势，威廉坐着看电视，他站着，两个人握着手，最后他会放开，继续往前走。他需要威廉在场；自从威廉搬进来跟他住以后，每一天他都体验到威廉去拍《肉桂王子》之前跟他同住的那种平静感。威廉是他的稳定力量，他想抓紧不放，即使他知道自己有多么自私。如果他真的爱威廉，他就该离开他，让威廉找一个更好的人去爱（必要的话，还会逼他），一个可以享受跟他做爱、真正对他有欲望、毛病比较少、更有魅力的人。威廉对他有好处，他对威廉却有坏处。

"你喜欢跟我做爱吗？"他最后终于开口问。

"喜欢，"威廉立刻说，"我很爱，但是你喜欢吗？"

他咽下口水，数到三。"喜欢。"他低声说，很生自己的气，但同时也放心了。他又为自己争取到更多时间：让威廉留在身边的时间，但也是做爱的时间。他很好奇，如果他说不，那会怎样呢？

于是他们继续过下去。但为了弥补性交，他就割自己，割得越来越凶，好帮自己减轻羞愧的感觉，也惩罚自己产生怨恨之感。好长一段时间以来，他一直严格遵守纪律：每周只割一次，每次只割两道，绝不超过。但过去六个月，他一再打破规则，现在他割得跟当初和凯莱布在一起时一样多，跟他被收养前那几个星期一样多。

他这样加速割自己，也成了他们第一次真正大吵的主题，不光是两人谈恋爱以来，也是他们认识二十九年来仅有的一次。有时，他的割伤在两人的伴侣关系中根本不存在。但有时，这些割伤好像是他们关系的全部，所有的对话都离不开，即使不说话也在无言地讨论。他穿长袖T恤上床时，从来不知道威廉什么时候不会吭声，什么时候又会开始质问他。他跟威廉解释过很多次了，说他需要割自己，说这样能帮助他，说他没办法停止，但威廉就是不能了解，或者不肯了解。

“你难道不明白，这为什么会让我如此心烦吗？”威廉问他。

“不，威廉，”他说，“我知道自己在做什么。你必须信任我。”

“我是信任你啊，裘德，”威廉说，“但现在的问题不是信任，而是你在伤害自己。”然后对话就自行结束。

或者有的对话会让威廉说：“裘德，如果我对自己这样，你会有什么感觉？”他说：“不一样的，威廉。”威廉就说：“为什么？”而他说：“因为，威廉——因为是你，你不应该遭受这些。”威廉则说：“那你就应该？”他没办法回答，至少想不出一个能让威廉接受的答案。

他们大吵前一个月左右，曾经吵过一架。威廉当然注意到他割自己割得更凶了，但不知道为什么。有一晚，他确定威廉睡着后，蹑手蹑脚要去浴室。忽然间，威廉用力握住他的手腕，他吓得倒抽一口气。“天啊，威廉，”他说，“你吓了我一跳。”

“裘德，你要去哪里？”威廉问，声音很紧张。

他试着抽出手臂，但威廉抓太牢了。“我得去浴室，”他说，“放开我，威廉。我说真的。”他们在黑暗中凝视彼此，最后威廉总算放开他，自己也下了床。

“那走吧，”他说，“我跟你去。”

于是他们开始拌嘴，对彼此恶声恶气，生对方的气，觉得自己被背叛。他指控威廉拿他当小孩，威廉指控他有秘密瞒着不让他知道，几乎就要吼起来了。最后是他挣脱威廉的手，想跑向书房，把自己关在里面，用一把剪刀割自己，但恐慌中，他绊倒了，跌在地上，嘴唇碰破了。威廉赶紧拿一袋冰块过来，两个人坐在起居室的地板上，在卧室和书房之间，彼此相拥着道歉。

“我不能让你这样对自己。”威廉次日这么说。

“我不能不做。”他沉默许久后说。你不会想看到我不割自己的，他想告诉威廉，还有：我不知道没了这个，我要怎么活下去。但他什么都没说。他从来没办法用威廉可以理解的方式，去解释割自己对他的效果：它是一种惩罚，也是一种净化的形式，它让他得以排掉身上各种有毒或腐坏的东西，让他不会对其他每个人产生无理的愤怒，让他不会大叫、使用暴力，让他觉得自己的身体、自己的人生都真正属于他，而不是别人的。如果不割自己，他当然也绝对没有办法性交。有时他很纳闷，如果卢克修士没有给他这个药方，他会变成什么样的人？一个总是伤害别人的人，他心想；一个设法让每个人感觉跟他一样糟糕的人；那样的人，甚至比现在的他还差劲。

威廉沉默了更久。“试试看吧，”他说，“为了我，小裘。试试看吧。”

于是他试了。接下来几个星期，他半夜醒来时，或者他们做爱后、他等着威廉睡着以便去浴室时，他就改逼自己躺着不动，双手握拳，数着自己的呼吸，颈背冒汗，嘴巴发干。他想象某个汽车旅馆的楼梯间，想象自己摔下去，发出“砰”的一声，那是多么令人满足又疲倦，那会多么的痛。他真希望威廉知道他多么努力尝试，同时很庆幸他不知道。

但有时这样还不够。于是在那样的夜里，他会轻手轻脚到一楼去游泳，设法把自己累到筋疲力尽。到了早上，威廉要求看他的手臂，他们曾因此吵架，但最后还是乖乖让威廉看比较简单。“高兴了没？”他会凶巴巴地说，从威廉手里拽回手臂，把袖子放下来，扣好袖扣，没法抬头看威廉。

“裘德，”威廉暂停一下说，“出门前先过来陪我躺一下吧。”但他摇摇头就离开了，接着一整天都很后悔。随着每一天过去，威廉没再要求他陪他躺一下，他就更加怨恨自己。他们新的早晨例行仪式，就是威廉检查他的手臂。而每一回，坐在床上、在威廉旁边，让威廉检查他是否有割伤的痕迹，他就觉得懊恼与羞辱感更增一分。

他答应威廉他会更努力的一个月后，有一天晚上，他知道自己惨了，无论做什么都平息不了他想割自己的渴望。那是意外的、特别充满回忆的一天，隔开过去和现在的那面纱帘变得非常薄。整个晚上，仿佛在视野边缘，他不断看到片段画面浮现眼前，晚餐时他一直努力不要脱离现实，不让自己陷入充满回忆的阴影世界中。那一夜是他第一次差点告诉威廉他不想做爱，但最后还是设法忍住。他们做爱了。

事后，他筋疲力尽。他们做爱时，他总得艰难地设法让自己专注在当下，不让自己飘离。他小时候就学会脱离自己，客人会跟卢克修士抱怨。“他的眼睛看起来死气沉沉。”他们说，他们不喜欢这样。凯莱布也说过类似的话。“醒醒吧。”他有回说，拍拍他的侧脸，“你跑去哪里啦？”于是他努力投入，即使这样会让整个经验更鲜明。那一夜他躺在那儿，看着威廉趴在旁边，手臂塞在枕头底下，睡觉时，那张脸比醒着时更严肃。他等着，数到三百，然后又数了三百，直到一小时过去了。他打开自己那一侧的床头灯，试着看书，但是他唯一能看到的就是刮胡刀片，唯一感觉到的就是双臂因为需要而刺痛，仿佛全身的血管都化为电路，随着通电发出嘶嘶声和哔哔声。

“威廉。”他轻声喊，威廉没回应，他一手放在威廉的脖子上，威廉也没动。最后他终于下床，尽可能轻手轻脚走进衣帽间，把他藏在一件冬天大衣内侧口袋的刀片袋拿出来，走出房间，到公寓另一头的浴室里，关上门。这里的淋浴间比较大，他坐在里头，脱掉上衣，背靠着冰冷的大理石。他的前臂现在盖满了厚厚的疤痕，从远处看，他的手臂就像浸了灰泥，几乎看不出他企图自杀时割下的伤痕。他在每一刀之间和周围又割下新的刀痕，一层又一层，掩盖了那些疤。最近，他更常割在上臂（不是疤痕也很多的二头肌，而是三头肌，那里感觉比较没那么满足，因为他喜欢不必转头就看到自己割下的刀痕），但现在他小心翼翼沿着左三头肌割下长长的痕迹，憋气数着每割一道要花的时间——一秒、两秒、三秒。

他左臂割了四道，右臂割了三道，正在割第四道时，双手因为虚弱而不稳。他一抬头忽然看到威廉站在门口盯着他。在他割自己的三十多年来，从来没让人见过他进行中的样子，他猛然停下，被人侵犯的感觉让他很震惊，像是挨了一记重拳。

威廉什么也没说，但是当他走向他时，他畏缩了，往后紧靠着淋浴间的墙壁，难堪又恐惧，等着接下来可能会发生的事。他看着威廉蹲下来，温柔地拿走他手上的刮胡刀片，一时之间两人都没动，只是瞪着那刀片。然后威廉站起来，毫无前奏和预警，就用刀片划过胸部。

他整个人猛然醒觉。“不要！”他大喊，想站起来，但是没那个力气，于是又往后坐回去。“威廉，不要！”

“妈的！”威廉喊道，“妈的！”但他还是划了第二刀，就在第一刀的下方。

“别割了，威廉！”他喊，差点掉泪，“威廉，别割了！你弄伤自己了！”

“哦，是吗？”威廉问，他看得出来威廉的眼睛有多亮，知道他几乎也要哭出来了。“裘德，你明白这是什么感觉了吗？”然后他划了第三刀，又骂了粗话。

“威廉，”他呻吟着，扑向他的双脚，但威廉往后退开，“拜托别割了。拜托，威廉。”

他求了又求，但威廉割了六刀才停下，垮坐在对面墙底。“妈的，”他低声说，弯下腰，双手抱住自己，“妈的，好痛。”他赶紧拿着袋子过去，想帮忙清洁伤口，但威廉躲开了。“别管我，裘德。”他说。

“但是你得包扎伤口啊。”他说。

“包扎你自己的吧。”威廉说，还是不肯看他。“你知道，这可不是我们以后要一起共享的病态仪式：各自割伤，然后互相包扎。”

他往后瑟缩。“我没有那个意思。”他说，但威廉没回答他。终于，他清理完自己的伤口，然后把袋子推向威廉。威廉也清理了伤口，边弄边皱起脸。

他们沉默地坐了好久好久，威廉还是弯着腰。他看着威廉。“对不起，威廉。”他说。

“天哪，裘德，”威廉过了一会儿说，“这真的很痛，”他终于肯看他了，“你怎么受得了？”

他耸耸肩，说：“会习惯的。”威廉摇头。

“啊，裘德，”威廉说，他看到威廉默默哭了，“你跟我在一起到底快乐吗？”

他觉得心中有个什么破掉且开始崩塌。“威廉，”他开口，顿了一下继续说，“你让我很快乐，这辈子从来没有这么快乐过。”

威廉发出一个声音，他后来才明白那是笑声。“那为什么你还割自己割得那么凶？”他问，“为什么状况变得这么糟糕？”

“我不知道。”他轻声说，吞下口水。“我猜我怕你会离开我。”这不是完整的说法（但完整的说法他说不出来），只是一部分而已。

“我为什么要离开？”威廉问，看他没回答，“所以这是个测试了？你想看能把我推得多远，看我还会不会跟你在一起？”威廉抬起头，擦擦眼睛，“是这样吗？”

他摇头。“或许吧。”他低头对着大理石地面说，“我的意思是，不是有意识的。但——或许吧，我不知道。”

威廉叹气：“我不知道要说什么，才能让你相信我不会离开，让你相信你不必测试我。”他说。两人又沉默了一会儿，威廉深吸一口气。“裘德，”他说，“你觉得你或许该回医院一阵子吗？我不知道，只是去把事情弄清楚？”

“不要，”他说，喉咙因为恐慌而发紧，“威廉，不要——你不会逼我吧？”

威廉看着他。“不，”他说，“不会，我不会逼你，”他暂停一下，“但我真希望我可以。”

不知怎的，这一夜结束了。不知怎的，下一天开始了。他累得整个人有点恍惚，但还是去上班了。他们吵架从来没有结论性的收场——没做任何保证，也没发出最后通牒——但接下来几天，威廉都没跟他说话。应该说，威廉说了话，但等于没说。他早上离开时，威廉会说：“祝你一天顺利。”他晚上回家时，则说：“你今天过得怎么样？”

“很好。”他会说。他知道威廉在想该怎么办，在想他对这个状况的感觉，与此同时，他尽量试着不要打扰。夜里他躺在床上，平常两人会交谈，但现在都很安静，他们的沉默像是躺在床上的第三只生物，夹在两人之间，巨大而毛茸茸，一戳弄就会变得凶猛起来。

到了第四夜，他再也无法忍受了，于是两人安静地躺在那里约一小时后，他翻身越过了那生物，双手抱住威廉。“威廉，”他低声说，“我爱你。原谅我。”威廉没回应，但他坚持下去。“我在试了，”他告诉他，“我真的在试了。这回我失手了；我会更努力的。”威廉还是什么都没说。他抱得更紧。“拜托，威廉，”他说，“我知道你很心烦。拜托再给我一次机会。拜托不要生我的气。”

他可以感觉到威廉叹气。“我没生你的气，裘德，”他说，“而且我知道你在努力尝试。我只是真心希望你不必试；我真心希望这件事不是你必须这么努力奋战去抗拒的。”

接下来轮到他沉默了。“我也希望。”最后他说。

那一夜之后，他开始尝试别的方法，游泳当然也包括在内，另外还有深夜烘焙。他会确定厨房里总是有面粉、糖、鸡蛋、酵母，而他等着烤箱里的东西完成时，就会坐在餐桌旁工作，等到面包、蛋糕或饼干烤好了（他都请威廉的助理送去给哈罗德和朱丽娅），天几乎亮了，他会溜回床上睡一两个小时，直到闹钟吵醒他。接下来的白天，他的双眼因为疲倦而灼痛。他知道威廉不喜欢他在深夜烘焙，但他也知道威廉宁可他这样而不要去割自己，所以什么都没说。他现在没办法打扫了：自从搬进格林街以来，他就雇用了管家周太太，她每星期来四次，打扫得彻底到令人沮丧，彻底到他有时很想故意弄脏东西，让自己可以打扫。但他知道这样太傻了，于是什么也没做。

“我们来试试别的吧。”有天晚上威廉说，“你半夜醒来想割自己的时候，就把我也叫醒，好吗？不管几点。”他看着他，“我们来试试看，好吗？迁就我一下吧。”

他照办了，主要是因为很好奇，想看看威廉会怎么做。有天夜里，非常晚了，他轻拍威廉的肩膀，威廉睁开眼睛时，他跟他道歉。但威廉摇摇头，然后爬到他上方，把他抱得好紧，令他难以呼吸。“你也抱住我，”威廉告诉他，“假装我们在往下掉，我们害怕得紧抱对方。”

他紧拥着威廉，紧得他感觉到自己从背部到指尖的肌肉都苏醒过来，紧得他感觉到威廉的心跳紧贴着他的，感觉到他的胸廓抵着他的，还有他的腹部随着呼吸膨胀又消下。“更紧一点。”威廉告诉他，于是他抱得更紧，直到双臂开始疲劳，然后麻痹，直到身体因为疲倦而松垮，直到他感觉自己真的在往下掉：首先穿过床垫，接着是床架，然后是地板，直到他慢动作落下整栋大楼，每一层的楼面像果冻似的下陷、吞下他。他往下经过五楼，现在理查德家族用来存放摩洛哥瓷砖，往下经过四楼，现在是空的，往下经过理查德和印蒂亚住的三楼，接着是二楼理查德的工作室，然后来到一楼，进入游泳池，往下又往下，越来越远，经过了地铁隧道，经过岩床和粉沙土，经过石油在地下构成的湖泊和海洋，经过一层层化石和页岩，直到他飘进地核的大火中。从头到尾，威廉都紧拥着他，他们进入大火中，两人没有燃烧，而是融为一体，双腿、胸部、双臂、头都合而为一。次日早晨他醒来时，威廉没趴在他上方，而是在他旁边，但他们还是彼此相拥，他觉得有点迷糊而且放松，因为他不只是没有割自己，还熟睡了许久，这两件事是他好几个月来不曾有过的。那天早上，他觉得自己被洗涤得神清气爽，好像又得到了一个机会，得以正确过着自己的人生。

但当然，他不能每回觉得需要威廉就叫醒他；他规定自己每十天一次。在这十天期间，其他六七个糟糕的夜晚他就靠自己撑过去：游泳、烘焙、做菜。他需要肢体活动以赶走那种渴望。理查德给了他一把工作室的钥匙，有些夜晚，他就穿着睡衣裤下楼，理查德会留一份既能帮助他又不必花脑力、同时充满神秘的重复性任务给他：一个星期是按照大小整理鸟类的脊椎骨，另一个星期是把一堆发着微光、略带油腻的雪貂毛皮按照颜色整理好。这些任务让他想到多年前，他们四个人花了整个周末帮杰比梳整那些头发。他真希望能告诉威廉这些事，但当然不行。他已经要理查德答应不会跟威廉提，但他知道理查德对这个状况有点不自在——他也注意到理查德从不派给他要用到刮胡刀片、剪刀或水果刀的工作，真的蛮明显的，因为理查德的作品常常会用到这些锋利的刀剪。

有天夜里，他去看理查德留在书桌上的一个旧咖啡罐，发现里头装满了刀片：弯曲的小刀、大的楔形刀刃，还有他偏爱的一般长方形刀片。他小心翼翼地把手伸到罐子里，捞出一把刀片，看着它们落回罐中。他拿了一片长方形的刀片，放在裤子口袋里，但就在准备离开时，他累得感觉脚下的地板都倾斜了，最后还是把刀子轻轻放回罐子里。在那几个小时，他醒着在大楼里四处游荡，他有时觉得自己像伪装成人类的魔鬼，白天必须穿着人类的衣服，只有在夜里才能安全脱掉，当真正的自己。

到了星期二，这一天感觉像夏天，也是威廉待在纽约的最后一天。他那天一早出门上班，不过午餐时间又回家来跟威廉告别。

“我会想念你的。”他告诉威廉，一如往常。

“我会更想念你的。”威廉说，一如往常，然后，还是一如往常。“你会好好照顾自己吗？”

“会的，”他说，不肯放开他，“我保证。”他感觉到威廉叹气了。

“别忘了你总是可以打电话给我，不管是几点。”威廉告诉他，他点点头。

“去吧，”他说，“我会好好的。”威廉又叹气，随即出门。

他很不想让威廉离开，但是他也很兴奋：因为自私的理由，他松了一口气，另外，看到威廉的工作这么忙，他其实很高兴。那年1月他们从越南回来后，在出发去拍《二重唱》之前，威廉不是陷入焦虑，就是虚张声势的信心十足；威廉尽量不谈自己的不安全感，但他知道威廉有多担心。他知道威廉担心他在宣布两人恋情后的第一部电影就是同性恋电影（无论他怎么抗议说不是）。他知道有一部科幻惊悚片威廉很想演，但试镜后导演迟迟没打电话来，让威廉很担心（后来还是打来了，而且一切发展都如他期望的那般顺利）。他知道他们一回到美国，那些永无止境、关于他们恋情的报道文章，还有不间断的专访要求、种种推测和电视片段、八卦专栏和杂志评论，都会让威廉很担心。基特则告诉他们，他们没有办法控制或阻止，只能等到大家对这个主题厌倦，而这个过程可能要花上好几个月（通常威廉不去读自己的报道，但这些报道实在太多了：他们看电视、上网、打开报纸，就会不小心看到威廉的新闻，或是他现在代表的意义）。他们通电话时（威廉在得州，他在格林街），他感到威廉试着不去谈他有多紧张，也知道这是因为威廉不希望他觉得内疚。“告诉我吧，威廉，”他最后终于说，“我保证我不会怪自己。我发誓。”他这么重复了一星期后，威廉终于告诉他。尽管他的确觉得内疚（每回这类对话之后，他都会割自己），但他没要求威廉保证不离开他，知道这只会让威廉感觉更糟；他只是倾听，设法安慰对方。很好，每回挂了电话、他再次忍住没说出自己的恐惧时，都会这么称赞自己。做得很好。稍后，他会把刮胡刀片的尖端压进一道疤里，把那肌肉组织往上挑开来，直到他能往下割到柔软的肉里。

威廉目前在伦敦拍摄的电影，一如基特所说，是一部同性恋电影，他觉得这是个好迹象。“正常状况下，我会劝你别接，”基特告诉威廉，“但这个剧本太棒了，错过可惜。”那部电影叫《毒苹果》，描述英国数学家艾伦·图灵因为猥亵罪被捕并被化学阉割后，人生的最后几年。他崇拜图灵（所有数学家都崇拜图灵），也被那个剧本感动得差点掉泪。“你一定要接这部片子，威廉。”当时他说。

“不知道哎，”威廉微笑着说，“又一部同性恋电影？”

“《二重唱》结果相当好啊。”他提醒威廉——的确，这部电影的成绩远超过任何人的预料——但这场争辩不太起劲，因为他知道威廉已经决定要接这部电影了。他很以他为荣，且一如面对威廉拍过的所有电影，他像孩子般兴奋，期待要看他的表现。

威廉离开的那个星期六，马尔科姆来公寓接他，两人开车北上，到纽约州加里森村外的一片土地，他们正在这里盖房子。威廉三年前买下这块土地（七十英亩[1]，有一座湖和一片森林），但一直空着没用。马尔科姆画好设计图，威廉已经同意，但一直没跟马尔科姆说可以动工。可是大约十八个月前的一个早晨，他发现威廉坐在餐桌旁，看着马尔科姆的设计图。

威廉朝他伸出一只手，目光仍停留在纸上，他握住威廉的手，让威廉把他拉到身边。“我想我们应该进行这个了。”威廉说。

于是他们又跟马尔科姆碰面，马尔科姆画出新的设计图。原来的房子是一栋两层楼的现代主义坡顶盐盒式房屋，但新的房子是一层楼，大部分都是玻璃。他提出他要出钱，但威廉拒绝了。他们争辩了半天。威廉指出格林街公寓的维修费用他从来没分摊过，他说他不在乎。“裘德，”威廉最后说，“我们从来没为钱吵过，就不要

1　1英亩≈4046.86平方米。

破这个例吧。”他知道威廉说得没错：他们的友谊从来不是用钱衡量的。他们没钱时从来不谈钱（他总觉得无论自己赚多少，那些钱也是威廉的），现在他们有钱了，他的感觉还是一样。

八个月前，马尔科姆破土动工了。当时他和威廉北上，在这片土地上漫游。那天他感觉出奇的好，甚至让威廉牵着他的手从房子的工地走下缓坡，然后左转，朝环绕湖泊的森林走去。那片森林比他们想象的更浓密，满地厚厚的松针让他们每一步都往下陷，好像脚下的土地是某种有弹性、柔软、灌了一半空气的东西。这片地形对他来说并不好走，他认真握紧威廉的手，但威廉问他要不要停下休息时，他摇了摇头。大约走了二十分钟，环湖快一半，他们来到一片宛如出自童话的林间空地，上方的天空充满墨绿色的冷杉树顶，脚下则是同样厚而柔软的落叶。他们在此停了下来，默默看着四周，最后威廉说：“我们应该把房子盖在这里。”他微笑，但心底有个东西猛地一扯，仿佛他整个神经系统都被人从肚脐拉出来，因为他想起另一片森林，他小时候以为会去住的那个，这才明白自己的愿望终于实现了：树林里的一栋房子，附近有水，还有个爱他的人。他打了个寒噤，颤抖蹿遍全身，威廉看着他。“你冷吗？”他问。“不冷，”他说，“我们继续走吧。”于是他们就离开了。

自此开始，他总是避开那些树林，但他喜欢来到这片土地，也很开心跟马尔科姆再度合作。每隔一周，他或威廉就会来这里看一下，但他知道马尔科姆比较喜欢他来，因为威廉对项目的细节大都没兴趣。威廉信任马尔科姆，但马尔科姆不想要信任：他想要有个人让他炫耀他在土耳其伊兹密尔外一个小采矿场找到的那种带银色条纹的大理石，然后跟他争辩太贵有多贵；他想要有个人闻闻他找来当浴缸的那块岐阜[1]柏木；来检视像三叶虫般嵌在水泥地板的种种物件——槌子、扳手、钳子等。除了房子和车库，这里有户外游泳池，谷仓里还有一座室内游泳池：房子大约三个月后会完工，池塘和谷仓则会在明年春天前完成。

现在他跟着马尔科姆走过屋子，双手摸过各种表面，听着马尔科姆指挥承造商解决各式各样的事情。一如往常，观察马尔科姆工作总是令他叹为观止：他总是看不厌朋友工作，但目睹马尔科姆的转变让他最有满足感，比威廉犹有过之。在这些时刻，他就会想起马尔科姆以前是多么小心、一丝不苟地制作想象中的房子模型，而且是那么认真；大二那年，有一回杰比嗑药嗑多了，放火烧掉一个房屋模型（他后来宣称是不小心的），马尔科姆又气又伤心，差点当场哭出来。他追着马尔科姆跑出虎德馆，在寒风中陪他坐在图书馆前的阶梯上。"我知道这样很蠢，"马尔科姆冷静下来后，说，"但是那些模型对我是有意义的。"

"我知道。"他说。他一直很喜欢马尔科姆做的房子模型，到现在还留着多年前马尔科姆做给他的第一个，是他 17 岁的生日礼物。"这样并不蠢。"他知道那些房子对马尔科姆的意义：它们是一种控制权，提醒他，尽管他人生中有种种不确定，有一件事是他完全可以操控、永远可以表达言语无法说出的。"马尔科姆有什么好担心的？"杰比看到马尔科姆焦虑时，就会这么问他们，但是他懂：马尔科姆担心是因为活着本来就要担心。人生很可怕；人生是不可知的。即使马尔科姆家那么有钱，也不能让他完全免疫。人生会丢出种种意外难题给他，他得试着回答，就像他们其他人一样。他们全

1　日本本州岛中部城市。

都以自己的方式在寻求舒适感——马尔科姆用他的房子、威廉用他的女朋友、杰比用他的画笔、他用他的刮胡刀片——这些东西只属于他们，可以用来抵抗这个广阔得令人胆寒、难以面对的世界，以及其中持续不断的每一分钟、每一小时、每一天。

这几年，马尔科姆越来越少接住宅设计了；事实上，他们看到马尔科姆的机会少了很多。钟模如今在伦敦和香港都有分公司，尽管马尔科姆负责大部分的美国业务（他正在为他们大学母校的博物馆设计一栋新的翼楼），但已经越来越难分身了。不过他们的房子，马尔科姆还是亲自监督，而且每次相约来视察时从不失约，也从不改期。他们离开工地前，他一手放在马尔科姆的肩膀上。“马尔，”他说，“我怎么谢你都不够。”马尔科姆听了微笑：“这是我最喜欢的项目，裘德，”他说，“而且是设计给我最喜欢的人。”

回到纽约市区，他先送马尔科姆到布鲁克林科布尔山的家，然后往北过桥回曼哈顿，到自己的办公室去。这是他发现威廉不在所带来的最后一部分乐趣：因为这表示他可以加班到更晚、工作时间更久。没了吕西安，他的工作变得更愉快，也更不愉快——更不愉快，是因为他还是常常看到吕西安，只是他已经退休了，而且一如他自己说的，假装很享受在康涅狄格州打高尔夫球的生活。他很想念每天跟吕西安谈话，想念吕西安总是想吓他或挑衅他；更愉快，则是因为他发现自己很喜欢主持这个部门，很喜欢成为事务所里薪酬委员会的一分子，可以决定公司每一年的利润如何分配。有回他跟吕西安承认这一点，吕西安问他：“裘德，谁知道你居然这么喜欢玩弄权力啊？”他抗议：不是这样的。他告诉吕西安，他的满足感来自看着每年实际赚进多少钱、看着他和其他人花在公司的时间转化为数字，然后这些数字变成钱，这些钱再变成同事生活中的东西：

他们的房子、学费、假期、汽车（最后这部分他没告诉吕西安，因为吕西安会觉得他太浪漫了，又会挖苦地批评他多愁善感的倾向）。

罗森·普理查德律师事务所对他来说一直很重要，而在跟凯莱布的那一段结束后，就变得更不可或缺。他在事务所的这部分人生中，评估他价值的，纯粹是他完成的业务，以及他所做的工作。在事务所里，他没有过去，没有缺陷。他在那里的人生始自他上的是哪一所法学院、在里头做了什么，止于他每天达到的成就、每年的工时，以及他吸引到的新客户。在罗森·普理查德，没有给卢克修士、凯莱布、特雷勒医生、修道院或少年之家的空间；那些都是不相干的，都是无关的细节，跟他为自己创造出来的这个大律师形象一点边也扯不上。在罗森·普理查德，他不是那个躲在浴室里割自己的人，而是一连串数字：一个数字代表他为事务所赚了多少钱，另一个数字是他的工时，第三个数字代表他管理的员工数量，第四个数字是他奖励他们的分红。这种事情他从来没办法跟好友们解释，他们对于他的工作量既惊叹又同情。他永远没办法告诉他们，只有在那个办公室里，被工作和那些人（他知道他的朋友认为这些人简直呆滞又乏味）环绕，才是他自觉最像个人、最有尊严、最不脆弱的时候。

威廉去伦敦拍片期间，中间两度在周末回家——第一个周末他得了肠胃型流感，第二次是得了支气管炎。不过这两次，每当他感觉到自己听见威廉走进公寓、喊他的名字时，他就得提醒自己这是他的生活，而在他的生活里，威廉回家了，回到了他身边。那些时刻，他会觉得自己不喜欢性爱实在太小心眼了，他一定把那糟糕的程度记错了，就算他没记错，他只要更努力，千万别再那么自怜自艾就好。坚强起来，那两个周末结束时，他一边跟威廉吻别，一边在心里暗骂自己。绝对不准毁掉这个。绝对不准抱怨你根本不配得到的。

有个晚上，还剩不到一个月威廉就会拍完电影回家，他半夜醒来，相信自己是在一辆庞大的半拖车车厢里，身下的床是一条折成一半的肮脏蓝色拼缀布，身上的每根骨头随着卡车隆隆驶过高速公路而震动。啊不，他心想，啊不，他起床冲到钢琴前面，开始弹奏他记得的巴赫组曲，一首接一首，太大声又太急。他想到卢克修士以前上钢琴课时说过的寓言故事，一个屋里的老女人弹着鲁特琴，越弹越快，门外跳舞的小恶魔们就跟着越跳越快，最后全部瘫软在地。卢克修士跟他说这个故事是要表明一个重点：他得掌握速度。但他一直很喜欢那个画面。有时，当他觉得回忆袭来，只有单一的一个，很容易控制且打发走时，他就会唱歌或弹琴，直到回忆消失，音乐是他和回忆之间的一道屏障。

上法学院第一年时，他的生活中开始出现种种回忆画面。他做着一些日常的事情，像是做晚餐、在图书馆把书上架、在烘焙工房给蛋糕上糖霜、帮哈罗德查一篇文章，忽然间，一个画面出现在眼前，像一出只有他看得懂的哑剧。在那几年，那些回忆是活人扮演的静态画面，不是动态的描写，他会好几天重复看到同一个画面，像立体透视模型：卢克修士趴在他上方，或是少年之家里的一个辅导员，经过他身边时总要抓住他，或是一名顾客把长裤口袋里的零钱清出来，放在床头桌上卢克修士刻意为此摆放的盘子里。有时那些回忆更短暂、更模糊：某个顾客上床时没脱掉的、有马头纹样的蓝色袜子；在费城时特雷勒医生给他吃的第一餐（汉堡、用尖筒纸卷装的炸薯条）；在特雷勒医生的房子里，他住的房间有一个粉橘色的羊毛枕头，他每次看到都会想到撕开的肉。当这些回忆不请自来，他发现自己不知身在何处。总要花上好一会儿，才想起这些画面不但源自他的人生，也是他的人生本身。在那些日子里，他会被这些回忆打断，有时他从那种着魔状态走出来后，会发现自己手里还拿着挤糖霜的尖锥形塑料袋，停在面前的饼干上方，或者手上还拿着一本书，半插在架上。此时他才开始明白，以前他学会把那么多人生的种种都清除掉，甚至在事发后几天就刻意忘得一干二净，但同时他也明白，不知怎的，他现在已经失去了那种能力。他知道这是享受生活的代价，如果他能感受到现在让他觉得愉悦的事物，那么他也得接受因此而来的破坏。因为尽管他的回忆展开猛烈的攻击，让他陆续想起过往的片段，但他知道自己可以忍受这些回忆的折磨，只要他可以拥有朋友，有能力继续从别人身上获得安慰。

他把这种情况想成是世界稍微裂开了一道缝隙，他以前埋葬的东西从土壤中挣扎往上，翻开泥土，停留在他眼前，等着他辨识出来，认领回去。那些回忆的重现带着一种挑衅：我们来了，它们仿佛在对他说。你真以为我们会让你抛弃我们？你真以为我们不会回来？最后，他也发现自己以前剪辑了多少回忆（剪辑并重新组合、设计为某种比较容易接受的回忆），即使是发生没几年的事情——他记得大三那年看过一部电影，两个警探到大学里告诉一个学生，说以前伤害他的那个男人已经死在狱中。但其实那根本不是电影，而是他的真实人生，他就是那个学生。当时他站在虎德馆外的方院里，那两位警探就是那一夜在田野里发现他并逮捕特雷勒医生的人。他们把他送去医院，确保特雷勒医生会坐穿牢底，后来他们来学校找他，当面跟他说他以后不必再害怕了。“这里真不错啊，”其中一个警探说，看着周围美丽的校园、那些古老的砖造建筑物，在里面来去绝对安全，“裘德，我们以你为荣。”但他故意使这段回忆模糊，去掉了自己的名字，改成那个警探只说：“我们以你为荣。”同样的，他现在才想起来，他之前还抹掉了当时感觉到的强烈恐慌（这对他明明是好消息），担心事后有人问他刚刚跟他讲话的那两个是什么人。他往昔人生那种近乎令人作呕的谬误，现在却如此具体地闯入眼前。

最后他学会如何控制回忆。他无法阻止它们（一旦开始，就永远不会停止），但他逐渐摸熟如何预测它们的到来。他变得可以判断，某个时候或某一天，他可以感觉出即将有往事来访，他得先搞清楚该怎么处理这段回忆：它是想要当面跟他对抗，还是想要抚慰他，或只是想要吸引他的注意？他会判定它需要什么样的款待，然后决定如何让它离开，退回原来的地方。

一段小小的回忆他还可以控制，但是当他等着威廉回来时，一天天过去，他才发现这次来访的回忆是一条长长的鳗鱼，滑溜得抓不住，在他体内扭来扭去地蹿动，尾巴拍击着他的器官，让他感觉到那些回忆像是个伤人的活物，感觉到它结实而有力地拍击着他的肠子、他的心脏、他的肺。有时那些回忆就像这样，是最难抓住也最难控制的。随着每一天过去，那条鳗鱼在他体内似乎越长越大，直到他觉得自己全身不光塞满了血液、肌肉、水、骨头，还有回忆，像气球似的膨胀到了他的每一个指尖。在凯莱布之后，他已经明白有些回忆他就是没办法控制，他唯一能仰仗的，就是等到这些回忆自己累垮，游回他潜意识的黑暗深处，还他清净。

于是他等着，让那些回忆占据他（有将近两个星期，他都待在各辆卡车里，设法要从蒙大拿州去波士顿），好像他的脑子、他的身体是间汽车旅馆，而这些回忆是他唯一的住客。在这期间，他的挑战就是做到他对威廉的承诺，不要割自己，于是他为每天午夜 12 点到凌晨 4 点（这段时间最危险）订出一套严谨而消耗体力的时间表。到了星期六，他会规划接下来两周每一夜要做的事情，游泳、做菜、弹钢琴、烘焙、去理查德的工作室打杂、整理他和威廉的旧衣服、整理书柜、把威廉衬衫上松掉的纽扣重新缝好（他本来要交给周太太缝的，但反正自己完全可以处理）、清理厨房炉子旁边那个抽屉里累积的乱七八糟的东西：用来束紧袋口的金属丝、旧橡皮筋、安全别针、纸板火柴。他做了大量的鸡汤和羊肉丸，冷冻起来等威廉回来时可以吃，又烤了好多面包，让理查德拿到慈善厨房去，他们都是那里的委员，他还帮忙管理财务。做完一开始的体力活之后，他就坐在桌前重读他喜欢的一些小说，那些字句、情节、角色熟悉不变，令他安心。他真希望自己有宠物（一只愚蠢而懂得感恩的狗，喘着气息微笑，或是一只冷淡的猫，用缩成一条线的橘色眼珠批判地瞪着他），希望公寓里有其他会呼吸的东西，让他对着它们讲讲话，它们柔软的脚掌发出的脚步声可以让他回到现实。他彻夜工作，然后，就在他倒下去睡觉前，会去割自己——左手臂一道，右手臂一道——等到醒来时，他会很疲倦，但也很骄傲自己完整地熬过了这一夜。

但接着，离威廉回家只剩两星期了，正当回忆逐渐消退，暂时退房离开后，那些鬣狗回来了。或者不该说回来，因为自从凯莱布把这些鬣狗带入他的人生之后，它们始终不曾离开。总之，现在它们不再追着他跑，因为知道没有必要：他的人生是一片辽阔的无树平原，而他被它们包围着。那些鬣狗四肢大张地趴在发黄的草地上，或是爬到猴面包树上那些有如触须般伸展的低矮树枝上暂歇，锐利的黄色眼珠瞪着他。它们总是在那里，在他和威廉有性生活之后，它们的数量成倍增加了。碰到糟糕的日子，或是他特别担心要做爱的日子，鬣狗的数量就变得更多。在那些日子里，当他缓缓走过它们的领域时，可以感觉到它们的胡须抽动，感觉到它们漫不经心的嘲笑：他知道自己会落入它们手中，它们也知道。

尽管他渴望威廉的工作能为他提供性爱假期，他也知道自己不必太高兴，因为休假之后，要再进入那个世界总是很困难；他小时候就是这样，唯一比性交节奏更糟糕的事，就是重新调整，以便进入性交节奏。“我等不及要回家看你了。”下一次通电话时威廉这么说，尽管口气毫无挑逗之意，尽管根本没提到性爱，但他凭借过往的经验，知道威廉回来的头一夜就会想要，那星期的接下来几天会比平常要更多次，而且这回他会特别想要，因为之前两次他休假回来，他们两个轮流感冒了，所以两次都没做。

“我也是。”他说。

“割自己的状况怎么样了？”威廉轻松地问，好像在问他朱丽娅种的那几棵苹果树状况如何，或是天气怎么样。他们每次通话末尾，他都会这么问，好像这个话题他不怎么关心，只是出于礼貌要问一声。

“很好，”他说，一如往常，“这星期只有两次。”这是实话。

“很好，小裘，”威廉说，“感谢老天。我知道很难，但我真以你为荣。”在这些时刻，威廉的口气总是那么如释重负，好像他期望听到（大概也真是如此）某种完全不同的答案：不太好，威廉。我昨天夜里割自己了好多刀，割到整只手臂的肉都掉光了。我不希望你看到我时吓一跳。他会感觉到一种由衷的骄傲，因为威廉竟然这么信任他，而且自己真的可以说出实话。同时，那骄傲中混合了一种令人感到乏力、彻骨的悲伤，因为威廉竟然还得问他，而且这竟然是他们两个引以为傲的事情。其他人会以他们男友的才华、外貌或身手矫健为傲；但威廉，却只能以男友设法度过一夜、没用刮胡刀片割自己为傲。

终于，有一夜，他知道自己的种种努力再也无法满足他了，他得割自己，割得又多又狠。那些鬣狗开始发出小小的号叫，那种尖吠仿佛发自它们体内的另一种生物，他知道只有自己的疼痛才能让它们安静下来。他想着该怎么做：威廉再过一周就要回家了。如果他现在割自己，威廉回家之前伤口不可能痊愈，威廉就会生气。但如果他不做些事情，接下来就不知道会怎么样了。他一定要做点事，非做不可。此时他明白自己已经等得太久了；他原先太不切实际了，竟然以为自己熬得过去。

他从床上爬起来，走过空荡荡的公寓，进入安静的厨房。那一夜的时间表在料理台上发出白光（烤饼干给哈罗德、整理威廉的毛衣、去理查德的工作室），尽管被忽视但依然召唤着他，恳求被注意，它提供的拯救好轻好薄，有如那张承载字迹的纸。一时间他站在那里，动不了，然后缓缓地、不情愿地，他走向通往安全梯的那扇门，拉开门闩，又暂停一下，才打开门。

自从凯莱布那一夜之后，他再也没打开过这扇门。现在他探身进去，往下看着里头的黑暗，就像那一夜般紧抓着门框，不知道自己能否鼓起勇气去做。他知道跳下去可以平息那些鬣狗。但这件事有种过于屈辱，极端、病态的成分，他知道如果做了，他就跨过了某些界限，就该被强制住院了。最后，最后，他离开了门框，双手颤抖，然后把门甩上，用力闩上门，大步离开。

次日上班时，他跟另一个合伙人桑杰和一个客户去楼下，那个客户想抽烟。他们抽烟的客户不多，每回要下楼抽烟时，他都会跟着一起去，在人行道上继续之前的谈话。吕西安有个理论，说抽烟的人在抽烟时最舒服、最放松，在此时最容易操控。尽管吕西安说这话的时候，他听了大笑，但他知道他讲的大概没错。

那天，他因为双脚抽痛坐了轮椅，尽管他讨厌让客户看到他这副残障的样子。“相信我，裘德，”几年前他跟吕西安说出这些忧虑时，吕西安这么告诉他，“你不管是坐下还是站着，客户照样认为你是个超级暴力的大混蛋，所以老天在上，你就乖乖坐你的轮椅吧。”外头寒冷而干燥，让他觉得双脚的疼痛稍微减轻了些。他们三个人谈话时，他发现自己被催眠似的瞪着客户烟头上小小的橘色火光，觉得那火光在跟他挤眼睛，随着那顾客的吞吐，火光一下黯淡些，一下又明亮些。忽然间，他知道自己该怎么做了，然而他几乎立刻觉得肚子挨了一记重击，因为他知道他就要背叛威廉了，不单是背叛，还要撒谎。

那天是星期五，他开车去安迪的诊所时一路拟定计划，为了有个解答而觉得兴奋、放松。这天安迪处于那种兴高采烈、斗志昂扬的状态，于是他允许自己把注意力转移到安迪和他旺盛的精力上。期间，两人聊起他的腿，就像在聊某个麻烦又任性的亲戚，但是你不可能抛弃他，还得随时照料。“那两个恶棍。”安迪如此称呼他的两条腿，第一次说的时候，他被这个绰号的准确程度逗得大笑，其中带有的恼怒往往盖过了那隐藏的、有些不情愿的喜爱。

“那两个老恶棍怎么样了？”安迪这会儿问他。他微笑说：“老样子，懒惰，又吸光了我所有的精力。”

但同时，他心里满是他打算要做的事情，所以当安迪问他：“那你另一半最近说了些什么吗？”他凶巴巴地说：“你这话什么意思？”安迪停下手，好奇地看着他。“没什么，”他说，“我只是想知道威廉的近况怎么样。”

威廉，他心想，光是听到他的名字被人说出来，就让他痛苦不堪。“他很好。”他低声说。

看诊的最后，一如往常，安迪检查了他的手臂，这回就像前两三次，安迪咕哝着赞许他。“你真的克制了，”他说，“绝对没有讽刺的意思。”

“你也知道我这个人——总是想让自己变得更好嘛。”他说，保持打趣的口吻，但安迪看着他的眼睛。“我知道，”他柔声说，“我知道一定很辛苦，裘德。但是我很高兴，真的。”

晚餐时，安迪抱怨他双胞胎兄弟新交的男朋友，说很讨厌他。“安迪，”他告诉他，“你不能恨贝克特所有的男朋友啊。”

“我知道，我知道，”安迪说，“只不过他实在太平庸了，贝克特可以找到好太多的对象。他把普鲁斯特念成普劳斯特，这个我跟你说过吧？”

“好几次了。”他说，兀自微笑。三个月前他在安迪家用晚餐，见过贝克特这位新男友，是个贴心、快活、充满抱负的景观建筑师。“可是安迪——我觉得他人很好。而且他爱贝克特。总之，你打算没事成天跟他聊普鲁斯特吗？”

安迪叹气。“你讲话就跟简一样。”他抱怨地说。

“这个嘛，”他说，又露出微笑，“也许你该听简的话。”他又大笑，觉得好几个星期没这么轻松过了，不光是因为安迪那张闷闷不乐的臭脸，“你知道，这世上还有比不熟悉《在斯万家那边》[1]更糟糕的罪行呢。”

他开车回家时想着自己的计划，但接着才想到他还得等，因为他打算宣称自己做菜时不小心烧伤，如果出了错，得去安迪那里，安迪就会问他为什么今晚才跟他吃过晚餐，回家还要做菜。那就明天吧，他心想；我明天就会做。这么一来，他今天晚上就可以写一封电子邮件给威廉，提到他打算做杰比喜欢吃的炸芭蕉：是个有点临时起意的决定，结果出了大错。

---

1 《在斯万家那边》是普鲁斯特名著《追忆似水年华》的第一卷。

你很清楚，有精神疾病的人就会这样拟定计划，他心中那个冷冰冰又轻蔑的声音说。你很清楚，有病的人才会这样事先筹备。

别说了，他告诉那个声音。别说了。我知道这很病态，这表示我没病。那声音冷笑一声，笑他的辩护，笑他六岁小孩的逻辑，笑他对“有病”这个字眼的深恶痛绝，还有他生怕这个字眼被贴在他身上。但即使那个声音对他表达嘲弄和不屑的厌恶，也不足以阻止他。

次日晚上，他换上一件威廉的短袖T恤，来到厨房。他安排好自己需要的一切：橄榄油、一根长长的木火柴。他把左手臂放在水槽里，好像那是一只等着要拔毛的鸡，然后挑了掌根往上两三英寸处的区域，拿沾了橄榄油的厨房纸巾在皮肤上抹，抹出一块杏仁大小的圆形。他看着那块发亮的油渍几秒钟，吸了口气，拿起火柴朝火柴盒侧边一擦，将火焰凑向皮肤，直到着火。

这个痛是——是什么？自从车祸受伤以来，他身上没有一天是不痛的。有时疼痛的频率比较低、比较轻微，或者断断续续，但总是在。“你得小心，”安迪总是这么告诉他：“你已经太习惯疼痛了，碰到更糟糕的征兆时，就会失去辨认的能力。即使只是五分六分的痛，看起来像这样……”他们那时谈到他腿上的一个疮，他注意到那个疮周围的皮肤已经转成一种毒黑的灰，是腐烂的颜色，“那你得想象，对大部分人来说，这已经是九分、十分的痛了，那你一定、一定要来找我，好吗？”

但眼前的这种痛是他二十多年来不曾感觉过的，他尖叫又尖叫。种种声音、面孔、回忆的片段、古老的联想，一口气急速掠过他的脑海：冒烟的橄榄油气味令他想起和威廉在佩鲁贾吃过的一顿烤野菇大餐，进而联想到他和马尔科姆二十几岁时去弗里克收藏馆看过的一场丁托列托[1]作品展。接着联想到在少年之家时有个男孩，大家都喊他弗里克，但他从来不明白为什么，因为那男孩真正的名字叫杰德。再联想到在谷仓的那些夜晚，继而联想到北加州索诺马郡外，在一片空荡的草地上有一大捆干草，他靠在上头和卢克修士性交。就这么一路联想、联想、联想、联想、联想下去。他忽然闻到肉烧焦的气味，他冲出神游状态，慌张地看着炉子，好像他把东西落在那了，比方一块牛排，正在平底锅里煎着，但炉子上什么都没有，他这才明白他闻到的是自己的肉，他的手臂正烧着。于是他终于打开水龙头，把水泼溅在烧伤处，冒出油腻的烟，他再度尖叫起来。然后他慌乱地伸出右手臂（左手臂仍无力地放在水槽里，像一只切下的截肢放在肾形金属盘内），从炉子上方的碗橱里拿出一罐海盐，啜泣着抓起一把粗糙的结晶，抹在伤口上，让那稍微平息的疼痛重新复活，转为某种比白更白的东西，好像他直视着太阳，并因而目盲。

他醒来时，发现自己躺在地板上。头顶着水槽下的碗橱。他的四肢正在抽搐；他发烧了，同时又觉得很冷。他的身体靠向碗橱，仿佛那是某种柔软的东西，会将他吞没。在他闭着的眼皮后方，他看到那些鬣狗舔着口鼻，好像真的狠狠吃了他一顿。高兴了吗？他问它们。你们高兴了吗？它们当然无法回答，但眼神茫然而满足；他看得出它们的警惕性降低，心满意足地闭上了大眼睛。

次日他发烧了。他花了一小时才从厨房回到床上；他的腿很酸痛，而且还没法用手臂拖行自己的身子。他断断续续失去意识，没睡多少，疼痛就像浪潮拍打着他，有时潮水退得够远让他醒来，有时又把他淹没在灰色的肮脏潮水中。那天深夜，他逼自己清醒一点，

1　16 世纪意大利威尼斯画派著名画家。

检视手臂，那里有一块表皮发脆的大圆形，又黑又毒，像是一块他用来进行某种可怕而神秘的仪式的土地：或许是烧女巫、献祭动物，或者召唤鬼魂。那看起来一点也不像皮肤（的确，现在已经不是了），而是某种从来不是皮肤的东西：像木头，像纸，像柏油路面，全都烧成了灰。

到了星期一，他知道伤口会感染。午餐时间他换掉前一夜包扎的绷带，揭开纱布时，表皮也跟着被撕了下来，他抓起西装胸袋里的方巾捂住嘴，免得叫出声来。上头凝结的东西有血块的黏稠度，但是颜色像煤炭。他坐在浴室的地板上，一阵又一阵地吐出消化到一半的食物和胃酸，他的手臂也吐出自己的疾病、自己的排泄物。

次日疼痛加剧，他提早下班去安迪那。“老天。”安迪看了伤口说。难得一次，安迪沉默了，完全沉默了，这把他吓坏了。

“你能治好吗？”他轻声问。直到此时，他从没想过他有办法把自己伤到无法修复的地步。他忽然想到安迪有回跟他说，有一天他会把自己割到失去整只手臂。接下来他又想到：我要怎么告诉威廉？

“可以，”安迪说，“我会尽量，不过你得去住院。躺下来。”他躺下，让安迪帮他冲洗伤口、清洁并包扎。他疼得大叫，安迪跟他道歉。

他在那里待了一个小时，等他终于有办法坐起身来（安迪给他打了局部麻醉针），两个人都没说话。

“你打算告诉我，你是怎么烧出一个这么圆的三度烧伤的吗？”最后安迪问他，他没理会安迪冰冷的嘲讽，只是背出他准备好的故事：炸芭蕉，炉油引起了小火灾。

安迪又沉默了一会儿。这回的沉默不一样，他无法解释，但是不喜欢。然后安迪很轻地说：“裘德，你在撒谎。”

“你什么意思？”他问，忽然觉得喉咙发干，尽管刚刚一直在喝柳橙汁。

“你在撒谎。”安迪又说了一次，声音一样轻。于是他滑下诊疗台，果汁瓶从他手里滑落，掉在地板上，摔碎了。他朝门走去。

“站住。”安迪说，冷酷且怒不可遏，“裘德，你他妈的现在就告诉我。你做了什么？”

“我告诉你了，”他说，“我告诉你了。”

“不，”安迪说，“你告诉我你做了什么，裘德。把那些话说出来。说啊。我想听你说出来。”

“我告诉你了。”他大吼，感觉很糟糕，脑子抵着脑壳怦怦跳，双腿周围像塞满了冒烟的铁块，手臂有如贴着沸腾的大锅烧炙。“让我走，安迪。让我走。”

“不，”安迪也吼了起来，“裘德，你……你……”安迪停下，于是他也停下，两人都等着听安迪接下来会说什么。“你有病，裘德，”他说，用一种低沉、狂乱的声音说，“你疯了。这是疯狂的行为。这种行为可以也应该让你去精神病院住个几年。你有病，你有病，而且你疯了，你需要专业治疗。”

“你居然敢说我疯了，”他大喊，“你居然敢！我没疯，我才没有。”

但安迪不理他。“威廉星期五要回来，对吧？”他问，他明明知道答案，“从今天晚上开始，你有一星期的时间告诉他，裘德。一星期。之后，我会自己告诉他。”

“安迪，你这样做是犯法的，”他大喊，觉得眼前一切都在旋转，“我会告你，让你赔钱赔到你根本……”

“你最好去查一下最近的判例，大律师。”安迪也气呼呼地反击，“两年前，‘罗德里格斯控告梅塔案’。如果病患因为企图严重自残再度被强制住院，病患的医生有权利——不，有义务——通知病患的伴侣或近亲，他妈的不管病人同意与否。”

他顿时哑口无言，觉得天旋地转，因为疼痛和害怕，也因为安迪刚刚那番话造成的震惊。他们两个还站在检查室里，这个房间他来过那么多次，太多次了，但他可以感觉到自己双腿发软，悲惨降临，同时自己的怒气消退。“安迪，”他说，听得出自己声音中的乞求，“拜托不要告诉他。拜托不要。如果你告诉他，他会离开我的。”他说的时候，很确定这是真的。他不清楚威廉为什么会离开他（不管是因为他做的事，还是因为他撒谎），但他知道自己的判断不会有错。威廉会离开他。尽管他做这些事，是为了让自己有办法继续做爱；要是他不肯做爱，他知道威廉无论如何都会离开他。

“这回不行，裘德，”安迪说，没再吼了，但声音严厉而坚定，“这回我不会帮你隐瞒了。给你一个星期。”

“可是这不关他的事。”他绝望地说，“这是我的事啊。”

“但这才是重点，裘德，”安迪说，“这就是他的事。因为他妈的伴侣关系就是这样——你还不明白吗？你还不明白你现在就是不能任性乱来？你还不明白当你伤害自己的时候，你也是在伤害他？”

“不，”他说，摇着头，右手抓着诊疗台边缘，试图站直，“不。我对自己这样做，就不会伤害他了。我这么做是为了放过他。”

“不，”安迪说，“如果你毁掉这段关系，裘德，如果你继续对一个爱你的人撒谎，那你只能怪自己了；他真的很爱你，只想看到你真正的、本来的样子。这会是你的错。而且这个错不是因为你这个人、你遭受过的经历、你得过的病，或是你自认的长相，而是因为你的行为，因为你不够信任威廉，不肯老实跟他谈。他一直、一直对你那么慷慨、那么有信心，你却不肯给他同样的慷慨和信心。

我知道你以为你放过他，但其实没有。你很自私。你不但自私，还顽固又骄傲，你就要搞砸你这辈子碰到过的最美好的事情了。你还不明白吗？”

他这天晚上第二度哑口无言，直到他累得要命，终于要倒下，安迪才伸手抱住他的腰。他们的谈话到此结束。

接下来三个夜晚，在安迪的坚持下，他都在医院度过。白天他去上班，晚上回到医院，安迪重新帮他办理住院。他上方挂着两个输液袋，分别输入两只手臂里。他知道其中一袋是葡萄糖，另一袋是别的，让他的疼痛模糊并减轻，让他的睡眠墨黑而安稳，就像一幅日本木刻版画中冬日的深蓝色天空，大雪茫茫，下方有一个戴着草编帽的沉默旅人。

星期五，他回到家。威廉会在晚上 10 点左右抵达。尽管周太太打扫过了，他还是想确认没有任何证据、确认自己把所有的线索都藏好了。少了脉络背景，各种线索（盐、火柴、橄榄油、厨房纸巾）就根本不是线索了，只是他们共同生活的象征，是他们两个人日常都可以拿到的东西而已。

他还没决定要怎么做。他跟安迪哀求多给他九天，说服他说因为假期，下周三他们就要开车去波士顿过感恩节，他需要多九天的时间。他还可以拖到下个星期天，要不告诉威廉，要不就说服安迪改变心意（他自然没说出来）。两种方案似乎同样不可行，但总之他会尝试。过去三个晚上睡得那么饱的麻烦之一，就是他没有什么时间思索要怎么解决这个状况。他觉得自己成了一副奇观，所有寄居在他体内的活物——那个雪貂般的野兽、那些鬣狗、那些声音——都等着看他会怎么做，然后它们就可以批判他、嘲笑他，跟他说他错了。

他坐在起居室的沙发上等待。当他睁开眼睛时，威廉坐在他旁边微笑，轻唤他的名字。他伸出双臂抱住他，小心地让左手完全不要用力。那一刻一切似乎都有可能，但同时又困难得难以言喻。

没有这个，我怎么有办法继续下去？他问自己。

然后：我该怎么办？

九天，他心里的声音唠叨着。九天。但是他不理会。

“威廉，”他说，依然跟威廉相拥。“你回来了，你回来了。”他吐出一口长气；希望威廉没听到其中的颤抖。“威廉，”他说了一遍又一遍，让那名字充满他的口腔，“威廉，威廉——你不知道我有多么想念你。”

* * *

离家外出最棒的一点，就是回家。这是谁说的？不是他，但是他也会说出同样的话，他在公寓里走动时这么想。现在是星期二中午，明天他们就要开车去波士顿了。

如果你爱家（即使你不爱），再也没有什么比得上归来的第一个星期了——那么温馨舒适、那么自在开心。那个星期，就连平常会让他火大的事情——凌晨 3 点某辆汽车警报器的噪音；想睡觉时，床后头那群挤在窗台上咕咕叫的鸽子——似乎都转为种种对你的提醒，让你想到无论你原先离你的生活有多远、离开多久，这不变的生活永远会仁慈地允许你回来。

在这个星期，你本来就喜欢的那些事物，只因为它们存在，就值得庆祝：克罗斯比街那个卖糖衣核桃的小贩，每次你慢跑经过时总会回应你的挥手；同一个街区上那辆快餐车卖的中东炸肉丸三明治夹着超多的腌白萝卜，害你有天在伦敦半夜醒来想念得不得了；还有这间公寓本身，整个白天，阳光从这一头缓缓移向另一头，里面有你的东西、食物、床、淋浴间、气味。

当然，还有等着你的那个人：他的脸、身体、声音、气味、触摸，他会等你讲完你想讲的事情（无论多长），才会开口，他脸上缓缓绽开的微笑让你想起月亮的升起，他多么清楚无疑地想念你，看到你回来又多么清楚无疑地开心。然后，如果你特别幸运的话，这个人还会在你离家时帮你做很多事：食品储藏室、冷冻柜、冰箱里会充满你爱吃的东西、你爱喝的苏格兰威士忌。你以为前一年在戏院搞丢的毛衣，会洗好、折好摆在你的衣柜里。那件扣子松掉的衬衫，上头的扣子又缝得牢牢的。你的信件成叠摆在书桌的一端；你要去德国帮一个奥地利啤酒品牌代言的广告活动合约帮你看好了，合约旁的空白处写着一些给你律师的建议注记。而且不必提，你就知道这些事情都是他开开心心做好的，你会知道你喜欢住在这间公寓、喜欢这段伴侣关系的一部分原因（虽然只是一小部分，但也是一部分），是因为另一个人总是替你营造出家的感觉。当你这样告诉他，他不会生气而是开心，你也会很高兴，因为你是真心感激。在这些时刻（回家近一星期了），你搞不懂自己为什么这么常离开，你会思忖，等下一年的合约履行完毕后，是否该多花点时间留在这个让你有归属感的地方。

但你也知道（他也知道），你总是离开的部分原因，是某种应变的对策。自从他和裘德的恋情公开后，虽然他、基特、埃米尔都等着看接下来会怎么样，但他重新体会到年轻时代常有的那种不安全感：要是他再也接不到工作了呢？要是一切到此为止呢？尽管现在回头看，他发现自己的事业其实还在继续发展，几乎看不出有任何影响，但他还是花了一年，才确定自己的处境没有改变：跟以前一样，有的导演喜欢找他，有的不喜欢（“狗屁，任何导演都想找你合作。”基特总是这样说，他很感激他）。无论如何，他还是原来的那个演员，没有比以往更好或更差。

如果他被公认还是同样的演员，但他并没有被公认还是同样的那个人。在他表明自己是同性恋之后（他从未否认，他没有公关人员帮他发出这类否认或公开声明），他发现自己好久没有拥有这么多身份了。在成年的大部分时间里，他的处境让他去除自己的种种身份：不再是一个兄弟；不再是一个儿子。但这回才揭露了一件私事，他就成了同性恋男子、同性恋演员、知名的同性恋演员，最后还成为知名又不忠的同性恋演员。大约一年前，他跟一个名叫麦克斯的导演吃晚餐，他们认识很多年了，晚餐时麦克斯想说服他在一个同性恋权利组织的慈善晚宴上演讲，正式宣布自己是同性恋者。威廉向来支持这个组织，他告诉麦克斯，他很乐于颁奖或出钱赞助一桌（一如过去十年的每一年），但他不会公开出柜，因为他不认为这有什么好公开的——他不是同性恋者。

“威廉，”麦克斯说，“你在谈恋爱，很认真地跟一个男人交往。这就是同性恋的定义啊。”

“我没在跟一个男人交往。”他说，连自己都听得出这话有多么荒谬，“我是在跟裘德交往。”

“啊，老天。”麦克斯喃喃说。

他叹气。麦克斯比他大16岁。在麦克斯成年的那个时代，身份政治就是你这个人。他也了解麦克斯的论点，还有其他人的论点，他们不断抨击或恳求他出柜，看他不出柜，就指控他自我厌恶，还有懦弱、伪善、否认。他领悟到自己开始代表他从来不想代表的身份；他领悟到，无论他想或不想要这种代表权，几乎都是次要的。但他还是做不到。

裘德曾告诉他，他和凯莱布交往期间都没告诉其他人。裘德保密是源于羞愧（而凯莱布保密，威廉只希望至少是出于微小的罪恶感），但他同时也觉得自己和裘德的交往只存在于他们两个人之间，跟其他人无关；对他们而言，这段关系似乎是神圣不可侵犯、要为之奋战的，而且是独特的。当然，这样很荒谬，但这就是他的感觉——当一个像他这种地位的演员，在很多方面，就会成为公共财产，任何想要针对他的能力、外表或演技说任何话的人，都可以为了他而争吵、论辩、批评。但他的感情生活就不一样了，在其中，他只为另一个人扮演一个角色，而那个人是他唯一的观众，没有其他人会看到，无论他们自认有多懂。

他会觉得自己的感情生活是神圣不可侵犯的，也是因为他最近（大约在过去六个月）才逐渐掌握其中的节奏。他原先自认为了解的那个人，在某些方面，根本不是他眼前的这个人，他花时间去搞清自己至今看到了多少面：那就好像他以前一直以为这是个五角星，但其实是个十二面体，有很多平面、很多分形，测量起来要复杂得多。尽管如此，他从没想过要离开。他留下，毫无疑问，是出于爱，出于忠诚，也出于好奇。但这并不容易。事实上，有时还困难得要命，而且在某些方面，至今还是如此。当他向自己承诺他不会试图修补裘德时，他忘了一点：想解开某个人的秘密，就是想要修补他。诊断一个问题，却不试着解决这个问题，好像不光是疏忽，还很不道德。

主要的问题就是性爱：他们的性生活，还有裘德对此的态度。他和裘德在一起后，他一直等着他准备好，到了近十个月时（创下他 15 岁以来禁欲最久的纪录，他也视之为对自己的挑战，就像有的人会停止吃面包或意大利面，只因为男朋友或女朋友不吃），他严重担心起要这样等多久，也担心裘德会不会根本就没办法有性生活。但不知怎的，他知道，而且一直知道，裘德被虐待过，出过很可怕的事情（说不定还有好几件），但他出于羞愧，想不出该用什么字句跟他讨论。他告诉自己，即使他可以找到字句，除非裘德准备好，否则也不会跟他谈，但真正的原因，威廉知道，就是他自己太胆小了，这种胆小其实是他没做任何事的唯一原因。但接着，他从得州拍完片回家，他们总算开始做爱了，于是他放心了；另外，让他放心的是，他依然像以前那样享受性爱，其中没有任何勉强或不自然。而且结果证明，其实裘德对性事比他原先以为的要熟练很多，他就第三度放了心。然而，他没有勇气去想为什么裘德这么有经验，难道理查德猜得没错，难道裘德一直过着某种双面生活？这个解释似乎太完美了，但另一种解释让他无法承受——这些性爱方面的知识，是裘德在认识他之前就累积的，也就意味着是在童年时期学到的。于是，他罪恶感很重，却什么都没说。

不过某天晚上，他做了个梦，梦到他和裘德刚做完爱（事实上的确如此），裘德在他旁边哭，想忍着不出声却失败了，即使在梦里，他也知道他为什么哭：因为他恨他所做的；他恨威廉逼他做的。次日晚上他就直截了当地问裘德：你喜欢这个吗？他等着，不知道答案是什么，直到裘德说喜欢，他才又放心了：放心这个虚构的状态可以继续下去，放心他们的平衡会保持不变，放心他不必展开一场他根本不知该如何启齿的谈话，更别说要一路引导了。他想象着一个画面：一艘小小的船，敞篷的小艇，在浪潮中摇晃得很厉害，但接着又自行直立并稳定下来，继续平静地航行，即使底下的黑色海水充满妖怪和漂浮的海草，每一道水流都威胁着要把那艘可怜的小船拖到海面下，一口吞噬掉，再无踪影。

但有时（太偶尔且随机，因而无法追踪）会有一些时刻，当他进入裘德，或是事后，他看到裘德的脸，会感觉到他的沉默，黑暗又彻底，几乎成了气态，于是他明白裘德跟他撒了谎：他之前问的问题只有一个可接受的答案，而裘德给了他那个答案，但其实他不是真心的。接着他会跟自己争辩，设法解释自己的行为，同时又回头指责自己。但是当他扪心自问时，他知道就是存在问题。

他无法讲清楚问题是什么，毕竟，每回他想做爱，裘德似乎也想做（不过这本身不就很可疑吗？）。他从来没碰到过有人这么不喜欢前戏，甚至不愿意讨论性爱的，而且还从来没说过这个词。“这样太尴尬了，威廉。”每回他试着提起，裘德就会说，“我们做就是了。”他常常觉得，他们在一起做爱似乎是计时的，而他的工作就是尽可能快速彻底地完成，事后绝对不要再提。他比较不担心裘德不会勃起，倒是比较担心自己有时体验到的奇怪感受（太不确定又太矛盾了，甚至没法用语言清楚表达），觉得他们每多做一次爱，他都更接近裘德，裘德却更远离他。裘德说出所有适当的话，发出所有适当的声音，他深情而心甘情愿；然而，威廉知道有个什么，一定有个什么不对劲。他不知道该怎么办，人们总是喜欢跟他做爱——所以眼前这是怎么回事？但反常的是，这让他更想做了，好像只为了找出一些答案，即使他也很害怕这些答案。

就像他知道他们的性生活有问题，他也知道（但是毫无根据，甚至没人告诉过他）裘德割自己跟性爱有关。这个领悟总是让他打寒战，同时他又会按照老样子，忧心忡忡地原谅自己不去进一步探索，不愿把手臂伸进由裘德的过去所构成的、充满蠕动的蛇和蜈蚣的烂泥中，找出那本很多页的、罩着发黄塑料皮的书，里头会解释裘德这个他自以为很了解的人——威廉·拉格纳松，你以为自己在干吗？你笨得根本没办法搞清楚这件事。然后他会想着他们这些人中，没有一个人有勇气去试，无论是他、马尔科姆、杰比或理查德，甚至是哈罗德。他们找出其他理由，免得弄脏了自己的手。唯一算是例外的，只有安迪。

但是对他而言，去假装、无视他所知道的一切很容易，因为大部分时间，假装都很容易，因为他们是好友，因为他们喜欢和对方在一起，因为他爱裘德，因为自己受他吸引，因为自己渴望他。但他知道的裘德，是白天，甚至黄昏和黎明的裘德；还有另一个裘德，每夜会附身在他熟知的那位老友身上几小时。有时他很担心这个才是真正的裘德：这个裘德会独自在他们的公寓里漫游。他看过这个裘德抓着刮胡刀片极慢地划过手臂，双眼因为痛苦而睁大，这个裘德他永远碰触不到，无论他做了多少保证，无论他发出多少威胁。有时感觉上，在他们的伴侣关系中，真正控制全局的是那个裘德。当他出现时，没人能赶走他，连威廉都没办法。然而，他还是很顽固：他会赶走他，透过他热烈、有力而坚决的爱。他知道这样很幼稚，但所有顽固的行为都是幼稚的行为。在这段关系中，顽固就是他唯一的武器。耐心、顽固、爱：他必须相信这些就足够了。他必须相信它们的力量能胜过任何裘德的习惯，无论那些习惯持续了多久、多么习以为常。

有时他会从安迪或哈罗德那里得到某种进度报告。他们两个每次看到他都会谢谢他，他觉得没有必要，但同时又觉得安心，因为这表示他认为他看到裘德身上的改变，毕竟不是想象出来的——感情表达的程度增加；对身体的忸怩不安也降低了一些。但他也同时感觉到强烈的孤单，因为他要独自面对自己对裘德，以及对他遇上的种种问题的困难程度所产生的怀疑，而且他知道自己没有能力也不愿意妥善地处理这些问题。有几次，他差点就要联络安迪，问他该怎么做，问他自己是否做了正确的决定。但最后还是作罢了。

于是，他用自己天真的乐观掩盖了他的害怕，把他们的伴侣关系变得欢乐而温暖。他常常猛然感觉到（他在利斯本纳街时期也曾有过），他们正在玩扮家家酒，他实现了某种童年时代的幻想，跟他最要好的朋友逃离这个世界和其中的规则，住在某个不舒适但绝对够用的空间里（一节火车厢，或是一座树屋），这种地方本来不是给人住的，但因为住在里面的人都拥有信念且努力，于是这里才成了一个家。欧文先生说的不完全错，他会想起那些日子，感觉人生就像是特别长的睡衣派对；在其中，他们度过了将近三十年；在其中，他们很兴奋自己侥幸保留了某种重大、本来早该抛弃的东西：你去参加派对，听到有人说了些荒谬的话，你会看着桌子对面，他也会看着你，面无表情，只有一边的眉毛稍稍抬高，你得赶紧喝点水，免得大笑把满嘴食物喷出来。回到你们的公寓——你美得不像话的公寓，你们两个喜欢这里喜欢到简直令人难为情的程度，原因是你们永远不必跟对方解释——你们会简单扼要地讲起整顿可怕的晚餐，笑到肚子痛。或者你每天晚上会跟一个比你聪明、思虑比你周密的人讨论心事，或者聊起这么多年后，你们两个都拥有金钱了，而且是漫画里大坏蛋拥有的那种多得荒谬的金钱，你们却都因此觉得畏怯而不安。或者你们会开车北上到他父母家里，其中一人把一份古怪的音乐播放列表插进车子的音响里，两个人一起跟着唱，很大声。当个超级傻气的成人，那是你小时候从来不可能想象的。当你年纪渐长，你就明白，其实你真正想一起相处超过两三天的人非常少，现在跟你在一起的，是你想一起相处很多年的人，即使在他最隐晦难解的时间也不例外。所以：快乐。没错，他很快乐。他不必认真去思考。他知道自己是个简单的人，最简单的人，然而到头来，他却偏偏碰上了一个最复杂的人。

“我想要的一切，”某天夜里他跟裘德说，试着解释那一刻他心中涌动的满足感，有如一把亮蓝色茶壶里烧滚的水，“就是有我喜欢的工作，有个住的地方，还有个爱我的人。看到没？很简单。”

裘德哀伤地笑了。“威廉，”他说，“那也是我想要的一切。”

“但是你已经有了。”他轻声说，裘德也沉默了。

“没错。”最后他终于说，“你说得没错。”但他的口气似乎并不相信。

那个星期二晚上，他们躺在床上，有一搭没一搭地聊着，就是那种两个人都想保持清醒但逐渐要睡着的漫谈状态。此时裘德喊了他的名字，那种严肃的口吻让他睁开眼睛。“什么事？”他问他。裘德的脸静止不动，很冷静，让他害怕起来。“裘德？”他说，“告诉我吧。”

“威廉，你知道我一直试着不要割自己，”他说，威廉朝他点点头等着，“而且我还会继续努力。”裘德继续说，“但是有时候——有时候我可能没办法控制自己。”

“我知道，”他说，“我知道你在努力。我了解这对你有多困难。”

裘德转身背对着他。威廉转过去，双手抱住他。“我只是想跟你说，要是我犯了错，希望你能了解。”裘德说，声音闷在被子里。

“我当然会了解。”他说，“裘德——我当然会了解啊。”接下来是很长一阵沉默，他等着看裘德会不会再说些什么。裘德本来就瘦，有着马拉松长跑选手的长肌肉，但过去六个月，他变得更瘦了，几乎跟他刚出院时一样瘦。此时威廉把他抱得更紧了一些。“你又瘦了。”他说。

“是工作。”裘德说，两个人又沉默了。

“我觉得你应该多吃一点。”他说。他之前为了扮演图灵增重，虽然已经瘦回来一点，但在裘德旁边他还是觉得自己巨大，肿胀又庞然。“安迪会觉得我没有好好照顾你，他会骂我的。”他说。裘德发出一个声音，他觉得是笑声。

次日早晨，感恩节前一天，两个人都兴高采烈（他们两个都很喜欢开车），把行李袋和裘德帮哈罗德及朱丽娅烤的一盒盒饼干、派和面包放进车里，很早就出发上路。车子颠簸往东驶过苏荷区的卵石街道，然后加速上了罗斯福东河大道，两人跟着《二重唱》的电影原声带一起唱着歌。到了麻州伍斯特市外，他们在一个加油站停下来，裘德进入站里的商店买薄荷糖和水。他在车里等候，翻着报纸。裘德的手机响了，他伸手去拿，看到来电显示的人，就接了。

“你跟威廉说了吗？”他还没来得及出声，就听到安迪的声音说，“过了今天以后，你就只剩三天了，裘德，然后我会自己告诉他。我说真的。”

“安迪？”他说，接下来是一段骤然、鲜明的寂静。

“威廉，”安迪说，“妈的。”背景里，他听得到一个小孩兴奋地尖叫：“安迪叔叔讲脏话！”安迪又骂了一声，他听得到门甩上的声音。“你干吗接裘德的手机？”安迪问，“他人呢？”

“我们正开车要去哈罗德和朱丽娅家。”他说，“他去买水了。”电话的另一头还是沉默。“安迪，要告诉我什么？”他问。

“威廉，”安迪说，又停住，“我不能说。我告诉过他我会让他自己说的。”

“唔，他什么都没跟我说。”他说，然后可以感觉到心里充满好多层情绪：恐惧叠上恼怒再叠上恐惧再叠上好奇再叠上恐惧。“安迪，你最好告诉我。”他说，心里恐慌起来，“是很糟的事吗？”他问，然后开始恳求，“安迪，别瞒着我。”

他听到安迪缓缓呼吸。“威廉，”他低声说，“问他手臂上的烧伤到底是怎么来的。我得挂电话了。”

“安迪！”他大喊，“安迪！”但安迪挂断了。

他转向窗外，看到裘德走向他。烧伤，他心想：那个烧伤怎么了？裘德说是因为想做杰比爱吃的炸芭蕉而烧伤的。“他妈的杰比，”之前他说，看着裘德手臂上缠绕的绷带，“总是把一切搞砸。”裘德大笑。“不过说真的，”他说，“你还好吗，小裘？”裘德说他很好；他去安迪那里看过了，他们用某种人工皮帮他做了植皮。然后他们又争执了几句，裘德之前都没跟他说那个烧伤有多严重（从裘德的电子邮件，他以为只是轻微灼伤，没想到还要植皮）。另外今天早上他们又争执了一番，因为裘德坚持要开车，虽然他的手臂还是很痛，但是：那个烧伤怎么了？忽然间，他知道安迪的话只有一个解释，他不得不赶紧低下头，因为他觉得脑袋发晕，仿佛刚刚有人狠狠打了他。

“对不起，”裘德回到车上说，“排队好长。”他从袋子里拿出薄荷糖，然后转头看他。“威廉，”他问，“怎么了？你脸色好差。”

“安迪刚刚打电话来了。”他说，然后看着裘德的脸，看着那张脸变得僵硬而恐惧。“裘德，”他说，觉得自己的声音听起来很遥远，好像从峡谷深处传来，“你手臂上的烧伤是怎么来的？”但裘德没回答，只是瞪着他。这没有发生过，他告诉自己。

但是当然发生了。“裘德，”他又说了一次，“你手臂上的烧伤是怎么来的？”裘德只是继续瞪着他，双唇紧闭，然后他又问了一次，再问一次。最后，“裘德！”他大吼，被自己的怒气吓坏了，而裘德突然脑袋往下一缩。“裘德！告诉我！现在就告诉我！”

于是裘德说了些话，声音小到他根本听不见。“大声点，”他又朝他吼，“我听不见。”

“我自己烧的。”裘德最后终于说了，还是很小声。

“怎么烧的？”他失控地大声问。再一次，裘德的回答很小声，他大部分都听不见，但还是听出某些字眼：橄榄油、火柴、火。

“为什么？”他竭力吼道，“裘德，你为什么要这么做？”他很生气，气自己，也气裘德，气到两人认识以来头一回，他想打他，他可以想象自己的拳头击中裘德的鼻子、他的脸颊。他想看到他的脸被打烂，他想当那个打烂他脸的人。

“我那时试着不要割自己。”裘德说，很小声。这句话又让威廉涌上满肚子火。

“所以这是我的错喽？”他问，“你这么做是为了要惩罚我？”

“不，”裘德恳求地说，“不是，威廉，不是……我只是……”

但他打断他，“你为什么从不告诉我卢克修士是谁？”他不觉间就脱口而出。

他看得出裘德愣住了。“什么？”他问。

“你答应过你会说的。”他说，“记得吗？那是我的生日礼物。”最后这个词听起来充满讽刺意味，他本来没打算那么刻薄的。“告诉我，”他说，“现在就告诉我。”

“我没办法，威廉，”裘德说，“拜托。拜托。”

他看得出裘德非常痛苦，但依然步步紧逼。“你有四年的时间去想出该怎么说。”他说。当裘德要把钥匙插入点火开关时，他伸手把钥匙夺过来。“我想这个宽限期够了。你现在就告诉我。”然后，他看裘德还是没反应，又朝他吼：“告诉我！”

“他是修道院里的一个修士。”裘德轻声说。

“还有呢？”他朝他大喊。我太蠢了，他心想，即使大吼时都在想。我真是太、太、太蠢了。我太好骗了。然后，他同时又想着：我在吼一个我深爱的人，让他怕我。他忽然想起多年前吼过安迪：你生气是因为你想不出办法让他好过一点，于是就把气出在我身上。啊老天，他心想。啊老天，我为什么要这么做？

“我跟着他逃离修道院。”裘德说，声音小得威廉得凑近才能听到。

“然后呢？”他说，但他看得出裘德就要哭出来了。忽然间，他停下，往后靠，筋疲力尽又很厌恶自己，同时忽然很恐惧：如果他问的下一个问题，就能打开闸门，所有他想知道的关于裘德的事，所有他从来不想面对的事，全像洪水般涌出来呢？他们坐在那里好久，车子里充满了他们颤抖的呼吸声。他可以感觉到自己的指尖发麻。“走吧。”最后他终于说。

“去哪里？”裘德问，威廉看着他。

“我们离波士顿只剩一个小时车程了，”他说，“而且他们在等我们。”裘德点头，用手帕擦擦脸，从他手里拿了钥匙，缓缓开出加油站。

他们沿着高速公路往前开时，他忽然开始想象点火烧伤自己是什么状况。他想到当童子军时曾负责生火，先把报纸揉成一团，周围用小树枝搭成尖锥状，那小小的火焰随着周围的空气摇晃着，可怕又美丽。然后他想到裘德对自己的皮肤做这种事，想象橘色的火焰侵蚀了他的肉，觉得很想吐。“靠边停车。”他喘着气说。裘德转出路面，他开门探出身子一直吐，吐到再也没有东西可吐为止。

“威廉。”他听到裘德说。那声音让他火大，同时也令他悲痛。

接下来他们一路沉默，等到裘德把车开进哈罗德和朱丽娅家的车道，有短暂的片刻，他们看着彼此，他觉得他好像看着一个从未见过的人。他看着裘德，看到一个英俊的男子，四肢修长，容貌俊美，那是你会一直看、一直看的脸庞。如果你在派对上或餐厅里碰到这个男子，你会去找他说话，因为这样就有借口一直看着他，而你永远想不到这个人会割自己割得那么凶，割到手臂上的皮肤再也不像是皮肤，而是软骨；你想不到他曾跟一个打他打得很凶的人约会，打到他差点死掉；你想不到有天夜里他会把油抹在自己身上，在皮肤上点火后让它烧得更亮、更快；你想不到他这个点子是来自某个曾经这样对他的人。那是很多年以前，他当时还是个孩子，不过是从一个可恨而又讨厌的监护者桌上拿了某个发亮又充满诱惑的东西。

他张开嘴巴正想说些什么时，却听到哈罗德和朱丽娅朝他们喊着欢迎的话，他们两个都眨眨眼，挤出微笑，转身下了车。他吻朱丽娅时，听到哈罗德在他身后对裘德说：“你还好吗？你确定吗？你看起来有点没精神。”裘德咕哝着附和。

他拿着两人的旅行袋去卧室，裘德则是直接进了厨房。他把牙刷和电动刮胡刀拿出来，放进浴室，然后就在床上躺下。

他睡了一整个下午，整个人心力交瘁得什么事都没办法做。晚餐只有他们四个人，他走出房门前还先照了镜子，练习了他的笑容，才去餐厅加入其他人。晚餐席上，裘德非常安静，威廉仍试着讲话、倾听，仿佛一切都很正常。但是很难，他心里被早上得知的事情占据了。

即使在怒气和绝望中，他还是注意到裘德盘子几乎是空的。当哈罗德说："裘德，你得多吃一点；你实在太瘦了。对吧，威廉？"同时望向他，寻求他平常想都不想就会给予的支持和好言相劝，然而这回他只是耸耸肩。"裘德是大人了。"他说，觉得自己的声音听起来很奇怪，"他知道什么对他是最好的。"然后眼角看到朱丽娅和哈罗德彼此交换一个眼色，而裘德只是低头看着盘子。"我做饭时就已经吃了很多。"裘德说，他们都知道不是这样的，因为裘德做饭时从来不偷吃，而且也不准其他人偷吃。"偷吃警察。"杰比都这样说他。他看着裘德心不在焉地拢起右手，罩在穿了毛衣的左手臂上，应该就是烧伤的地方。然后裘德抬头，看到威廉盯着他，就放下右手，又继续盯着盘子。

他们总算熬过了晚餐。他和朱丽娅去洗碗，轻松地聊着一些时事。之后，他们去客厅，哈罗德正等着他一起看上周末录下来的球赛。在通往客厅的门口，他暂停了一下：通常他会跑到裘德旁边，两人挤在那张超大、超厚的椅子上，就在哈罗德惯常坐的那张椅子旁，但是今天他没办法坐在裘德旁边——他简直连看他都没办法。但如果他不过去，朱丽娅和哈罗德就会确定他们之间出了大问题。正当他犹豫时，裘德就站起来，仿佛预测到他的为难，说他累了，要去睡觉。"你确定吗？"哈罗德问，"这个晚上才刚开始呢。"但裘德说他很确定，然后吻了朱丽娅道晚安，又朝哈罗德和威廉的方向挥了一下手。然后再一次，他瞄到朱丽娅和哈罗德朝彼此看了一眼。

朱丽娅后来也离开了（她从来不懂美式橄榄球有什么好看的）。她走了之后，哈罗德按了暂停键，认真看着他。"你们两个之间还好吗？"他问，威廉点点头。稍后，他要去睡觉时，经过哈罗德身边，哈罗德伸手过来握住他的手。"你知道，威廉，"他说，捏捏他的手掌，“我们爱的不光是裘德一个人而已。”他又点头，觉得视线模糊，跟哈罗德道晚安后就离开了。

他们的卧室一片安静。他站在那里一会儿，凝视裘德盖着毯子的身影。威廉看得出他其实没睡着。他整个人太静止了，不可能真的在睡觉，只是假装而已。终于，他脱掉衣服，披在靠近抽屉柜的椅背上。他上床时，看得出裘德还醒着，两个人就这样躺在床上许久，害怕威廉可能会说的话。

不过他还是睡了，醒来时，房间里更安静了，这回是真正的安静。出于习惯，他朝裘德那头翻身，这才发现裘德不在，而且那一边的床上是冷的，于是张开眼睛。

他坐起身，下床站起来。他听到一个小小的声音，小到根本不算是声音。他转身看着浴室门，关着，但是全暗。他还是走过去，用力转动门把，猛地拉开那道滑门，塞在门底下遮蔽光线的毛巾像一列火车般跟着被扯开。裘德在里面，斜靠着浴缸而坐，跟他预料的一样，全身衣服穿得好好的，眼睛睁大，充满害怕。

“东西在哪里？”他气呼呼地说，他好想哀叹，好想哭：哭自己的失败，哭这场骇人、怪诞的戏表演了一夜又一夜，而他是唯一、意外的观众，因为即使没有观众，这场戏还是会在空荡的戏院内上演，唯一的演员勤勉而尽心地表演，没有什么能阻止他一遍又一遍地磨炼他的演技。

“我没有。”裘德说。威廉知道他在撒谎。

“裘德，东西在哪里？”他问，蹲在他面前，抓住他的双手：里头什么都没有。但他知道裘德之前在割自己：从他眼睛睁得多大、嘴唇变得多灰、双手抖得多厉害，他就知道了。

“我没有，威廉，我没有。”裘德说——他们都用气音说话，免得吵醒楼上的朱丽娅和哈罗德。接着，他还来不及想，就开始拉扯裘德，想把他的衣服脱掉。裘德则反抗着，左手臂完全不能用，总之目前状态有点虚弱，同时两个人无声地朝对方叫嚷。他在裘德上方，两边膝盖压着他的肩膀，这招是有回拍片时一个动作指导教他的，他知道这样可以让对手无法动弹，而且很痛。他开始脱掉裘德的衣服，裘德在他下方发狂似的，先是威胁，然后哀求他停止。他木然地想，任何看到这一幕的人，都会以为这是强暴，但他没打算强暴裘德，他提醒自己：他是想找到刮胡刀片。然后他听到了，瓷砖上一个金属发出了叮咚声，他用手指捏起刀片的边缘，往后一丢，又回头继续脱裘德的衣服，那残忍的效率连他自己都吓到了，直到他拉下裘德的内裤，这才看到刀伤；六道平行的水平线，就在左大腿很高的位置，于是他放开裘德，匆忙往后退开，好像他得了什么病。

“你——疯——了。”他平静而缓慢地说，一开始的震惊已经消退几分。“你疯了，裘德。这样割自己，还偏偏割在大腿上。你明知道会怎样，你明知道大腿会感染。你他妈的到底在想什么？”他吃力而悲惨地喘着气。“你病了。”他说。仿佛裘德又成了陌生人，他这才发现裘德有多瘦，搞不懂自己之前为什么没注意到，“你病了。你得去住院。你得……”

“别再试着治好我了，威廉，”裘德气冲冲地回嘴，“我对你来说是什么？你为什么要跟我在一起？我不是你该死的慈善计划。我没有你也过得很好。”

“是吗？”他问，“抱歉，我不够格当个理想的男朋友，裘德。我知道你比较喜欢你的伴侣跟你玩性虐待，对吧？或许我把你踢下楼梯几次，就符合你的标准了？”他看到裘德听了往后退，身体往后紧紧靠着浴缸，看到他的眼睛变得无神，然后闭上。

“我不是亨明，威廉。”裘德气呼呼地低声说，“我可不想当那个让你拯救的残废，只因为你救不了他。”

他起身站起来，往后退，捡起刮胡刀片，用尽全力丢向裘德的脸，裘德举起双臂挡住自己，那刮胡刀片击中他的手掌后弹开。“很好。”他喘着气说，“他妈的把你自己割烂好了，我才不在乎。反正你爱割自己胜过爱我。”他离开了，真希望能把门甩上，用力把电灯开关按熄。

回到卧室，他从床上抓起自己的枕头和一条毯子，整个人倒在沙发上。如果他能离开，他会的，但哈罗德和朱丽娅就在楼上，所以他没离开。他转身面朝下，埋在枕头里大叫，真正地大叫，然后对着靠枕握拳乱打、双脚乱踢，像个小孩在闹脾气，他的怒气中混合了一种全然的悔恨，严重到他喘不过气来。他同时想着很多事情，但无法清楚表达或区分任何一件，三段连续的幻想剧情迅速掠过他的心头：他要上车逃掉，再也不要跟裘德讲话了；他要回到浴室抱住他，直到他顺从，直到他可以治愈他；他要打电话给安迪，现在就打，然后明天一早送裘德去住院。但他什么都没做，只是徒劳地拳打脚踢，像在原地游泳似的。

最后，他停下来，躺着不动，感觉过了非常久之后，他终于听到裘德蹑手蹑脚地走进房间，又轻又慢，像某种挨过揍的，或许是狗吧，某种不被喜爱的生物，活着只为了被凌虐，然后他听到他爬上床的吱呀声。

漫长而险恶的夜晚缓缓前进，他睡了，一种鬼鬼祟祟的浅眠。醒来时，天还没完全亮，但他穿上衣服和慢跑鞋出门，整个人精疲力竭，设法什么都不想。他跑步时，眼泪（不管是因为太冷或是因为其他的一切）间歇地模糊他的视线，他愤怒地擦干眼睛，继续往前跑，逼自己跑得更快，惩罚性地大口吸着气，感觉到冰冷的空气刺痛他的肺。他回来后，进入卧室，裘德还躺在床上蜷缩着身子，他忽然恐慌起来，一时间想象他已经死了，正打算喊他名字时，裘德在睡梦中动了一下。于是他到浴室冲澡，把运动服塞进他们的袋子里，换上今天的衣服，走出房间，悄悄关上门。他来到厨房，哈罗德已经在里面了，一如往常地想倒杯咖啡给他，他也一如往常（自从他和裘德在一起之后）摇摇头，不过眼前光是咖啡的气味（那种带着木头、树皮的暖意）就让他渴望极了。哈罗德不知道他戒掉咖啡的原因，只知道他就是不喝了。哈罗德总是说要设法把他拐回这条诱惑之路，平常他都会顺势开玩笑聊个几句，但今天早上他没有。他甚至羞愧得不敢看哈罗德。他也很生气：气哈罗德虽然没有说出口，但他感觉到那种坚定不动摇的期望，期望他总是懂得该怎么处理裘德；要是哈罗德知道他昨天夜里说了什么、做了什么，一定会对他很失望、很鄙视他。

“你看起来气色不太好。”哈罗德告诉他。

“我的确不太好。”他说，“哈罗德，真的很抱歉。基特昨天深夜传短信来，有个我本以为这个星期会碰面的导演今天晚上就要离开纽约了，我今天就得赶回去。”

“啊不，威廉，真的？”哈罗德说。然后裘德走进来，哈罗德说：“威廉说你们今天早上得赶回纽约。”

“你可以留下来。”他对裘德说，眼睛还是看着他正在涂奶油的吐司面包，“车子留给你。不过我得赶回去。”

“不，”裘德沉默了一下说，“我也该回去了。”

“这算什么感恩节啊？你们就这样吃了就跑？那么多火鸡肉，我要怎么办？”哈罗德说，但他戏剧化的愤慨并不严重，而且威廉感觉得到他轮流看着他们两个，想搞清楚发生了什么事、哪里不对劲。

他等着裘德收拾东西，设法跟朱丽娅闲聊，没理会哈罗德无言的疑问。他先走向车，表明由他开车。他说再见时，哈罗德看着他，张开嘴巴，然后又闭上，只是拥抱他。“小心开车。”他说。

上了车，他生起闷气来，不断加速，然后提醒自己慢下来。现在还不到 8 点，今天又是感恩节，高速公路一片空荡。在他旁边，裘德别过身子，脸贴着车窗玻璃。威廉一直没看他，不知道他的表情如何，看不到他眼睛下方是否发黑（安迪曾在医院告诉他，黑影出现就代表裘德割自己割太凶了）。他的怒气随着每一英里升起又消退。有时他发现裘德跟他撒谎——他总是发现他在跟他撒谎——那股怒气会像热油般充满他全身。有时他想到他说的话，还有他的举动，以及整个状况，想到他深爱的人对自己做出那么可怕的事，他就懊恼得必须紧抓住方向盘，逼自己专心开车。他心想：裘德说得没错吗？我真的把他当成亨明了吗？然后他又想：不，这是裘德在胡思乱想，因为他无法理解为什么有人想跟他在一起。那不是事实。但这个解释无法安慰他，只是让他更难受而已。

刚过纽黑文，他停了下来。当年他和杰比都在纽黑文的耶鲁大学读研究生，两人是室友。所以只要经过纽黑文，通常他就有机会再说一次他们当年最喜欢的故事：那回他被抓去帮杰比和亚裔亨利·杨准备他们的“游击”展览，在医学院外头吊起一些摇晃的动物残骸。那回杰比剪掉所有的长发辫，留在水槽里不管，直到两星期后威廉才终于把它们清掉。那回他和杰比随着电子音乐连跳了四十分钟的舞，好让杰比的视频艺术家朋友格雷格录下来。“说说那个杰比在理查德的浴缸里装满蝌蚪的事。”裘德会说，期待地咧嘴笑着。“说说那回你和那个女同性恋约会的事”，“说说杰比大闹女权主义者狂欢会的事”。但今天他们两个都没说话，经过纽黑文时一路沉默。

他停下车来加油，还去上了洗手间。“之后我不会再停了。”他告诉裘德。裘德没动，只是摇摇头。于是威廉甩上车门，怒气又回来了。

他们中午前回到格林街，两人沉默地下了车，沉默地进入电梯，沉默地回到他们的公寓。他把他们的旅行袋拿回卧室，听到身后裘德坐下来，开始弹钢琴，他听出是舒曼C大调幻想曲：一首充满活力的曲子，但弹奏的人却如此憔悴而无助，他没好气地想，随即发现自己必须离开公寓。

他连大衣都没脱，就拿着钥匙回到客厅。“我要出去。”他说，但裘德继续弹着钢琴，没停下。“你听到没？”他吼道，“我要离开了。”

裘德抬起头来，停止弹奏。“你什么时候会回来？”他低声问，威廉觉得自己的决心减弱了。

接着又想起自己有多生气。“不知道，”他说，“不必熬夜等我。”他用力按了电梯的钮。裘德暂停了一会儿，又开始弹奏了。

之后他出了门，所有的商店都关了，苏荷区一片安静。他走到西城高速公路，沉默地往北走，他戴着太阳眼镜，在印度斋浦尔买的围巾（灰色的给裘德，蓝色的给自己）围着他布满胡茬的脖子，那羊绒太柔软了，连一点点胡茬都会钩到。他走了又走；事后回忆，他连自己当时在想些什么都不记得了，或许他根本什么都没想。饿了，他就转向东边买一块披萨，站在马路上吃，几乎食不知味，然后又回到西城高速公路。这是我的世界，他心想，站在哈德逊河畔看着对面的新泽西州。这是我的小世界，我在里头却不知道该怎么做。他觉得被困住了，但如果他连自己的一小块地方都讨不到，又怎么会被困住呢？连他以前自以为明白的东西都没搞清楚，还能奢谈什么？

黄昏突然降临，接着天很快就黑了，风变得更强，他还继续走着。他想要温暖，想要食物，想要一屋子欢笑的人群。但现在是感恩节，他不能一个人去餐厅，不能以这样的心情；他会被认出来，在这样巧遇的场合里，他必须跟人寒暄闲聊、友善招呼、亲切谈话，此刻他实在没有那个力气。他的朋友总是取笑他自称可以不让人看见的说法，笑他觉得可以控制自己要不要被看到、要不要被认出来，但他真的相信是这样，即使种种证据一再推翻他。现在他明白，这种相信只是自我欺骗的另一个证据，证明他一直都在假装：假装这个世界会调整得跟他眼中的一样；假装裘德会好转，因为他是这么希望的；假装他了解他，因为他愿意这样以为；假装他可以走过苏荷区而不会有人知道他是谁。但其实，他是个囚徒：被囚禁在他的工作、他的伴侣关系里，尤其是，囚禁在他自己固执的天真里。

最后他买了个三明治，拦了一辆出租车往南去佩里街，到那个几乎不再属于他的公寓：事实上，再过几个星期，这间公寓就真的不是他的了，他已经把这里卖给来自西班牙的演员朋友米盖尔，他现在会更常待在美国。但今夜，这间公寓还是他的，他开了门进去，小心翼翼，仿佛上次来过之后，这间公寓就恶化了，生出了一堆妖怪。现在时间还早，但他还是把衣服都脱掉，把米盖尔的衣服从米盖尔的躺椅上拿起来，又去米盖尔的床上拿了米盖尔的毯子，接着躺在那张躺椅上，让这一天的无助和喧哗骚动逐渐褪去（才一天，居然就发生了这么多事！），然后哭了起来。

他哭到一半，手机响了，他爬起来，想着可能是裘德，但结果不是，是安迪。

“安迪，”他哭着说，“我搞砸了，我真的搞砸了。我做了很可怕的事情。”

“威廉，”安迪柔声说，“我相信没有你想的那么糟。我觉得是你对自己太严苛了。”

于是，他断断续续地把来龙去脉告诉了安迪。讲完后，安迪沉默了一会儿。“啊，威廉，”他叹气，但听起来并没发火，而是哀伤，“好吧，事情的确就像你想的那么糟。”不知怎的，这反倒让他笑了一下，不过接着又哭了。

“我该怎么做？”他问。安迪又叹气。

“如果你想继续跟他在一起，等我回家就会跟他谈。”他慢吞吞地说，“如果你不想继续跟他在一起——我回家后还是会找他谈。”他暂停，“威廉，我真的很遗憾。”

“我知道。”他说。当安迪说再见时，他阻止了他。“安迪，”他说，“老实告诉我吧，他精神上真的病了吗？”

安迪沉默了很久，最后才说：“我不认为，威廉。或者应该说，我不认为他有任何机能上的问题。我想他的疯狂完全是人为的。”他沉默了。“设法让他跟你谈吧，威廉。”他说，“如果他跟你谈，我想你会——我认为你会了解为什么他是这个样子。”挂了电话后，忽然间，他觉得必须回家，于是换好衣服又匆忙出门，招了一辆出租车坐上去，到家下了车冲进电梯，然后用钥匙开了门进入公寓。里头一片安静，令人不安的那种安静。赶来的路上，他脑中忽然冒出一个画面，一种不祥的预感。画面里，裘德死了，自杀了，于是他在公寓里奔跑，喊着裘德的名字。

“威廉？”他听到后，跑进他们的卧室，里头的床还铺得好好的，他看到裘德缩在衣柜间另一头的角落，蜷缩在地上，面对着墙壁。他没去想他为什么在那儿，只是冲过去跪在他旁边。他不知道裘德是否愿意让他碰触，他不管了，用双手抱住他。“对不起，”他对着裘德的后脑勺说，“我好抱歉，我好抱歉。我说那些都不是真心的——我看到你伤害自己太难过了。我现在就很难过。”他吐出一口气，“而且我再怎么样都不该对你动手的。裘德，真的很对不起。”

“我也很抱歉。”裘德轻声说，两人沉默了。“很抱歉我说了那些话。很抱歉我跟你撒谎，威廉。”

他们沉默了许久。“你还记得那回你跟我说，你担心对我来说，你是一连串不愉快的惊讶吗？”他问他。裘德轻轻点了头。“你不是，”他告诉他，“你不是。但是跟你在一起，就像处在一个奇幻的风景里。”他继续缓缓地说，“你以为这是一片森林，然后忽然间变了，变成一片草原，或丛林，或一片冰崖。这些风景都很美，但也很陌生。你没有地图，也不明白为什么会突然间就从这块地转到了下一个，而且你不知道什么时候会发生下一次转变，你也没有任何所需的设备可以应付。你只能继续走，设法边走边调整，但你其实不明白你在做什么，还常常会犯错，犯很可怕的错。有时我的感觉就是这样。”

他们两个人沉默了一会儿。“所以基本上，”裘德最后终于说，“基本上，你的意思是我是新西兰。”

他花了一秒钟才明白裘德在开玩笑，然后开始错乱地大笑，放心又哀伤。这时他把裘德转过来吻他。“没错，”他说，“没错，你是新西兰。”

之后他们又沉默了，而且都很严肃，好不容易他们才看着彼此。

“你要离开我吗？”裘德问，小声得几乎听不到。

他张开嘴，又闭上。奇怪的是，过去这一天一夜，有那么多想过又没想过的事情，但是他从没考虑要离开裘德，现在他想到这个可能性。“不，”他说，“我不这么认为。”然后他看着裘德闭上眼睛，又睁开点点头。“裘德，”他说，不自觉地就说了出来，说的时候，他觉得这么做是正确的，“我的确觉得你需要专业帮助——那是我没有办法给你的。”他吸了口气，“我希望你能自愿去医院的精神科住院，否则我希望你每星期去娄曼医生那两次。”他看着裘德好久，看不出他在想什么。

“如果两个我都不愿意呢？”裘德问，“你就要离开吗？”

他摇摇头。“裘德，我爱你，”他说，“但是我没办法——我没办法容忍这样的行为。我没办法待在你身边，看着你对自己做出这样的事，因为我觉得你会以为我是在默许这样的行为。所以，没错，我想我会离开。”

他们又沉默了一会儿，然后裘德转身，仰天躺着。“如果我告诉你以前发生在我身上的事，”他时断时续地说，“如果我告诉你一切我没办法讨论的事——威廉，如果我告诉你了，那我还得去医院或看精神科医生吗？”

他看着他，再度摇头。“啊，裘德，”他说，“是的，你还是得去。但是我希望你无论如何会告诉我，真的。无论是什么事情，无论有多糟。”

他们再度沉默。这一回，他们的沉默转为睡眠，两个人紧挨着睡了又睡，直到威廉听见裘德的声音在跟他讲话，他醒过来，认真听裘德说。接下来，持续了好几小时，因为有时裘德说不下去，威廉会等待，紧拥着他，紧得裘德都没法呼吸了。裘德两度试着挣脱开，但威廉按住他，牢牢抱着，直到他安静下来。他们在衣柜间，不知道是几点，只知道白天来了又去，因为他们看到一小块阳光从卧室和浴室逐渐展开，延伸到衣柜间门内。他听着那些故事，无法想象，令人发指；中间他暂时离开过三次，去浴室审视镜中自己的脸，提醒自己只能鼓起勇气听下去，尽管他好想捂住耳朵，捂住裘德的嘴巴，让那些故事停止。他会看着裘德的后脑（因为裘德无法面对他），想象他自以为了解的那个人倒在碎石路上，周围环绕着一缕缕烟尘，同时在附近，一批批工匠试着重建他，用另一种材料，做成另一种形状，成为另一个人，而不是原先那个独自站立多年的人。那些故事持续又持续，沿途有种种肮脏：血、骨头、尘土、疾病、悲惨。裘德讲完他和卢克修士共度的时期之后，威廉再一次问他，他到底是否享受性爱，即使只是一点点，即使只是偶尔。他等了好多分钟，直到裘德说不，他痛恨性交，向来如此。他点点头，很震惊，但同时因为得到真正的答案而放了心。然后，不知道这个问题是从哪里冒出来的，他问裘德是否喜欢男人。裘德沉默了一会儿说，他不确定，说他向来都是跟男人性交，所以他认为以后也会是如此。"你有兴趣和女人性交吗？"他问他。好久的静默过后，他看到裘德摇摇头。"不，"他说，"对我来说太迟了，威廉。"他告诉他不会太迟，说有很多方法可以帮助他，但裘德再度摇摇头。"不，"他说，"不，威廉，我受够了。再也不要了。"他恍然大悟，像是脸上挨了一记耳光，知道裘德说得没错，于是便不再提起。他们又睡着了，这回他做了可怕的梦。他梦到自己是汽车旅馆里的那些男人之一，明白自己的行为就跟他们一样；他在梦魇中惊醒，换成裘德安抚他。最后，他们从地板上起身去冲澡，吃点抚慰的热食，时间已经是星期六下午，他们从星期四晚上就躺在衣柜间里。接下来他们从厨房进入书房，他听着裘德打电话留言给娄曼医生（这些年来，威廉的皮夹里一直放着娄曼医生的名片，几秒钟内就可以拿出来，像变魔术一样）。然后他们回到卧室，躺在床上，看着彼此，很怕问对方：他很怕问裘德接下来的故事；裘德则惧怕问他什么时候要离开，因为现在他的离开似乎是无可避免、很合逻辑的事情了。

他们一直凝视着对方，直到裘德的脸对他来说几乎不像脸，而是一连串色彩、平面、形状组合而成的，给他人带来愉悦，却没带给主人任何好处。他不知道自己要怎么做。他头昏眼花，因为之前听到的那些，因为了解到自己的误解有多严重，因为他竭尽全力去理解种种无法想象的事，也因为知道他小心翼翼维持的种种假象，现在被完全摧毁了。

但眼前，他们在床上，在他们的房间，在他们的公寓里，他伸手牵起裘德的手，轻柔握在手里。

"你跟我说了你是怎么到蒙大拿州的。"他听到自己说，"那么告诉我：接下来呢？"

* * *

去到费城的那段时光他很少想起，那段期间他总是脱离自己在神游，实际的生活也像是做梦一般，不太真实；那几个星期里，有几度他睁开眼睛，真的无法搞清刚刚发生过的事情是真的发生过，还是他自己想象出来的。这种坚持且不可摧毁的梦游症状态是一种很有用的技巧，它曾经保护了他，但后来，这种能力就像他遗忘的能力一样，都弃他而去，再也找不回来了。

他头一次注意到这种脱离自己的神游状态，是在少年之家。夜里，他有时会被某一位辅导员叫醒，跟着走到总有一名辅导员值班的办公室，然后他会做他们要他做的任何事。做完之后，他又会被送回自己的房间，被关在里头。那是一个小小的空间，有一张双层床，室友是一个智力不足的少年，迟缓而肥胖，一脸恐惧，而且很容易发脾气，他知道辅导员们夜里有时也会带走他。他们有少数几个人是辅导员会利用的，但除了他的室友之外，他不知道还有谁，只知道他们存在。这些待在办公室的夜间时刻，他几乎沉默无声，当他跪下、蹲下或躺下时，他会想着一个圆圆的钟面，上头的秒针无动于衷地转着圈，他数着转了几圈，直到完事。但他从不低声下气，从不乞求，也从不讨价还价、保证或哭泣。他没有那个力气，没有那个信心——再也没有，再也不会了。

跟黎瑞夫妇共度周末的几个月后，他试着逃跑。他星期一、二、三、五会去社区大学上课，这几天，就会有一位辅导员在停车场等他，开车送他回去。他很怕课上完，很怕开车回去的路程。他从不知道来接他的会是哪个辅导员，当他来到停车场，看到是谁，有时步伐就会慢下来。然而他就像是磁铁，被离子所控制，没有意志，最后总会被吸进车子里。

但是有天下午（那是 3 月，在他满 14 岁前不久），他走过转角，看到那个来接他的辅导员，是个叫罗杰的，也是所有辅导员里最残忍、最苛刻、最恶毒的，于是他停下脚步。好久以来第一次，他心里开始抗拒，他没继续走向罗杰，而是悄悄往后退回走廊。然后，一确定没有人看到他，他就跑了。

他没有准备，没有计划。但长期以来，当他心灵的大部分都被隔绝在厚厚的、大茧般的休止状态里时，他心底某个隐秘的、热烈的部分似乎一直在观察，于是他不自觉地跑向正在整修的实验室，进入遮盖裸露侧墙的蓝色塑料布后头。他看到烂掉的内墙和新建的水泥外墙之间，有一道 18 英寸宽的空间，就往里面钻。那个空间只够他勉强进去，他尽可能地往里面挤，小心翼翼地让自己躺平，确保自己的脚不会露出来。

他躺在那，试图决定接下来该怎么办。罗杰会在那里等他，等不到的话，他们就会开始找他。但如果他可以在这里撑过一夜，等到周围安静下来，他就可以逃走了。他只能想到这里，不过他的脑子还够清楚，知道这个机会很渺茫：他没有食物，没有钱，尽管现在才下午 5 点，但已经非常冷了。他可以感觉到自己的背部、双腿、手掌，所有抵着水泥墙面或地面的部分，全都麻了，他可以感觉自己的神经变成千万个针孔。但他也同时感觉到，几个月以来第一次，他的心神警觉起来，可以运转了；几年来第一次，他感觉到那种可以自己做决定的狂喜，尽管这个决定有多么糟糕、多么欠考虑、多么不可能。忽然间，那些针孔就像是几百支袖珍烟火，在体内为他绽开，好像他的身体在提醒他是谁，提醒他还拥有什么：他自己。

他撑了两个小时就被警卫的狗找到了，两脚被人抓着硬拖出来时，双手还是猛扒着水泥砖不肯放弃。此时，他已经冷到走路都走不稳，手指冰得没法打开车门。一上车，罗杰就转向他，一拳打到他脸上。他鼻子流出来的血又浓又热，令人安心，嘴唇尝到的血出奇的营养，像浓汤，好像他的身体里发生了奇迹，可以自我疗愈，决定要救活自己。

那天傍晚他们带他去谷仓（之前有时他们夜里也会带他去那里），狠狠地痛打他，狠到才刚动手，他几乎就立刻失去意识。那天晚上他被送去医院，过了两三个星期伤口感染，又进了医院。那几个星期，他被独自留在医院里。尽管医院的人都被告知他是不良少年，说他很会闯祸，说他有毛病，而且爱撒谎，但护士们都对他很好。有一个年纪较长的护士会坐在他床边，拿着一瓶苹果汁插一根吸管，好让他不必抬头也可以喝（他只能侧躺，好让人清理他的背部，同时让伤口干燥）。

“我不管你做了什么，”她有天晚上帮他换完了绷带后说，“没有人应该被打成这样。你听到没，小伙子？”

那就帮我，他想说。拜托帮帮我。但他没说，他太羞愧了。

她又在他旁边坐下，一手放在他额头上。“尽量乖一点，好吗？”她说，但她的声音一直很温柔，“我不希望又看到你回来这里。”

帮帮我，她离开病房，他又想这么说。拜托。拜托。但他说不出口。从此他再也没见过她。

后来，成年以后，他会好奇这个护士是不是自己想象出来的，他是不是出于绝望凭空变出了这个人，她只是个仁慈的幻影，好得简直像真人一样。他会跟自己争辩：如果她存在、真的存在，她难道不会把他的事告诉其他人吗？相关单位不会派个人来帮他吗？但他这段时期的记忆有点模糊且不可靠，随着一年年过去，他逐渐明白，他一直都在试图把自己的人生、自己的童年改造得更容易接受、更正常一点。他会梦到那些辅导员而惊醒，然后试着安抚自己：利用你的只有其中两个，他会告诉自己。或许三个，其他人没有。并不是每个辅导员都对你很坏。接下来好几天，他会设法回忆到底有几个：是两个？或是三个？有好几年，他都不懂为什么这一点对他这么重要，为什么他要这么在乎，为什么他总是反驳自己的记忆，花那么多时间去争辩往事的种种细节。然后他明白，那是因为他以为，如果他能说服自己事情不像他记得的那么可怕，他也就可以说服自己：他没有损伤得那么严重，他比自己担心的更健康一点。

最后，他终于出院，被送回了少年之家。他第一次看到自己的背部时，吓得整个人往后缩，迅速从浴室的镜子前退开，在一片湿漉漉的瓷砖上滑倒。刚挨打后的几个星期，那些疤痕组织还没定型，在他的背部形成一片膨胀的肉丘。午餐时他独坐着，比较年长的男孩就会用湿纸巾捏成的小球朝他背部扔，就像对着靶子般，击中了就欢呼。在此之前，他从没仔细想过自己的外貌。他知道自己很丑，他知道自己毁了，他知道自己染了病，但他从来不觉得自己怪诞。可是现在他是了。他的人生似乎必然如此：每一年他都变得更糟糕、更令人厌恶、更堕落。每一年，他生而为人的权利就减少一点；每一年，他都变得越来越不像个人。但他再也不在乎了；他不能容许自己在乎。

无论如何，没人照顾的生活很艰难，于是他发现自己很古怪，无法忘记卢克修士的承诺。他曾说满 16 岁时，他旧的人生就会停止，新的人生将会展开。16 岁，他夜里会告诉自己。16 岁。等我 16 岁，这些就会停止了。

以前有回他问卢克修士，满 16 岁以后，他们的生活会是什么样。“你会去上大学。”卢克当时立刻说。他听了很兴奋。还问他会去哪里，于是卢克说出他读过的那所大学的名字（他后来上了这所大学，还特别去查卢克修士的名字，埃德加 · 威尔默特，才发现根本没有他就读的纪录。他松了一口气，因为这件事他们没有共通点，不过当初的确是卢克修士让他得以想象自己会到波士顿念书）。“我也会搬到波士顿，”卢克说，“我们会结婚，住在校园外的公寓里。”有时他们会讨论这件事：他会上什么课，他去上课时，卢克修士会做什么事，他毕业后他们会去哪里旅行。“也许有一天我们会有个儿子。”有回卢克说，他听后全身僵住，因为卢克不必说出来，他就知道卢克会对他们这个孩子做出以前对他做过的事。他还记得当时想着，这种事情绝不能发生，他绝对不会让这个幽灵孩子、这个不存在的孩子有机会存在，他绝对不会让另一个孩子接近卢克。他还记得当时他想着会保护他们这个儿子，然后有个短暂、可怕的片刻，他真希望自己永远不会满 16 岁，因为他知道一旦自己满 16 岁，卢克就会需要另一个孩子，他不能让这种事情发生。

但现在卢克死了。那个幽灵孩子安全了。他可以放心地满 16 岁。他可以满 16 岁，而且很安全。

几个月过去，他的背部痊愈了。现在他去社区大学上完课后，会有一个安全警卫等着他，陪他走到停车场，把他交给当天负责接送的辅导员。有一天，秋季学期的最后一天，他的数学教授下课后找他谈：他有没有想过上大学的事？他可以帮忙；他可以帮他申请到学校——他可以去一家顶尖的学校。啊，他好想去，他好想离开，他想要去上大学。那阵子他很纠结，想设法接受现实，看清他的人生往后只会跟以前一样；但同时心底又有个小小、愚蠢、顽固的希望，希望以后会有所改变。放弃与希望，这两者之间的态势强弱，每天、每小时都在改变，有时甚至每分钟都会改变。他总是设法决定自己该怎么做，想着自己该接受现实，或是设法逃走。那一刻，他看着数学教授，正当他要回答是的——“是的，请你帮我”时，有个什么阻止了他。那教授向来很关心他，但那种关怀不就跟卢克修士一样吗？如果教授的帮助会需要他付出代价呢？他在心里跟自己争辩着，同时教授等着他回答。再试一次不会有什么影响的，他绝望的那部分、想离开的那部分、每天数着还有几天满 16 岁的那部分说。但另外一部分嘲笑他，又要来一次了。他只是另一个顾客。可别又得意忘形了。

但最后，他没理会那个声音。他很累，全身酸痛，被失望搞得精疲力竭了。他摇摇头。“大学不适合我。”他告诉教授，因为努力撒谎，声音变得尖细，“谢谢你。但是我不需要你的帮助。”

“裘德，我想你犯了一个大错。”他的教授沉默了一会儿说，“答应我你会再考虑？”他伸手要摸他的手臂，他猛地闪身躲开，那教授看着他，表情怪怪的。他随即转身跑出教室，经过的走廊模糊成一片片米色的平面。

那天夜里他被带去谷仓。那个谷仓不再被当作谷仓使用，而被用来储存工艺课和汽车修理课的物品，众多小隔间内放着组合到一半的汽车化油器、修理到一半的卡车、打磨到一半的摇椅，完成后院方就会卖掉赚钱。他在放摇椅的那个小隔间里，一个辅导员正朝他不断推进时，他离开了自己，飞到小隔间上方，飞到谷仓的斜椽，暂停下来，看着下方的景象。那些机械和家具看起来像外星雕塑，地板上有泥土和零星的干草，让人想起这个谷仓的原始用途似乎无法被完全抹去，他看着底下的两个人形成一个奇怪的八脚兽，一个沉默，一个聒噪、闷哼、冲刺、活跃。然后他飞出墙壁高处的圆窗，飞过少年之家，飞过那片美丽的田野，夏天会被野芥菜花染成一片绿与黄。而现在，12 月，依然有另一种美，一片月白色的广阔大地闪着微光，那些雪好新好鲜，还没有人踩上去过。他高飞到这一切之上，飞越他读过但未曾亲眼见识的风景，飞越那些洁净到光是注视都令他感到洁净的高山，飞越大如海洋的湖泊，直到他飘浮在波士顿上空，盘旋着越来越低，来到沿着河流整齐排列的建筑物，像一个巨大的环形结构，中间点缀着四方形的绿地。那就是他要去的地方，在那里，他将会重生；在那里，他的人生将会开始；在那里，他可以假装以前碰到的一切都是发生在别人身上的事，或只是一连串错误，从不讨论，也不检视。

他神游回来之后，那个辅导员还压在他身上，睡着了。他名叫柯林，总是喝得醉醺醺的，今夜也是，酸热的气息吹在他脸上。他全身赤裸，柯林则只穿着一件衬衫，他躺在那儿一会儿，呼吸着，等待柯林醒来，好送他回自己的卧室割自己。

这时，他想都没想，简直像一具悬丝人偶似的，他的四肢不经思考就动了起来，扭动着从柯林下头脱身，安静而迅速，接着匆忙穿上自己的衣服。然后，同样是在他意识到之前，他就抓起小隔间内钩子上柯林那件厚厚的大衣穿上。柯林块头大他很多，比较胖也比较壮，但几乎一样高，穿上去并没有看起来那么累赘。接着，他从地上抓起柯林的牛仔裤，抽出皮夹，拿出里头的钱（他没去算有多少，但感觉得到那一沓有多么薄，金额不多），塞进牛仔裤口袋，然后就跑了。他向来很会跑，灵活、安静又坚定。当年看着他在跑道上奔跑的样子，卢克修士总说他一定有原住民莫西干族的血统。现在他跑出谷仓，进入安静、闪耀的夜晚，四下张望，发现没有人，于是跑向少年之家宿舍后方的田野。

从宿舍到公路大约有半英里路。通常在谷仓里发生的事情之后，他都会很痛，但那一夜他没有感觉到痛，只有欢欣和一种高度的警觉，似乎特别为这一夜、这场冒险升起。来到田野边缘，他蹲下去，小心翼翼地凑近带刺铁丝的底部，用柯林的大衣袖子包住双手，抓起那一圈圈铁丝网举高，让自己钻过去。一旦安全地出去，他的欢欣之感更强烈了。他跑了又跑，朝向他知道是东边的方向，朝向波士顿，远离少年之家，远离西部，远离一切。他知道自己早晚得离开这条大部分是泥土的狭窄小路，转向高速公路，在那里他比较容易被人看见，但也比较不显眼。于是他匆忙走下山丘，进入小路和州际公路之间那片浓密的黑色树林。在草地上跑比较困难，但他还是照跑不误，尽量贴着树林边缘，这样如果有汽车经过，他就可以蹲低身子，躲在树后头。

成年后，他是个瘸腿的成人，一度瘸得很严重，有时甚至连路都没办法走，对他而言，跑步是一种魔法，就跟飞行一样不可能，此时他会充满敬畏地回顾那一夜：他曾经跑得多么快，他是多么灵活、多么不知疲倦、多么幸运。他很好奇那一夜他到底跑了多远（至少两小时，他心想，或许三小时）。当时他根本没去想这些，只想着离少年之家越远越好。太阳升起，他跑进树林，很多年纪较小的院童都很怕这里，里面浓密、黑暗无光，就连通常不怕大自然的他都会怕。但是那天他尽量深入那片森林，一来他得穿过森林到州际公路，二来是他知道自己越深入就越不可能被发现。走到最后，他终于挑了一棵大树，仿佛那巨大的树身可以提供安心的保证，守着他、保护他，他就缩在树根之间的空隙里睡着了。

他醒来时，天又黑了，但他不确定是傍晚过后、深夜还是凌晨。他又开始穿过树林，一边哼着歌安抚自己，同时也向任何可能等着他的东西宣示，让它们知道他不害怕。等到他从树林另一头走出来，天还是黑的，于是他知道这时是夜里，他睡掉了一整个白天，这一点让他觉得更强壮、更充满活力。睡眠比食物更重要，他告诉自己，因为他非常饿，接着他告诉两条腿：快跑。他跑了起来，朝上坡的州际公路跑去。

在森林中，他领悟到去波士顿只有一个办法，于是他站在路边，碰到第一辆停下的卡车就爬上去，卡车停下时他知道自己必须做什么，所以就做了。他做了一次又一次；有时那些卡车司机会给他食物或钱，有时不会。他们都会在卡车后头的拖车里为自己布置一个小窝，有时完事后，他们会继续载着他往前。他就会睡觉，整个世界在他下方摇晃，像是永远在地震。到了加油站，他会买东西吃，然后等候，最后会有人挑上他，总会有的。于是他就会爬上卡车。

“你要去哪里？”他们会问他。

“波士顿，”他会说，“我叔叔家在那里。”

有时他对自己做的事情羞愧到简直想吐。他知道自己永远不能自称是被强迫的；他跟这些人免费性交，他让他们做他们想做的事情，他执行得热诚而出色。而且有时他不会伤感，他在做他必须做的。没有别的办法。这是他的技能，他很厉害的技能，他在利用这个技能去更好的地方。他在利用自己拯救自己。

有时那些男人会希望他陪他们久一点，于是带他去汽车旅馆，他会想象卢克修士为了他等在浴室里。有时他们会跟他讲话（他们会说，我有个儿子跟你一样大，我有个女儿跟你一样大），他躺在那里听着。有时他们会看电视，直到他们准备好再来一次。有些人对他很残酷；有些人让他害怕自己会被杀，或者被伤得很严重而无法逃跑。在那些时刻，他会吓得半死，怀念卢克修士、修道院，还有那个曾经对他很仁慈的护士。但他们大部分既不残酷也不仁慈。他们是顾客，他只是把他们想要的给他们。

几年后，当他有办法更客观地回顾这几个星期时，他会惊讶于自己当时有多愚蠢、多么目光如豆：他为什么不逃走就好？为什么他不拿赚到的钱买张巴士车票？他会一再设法回忆他当时赚了多少钱。他知道并不多，但很可能够买一张到哪里的车票，哪里都好，不是波士顿也没关系。但当时，他就是没想到。仿佛他累积的所有应变能力、所有勇气，都在逃出少年之家时用光了。一旦只剩他自己一人，他只是让别人命令他该怎么做，跟着一个接一个的男人，就像他从小被教导的那样。他成年后改变了很多，在所有的改变之中，他发现他可以创造自己的未来、至少某些部分的未来——这个想法是最难学到的一课，但也是最值得的一课。

中间他碰到一个男人，身上臭得要命，块头大得不得了，让他差点改变心意。虽然性交的部分很可怕，但那个男人事后却对他很温柔，买了一个三明治和一瓶汽水给他，还认真问了一些有关他的问题，仔细听着他编造的答案。他陪了那个男人两夜，那男人开车时都听蓝草音乐[1]，还一边跟着唱，他的声音不错，低沉而嘹亮。他还告诉他歌词，他不自觉地跟着男人唱了起来，一路顺畅往下开。“老天，你的嗓子真好，乔伊。”那男人说，而他（他是多么软弱、多么可悲！）准许自己因为这个评语而感到温暖，大口地吞下这份关爱，就像一只老鼠大口吞咽着一块发霉的面包。第二天，那男人问他是否愿意跟着他；当时他们在俄亥俄州，很不幸没有更往东，而是往南走，如果他愿意跟着他，他会很高兴，一定会好好照顾他。他婉拒了那男人的提议，那男人点点头，好像早就料到了，然后给了他一沓钞票，吻了他，是那些男人之中第一个吻他的。“祝你好运了，乔伊。”他说。等那个男人离开后，他数了那些钱，发现比原先想的还多，比他之前十天加起来的还要多。后来，下一个男人很粗暴，他被暴力且粗野地对待时，他就很希望自己跟了前一个男人。忽然间，波士顿似乎比不上温柔，也比不上某个会保护他、对他好的人。他哀叹自己的决定这么糟糕，好像不懂得珍惜真正对他好的人。他再度想到卢克修士，想到卢克从来不会打他或吼他，也

1 美国基础音乐的一种形式，乡村音乐的另一个分支，以Bill Monroe的乐队（Bluegrass Boys）来命名，节奏硬而快。

从来不会辱骂他。

中途他病了，他不知道是在路上还是在少年之家染上的。他要那些男人用避孕套，少数几个说会用却没有，于是他挣扎、大喊，但也无济于事。从过往的经验看，他知道自己得去看医生。他很臭，而且痛得几乎没办法走路了。来到费城的市郊时，他决定休息一下，也非得休息不可了。他在柯林那件大衣的袖子上撕开一个小洞，把身上的钱卷成一小卷塞进去，然后用他在某个汽车旅馆捡到的安全别针别住那个洞。他爬下最后一辆卡车，当时他不知道那会是最后一辆；他心想：再一趟，再一趟我就抵达波士顿了。现在距离这么近了，他真不想停下来，但他知道自己得看医生，已经拖到不能再拖了。

放他下车的司机不想开进市区，就停在靠近费城的一个加油站。他下了车，慢慢走到洗手间，设法清理自己。那疾病害他疲倦；他发烧了。那是1月下旬，他心想。天气还是很冷，还有潮湿、刺人的寒风，像在甩他巴掌。那一天他记得的最后一件事，就是走到加油站边缘，有一棵小树，干枯、孤单无依，他就靠着那棵树坐下来，穿着那件已经很脏的大衣，背靠着单薄、不牢靠的树干，闭上眼睛，希望自己睡一会儿，或许就会比较有力气了。

他醒来时，知道自己在一辆汽车的后座，那辆车正在移动，车上播放着舒伯特，他让自己被那音乐抚慰，因为那是他熟悉的事物。此刻他身在一个不熟悉的环境：在一辆陌生的汽车里，虚弱到无法坐起身来看一下开车的陌生人，车子开过一片陌生的风景，驶向一个未知的目的地。他再度醒来时，身在一个客厅里，他看看四周：他躺的沙发、沙发前的茶几、两张安乐椅、一个石砌壁炉，全是褐色调。他站起来，还是觉得晕眩，但好一些了，然后注意到有个男人站在门口观察他，那男人比他矮一点，很瘦，不过有个鼓起的肚子和肥大的臀部。他戴的眼镜上半部有黑色塑料框、下半部无框，秃顶的头发剪得非常短，发质柔软，像貂毛一般。

“来厨房吃点东西。”那男人说，声音平静而单调。他照做了，缓缓跟着那男人走进厨房，里头除了瓷砖和墙壁之外，都是褐色的：褐色的餐桌、褐色的碗橱、褐色的椅子。他坐在桌尾的椅子上，那男人在他面前放了一个盘子，里头有一个汉堡和一堆薯条，还有一个装了牛奶的玻璃杯。“我平常不买快餐的。”那男人看着他说。

他不确定该说什么。“谢谢。”他说。那男人点点头。“吃吧。”他说。于是他吃了，那男人坐在桌首看着他。通常这会让他难为情，但这回他实在饿得顾不了那么多了。

吃完之后，他往后坐，再度谢谢那个男人，男人也再度点点头，接下来是一段沉默。

“你是男妓。”那男人说。他脸红了，低头看着桌子，看着那发亮的褐色木头。

“是的。”他承认。

那男人发出一点声音，是一种小小的鼻音。“你当男妓多久了？”他问，但他无法回答。“怎么样？”那男人问，“两年？五年？十年？还是当了一辈子？”他不耐烦起来，或近乎不耐烦，但他的声音很柔和，没有大吼。

“五年。”他说。那男人又发出那个小声音。

“你有性病。”那男人说，“我闻得出来。”他觉得很难堪，低下脸，点点头。

那男人叹气。“好吧。”他说，“你运气很好，因为我是医生，而且家里碰巧有抗生素。”他站起来走到一个碗橱前，拿着一个橘色塑料瓶回来，取出一颗药丸。“吃掉。”他说，于是他吃了。“喝掉你的牛奶。”那男人说，于是他喝了，之后那男人离开房间，他等着，那男人又折回来。“怎么了？”那男人说，“跟我来啊。”

他照办，觉得双腿虚弱，跟着那男人走到客厅另一头的一扇门前，那男人打开锁，拉开门等着。他犹豫了，那男人发出一个不耐烦的啧声。“进去，”他说，“里头是卧室。”他疲倦地闭上眼睛又睁开。他有心理准备这个男人会很残酷；安静的男人通常都很残酷。

他走到门口，看到门通往地下室，有一道木头阶梯，陡得像梯子。他知道自己必须下去，他再度停下来，提防着。那男人又发出了那个像昆虫叫的奇怪声音，轻轻朝他后腰推了一下，于是他跌跌撞撞地下楼了。

他本来以为里头是个地牢，滑溜、漏水、阴暗潮湿，但结果里头真的是卧室，有毯子和床单铺成的床，底下铺着一条蓝色的圆形地毯。左手边的墙壁上有一排书柜，跟楼梯一样以没上亮光漆的木板制成，上头放着书。整个空间灯光很亮，是他记忆中医院和警察局那种具有侵略性、无情的亮法。另外还有一盏小窗子，大小跟一本字典差不多，在另一头墙上的高处。

“我帮你准备了一些衣服。”那男子说。他看到床上有折好的一件衬衫和一条运动裤，还有一条毛巾和一把牙刷。“浴室在那里。”那男人说，指着房间右手边的角落。

那男子转身要离开。“等一下。”他在那男子后头叫道，那男人爬楼梯爬到一半停下来看着他。他在那男子的注视下，开始解开衬衫扣子。那男人的脸色变了，又爬了几阶。“你生病了，”他说，“你得先养好病。”然后走出房间，把门关上。

那天晚上他睡了，因为没有其他事可做，而且他累坏了。次日早晨醒来，他闻到食物的气味，呻吟着站起来，慢吞吞地爬上楼梯，在楼梯顶端发现一个塑料托盘，里面放着一盘水蒸蛋、两条培根、一个面包卷、一杯牛奶、一根香蕉，外加一颗白色药丸。他整个人摇晃不稳，没办法把食物端下楼，于是就坐在那道没上亮光漆的木板阶梯上吃掉那些食物，吞下那颗药丸。他歇了一会儿，站起来要开门把托盘送回厨房，但门把转不动，锁上了。门的底部开了一个小方窗，他猜想是猫洞，不过他没在这屋里看到猫，于是他把小洞上的橡胶盖揭起，头探出去。“哈喽？”他喊道。这时他才想到自己还不知道那男子的名字，这也不稀奇，他从来不知道顾客的名字。“先生？哈喽？”没有人响应，整栋房子一片安静，他感觉只有他一个人。

他应该觉得恐慌，应该觉得害怕，但他没有，只有一种彻骨的疲倦，于是他把托盘留在楼梯顶端，缓缓下楼，上了床继续睡。

他睡了一整个白天，醒来时，那个男子又站在他上方看他，他猛然坐起身。“吃晚餐了。”那男子说。他跟着他上楼，仍穿着借来的衣服，腰部太宽，袖子和裤腿都太短。稍早他想找自己的衣服，发现都不见了。我的钱，他心想，但他的脑袋太昏乱，没法想得更远。

他又坐在褐色的厨房里。那男人拿了一颗药给他，还有装了褐色肉馅糕、土豆泥及西兰花的盘子，另外一个盘子是那男子自己的，两个人开始沉默地吃了起来。沉默不会令他紧张，通常他还会很庆幸，但这个人的沉默却是更本质的，就像一只猫沉默地观察、观察、观察，目不转睛地看着，搞得你不知道它看到了什么，接着它忽然间跳起来，爪子底下抓住了猎物。

“你是哪一科的医生？”他小心翼翼地问，那男子抬头看着他。

“精神科医生。”那医生说，“你知道这个词是什么意思吗？”

“知道。”他说。

那男人又发出那个声音。“你喜欢当男妓吗？”男人问。他忽然莫名其妙地觉得眼睛上浮了一层泪，但他眨眨眼，眼泪就没了。

“不喜欢。”他说。

“那你为什么要做？”那男人问。他摇摇头。“说话。”那男人说。

“不知道。”他说。那男人发出一个吐气的声音。“因为我懂得怎么做。”最后他说。

“那你很擅长吗？”那男人问。再一次，他又觉得眼睛刺痛，沉默了好久。

“是的。”他说。这是他这辈子承认过最糟糕的事情，是他讲过最困难的一个字眼。

两人吃完后，那医生又带他走到地下室门边，同样轻轻推他一把。“等一下，”他对着正要关上门的医生说，“我叫乔伊。”那男人什么都没说，只是看着他，他又问，“你呢？”

那男人还是看着他，他觉得他几乎要露出微笑，或至少打算挤出什么表情。但接着那男人又板起脸：“特雷勒医生。”那男人说，然后赶紧出去关上门，仿佛这个信息就像一只鸟，如果不赶紧关门，就会飞出去。

次日他觉得不那么酸痛，烧也退了一些。但他站起来时，才发现自己还是很虚弱，摇摇晃晃地用两手乱抓着空气，总算没倒下去。他走向书架，检视上头的书，都是平装本，因为湿热而肿胀鼓起，发出了一股浓浓的霉味。他找到一本简·奥斯汀的《爱玛》，他逃跑前在社区大学的课堂上正在读这本，于是他拿着书缓缓爬上楼梯，查到自己之前读到哪里，然后边读边吃早餐、吞下药丸。这回托盘里还有个三明治，外头包着一张厨房纸巾，上头写着“午餐”。他吃完早餐后，就拿着书和三明治下楼躺在床上，这才发现自己多么怀念阅读，又多么庆幸能有机会沉湎在阅读中，忘掉眼前的生活。

他睡了，又醒来。傍晚时他非常疲倦，身上又痛了起来。当特雷勒医生帮他开门时，他花了好久才爬上楼梯。晚餐时，他什么话都没说，特雷勒医生也不吭声，但吃完之后，他主动表示要帮特雷勒医生洗碗或做饭，特雷勒医生看着他，"你生病了。"他说。

"我好多了。"他说，"如果你希望，我在厨房可以帮忙。"

"不，我的意思是——你生病了。"特雷勒特雷勒医生说，"你身上有病。我不能让生病的人碰我的食物。"他低下头，觉得很难堪。

接下来是一段沉默。"你的父母在哪里？"特雷勒医生问。他又摇摇头。"说话。"特雷勒医生说，这回他很不耐烦，虽然嗓门没提高。

"我不知道。"他结巴着说，"我从来没有父母。"

"那你是怎么变成男妓的？"特雷勒医生问，"你是自己开始的，还是有人帮你的？"

他吞下口水，觉得肚子里的食物成了糨糊。"有人帮我的。"他低声说。

又是一阵沉默。"你不喜欢我叫你男妓。"那男人说。这回他没法抬头看他。"对。"他说。"我了解，"那男人说，"不过你本来就是，不是吗？如果你想要的话，我可以叫你别的，或许流莺吧。"他又沉默了。"这样有比较好吗？"

"没有。"他又低声说。

"那么，"那男子说，"就是男妓了，好吗？"并且看着他。他总算点了头。

那一夜在卧室里，他想找东西割自己，但房间里没有任何锋利的东西，完全没有；就连那些书也只有膨胀发软的纸页。于是他把指甲用力按进小腿里，弯下腰，吃力得皱起脸来，最后终于刺穿皮肤，然后他用指甲来回割扯，好把那开口割得大一点。他只在右腿上割了三道，就累得睡着了。

第三天早上他确实好多了，更强壮，也更警觉。他吃了早餐，读了书，然后挪开托盘，头探出门下方有遮帘的开口，试了又试，但无论用什么角度，肩膀就是钻不过去，他的块头太大，那个洞又太小，最后他只好放弃。

他休息了一会儿，又把头探出洞。往左可以看到客厅，往右是厨房，他四处看了又看，像在寻找线索。整栋屋子非常整洁，从那整洁的程度看得出特雷勒大夫是一个人独居。如果他伸长脖子，可以看到右边远处有一道阶梯通向二楼，再过去是前门，但他看不清上头有几道锁。不过整栋屋子最显著的就是安静：没有滴答的钟响，没有外头传来的汽车或人声。感觉上这可能是一栋在太空里飘浮的房子，就是安静到那种程度。唯一的声音是冰箱，间歇地发出呼噜声，但是一停止运转，就完全寂静无声。

尽管这栋房子毫无特色，他却对它非常感兴趣：这是他这辈子进过的第三栋房子。第二栋是黎瑞家。第一栋是一个顾客家，就在盐湖城外。卢克修士跟他说那是一个非常重要的顾客，因为不想去汽车旅馆的房间，就额外多付钱请他们过去。那个房子很大，全是砂岩和玻璃，卢克修士跟他一起进去，偷偷躲在他和顾客性交那个卧室旁的浴室里（那浴室大得就像他们汽车旅馆的房间）。后来他长大成人后有了恋房癖，尤其是他自己的房子，不过早在他拥有格林街、灯笼屋或伦敦那层公寓之前，他每隔几个月就会买一本家居杂志欣赏，看着里头报道人们花很多工夫让漂亮的地方更漂亮，他会缓缓翻着纸页，审视每一张照片。他的朋友因此取笑他，但他不在乎。他梦想有一天他会拥有自己的地方，里面的东西完全属于他。

那一晚特雷勒医生又让他出来，还是到厨房，两人沉默地吃着晚餐。“我觉得好一些了。”吃完后他又试探一下，但特雷勒医生什么都没说，“如果你想做什么的话。”他很实际，知道如果不用某种方式偿还特雷勒医生，休想离开；他当时还抱着足够的希望，觉得自己应该可以获准离开。

但特雷勒医生摇摇头。“你或许觉得好一点了，但你还是有病。”他说，“抗生素要十天才能消除感染。”他从嘴里拿出一根半透明的细鱼刺，放在盘子边缘。“可别跟我说这是你第一次得性病。”他说，抬头看着他。他又脸红了。

那一夜他想着该怎么做。他强壮得几乎可以跑了，他心想。下回晚餐，他会跟着特雷勒医生，等到他转身，他就跑出门求救。这个计划有一些问题，特雷勒医生还是没把他的衣服还给他，他也没有任何鞋子。但他知道这栋屋子不对劲，特雷勒医生不对劲，他得离开才行。

次日他试图保留体力，整天焦躁得没法阅读，还得逼自己不要在地下室里踱步。他把午餐的三明治留着，塞在借来的运动裤口袋里，这样如果他必须在哪里躲久一点，就有东西可以吃。他在另一个裤子口袋塞了浴室垃圾桶里铺的塑料袋，等到安全脱离特雷勒医生的控制后，就可以把垃圾袋撕成两半套在脚上当鞋子穿。然后他静静地等待着。

但那天晚上，特雷勒医生根本没放他出去。他蹲在楼梯顶的小门边，看到客厅里的灯打开了，闻到了烹煮食物的气味。“特雷勒医生？”他喊道，“哈喽？”但屋里一片安静，只有锅里煎肉的声音，还有电视正播放着晚间新闻。“特雷勒医生！”他喊道，“拜托，拜托！”但什么都没发生。他喊了又喊，喊到没有力气，只好又下了楼梯。

那一夜，他梦见这房子的楼上还有一连串其他卧室，都有低矮的床和铺在底下的圆形地毯，每张床上都有个男孩，有的年纪大一点，已经在这屋子关了很久，有的年纪小一点。没有一个人知道其他人的存在；没有一个人听得见其他人。然后他才想到，自己根本不知道这栋房子到底有几层楼，梦里的房子变成一栋摩天大厦，里面有几百个房间、牢房，每一间都关着不同的男孩，每个人都等着特雷勒医生放他们出去。然后他猛喘着气醒来，跑到楼梯顶，推着门下方小洞上的橡胶盖，但是推不动。然后他掀开那块盖板，发现那个洞被一块灰色塑料板封住了。无论他怎么用力推，那块板子完全不动。

他不知道该怎么办。那一夜他想撑着不睡，但还是睡着了，醒来时，发现有个托盘上放着他的早餐、午餐和两颗药丸：早上一颗，晚上一颗。他手指拿起药丸思索着：如果他不吃药，身体就不会好转，在他痊愈之前，特雷勒医生就不会碰他。但如果他不吃，就不会好转，根据从前的经验，他知道自己会有多难受，会变得难以想象地肮脏，好像整个人从里到外都喷上了粪便。然后他开始摇晃，我该怎么办？他问，我该怎么办？他想起那个肥胖的卡车司机，对他很好的那位。帮我，他哀求他，帮帮我。

卢克修士，他求情着，帮帮我，帮帮我。

再一次，他心想：我做错决定了。我离开了一个至少还有户外，还有学校，而且知道会有什么事发生在我身上的地方。现在这些都没有了。

你太笨了，他心里那个声音说，你太笨了。

接下来六天就是这么度过的：他的食物会在他睡着时出现。他吃下药丸，不能不吃。

到了第十天，门打开了，特雷勒医生站在那里。他太惊恐、太惊讶了，一点准备都没有，但他还没站起来，特雷勒医生就关上门，朝他走过来。他手里轻松地握着一根铁制拨火棒，扛在一边的肩膀上，像扛着一根球棒似的。他走向他时，他被那拨火棒吓坏了，那是什么意思？他会拿它来对他做什么？

“脱掉你的衣服。”特雷勒医生说，同样是那没有高低起伏的口气，他照做了。然后特雷勒医生把拨火棒从肩上放下，他出自本能地立刻缩起身子，举起双臂护住头。他听到特雷勒医生发出那潮湿的微弱声音，然后他解开长裤皮带，站在他面前。“把长裤拉下去。”医生说。他照办了，但他还没来得及开始，特雷勒医生就用拨火棒轻轻推着他的脖子。“你敢搞什么花样，”他说，“咬我或什么的，我就用这个打你的头，打到你变成植物人，懂了没？”

他点头，恐慌得没法开口。“说话。”特雷勒医生大吼，他吓了一跳。

“好，”他猛吸气，“好，我懂了。”

他很怕特雷勒医生，那是当然；所有顾客他都怕。但他从来没想过要反击顾客，从来没想过要挑战他们。顾客们力气很大，他却不是。而且卢克修士把他训练得太好了。他太听话了。一如特雷勒医生逼他承认的，他是个好男妓。

每一天都像这样，尽管性交并不比以前碰到的糟，但他还是相信这只是前奏，最后一定会变得非常糟、非常怪。他听卢克修士说过一些故事，还看过录像，知道人们会对彼此做的事情：他们使用的对象、道具和武器。有少数几回他自己也体验过这些东西。但他知道自己在很多方面都算幸运了，他一直幸免于难。从很多方面来说，想到可能发生什么恐怖的事情，要比性交本身更可怕。夜里，他会想象他不知该怎么想象的事情，恐慌得猛喘气，他的衣服被汗水浸得湿黏（现在换了一套，但依然不是他的衣服）。

有回结束时，他问特雷勒医生自己是否能离开。“拜托”，他说，“拜托。”但特雷勒医生说他招待了他十天，他得偿还这十天才行。“然后我就可以走了吗？”他问，但医生已经走出门了。

到了偿还的第六天，他想出了一个计划。每次特雷勒医生用右手解开长裤皮带前，有一两秒钟——只有一秒或两秒——会把拨火棒夹在左边腋下。如果他算准时间，就可以用一本书打医生的脸，然后设法跑出去。他的动作要非常快、非常灵巧才行。

他浏览着书架上的书，再度恨不得其中有一些精装书，而不是这些厚厚的平装书。他知道开本小一点的书拿来打人比较像巴掌，比较好抓，于是他挑了一本《都柏林人》，够薄可以抓稳，也够软可以结实打在脸上。他把书塞在床下，然后才想到他根本不必藏起来。于是他把书放在旁边，等待着。

然后特雷勒医生带着拨火棒来了，正开始解开皮带扣环时，他就跳起来，使尽全力用那本书朝医生脸上打过去。他听到医生尖叫，拨火棒“吭啷”一声掉在水泥地上，接着医生一手抓住他的脚踝，但他踢开了，踉跄着爬上楼梯，拉开门就跑。他看到前门上有一堆锁，差点哭出来，他的手指笨拙，把门闩左拨右拨，终于出了门开始奔跑，这辈子从来没有跑得那么快过。你可以做到，你可以做到，他脑子里的那个声音尖叫着鼓励他，接着又更急切地说，快一点，快一点，快一点。他身体好转后，特雷勒医生给他的食物就愈来愈少，这表示他一直很虚弱、很疲倦，但现在他充满警觉地奋力往前跑，边跑边大喊着救命。但即使在他奔跑大叫时，他也看得出来没人听得到。他根本没看到其他房子，尽管他本来期望附近可能有树林，但结果没有，只有一片广大的空荡田野，没有地方可以躲。他觉得很冷，脚掌被刺得很痛，但是他还是继续跑。

他听到身后有另一组脚步声在柏油路上奔跑，还有一个熟悉的金属碰撞声。他知道那是特雷勒医生，根本没朝他喊，没威胁他，但他还是回头看医生离他有多远，结果发现非常近，只差几码。他脚下一绊跌倒了，一边脸颊狠狠地撞在马路上。

他跌倒之后，所有的精力都离他远去，像一群鸟聒噪地飞起，转眼间就走了。然后他看见那金属碰撞声的来源，原来是特雷勒医生没扣上的皮带环，这会儿医生把皮带抽出来，对着他猛抽，他蜷缩成一团，被医生打了又打。从头到尾，医生都一言不发，他唯一能听到的就是特雷勒医生的呼吸，他吃力的喘息，同时那皮带越来越使劲地抽着他的背部、他的双腿、他的脖子。

回到屋里，他继续挨揍，而且接下来几天、几星期，他也挨了揍。不是每天（他从来不知道下次会是什么时候），但是够频繁，加上缺乏食物，他总是觉得晕眩、虚弱，他觉得自己再也不会有力气跑了。一如他所害怕的，性交的状况也恶化了，他被迫去做一些他永远无法说出口的事，对任何人都没办法，甚至连对自己都没办法。而且同样地，尽管不是每次都很可怕，但也经常发生，让他一直处在半晕眩的害怕状态，他知道自己会死在特雷勒医生的屋子里了。有天夜里，他梦到自己变成大人，真正的成年人，但还是在地下室里等特雷勒医生，而且在梦里他知道自己出事了，他已经疯了，就像他在少年之家的室友那样，于是醒来时他祈祷自己赶快死掉。白天睡觉时，他梦到了卢克修士，醒来后他才明白卢克以前一直多么护着他，对他有多好，他一直对他那么仁慈。然后他踉跄爬到木阶梯顶端，往下摔，接着爬起来，再摔一次。

之后有一天（三个月后？四个月后？后来安娜告诉他，特雷勒医生说那是他在加油站发现他之后的第十二周），特雷勒医生说："我厌倦你了。你好脏，让我觉得恶心，我希望你离开。"

他不敢相信。但接着他才想起要说话。"好吧，"他说，"好吧，我现在就离开。"

"不，"特雷勒医生说，"你会照我希望的方式离开。"

接下来好几天，什么事都没发生，他猜想特雷勒医生又在撒谎了，还很庆幸自己没有太兴奋，庆幸他听到谎言时终于有办法辨认了。特雷勒医生开始用当天的报纸装食物给他，有天他看着上头的日期，发现是他的生日。"我 15 岁了。"他对着安静的房间说，听着自己说这些话，他很想吐——只有他知道这句话背后的种种希望、种种幻想、种种不可能。但他没哭：练出不哭的能力是他唯一的成就，是他唯一值得骄傲的事。

然后有天夜晚，特雷勒医生带着他的拨火棒下楼。"起来。"他说。他笨手笨脚地爬上楼梯，跪倒又起来，又绊倒，再爬起来，医生一直用拨火棒戳他的背部。他一路被戳着来到前门，门微微开了一条缝，他走出去，进入夜色中。外头还是很冷、很湿，即使在恐惧中，他还是看得出气候正在变化，即使时间对他而言停止了，但对世界的其他部分并非如此，季节依然无情地往前走；他闻得出空气变绿了。他旁边是一丛只剩黑色树枝的灌木，但尖端刚冒出有如淋巴腺肿一般的淡紫色新芽，他狂乱地瞪着，想抓住那个画面留在心中，接着又被戳着往前走。

来到汽车旁，特雷勒医生打开后行李厢，又用拨火棒戳他，他听到自己发出类似啜泣的声音，但是没有哭。他爬进去，他很虚弱，还要特雷勒医生帮着他，手指捏着他的衬衫袖子，以免碰到他。

车子往前行驶，后行李厢又大又干净。他在里头滚动，觉得他们转来转去，上坡之后又下坡，然后走过一长段又直又平的路。接着车子往左转，经过一片崎岖不平的路面，好不容易才停下来。

有好一会儿，他数了有三分钟，什么动静都没有。他努力听了又听，但是什么都听不到，只听到自己的呼吸声和心跳声。

后行李厢打开，特雷勒医生抓着他的袖子帮他爬出来，用拨火棒把他推到汽车前面。“待在那里。”他说。于是他站在那里，全身发抖，看着医生倒车，摇下车窗，探出头来看着他。“跑。”医生说，看他还呆站在那里，“你不是很爱跑吗？那就跑啊。”然后特雷勒医生发动引擎，终于，他醒悟过来开始跑。

他们在一片田野里，一大片空荡不毛的泥土地，再过几个星期就会长满青草，但现在什么都没有，只有一片片薄冰在他的赤脚底下宛如陶片般破裂，还有小小的白色圆石有如星星般发亮。这块田地中间稍微低一点，田地右边是马路，他看不到那条路有多大，只知道有条路，但没有车子经过。田地左边围着铁丝网篱笆，但是太远了，他看不到篱笆后面是什么。

他奔跑着，那辆汽车紧跟在他后头。一开始，能够奔跑、能够来到户外、能远离那栋房子的感觉其实很好，即使是像眼前这样，脚底下的冰像玻璃，狂风猛扑着他的脸，汽车保险杆不时轻推一下他的双腿后方，即使这一切，都要好过那栋房子，好过那个以煤渣砖砌墙、窗子小得根本不算窗子的地下室。

他奔跑着。特雷勒医生跟着他，有时会加速，他就跑得更快。但他没法跑得像以前那样，他跌倒了，然后又跌一次。每回他跌倒，车子就会减速，特雷勒医生就朝他喊——没生气，甚至也不大声——“起来。起来继续跑；起来继续跑，不然我们就回屋子里。”于是他逼自己站起来再跑。

他奔跑着。当时他不知道这会是他这辈子最后一次奔跑了，直到很后来，他会纳闷：如果我知道那是最后一次，有办法跑得更快吗？当然这是一个不可能的问题，一个不是问题的问题，一个没有解答的公理。他跌倒了一次又一次，到了第十二次，他动着嘴巴，想说话却说不出来。“起来，”他听到特雷勒医生说，“起来。下次你再跌倒，就是最后一次了。”于是他又站起来。

这回他不再跑了，而是踉跄着往前走，他缓缓离开那辆汽车，车子轻撞着他，越来越用力。让这停下来，他心想，让这一切停下来。他想起一个故事（是谁告诉他的？某个修士，但哪一个？），关于一个很可怜的小男孩，修士说，状况比他悲惨得多，长期以来一直很乖（他和这小男孩的另一个不同点）。有天晚上他祈祷上帝带走他：我准备好了，故事里的小男孩说，我准备好了。然后一个可怕的天使出现了，生着金色的翅膀，双眼焚烧着火，那对翅膀包住小男孩，那男孩就变为煤渣消失了，离开了这个世界。

我准备好了，他说，我准备好了，他等着那可怕、令人畏惧的绝美天使来救他。

最后一次他跌倒，再也爬不起来了。“起来！”他听到特雷勒医生吼道，“起来！”但是他爬不起来。接着他听到引擎又开始运转，感觉车头大灯朝他逼近，两道火光像那天使的眼睛，于是他头转向一边等着，那车冲向他，然后碾过他，到此为止。

那就是结局。之后，他就变为成人了。当他躺在医院里，安娜坐在他旁边时，他向自己做出种种承诺。他评估自己犯过的种种错误，发现自己从来不懂该信任谁，只知道应该跟着向他表达过善意的人。但是以后，他心想，他决定要改变这个状态了。他再也不要这么快就信任他人，他再也不要性交，他再也不要期盼会被拯救。

“以后不会这么糟了，”安娜在医院里总是这么告诉他，“事情再也不会这么糟了。”他知道她指的是疼痛，但他也愿意认为她指的是他整体的人生：随着每一年过去，状况就会好转一些。结果她说得没错：的确是越来越好。卢克修士说得也没有错，因为当他满16岁时，他的人生改变了。碰到特雷勒医生的一年后，他进了梦想中的大学；每天都没有性生活，他变得越来越干净。他的人生随着每一年的过去变得越来越令人难以置信。每一年，他的好运都会成倍地增加并且增强，他一次又一次地惊叹自己碰到的种种好事和慷慨之举，惊叹走进他生命的那些人。那些人跟他以前认识的人实在太不同了，简直是一个完全不同的物种。归根结底，特雷勒医生和威廉怎么可能被命名为同一种生物？还有盖柏瑞神父和安迪呢？卢克修士和哈罗德呢？第一组人身上存在的特质，也存在于第二组吗？若是如此，第二组人怎么会选择另一种特质，怎么会选择变成那样呢？种种事物不但自行修正，根本是逆转过来，到了几乎荒谬的程度。他从一无所有，变成富裕得令人难为情。然后他想起，哈罗德曾宣称人生会自行弥补之前的损失。他明白这是真的，虽然有时感觉人生不光是自行弥补，还弥补得太过头了，好像他的人生在乞求他的原谅，好像他的人生把财富堆到他头上，用种种美丽、神奇与他期盼中的事物淹没他，好让他不要恨它，让它继续推着他往前走。于是，一年接着一年过去，他一次又一次打破对自己的种种承诺。他终于又去跟随向他表达善意的人。他又再度信任他人。他又有性生活了。他又希望被拯救了。他这样做是对的：当然不是每一次，但大部分时候都是对的。他不理会过去给他的教训，而且超过应该有的频率，也因此得到了回报。他没有一丁点后悔，连性爱的部分都不后悔，因为他做的时候抱着希望，知道这样可以让另一个人快乐，而这个人给了他一切。

他和威廉成为一对之后没多久，某天晚上他们去了理查德家的晚餐派对。那个派对喧闹而轻松，来的只有他们深爱和喜欢的人——杰比、马尔科姆、黑亨利·杨、亚裔亨利·杨、菲德拉、阿里和他们的男友或女友、丈夫或太太。他在厨房里帮理查德准备甜点时，杰比跑进来，有点喝醉了，把一只手搭在他肩膀上，吻了他的脸颊。"好吧，小裘，"他说，"到头来你真的什么都有了，对吧？事业、金钱、公寓、伴侣。你怎么会这么幸运啊？"杰比咧嘴对着他笑，他也咧嘴笑了。他很高兴威廉没在现场听到这段话，因为他知道威廉会发火，因为威廉会觉得杰比是嫉妒，深信别人的人生都比他容易，而裘德更是幸运得没人比得上。

但他不是这样看的。他知道在某种程度上，两人都知道杰比带着讽刺恭喜他幸运的方式太过头，但也充满了赏识。如果要他老实说，他也觉得能被杰比嫉妒很荣幸。对杰比来说，他不是个童年不幸、成年后得到大量补偿的瘸子；他和杰比是平等的，从他身上，杰比只看到令人羡慕的事，从没看到令人怜悯的事。此外，杰比说得没错：他怎么会这么幸运？他怎么会到头来拥有这一切？他从来不明白，总是在纳闷。

"不知道，杰比，"他说，递给他切下来的第一块蛋糕，露出微笑，同时听到餐厅里传来威廉说话的声音，其他人随之笑起来，那是一种纯粹喜悦的声音。"但是你知道，我一生都很幸运。"

3

那个女人名叫克劳汀，是一个泛泛之交的朋友的朋友，做珠宝设计。这对他来说偏离常态，因为他通常只跟圈内人睡觉，圈内人让他比较习惯也比较容许临时安排。

她 33 岁，一头深色长发，尾端发亮，还有一双很小的手，像小孩一般，上头戴着好几枚她自己做的戒指，镶着黯淡的黄金和发亮的宝石；他们上床前，她会到最后才摘下那些戒指，仿佛遮盖她最私密部分的不是内裤，而是这些戒指。

他们一起睡觉将近两个月了，不是约会，因为他不跟任何人约会。这对他来说也是偏离常态，他知道自己得赶紧结束。刚开始，他就跟她说他爱的是另一个人，而且他不能过夜，一次都不行，她好像也都接受；她说她没问题，反正她自己也另有意中人。但他在她公寓里没看到另一个男人的痕迹，而且他每次发短信，她总是有空。这是另一个警告，他得赶紧结束才行。

这会儿他吻了她额头一下，坐起身来。“我得走了。”他说。

"不要，"她说，"留下来。再待一会儿。"

"没办法。"他说。

"五分钟。"她说。

"那就五分钟。"他同意了，往后躺回去。五分钟后，他又吻了她脸侧一下。"我真的非走不可了。"他告诉她。她发出一个声音，抗议又认命，转身背对他。

他到浴室冲澡，漱了口，又回来吻她一次。"我会再发短信给你。"他说，很受不了自己讲的话简直老套到了极点，"谢谢你让我过来。"

回到家，他悄悄走过黑暗的公寓，来到卧室，脱掉衣服，上了床，转过去两手抱着裘德，裘德醒来转向他。"威廉，"他说，"你回家了。"威廉吻了他，以掩饰自己的内疚和哀伤——每次他听到裘德声音里的放心和快乐，就会觉得内疚又哀伤。

"当然了。"他说。他总是会回家，从来没有不回家。"对不起，这么晚才回来。"

这个夜晚很热，潮湿无风，然而他还是紧贴着裘德，仿佛想取暖似的，两人的双腿交缠。明天，他告诉自己，他就会跟克劳汀结束了。

他们从来没讨论过，但他知道裘德知道他跟其他人上床。裘德甚至主动先同意了。在那个可怕的感恩节假期之后，经过多年的含糊其词，裘德终于对他揭露了所有的过去，之前总是把他遮掩得模糊不清的云朵突然被一扫而空。有好几天，他都不知道该怎么办（除了自己也跑去做心理咨询；裘德跟娄曼医生订下第一次约诊的次日，他就打电话给自己的心理医生了），而且每次看着裘德，他会想到裘德讲的那些片段，然后他会偷偷打量他，很好奇他怎么会从当年那样变成今天这样，很纳闷他怎么能克服一切逆境、变成今天这样的人。他对他的敬畏、绝望和恐惧，是对偶像才会有的，不是对另一个人类，至少不是他认识的人。

“我知道你有什么感觉，威廉。”安迪曾在他们的某次秘密谈话中说，“但他不希望你佩服他；他希望你看到他表面的样子。他希望你告诉他，尽管他的人生难以想象，但那依然是一种人生。”他暂停，“你懂我的意思吗？”

“我懂。”他说。

裘德刚说出自己故事的接下来几天，他可以感觉到裘德跟他在一起总是非常安静，仿佛试着不要引起注意，不想提醒威廉他现在知道了什么。大约一个星期后的某个夜晚，他们在公寓里沉默地吃着晚餐，裘德忽然轻声说：“你现在根本没办法看我了。”他抬头，看到那张苍白、恐惧的脸，于是把椅子拖近，坐在那里看着他。

“对不起，”他喃喃说，“我是怕自己说出什么蠢话。”

“威廉，”裘德说，接着沉默了一下，“我想，如果考虑到各方面，我最后的结果相当正常，你不觉得吗？”威廉听得出他声音里的那种焦虑、那种期望。

“不，”他说，裘德皱起脸，“我想，无论是不是考虑到各方面，你最后的结果都非常了不起。”裘德终于露出微笑。

那一夜，他们讨论接下来该怎么办。“你恐怕甩不掉我了。”他说，看到裘德有多如释重负，他心里暗骂自己没有更早表明他不会离开。之后他振作起来，讨论身体的事情：他可以做到哪个地步，什么是裘德不想做的。

“你想怎么样都可以，威廉。”裘德说。

“可是你不喜欢啊。”他说。

“可是这是我欠你的。”裘德说。

“不，”他告诉他，“这种事不该让人觉得是你欠我；更何况，你其实不欠我。”他暂停一下，“如果这事情不能激起你的性欲，那对我也一样。”他补充。虽然让他愧疚的是，他的确还是想跟裘德做爱。但只要裘德不想做，他也不会做了，但这不表示他有办法突然停止渴望。

“但是你为了跟我在一起，牺牲那么多。”裘德沉默了一会儿说。

“比如什么？”他好奇地问。

“正常，”裘德说，“社会接受度，生活的舒适，甚至还有咖啡。在这份清单上，我不能再加上性爱了。”

他们谈了又谈，他终于设法说服裘德，让裘德讲清楚他真正喜欢的有哪些（还真不多）。“可是你要怎么办？”裘德问他。

“啊，我不会有事的。”他说，其实自己也不知道。

“你知道，威廉，”裘德说，“你显然应该跟任何你想要的人睡觉。我只是……”他支支吾吾地说，“我知道这样很自私，但我只是不希望听到这些事。”

“这并不自私。”他说，伸手到床的那头抱住裘德，“我不会谈的，绝对不会。”

那是八个月前了，在那八个月，情况逐渐好转：不是他以前所想的那种好转（他以前会假装一切都很好，无视各种不对劲的证据，也不怀疑任何相反的迹象），而是确实好转了。他看得出裘德真的比较放松：对身体的羞怯减少了，更常表示关爱，而这两者，都是因为他知道威廉解除了那些他自认是自己的义务。裘德割自己的频率也低了很多。现在他不需要哈罗德或安迪跟他确认裘德好转了，连他也知道这是真的。唯一的难题是，他对裘德还是有欲望，有时他还得提醒自己不要更进一步，提醒自己已经濒临裘德所能忍受的极限，然后他会逼自己停下来。在那些时刻，他会很生气，不是气裘德，甚至不是气自己（他从来不会因为想性交而感到罪恶，现在依然），而是气人生，竟然促使裘德害怕一件事，而这件事向来只会让他联想到欢娱。

他很小心挑选要跟谁睡觉：他挑的人（其实是女人，他挑的几乎全是女人）都是他感觉到或是从以往的经验确知，对他真的只有上床的兴趣，而且会很谨慎的人。她们往往会很困惑，他也不怪她们。“你不是跟男人在一起吗？”她们会问。他说没错，但他们是开放式的关系。“所以你其实不是同性恋者？”她们会问，然后他说：“对，根本来说不算是。”年轻一些的女人比较能接受这个状况：她们的男友（或前男友）也曾跟其他男人睡觉；她们也跟其他女人睡过觉。“喔。”她们会说，通常只到此为止——就算有其他担忧或问题，也没提出来过。这些年轻女人，女演员、化妆助理、服装助理，不想跟他发展伴侣关系，通常她们根本不想跟任何人发展伴侣关系。有时，那些女人会问起关于裘德的事（他们是怎么认识的，他是什么样的人），他会回答，然后伤感起来，很想念裘德。

但他随时留意，不让这一方面入侵他在家中的生活。有回一个八卦专栏没指名道姓（基特转给他看的），但显然就是在写他。他和自己斗争了半天，还是决定不要告诉裘德；裘德绝不会看到这篇文章。裘德知道这种事理论上会发生，但他没有理由逼着裘德去面对现实。

总之，杰比看到那篇八卦文章了（他猜他认识的其他人也看到了，但杰比是唯一跟他提起的人），然后问他是不是真的。“我都不晓得你们还有开放式的关系呢。”他说，比较好奇，而不是责问。

“喔是啊，”他说，故作轻松，“从一开始就是这样了。”

现在他的性生活和家庭生活成了两个截然不同的领域。这一点他当然觉得难过，但他现在年纪够大了，足以知道每段伴侣关系都有不足和失望，必须去别处寻求。比方他的朋友罗蒙娶的老婆莉萨美丽而忠实，但是出了名的不聪明：她根本看不懂罗蒙拍的那些电影，而且你跟她讲话时，会发现自己一直在评估对话的速度、复杂度和内容，因为每次话题一转到政治、金融、文学、艺术、美食、建筑或环境生态，她常常一脸困惑。他知道罗蒙也知道莉萨和他们伴侣关系中的这个缺陷。“啊，好吧，”他有回主动跟威廉说，“如果我想要聊个过瘾，可以找我的朋友谈，对吧？”罗蒙是他最早结婚的朋友之一，当时他对罗蒙的选择非常好奇，觉得难以置信。但现在他懂了；你总会有所牺牲。他知道对某些人来说（杰比，大概还有罗蒙），他自己的牺牲是难以想象的。他以前也这样想。

最近他常常想起研究生时期演的一出戏，是戏剧写作系一个像甲虫一样单调乏味的女生写的。她后来成为非常成功的间谍片编剧，但她在研究生时期写的都关于不快乐的夫妻，是带有品特风格的剧本。《如果这是电影》这出戏中的先生是古典音乐教授，太太是音乐剧的词作者。两夫妻住在纽约，都四十来岁（当时那是一片灰色的土地，远得不得了且难以想象地黯淡），两人都缺乏幽默感，且长期怀念年轻时的自己，回想当时人生充满前途与希望，两人都很浪漫，而人生本身就是一部浪漫传奇。他演那位丈夫，他早就知道这出戏很烂（里头的台词如：“这不是《托斯卡》，你知道！这是人生！”），但他始终忘不了他在第二幕最后的那段独白。当时那位太太宣布她想离开，说她不认为自己在这段婚姻里得到了满足，她相信还有更好的人在等着她：

赛斯：难道你不明白吗，艾美？你错了，伴侣关系从来不会提供一切，而是提供某些东西。一个人身上可能有你想要的，比方说性爱的吸引力、美好的对话、财务上的资助、思想的契合，或善意、忠实。你可以挑选三种。三种——就这样。如果你很幸运，或许可以挑四种。其他的你得去别处寻找。只有在电影里，你才会找到一个提供一切的人。但现在我们不是在演电影。在真实世界里，你得搞清楚哪三样特质是你想共度一生的，然后你从另一个人身上找寻其他的特质。这才是真实的人生。你不明白这是个陷阱吗？如果你想找到一切都有的，最后你就什么都没有了。

艾美：[哭着]那你挑了哪些？

赛斯：我不知道。[捶桌子]我不知道。

当时，他不相信这些台词，因为在当时，要找到具备一切的人似乎是可能的；他才23岁，身边的每个人都年轻、有吸引力、聪明又迷人。每个人都认为他们会是几十年的朋友、永远的朋友。但对大部分人来说，这样的事情当然不曾发生。当你年纪渐长，就知道你在挑一起睡觉或交往的人时所重视的特质，未必是你想要一起生活、相处、天天与之共度的人的特质。如果你很聪明、很幸运，你会学到这点并接受它。你摸清什么对你是最重要的并设法寻找，你学会了务实。他们每个人的选择都不一样：罗蒙选择了美貌、贴心、顺从；马尔科姆，在他看来，选择了可靠、能力（苏菲的效率很吓人），以及审美观的契合。他呢？他选择了友谊、对话、善良、思想。三十多岁时，他看着某些人的伴侣关系，提出一个曾在无数晚餐派对上激起讨论的问题：为什么他们会在一起？不过现在，他快要48

岁了，他觉得伴侣关系反映了每个人最强烈但无法清楚表达的渴望，他们的希望和不安全感化为实体，成了另一个人。现在，他在餐厅、在街上、在派对中看着一对对伴侣，会很好奇：为什么你们两个会在一起？你觉得你最不可或缺的是什么？你缺了什么是你希望另一个人提供的？现在他认为，成功的伴侣关系，就是双方都能看出对方最能提供也是自己最重视的特质。

或许这并非出于巧合，他发现自己生平第一次怀疑心理咨询的效果及假设。之前，他向来认为心理咨询至少是一种温和的治疗，不曾质疑。他年轻时，甚至认为心理咨询是一种奢侈，因为这是一种权利，能让你畅谈自己的人生五十分钟，基本上不会被打断，这证明他已经成为一个人物，他的人生值得这样花时间思考、值得有人宽容地倾听。但现在，他意识到自己的不耐烦，觉得心理咨询有一种阴险的迂腐，暗示人生是可以补救的，而且有一种社会常态存在，要引导病人符合这样的常态。

“威廉，你好像有所隐瞒。”他看了好几年的心理咨询师伊德里斯说，他没回应。心理咨询、心理咨询师，都保证了绝少的批判（但是去跟一个人谈，却不被批判，不是根本不可能吗？）。然而，在每个问题后面都是一个小小的督促，轻推你一下，无可避免地促使你认知到某些缺陷，解决一个你原先不知道存在的问题。多年来，他有些朋友一直相信自己的童年很快乐，父母基本上很慈爱，直到心理咨询唤醒他们，让他们认识到自己并不快乐，父母也并不慈爱。他不希望这样的事情发生在自己身上，他不想让人告诉他说他的满足根本不是满足，而是错觉。

“那你对于裘德根本不想做爱的事实，有什么感觉？”伊德里斯问。

“我不知道。”他说。其实他知道，于是他说，“我真希望他想要，为了他自己好。我很难过他失去人生最棒的体验之一。但我想，他已经得到了不做爱的权利。”在他对面，伊德里斯保持沉默。其实他不希望伊德里斯试图诊断他的伴侣关系有什么问题。他不想要别人告诉他如何修补。他不想逼裘德或他自己去做他们两个都不想做的事情，只因为他们应该这么做。他们的伴侣关系，他觉得，是独特而可行的；他不想要别人来指手画脚地跟他说不行。他有时很好奇，会不会只是因为他和裘德缺乏创意，才会让两人都觉得“朋友”这个字眼太模糊、太难以描述、太难满足了。他怎么有办法将用在印蒂亚或两个亨利·杨身上的字眼，拿来描述裘德对他的意义？所以他们选择了另一个、一般人比较熟悉的伴侣形式，但是行不通。现在他们发明了自己的伴侣形态，没有被历史正式承认，也不是诗歌中传诵不朽的，但感觉上更真实，也更不受限。

不过，他没有跟裘德提起他对心理咨询越来越存疑，因为一部分的他还是相信心理咨询对真正心理有问题的人管用，而裘德是真的心理有问题（他终于可以跟自己承认了）。他知道裘德痛恨做心理咨询；他前几次去过之后，回家总是很安静、很沉默寡言，搞得威廉还得提醒自己，他是为了裘德好，才逼他去的。

最后他终于憋不住了。“你跟娄曼医生谈得怎么样了？”他有天晚上问他，那是裘德开始做心理咨询的一个月后。

裘德叹气。“威廉，”他说，“你希望我继续去多久？”

“不知道，”他说，“我其实没想过这个问题。”

裘德审视着他，“所以你觉得我得一直去。”他说。

“这个嘛，”他说（他的确是这么想的），“状况真有那么可怕吗？”他暂停了一下，“是因为娄曼医生吗？我们要不要找别的心理医生？”

“不，不是娄曼的问题，”裘德说，“是那个过程本身。”

他也叹气了。“听我说，”他开口，“我知道这对你来说很困难。我知道。但是，裘德，先试个一年好吗？一年。努力看看。然后我们再来评估。”裘德答应了。

到了春天，他又出远门拍戏。某天晚上他和裘德通电话，裘德说：“威廉，为了完全坦白，我有件事情要告诉你。”

“好。”他说，将手上的电话抓得更紧。他当时在伦敦拍《亨利与伊迪丝》。他饰演刚开始与伊迪丝·华顿展开友谊的亨利·詹姆斯（基特指出，年轻了12岁，体重轻了快六十磅，但谁会去算呢？）。这部电影其实算公路电影，大部分在法国和英格兰南部拍摄，他当时正在拍最后几场戏。

“我并不引以为荣，”他听到裘德说，“不过之前跟娄曼医生的四次约诊，我都没去。或者应该说——我去了，但是没去。”

“什么意思？”他问。

“唔，我去了，”裘德说，“但是在该进去的时间，我坐在外头的车子上读书，然后等到时间结束，我就开车回办公室。”

他没吭声，裘德也没说话，然后两个人开始大笑。“你读什么？”等到他终于有办法说话，他问。

“《论自恋》[1]。”裘德说。两个人又大笑起来，笑到威廉根本站不住，还得坐下来。

“裘德……”他终于又开口，裘德却打断他。“我知道，威廉，”他说，“我知道，我会回去的。那真的太蠢了。我这几次都没办法

1　心理学家弗洛伊德的著名论文。

鼓起勇气走进去，也不知道为什么。”

他挂断电话时，脸上还带着微笑，脑中浮现出伊德里斯的声音——“还有，威廉，裘德说他会去却没去，你有什么感觉？”他的手在脸前挥一挥，好像要把那些话赶跑。他现在明白，裘德撒谎，以及他自己的自我欺骗，都是自我保护的手段，从童年开始就经常被演练。这些习惯帮助他们，把这个有时太不堪的世界变得比较容易理解。但现在裘德试着减少撒谎，他也试着接受人生有些事永远不会符合他理想中应有的样子，无论他多么期盼，也无论他怎么假装。所以老实说，他知道心理咨询对裘德的作用有限，知道裘德还会继续割自己，知道他永远没法治愈他。他爱的人病了，而且会永远病下去，他的责任不是让他好转，而是让他的病情减缓一些。他从来没办法让伊德里斯了解这个观点的转变；有时，连他自己也不太了解。

那天夜里他找了个女人过来，是副美术指导伊莎贝尔。他们躺在床上时，他回答了那些老问题：解释他是怎么认识裘德的，解释他是什么样的人，至少是他面对这类状况创造出来的版本。

“这个地方真不错。”伊莎贝尔说，他有点疑心地看了她一眼；杰比看到这间公寓后，曾说这里看起来就像被伊斯坦布尔的大市集给强暴了。而伊莎贝尔，他听摄影指导宣称她的品位绝佳。“真的，”她说，看到他脸上的表情。“这里很漂亮。”

“谢了。”他说。这间公寓是他的，他和裘德的。他们两个月前才买下来，因为这两年的状况越来越明显，他们两个为了工作会更常待在伦敦。他负责找房子，因为那是他的责任。他刻意挑了安静、非常乏味的马里波恩，不是因为这里冷静的美感或便利，而是因为这一带有很多医生。威廉终于选定这间公寓后，某天他们来到楼下，等着房地产经纪人带他们上去看房子。“啊，”裘德当时说，一面研究这栋建筑物的住户名录，“看看楼下是什么：一家整形外科诊所呢。”他看着威廉，挑起一边眉毛，“这真是有趣的巧合啊，不是吗？”

他露出微笑。“可不是吗？”他说。但在他们的玩笑之下，是两个人都无法讨论的事情，不光是在他们的伴侣关系中，甚至在他们多年的友谊中几乎都没讨论过——到某个时间（他们不知道什么时候，但早晚会发生），裘德将会恶化。到底会是什么样的恶化，威廉也不确定，但他现在决定要诚实，所以他试着让自己、让他们两人都做好准备，去面对他无法预知的未来，面对有一天裘德可能没有办法走路、没有办法站起来。于是最后，这栋哈利街上的四层楼建筑成了唯一可能的选项；在他看过的所有房子里，这里最近似格林街：一户占据整层楼的公寓，有大大的门和宽敞的走廊，房间都很大，浴室改装得可供轮椅出入（楼下的整形外科诊所是最后的、不可忽略的理由，说服他这间公寓应该由他们买下）。他们买下那间公寓；他把历年到各地拍戏时买来、长年装箱堆积在格林街地下室的地毯、灯和毯子运来；而且在他拍戏结束回纽约前，马尔科姆以前的一个年轻同事、现在搬回伦敦且在“钟模”伦敦分公司上班的建筑师维克拉姆，就要开始装修了。

啊，每回他看到哈利街的设计图都会想，活在现实世界有时好困难、好可悲。他总是回想起他上次跟维克拉姆碰面时，曾问起为什么不保留厨房原来的木框窗子，通过窗外俯瞰天井还可看到外头韦茅斯马厩街上的屋顶。“我们不是该保留吗？”他纳闷地问，“那些窗子那么美。”

“是很美没有错，”维克拉姆赞同道，“不过这些窗子坐着很难打开——得用上双腿的力量才能拉起来。”他这才明白，他和维克拉姆第一次谈话时提到的，维克拉姆都很当回事。他那时交代他们要假设：住在这间公寓的其中一人，肢体活动的范围最后可能会非常有限。

“啊，”他说，迅速眨眨眼，“没错。谢谢。谢谢。”

“没问题，”维克拉姆说，“威廉，我跟你保证，这里一定会给你们两位家的感觉。”他的声音柔软而温和，威廉不确定他那一刻感受到的哀伤是源自维克拉姆的那些体贴话，还是他体贴的口气。

这会儿回到纽约，他想起了这件事。现在是 7 月底，他说服裘德休假一天，他们开车到纽约州北部的房子去。有好几星期，裘德都很疲倦，又非常虚弱，忽然间，他又好了起来，就在这样的日子里——天空是鲜明的蓝，空气热而干燥，他们房子四周的田野里散布着一丛丛的蓍草和黄花九轮草，围绕池塘的石头在脚下很冰凉，裘德在厨房里兀自唱着歌，一边帮他们邀请来的朱丽娅和哈罗德做柠檬水。这时威廉就会发现自己又不小心掉回到假装的老习惯里。在这样的日子，他会屈服于某种着魔的状态，在其中，他的人生似乎无法改善，同时又矛盾地可以完全修好：当然裘德不会恶化。当然他可以被治好。当然威廉会是那个治好他的人。当然这是可能的。当然这是有希望的。这样的日子似乎没有黑夜，而没有黑夜，就不会有割伤，不会有忧愁，没有什么能让人沮丧的。

“威廉，你是在梦想奇迹发生。”伊德里斯如果知道他在想什么，就会这么说，他也知道自己在做梦。但是他会想，他的人生（还有裘德的人生）不就是奇迹吗？他本来应该待在怀俄明州，成为一名牧场雇工。裘德最后应该会在——哪里？监狱、医院，死掉或更糟。但结果他们都没有。像他这样一个基本上平凡无奇的人，居然能靠着扮演别人赚进几百万元，可以坐飞机到各个城市，每天生活所需都能得到满足，在人工的场景里工作，被伺候得像一个腐败小国的君主，这不是个奇迹吗？在30岁时被收养，遇到爱你爱到要把你正式收为儿子的父母，这不是奇迹吗？能够克服种种不可能存活的境况存活下来，这不是奇迹吗？而友谊本身，让你能找到另一个人，使整个孤单的世界不那么孤单，不就是奇迹吗？这栋房子、这片美景、这种舒适、这种生活，不就是奇迹吗？所以谁能怪他期望再多一个奇迹，尽管明知道不可能，尽管违背生物学、时间、历史的法则，他还是期望他们会是例外，期望发生在有同样伤势的人身上的事，不会发生在裘德身上，期望即使裘德已经克服那么多困难，他还是有可能再克服一件事？

这会儿，他坐在池塘边跟哈罗德和朱丽娅聊天。忽然间，他感觉到了偶尔会体验到的、胃里一种奇怪的空荡，即使他和裘德就在同一栋房子里，那种想念他的感觉，一种好想看到他的渴望，奇异又强烈。他永远不会跟裘德提，不过就像这样，裘德让他想起亨明——那种感觉有时会触碰他，轻如鸟翼，感觉到自己深爱的人不知怎的就是比其他人短暂，感觉他们是自己借来的，有一天他们会被收回去。“别走，”他曾在电话里告诉亨明，当时亨明快死了，“别离开我，亨明。”即使几百英里外帮忙拿话筒凑在亨明耳边的护士曾交代他要讲恰恰相反的话：说他离开没关系的，说威廉会放他走。但他做不到。

之前裘德住院时，他也做不到。当时裘德因为药物语无伦次，双眼不断转来转去，那个状况给他带来的恐惧，几乎超过了一切。“让我走，威廉。”当时裘德求他，“让我走。”

“我做不到，裘德，”他哭着说，“我没办法。”

现在他摇摇头，摆脱思绪。“我去看看他怎么样了。”他告诉哈罗德和朱丽娅。接着他听到玻璃滑门拉开，他们三个人转头朝山坡上方看去，看到裘德拿着一个装了饮料的托盘，他们三个都站起来要去帮他。但在他们朝上坡走去、裘德往下走来之前，有那么一刻，大家都停住不动。那让他想到在拍片现场，每一个布景都可以重新安排，每一个错误都可以修正，每一种忧伤都可以重来。而在那一刻，他们三个在画面的这一端，裘德在另一端，但他们相视微笑，整个世界似乎只有甜美。

* * *

他这辈子最后一次自己走路，是圣诞假期时。那是真正的走路：不光是沿着墙壁从这个房间慢慢挪到下一个房间；不是在罗森·普理查德律师事务所的走廊上拖着脚步；不是从公寓大厅一点一点移动到车库，然后发出放心的哀叹倒在车里。当时他 46 岁。他们在不丹。后来他才明白，在这里度过他最后一段行走的时期，是很好的选择（当时他自然还不知道），因为这个国家人人都走路。他们在那里碰到的人（包括大学时代的旧识、现在是林业部长的卡玛）谈起走路都不是讲走了几公里，而是讲走了几小时。“啊，没错。”卡玛说，“我父亲小时候常常周末走四小时去拜访他的姑妈，再走四小时回家。”他和威廉听了惊叹不已，不过后来他们也同意：这里的乡间太漂亮了，一连串陡降、充满树林的抛物线，上方的天空是清朗的浅蓝色，在这里走路，一定比在其他地方都要走得快，更充满愉悦。

那趟旅行，他觉得自己并没有处于巅峰状态，不过至少还走得动。之前几个月，他觉得越来越虚弱，但没有任何特别的征兆，看不出会有什么更大的问题。他只是很快就失去了活力；身上的酸痛变成疼痛，一种不太强烈、持续的抽痛，每天从起床就开始跟着他，直到入睡。这种差别，他告诉安迪，就像是一个月有零星的雷阵雨，以及一个月每天都下着小雨：不强烈但持续不断，是一种令人沮丧、令人衰弱的不舒服。10 月的时候，他每天都得使用轮椅，是他连续使用轮椅最长的一段时间。到了 11 月，他好转了一些，可以去哈罗德家赶上感恩节晚餐，但他痛得没法上桌，整个晚上都待在卧室里，尽可能躺着不动。他模糊地意识到哈罗德、威廉和朱丽娅轮流进来看他，自己还为破坏了他们的假期而道歉，也依稀听到他们三人和劳伦斯与吉莉安、詹姆斯与凯瑞从餐厅传来的低声交谈。之后，威廉本来想取消这趟不丹之旅的，但他坚持要去，而且他很庆幸他们去了，因为他觉得去那里会有恢复健康的效果：那里的美丽风景，那些高山的清新与安静，而且还可以看着威廉置身溪流和树林之间——威廉在大自然里看起来总是特别自在。

那是个美好的假期，但结束时，他已经准备好要离开了。他一开始能说服威廉成行的原因之一，就是他们的朋友伊利亚（现在主持并操作一个对冲基金）正好跟家人去尼泊尔度假，他们来回纽约都是顺道搭他的私人飞机。他本来担心伊利亚在飞机上会很想讲话，但结果没有。回程时，他很庆幸自己几乎都在睡觉，两脚和背痛得灼热。

他们回到格林街公寓的次日，他根本下不了床。痛得好像整个身体是一条长长的、裸露的神经，两端都磨损了；他感觉只要有一滴水掉到他身上，整个人就会嘶嘶作响。他很少这么疲倦、酸痛到根本坐不起来，而且他看得出威廉非常恐慌——他在威廉面前总会特别努力，免得害他担心。他还得恳求威廉不要打电话给安迪。“好吧，”威廉不情愿地说，“可是如果你明天没有好转，我就要打给他了。”他点点头，威廉叹气。“该死，裘德，”他说，“我就知道我们不该去的。”

但次日，他好转了，至少可以下床了，只是还没办法走路；一整天，他的腿和脚都像是有螺丝朝里钻，但他还是逼自己微笑、谈话、到处移动，不过当威廉离开房间或转开身子，他可以感觉到自己的脸疲倦得垮下来。

情况就变成这样，他们两个也逐渐习惯了。虽然现在每天都要坐轮椅，他还是尽量多走些路，即使只是走去浴室，而且他会小心保留体力。做饭时，他会确保开始之前把所有东西放在面前的料理台上，免得总是要去冰箱拿；他拒绝了晚餐、派对、开幕仪式、募款餐会的邀约，跟邀请的人和威廉说他工作忙得分不开身，但其实他只是回家，坐在轮椅上缓缓地在公寓里移动。这间公寓大得令人精疲力竭，累了他就停下来休息，然后躺在床上小睡。这样等到威廉回来时，他才有足够的精力聊天。

到了1月底，他终于去见安迪了。安迪听了他描述的状况，仔细帮他检查。“确切地说，你没有什么不对劲。”安迪检查之后说，“你只是年纪大了而已。”

“喔，”他说，两个人都沉默了，不然还能说什么？“唔，”最后他终于说，“或许我会虚弱到可以说服威廉，说我没有力气再去娄曼医生那边了。”因为那年秋天有一夜，他喝醉了发傻，甚至有点太过浪漫，答应威廉他会再去娄曼医生那边九个月。

安迪叹了气，但也露出微笑。“你真的很皮。”安迪说。

现在，他充满深情地回想这段时期，因为就其他每个重要的方面而言，那个冬天都是一段灿烂的时光。12月，威廉因为《毒苹果》

的演出被一个重要的电影奖提名；1 月，他得奖了。接着他获得另一个更重要、更有威望的电影奖提名，而且又得奖了。威廉得奖的那天晚上，他刚好去伦敦出差，但是设了凌晨 2 点的闹钟，好爬起来看在线实况转播；当颁奖人宣布威廉的名字时，他大喊出声，看着威廉满脸笑容地吻了陪他出席的朱丽娅，走上阶梯来到舞台，听着威廉谢谢制片和导演、电影公司、埃米尔、基特、艾伦·图灵本人，还有罗蒙、克雷西、理查德、马尔科姆、杰比，还有"我的岳父母哈罗德 · 斯坦和朱丽娅 · 阿特曼，他们总是让我觉得我也是他们的儿子，还有最后也最重要的，谢谢裘德·圣弗朗西斯，我最好的朋友、我毕生的挚爱。谢谢你给我的一切"。他当时勉强忍着没哭，等到半个小时后终于跟威廉联络上时，他又得忍着哭。"我真是以你为荣，威廉。"他说，"我就知道你会得奖，我就知道。"

"你总是觉得我会得奖。"威廉大笑，他也笑了，因为威廉说得没错：他总是这么想。他总觉得威廉不管被提名什么，都应该得奖；要是没有，他就真的很困惑——不管政治和偏好，那些评审或投票者，怎么可以否定那么优秀的表演、那么优秀的演员、那么优秀的人？

次日早晨开会时，他得忍着别哭，而是愚蠢地不断微笑。他的同事纷纷向他道贺，再度问他为什么没去参加颁奖典礼，他摇摇头。"那些事情不适合我。"他说，也的确如此。所有的颁奖典礼、首映会，所有威廉工作上要参加的派对，他只参加过两三次。过去一年，威廉曾接受某个严肃文学杂志的专访，要做长篇的特写报道，只要是那个作者要出现的场合，他就会避开。他知道威廉没有不高兴，他把他避免露面归因于他重视隐私。这也没有错，但其实不是唯一的原因。

他们成为一对之后不久，《纽约时报》曾刊登过一篇有关威廉的报道，谈到他刚拍完一系列间谍电影三部曲的第一部，配了一张他们两个人的照片。那张照片是在杰比拖延许久的第五次个展“青蛙与蟾蜍”的开幕酒会上拍的，展览里的画作全都是画他和威廉，但非常模糊，而且比起杰比之前的作品都更抽象（对于这个展览的标题他们不知该做何感想，尽管杰比宣称这个标题充满深情。他们问起时，杰比对着他们尖叫：“阿诺德 · 洛贝尔[1]！听过吗？！”但他和威廉小时候都没看过洛贝尔的童书，还得跑去买，才能搞懂这个典故）。奇怪的是，这个展览让他的同事和同辈真正知道他们是一对，甚至比当初一开始报道威廉新生活的《纽约》杂志还要有影响力，尽管展览中大部分画作依据的照片，都是他们在一起之前拍的。

这个展览也将证实（一如杰比后来所说的）杰比的优越地位：他们都知道杰比的作品销售状况很好，获得很正面的评论，而且得到了许多奖金和荣誉，但他一直很介意理查德被美术馆邀请办过生涯中期的回顾展（亚裔亨利 · 杨也有），他自己却没有。但是在“青蛙与蟾蜍”之后，事态有了根本的转变，就像《梧桐法院》是威廉事业上的突破点，多哈博物馆是马尔科姆事业上的突破点，如果他自夸一点，马格瑞夫与贝斯凯的诉讼案也是他事业上的突破点。直到他踏出了朋友圈，才明白这个突破（他们都期望过并且终于得到）比他们原先以为的更罕见，也更珍贵。在他们四个人之中，只有杰比确定自己应该得到这样的突破，这样的事情一定会发生在自己身上；他和马尔科姆和威廉从来没有这样的确定感，所以当这个突破

1　Arnold Lobel（1933—1987），美国著名童书作家及画家。

发生在他们身上时，他们都糊里糊涂的。尽管这样的转机，杰比等得最久，但终于等到时，他相当冷静，身上的一些棱角似乎被磨平了；认识杰比这么久，这是他们第一次觉得他变得圆滑，那种长年带刺的幽默感从杰比身上消失了，仿佛静电被消磁，总算安静下来。他很替杰比高兴；他很高兴杰比现在终于得到了自己想要的认可，而且他认为在“秒，分，时，日”那次个展后，杰比就该得到认可了。

“问题是，我们两个谁是青蛙、谁又是蟾蜍？”威廉说。他们第一次看那个展览的作品，是在杰比的工作室，那天深夜他们买了那几本童书回家念给对方听，一边念一边忍不住大笑。

他微笑；此时他们躺在床上。“很明显啊，我是蟾蜍。”他说。

“不，”威廉说，“我想你是青蛙；你眼珠的颜色跟它的皮肤一样。”

威廉的口气好认真，听得他咧嘴笑了。“那就是你的证据？”他问，“那你跟蟾蜍有什么共同点？”

“我想我有一件跟它一样的夹克。”威廉说，他们又开始大笑。

但其实他知道：他才是蟾蜍，看着《纽约时报》那张他们两个合影的照片，他又想起了这件事。他不太为自己担心（他现在尽量不要在乎自己的焦虑），而是为威廉担心，因为他意识到他们是多么不相配、不正常的一对。他替威廉感到难为情，也担心他光是出现，就可能会害到威廉。于是他设法避免跟威廉一起出现在公共场合。他总是觉得威廉有办法让他更好，但这些年来他一直担心：如果威廉能让他更好，那不就表示他会害威廉变糟？同样的，如果威廉能让他成为一个比较不碍眼的人，那他不也害威廉变丑了？他知道这个想法不合逻辑，但反正他就是这样想。有时他们准备好要出门时，他会在浴室的镜子里看自己一眼，看着自己愚蠢、高兴的表情，荒谬、怪诞得像只猴子穿上昂贵的衣服。他很想揍镜子里的自己一拳。

但他担心被人看到自己和威廉在一起还有另一个理由，那就是随之而来的曝光。从上大学的第一天起，他就担心有一天某个来自他过去的人，某个顾客或少年之家的某个男孩——会想联络他，会想跟他勒索封口费。"不会有人这样做的，裘德，"安娜曾安慰他，"我保证。如果他们去找你，就得先承认他们是怎么认识你的。"但他一直很害怕，而这些年来，曾经有少数几个鬼魂出现。第一个是他刚去罗森·普理查德律师事务所后不久，只是一张明信片，寄信人宣称在少年之家认识他，这个人有个大众化的名字：罗伯·威尔森。他根本完全不记得。接下来一星期他都很恐慌，几乎无法睡觉，心里想象着各式各样的剧本，每一个都恐怖，但又避免不了。要是这个罗伯·威尔森联络哈罗德和他事务所的同事，跟他们说他以前是什么样子、做过什么事呢？但他逼自己不要有反应，不要做他想做的事情，例如写一封近乎歇斯底里的制止信，那只会证明他自己的存在，以及他的过去——而他再也没有接到罗伯·威尔森的消息。

但少数几张他和威廉的合照在媒体刊登后，他又收到了两封信和一封电子邮件，都是寄到办公室的。其中一封信和电子邮件，寄来的人都是宣称跟他一起在少年之家待过的，但再一次，他还是不认得他们的名字，也从没回信，于是他们没再联络他。但第二封信里有一张黑白照片，里头是一个没穿衣服的男孩躺在床上，照片质量差到他根本看不出那是不是自己。收到这封信之后，他做了多年前未成年、还在费城医院的病床上时被交代过的事情：万一有顾客猜出他的身份，想跟他联系，他就把那封信放进一个信封，寄去联邦调查局的一个小组。那个小组的人一直知道他在哪里，每隔四五年，都会有探员到他工作的地方拜访他，拿一些照片给他看，问他是否记得某个男人；即使过了几十年，他们还是陆续查出当年特雷勒医生或卢克修士的朋友与同党。除了这些拜访，他很少接到进一步的警告，而且多年来，他已经逐渐学会如何在探员来访后消除他们带来的影响。他会让自己置身于人群中，置身于社交场合、噪音和嘈杂的环境中，那些都是眼前生活的种种证据。

在他收到那封附照片的信、将之转寄给联邦调查局期间，他感觉到强烈的羞愧和孤单。这时他还没告诉威廉他的童年，而且他从来没告诉安迪足够的背景信息，所以安迪也不清楚他经历过的种种恐怖状况。然后，他终于下定决心，找了一家侦探社（但不是罗森 · 普理查德习惯找的那家），查出他的一切。那个调查进行了一个月，最后查不到任何决定性的信息，至少没查出确实能把他这个人和他童年联系起来的证据。这以后他才终于放心，相信安娜说得没错，接受他过往的大部分事迹都已被彻底抹去，仿佛从来不曾存在过。知道最多的人、曾经见证或促成事情发生的人，包括卢克修士、特雷勒医生，甚至安娜全都死了，而死人不会说话。你安全了，他会提醒自己。虽然他安全了，但并不表示他失去警觉，也不表示他想让自己的照片登上杂志和报纸。

他当然知道，和威廉在一起的生活就是这样，也可以接受，但有时他真希望可以有所不同，不必那么小心谨慎，可以像威廉那样公开地提起自己的伴侣。空闲的时候，他会一次又一次在计算机上播放威廉的得奖感言片段，感到一种晕眩，就像哈罗德第一次跟别人说他是自己的儿子那样。这真的发生了，当时他心想。这不是我自己想象出来的。现在，他感觉到同样的兴奋：他真的是威廉的伴侣了。他对自己说。

3 月时，颁奖旺季的尾声，他和理查德在格林街帮威廉办了一个派对。五楼存放的一大批柚木雕花门框和长椅刚运走，理查德在天花板上用绳子吊起成串的灯泡，每面墙上都排列着装了蜡烛的玻璃罐。理查德的工作室主任把他们最大的两张工作台搬上来，他打电话找来外烩厨师和调酒师。他们邀请了他们能想到的每个人：所有共同的朋友，还有威廉所有的朋友。哈罗德和朱丽娅、詹姆斯和凯瑞、劳伦斯和吉莉安；莱昂内尔和辛克莱从波士顿南下，基特从洛杉矶过来，卡罗莱纳从北加州纳帕郡的扬特维尔镇过来，菲德拉和西提任从巴黎过来；威廉的朋友包括从伦敦赶来的克雷西和苏珊娜，以及从马德里来的米盖尔。那天他逼自己站着，在派对上走动，很多他只听威廉说过的人，那些导演、演员和编剧，都走过来跟他说他们多年来听了他很多事情，很高兴终于能见到他，因为他们一直都认为他是威廉捏造出来的。他听了大笑，但同时也很难过，觉得好像应该抛开自己的恐惧，多参与威廉的生活。

派对上的好多人都已经多年不见，派对非常忙碌热闹，就是他们年轻时会参加的那种，大家都在音乐声中互相大吼（理查德的一个助理是业余 DJ，负责播放音乐）。派对进行几小时后，他累坏了，靠着北边的墙面看大家跳舞。在空间中央起舞的人群中，他看到威廉跟朱丽娅共舞，他微笑地看着，接着注意到哈罗德站在房间的另一头，也看着他们，露出微笑。此时哈罗德看到他，朝他举起玻璃杯，而他也举杯回应，看着哈罗德挤过人群走向他。

“这是很棒的派对。”哈罗德朝着他的耳边喊。

“大部分都是理查德的功劳。”他也喊回去，但他正要说些别的话时，音乐变得更大声了，于是他和哈罗德看着对方，大笑并耸耸肩。有一会儿他们就站在那，两人都在微笑，看着眼前起舞的人群。他累了，身上很痛，但是无所谓；感觉他的疲倦像是某种甜蜜而温暖的东西，他的疼痛熟悉且在预期之中。在这些时刻，他意识到自己有办法快乐，人生是甜美的。然后音乐换了，变得梦幻而缓慢，哈罗德大吼说他要去把朱丽娅抢过来。

“去吧。”他告诉他，但哈罗德离开他之前，他伸手抱住哈罗德，这是凯莱布事件后他第一次主动碰触哈罗德。他看得出哈罗德很惊讶，接着也很开心。他觉得内疚极了，赶紧放开手，催促哈罗德进入舞池。

这层空间的一个角落放着几个塞满棉花的麻布袋，是理查德布置让大家坐的位子。他朝那里走，此时威廉忽然出现了，抓住他的手。“来跟我跳舞。”他说。

“威廉，”他微笑着提醒他，“你知道我不会跳舞。”

威廉打量着他。“跟我来。”他说。他跟着威廉朝仓库空间的东端走去，来到浴室，威廉把他拉进去，关上门锁住，把他手上的酒杯放在水槽边缘。他们还听得到音乐（是他们大学时代很流行的一首歌，现在听起来很难为情，但不知怎么仍会让人融入那种没有歉意的伤感、那种甜美与诚挚中），但是浴室里的声音减弱了，好像是从某个遥远的谷地用管子传送过来的。“手臂抱着我。”威廉告诉他，他照做了。“我左脚朝你前进的时候，你右脚就往后退。”威廉接着说，他又照做。

有那么一会儿，他们移动得很缓慢，有点笨拙。他们看着彼此，不说话。“看吧？”威廉静静地说，“你在跳舞。”

“我这方面不太行。”他喃喃说着，很不好意思。

“你跳得很完美。”威廉说。他两脚此时已经酸痛得要命，为了忍住不叫，他全身开始冒汗，但他还是持续移动，只是动作非常小，小到这首歌接近尾声时，他的脚没再离地，两人只是站在原地摇晃，威廉抱着他，免得他倒下来。

他们从浴室出来时，最近的人群中爆发出一阵欢呼，他脸红了。他和威廉上一次、最后一次做爱已经是十六个月以前的事情了。但威廉咧嘴笑着举起一只手，像个刚赢得一回合的拳击手。

接着是4月，他的47岁生日，然后是5月，他两边小腿各长了一个疮，威廉去土耳其伊斯坦布尔拍那部间谍片三部曲的第二部。他跟威廉提了脚上的疮，威廉很烦恼；他现在尽量在事情发生时就告诉威廉，即使是他觉得不重要的事。

但是他不担心。多年来，这种疮他长过多少个了？几十个；上百个。唯一改变的，就是他设法解决这些疮的时间。现在他每星期去安迪的诊所两次：每个星期二的中午和星期五晚上，一次去清创，一次去让安迪的护士帮他做负压伤口治疗。这种治疗必须先把一片消过毒的泡棉盖在疮口上，然后用一个真空吸尘的管口在泡棉上方移动，把坏死的组织往上吸入泡棉里。安迪觉得他的皮肤太脆弱，不适合做这种治疗，但最近几年他似乎都可以承受，而且结果证明，这比纯粹清创效果更好。

随着他的年纪变大，那些疮也持续恶化，这包括了出现频率、严重等级、伤口大小、不舒服和需要照料的程度。二十年前，他腿上长疮照样能走很长的路，但那样的日子早已远去（尽管很痛，腿上有个疮，仍从唐人街漫步到上东城的记忆如今陌生又遥远，简直不属于他，而是别人的）。他年轻时，一个疮痊愈可能要花几个星期，但现在就要拖上好几个月。在他身上所有的毛病中，他最冷静对待的就是这些疮，然而他还是没法习惯这些疮的出现。他当然不怕血，但是多年下来，看到脓或伤口溃烂，看到自己的身体为了痊愈拼命设法杀掉一部分的自己，他还是会心神不宁。

等到威廉拍完戏回家，他的状况还没有好转。现在他的小腿上有四个疮了，他头一回同时有这么多疮。他还是设法每天走点路，但有时连站着都很困难。他很警觉地剖析自己的努力，想判定自己想走路是以为自己可以走，还是想借由走路向自己证明他办得到。他感觉自己瘦了，而且日益虚弱（他现在连每天的晨泳都办不到），但直到目睹威廉的表情，他才确定。“小裘，”威廉低声说，然后跪在他旁边的沙发上，“真希望你早点告诉我。”但好笑的是，实在没什么好告诉他的，他一直有这些病痛。除了双腿、两脚、背部以外，他觉得还好。他觉得精神上很健康——他不愿意这样讲自己，好像脸皮太厚了。他每星期只割自己一次。夜里他会不自觉地吹起口哨，脱掉长裤，检查绷带周围，确定伤口没有渗出液体。人们会习惯自己身体所给予的，他也不例外。如果你的身体很好，你就会期望身体出色、持续地运转。如果你的身体不好，你的期望就不同了。至少，这是他设法接受的。

威廉 7 月底回纽约后不久，答应了终止他与娄曼医生大多数情况下都沉默不语的医患关系，因为他实在没有那个时间。以前他每周有四小时花在医生诊所（两小时去安迪那里，两小时去娄曼那里），现在他需要收回其中的两小时，每周去两次医院，脱掉长裤、把领带甩到肩膀后头，滑进像玻璃棺材的高压舱，躺在里头做自己的工作，希望灌进来的高压氧有助于伤口的愈合。他觉得很内疚，去娄曼医生那做了十八个月的心理咨询，他几乎什么都没透露，大部分时间只是幼稚地保护自己的隐私，设法什么都不要说，浪费双方的时间。但他们少数讨论过的主题，就是他的两腿，不是如何变成残废，而是照顾这两条腿要花的各种功夫。最后一次心理咨询时，娄曼医生问他，如果不能好转，要怎么办。

“截肢吧，我猜。”他当时说，故意装出一副不在乎的口气。他当然很在乎，而且没什么好猜的：他很确定自己有一天会死，也很确定到时候他已经失去了两条腿。他只是希望这样的事情不要太早发生。拜托，有时躺在玻璃舱里，他会哀求他的腿。拜托，再给我几年就好。再给我十年。让我完整熬到 50 岁、60 岁。我会好好照顾你们的，我保证。

但是到了夏末，他对新一波的病情和治疗已经司空见惯了，都没注意到这会对威廉造成什么影响。8 月上旬，他们在讨论威廉的 49 岁生日要怎么过（做点什么？什么都不做？），威廉说他觉得今年就低调一点吧。

"唔，那我们明年再来办个大的，庆祝你的 50 岁生日，"他站在炉子前说，"如果我到时候还活着。"直到他发现威廉没吭声，抬头看到威廉的表情，才明白自己说错话了。"威廉，对不起。"他说，关掉炉子，缓慢而痛苦地走向威廉，"对不起。"

"裘德，这种事不能开玩笑的。"威廉说，用双手拥住裘德。

"我知道，"他说，"原谅我。我太蠢了。明年我当然还在。"

"还有接下来很多年。"

"还有接下来很多年。"

现在是 9 月了，他躺在安迪诊所的检查台上，包扎的绷带揭开来，那些伤口还是像石榴般没有收口。夜里回家，他和威廉躺在同一张床上。他常常意识到他们的伴侣关系是多么不可能，也常常为自己不情愿履行伴侣间最核心的责任之一而觉得内疚。每隔一阵子，他就想着要再试一次。然而当他要开口跟威廉说的时候，他又停下来，机会就这样无声地溜走了。他庞大的内疚感还是无法压倒那种放松与庆幸之感：庆幸以他的种种无能，居然能保住威廉，真是一个奇迹，而且他总是利用各种方式向威廉表达他的感激之情。

某天夜里他醒来，全身大汗，身子底下的床单感觉像是从水洼里拖出来似的。他在糊涂的状态中想下床站起来，这才发现自己办不到，跌在地上。威廉醒了，拿了温度计让他放在舌下，自己站在旁边等。“三十八度九，”威廉看了温度计之后说，手掌放在他额头，“可是你身上很冷啊，”威廉看着他，满脸忧虑，“我要打电话给安迪。”

“不要打给他，”他说。就算发烧，全身冰冷又冒汗，他却觉得很正常，不觉得自己病了，“我吃点阿司匹林就没事了。”于是威廉拿了药给他，又拿一件衬衫让他换，再把床单换掉。两个人又睡着了，威廉用身体包着他。

次日晚上，他再度发烧醒来，冷得打战，全身冒汗。“办公室在流行某种东西，”这回他跟威廉说，“好像是四十八小时的病毒。我一定是染上了。”他又服用了阿司匹林；药效发挥后，他再度睡去。

次日是星期五，他去安迪的诊所清理伤口，但没提到前一夜的发烧，因为白天就退烧了。那一晚威廉不在，去跟罗蒙吃晚餐，他提早吞了阿司匹林就上床睡觉。他睡得很熟，连威廉回来都没听到，但次日早晨醒来时，他浑身大汗，像站在莲蓬头下，四肢麻痹而颤抖。在他旁边，威廉发出轻微的鼾声，他缓缓坐起身，双手抚过汗湿的头发。

那个星期六，他真的好转了，还去了事务所工作。威廉则跟一个导演碰面吃午餐。那天傍晚，他要离开办公室前，先传了短信给威廉，叫他问理查德和印蒂亚要不要去上东城吃寿司，那家小餐厅他和安迪有时看诊后也会去。格林街附近有两家他和威廉最喜欢的寿司店，但两家都在地下室且没有电梯。那些阶梯对他来说太困难了，他们有好几个月没去。那天夜里他吃得很好，吃到一半就觉得累极了，但他还是意识到自己很开心，很庆幸在这个温暖的小地方，上方是亮着黄色灯光的纸灯笼，眼前木屐似的厚木板上放着一片片威廉最爱的鲭鱼生鱼片。中间有一度，他因为疲累和深情，靠在旁边的威廉身上，但自己根本没意识到，直到威廉伸出手臂拥着他。

稍后，他在两人的床上茫然醒来，不知身在何处，他看到哈罗德坐在旁边看着他。“哈罗德，”他说，“你怎么来了？”但哈罗德没说话，只是忽然扑向他，他突然涌上一阵作呕的感觉，明白哈罗德想脱掉他的衣服。不，他告诉自己。不要是哈罗德。不可能是这样。这是他最深、最丑陋、最秘密的恐惧之一，而现在成真了。接着，他旧日的本能苏醒：哈罗德是另一个顾客，他会奋力击退他。他大喊，扭着身子，拼命舞动双臂，踢着双腿，设法威吓，想赶走眼前这个沉默、坚决的哈罗德，又尖叫着要卢克修士帮他。

忽然间，哈罗德消失了，取而代之的是威廉。他的脸凑得好近，说着一些他听不懂的话。但威廉的脑袋后方，他又看到了哈罗德，一脸奇怪、严肃的表情，于是他又开始挣扎。在他上方，他听到有人讲话，是威廉在跟某个人交谈。即使在恐惧中，他仍听得出威廉也很害怕。“威廉，”他大喊，“他想伤害我；别让他伤害我，威廉。帮我。帮我。帮我——拜托。”

然后什么都没有了，一段黑掉的时间。等他再度醒来，发现自己在医院里。“威廉。”他对着房间说。威廉立刻出现了，坐在他床旁边，握着他的手。有一条塑料软管从他手背蜿蜒出去，另一只手背也有。“小心点，”威廉告诉他，“有静脉注射管。”

有一会儿两人都没说话，威廉抚摸着他的额头。“他想攻击我，”他终于结结巴巴地向威廉坦白，“我从来没想到哈罗德会对我这样，怎么都想不到。”

他看到威廉全身僵硬起来。“不，裘德，”他说，“哈罗德没来。

你因为发烧引发了谵妄，那样的事情根本没发生。”

他一听，放心又惊恐。放心是因为听到这不是真的；惊恐则是因为那一幕很真实，好像真的发生了。同时这也解释了他的状态，他的想法和恐惧，竟然会让他这样想象哈罗德？他的脑子太残忍了，竟然说服他去对付一个他这么努力信任的人，一个始终对他只有关怀的人？他感觉到眼中浮出眼泪，但忍不住问威廉：“威廉，他不会那样对我，对不对？”

“对，”威廉说，声音紧绷，“绝对不会的，裘德。哈罗德永远、永远不会那样对你的，绝对不可能。”

他再度醒来时，发现自己不知道今天星期几，威廉跟他说是星期一，他恐慌起来。“上班。”他说，“我得去上班了。”

“妈的不要想了，”威廉凶巴巴地说，“我打电话去事务所了，裘德。你哪里都不能去，先等安迪搞清楚是怎么回事再说。”

哈罗德和朱丽娅稍后也赶到了。他逼自己响应哈罗德的拥抱，尽管他根本不敢正眼瞧他。隔着哈罗德的肩膀，他看到威廉朝他安慰地点着头。

安迪进来时，他们都在。“是骨髓炎。”他低声对他说，“一种骨头的感染。”他解释接下来会发生什么事：他得住院至少一星期。“一星期！”他大叫，他还没来得及进一步抗议，其他四个人就开始吼他。也可能住两周，直到控制住发烧为止。他们会用中央静脉导管为他打抗生素，但接下来十到十一周，还是得在家治疗。每天都会有护士过去帮他注射点滴：总共需要一小时，他一次都不能漏掉。他又试着抗议，安迪阻止了他。“裘德，”安迪说，“情况很严重，我是说真的。我他妈的才不管罗森·普理查德。你想保住两条腿，就要乖乖治疗，而且要听我的话，懂了没？”

他周围的其他人都闷不吭声。“懂了。”最后他终于说。

一个护士进来帮他准备，好让安迪置入中央静脉导管；导管将从他右边锁骨下方的锁骨下静脉插入。“这根血管很不好找，因为非常深。”那个护士说，拉下他病人袍的领口，用酒精棉擦拭了皮肤上的一块地方。“但是你很幸运碰到康垂克特医生。他很会用那些针，一次失误都没有过。”他不担心，但他知道威廉很担心，两人握着手，让安迪把那根冰冷的金属针插入他的皮肤，接着是成卷导线穿入他体内。“不要看。”他告诉威廉，“没事的。”于是威廉改盯着他的脸，他设法保持表情镇定不动，直到安迪弄完，贴好那根连到他胸部的塑料细导管。

他睡去了。本来他以为可以在医院工作，但是他身体疲累、头脑昏沉的情况远远超过预期。他跟事务所各个委员会的主席及一些同事开完会之后，体力已所剩无几。

哈罗德和朱丽娅离开了，各自回去上课和上班，但除了理查德和少数工作上的人，他们没告诉任何人他住院了；反正他不会待太久，而且威廉判定他需要睡眠，胜于接受探病。他还在发烧，不过温度没那么高了，也没再出现谵妄。奇怪的是，发生了这一切，但他觉得自己即使不乐观，至少也算冷静。他身边的每个人都很清醒，沉默不语，他决心违抗他们，违抗每个人一直告诉他的那种严重状况。

不记得从什么时候开始，他和威廉就把医院讲成康垂克特酒店，借此向安迪致意，感觉上他们好像一直都这么讲。早在利斯本纳街时代，有一回奥特伦餐厅的一个副主厨心情很好，值班结束时偷拿了一块牛排给威廉。当他回家切那块牛排时，“小心点。”威廉跟他说，“那把切肉刀利得很，要是你把大拇指切下来，我们又得去康垂克特酒店了。”还有一回，他因为皮肤感染住院，发短信给威廉（当时他在外地拍戏）：“我在康垂克特酒店。没什么大不了的，只是不希望你从马尔科姆或杰比那边听到。”但现在，当他试着拿康垂克特酒店开玩笑，抱怨酒店的供餐和饮料越来越差，床单的质量很烂时，威廉都没反应。

“裘德，这不好笑。”他在星期天晚上厉声说。当时他们正在等哈罗德和朱丽娅带晚餐过来。“我希望你他妈的别再开玩笑了。”他沉默下来，两个人看着彼此。“我好害怕。”威廉低声说，“你病得这么重，我都不晓得接下来会怎样，我好害怕。”

“威廉，”他柔声说，“我知道。我很感激你。”他赶紧说出口，趁威廉还来不及说他不需要他的感激、只需要他把这个情况当回事之前。“我会听安迪的话的，我保证。我保证我会把这当一回事，而且我保证我现在没有任何不舒服。我觉得很好。一切都会没事的。”

十天后，安迪很满意他的烧退了。于是他出院，回家休息两天，星期五就回去上班了。他以前一直抗拒雇用司机。他喜欢自己开车，喜欢那种独立和隔绝。但现在威廉的助理帮他雇了司机，是个严肃的小个子男人艾哈迈德先生，于是他上下班途中，就在车上睡觉。另外，艾哈迈德先生每天下午 1 点还会去接护士到罗森 · 普理查德律师事务所。那名护士叫帕特里齐亚，话很少，但非常温柔。他的办公室全是玻璃墙，外头是大办公厅。他会放下窗帘，脱下西装外套、领带、衬衫，只穿汗衫躺在沙发上，盖着毯子。帕特里齐亚会帮导管消毒，检查周围的皮肤，确定没有感染的迹象（没有肿起，没有发红），然后帮他做静脉注射，等药物滴入导管，再进入他的血管。他等待的时候，仍然照样工作；护士则会阅读一本护理学报，或是打毛线。很快地，这变成他的日常：每周五他会去看安迪，让他为那些疮清创，检查他的状况，然后送他到医院拍 X 光片，以便追踪他的感染情形，确保没有扩散。

他们没办法出城度周末，因为他需要持续治疗。到了 10 月初，他打抗生素四周后，安迪宣布他跟威廉谈过了，如果他不介意，他和简打算跟他们一起去加里森村过下个周末，他会亲自帮他打点滴。

难得能离开纽约市，回到他们那栋房子，真是太棒了，而且他们四个很乐于有彼此为伴。他甚至觉得好多了，带着安迪在整片产业转了一圈，做个简略的介绍。之前安迪只有春天或夏天来过，秋天的景色完全不同：粗犷、哀愁、动人，谷仓屋顶黏着落下的黄色银杏叶，看起来像是铺了一层层金箔。

那个星期六用晚餐时，安迪问他："你知道我们已经认识三十年了吧？"

"我知道。"他微笑。其实他还为了相识三十周年，买了礼物要送安迪，只是还没告诉他而已——出钱让他们全家参加非洲狩猎之旅，随时都可以去。

"三十年的不服从。"安迪哀叹，其他人都大笑起来。"我在各个顶尖机构累积了多年的经验和训练，三十年来提供各种珍贵的医学建议，结果被一个企业律师置之不理，因为他判定他比我还了解人类生物学。"

他们笑声停止后，简说："不过安迪，你知道，如果不是因为裘德，我绝对不会嫁给你的。"简对着他说，"读医学院的时候，我老觉得安迪是那种自我中心的讨厌鬼；他太狂妄了，简直是目中无人……""什么！"安迪说，假装很受伤。"我以为他会变成那种典型的外科医生，你知道，'不见得永远正确，但是永远很有把握。'但后来我听他谈起你，知道他有多么喜欢你、多么尊敬你，于是我想，他身上或许还有其他的优点。结果我想得没错。”

“你的确想得没错。”大家又大笑完毕后，他告诉简，“一点都没错。”然后大家都看着安迪，害他不好意思起来，又给自己倒了一杯葡萄酒。

隔周，威廉开始排练新戏。一个月前他生病时，威廉退出了那部电影，制片方因此延期，现在他状况够稳定了，威廉又答应回去。那部电影是《绝望的性格》旧片新拍，大部分在隔了一条河的布鲁克林高地拍摄。他不明白威廉一开始为什么要退出，但他很开心看到威廉又开始工作，而不是成天守着他，一脸忧虑地问他是否确定自己有力气做一些非常基本的、他想要做的事，比方去杂货店，做一顿饭，或是工作到很晚。

11 月初，他因为发烧再度住院，不过只住了两晚就出院了。帕特里齐亚每周帮他抽血，但安迪跟他说他得耐心点；骨头感染要花很长的时间才能根除，而且在十二周的疗程结束前，他大概不会感觉到自己是否痊愈。但除此之外，一切都继续缓慢向前：他去上班，去医院躺在高压舱内治疗，做负压伤口治疗，做清创。抗生素造成的副作用之一是腹泻，另一个是恶心。他体重减轻的程度连自己都知道有问题；他重新定做了两套西装和八件衬衫。安迪专门给他开了给营养不良的儿童服用的高热量饮品，他每天服用五次，然后喝一大堆水去除像粉笔黏着舌头的味道。除了在办公室的时间，他感觉自己前所未有地听话，顺从安迪的每一个警告。他试图不要去想这回发病会怎么结束，试着不要担心自己。但是在夜里安静的时刻，他脑袋里会回放最近一次安迪帮他检查时所讲的话：“心脏：完全正常。肺脏：完全正常。视力、听力、胆固醇、前列腺、血糖、血压、血脂肪、肾功能、肝脏功能、甲状腺功能：完全正常。裘德，你的身体尽力为你服务了，你也一定要好好照顾身体才行。”他知道他的身体状况不光只有这些而已——比如，循环：不完全正常；反射：不完全正常；腹股沟以下的所有部位：功能不全。但他设法从安迪的保证中得到安慰，提醒自己状况有可能更糟；提醒自己：基本上，他依然是个健康的人，依然是个幸运儿。

11 月下旬，威廉拍完了《绝望的性格》。他们到哈罗德和朱丽娅在纽约的公寓过感恩节。他们夫妇隔周的周末就会来纽约看他，但他可以感觉到他们两个都很努力不说他瘦了，不说他晚餐吃得好少。感恩节这星期刚好也是他抗生素疗程的最后一星期，他又做了另一轮血液检验和 X 光检查，然后安迪跟他说疗程结束了。他跟帕特里齐亚说再见，希望是最后一次；他还送她一个礼物，感谢她的照顾。

他腿上的疮缩小了，但还是不如安迪的预期。于是依照安迪的建议，他们留在加里森村的房子里过圣诞节。他们保证那个星期会过得很安静；反正其他人都会离开纽约，只剩他们两个加上哈罗德和朱丽娅。

“你们两个的目标就是睡觉和吃东西。”安迪说，他打算利用圣诞假期去旧金山拜访贝基特，“1 月的第一个星期五，我希望看到你增加五磅。”

“五磅很多。”他说。

“五磅。”安迪又说一次，“之后，最好再增加十五磅。”

圣诞节当天，他想到一年前的今天，他和威廉在不丹首都普那卡一片低矮起伏的山坡上，沿着山脊而行。他们走过国王打猎的小屋后方，那是一栋简单的木造建筑物，看起来像住满了乔叟笔下的朝圣者，而非皇室家族。朱丽娅和威廉去附近他们熟悉的农场骑马了；他告诉哈罗德他想散步，觉得自己很久没那么强壮了。

“不知道，裘德。”哈罗德谨慎地说。

“别这样嘛，哈罗德，”他说，“走到第一张石凳就好。”马尔科姆在房子后方的森林辟出一条小径，沿途设置了三张石凳。第一张在大约全程三分之一处的湖畔；第二张在中间点；第三张在三分之二处。“我们慢慢走就好，而且我会带着拐杖。”他已经好多年没用拐杖了，上一次是他还不满 20 岁的时候，但现在他只要走超过五十码，就得使用。最后，哈罗德终于同意了，他趁着哈罗德改变心意之前，赶紧抓了围巾和大衣出门。

来到户外，他的幸福感增强了。他喜欢这栋房子：他喜欢它的外观、它的安静，最重要的是，他喜欢它是他和威廉的，尽管跟利斯本纳街那间公寓差太多了，但同样是他们两个共有的，是他们一起布置并共享的。这栋房子的正面是一连串玻璃立方体，面对另一片森林。屋前有一条漫长的之字形车道穿过森林，所以在某些角度只能看到房子的一部分，另一个角度又完全看不到。到了夜晚，亮灯之后，整栋房子就像发光的灯笼，因此马尔科姆在他的专题文章里将这里命名为“灯笼屋”。房子背面的外头是一片宽阔的草坪，再过去是一片湖。草坪尽头有一个游泳池，里头铺着石板，因此即使在最热的天气里，池水依然冰凉清澈。另外，谷仓里还有室内游泳池和起居室；谷仓的每一面墙都可以掀开并拆下，所以整个室内可以跟户外相连，早春有牡丹和紫丁香盛开，初夏时屋顶垂下成串的紫藤花。7 月时，房子右边的原野被盛开的罂粟花染红；房子左边的原野上，他和威廉撒了几千颗野花的种子，有波斯菊、雏菊、洋地黄和雪珠花。他们刚搬进来不久的一个周末，曾花了两天在屋前和屋后的森林里，在栎树和榆树周围长满青苔的小丘旁种下铃兰，还到处撒了薄荷种子。他们知道马尔科姆并不赞同他们的造景方式，他觉得他们太感情用事又老套。他们知道马尔科姆的想法大概没错，但同时他们也不太在乎。春天和夏天，当空气充满芬芳时，他们常常想起利斯本纳街那间丑得吓人的公寓，才又想到他们当时无论如何都想象不出眼前这样的地方，美得这么单纯而无可否认，有时简直像是幻觉。

他和哈罗德朝着森林走去，崎岖不平的小径比当初盖房子时要好走。即使如此，他还是必须专心，因为小径每一季只清理一次，中间那几个月就凌乱地散布着小树、蕨类、树枝和落叶。

他们还没走到通往第一张石凳的一半，他就知道自己犯了错。才走下草坪，他的双腿就开始抽痛，现在连两脚也在抽痛，每走一步都是酷刑。但他什么都没说，只是把拐杖抓得更紧，设法转移不适，咬紧牙关继续向前走。等他们走到第一张石凳（其实只是一块暗灰色的石灰岩巨石），他已经头晕目眩，两人在那里坐了好久，看着冷天里的一片银色湖面聊天。

“好冷，”最后哈罗德终于说，的确很冷；他可以感觉到长裤下的岩石传来寒意。“我们该回去了。”

“好吧。”他咽下口水，站起来，几乎立刻感到有一道热辣的剧痛从双脚往上蹿。他猛吸一口气，但哈罗德没注意。

他们才走进森林三十步，他就叫住哈罗德。“哈罗德，”他说，“我得……我得……”但是他没法讲完。

“裘德，”哈罗德说。他看得出哈罗德很担心。他走过来抓住他的胳膊，绕到自己的脖子后方，然后握住他的手，“尽量靠在我身上。”哈罗德说，另一只手臂则环绕他的腰部。他点点头。“准备好了？”他又点头。

他设法再走二十步，走得很慢，双脚纠缠在枯叶间，之后就再也走不下去了。“哈罗德，我没办法了。”他说。此时，他几乎说不出话来了，那疼痛太剧烈，完全不像他长久以来的任何痛法。打从他离开费城那家医院以来，他的两腿、背部和双脚就没有这么痛过了。他放开哈罗德，倒在森林里的地上。

“啊，天啊，裘德。”哈罗德说，弯腰查看他，把他扶起来靠坐着一棵树的树干。他心想自己怎么会这么愚蠢、这么自私。哈罗德都 72 岁了。他不该要求一个 72 岁的老人做这么费力的事，即使是个健康得令人佩服的 72 岁老人。他无法张开眼睛，因为整个世界在绕着他旋转，但他听到哈罗德掏出手机，打电话给威廉，只是森林太浓密了，信号很差，哈罗德诅咒着。“裘德，”他听到哈罗德说，但声音很模糊，“我得回屋拿你的轮椅。对不起。我马上就回来。”他勉强点了头，感觉到哈罗德把他的大衣扣子扣好，将他的双手塞进大衣口袋里，还用某个东西包着他的双腿，他随即明白那是哈罗德自己的大衣。“我马上就回来。”他听到哈罗德的双腿奔跑着离开，一路踩过树枝和树叶，发出嘎吱声。

他把头转向一侧，觉得下方的土地在危险地移动着，于是他吐了，把那天吃下的东西都吐了出来。他觉得那些东西滑出嘴唇，沿着一边脸颊流下。之后他觉得好一点了，又把头往后靠着树干。他想起自己逃离少年之家后在森林待过的那段时间，想起他当时多么希望那些树能保护他，现在他又生起同样的希望了。他一手从口袋里伸出来，摸索着他的拐杖，然后尽力握紧。在他眼皮后面，一片明亮的光点爆成满天的彩色碎纸，又闪烁成为一抹抹多油的污痕。他专注于自己的呼吸声和双腿，把那两条腿想象成两根笨重的木块，里头钻入了几十根长长的金属螺丝，每根都粗得像大拇指。他想象此时那些螺丝被反向转出来，每一根都缓缓脱离他的腿，“叮”一声落在一片水泥地上。他又吐了。他好冷。他可以感觉到自己开始抽搐。

这时，他听到有人跑向他，还没听到那人开口，他就闻出威廉身上那股甜甜的檀香味。威廉来到他面前，抱起他时，整个世界又开始摇晃。他想自己又要吐了，但结果没有。他的右手臂绕着威廉的颈背，吐过的那边脸靠在威廉的肩膀上，让自己被抱起来。他可以听到威廉在喘气。他的体重不如威廉，但两人身高一样。他知道自己一定很重，仍握在手里的拐杖撞击着威廉的大腿，他的小腿则敲着威廉的肋骨。他很庆幸地感觉到自己被放低到轮椅上，听到上方传来威廉和哈罗德的声音。他弯腰，前额靠在膝盖上，被推出森林，经过上坡来到屋里，一进门，就被搬上床。有人脱掉他的鞋子，他痛得尖叫又道歉；有人擦了他的脸，有人抓着他的双手，让他抱住一个装了热水的瓶子；有人用毯子裹住他的双腿。在他上方，他听得到威廉很生气——“你为什么要答应他去那么远？你明知道他妈的他根本做不到！”然后，哈罗德充满歉意又悲惨地回答：“我知道，威廉。对不起。我太白痴了。但他是那么想出去。”他想讲话，帮哈罗德辩护，跟威廉说这是他的错，说是他逼哈罗德跟他去的，但他没办法。

“嘴巴张开。”威廉说。他感觉一颗苦得像金属的药丸被放在舌头上，接着是一杯水朝着他的嘴唇倾斜。“吞下去。”威廉说。他照做了，没多久，他就失去了意识。

醒来时，他转头看到威廉躺在他旁边，凝视着他。“对不起。”他轻声说，但威廉什么都没说。他伸出一只手抚着威廉的头发。“威廉，”他说，“那不是哈罗德的错。是我逼他陪我去的。”

威廉冷哼一声。“显然是，”他说，“可是他不该答应。”

他们沉默了好久。他想到自己必须说出来，那是他总是在思索但从来没法清楚表达的事。“我知道这件事你一定觉得很不合逻辑，”他告诉威廉，威廉也望着他，“但即使过了这么多年，我还是没办法把自己想成残障。我的意思是——我知道我是。我知道我是残障。我残障的时间已经是没残障时的两倍了。你只知道我这个样子：是一个——需要帮忙的人。但是我记得的自己，是随时想走就能走、想跑就能跑的人。

“我想每个变成残障的人，都认为自己被夺走了一些东西。但我猜想，我一直觉得，如果我承认自己是个残障，那么我就是向特雷勒医生认输，让特雷勒医生决定我人生是什么样子。于是我假装自己不是残障；假装我还是认识他之前的那个自己。我知道这不合逻辑也不切实际。但最重要的，我很抱歉是因为——因为我知道这样很自私。我知道我的假装连累了你。所以——我不会再假装了。”他吸了口气，闭上眼睛又张开。“我是残障，”他说，“我是残废。”这很愚蠢（毕竟他都47岁了；他有三十二年可以向自己承认，却都没去做），他觉得自己快哭出来了。

“啊，裘德，”威廉说，随即朝他靠过去，“我知道你很抱歉。我知道这很难接受。我了解为什么你从来不想承认；我真的了解。我只是担心你；有时候我觉得我比你还想要保住你这条命。”

听到这里，他打了个冷战。“不要，威廉，”他说，“我的意思是——某些时候，或许是吧。但现在不要。”

“那就证明给我看。”威廉沉默了一会儿说。

“我会的。”他说。

1月跟2月：他前所未有地忙碌。威廉在排练一出舞台剧。3月：

他又多长出两个疮，都在右腿上。现在那疼痛非常难受，他成天坐在轮椅上，只有冲澡、上厕所和更衣时除外。他两脚的痛楚一年多来都没有减轻。但每天早上醒来，把双脚放在地上时，有那么一秒钟，他都会充满希望。或许今天他会觉得好一点。或许今天疼痛会减轻。但从来没有；一点都没有。不过他还是期望着。4 月：他的生日。威廉的舞台剧开始公演了。5 月：夜里的冒汗、发烧、颤抖、发冷、谵妄又回来了。他又去了康垂克特酒店，被置入中央静脉导管，改从左胸插入。但这回有个改变：这回的细菌不一样；这回，他每八个小时就得打一次抗生素点滴，不是每二十四小时。帕特里齐亚又回来了，现在一天两次：早上 6 点在格林街；下午 2 点在罗森·普理查德；晚上 10 点在格林街，夜班护士雅思敏会过来。从他和威廉认识以来，这次的舞台剧演出，他破天荒只看了一场。他每天的时间被切割得太破碎、被医疗控制得太严重了，实在没法再去看第二次。自从去年首次开始治疗周期以来，他头一次觉得自己逐渐坠入绝望，他觉得自己开始要放弃了，同时，他还得提醒自己必须证明给威廉看，证明他想活着，但其实他只希望停止。不是因为他很沮丧，而是他筋疲力尽了。有一回去安迪那里看诊，结束时，安迪用一种奇怪的表情看着他，不知道他有没有发现，但他已经一个月没有割自己了。他想了想，发现安迪说得没错。他实在太累了，累得根本没想到要割。

“好吧，”安迪说，“我很高兴。但也很遗憾这是你停止的原因，裘德。”

“我也是。”他说。两个人都不说话，他担心，两个人都在怀念割自己是他最严重问题的那些日子。

接着是 6 月，再过来是 7 月。他腿上的疮都没有愈合——旧的那些已经超过一年了，比较新的则是从 3 月到现在，而且几乎都没有缩小。此时，就在 7 月 4 日国庆节的周末之后，威廉的演出刚结束，安迪问能不能去他们家跟他和威廉谈谈。他知道安迪要谈什么，于是撒谎说威廉很忙、没时间，仿佛借着拖延这次谈话，就可以拖延他的未来。但是一个星期六傍晚，他从办公室回到家里，发现他们两个都在公寓里等着他。

安迪要说什么他已经料到了。安迪建议（强烈建议）截肢。安迪很温柔，非常温柔，但从他讲的话那么像排练过、那么正式，他知道他很紧张。

“我们一直知道会有这一天，”安迪开始说，“但这件事不会因此变得比较容易。裘德，只有你知道有多痛、多不方便，自己又能忍受到什么程度。这些我没办法告诉你。我可以告诉你的，就是你已经比大部分人撑得都要久了。我可以告诉你，你一直都非常勇敢。别摆出那个表情，你真的很勇敢。而且我可以告诉你，我无法想象你有多煎熬。

“这些都先摆在一旁，即使你觉得还有力气撑下去，眼前还是有一些现实要考虑。我们做的治疗没有用。你的伤口一直没有愈合。而且你不到一年内发生两次骨头感染，这让我非常警觉。我担心你接下来会开始对某种抗生素过敏，那我们就真的、真的惨了。即使你没有这种过敏，你对这些药物的耐药性也不如我的期望。你的体重掉得太多，多到会出问题，而且我每次看到你，你就更虚弱一点。

“你大腿的组织似乎还够健康，我相当确定可以保住你两边的膝盖。另外裘德，我跟你保证，如果截肢的话，你的生活质量会立刻改善。两脚再也不会痛了。你的大腿不曾有过伤口，我不认为你截肢后需要担忧。现在的义肢比起十年前都好太多了，所以老实说，你的步态大概还会比你用现在这两条腿走还要好、还要自然。这个手术很简单，只要大约四小时，而且我会亲自动手术。住院的恢复期也很短：不到一星期就可以出院了，然后我们会立刻帮你装上临时义肢。”

安迪停下来，双手放在膝盖上看着他。有好一会儿，他们三个人都没说话，然后威廉开始提问，很聪明的问题，都是他自己该问的：接下来，恢复期还要多久？他要做什么样的物理治疗？这个手术有什么风险？他没太认真听那些回答，因为他多多少少知道。自从安迪十七年前第一次跟他提到截肢的可能性，他每年都查过这些问题，演练过这个剧本。

最后，他打断他们。“如果我拒绝开刀，那会怎么样？”他问，他看得出威廉和安迪的脸色都沉了下来。

“如果你拒绝开刀，我们就继续做现在的各种治疗，希望最后有效。”安迪说，“但是裘德，当你还可以决定截肢时，总是比较好的，不要等到你被迫非得截肢。”他暂停了一下，“如果你血液感染，变成败血症，那我们就非得截肢不可，到时候我就没办法担保你还能保住膝盖，也没办法担保感染不会扩散得更厉害，让你失去其他部分，例如一根手指，或是一整只手。”

“但是现在，你也没办法保证我能保住膝盖。”他任性地说，“你没办法担保我以后就不会有败血症啊。”

“没错，”安迪承认，“不过就像我之前说的，我觉得保住你膝盖的机会很大。另外我觉得，如果我们把你严重感染的这部分身体去掉，可以预防其他疾病。”

他们又沉默下来。“这个选择听起来根本就是没得选择。”他喃喃说。

安迪叹气。“裘德，就像我之前说的，”他说，“这确实是一个选择。是你的选择。你不必明天就决定，甚至不必这个星期决定。不过我希望你慎重考虑一下。”

安迪离开了，只剩他和威廉。“我们非得现在谈这件事吗？”他问。此时他终于有办法看威廉了，威廉摇摇头。外头的天空已转成粉红色，日落将会漫长而美丽。但他不想要美丽。他突然好希望自己可以游泳，但自从第一次骨头感染以来，他就没再游过了。他什么都没做，哪里都没去。他必须把伦敦的客户转给同事，因为点滴注射把他绑在纽约。他身上的肌肉都流失了：现在他只有骨头上松软的肉；移动时像个老人。“我要去睡觉了。”他告诉威廉。威廉低声说：“雅思敏再过两小时就要过来了。”他听了好想哭。“没错，”他低头看着地板说，“好吧，那我去小睡一下。等雅思敏来了我再起床。”

那天夜里，雅思敏离开后，他割了自己，他好久没割了；他看着血流过大理石，进入排水口。他知道自己想保住两腿有多么不理性，这两条腿给他惹了这么多麻烦，花了那么多时间，消耗了那么多金钱，引起那么多痛苦，而他还想保住？然而，这是他的，是他的腿。这两条腿就是他。他怎么可能乐意切掉自己的一部分？他知道多年来他已经切掉过太多部分的自己了：肉、皮肤、伤疤。但不知怎的，眼前这件事不一样。如果他牺牲掉他的双腿，他就是承认特雷勒医生赢了；他就是向特雷勒医生投降，向那一夜那片田野的那辆车投降。

而且这回不一样，因为他知道一旦失去两条腿，他就再也没办法假装了。他再也不能假装有一天他又可以走路，有一天他会好转。他再也不能假装他不是残障。他的怪胎元素又会增加一个。他所失去的部分，将成为他这个人第一个也是永远的定义。

而且他累了。他不想重新学习如何走路。他不想努力增加失去的体重，他很清楚，除了补回第一次和第二次骨头感染失去的，现在还要多补一些回来。他不想又去住院，他不想醒来后茫然又困惑，他不想再经历夜间来袭的恐惧，他不想向同事解释他又病了，他不想一个月又一个月地虚弱下去，一再奋战重回平衡的状态。他不想让威廉看到他没有腿，他不想多给他一项挑战、多一个要克服的怪诞状态。他想当个正常人，他唯一想要的就是正常，然而随着每一年过去，他都离正常状态越来越远。他知道把心灵和身体想成是两个分开的、互不兼容的个体是不对的，但他就是会这样想。他不希望他的身体又赢了一场战役，又为他做了决定，让他很无能为力。他不想依赖威廉，不想请威廉抱着他上床或下床，只因为他的手软绵绵的根本没用，不想拜托威廉帮他上厕所，不想让威廉看到他只剩两截尾端圆圆的残肢。他总是假设这个时刻到来之前会有某种警告，他的身体会在严重恶化之前发出警告。他知道，他真的知道，过去这一年半就是在警告他；这是一个漫长、缓慢、持续、无法忽视的警告。但在他的狂妄和愚蠢的期望之下，他选择不去正视那些警告，而是选择相信过去的自己都复原了，所以这回也一样。他给自己这项特权，假设自己拥有无限多的机会。

三天之后的晚上，他又发烧醒来，被送进医院，然后又出院。这回发烧是因为导管附近的感染所引起的，于是那根导管被拿掉了。新的中央静脉导管从他的内颈静脉插入，那里鼓起一块，连衬衫领子都无法完全遮住。

他回家的第一夜，从梦境中醒来，睁开眼睛发现威廉不在床上，于是设法坐上轮椅，滑出房间。

在威廉看到他之前，他先看到他；威廉坐在餐桌旁，头上亮着灯，他背对着书架，望着前方广阔的空间。他面前放着一杯水，一边手肘架在桌上，手撑着下巴。他看着威廉，看到他有多疲倦、多苍老，他明亮的头发开始泛白了。他认识威廉这么久，看过他的脸这么多次了，所以始终无法以新的眼光看他。对他而言，威廉的脸比他自己的脸还熟悉。他知道那张脸的每个表情。他知道威廉每种不同的微笑代表什么意思；看到威廉在电视上受访时，他总能分辨那微笑是真的愉快，或只是出于礼貌。他知道威廉的哪颗牙齿装了牙套，哪几颗是当年被基特逼着去矫正的；当时威廉显然即将成为明星，不会一直只演舞台剧和独立影片，而是开始另一种生涯、另一种人生。但现在他看着威廉，看着他的脸依然很俊美，但也很疲倦，此时他才领悟到，他原以为只有自己才感觉到的那种疲倦，其实威廉也感觉到了。同时他也领悟到，他的人生，以及威廉和他在一起的人生，已经变成了一种苦力，艰辛地在病痛、进出医院和恐惧中跋涉，于是他知道自己将怎么做、必须怎么做了。

“威廉。”他说，看着威廉迅速回过神来，转头看他。

“裘德，”威廉说，“怎么了？你不舒服吗？你下床来做什么？”

“我决定动手术了。”他说，来到威廉旁边，想到他们就像舞台上的两个演员。“我决定动手术了。”他又说了一次。威廉点点头，接着两人向彼此凑近，额头贴在一起，都开始哭了。“对不起。”他告诉威廉，而威廉摇摇头，额头摩擦着他的。

“我很遗憾。”威廉也跟他说，“我很遗憾，裘德。我真的很遗憾。”

“我知道。”他说，他真的知道。

次日他打电话给安迪。安迪听了很放心，但也保持沉默，仿佛是出于对他的尊敬。接下来事情进展得很快。他们挑了日期：一开始安迪提议的日期是威廉的生日。虽然他和威廉之前说好，一等他好转，就要好好庆祝威廉的50岁生日，但他不希望就在那一天动手术。所以他们改成8月底，就在往常9月初劳动节连休去特鲁罗的前一个星期。在下一次律师事务所里的管理委员会议上，他简短地宣布了这件事，解释这是自愿性手术，他只会休假一星期，顶多十天，还说没什么大不了，他不会有事的。然后他也在自己的部门宣布了；他告诉同事们，通常这种事他是不会讲的，但他不希望客户担心，不希望他们把事情想得更严重，或是成为谣言和闲聊的目标（虽然他知道还是会）。他在工作上很少透露自己的私人生活，偶尔透露一点，他都看得出大家坐直身子，身体前倾，简直可以看到他们的耳朵抬得更高一点。他见过所有同事的太太或丈夫、女友或男友，但他们从来没见过威廉。他从来不邀威廉去公司旅游，或是每年的假日派对、每年夏天的野餐。“你会很讨厌他们的。”他总是这样告诉威廉，虽然他知道其实不是这么回事，威廉到哪里都玩得很愉快。“相信我，”威廉总是耸耸肩，说，“我很愿意去。”但他从来不让他去。他告诉自己他是在保护威廉，免得害他要面对一连串他一定觉得很无聊的场合，但他从来没想过，他拒绝让威廉参与可能会伤了他的心，威廉可能会希望除了格林街和他们的朋友之外，也能加入他生活的其他部分。这会儿他恍然大悟，于是脸红了。

“有任何问题吗？”他问，其实不期待有人发问。结果一个比较年轻、冷酷但很有效率的合伙律师加布·弗雷斯顿举了手。“弗雷斯顿？”他说。

“我只是想说，我真的很遗憾，裘德。”弗雷斯顿说，周围每个人都喃喃表示赞同。

他想让气氛轻松一点，说（反正也是实话）：“弗雷斯顿，打从我去年跟你说你的红利是多少之后，这是我第一次听到你讲话这么诚恳。”结果他没说，只是深吸一口气。“谢了，加布。”他说，“谢了，各位。现在回去工作吧。”大家就散开了。

手术预定在星期一。他星期五在办公室待到很晚，但星期六就没去了。那天下午，他收拾了一个袋子准备带到医院；当晚，他和威廉在他们首次庆祝“最后的晚餐”的那家小寿司店吃晚餐。他最后一次接受帕特里齐亚和雅思敏注射是星期四；安迪星期六稍早打电话跟他说他的 X 光片送过来了，说尽管感染没有减轻，但也没有扩散。“很显然，过了星期一之后，这就不再是问题了。”安迪说，就像安迪那周稍早跟他说：“你下星期一之后就不会再脚痛了。”而他艰难地吞咽着，然后想起，他们要根除的不是问题，而是问题的源头。两者并不一样，但他猜想自己必须心存感激，因为终于能杜绝这个问题了，无论是怎么办到的。

他在星期天晚上 7 点吃了最后一餐；手术是次日早上 8 点，所以接下来这一夜不能再吃东西，不能吃药，也不能喝水了。

一个小时后，他和威廉搭电梯到一楼，用自己的脚最后一次走路。他逼威廉陪他去散步，即使开始前，他也不确定自己走得完——他们预定沿着格林街往南走一个街区到格兰特街，往西只走一个街区到伍斯特街，然后往北走四个街区到休斯敦街，往东回到格林街，再往南回到他们的公寓。在他们上方，天空是一片瘀血的颜色，忽然间，他想起自己光着身子被凯莱布赶到街上的那一夜。

他抬起左腿开始走。沿着安静的街道往前，来到格兰特街，右转时，他握住威廉的手，这是他在公共场合从来没做过的事，但现在他紧紧握着，两人再度右转，沿着伍斯特街往北。

他好想完成这一圈散步，但偏偏做不到——到了清泉街，离休斯敦街还有两个街区，威廉看了他一眼，连问都不必问，就带着他往东走回格林街，他因此更放心，自己做了正确的决定。他面临无法避免的状况，做了他唯一能做的选择，不光是为了威廉，也是为了他自己。这段散步几乎难以承受，等他回到公寓，他很惊讶地发现自己满脸是泪。

次日早晨，哈罗德和朱丽娅在医院跟他会合，一脸惨白、恐惧。他看得出他们为了他，都刻意不流露情绪；他轮流拥抱并亲吻他们两个，跟他们保证自己会没事的，保证没什么好担心的。他被带进去准备。自从车祸受伤后，他左腿疤痕周围的腿毛总是参差不齐，但现在他膝盖上下都刮干净了。安迪进来，双手捧着他的脸，吻了他的额头。安迪什么都没说，只是掏出一支马克笔，画了一连串虚线，像摩斯密码的记号，在膝盖底下方的几英寸处形成一个反转的弧，然后安迪说要先离开一下，不过会让威廉进来。

威廉进来，坐在他的床沿，他们默默握着彼此的手。他正要说话，开些愚蠢的玩笑，威廉就哭了起来，不光是哭而已，还哭得非常激烈，哭得弯了腰，呜咽、啜泣得很厉害，他从没看过有人哭得这么惨。“威廉，”他拼命说，“威廉，别哭，我不会有事的。真的。别哭。威廉，别哭了。”他在床上坐起身，双臂抱着威廉。“啊，威廉，”他叹气，自己也快哭出来了，“威廉，我不会有事的，我跟你保证。”但他安慰不了他，威廉一直哭个不停。

他感觉到威廉试着说什么，于是抚摸着威廉的背，要他再说一次。“别走，”他听到威廉说，“别离开我。”

“我保证我不会离开你的。”他说，“我保证，威廉——这个手术很简单。你知道我的手术一定会成功的，好让安迪继续跟我说教，对吧？”

此时安迪走进来。“准备好了吗，两位？”安迪问，接着看到并听到威廉在哭。“啊老天，”安迪说，走过来加入他们的拥抱。“威廉，”安迪说，“我保证会把他当成自己的亲人，好好照顾他，这你知道吧？你知道我不会让他出任何事的吧？”

“我知道。”他们听到威廉吸了一大口气，“我知道，我知道。”

最后，他们终于让威廉平静下来，看着他边道歉边擦干眼睛。“对不起。”威廉说。但他摇摇头，把威廉拉近跟他吻别。“不必对不起。”他告诉他。

到了手术室外，安迪低头凑向他又亲了一次，这回是脸颊。“之后我就不能再碰你了。”他说，“我要去消毒了。[1]”两个人忽然咧嘴而笑，安迪摇着头。“你开这种幼稚的玩笑，不觉得有点太老了吗？”他问。

“那你呢？”他问，“你都快 60 岁了。”

“早得很呢。”

他们进入了手术室，他凝视上方那个亮白的圆灯。“哈喽，裘德。”他后方一个声音说，他看到那是麻醉师，也是安迪的好友之一，名叫伊格纳提乌斯 · 姆巴，他在安迪家的晚餐派对上见过。

“嗨，伊格纳提乌斯。”他说。

“从十开始倒数给我听。”伊格纳提乌斯说。他开始倒数，但数完七之后，他再也数不下去；他感觉到的最后一件事，就是右脚趾的刺麻。

三个月后，又是感恩节了，他们在格林街过节。威廉和理查德

---

1 原文 I’ll be sterile，亦指“我会不孕”。

负责做所有的菜，安排所有的事情，而他一直在睡觉。他的复原比原先预期的更困难也更复杂，他又感染了，前后两次。有一阵子还插了喂食管。不过安迪说得没错：他两边的膝盖都保住了。在医院里醒来，他会告诉哈罗德和朱丽娅，告诉威廉，感觉就像有一头大象坐在他两脚上，屁股前后摇晃，直到把骨头压成齑粉，压得比灰烬还细。但他们从没告诉他这是他想象的，只说护士刚在点滴里加了一种止痛药，他很快就会好过一些。现在，他出现这类幻痛的频率越来越低，不过还没完全消失。他还是很累、很虚弱，于是理查德拿了一张有脚轮的粉紫色天鹅绒翼背椅（印蒂亚有时会拿这张椅子给模特儿摆姿势），让他坐在桌首，这样他觉得累的时候，就可以把头靠在两翼上。

那顿晚餐有理查德和印蒂亚、哈罗德和朱丽娅、马尔科姆和苏菲、杰比和他母亲、安迪和简（他们的孩子去旧金山拜访安迪的弟弟了）。他开始说祝酒词，轮流感谢每个人为他付出的一切，但正要讲到他最想感谢的人，坐在他右手边的威廉时，他发现自己讲不下去了。他从手上拿的小抄抬起头来，看到大家都快哭出来了，于是他打住。

他很享受这顿晚餐，甚至看大家一直夹菜到他盘子里都觉得很好玩，即使他第一次分到的菜根本没吃多少。可是他太困了，最后就往后靠回椅子上，闭上眼睛，微笑听着周围空气中充满那些熟悉的交谈、熟悉的声音。

最后威廉注意到他快睡着了，他听到威廉站起来。“好吧，”威廉说，“天后要退场了。”然后把椅子从桌前转开，推向他们的卧室。他用残存的一丝力气回应大家的笑声和道别，转头探出椅子的翼背外看了一下，朝大家微笑，同时手指往后轻快地、戏剧化地挥动。“留下，”他离开时喊道，“请留下。请留下跟威廉聊个痛快。”他们说会的；毕竟，此时还不到 7 点，他们还有很多时间。“我爱你们。”他朝他们大喊，他们也一起朝他喊出同样的话。虽然齐声喊着，他还是分辨得出每个人的声音。

到了卧室门口，威廉抱起他，把他放上床。他瘦了很多，如果没有那对害他看起来像只鹳鸟的义肢，现在连朱丽娅都能抱得动他。威廉帮着他脱掉衣服，拆掉临时义肢，又用床单盖住他。最后帮他倒了杯水，递给他药丸：一颗抗生素，几颗维生素。他全部吞下，威廉注视着他，有一会儿，威廉就坐在旁边的床上，没碰他，只是靠得很近。

“答应我，你会出去陪他们待到很晚。”他告诉威廉，威廉耸耸肩。

“或许我就在这里陪你。”威廉说，“没了我，他们好像照样玩得很高兴。”果然，这时餐厅刚好传来一阵爆笑声，他们相视微笑起来。

“不，”他说，“答应我。”威廉终于答应了。“谢谢你，威廉。”他无力地说，闭上眼睛，“这是美好的一天。”

“是啊，可不是吗？”他听到威廉说，而且又说了些话，但是他没听到，因为他睡着了。

那一夜，他从梦境中惊醒。做这些梦是他吃的这种抗生素的副作用之一，而且这一回是史无前例的糟。他每一夜都做梦，梦到自己在汽车旅馆房间里，在特雷勒医生的房子里。他梦到自己只有 15 岁，之后的三十三年都还没发生。他梦到一些特定的顾客、特定的事件，梦到一些他都不知道自己记得的事情。他梦到自己变成卢克修士。他一次又一次梦到哈罗德就是特雷勒医生，醒来时，他觉得很羞愧，居然把这类行为派给哈罗德，即使是在潜意识里；同时他又很怕那个梦是真的，于是不得不提醒自己威廉跟他保证过：绝对不会的，裘德。他永远不会那样对你的，绝对不可能。

有时那些梦很鲜明、很真实，他要花好多分钟，甚至一小时，才能回过神来，相信他清醒过来的生活的确是真实的人生，他的真实人生。有时醒来时，他离自己好远，甚至不记得自己是谁了。“我在哪里？”他绝望地问，又问，“我是谁？我是谁？”

然后他听到，离他耳边好近，仿佛那声音发自自己的脑袋，威廉念咒语似的低声说：“你是裘德·圣弗朗西斯。你是我最老、最亲的朋友。你是哈罗德·斯汀和朱丽娅·阿特曼的儿子。你是马尔科姆·欧文、让·巴蒂斯特·马里恩的朋友，你是理查德·戈德法布、安迪·康垂克特、吕西安·福格特、西提任·范·史特拉顿、罗兹·阿罗史密斯的朋友，你是伊利亚·科兹马、菲德拉·德·洛斯·桑托斯，还有两个亨利·杨的朋友。

“你是纽约人。你住在苏荷区。你是一个艺术组织和一间食物厨房的义工。

“你很会游泳。你很会烘焙。你很会做菜。你爱阅读。你的嗓子很美，不过你现在都不唱了。你钢琴弹得很好。你收藏艺术品。我出远门时，你会写很棒的短信给我。你很有耐心。你很大方。你是我认识最棒的倾听者。你是我认识最聪明的人，各方面都是。你是我认识最勇敢的人，每一件事都很勇敢。

“你是律师。你是罗森·普理查德律师事务所诉讼部门的主任。你热爱你的工作；你工作时非常认真。

“你是数学家。你是逻辑学家。你一直设法教我，一次又一次。

“你曾被很可怕地对待过。你熬过来了。你永远都是你。”

威廉一直说一直说，反复说到他回过神来。在白天，有时要几天之后，他想起威廉说过的片段，在心里紧紧握住不放，不光是他说的内容，同样重要的是他没说出来的，威廉没用那些事情定义他。

可是到了夜晚，他太害怕、太迷失，根本不记得这些了。他的恐慌很真实，又很消耗精力。“那你是谁？”他问，看着眼前这个人抱住他，描述某个他不认得的人，某个似乎拥有很多、很值得羡慕、讨人喜欢的人。“你是谁？”

这个问题，眼前这个人也有答案。“我是威廉·拉格纳松。”他说，“我永远不会让你离开。”

* * *

“我要走了。”他告诉裘德，但他没动。一只闪亮如金龟子的蜻蜓出现，在他们上方发出飞行的嗡响。“我要走了。”他又说了一次，但还是没动，直到他说了第三次，才有办法从躺椅上站起身，在热空气中懒洋洋地将双脚塞进平底便鞋里。

“记得买青柠。”裘德说，抬头看着他，脸上戴着太阳眼镜，以抵挡阳光。

“好。”他说，然后弯腰，把裘德的太阳眼镜摘下来，吻了他两边的眼皮，再帮他把眼镜戴回去。杰比总是说夏天是裘德的季节：他的皮肤变黑，发色晒得几乎和皮肤一个颜色，眼睛颜色也转成一种不大自然的绿，而威廉必须避免太常碰触他。“我马上回来。”

他缓缓爬上坡回到屋里，一边打呵欠，一边把手上那杯冰块半融化的红茶放进水槽里，然后踩着碎石车道走向车子。今天是最炎热的夏日，空气很热、很干、很沉滞，头上的太阳很白，周遭的事物其实能被看到的并不多，主要是被听到、闻到、尝到：蜜蜂和蝗虫发出割草机般的嗡嗡声，向日葵散发出微微的胡椒气味，舌头上有树叶晒干那种奇怪的矿石味，好像刚刚吸吮过石头。那热气令人乏力，但并不难受，只是困倦欲眠又无法抵抗，这时懒散不光可以接受，也是必要的。像这样的大热天，他们会躺在户外游泳池畔好几个小时，不吃只喝——一壶壶的薄荷冰红茶当早餐，一升升的柠檬水当午餐，一瓶瓶的阿里高特[1]气泡白葡萄酒当晚餐——而且他们把房子的每扇窗户、每扇门都打开，天花板的风扇旋转着，这样入夜时，等他们终于把门窗关上，屋里就会充满草地和树木的香气。

这是9月初劳动节假期前的星期六，通常他们会去特鲁罗，但今年他们在法国普罗旺斯租下一栋房子，让哈罗德和朱丽娅在那过一整个夏天，于是这个长假，他们两个就待在加里森村的这栋房子里。哈罗德和朱丽娅明天会过来，或许加上劳伦斯和吉莉安夫妇，或许不会。但今天威廉要去火车站接马尔科姆和苏菲，还有杰比和他反复分手又复合的男朋友弗雷德里克。他们好几个月没碰面了：杰比拿到了一笔研究基金，过去六个月都待在意大利；马尔科姆和苏菲则一直忙着上海一座新的陶瓷博物馆的建造事宜。因此，他们四个上一次全员到齐是4月在巴黎——他在那拍戏，在伦敦工作的裘德赶来，杰比从罗马过来，马尔科姆和苏菲则是回纽约的途中在巴黎停留两天。

几乎每年夏天，他都会想：这是最棒的夏天。但他非常确定，今年夏天才是最棒的。而且不光是夏天，还有春天、冬天、秋天。他年纪越大，就越发倾向把自己的一生视为一连串回顾画面，评估过去的每个季节，仿佛那是不同年份的葡萄酒，把他刚活过的几年

1　葡萄品种名，原产于法国勃艮第。

划入不同的历史年代：雄心勃勃的年代。没有安全感的年代。辉煌年代。妄想年代。希望年代。

他把这个想法告诉裘德时，裘德露出微笑。“那我们现在是什么年代？”他问。威廉也朝他微笑。“不知道，”他说，“我还没想出名字。”

但他们都同意，他们至少脱离了“糟糕年代”。两年前的这个周末（劳动节长假），他在上东城的医院里度过。当时他望着窗外，心中的怨恨强烈到让他想吐，大楼外聚集着工友、护士和医生，穿着浅绿色的服装，各自在吃东西、抽烟或讲电话，仿佛没有什么不对劲，仿佛他们上方的人并非处于各种阶段的垂死状态，包括他最爱的人，此刻仍在药物造成的昏迷状态中，皮肤发热，上回张开眼睛已经是四天前刚动完手术的时候。

“他会好起来的，威廉。”当时哈罗德不断跟他念叨着，哈罗德大致上比威廉更容易担心。“他会好起来的。安迪是这么说的。”哈罗德说个不停，把他听安迪说过的话又重新讲了一遍，直到最后威廉厉声说：“天啊，哈罗德，你他妈的别再啰唆了。安迪说什么你都相信吗？他看起来像是好转了吗？他看起来像是会好起来吗？”然后他看到哈罗德的脸色变了，那恳求、狂乱的表情，那抱着希望、苍老的脸，他忽然很后悔，走过去抱住他。“对不起。”他对哈罗德说，哈罗德已经失去一个儿子了，正在安慰自己不会再失去一个。“对不起，哈罗德，真的很对不起。原谅我，我是混蛋。”

“你不是混蛋，威廉。”哈罗德说，“但是你不可以跟我说他不会好起来。你不可以。”

“我知道。”他说，“他当然会好起来。”那口气听起来就像哈罗德，哈罗德向哈罗德呼应着哈罗德。“他当然会的。”但在心底，他感觉到恐惧像甲虫乱爬似的：当然没有什么当然，从来没有。当然在十八个月前就消失了。当然已经永远离开他们的人生了。

他向来乐观，然而在过去的这十八个月中，他的乐观却弃他而去。他取消了那年接下来的所有工作，但秋天缓缓过去，他恨不得回去工作，恨不得有别的事情转移自己的注意力。到了9月底，裘德出院了，可是整个人很瘦、很虚弱，连威廉都很怕碰他，甚至很怕看他，怕看到他的颧骨现在那么明显，阴影常年笼罩在嘴巴周围；怕自己可以看到裘德瘦巴巴的喉咙上脉搏跳动，好像里头有个活物踹着踢着想冲出来。他可以感觉到裘德试图安慰他，试图开玩笑，这让他更害怕。少数几回他离开公寓时（“威廉，你一定要离开，否则你会疯掉。”理查德冷静地告诉他），他都很想冒险关掉手机，因为每回手机响起，他看到来电者是理查德（或马尔科姆、哈罗德、朱丽娅、杰比，也可能是安迪、两个亨利·杨、罗兹、伊利亚、印蒂亚、苏菲、吕西安，任何暂时陪着裘德的人，好让他心不在焉地出去走走，去楼下健身，还有几次他设法去按摩，或是跟罗蒙或米盖尔吃午餐），就会告诉自己，就是这回。他快死了。他死了。他会等一秒钟，再一秒钟，才接起电话，听到别人只是打来跟他报告情况：说裘德吃了饭。说他没吃饭。说他正在睡觉。说他好像想吐。最后他不得不告诉他们：不要打电话给我，除非有严重的情况。我不在乎你是不是有问题，也不在乎打电话比较快；有事就发短信给我。如果你们打来，我会以为发生了最糟糕的状况。有生以来头一回，他发自内心地明白有人说自己的心脏跳到喉咙口是什么意思，不过他感觉到的不光是心脏，而是所有器官都往上冲着想跳出嘴巴，他的内脏焦虑得乱成一团。

每次大家谈起痊愈，好像那是可预测的，而且一路都会有进展，像一条明确的对角线，从图表的左下角画向右上角。但亨明的痊愈（最后的结果根本不是痊愈）就不像这样，裘德的也不像：他们的痊愈像山区，有山峰也有沟渠。到了10月中，裘德回去上班后（还是瘦得可怕，虚弱得可怕），某天晚上发烧着醒来，烧得癫痫发作。威廉确定那一刻就是终点了。这时他才明白，尽管害怕，他却从来没有真正做好心理准备，从来没真正想过这样代表什么意思。尽管他生来不会讨价还价，但他现在开始跟一个他根本不相信的信仰对象讨价还价。他保证自己会更有耐心、更感恩、减少说粗话、减少虚荣、减少性交、减少放纵、减少抱怨、减少自我中心、减少自私、减少害怕。当裘德情势稳定后，威廉完全如释重负，筋疲力尽得差点要晕倒了，于是安迪开了抗焦虑药物给他，叫杰比陪着他去加里森村度周末，把裘德留给安迪和理查德照顾。他一直以为自己不像裘德，有人要帮忙时，他知道要如何接受，但在最关键的时刻，他忘了这个技巧，因而很高兴也很感激他的朋友们努力提醒他。

到了感恩节，情势已经转变，即使不是变好，至少也是停止坏下去，而且他们都欣然接受。直到事后回顾起来，他们才有办法重新整理，把那段时间划为关键时期：一开始是头几天，接着是几个星期，然后是一整个月都没有恶化。于是他们又回到老习惯，每天早上醒来不是满心恐惧，而是怀着目标，两人终于能谨慎地谈论未来，担心的不光是熬过这一天，而是他们还无法想象的很多天。直到此时，他们才有办法讨论该做些什么事。直到此时，安迪才开始认真拟定时间表，设定一个月、两个月、六个月后要完成的目标，订出他希望裘德增加多少体重、什么时候要去安装永久性义肢，还有希望他什么时候迈出第一步、什么时候开始走路。再一次，他们重新加入了生命往前的滑流；再一次，他们学会照着日程表过日子。

2月，威廉又开始读剧本了。到了4月的49岁生日，裘德又可以走路了——缓慢、不优雅，但的确是在走了，同时看起来再度像个正常人了。威廉那年8月的生日，就在裘德开刀将近一年后，一如安迪所预测的，裘德走得比用原先的两腿更好了，更流畅也更自信；而且再一次，他看起来比正常人更好，看起来又像他自己了。

“我们都还没有帮你办50岁的生日大派对。”裘德在他51岁的生日晚餐上说，威廉听了露出微笑。这顿晚餐是裘德下厨，他独自站在炉子前好几小时，看起来没有明显疲倦的迹象。

“现在这样，就是我想要的。”他说，他是真心的。把他这耗损、残酷的两年跟裘德的经验相比，似乎很傻气，但是他觉得这两年改变了他。仿佛他的绝望带来一种所向无敌的感觉；他觉得身上所有不重要、柔软的部分都被烧掉了，只剩下一个暴露在外的钢铁核心，坚不可摧却又柔韧，禁得起一切。

他们在加里森的房子过他的生日，只有他们两个。那天晚上吃过晚餐后，他们走到湖边，他脱掉衣服，从凸出的码头跳入水中，那湖水闻起来、看起来都像是一大池绿茶。“快来。”他告诉裘德，看裘德犹豫着，“我以生日寿星的身份命令你，快来。”裘德慢吞吞脱掉衣服，拆下义肢，坐在码头边缘，两手终于往后一推，下了水，威廉接住他。随着裘德身体越来越健康，对自己的身体也越来越在意。从裘德有时会变得多么退缩，装卸义肢时刻意遮掩，威廉知道他是多么难以接受自己现在的外表。裘德身体比较虚弱时，还会让威廉帮他脱衣服，但现在随着身体更健康，威廉只会偶尔不小心瞥到他的裸体。但他决定把裘德的害羞视为某种健康的征兆，这至少证明他有体力，可以自己进出淋浴间、上下床——这些事情他一度没有力气自己做，现在又重新学会了。

此时他们在湖里漂浮、游泳或只是沉默地抓着彼此。威廉离水后，裘德也用两只手臂把自己撑上码头。两人在柔和的夏夜空气中坐了一会儿，都没有穿衣服，两人瞪着裘德双腿变细的末端。这是他好几个月以来第一次看到裘德裸体，也不知道该说什么，最后他只是用双臂拥住他，把他拉近，觉得什么都不说才是对的。

他还是间歇地感到害怕。9月，就在他一年多来首度离家拍戏的几周前，裘德又半夜发烧醒来。这回他没要威廉别打电话给安迪，威廉也没请求他的允许。他们直接赶到安迪的诊疗间，安迪下令去拍X光片、做血液检验，全套都来。他们在那里等，躺在不同诊疗室的检查台上，直到放射科医生来电说没有任何骨头感染的迹象，检验室也回电说没有问题。

“鼻咽炎。”安迪对着他们微笑说，“就是一般的感冒。”威廉一手放在裘德的后脑，两个人都松了一口气。他们恐惧的本能重新苏醒得多快，快得令人痛苦；恐惧本身就像一种病毒，只是暂时休眠，但绝对无法永远摆脱。快乐和放纵他们都必须重新学习，必须重新努力赢得。但他们永远不必重新学习恐惧：因为恐惧就活在他们三个人心中，是一种共同的疾病，一股缠绕着他们DNA的发亮细线。

他要去西班牙的加利西亚拍片。从两人认识以来，裘德一直希望有一天能去走圣雅各布之路，这条中世纪的朝圣路线，终点就在加利西亚。“我们会从比利牛斯山的阿斯佩隘口出发，”裘德年轻时曾说（那时他们两个连法国都还没去过），“然后往西走。会走上好几个星期！每天晚上，我们住在我读到过的朝圣客共享旅舍里，天天只吃加了葛缕子籽的黑面包、酸奶和小黄瓜。”

“不知道哎。”他说，当时他很少想到裘德的限制。当时他还太年轻，两人都很年轻，不相信裘德可能会有限制。他比较担心自己的限制。“那听起来好累，小裘。”

“那我就背你。”裘德立刻说，威廉露出微笑。“或者我们弄一头驴子来，让它驮着你。不过真的，威廉，这条路的重点就是要用走的，不是用骑的。”

后来随着他们年纪渐长，事情变得越来越明显，裘德的这个梦终将是个梦，他们编织的圣雅各布之路幻想故事也变得更加复杂。“我想到一个了，”裘德会说，“四个陌生人：一个逐渐接受自己性倾向的华人道姑；一个刚出狱的英国诗人囚犯；一个刚遭受丧妻之痛的哈萨克斯坦前任军火贩子；还有一个英俊、善感但烦恼的美国大学辍学生——威廉，这个就是你——在圣雅各布之路相遇，发展出一生的友谊。你们会实时拍摄，所以这段路走多久，拍摄时间就有多久。而且你从头到尾都得用走的。”

讲到这里，他通常已经大笑起来。“最后的结局是什么？”他问。

“那个道姑最后爱上一个前以色列女军官，两人回到特拉维夫开了一家叫‘拉德克利夫’[1]的女同酒吧。那个前科犯和军火贩子最后在一起了。你的角色会在路上认识一个貌似纯洁但私底下很淫荡的瑞典少女，最后在比利牛斯山区开了一家高档民宿，每一年，你们原班人马都会去那边团聚。”

“这部电影要叫什么？”他咧嘴笑着问。

裘德想了一下说：“《圣雅各布蓝调》。”威廉又大笑起来。

从此以后，他们偶尔就会随口提起《圣雅各布蓝调》，随着他年纪渐长，里头的角色也跟着调整，但设定和拍摄地点还是一样。“那

1　美国作家拉德克利夫·霍尔（Radclyffe Hall, 1880—1943）的自传式女同小说《寂寞之井》（*The Well of Loneliness*），于 1928 年出版之际曾引起禁书风暴。

个剧本怎么样？”每回他拿到一个新剧本，裘德就会这样问他，而他会叹气。“还好，”他说，“不像《圣雅各布蓝调》那么好，不过还可以。”

就在那个关键的感恩节假期，基特（威廉跟他提过自己和裘德对圣雅各布之路的兴趣）寄了一个剧本过来，附上的字条只写着：“《圣雅各布蓝调》！”虽然那剧本不太像《圣雅各布蓝调》——感谢老天，他和裘德都同意，这剧本好太多了——不过设定的场景在圣雅各布之路，而且一部分是实时拍摄，起点在比利牛斯山区的圣让皮耶德波尔，终点是加利西亚的首府圣地亚哥孔波斯特拉。这部名为《星光下的圣雅各布》的电影讲述两个男人的故事，他们都叫保罗，由同一个演员饰演：第一个保罗是 16 世纪的法兰西隐修士，在宗教改革前夕从威登堡出发，走上这条朝圣之路；第二个保罗活在今天，是一个开始质疑自己信仰的美国小城牧师。除了两个保罗人生中偶尔穿插的几个小角色之外，主角就是唯一的角色。

他把剧本给裘德阅读。看完之后，裘德叹气。“太厉害了。”他哀伤地说，“威廉，真希望我可以跟你一起去。”

“我也希望。”他低声说。他真希望裘德有容易一点的梦，是他自己可以达成，而威廉可以帮助他的。但裘德的梦总是有关移动：走不可能的长距离，穿越不可能的地形。尽管他现在可以走路，尽管威廉觉得他的疼痛比记忆中多年来的要轻，但他们都知道，裘德的生活中永远都会有疼痛。不可能的事还是不可能。

他和这部电影的西班牙导演伊曼纽尔吃晚餐。伊曼纽尔很年轻，但已经颇受赞誉，尽管他写的剧本复杂而忧郁，他本人却活泼开朗，一直说他很惊讶威廉要演他的电影，说他一直梦想着要跟他合作。

于是威廉也告诉伊曼纽尔《圣雅各布蓝调》的事情（威廉描述剧情时，伊曼纽尔大笑。“不差嘛！”他说。威廉也大笑。“它本来应该很差的！”他纠正伊曼纽尔）。他还告诉他，裘德一直想去走这条路；现在他很荣幸能有机会代他去走一趟。

“啊，”伊曼纽尔取笑地说，“我想，让你不惜牺牲自己事业的就是这个人吧？”

他也微笑。“是的。”他说，“就是他。”

《星光下的圣雅各布》的拍摄时间很长，而且一如裘德保证过的，要走很多路（另外有一列长长的拖车队取代了驴子）。某些地方的手机信号不良，他就改发文字信息给裘德，感觉发消息似乎更适合，比较像朝圣客。每天早上，他会把早餐的照片（加葛缕子的黑面包、酸奶、小黄瓜）和这一天要走的路程发给他。这条路沿途经过许多热闹的城镇，所以有些地方他们会改道进入乡间。每一天，他都会从路边捡几块小石头，放在一个罐子里准备带回家；夜里，他坐在旅馆房间，用热毛巾热敷双脚。

他们在圣诞节前两周结束拍摄。他先飞到伦敦开会，接着飞回马德里和裘德会合，租一辆车往南开到安达卢西亚。他们开到一个位于海边高崖上的小镇，停下来跟约好的亚裔亨利·杨碰面。他们看着亨利·杨慢吞吞地往上坡爬，一看到他们就兴奋地挥动双臂，最后一百码是用冲的。“感谢老天，你们让我有借口离开那栋该死的房子。”他说。亨利过去那个月都住在坡下的一座艺术村，那个谷地种满了柳橙树，但他痛恨驻村的其他六个艺术家，这对他来说很少见。他们吃着点心，柳橙香甜酒里浮着切成圆片的柳橙，上头撒了肉桂、丁香粉和杏仁。亨利讲起另外六个艺术家的故事，他们听了大笑。最后道别时，他们跟亨利说下个月在纽约见，然后两人一起在那个中世纪小镇散步，镇上每一栋建筑都像发亮的白色盐块，几只虎斑猫躺在马路上，偶尔有人推着推车缓缓经过，那些猫的尾巴尖端就轻轻甩动。

次日晚上，在格拉纳达市外，裘德说他有个惊喜要给他。他们上了那辆等在餐厅门口的车，裘德带着一个褐色信封袋，整顿晚餐都放在身旁。

“我们要去哪里？”他问，“那个信封里装了什么？”

“等着看就知道了。”裘德说。

他们的车子迅速开上坡又开下坡，最后停在阿尔罕布拉宫[1]的拱门入口前。裘德递给警卫一封信，警卫仔细看了一下，点点头，车子就开进门停下来。他们两个下了车，站在安静的庭院里。

“都是你的了。”裘德害羞地对着下方的建筑物和庭园说，“总之是接下来的三个小时。”威廉说不出话来。他又小声地说：“你还记得吗？”

他勉强点点头。“当然记得。”他说，同样小声。这里向来是他们梦想中圣雅各布之路朝圣之旅结束的地点：搭上往南的火车，去拜访阿尔罕布拉宫。多年来，即使他知道他们这趟步行之旅永远不可能实现，但他始终没去过阿尔罕布拉宫，从来没在拍摄完毕后花一天时间去一趟，因为他等着裘德跟他一起去。

“是我的一个客户。”裘德在他开口问之前就说，“你帮某个人辩护，结果他的教父是西班牙文化部长，他让你捐一大笔钱给阿尔罕布拉宫的维修基金会，就可以换来单独参观的特权。”他朝威廉咧嘴笑。“我说过我会帮你庆祝 50 岁生日的——虽然已经是一年半

1　西班牙格拉纳达的摩尔人王宫。

之后。”他把手放在威廉的胳膊上，“威廉，别哭。”

“我不会哭的。”他说，“你知道，除了哭之外，我的人生还有别的事情可以做。”虽然他已经不确定这话是不是真的了。

他打开裘德递给他的那个信封，里头是一个小包裹，他拆开外头的丝带和包装纸，发现是一本手工书，分章编排——《阿尔卡萨瓦堡》《狮子宫》《庭园》《建筑师花园》。每一章都有马尔科姆的手写笔记，他的学位论文就是写阿尔罕布拉宫，而且从他九岁开始，每年都会造访。每一章之间，都穿插着一幅宫内的手绘细节图——一丛盛开着白色小花的茉莉，一片由精细的钴蓝彩瓷砖拼贴而成的岩石建筑物正面，都是他们认识的艺术家朋友绘制、题献给他的，包括了理查德、杰比、印蒂亚、亚裔亨利·杨、阿里。现在他真的哭了，又哭又笑，直到裘德说他们最好开始参观，总不能把所有时间都浪费在门口哭。他抓住裘德吻了他，也不管身后那几位穿黑衣的沉默警卫。“谢谢你，”他说，“谢谢你，谢谢你，谢谢你。”

于是他们在静寂的夜晚往前走，裘德的手电筒在两人之间照出一道光。他们走过一个个宫殿，那些大理石年代久远，像是用柔软的白奶油雕刻而成；走过一个个接待厅，上头的拱顶好高，鸟儿在其间无声地飞过，还有对称完美的窗子，被月光照得一片明亮。他们走到一半，停下来参考马尔科姆的笔记，检视他们本来会错过的种种细节，这才发现眼前所在的房间，一千多年前曾有一个苏丹王在这口述信件。他们审视手工书上的插图，跟眼前的景象对照。他们的朋友绘制的每幅图画旁边的跨页，是一段手写的文字，解释他们第一次看见阿尔罕布拉宫是什么时候，还有他们为什么选择画这一部分。此刻，他们两个人又有年轻时常有的那种感觉，就是他们认识的每个人都去过好多地方，他们却没有。尽管他们知道现在不是这样了，还是体验到和当年同样的那种敬畏，敬畏这些朋友的生活，敬畏他们的成就和经验，也敬畏他们多么懂得欣赏，又拥有记录下来的才华。在建筑师花园那部分的庭园里，他们走进一个以柏树构成的迷宫树篱，他开始吻裘德，好久以来没有那么急切了，即使他们隐约听到警卫沿着石头走廊而行的脚步声。

回到饭店房间里，他们继续拥吻，他不觉间想着，在电影里的这一夜，他们现在就会做爱了。接着他差点、差点就要说出口，随即忽然醒悟，停下来往后退开。但感觉上，仿佛他还是说出来了，因为两人沉默了好一会儿，凝视着彼此。然后裘德低声说："威廉，如果你想要的话，我们可以的。"

"那你想要吗？"最后他终于问。

"当然。"裘德说，但从他低头的动作和声音里微微的紧绷，威廉看得出来他在撒谎。

有一秒钟，他想着自己就假装下去吧，假装自己相信裘德说的是实话。但他没办法。于是，"不，"他说，翻身从他旁边退开，"我想今天晚上兴奋的事情已经够多了。"在他旁边，他听到裘德吐出一口气，就在他睡着时，听到裘德低声说："对不起，威廉。"他想告诉裘德他了解，但此时他已经昏睡过去，说不出话来了。

但那段时间里唯一的哀伤只有这个，而且他们哀伤的源头不一样：他知道，对裘德来说，哀伤源自一种失败的感觉（而威廉永远无法改变），因为裘德很确定自己没有尽到应尽的义务。但对他来说，他的哀伤是为了裘德自己。偶尔威廉会允许自己胡思乱想，如果性爱是裘德可以自行探索而非被迫学习的东西，不知道他的人生会是什么样。但这样想也没有用，只会害自己更心烦。于是他设法不要去想。但这个想法一直在，贯穿着他们的友谊、他们的人生，就像岩石里的一条绿松石矿脉。

不过同时，这段时间的常态性、例行性，两者都比性爱或兴奋更好。比如，他发现裘德那一夜缓慢但坚定地连续走了将近三个小时。比如，回到纽约之后，他们重拾过往的生活，可以做他们以前常做的事情，因为现在裘德有力气做了，他现在有办法醒着看完一出舞台剧、歌剧或吃完一顿晚餐，他有办法去科布尔山的马尔科姆家，爬上一段阶梯到前门，有办法沿着布鲁克林醋丘倾斜的人行道走到杰比住的那栋大楼前。比如，每天早晨 5 点半能听到裘德的闹钟响，听到他出去晨泳，让他很安心。比如，看着厨房料理台上的一个盒子装满了医疗用品，有备用的导管包、消毒纱布片和剩余的高热量蛋白饮品（安迪最近才说裘德可以不必喝了）；裘德打算拿去还安迪，再由安迪捐给医院。有时他会想起两年前的今天，他从戏院回来时会发现裘德在床上睡觉，虚弱得让人觉得他衬衫底下的导管其实是一根动脉，而他持续、不可逆地萎缩，一直到只剩神经、血管和骨头。有时他会想着这些时刻，茫然不知所措：当时那两个人真的是他们吗？那两个人去了哪里？他们还会再出现吗？或者现在的他们才是外来的？然后他会想象那两个人其实没有远离，而是躲在他们体内，会伺机跑出来，再度夺走他们的身体与心灵；那两个人是暂时蛰伏的分身，但会永远跟着他们。

这两年，病痛太常拜访他们了，所以他们依然记得要庆幸每一天可以如此平淡无奇地度过，他们甚至逐渐开始期待这样的状况。几个月来，威廉第一次看到裘德坐轮椅，是有一天两人看电影看到一半，裘德背痛发作离开沙发，想要独自静一静。威廉觉得非常不安，但还得逼自己想起来，这也是裘德原来的样子：他是个被身体背叛的人，永远都是。截肢手术毕竟没有改变这一点，只不过改变了威廉的反应而已。当他发现裘德又在割自己（不频繁，但是很规律），他也得再一次提醒自己，这就是裘德的老样子，那场手术也没有改变这点。

然而，“也许我们该把这段时间称为‘快乐年代’。”某天早上他告诉裘德。那是2月，外头正下着雪，他们躺在床上，现在他们每个星期日早上都会赖床到很晚。

“不知道。”裘德说。虽然只看得到他的侧脸，威廉看得出他在微笑。“这样会不会有点在挑衅命运？我们取了这个名字，然后我的两条手臂就会掉下来了。而且这个名字已经有人用了。”

的确，这是威廉下一部电影的片名，他再过一个星期就要出门去工作了：排练六周，接着拍摄十一周。原来的片名不是这个，而是《舞台上的舞者》，但基特刚刚通知他，制片方已经把片名改为《快乐年代》了。

他不喜欢这个新片名。“太挖苦了，”他告诉裘德，之前他跟基特、跟导演都抱怨过，“这个新片名有点太尖酸、太讽刺了。”这是几天前的晚上，每天的芭蕾课后，他都筋疲力尽地躺在床上，裘德正在按摩他的双脚。他将饰演人生最后几年的鲁道夫·努里耶夫[1]，从他在1983年被任命为巴黎歌剧院的芭蕾总监开始，到被诊断出艾滋病，到第一次出现艾滋病的病征，直到他死前一年。

“我明白你的意思。”他终于大骂完之后，裘德这么说，“但或许对他来说，那几年真的是快乐年代。他自由了；他有热爱的工作；

1 Rudolf Nureyev，俄罗斯芭蕾舞蹈家，被视为20世纪60到70年代最伟大的芭蕾舞男演员。

他指导年轻舞者，改变了整个芭蕾舞团；他交出了几件最棒的舞作。他和那个丹麦舞者……”

“埃里克·布鲁恩。”

“对。他那几年跟布鲁恩还在一起，至少又维持了一阵子。他经历了他年轻时可能从没梦想过的种种，而且他还够年轻，可以享受一切：金钱、名望、艺术的自由。爱情。友谊。”他的指节用力压着威廉的脚掌，威廉皱起脸，“我觉得，这样就是快乐人生了。”

他们两个都沉默了一会儿。“可是他病了。”威廉终于说。

“当时还没有，”裘德提醒他，“至少还没发病。”

“是啊，或许吧，”他说，“可是他快死了。”

裘德对他微笑。“啊，死。”他轻蔑地说，“我们全都会死。他只是知道他的死亡会比他计划的早一些。但那不表示那不是快乐年代，不是快乐的一生。”

然后他看着裘德，有时，包括现在，当他真正思索裘德和他的人生时，总会产生一种感觉。或许可以称之为一种悲伤，但不是怜悯的，而是更大的悲伤。那种悲伤似乎是为了所有努力奋斗的可怜人，那几十亿他不认识、过着各自生活的人；那是一种混合了惊奇与敬畏的悲伤。看到世界各地的人这么奋力求生，即使他们每天都过得非常辛苦，即使环境这么恶劣。人生如此悲伤，在那些时刻，他会这样想。太悲伤了，然而我们都在继续活，我们都紧抓着不放，我们都在寻求某种慰藉。

但他当然没说这些，只是坐起来捧住裘德的脸吻他一记，然后又往后倒在枕头上。“你怎么会这么聪明？”他问裘德。裘德对他咧嘴笑了。

“太用力了吗？”裘德只是问，手还按着他的双脚。

“还不够用力。”

这会儿他把裘德转过来面对自己。“我想我们还是用’快乐年代’吧。”他告诉他，“我们得冒着你两只手臂掉下来的危险。”裘德大笑。

下一个星期，他出发去巴黎。那是他拍过最辛苦的电影之一；他有个舞者替身，可以负责舞步比较复杂的镜头，但有些他还是要自己跳才行。有些日子，他一整天都在把真正的芭蕾女伶举到空中，惊叹她们身上的肌肉有多结实、多强壮，晚上他累得只剩进入浴缸和爬出来的力气。过去几年，他发现自己下意识地会想接一些挑战身体难度的角色，而且他总是很惊讶也很感激自己的身体像超人一般，总是能达到每一个要求。他对自己的身体有了新的认识，而现在，当他跃起，向后伸展双臂时，他可以感到每块酸痛的肌肉都为他活了过来，让他做任何他想要的动作，而且他的身体从来没有损伤，每回都纵容了他。他知道自己不是唯一为这感到庆幸的人：每次他们去剑桥市，他和哈罗德天天都会打网球，虽然他们不曾谈过，但他知道两人现在都很感激自己的身体，知道用力击球、毫不思索就冲到球场另一头救球，对他们的意义是什么。

裘德 4 月底来巴黎探望他。尽管威廉已经答应不会为他的 50 岁生日大费周章，但他还是安排了一个惊喜晚餐，参加的人除了杰比、马尔科姆和苏菲之外，理查德、伊利亚、罗兹、安迪、黑人亨利 · 杨、哈罗德和朱丽娅也都赶到巴黎，外加住在当地、帮他策划的菲德拉和西提任。次日，裘德难得来拍摄现场探班。他们那天早上拍的戏，是努里耶夫想纠正一个年轻舞者的羚跃动作，教了一回又一回之后，终于自己亲身示范；但在更早的一场戏里（他们还没拍，但剧情顺序正好就是前一场），他才刚被诊断出有艾滋病。于是当他跳起，两脚像剪刀般在空中互碰时，他摔倒了，整个工作室都安静下来。这场戏最后终止在他的脸部特写，那一刻他必须表达出努里耶夫忽然意识到他知道自己将怎么死，然后才一秒钟，他就决定不予理会。

这场戏他们拍了一个又一个镜头，每拍完一个，威廉就必须退到一旁，等自己恢复正常呼吸，同时服化人员会手忙脚乱地围着他，吸掉他脸上、脖子上的汗水。等他准备好重来，就回到刚刚开始的记号位置。最后导演满意了，他喘着气，自己也很满意。

“对不起。”他道歉，走向裘德。“拍电影真的很无聊。”

“不会，威廉。”裘德说，“太了不起了。你在那里太完美了。”他看起来犹豫了片刻，“我简直不敢相信那是你。”

他抓住裘德的手，紧紧握住，他知道这是裘德在公共场合所能忍受的最亲昵的举动。但他从来不知道裘德亲眼看到这样身体动作的展示，会有什么感想。前一年春天，在杰比跟弗雷德里克多次分手中的其中一次期间，杰比跟一个知名现代舞团的首席舞者约西亚交往，于是他们四个都去看那个舞团的表演。约西亚独舞时，他偷偷看了裘德一眼，发现他身体微微前倾，一手托着下巴，非常专注地看着舞台，当威廉把手放在他的背上时，裘德惊跳起来。“对不起。”威廉当时低声说。回家后，夜里躺在床上，裘德一直很安静。他很好奇他在想什么：他心烦吗？渴望吗？悲伤吗？但是要裘德说出他可能无法清楚表达的事情，好像太残忍了，于是他没再问。

等他回到纽约，已经是 6 月中了。某天夜里在床上，裘德仔细地看着他说：“你现在有芭蕾舞者的身体了。”次日，他在镜中打量自己，才明白裘德说得没错。那星期稍晚，他们在屋顶吃晚餐（他们和理查德、印蒂亚终于整修了屋顶，理查德和裘德在那里种了一些草和果树），他秀了一些学到的舞步给他们看。当他在屋顶的平台上跳跃时，觉得自己的难为情变成了一股晕眩。他的朋友在后面鼓掌，天空中血红的太阳正要沉入黑夜。

“又一项隐藏的才华。”理查德看完后说，露出微笑。

“我知道。”裘德说，也朝他微笑，“威廉真是充满惊奇，即使认识他那么多年了。”

但他逐渐明白，他们全都充满惊奇。年轻时，他们能给彼此的只有秘密：告解就是他们的通行货币，透露是一种亲密的形式。对好友隐瞒你人生的细节，一开始会让人觉得很神秘，然后会被视为某种吝啬，还会阻碍真正的友谊。“威廉，有些事你没告诉我喔。”杰比偶尔会指控他，又说，“你有秘密瞒着我吗？你不信任我吗？我还以为我们很要好呢。”

“我们是很要好啊，杰比。”他会说，“我没有瞒着什么不说啊。”是真的，他没有什么好隐瞒的。他们四个之中，只有裘德有秘密，真正的秘密。尽管威廉以前也对裘德不肯透露秘密觉得不满，但他从不觉得他们因此不要好；这件事从来不曾减损自己爱他的能力。这对他是艰难的一课，要去接受他永远无法完全了解裘德，接受他会爱上一个从根本上不可知、难以触及的人。

即使认识了三十四年，他依然能从裘德身上发现新的东西，而且一直对这些新的认知深感着迷。那个 7 月，生平第一次，他受邀去参加罗森·普理查德律师事务所的夏日烤肉会。“你不是非去不可，威廉，”裘德问过他之后，立刻补充，“那一定会非常、非常无聊。”

“我很怀疑。”他说，“我要去。”

那个烤肉会在哈德逊河谷一处古老大宅的庭院举行，类似他拍《万尼亚舅舅》的那栋房子，只是更精致，受邀的包括整个律师事务所的合伙律师、普通律师、职员，还有他们的家人。他和裘德沿着长满苜蓿的后草坪朝人群走去时，他忽然觉得异常害羞，强烈地意识到自己是个闯入者。才几分钟过后，裘德就被事务所的主席拉走，说有事情得跟裘德讨论，很快但很急，他还得忍着不要伸手拉住裘德，而裘德离开时转头给了他一个歉意的微笑，举起一手示意——五分钟就回来。

于是当桑杰忽然出现时，他非常感激。桑杰是裘德的同事中极少数他见过的同事之一，前一年才刚成为裘德那个部门的共同主任，负责行政和管理的细节，好让裘德专心带入更多新客户。他和桑杰一直站在小山山顶，看着底下的人群，桑杰指了好几个他和裘德很讨厌的同事和年轻合伙律师给他看（有些还回过头来，看到桑杰就挥挥手，桑杰也会开心地挥手响应，只是嘴巴还喃喃地和威廉抱怨他们缺乏能力，或不够机智）。他开始注意到有人会朝他看，然后又别开眼睛，其中一个本来在走上坡的女人留意到他站在那里，还颇没礼貌地折往反方向。

“看得出来，我在这里很受欢迎啊。”他跟桑杰开玩笑。桑杰朝他露出微笑。

“威廉，他们不是怕你，”他说，“他们是怕裘德，”他咧嘴笑了，“好吧，他们也怕你。”

终于，裘德回来找他了。他们站在那里跟主席（“我是你的忠实粉丝”）和桑杰聊了一会儿，就开始走下坡。到了下面，裘德介绍他认识了几个人，都是多年来他听裘德提到过的。其中一个律师助理要求跟他合照，之后就有其他人也要合照。等到裘德再度被人拉走时，他发现眼前是税务部门的合伙律师艾萨克，正滔滔不绝地跟他描述他那“间谍三部曲”系列中第二部的一些特技场面。他听着艾萨克的独白，一度望向草坪对面，对上裘德的眼睛。裘德做出道歉的嘴型，他摇摇头咧嘴笑了，但接着拉了拉左耳垂（他们的老暗号），没想到等他再望向草坪对面时，就看到裘德正大步朝他们走来。

“对不起，艾萨克，”他坚定地说，“我得借用威廉一下。”就把他拉走。“真对不起，威廉。”他们离开时，裘德跟他低声说，“今天大家的社交技巧特别糟糕；你觉得自己像动物园里的熊猫吗？不过另一方面，我可是警告过你会很可怕的。再过十分钟，我们就可以离开了，我保证。”

“不会，没事的。”他说，“我玩得很开心呢。”他总觉得目睹裘德生活的另一面，置身在每天跟裘德相处更多时间的人群中，是很有启发的一件事。稍早，他看着裘德走向一群年轻的普通律师，他们正在对着其中一人的手机大声讨论着。但他们一发现裘德走近，就互相撞着手肘，变得沉默有礼，对着他明显又起劲地打招呼，搞得威廉很不安，而且直到裘德走过去，他们才又再度围拢在那手机周围，但这回小声一点了。

等裘德第三度从他身边被拖走，他已经觉得够自在，可以开始跟周围那一小群朝他微笑的人自我介绍了。他认识了一个叫克拉丽莎的高个子亚裔女人，想起裘德提过她，很是赞赏。“我听说过你不少了不起的事迹。”他说。克拉丽莎露出一脸灿烂、放心的笑容。“裘德提到过我？”她问。他还认识了一个记不起名字的普通律师，跟他说《黑色水星 3081》是他看过的第一部限制级电影，让他觉得自己好老。他还认识了裘德那个部门的另一个律师，说自己曾在法学院修过哈罗德的两门课，一直很好奇哈罗德私底下是什么样子。他还见到裘德几个秘书的小孩、桑杰的儿子，还有几十个人，其中几个他听过名字，但大部分都没听过。

那是个炎热无风的大晴天，他整个下午都持续在喝水——柠檬水、水、普罗赛克气泡葡萄酒、冰红茶，但是这场聚会太过忙碌，两个小时后他们离开时，两个人都没有机会吃东西。于是他们半路在一家农场的摊子旁停下来买玉米，等回到加里森的家里，可以连同从菜园摘的夏南瓜和西红柿一起烤来吃。

“我今天知道了你好多事。”他们在深蓝色的天空下吃晚餐时，他告诉裘德，“我现在知道事务所里大部分人都怕你怕得要死，而且他们认为巴结我，我可能会在你面前讲点好话。现在我知道我比我想的更老。我现在知道你说得没错：你的同事的确是一群呆瓜。”

裘德原先一直保持微笑，但现在大笑起来。“看吧？”他说，“威廉，我早跟你说过了。”

“不过我玩得很开心。”他说，“真的！我还想再去。只是下回我觉得我们应该邀请杰比一起去，一定会把罗森·普理查德那些人都给吓死。”裘德又大笑起来。

那是将近两个月前了，之后他大部分时间都待在灯笼屋。他要求裘德这个夏天接下来的每个星期六都别去上班，当成提早送他 52 岁的生日礼物。裘德答应了：每个星期五他就开车过来，星期一早上再开车回纽约市。因为裘德上班要用车，他就租了一辆敞篷车。那辆车有个被裘德形容为“荡妇红”的吓人颜色（有点开玩笑，不过他心底其实很乐于开这辆车）。工作日，他阅读、游泳、做菜、睡觉；接下来的秋天会很忙，但是从自己的充实感和冷静感中，他知道他会准备好的。

这会儿他开车来到杂货店，拿了个纸袋装满青柠，再用另一个纸袋装柠檬，另外还买了些气泡水，然后开车到火车站。他在车上等着，头往后靠，闭上眼睛，直到他听见马尔科姆喊着他的名字，才坐直身子。

“杰比不来了。”马尔科姆说，听起来很不高兴，同时威廉吻了他和苏菲。“今天早上，他和弗雷德里克好像分手了。但或许没有，因为他说他明天再过来。我真的搞不懂是怎么回事。”

他哀叹，“我回去再打电话给他。”他说，“嗨，苏菲。你们吃过中饭了没？我们一回去就可以开始做饭了。”

他们没吃中饭，所以他打电话给裘德，要他烧水准备煮意大利面，但裘德已经开始做了。“我买到青柠了。”他告诉他，“杰比要到明天才会来，他跟弗雷德里克出了点状况，马尔科姆不太清楚。你要不要打电话问他怎么回事？”

他把马尔科姆夫妇的行李袋放到后座，马尔科姆也坐后座，看了一眼车身后方。“这颜色真有趣啊。”他说。

“谢了，”他说，“这叫‘荡妇红’。”

“真的？”

马尔科姆总是这么好骗，他不禁咧嘴笑。“真的，”他说，“两位准备好了吗？”

他开车时，三个人聊着他们很久没见，聊着苏菲和马尔科姆有多高兴回到家，聊着马尔科姆学开车的悲惨状况，聊着今天的天气真完美，空气闻起来甜蜜又有干草气味。最棒的夏天，他再度想着。

从车站开到灯笼屋要三十分钟，赶时间的话可以更快，但他不赶时间，因为沿途风景很漂亮。当他经过最后一个大型十字路口时，他甚至没看到那辆卡车朝他而来，闯了红灯冲进车阵里，等他感觉到时，巨大的撞击压皱了副驾驶座那一侧，苏菲就坐在那里，此时他已经被弹出车外，飞在空中。“不！”他大喊，以为自己在大喊，然后刹那间，他看到裘德的脸一闪而过：只有脸，表情还不清楚，也没有身体，只有一张脸悬在一片黑色天空里。同时他的耳朵、他的头，充满了金属被压扁和玻璃爆炸的巨响，以及他自己徒劳的嚎叫。

但他最后想到的不是裘德，而是亨明。他看到他小时候住的那栋房子，亨明坐在草坪中间的轮椅上，前方就是往马厩的斜坡。亨明用一种持续、恒定的眼光注视着他，那是他在世时从来没有过的。

他站在他们家车道的尽头，泥土路和柏油路交会之处。他看到亨明，难以抑制心中的渴望。“亨明！”他大喊，然后荒谬地叫道，“等等我！”他开始跑向亨明，跑得太快了，才跑了一会儿，就连碰撞地面的双脚都感觉不到了。

第六部分

亲爱的同志

1

威廉最早主演的电影中，有一部名叫《死后的生活》。电影取材自希腊神话中俄耳甫斯和欧律狄刻的故事，展现了两种不同的观点、由两位备受赞誉的导演各自拍摄。威廉饰演俄耳甫斯，是一个斯德哥尔摩的年轻音乐家。他的女朋友刚过世，在他弹奏某些乐曲时，会产生幻觉，看到女朋友出现在他身旁。一个意大利女演员福丝塔饰演俄耳甫斯刚过世的女朋友欧律狄刻。

这部电影开的玩笑，就是正当俄耳甫斯在茫然地哭泣、哀悼他的挚爱离开人世时，欧律狄刻却在地狱里过得开心极了。在那里，她终于可以不必再那么乖了：不必再照顾她挑剔的母亲和疲惫的父亲；身为公设辩护律师、尽心协助穷人的她，不必再倾听那些从来没谢过她，还发牢骚的客户；不必再纵容那些只关心自己的朋友们喋喋不休；不必再设法鼓舞那个贴心但长期闷闷不乐的男朋友了。反之，她在食物充足、树上永远果实累累的阴间，可以毒舌地批评他人而不会引发后果。她甚至吸引了冥界之王哈迪斯的注意；哈迪斯由一个肌肉发达的大块头，意大利男演员拉斐尔饰演。

《死后的生活》当时引起了两极的评价。有些人爱极了：他们喜欢这部电影充分反映了在两种不同的文化中对于生活本身截然不同的取向（俄耳甫斯的故事是由一位知名的瑞典导演拍摄，充满了阴郁的灰色与蓝色调；欧律狄刻的故事则由一位素以热情奔放的美学风格著称的意大利导演拍摄），但片中同时闪现着温和的自我恶搞意味；他们喜欢片中的色调转换；他们喜欢这部电影极其温柔且意想不到地为活着的人提供了抚慰。

但也有些人很讨厌这部电影：他们认为音乐刺耳、美术刺眼；他们讨厌那种矛盾的讽刺基调；他们讨厌可怜的俄耳甫斯在人间缓缓弹奏着他凄凉、简朴的作品时，欧律狄刻在地狱中参与表演的那段歌舞场面。

针对这部电影（在美国几乎没人看过，但每个人都对它有意见）的争论很热烈，但至少大家一致同意：男女主角威廉·拉格纳松和福丝塔·圣菲利波的表现太精彩了，两个人的前途大好。

之后多年，《死后的生活》被重新讨论、思考、评价、研究，等到威廉 45 岁左右，这部电影已经成为公认的杰作，也成为那两位导演最受喜爱的作品之一，象征着一种协力合作、没有包袱、大胆无畏又幽默的电影制作方式，现在没什么人有兴趣这样拍电影了。威廉演过太多各式各样的电影和舞台剧，裘德总是很有兴趣听人们讲出他们最喜欢的作品，再转述给威廉听。比方说，罗森·普理查德律师事务所比较年轻的男性合伙律师和普通律师喜欢他的“间谍三部曲”。女性则喜欢《二重唱》。临时雇员（其中许多也是演员）喜欢《毒苹果》。杰比喜欢《不败者》。理查德喜欢《星光下的圣雅各布》。哈罗德和朱丽娅喜欢《空隙侦探》和《万尼亚舅舅》。而学电影的学生则一致喜欢《死后的生活》，在餐厅里或大街上，他们是最勇于上前跟威廉攀谈的。“那是多尼采蒂最棒的作品。”他们信心十足地说，或者“能跟博格森导演合作，一定棒呆了”。

威廉总是很有礼貌。“我同意。”他会这样说，那个电影学生则满面笑容，“真的，真的很棒。”

今年是《死后的生活》上映二十周年。2 月的某一天，他走出公寓楼下大门，发现威廉 33 岁的脸被贴在巴士站后方建筑物的临时支架上，仿照安迪 · 沃霍尔的绢印版画风格，重复地贴了一大片。那是星期六，他本来想去散步，结果却转身上楼，回床上躺着，闭上眼睛，直到再度入睡。星期一，艾哈迈德先生开车载他去第六大道上班。他坐在后座，看到一张海报贴在一间空店面的橱窗上，就闭上眼睛不再睁开，直到他感觉车子停下，听到艾哈迈德先生宣布办公室到了。

那个星期稍晚，他接到了一封纽约现代艺术博物馆寄来的邀请函。他们要在 6 月举办西蒙·博格森的电影节，为期一周，看来《死后的生活》将是第一部放映的电影，而且播放后会有一场座谈会，两位导演和福丝塔都将出席，所以主办单位希望他能参加（虽然他们知道之前已经邀请过他了），而且希望有幸邀请他担任座谈会的贵宾，谈谈威廉拍摄期间的经验。他看到这里停下来：他们稍早邀请过他吗？想必是有吧。但他不记得了。过去六个月他记得的事情非常少。这会儿他又查了一下那个电影节的日期：6 月 3 日到 6 月 11 日。他得计划一下，到时候得离开纽约市；非离开不可。威廉后来又跟博格森合作过两部电影，彼此交情不错。他不想再被迫看到更多有威廉脸部特写的海报，不想再在报纸上看到他的名字。他不想看到博格森。

那天夜里，上床前，他先走到衣柜间威廉的那一头。他一直还没把那清出来，威廉的衬衫还挂在衣架上，毛衣还叠好放在搁板上，鞋子则排列在下方。他拿出自己需要的那件衬衫，是一件酒红加黄色的格子衬衫，威廉春天在家里常常穿。他把衬衫套在身上，但手臂没有伸进袖子里，而是把袖子在身前打了个结，于是那件衬衫看起来就像束缚衣，但这么一来，专心想象的话，他就可以假装是威廉的双臂在拥抱他。他爬上床。这个仪式让他丢脸又羞愧，但他只有在真正需要的时候才会这样做，而今天晚上他就需要。

他躺着没睡，偶尔把鼻子凑到领口上，设法闻闻衬衫上威廉残留的气味，但每穿一次，气味就淡一点。这是他用过的第四件威廉的衬衫；他非常小心地保存上头的气味。前面三件他几乎每晚都穿，穿了几个月，闻起来已经不像威廉，而像他自己了。有时他设法安慰自己，说他身上的气味也是威廉给他的，但这从来不能让他安心太久。

即使在他们成为一对之前，每次威廉出门拍片，也总会带东西回来给他。他拍完《奥德赛》之后，带了两瓶古龙水回来，是他去佛罗伦萨一家著名的香水工坊买的。“我知道这样可能有点奇怪，”威廉说，“不过有个人……”听到这里，他暗自偷笑，知道威廉指的是某个女人。“……跟我提到这家香水工坊，我觉得很有趣。”威廉解释，他必须跟调香师形容他这个人，他喜欢什么颜色、什么味道、来自哪个国家或地区，然后调香师就会针对这个人的特质调制出这个香味。

他闻了一下：清新、有微微的胡椒味，尾调带着一种粗犷的辛辣。“是香根草，”威廉当时说，“擦擦看。”他擦了，沾了一点在手上，当时他还不让威廉看他的手腕。

威廉闻了一下他的手。“我喜欢。”他说，“在你身上闻起来很不错。”然后他们两个忽然间都很不好意思。

“谢谢你，威廉。”他说，“我很喜欢。”

威廉自己也配了一种香味，是檀香调。他很快就习惯把檀香和威廉联系在一起：只要闻到檀香，他总会想到威廉，就觉得比较不孤单了，尤其是远离纽约，去印度、日本或泰国出差的时候。这些年过去，他们持续跟那家佛罗伦萨工坊订购这两种古龙水。两个月前，他总算镇定下来、可以思考时，做的第一件事，就是订购了一大批威廉的特制香味。当那个包裹终于寄到时，他整个人很放心、很狂热，两手颤抖地拆开包装、打开盒子。他觉得威廉逐渐从他身边溜走，他知道自己得设法保存他。尽管他把那古龙水喷在威廉的衬衫上（喷得很小心，他不想用太多），但闻起来却不一样。毕竟，让威廉的衣服闻起来像威廉的，不光是古龙水而已，还有他这个人。那一夜他躺在床上，穿着一件檀香味甜得发腻的衬衫，那香气浓到盖掉了其他气味，完全毁了残存的威廉。那一夜他哭了，是好久以来的第一次。次日，他就把那件衬衫收起来，折好放进衣柜间角落的一个箱子里，免得它污染了威廉的其他衣服。

古龙水、衬衫的仪式：他学着用这两样东西搭起一个临时支架，虽然摇晃又脆弱，却是支撑他往前走、生活下去的依靠。他常常觉得自己不大算是活着，不过是存在着，被动地度过每一天，而不是自己在过日子。但他不会因此太惩罚自己，仅仅是存在，就够困难了。

他花了好几个月，才找出有用的方法。有一阵子，他夜里会一直看威廉的电影。他会按下快进键，找到威廉讲话的场景，直到在沙发上睡着。但那些对白、威廉在演戏的事实，似乎让威廉离他更远，而不是更近。最后他学到最好在某个镜头按下暂停键，让威廉的脸定格在屏幕上凝视他，然后他会一直看一直看，看到眼睛灼痛。这样过了一个月后，他发现自己必须更谨慎地安排这些电影的观看方式，免得失去效力。于是他按照顺序，从威廉拍的第一部电影《银手姑娘》开始看起，像着魔似的每天晚上都看，中间不断暂停，定格在某些画面。到了周末，他会连看好几小时，从天刚亮开始，直到天黑之后许久。他发现按照时间顺序看这些电影很危险，因为每看完一部电影，就意味着他更加接近威廉的死亡。他现在每个月都随机选一部电影来看，结果证明这样比较安全。

但他为自己创造出来最大的假象，就是假装威廉只是出门拍戏去了。这次的拍戏时间非常久，而且非常辛苦，但时间是有限的，最后他就会回来。这是个困难的妄想，因为威廉以前拍电影时，从来没有一天不给他打电话、发电子邮件或短信（可能三者都有）。他很庆幸自己存了很多威廉的电子邮件，有段时间，他夜里会阅读这些旧的文字讯息，假装刚刚收到。即使他很想一口气多看一些，但他没有，而是留意每次只看一则。可是他知道这个方法不可能永远满足他——他得注意自己如何分配这些文字。现在他每星期只看一封电子邮件，仅此而已。他可以看之前几个星期读过的，但是不能看他还没读过的。这是另一个规定。

这无法解决威廉沉默不语的问题：到底是什么情况，会让威廉没办法在拍戏时跟他联络？他一直苦苦思索着答案，不论是晨泳，还是晚上视而不见地瞪着炉子、等待水壶发出鸣音的时候。最后他终于想出一个情境。威廉去拍的电影是关于一组“冷战”时代的苏联航天员，而且真的在太空拍摄，因为电影的出资者是个可能疯了的俄罗斯工业巨子、亿万富翁。所以威廉会远离他，每天每夜都在遥远的地球上空绕着他转，想回家却无法跟他联系。这部想象中的电影，还有自己的绝望，让他觉得很丢脸，但同时这个剧情似乎也够有说服力，他可以愚弄自己去相信一段时间，有时还可以撑个好几天（这时他会很庆幸威廉工作的逻辑和真实性，在很多时候是难以置信的：电影工业本身的难以置信，现在正符合他的需要，可以帮助他相信）。

这部电影要叫什么名字？他想象威廉问他，想象威廉露出微笑。

《亲爱的同志》，他告诉威廉，因为威廉跟他在电子邮件里就常常这样称呼对方——亲爱的同志；亲爱的裘德·哈罗德维奇；亲爱的威廉·拉格纳拉沃维奇同志。这是从威廉拍“间谍三部曲”的第一部期间开始的，电影的背景是20世纪60年代的莫斯科。在他的想象中，《亲爱的同志》会花一年拍摄，虽然他知道往后还得调整这个时间。现在已经是3月了，而在他的幻想中，威廉11月会回来，但他知道到时候他会无法结束这假装的游戏。他知道届时他又得想象出各种重拍、延误的状况。他知道自己还得想出一个续集，或是某些理由，让威廉远离他更久。

为了加强这个幻想的可信度，他每天晚上都写一封电子邮件给威廉，跟他说这一天发生了什么事，就跟威廉生前出门拍片时一样。每封邮件的结尾总是一样：希望你拍摄顺利。我好想你。裘德。

他终于走出恍惚状态，开始意识到威廉的缺席已成定局，是在去年的11月。此时他才明白自己麻烦大了。前两个月的事情他记得的非常少；那天的情况他也不太记得。他记得自己做完意大利面沙拉，正在沙拉钵上方撕九层塔叶子，看了一下手表，很好奇他们到哪里了。他当时并不担心：威廉开车回家喜欢走小路，而马尔科姆喜欢拍照，他们可能中途停下，可能忘了时间。

他打电话给杰比，听他抱怨弗雷德里克；他切了一些甜瓜当餐后甜点。等到他们真的晚了太久，他拨了威廉的手机号，但电话响了半天都没接。他烦躁起来，他们会跑去哪里了？

然后更晚了，他开始坐不住。他打马尔科姆的手机、苏菲的手机：都没人接。他又打了威廉的手机。又打给杰比：他们有打给他吗？他有他们的消息吗？但杰比说没有。"别担心，小裘。"杰比说，"我很确定他们只是跑去吃冰激凌或什么的。或者他们一起跑掉了。"

"哈，"他说，但他知道不对劲，"好吧。杰比，我晚一点再打给你。"

正当他挂断电话时，门铃响了，他整个人僵住，吓坏了，因为从来没人按过他们的门铃。这栋房子很难找，得专程找才找得到；而且公路转进来之后，有一道栅门必须从屋里遥控打开，否则就得走上来，要走很久、很久，而他并未听到栅门的铃声。老天，他心想。啊，不，不会。但接着门铃又响了一次，他不自觉地走向前门，打开来，他其实没怎么注意到那些警察的表情，只看到他们摘下帽子，然后他就知道了。

再之后他就失神了。他只记得一些画面的片段，看到了一些人的脸，包括哈罗德、杰比、理查德、安迪、朱丽娅，他记得自己自杀未遂时看到的也是这些脸：同样的人，同样的眼泪。他们当时哭了，现在也哭了。中间有些时候他会糊涂起来，以为过去的十年，他和威廉在一起、后来失去双腿的这些年，可能是一场梦，他可能还在精神科病房里。他记得那几天得知了一些事情，但他不记得是怎么得知的，因为他不记得任何对话。但他一定是跟别人讲了话。他知道他去认尸，但他们不让他看威廉的脸。他从车子里面被甩出来，头部撞上马路对面 30 英尺的一棵榆树，脸被撞烂，每根骨头都断了。他是凭着威廉左小腿上的一个胎记，还有右边肩膀上的一颗痣认出是他。他得知苏菲的身体被压扁了，“彻底摧毁”是他记得某个人用的字眼。而马尔科姆被宣布脑死亡，接上人工呼吸器又多活了四天，直到他的器官捐赠完成为止。他得知他们三个都系了安全带；得知那辆租来的车的安全气囊有缺陷，那辆愚蠢的、他妈的租来的车；得知那辆啤酒公司卡车的司机当时严重酒醉，闯了红灯。

大部分时间，他都处在镇静剂的药效下。他去苏菲的告别式时吃了镇静剂，所以半点细节都不记得。他去马尔科姆的告别式时也吃了镇静剂，不过还记得欧文先生握了他的手，接着紧紧抱住他，紧得他无法呼吸，然后靠在他身上啜泣，直到有个人（想必是哈罗德）说了些话，他才放手。

他知道威廉也举行了一个小小的仪式；他知道威廉被火化了，反正他完全不记得。他不知道是谁安排的，甚至不知道自己有没有去参加，后来也怕得不敢问。他还记得中间某个时候，哈罗德告诉他说他没致悼词没关系，可以晚一点，等他准备好了，再帮威廉办追思会。他还记得自己听了点点头，心里想着：我永远不会准备好。

然后在某个时间，他回去上班了。他觉得应该是9月底。此时他已经知道发生了什么事。虽然知道，但设法不要知道；在当时，这一点还算容易做到。他不看报纸，不看电视新闻。威廉过世两周后，那天他和哈罗德走在路上，经过一个报摊，忽然看到一本杂志上印着威廉的脸，还有两个数字，然后他明白第一个数字是威廉出生的那一年，第二个数字是他死的那一年。他站在那里瞪着那本杂志看，哈罗德不得不抓住他的手臂。“走吧，裘德，”他柔声说，“不要看，跟我走。”他就乖乖跟着走了。

他回去上班前交代桑杰：“我不要任何人来慰问我。我不要任何人提起这件事。我不要任何人提起他的名字，绝对不要。”

“好吧，裘德，”桑杰那时低声说，一脸害怕，“我明白了。”

事务所里的人都乖乖照办。没有人来说他们很遗憾。没有人提到威廉的名字。再也没有人敢提起威廉的名字。而现在他真希望他们提起。有时在路上，他听到有人叫着类似威廉的名字，比方一个妈妈对儿子喊：“威伦！”他会渴望地转身，望着发出声音的方向。

头几个月还有些实际的事情要处理，让他有事可做，让他的每一天有了愤怒，也让那些日子具体起来。他告了汽车厂、安全带制造商、气囊制造商、租车公司。他告了那个卡车司机、他服务的那家公司。他听那个司机的律师说，那个司机有个长期患病的小孩，打官司会毁掉这个家，但他不在乎。以前他会在乎，现在不会了。他觉得自己苛刻、毫无同情心。就把他毁了吧，他心想。让他完蛋。让他感受我所感受到的。让他失去一切，让他失去所有重要的东西。他要吸干这些人、这些公司和他们员工的每一分钱。他要让他们绝望。他要让他们一无所有。他希望他们活得很惨。他希望他们茫然无措。

他们都被求偿，没有一个被漏掉，金额是威廉正常寿命下可赚到的钱。那个数字很荒谬、很吓人，而他看到这数字觉得很绝望：不是因为数字本身，而是那个数字所代表的年数。

他们会跟他和解的，他的律师告诉他。那是个出了名好斗又贪婪的侵权专家，名叫托德，两个人以前一起编过法学评论学报。而且和解金额会非常可观，托德说。

可观、不可观，他不在乎。他只在乎要让他们痛苦。“彻底摧毁他们。”他跟托德说，他的声音因为恨意而沙哑，托德的表情很震惊。

“裘德，我会的。”托德说，“别担心。”

当然，他不需要那些钱。他自己有钱。而且威廉的遗嘱里，除了留钱给助理和教子，以及他希望捐给各个慈善机构的金额（除了威廉每年都会捐助的那些机构，还有一个帮助受虐儿童的基金会），其他的一切都留给了他；他的遗嘱也是一样，把一切都留给威廉。那一年稍早，他和威廉在他们大学母校设立了两个奖学金，当作送给哈罗德和朱丽娅的 75 岁生日礼物：一个在法学院，用的是哈罗德的名字；一个在医学院，用了朱丽娅的名字。他们两个共同成立，而且威廉留了够多的钱给一个信托基金，让这两个奖学金能永远持续下去。他处理了威廉剩下的遗产：开了支票给威廉指定的慈善机构、基金会、博物馆和组织。剩下的东西（书、照片、拍片和演出的纪念物、艺术品）遵照遗嘱送给威廉的朋友，包括哈罗德和朱丽娅、理查德、杰比、罗蒙、克雷西、苏珊娜、米盖尔、基特、埃米尔、安迪，但是没有马尔科姆，再也没有了。威廉的遗嘱里没有令他惊讶之处，虽然有时他真希望有：要是威廉有个私生子，跟威廉有相同的笑容，可以让他看看，那该有多好；要是遗嘱留给他一封信，说出他隐瞒已久的秘密，那该有多可怕，又多令人兴奋。他会有多庆幸找到可以恨威廉、讨厌威廉的借口，感谢终于解开占据他人生多年的谜团。但什么都没有。威廉的人生结束了。他死了，跟他活着的时候一样，干干净净。

他觉得自己过得很好，总之够好。有天哈罗德打电话来，问他感恩节打算怎么过。一时之间，他不明白哈罗德在说什么，不懂“感恩节”是什么意思。“我不知道。”他说。

“就是下星期了。”哈罗德说，用一种新的、轻柔的声音，现在每个人都用这种声音跟他讲话。“你想来我们这，或者我们可以过去，还是我们去别的地方？”

“我想我没办法，”他说，“哈罗德，我工作实在太多了。”

但哈罗德坚持。“随便哪里都行，裘德，”他说，“看你想邀请谁一起过都可以，谁都不邀请也行。但是我们一定要跟你一起过节。”

“你们跟我在一起不会愉快的。”最后他终于说。

“如果没有你，我们也不会愉快的，”哈罗德说，“没有你，我们根本没办法过节。拜托，裘德，哪里都好。”

于是他们去了伦敦，待在那里的公寓。能离开美国让他松了一口气；待在美国的话，电视上成天都是家人团聚的画面，同事会开心地抱怨子女或妻子或丈夫或姻亲。但是伦敦不过感恩节，这一天只是平常的一天。他们三个出门散步，哈罗德屡次满怀抱负地做菜，做出灾难性的一餐，他吃了。他睡了又睡。然后他们回家。

接下来，12 月的一个星期天，他醒来时很清楚：威廉走了。永远离开他了。永远不会回来了。他再也看不到他了。他再也听不到威廉的声音，再也闻不到他的气味，再也不会感觉到威廉的双手拥着他了。他再也无法倾诉他的回忆，同时羞愧地啜泣，再也无法半夜从噩梦中惊醒，惊骇而茫然时感觉威廉的手摸着他的脸，听着威廉的声音在他上方说：“你安全了，小裘，你很安全。都结束了，都结束了，都结束了。”然后他哭了，真正地哭了，是威廉车祸以来他第一次哭。他为威廉哭，哭他当时一定很害怕，哭他当时一定很痛苦，哭他可怜的短暂人生。但最重要的是哭他自己。没了威廉，他要怎么活下去？他的整个人生——在卢克修士之后，在特雷勒医生之后，在修道院、汽车旅馆房间、少年之家和那些卡车之后的人生，始终都有威廉在其中。自从他 16 岁在虎德馆的宿舍房间里认识威廉以来，他们没有一天不曾以某种方式沟通。即使吵架时，两人还是会说话。“裘德，”哈罗德曾说，“以后会好转的，我发誓。我发誓。现在看起来好像不可能，但一定会好转的。”他们都这么说，理查德、杰比、安迪，或者写卡片给他的人。还有基特、埃米尔，他们都跟他说以后会好转。尽管没说出口，但私底下他心想：不会的。哈罗德拥有雅各布五年。他拥有威廉三十四年。两者根本没办法相提并论。威廉是第一个爱他的人，第一个没把他当成利用或怜悯的对象，而是当成朋友的人；他是第二个永远、永远对他和善的人。如果没有威廉，也不会有这些对他和善的人——要不是他先信任了威廉，后来也不可能信任哈罗德。没有了威廉，他就没办法想象人生要怎么过，因为威廉太重要了，不但决定他现在的人生，也决定他往后的人生。

次日他做了他从没做过的事：他打电话给桑杰，说他接下来两天不去上班了。然后，他躺在床上哭，埋在枕头里尖叫，直到嗓子完全发不出声音。

在那两天里，他找到另一个解决办法。现在他总是加班到很晚，直到天亮。每个工作日他都这样，外加星期六。但是到了星期天，他会尽量睡到很晚，醒来时，他就吃一颗药，让他不但再度入睡，而且会持续消灭任何醒来的可能性。他会睡到药效退了，起来冲个澡，回到床上吃另一颗不同的药丸，让他的睡眠浅而透明，直到星期一早晨。到了星期一，他已经二十四小时没吃东西，有时更久，所以会一直颤抖、无法思考。他先游泳，再去工作。如果运气好，他星期天就可以梦见威廉，至少梦到一小段时间。他买了一个粗大的长抱枕，长度就像成年的高个男子，这本来是供怀孕妇女或是背部有问题的人靠着使用的，但他拿威廉的衬衫套在抱枕上，睡觉时抱着，尽管威廉生前，通常是威廉抱着他。他痛恨自己这样，但他就是忍不住。

他模糊地感觉到朋友都在留心他、担心他。到了一个时间，他逐渐想起，那场意外车祸后的日子他记得的这么少，是因为他被送到医院监控，防止他自杀。现在他辛苦地度过每一天，搞不懂自己怎么没有真的自杀。毕竟，现在就是该动手的时候了。不会有人怪他。但他却没有。

至少没有人跟他说他该往前走，进入下一个阶段。他不想进入下一个阶段，他不想做别的，他想永远待在这个阶段。至少没有人跟他说他还处在否认的阶段。否认是支撑他的力量，他很担心有一天他的那些妄想失去了让他相信的魔力。几十年来第一次，他完全不割自己了。如果不割自己，他就保持麻木，而他需要麻木下去；他需要这个世界不要靠他太近。他终于实现了威廉一直希望他做到的；唯一的代价就是威廉被夺走了。

1月时他做了一个梦，梦到他和威廉在加里森的房子里，边做晚饭边聊天。这样的事情他们做过几百次了。但在梦里，他听得到自己的声音，却听不到威廉的——他可以看到他的嘴巴在动，但是完全听不到他说的话。然后他醒来，爬上轮椅尽快赶到书房，在他的旧电子邮件里搜寻，终于找到几则威廉以前的语音消息，是他忘记删掉的。那些讯息很简短，毫无启发性，但他一遍又一遍地播放，流着泪，悲恸得弯着腰。“嘿，小裘。我要去农夫市集买熊葱。你还需要别的吗？再跟我说。”那些讯息的平凡反倒显得格外珍贵，因为那是他们共同生活的证据。

“威廉，”他对着空荡的公寓说。有时状况非常糟，他会对着威廉讲话，“回来我身边。回来。”

他没感觉到幸存者的内疚，只有幸存者的不解：他以前一直、一直知道他会比威廉早死。他们全都知道。威廉、安迪、哈罗德、杰比、马尔科姆、朱丽娅、理查德，他会比他们都早死。唯一的问题就是怎么死，会是他自己动手，还是因为感染。但他们没有人想过，威廉竟然会比他早死。他从来没有预先计划，也没有应变的对策。要是他早知道有这个可能性，要是这个可能性不那么荒谬的话，他就会先囤积需要的东西。他会录下威廉跟他讲话的声音，保存起来。他会拍更多的照片。他会设法蒸馏威廉的体味。他会带着刚睡醒的威廉去佛罗伦萨那家香水工坊。"来，"他会说，"这个。就是这个气味。我要把这个气味装瓶。"安迪的太太简有回跟他说，她小时候很怕父亲会死掉，于是偷偷复制了父亲口述病历的音像资料（她父亲也是医生），存在U盘里。一直到她父亲四年前过世，她才又把这些资料找出来，坐在房间里播放，听着她父亲以冷静、耐心的声音口述那些医嘱。他好羡慕简这一点，他真希望自己之前想到要这么做。

至少他还有威廉拍的电影，有威廉历年来写给他的电子邮件和信，他全部保存着。至少他还有威廉的衣服、关于威廉的报道文章，他都没丢。至少他还有杰比画的威廉画像；至少他还有威廉的照片：几百张，不过他谨慎地分配，只准自己每周看十张，他会看了又看，看上好几个小时。他可以决定每天只看一张，或是一次看十张。他很怕自己的计算机会出事，把所有的照片档案毁掉；于是他复制了好几份，存放在几个不同的地方：格林街公寓的保险箱、灯笼屋的保险箱、罗森·普理查德的办公桌抽屉，还有银行的保险箱。

他从不认为威廉会仔细整理自己的人生纪录，他也不会，但是3月初的一个星期天，他没有如常吃安眠药，睡上一整天，而是开车去了加里森的房子。自从9月那一天以来，他只回去过两次，但园丁还是会来整理，车道两旁的球根植物开始发芽。他走进屋里，厨房料理台上有个花瓶插了一整枝梅花，他停下脚步瞪着看：他有发短信给管家说他要来吗？一定是有。但一时间他宁可想象，每个星期的第一天都有人过来，在料理台上换上新的花，到了每周最后一天，又一个星期没人看这些花，于是就被扔掉了。

他去他的书房，之前他们加了一个档案柜，好让威廉存放档案和文件数据。他坐在地上，脱掉大衣，然后吸一口气，拉开第一个抽屉。里头放着悬挂式档案夹，上头的标签写了电影名或舞台剧名，每个档案夹里是拍摄版的剧本，上头有威廉写的笔记。有时还有一些特别值得纪念的通告表。他还记得当年威廉拍《梧桐法院》时有多兴奋，因为能跟克拉克·巴特菲尔德合作，他知道威廉非常欣赏这位男演员。当时威廉还把那天的通告表拍下来传给他，照片上威廉的名字就打在巴特菲尔德下方。“你相信吗？！”他发来的信息中写着。

我完全可以相信，他回短信说。

他翻着这些档案，随机抽出来，小心翼翼地翻看里头的内容。接下来的三个抽屉里也是同样的档案夹：电影、舞台剧、其他工作计划。

第五个抽屉有个档案夹标示着“怀俄明”，里头大部分是照片，很多他都看过了，有亨明的照片、威廉和亨明的合影、他父母的照片、威廉没见过的姐姐布丽特和哥哥阿克塞尔的照片。里头还有另一个信封，装着十来张威廉的独照：学校的照片、威廉穿童子军制服的照片，还有威廉穿美式橄榄球球衣的照片。他凝视这些照片，双手握拳，然后把照片放回信封里。

怀俄明的档案夹里还有其他几样东西：一份小学三年级的读书报告，威廉小心翼翼用草写体写着《绿野仙踪》的读后感，他看着看着笑起来；一张送给亨明的手绘生日卡，让他很想哭。还有他母亲的讣告、父亲的讣告、一份父母遗嘱的复印件。几封信，有他写给他父母的，也有他父母写给他的，全是瑞典文。他把这些信拿出来放在一边，打算拿去找人翻译。

他知道威廉从不写日记，然而他抽出标示着“波士顿”的档案夹时，不知怎的觉得自己可能发现了什么。结果没有。里头只是一些照片，全是他以前看过的：威廉的照片，俊美又醒目；马尔科姆的照片，表情疑心，有点桀骜不驯，顶着一头油腻、不太成功的爆炸头（他大学四年一直留这个发型）；杰比的照片，看起来基本上跟现在一样，欢乐的胖脸颊；他的照片，表情惊恐，非常瘦，穿着太大的衣服，留着太长的头发，两腿装着金属支撑架，外头包着黑色泡沫海绵。他停下来看着一张他们两人坐在虎德馆宿舍沙发上的照片，威廉靠向他，看着他微笑，显然正在说话，他则是掩着嘴巴大笑。之前在少年之家时期，有个辅导员说他笑起来很丑，从此他就学会笑的时候要掩住嘴巴。他们看起来不光是不同的两个人，而是两种不同的生物，他赶紧把照片放回档案夹里，免得自己撕烂。

现在他开始觉得难以呼吸，但还是继续翻下去。在“波士顿”和“纽黑文”的档案夹里，有威廉参与戏剧演出的大学报评论；有一篇报道是关于杰比受到李·洛扎诺启发而进行的行为艺术作品。另外，令人感动的是一份微积分考卷，威廉拿到了B，那是他帮威廉恶补好几个月的成果。

他把档案放回那个抽屉，继续检视，里头占据最大空间的不是悬挂式档案夹，而是一个风琴状的大档案夹，就是他在事务所常用的那种。他把那个档案夹拿出来，看到上头的标示只有他的名字，于是缓缓打开来。

里头是所有的一切：他写给威廉的每一封信、每一封重要电子邮件的打印稿、他送给威廉的生日贺卡。一些他的照片，有的他自己都没看过。以《拿着香烟的裘德》为封面的那期《艺术论坛》。还有一张哈罗德写的卡片，是收养刚办完后没多久写给威廉的，谢谢威廉的礼物和出席。有一篇文章报道他在法学院得了一个奖；他很确定不是他寄给威廉的，显然是别人给他的。到头来，他不必整理自己的人生了，因为威廉一直在帮他记录。

但为什么威廉这么关心他？为什么要花这么多时间跟他在一起？他从来不明白，现在他永远不会明白了。

有时候，我觉得我比你还在乎要保住你这条命，他记得威廉这么说过。然后他颤抖着吸了一口长气。

他继续往下看这些人生纪录，等他看到第六个抽屉，又有另一个风琴档案夹，跟第一个一样，标示着“裘德 II”，后头还有“裘德 III”和“裘德 IV”。但此时他已经没办法看下去了。他把那些档案夹轻轻归位，关上抽屉，锁好档案柜。他把威廉和他父母的通信放进一个信封里，再套进一个更大的信封里保护着。他拿了那枝梅花，把切掉的那一端包在塑料袋里，把花瓶里剩下的水倒进水槽，然后出去锁上前门，开车回家，那枝梅花一直就放在他旁边的座位上。到了格林街，他先自己用钥匙进入理查德的工作室，找了一个空咖啡罐装满水，把那枝梅花放进去，摆在他的工作台上，让理查德明天早上能一眼看到。

然后是 3 月底；有个星期五夜里，或者应该说星期六凌晨，在办公室里。他离开电脑前，转身望着窗外。这里可以看到哈德逊河，视线毫无阻碍，河面上方的天空正在转白。于是他站在那里，凝视脏灰的河水良久，看着盘旋的鸟群。之后他又回头工作。他可以感觉到，过去这几个月他改变了，同事们很怕他。他在办公室里从来不是欢乐的人，但现在他感觉到自己非常忧郁。他可以感觉到自己变得更无情、更冷酷。他和桑杰以前总是一起吃午餐，两个人会对同事发发牢骚，但现在他没办法跟任何人说话了。他持续带进业务，也尽责做好分内的工作，做得远超过他该做的——但他看得出来，没有人喜欢跟他相处。他需要罗森·普理查德；要是没有工作，他会茫然不知所措，但他再也无法从工作中得到任何快乐了。这样也没关系，他告诉自己。对大部分人来说，工作本来就不是为了快乐。但对他来说本来是的，现在却再也不是了。

两年前，他正在截肢手术后的复原期，成天都很疲倦，上下床得靠威廉抱他。有天早上他和威廉在谈话，那时外头一定很冷，因为他记得当时自己觉得温暖而安全，不自觉地说："真希望我可以永远躺在这里。"

"那就躺啊。"威廉说。（这是他们的例行对话之一：他那边的闹钟响了，他会起床。"别走。"威廉总是说，"你为什么要起来？你总是忙着出门去哪里啊？"）

"我没办法。"他微笑着说。

"听我说，"威廉当时说，"你为什么不干脆辞职呢？"

他大笑。"我不能辞职啦。"他说。

"为什么不行？"威廉问他，"除了缺乏知识的刺激，还有每天只有我一个人给你做伴，再给我一个好理由吧。"

他又微笑。"那就没有好理由了，"他说，"因为我想我愿意只有你做伴。这样的话，我成天要做什么？当你包养的小白脸？"

"做菜。"威廉说，"阅读。弹钢琴。当义工。跟我一起去拍片。

听我抱怨其他我讨厌的演员。保养脸部。唱歌给我听。成天不断附和我。”

他当时又大笑起来，威廉也跟着一起笑。但现在他心想：为什么当时我没有辞职？为什么这些年来，我要让威廉离开我那么多个月，而我明明可以陪他一起去拍戏的？为什么我花在罗森·普理查德的时间比花在威廉身上的还要多？但现在他没得选择了，他唯一有的只剩罗森·普理查德了。

然后他心想：为什么我从来不给威廉我该给的？为什么我要他去找别人上床？为什么我不能更勇敢一点？为什么我不能尽我的责任？为什么他无论如何还是要跟我在一起？

他打算回格林街冲个澡，睡上几小时，下午再回办公室。开车回家的路上，他的目光一路躲着《死后的生活》的海报，另外也查了他收到的信息，分别是安迪、理查德、哈罗德、黑亨利·杨发的。

最后一则讯息是杰比发的。杰比每星期至少会打电话或发短信给他两次。他不知道为什么，但他受不了看到杰比。事实上他痛恨看到他，他好久没对任何人有过那种绝对的恨意了。他完全知道这有多么不理性。他完全知道不能怪杰比，一丁点都不能。他的恨意毫无道理。那天杰比根本就不在车上；无论是怎么扭曲的逻辑，事故的责任半点都不能算在杰比的头上。然而，他回到清醒状态后第一次看到杰比，脑袋里就听到一个声音冷静、清晰地跟他说，应该是你的，杰比。他没说出来，但他的脸一定泄露了什么，因为杰比本来走上前来要拥抱他，却忽然停下。此后他只见过杰比两次，两次都有理查德在场，而且两次他都得忍着不要说出什么恶毒、不可原谅的话。但杰比还是继续打电话给他，总是会留话，而且内容都一样：“嘿，小裘，是我。我只是打电话来看你是不是还好。我常常想到你，很想跟你碰个面。好吧。爱你，再见。”而他一如往常，会写同样的短信回复杰比：“嗨，杰比，谢谢你的留言。很抱歉最近都没接电话；工作太忙了。再联络。爱你的裘德。”写是这样写，其实他并不打算跟杰比谈话，或许永远都不会了。这个世界实在错得太离谱了，他心想，他、杰比、威廉、马尔科姆四个人里头，其中最好的两个人，最善良、最体贴的两个人，死了；另外两个性格比较差的却还活着。至少杰比还有才华，应该要活着。但他想不出任何理由让自己幸存下来。

“裘德，就只剩我们两个了。”中间有一度杰比跟他说，“至少我们还有彼此。”而他心里立刻冒出种种想法，只是设法不要说出来：我愿意拿你换他回来。他会愿意拿任何人换威廉。杰比，他毫不犹豫。理查德和安迪（可怜的理查德和安迪，他们为他做了一切！），他也毫不犹豫。甚至朱丽娅，甚至哈罗德。他愿意拿任何一个人，拿所有的人，去换威廉回来。他想到冥界之神哈迪斯，一身发亮的意大利人肌肉，在阴间被欧律狄刻迷得神魂颠倒。我想跟你做个交易，他对哈迪斯说。五个人换一个。你怎么有办法拒绝？

4月的一个星期天，他正在睡觉，忽然听到敲门声，响亮又坚决。他迷迷糊糊醒来，翻身抱着枕头盖住头，不肯睁开眼睛，最后敲门声停止了。所以当他感觉有人轻轻碰他的手臂时，他大叫着翻过身来。原来是理查德，坐在他旁边。

“对不起，裘德，”理查德问，“你睡了一整天吗？”

他咽下口水，半坐起身。星期天他会把所有遮光帘拉下、把所有窗帘拉上；所以他搞不太清楚现在是白天还是晚上。“是的，”他说，“我很累。”

“唔，”理查德沉默了一会儿，说，“很抱歉这样闯进来。不过你没接电话，我想找你到楼下跟我一起吃晚餐。”

“啊，理查德，我不知道，”他说，设法找借口推辞。理查德说得没错：每个星期天在家里睡一整天时，他都会关掉手机和所有的电话，免得有人打扰他去梦中找威廉，“我不太舒服，不会是个好同伴。”

“裘德，我不期待有人娱乐我，”理查德说，然后朝他微微一笑，“来吧，你得吃点东西。只有你跟我两个人；印蒂亚这个周末去纽约州北边的朋友家了。”

两个人都沉默许久。他看着房间，看着他乱糟糟的床。空气很闷，有檀香和散热器发出的蒸汽味。“来吧，裘德，”理查德低声说，“来陪我吃晚餐吧。”

“好吧，”最后他终于说，“好吧。”

“好吧，”理查德说着站起来，“那就半个小时后楼下见了。”

他冲了澡之后下楼，带了一瓶理查德很喜欢的丹魄红葡萄酒。到了理查德的工作室，他想进厨房帮忙，却被理查德赶了出来，于是就坐在最显眼的长桌旁（这张桌子可以也实际坐满过二十四个人），理查德那只名叫“小胡子”的猫跳到他膝上，他抚摸着它。他回想起第一次看到这间公寓时，里头有悬垂的枝状吊灯和大型蜂蜡雕塑；多年来，这里变得越来越有家的感觉，但是依然有明显的理查德风格：一片骨白和蜡黄的色调，不过现在墙上挂着印蒂亚鲜艳、极端抽象的女性裸体画作，地上也出现了地毯。以前他每周至少进来一次，但最近他已经好几个月没来了。当然他还是会看到理查德，但只有进出公寓时碰到；大部分时候他都设法躲开。理查德打电话邀他吃晚餐，或是要他有空过去坐一下，他总说他太忙或太累了。

“我不记得你觉得我出名的炒面筋怎么样，所以我做了干贝。”理查德说，把一盘菜放在他面前。

“我喜欢你的炒面筋，”他说，其实他不记得那是什么，也不记得自己喜不喜欢，“理查德，谢谢你。”

理查德帮两个人倒了葡萄酒，然后举起杯子。“裘德，生日快乐。”他郑重地说。他才想到理查德说得没错：今天是他的生日。这一整个星期，哈罗德一直既打电话又写电子邮件给他，频率高得有点离谱。除了匆忙回复一下，他没跟他多谈。他知道哈罗德会担心他。安迪发来的短信增多了，其他人也是。现在他知道为什么了，开始哭起来：因为每个人是这么好心，他却没什么可回报，因为他的孤单，因为他虽然努力停留在过去，事实却证明人生还是继续往前。他 51 岁了，威廉也死去八个月了。

理查德什么都没说，只是坐在他旁边的凳子上拥住他。“我知道说这个也没有帮助，”最后他终于说，“但我也爱你，裘德。”

他摇摇头，说不出话来。最近几年，他已经从完全不好意思哭，变成会自己偷哭，又变成会在威廉面前哭，然而现在，他终于完全不顾自尊，会在任何时间、任何人面前、为了任何事而哭。

他靠在理查德的胸膛，对着他的衬衫啜泣。理查德是另一个对他付出慷慨、坚定的友谊与同理心的朋友，而他总是困惑不解。他知道理查德对他的感情，有一部分跟他对威廉的感情分不开，这点他明白：理查德答应过威廉会照看他，而理查德很认真地看待自己的责任。但是理查德还有一种沉稳、可靠的特质，加上个子高大，他总是把他想成某种巨大的树神，像一棵栎树化为人身，结实、古老又坚不可摧。他们的交情不是通过一起闲聊八卦建立的，然而理查德，这位成年期认识的朋友，就某方面而言，不光是他的朋友，也像父母一样，但其实理查德只比他大四岁。那么，就是哥哥了：一个永远可靠、有礼貌的人。

最后，他终于停下不哭，跟理查德道歉，去洗手间整理自己。他们坐下来慢条斯理地吃晚餐，一边喝葡萄酒，闲聊理查德的作品。快吃完时，理查德去厨房，拿了一个凹凸不平的小蛋糕出来，上头插着六根蜡烛。"五加一。"理查德解释。他逼自己露出微笑，吹熄那些蜡烛，理查德给两人各切了几片。那蛋糕易碎，且有无花果的口感，比较像司康而非蛋糕，但他们两个还是默默地吃掉。

他站起来要帮理查德收拾碗盘，但理查德叫他上楼别管了。他松了一口气，因为他实在筋疲力尽，这是感恩节后他做过最社交化的活动。理查德送他到门口，递给他一个用褐色纸包起来的东西，还拥抱他。"小裘，他不会希望你不快乐的。"理查德说，他贴着理查德的脸颊点点头。"他看到你这样会很难过。"

"我知道。"他说。

"另外帮我一个忙，"理查德说，还是抱着他，"打电话给杰比，好吗？我知道对你来说很难，但是他也爱威廉，你知道。不像你这么爱，我知道，但他还是很爱。还有马尔科姆。他想念他。"

"我知道，"他又说了一次，眼睛又涌出泪水，"我知道。"

"下个星期天再过来吧，"理查德说，然后吻了他，"或者随便哪一天，真的。我想念常常看到你的日子。"

"我会的，"他说，"理查德——谢谢你。"

"裘德，生日快乐。"

他坐电梯上楼，忽然觉得时间很晚了。回到自己家里，他往书房去，坐在沙发上。里头有个没拆的箱子，是弗洛拉几周前请人送来的：里头是马尔科姆遗赠给他的东西，还有给威廉的，现在都是他的了。威廉的死唯一有帮助的，就是减弱马尔科姆之死带来的震撼与惊恐。然而，他一直没有勇气打开那个箱子。

但现在他要打开了。不过他先拆开理查德的礼物，发现里头是一个小小的木雕半身像，固定在一个方形的黑铁底座上。他一看到那是威廉，猛吸了一口气，像是被揍了一拳般。理查德总说自己很不会做人像雕塑，但他知道并非如此，这件作品就是个证明。他手指抚过威廉再也看不见了的眼睛，抚过威廉起伏的头发，然后把雕像凑到鼻子前，嗅到了檀香气味。在底座下方刻着“献给裘德的51岁生日。致上爱。理查德”。

他又开始哭；然后才停下来。他把那胸像放在身边的抱枕上，再打开书房里的那只箱子。一开始，他只看到一团团报纸，于是他把手伸进去，小心翼翼地摸索，直到他摸到一个结实的东西，再抓出来：是灯笼屋的缩小模型，墙壁是黄杨木板做的。这个模型本来放在钟模建筑师事务所的办公室里，跟事务所做过的所有案子的模型放在一起，无论是实际建造或只是单纯规划的。这个模型大约2英尺见方，他放在膝上，脸凑上去，看着里头的树脂玻璃窗，拿起屋顶，手指抚摸里头的房间。

他擦掉眼泪，又伸手到那个箱子里。这次他拿出来的是一个信封，里头装满他们的照片，他们四个，或者只有他和威廉：有大学时代的照片，还有他们在住过、旅游过的地方的留影，包括纽约、特鲁罗、剑桥市、加里森、印度、法国、冰岛、埃塞俄比亚。

那个箱子非常大，他又从里面拿出一些东西：两本精致的珍本书，里面是一个法国画家画的日本房屋；一幅小小的抽象画，是他一直很欣赏的一位年轻英国画家的作品；一幅较大的男性脸部素描，是威廉一直很欣赏的知名美国画家的作品；两本马尔科姆早年的速写本，里头画了种种想象中的建筑物。末了，他拿出最后一件用层层报纸包着的东西，缓缓拆开来。

在他手里的，是利斯本纳街的模型：他们的公寓，有将就地隔出来、比例怪异的第二间卧室；有狭窄的走廊和袖珍厨房。他看得出这是马尔科姆早年做的模型，因为窗子是用半透明的玻璃纸，而不是仿羊皮纸或树脂玻璃做成，而且墙壁是用厚纸板，而不是木板做的。在这间公寓里，马尔科姆还放了家具，是用硬纸切割折叠而成的：他那张凹凸不平、铺着日式薄床垫的床，放在煤渣砖底座上；他们在街上捡来那张弹簧断掉的沙发；杰比的阿姨们给他们、会发出吱呀声、附着滚轮的休闲椅。唯一缺的就是纸做的他，还有纸做的威廉。

他把利斯本纳街放在脚边的地上，静坐不动良久，闭着眼睛，让脑子回到过去，在其中漫游：那些年发生的许多事，他现在回想起来，不会将它浪漫化，但当时，在他根本不知道该期望什么时，他并不知道人生有可能比利斯本纳街更美好。

"如果我们永远没离开那里呢？"威廉偶尔会问他，"如果我始终没成功呢？如果你一直待在联邦检察官办公室呢？如果我一直在奥托兰端盘子呢？我们现在的人生会是什么样？"

"威廉，你希望推论的范围有多大？"他当时微笑着问他，"我们还会在一起吗？"

"当然会在一起，"威廉会说，"这个部分不变。"

"好吧，"他说，"那首先我们要做的，就是拆掉那面墙，把客厅恢复原状。第二件事，就是弄张像样的床来。"

威廉大笑。"然后我们要控告房东，让他换个能用的电梯，一劳永逸。"

“对，那是下一步。”

他坐着，等自己的呼吸恢复正常。然后他打开手机，检查未接来电，先是安迪、杰比、理查德、哈罗德和朱丽娅、黑亨利·杨、罗兹、西提任，又是安迪、理查德，接着是吕西安、亚裔亨利·杨、菲德拉、伊利亚，哈罗德、朱丽娅又分别打来，然后是哈罗德、理查德、杰比、杰比、杰比。

他打给杰比。现在很晚了，但杰比向来晚睡。“嗨，”他说，听到杰比接起来惊讶的口气，“是我。现在方便讲话吗？”

2

现在每个月至少有一个星期六，他会腾出半天不工作，到上东城去。他上午离开格林街时，附近的精品店和商店还没开始营业；等他回来时，那些店都打烊了。在这些日子里，他可以想象哈罗德童年时代的苏荷区：一个门窗紧闭、无人居住的区域，一个没有生气的地方。

他的第一站是在公园大道和78街交叉口的一栋大楼，他会坐电梯到六楼。女佣会帮他开门，然后他跟着她到后面采光明亮的大书房，吕西安在里头等着——不见得是等他，但总之在等着。

书房里的桌上总是摆着给他的早餐：这回是烟熏鲑鱼薄片和小小的荞麦煎饼；下回是一片裹着柠檬糖衣的蛋糕。他始终没办法勉强自己吃，不过有时他觉得格外无助时，就会接过女佣端给他的蛋糕，从头到尾都把碟子放在膝上。虽然他什么都不吃，倒是会一直喝茶，女佣总是把茶泡得恰到好处，正好是他喜欢的浓度。吕西安则什么都不吃（他稍早已经吃过了），也什么都不喝。

这会儿他走向吕西安，握住他一只手。“嗨，吕西安。”他说。

之前吕西安的太太梅瑞迪丝打电话给他时，他人正在伦敦，就是纽约现代艺术博物馆帮博格森举行回顾电影节的那一周，他安排了去出差。吕西安中风了，很严重，梅瑞迪丝说；命是保住了，但医生还不知道损害会有多大。

吕西安在医院里住了两个星期，出院时状况已经很明朗：他的损伤很严重。出院到现在快五个月了，他的状况还是没有好转：他左半边的脸像是融化般下垂，左手和左腿也瘫了。他还可以讲话，讲得非常好，但他的记忆消失了，过去二十年完全不见了。7月初，他摔跤撞到头部昏迷；现在整个人摇晃得太厉害，连走路都没办法。梅瑞迪丝决定从康涅狄格的房子搬回纽约市区的公寓，离医院和两个女儿都比较近。

他觉得吕西安喜欢他来探望，或者至少不讨厌，但他其实从来都不确定。吕西安当然不知道他是谁，他是在吕西安人生中出现过又消失的人，于是每一次去探望他，都得重新自我介绍一遍。

“你是谁？”吕西安问。

“裘德。”他说。

“那么，提醒我一下，”吕西安愉快地说，好像他们是在鸡尾酒会上碰到的，“我是怎么认识你的？”

“你是我的导师。”裘德告诉他。

“啊。”吕西安应了一声，之后便陷入沉默。

头几个星期，他设法让吕西安想起以前的人生：他会谈起罗森·普理查德律师事务所，谈起他们认识的人，还有他们老在争辩的那些案子。但接下来他才明白，他自己愚蠢地抱着希望，一直误解吕西安脸上的表情，他本来以为那个表情是思索，但其实是害怕。于是现在他不会跟吕西安介绍过去，或至少是他们共同的过去。他改让吕西安引导谈话，尽管他不明白吕西安提到的一些事情，他还是保持微笑，设法假装他知道。

“你是谁？”吕西安问。

“裘德。”他说。

“那么，提醒我一下，我是怎么认识你的？”

“你是我的导师。”

“啊，在格罗顿！”

“是的。”他说，设法微笑。“在格罗顿。”

不过有时候，吕西安会看着他。“导师？”他说，“我太年轻了，没办法当你的导师！”有时候吕西安什么都不问，只是兀自没头没尾地说起话，他得等到有够多的线索，才能判定自己被指派的角色并适当地响应，可能是吕西安某个女儿很久以前的男朋友，或是一个大学同学、在乡村俱乐部的朋友。

在这些探访时间里，他得以了解许多吕西安的早年生活，超过了他中风前曾透露过的。吕西安不再是他原来认识的那个人。眼前的这个吕西安糊涂而平凡，整个人毫无棱角，平和得像个鸡蛋。就连声音也不同了，没了以往那种滑稽的低沉沙哑，以及总是暂停、等众人大笑完的习惯；他特有的组织句子的方式，每一段前后都会夹一个笑话，但其实不是笑话，而是披着笑话外衣的侮辱，这些也全不一样了。早在他们当年一起工作的时候，他就知道办公室里的吕西安跟乡村俱乐部里的吕西安不一样，但他从来没看过另一个吕西安。现在，终于，他看到了；因为现在只有一个吕西安。这个吕西安会聊天气、高尔夫、驾驶帆船，还有税，不过他讨论的税法是二十年前的。这个吕西安从来不问他的事情：他是什么样的人、做什么工作、为什么有时候他会坐轮椅。吕西安讲话时，他就听着微笑点头，双手握着那杯逐渐变凉的茶。当吕西安双手颤抖时，他会伸手过去，把他的双手握在自己手里。他知道这样对自己有用：以前威廉都会握住他的双手，跟着他一起呼吸，让他平静下来。吕西安流口水时，他会掏出自己的手帕，擦掉那些口水。然而跟他不一样的是，吕西安对于自己颤抖或流口水并不感到难为情，这让他松了一口气。他也不会替吕西安觉得难为情，只会因为自己没有能力做更多而难为情。

“裘德，他很喜欢看到你。”梅瑞迪丝总是这么说，但他不认为是这样。他有时觉得自己持续去探望是为了梅瑞迪丝，不是吕西安，而且他明白本来就是这样，一定是这样：你不是去拜访失踪的人，而是去拜访那些寻找失踪者的人。吕西安没有意识到这点，但他还记得自己两次生病住院，威廉照顾他的情景。每回他醒来发现旁边坐的不是威廉，他就很高兴。“罗蒙跟他在一起。”理查德或马尔科姆会说，或者，“他和杰比出去吃午餐了。”然后他就会放松下来。他截肢后那几个星期，一心只想放弃，只有威廉不在时，他想象着威廉此刻有人安慰，那是他当时唯一快乐的时刻。于是他陪过吕西安之后，也会陪梅瑞迪丝坐一会儿，两人聊聊天，不过她不会问起他的生活，他也觉得这样很好。她孤单一人；他也孤单一人。她和吕西安生了两个女儿，其中一个住在纽约，但长年进出戒毒所；另一个跟先生和三个小孩住在费城，也是个律师。

他见过这两个女儿，都比他年轻十来岁，但其实吕西安跟哈罗德同龄。他去医院看吕西安时，他们住在纽约的长女用充满恨意的眼光看着他，看得他简直要后退，然后那长女跟妹妹说：“啊，看看谁来了：老爸的宠物。真想不到啊。”

“波西亚，少幼稚了。”她妹妹气呼呼地低声道，然后对他说，“裘德，谢谢你过来。威廉的事情我很遗憾。”

“谢谢你来，裘德，”这会儿梅瑞迪丝说，跟他吻颊道别，“很快就能再看到你了吧？”她总是这么问，好像有一天他会跟她说不会。

“是的，”他说，“我会再写电子邮件给你。”

“那就麻烦你了。”她说，然后挥挥手看着他走向电梯。他总有种感觉，好像都没有其他人来拜访，但怎么可能呢？拜托不要是这样，他心里恳求着。梅瑞迪丝和吕西安向来有很多朋友，常常举办晚宴。以前在事务所里，他们时不时就会看到吕西安打着黑色领结、一身正式礼服准备离开办公室，同时翻着白眼朝他们挥手道别。“慈善晚会，”他会解释，“派对。”“婚礼。”“晚宴。”

去看过吕西安之后，他总是筋疲力尽，但他还是继续往南走七个街区，再往东走四分之一个街区，到欧文家去。有好几个月，他都躲着欧文夫妇。上个月，马尔科姆过世一周年的忌日，欧文夫妇邀请他、理查德和杰比去他们家吃晚饭，他知道自己非去不可。

那是9月初劳动节后的那个周末。之前四个星期包括了威廉53岁冥诞，以及威廉的忌日，是他毕生最糟糕的时期之一。他早早就知道这段日子会很难捱，也设法规划。事务所里需要有个人去北京，他知道自己应该留在纽约；他正在办的那个案子比北京的案子更需要他，却还是自告奋勇去了。一开始，他希望自己可以安全度过，时差带来的糊涂麻木感有时跟悲恸带来的糊涂麻木感差不多。还有其他状况让他身体很不舒服，包括当地那种热，本身就让人不舒服了，又加上下雨。他以为能因此分心，但在接近旅程尾声的有天晚上，开了一整天会之后他乘车回旅馆，途中他望着车窗外，看到路旁大楼上有一个巨大的广告牌，上头是威廉的脸。那是两年前威廉拍的一个啤酒广告，只限东亚地区使用。广告牌顶端有几个人从滑轮上悬吊下来，他恍然大悟，他们要画上新的广告，抹掉威廉的脸。忽然间，他觉得无法呼吸，差点要求司机停车，但当时也办不到，他们在环线高架上，没有出口也没有办法靠边停车。于是他坐着完全不动，心脏猛跳，数着拍子抵达旅馆，谢过司机，下车，走进大厅，坐电梯上楼，进入走道，回到房间，还来不及思考，他就朝淋浴间冰冷的大理石墙撞过去，他张着嘴巴，紧闭眼睛，一直撞一直撞，撞到他全身痛得好像每根骨头都要散了。

那天夜里他无法控制地疯狂割自己，直到他抖得没法再割下去，他就等着，清理地板，喝点果汁补充体力，然后再割。割了三回合之后，他爬到淋浴间的角落坐着哭，手臂抱着头，头发都沾上了血。那一夜他就睡在那里，身上盖了毛巾而不是毯子。他小时候有时会这样，觉得自己快爆炸了、像垂死的星球般要炸开来的时候，就必须找个最小的空间把自己塞进去，这样全身的骨头才不会散开来。于是，他小心翼翼从卢克修士身子底下爬出来，蜷缩在汽车旅馆房间的床底下，那肮脏的地毯被草刺和掉下的图钉弄得刺刺的，还有用过的黏答答的保险套和奇怪的潮湿斑点；或者他会睡在浴缸里或衣柜里，尽可能紧缩成一团。“我可怜的小蟋蟀，”卢克修士发现他这样后会说，“你为什么要这样，裘德？”卢克修士担心地柔声说，但他从来无法解释。

总之，那趟出差他撑过去了；总之，他撑过了一年。威廉忌日那天晚上，他梦到一堆玻璃瓶内爆，梦到威廉的身体飞过空中，梦到他的脸在树上撞碎了。他醒来时好想念威廉，想念到他觉得自己快瞎了。回到纽约次日，他出门时看到《快乐年代》的第一批海报，这部电影又改回原来的片名《舞台上的舞者》。有些海报是威廉的脸，头发比较长，像努里耶夫一样，他的头往前弯下，脖子长而有力。有的海报只有一只巨大的脚（他正好知道，那是威廉的脚），穿舞鞋踮脚而立的姿势，那特写画面可以让人看到上头的血管和毛，还有绷紧的肌肉和鼓起的肌腱。感恩节上映，那海报上印着。啊，老天，他心想，赶紧转身回到公寓里，天啊。他希望不要有这些提醒的东西，让他满心惧怕。最近几个星期，他有个感觉，觉得威廉从他身边越退越远，即使他的悲恸仍不肯减少强度。

隔周他们去欧文家。在一种无言的默契之下，他们决定大家应该一起去，于是三个人在楼下理查德的公寓集合，他把车钥匙交给理查德，由理查德开车。他们一路沉默，连杰比也不例外。他心里非常紧张，因为他隐隐觉得欧文夫妇在生他的气，而他觉得自己活该。

晚餐全是马尔科姆最喜欢的菜。他们吃的时候，他可以感觉到欧文先生盯着他看，很好奇他在想的是不是自己常想的：为什么是马尔科姆？为什么不是他？

欧文太太提议让所有人轮流分享一段关于马尔科姆的回忆。他坐在那听着其他人说。欧文太太说起马尔科姆六岁那年，他们去参观罗马万神殿，离开五分钟后，发现马尔科姆不见了，于是赶紧回头找。这才发现马尔科姆坐在地上，目不转睛望着屋顶中央的窗洞；弗洛拉说了马尔科姆小学二年级那年，去阁楼里偷走她的娃娃屋，把里头所有的玩偶拿出来，改放进几十个小东西，包括桌椅和沙发，还有一些讲不出名字的家具，都是他用黏土做的；杰比讲起大学有一年，他们感恩节假期后都提早一天回到虎德馆，设法闯进关闭的宿舍，马尔科姆还在客厅的壁炉生火，让大家烤香肠当晚餐。轮到他时，他说起住在利斯本纳街时，马尔科姆帮他们做了一个书架，把本来就很小的客厅挤得更小，如果坐在沙发上伸直两脚，就会伸到书架里。但他想要这个书架，威廉也答应了。所以马尔科姆就去锯木厂找来最便宜的剩余木板，和威廉一起搬到屋顶上，在那里钉成书架，免得邻居抱怨他们太吵。组好之后，再把书架搬下楼放好。

但是搬进屋子之后，马尔科姆才发现他量错了，那个书架宽度多出了 3 英寸，边缘伸到走廊上。他不在意，威廉也无所谓，但马尔科姆想修改好。

“不要了，马尔。”他们两个都跟他说，“这样很棒，很好的。”

“才不棒，”马尔科姆闷闷不乐地说，“才不好。”

最后他们设法说服了他，马尔科姆就离开了。他和威廉把书架漆成亮红色，把他们的书放进去。下个星期天一早，马尔科姆又跑来了，一脸坚定。“我一直在想这件事。”他说，然后把包包放在地上，拿出一把弓锯，开始锯那个书架。他们两个人一直朝他大叫，最后他们明白无论帮不帮忙，马尔科姆都非改不可。于是书架又被搬到屋顶上，弄好后才被搬下楼，这回很完美了。

“我常常想到这件事，”他说，其他人认真听着，“因为这充分说明了马尔科姆对他的作品有多么认真，而且他是多么力求完美，多么尊重材料，无论那是大理石或三夹板。但我觉得，这件事也充分说明他有多尊重空间，任何空间，即使是唐人街一户糟糕透顶、无药可救、令人丧气的公寓，即使是这样的空间，都应该受到尊重。

“这也充分说明他是多么尊重他的朋友，他多想让我们所有人住在他为我们设想的空间里：就跟他心中想象的宅邸一样美观、生气勃勃。”

他暂停下来。他想说的是（但不认为有办法说出来），那天他们两个把书架从楼顶搬下来时，他正好在浴室里，要把油漆和刷子从水槽底下拿出来，无意间听到威廉在抱怨很麻烦，马尔科姆回答道：“威廉，如果我让这书架就这样凸出一块，他有可能因为绊到而摔倒，”马尔科姆那时低声说，“你希望这样吗？”

“不，”威廉暂停了一下说，口气很羞愧，“不，当然不希望。你是对的，马尔。”于是他明白，马尔科姆是他们之中第一个认清他是残障者的人；甚至比他自己还早。马尔科姆一直意识到这一点，但从来没有害他不自在过。马尔科姆只是想让他的人生轻松点，他却因为这一点而怨过他。

他们那天晚上离开时，欧文先生把一只手放在他肩膀上。“裘德，你能不能多留一会儿？”他问，“我晚点会请门罗开车送你回去。”

他非答应不可，于是叫理查德自己开车回格林街。有一会儿，他坐在客厅里，只有他和欧文先生，马尔科姆的母亲、弗洛拉和她的先生、小孩都还在餐厅里。他们聊着他的健康状况、欧文先生的健康状况，聊哈罗德，还有他的工作。接着欧文先生开始哭了。他站起来，到欧文先生旁边坐下，一手犹豫地放在老人的背部，觉得尴尬又难为情，感觉几十年的时光就在他手底下溜走了。

在他们的成年时期，欧文先生一直是个令人望而生畏的人物。他的高个子、他的沉着、他大脸上坚定的五官——看起来就像是摄影家爱德华 · 柯蒂斯[1]照片里那些美洲原住民，他们四个私

---

1 Edward Curtis，以拍摄美国西部和北美印第安人而著名的摄影师。

底下都喊他“酋长”。“马尔，这件事酋长会怎么说？”杰比这样问过马尔科姆。那是在马尔科姆打算从瑞司塔建筑师事务所辞职时，他们都设法适度地鼓励他。或者（又是杰比）：“马尔，我下个月会经过巴黎，你可以帮忙问酋长一声，看我能不能住那边的公寓吗？”

但欧文先生如今再也不是酋长了。虽然他头脑清楚、身体硬朗，但他 89 岁了，黑色的眼珠已经转为一种难以名状的灰色，只有非常小或非常老的人才会有：我们从这片海水的颜色而来，也将归于这片海水的颜色。

“我爱他，”欧文先生告诉他，“裘德，你知道吧？你知道我爱他。”

“我知道。”他说。他也总是这么告诉马尔科姆：“马尔，你爸当然爱你了。父母当然会爱小孩。”有回马尔科姆非常沮丧（他已经不记得是为了什么），听到他这么说就凶巴巴地回嘴：“不要讲得一副你懂这种事情的样子，裘德。”接着两人沉默了一会儿。这时马尔科姆吓坏了，开始跟他道歉。“对不起，裘德，”他说，“对不起。”他无话可说，因为马尔科姆说得没错：这种事他真的一点也不懂。他所知道的，全是书上读来的，而书本会撒谎，会把事情美化。那是马尔科姆跟他讲过最残忍的话。他从来没再跟马尔科姆提起，但马尔科姆后来又跟他提过一次，就是在他被收养后不久。

“我永远无法忘记我跟你说过的那件事。”马尔科姆曾说。

“马尔，算了吧。”他告诉他，他完全知道马尔科姆指的是什么，“你当时心情很不好，而且都过去那么久了。”

“可是那样说是不对的。”马尔科姆说，“而且我错了。大错特错。”

他跟欧文先生坐在一起时，他心想：我真希望马尔科姆拥有这一刻。这一刻应该是马尔科姆的。

于是，现在他去看过吕西安之后，就来看欧文先生，两次探访没有什么不同。两个人都在缅怀过去，两次都是老人在跟他讲他并未参与的回忆，讲的背景脉络他都不熟悉。尽管这些探视让他沮丧，他却觉得非去不可：这两个人都曾在他需要但不知道如何请求时，花时间和他谈话。他25岁刚搬来纽约时，曾住在欧文家一阵子。欧文先生会跟他谈金融市场、法律，给他建议，主要不是针对如何思考，而是如何处世，如何在一个不太容忍奇特人物的世界里继续做自己。“人们会因为你走路的方式，对你产生一些既定的想法。”欧文先生有回跟他说，他听了垂下眼睛。“不要，”欧文先生说，“不要低头看，裘德。这没什么好羞愧的。你很优秀，你会有光明的前途，你的优秀会得到回报。但如果你表现得一副你不配的样子，如果你表现得好像你对自己感到遗憾，那么人们也会开始用那样的方式对待你，”欧文先生深吸一口气，“相信我。”尽量摆出你想要的强硬姿态，欧文先生曾跟他说。别想讨人喜欢。绝对不要为了讨好同事而变得亲切。哈罗德曾教他如何像一个诉讼律师那样思考，但欧文先生教了他一个诉讼律师该有的举止。而吕西安看得出他这两种能力，也非常欣赏。

那天下午他去欧文先生家的拜访非常短暂，因为欧文先生累了，正要出门去看弗洛拉——非凡的弗洛拉，马尔科姆以前以她为荣，也很羡慕她。于是他们只谈了几分钟，他就离开了。现在是10月初，还很温暖，上午像夏天，但下午就变得昏暗，而且寒冷得像冬天。当他走向公园大道回到停车的地方时，想起二十多年前的星期六，他总是经过这一带。他会走回家，路上偶尔在麦迪逊大道上一家他很喜欢、知名而昂贵的面包店停一下，买一条核桃面包，回去和威廉配着奶油和盐吃——当时一条面包就要花掉他一顿晚餐钱。

那家面包店还在，这会儿他过了公园大道往西走，要去买一条面包，二十几年来各种物价都上涨好多，但那面包不知怎的价钱还是一样，至少就他记忆所及是如此。直到他星期六开始拜访吕西安和欧文夫妇，他都不记得上回白天来这一带是什么时候的事了——他和安迪的约诊都在晚上。现在他缓缓往前走，看到漂亮的儿童奔跑在宽阔而干净的人行道上，他们漂亮的妈妈漫步跟在后头，头上高大的椴树叶渐渐不情愿地转成一种苍白的黄。他经过 75 街，想到自己以前就在那当菲利克斯的家教。现在菲利克斯 33 岁了，真是难以置信，而且没在朋克乐团当主唱了，更难以置信的是，他成了对冲基金经理人，跟他父亲一样。

回到公寓后，他把面包切片，也切了几片奶酪，然后把盘子拿到餐桌上，瞪着它看。他现在很努力好好吃东西，重拾生活中的种种习惯和常规。但吃东西不知怎的对他来说变得很困难。他的胃口消失了，任何东西吃起来都像糨糊，或像以前他在少年之家吃的那种干粉调成的洋芋泥。但是他还是继续努力。吃给别人看的时候，会比较容易，于是他每周五和安迪吃晚餐，每周六和杰比吃晚餐。而且他开始每个周日晚上都去理查德家——他们两个会一起用羽衣甘蓝做一道素食，然后跟印蒂亚一起吃。

他也恢复了看报纸的习惯。这会儿他把面包和奶酪推到一旁，小心翼翼地打开艺文版，好像那会咬他似的。两周前的星期日，他信心十足、利落地打开艺文版的第一版，就看到一篇报道，是关于去年 9 月威廉准备开拍的电影。那篇报道谈到电影如何重新选角，目前初步的影评非常正面，而且剧中主角的名字改为威廉以资纪念。他合上报纸，回到床上倒下，拿枕头盖住头，直到有办法再站起来。他知道接下来两年，他还会看到威廉过去十二个月本来要拍的电影的相关文章、海报、广告牌、电视广告。但今天报上没有这类报道，只有一个《舞台上的舞者》的满版广告，他看着上头几乎跟真人一样大的那张脸，看了好久好久，一手抚过那双眼睛，然后把报纸举得远一些。他心想，如果这是一部电影，那张脸就会开始跟他说话。如果这是一部电影，他抬起眼睛，威廉就会站在他面前。

有时他心想：我现在好一些了。我逐渐好转了。有时醒来时，他觉得自己充满勇气与活力。就从今天开始，他心想。今天会是我真正好转的第一天。今天开始，我会比较不想念威廉。接着就会发生某些事，往往不过是走进衣柜间，看到威廉那一排衬衫孤单地等待着，再也不会被穿上，于是他的野心、他的满怀期望就会溶解，整个人再度被抛入绝望之中。有时他心想：我可以做到。但现在他越来越明白：我做不到。他答应自己每天要找个新的理由活下去。有些理由很微小，比方他喜欢的味道、他喜欢的交响曲、他喜欢的画作、他喜欢的建筑物、他喜欢的歌剧和书籍、他想去看的地方，无论是重访或初次造访。有些理由是应尽的义务或责任：因为他应该活下去。因为他可以活下去。因为威廉会希望他活下去。而有些理由则是很重大的：因为理查德。因为杰比。因为朱丽娅。尤其是，因为哈罗德。

他自杀未遂将近一年后，有一回他和哈罗德在散步。那是劳动节假期，他们在特鲁罗。他记得那个周末他走路有困难；他记得自己小心翼翼地走过那些沙丘；他记得他感觉到哈罗德试着不要触摸他、不要帮他。

最后他们终于坐下来休息，望着大海聊天。谈到他目前进行的一个案子，谈到劳伦斯在办退休，谈到哈罗德的新书。哈罗德忽然说："裘德，你得答应我不能再这样做了。"哈罗德的口气难得非常郑重，让他转过去看着他。

“哈罗德。”他开口了。

“我试着不要求你任何事，”哈罗德说，“因为我不希望你认为你欠我什么，你本来就不欠，”哈罗德转过来望着他，脸上的表情也很郑重，“但是我现在要求你这件事。你一定要答应我。”

他犹豫了一下。“我答应你。”最后他终于说。哈罗德点点头。

“谢谢你。”哈罗德说。

他们后来再也没有讨论过这段谈话。他知道这不合逻辑，但他不想打破对哈罗德的这个承诺。有时，仿佛唯一真正阻止他再尝试的，就是这个承诺、这个口头契约。他知道如果自己再试一次，就不会是未遂了：这回，他会成功的。他知道自己要怎么做，知道怎么样可以成功。自从威廉死后，他几乎每天都想到自杀的事。他知道自己该照什么时间表进行，知道该怎么安排让自己被发现。两个月前，有个星期他状况非常糟糕，他甚至重写了一份遗嘱，现在看起来像是满怀歉意死去的人所写下的文件，他留给人们的遗赠则是试图要求他们原谅。他提醒自己，他不打算执行这份遗嘱，但他也没有更改。

他希望自己能感染，迅速而致命地死掉，这样就没有人会怪他了。但他没有感染。自从截肢之后，他再也没长那些难以愈合的疮了。他还是会感到疼痛，但并没有比以前严重，事实上还减轻了。他痊愈了，至少已经痊愈到他所能达到的极限。

所以他没有理由每星期都去安迪那看诊，但他还是去，因为他知道安迪很担心他会自杀，连他自己都很担心。每个星期五，他都去上城找安迪。这些星期五他大都只跟安迪约晚餐，只有每个月的第二个星期五例外，他们吃晚餐前会先看诊。一切都跟往常一样：

只是他的脚不见了、小腿不见了，证明事情还是有所改变。在其他方面，他回复到了二十年前的老样子。他又变得很害羞，很怕被碰触。威廉死前三年，他总算提起勇气开口要威廉帮忙用药膏按摩他的背部，于是威廉开始帮他。有一阵子，他感觉不一样了，好像一条蛇开始长出新皮。但现在，当然没人帮他按摩，那些疤再度回复到了紧绷笨重的状态，像一条条缠在他背部的橡皮绳。

现在他明白了：人是不会变的。他无法改变。威廉一直以为自己因为协助他复原的经验而改变；他很惊讶自己能够如此克制、宽容。但他和其他人一直都知道，威廉本来就有这样的个性。那几个月可能让威廉自己也明白了，但他发现的特质对其他人而言并不意外，只有威廉自己感到惊讶。同样地，他也逐渐明白自己失去威廉了。和威廉在一起的那几年，他一直可以说服自己他是另一个人，一个比较快乐、比较自由、比较勇敢的人。但现在威廉走了，他再度回到二十年、三十年、四十年前的自己了。

又来到一个星期五。他去安迪的诊所。量体重：安迪叹气。问问题：他回答，都是一连串的是和不。是的，他觉得很好。不，没有异常的疼痛。不，没有出现那些疮的迹象。是的，每十天或两星期背部的疼痛会发作。是的，他都有睡觉。是的，他有跟朋友碰面。是的，他有吃东西。是的，一天三餐。是的，每天都是。不，他不知道为什么他还是越来越瘦。不，他不考虑再去看娄曼医生了。然后，安迪检查他的两只手臂，在手中转来转去，寻找新割伤，都没找到。他从北京回来的那个星期，他失控的那个星期，安迪看到那些割伤，猛吸了一口气。他也低下头，想起有时他的感觉有多糟糕，自己变得多么疯狂。但安迪什么都没说，只是帮他清洁伤口，弄完之后，他握住他的双手。

“一年了。”安迪当时说。

“一年了。”他也说。然后两个人沉默下来。

看完诊，他们走过街角到他们很喜欢的一间意大利小餐厅。安迪总是在这些晚餐时刻观察他，如果觉得他点的菜不够多，就会帮他多点一道，一直逼他吃。但是这一天的晚餐，他看得出来安迪心事重重。他们等着上菜时，安迪喝酒喝得很快，还跟他聊美式橄榄球，他明知道他不迷橄榄球，以前从不跟他聊的。安迪以前有时会跟威廉聊运动，两人坐在餐厅里边吃开心果，边为了某支球队争辩。同时，他会在旁边准备甜点。

“对不起，”安迪最后终于说，“我在碎碎念个不停。”他们的开胃菜上来了，两个人安静吃着，然后安迪吸了口气。

“裘德，”他说，“我准备要退休了。”

他正在切他的茄子，这会儿停下来，放下叉子。“现在还早，”安迪赶紧补充，“大概还要三年。不过我今年会找个搭档进来，让过渡期尽可能顺利：对员工，尤其对我的病人。他会逐步接收我的病人。”他暂停了一下，“我想你会喜欢他，一定会的。在我离开之前，我照样是你的医生，会照样关心你。但是我希望你认识他一下，看你们两个是不是合得来。”安迪微笑一下，但他没办法微笑以对。“如果合不来，无论原因是什么，我们还有很多时间帮你找别人。我心里还有两个人选，可以给你全方位的照顾。而且帮你找到新人选之前，我不会退休的。”

他还是说不出话来，连抬头看着安迪都没办法。“裘德，”他听到安迪轻声地恳求，“为了你，我真希望我能永远不退休。你是我唯一放不下的人。但是我累了。我快 62 岁了，我老发誓说我要在 65 岁前退休。我……”

但他阻止他讲下去。“安迪，”他说，“你想退休的时候，当然就该退休。你没有义务跟我解释。我很替你开心。真的。我只是，我只是会很想念你的。”他最后终于承认。

“裘德，”安迪开口又停下，“裘德，我永远会是你的朋友。我永远会陪着你，无论是医疗或其他方面。但你需要一个可以跟你一起变老的人。我找来的这个人 46 岁；如果你愿意，他会一直帮你看诊的。”

“只要我在接下来的十九年内死掉，”他听到自己脱口而出。两人又沉默了一会儿，“对不起，安迪。”他说，很受不了自己这么难过，还有自己表现得这么小气，毕竟他一直知道安迪有一天会退休的。但现在他才明白，他从来没想到自己能活着看到这一天。“对不起，”他又说了一次，“别把我的话当真。”

“裘德，”安迪低声说，“我永远都会陪着你的，不论退不退休。我很早就跟你承诺过了，现在这个话还是不变。

“听我说，裘德，”安迪暂停一下又继续说，“我知道这对你来说不容易。我知道没有其他人能复制我们的历史。不是我狂妄，我只是不认为其他人能完全了解。但我们会尽量想办法。何况谁能不爱你呢？”安迪又笑了。再一次，他没办法微笑以对。“总之，我希望你来认识这位新医生莱纳斯。他是个好医生，而且同样重要的，他是个好人。我不会把你所有的细节状况告诉他；我只是希望你跟他认识一下，好吗？”

于是下一个星期五，他去了上城安迪的诊所，诊间里有另一个男人，个子矮而英俊，微笑时让他想起威廉。安迪介绍他们认识，两人握手。“裘德，我听过好多你的事。”莱纳斯说，“很高兴终于认识你了。”

“我也是，”他说，“恭喜了。”

安迪离开让他们聊一下。他们聊着，有点尴尬，打趣说这有点像在相亲。安迪只跟莱纳斯说了他截肢的事，他们简短聊了两腿的状况，还有之前的骨髓炎。“那些治疗有可能造成生命危险。”莱纳斯说，不过他没对他失去双腿表示同情，这点他很感激。他之前听安迪说，莱纳斯原先跟别的医生联合开业；而他似乎真的很欣赏安迪，也很兴奋两人能共事。

莱纳斯没有什么不好。从莱纳斯问的问题，还有提问时尊重的态度，看得出他是个好医生，大概也是个好人。但他也知道自己永远没办法在莱纳斯面前脱掉衣服。他无法想象自己能像跟安迪那样跟其他人讨论。他无法想象让其他人像安迪那样接触他的身体，接触他的恐惧。光是想到又有个人要看到他的身体，他就胆怯起来：自从截肢以来，他只看过自己一次。他看着莱纳斯的脸，看着那令人不安、神似威廉的微笑。尽管他只比莱纳斯年长五岁，却感觉像老了几百岁，像个破烂、干燥的尸骸，任何人看一眼就会把外头的防水布盖回去。“这个拿走。”他们会说，“这是垃圾。”

他想着往后必须谈的，想着他得解释的事情：有关他的背部、他的手臂、他的双腿、他的疾病。他受不了自己的害怕和惊惶，但尽管他这么厌倦这些情绪，还是忍不住纵容它们。他想到莱纳斯缓缓翻阅他的病历，看到这二三十年来安迪写下的纪录：列出他的割伤、他无法愈合的疮、他接受的药物治疗、他复发的感染，还有他自杀未遂、安迪恳求他去看娄曼医生的事情。他知道安迪把这些全部记录下来了；他知道安迪有多么一丝不苟。

“你得找个人说出来。”以前安娜总是这么说。等到他年纪大一些，就决定把这句话照字面解释：告诉某个人就好。有一天，他心想，他会找到方法告诉某个人的，一个人就好。他也找到一个可以信赖的人说出来，但现在这个人死了，他再也没有那个勇气把自己的故事再说一次了。但说到底，每个人不都是这样？只会对一个人真正说出自己的人生？大家怎能期待他一再重复，让他每说一次就像被剥掉衣服、皮肉从骨头上脱离，直到他脆弱无助得像只小小的粉红色老鼠？他知道，他绝对没办法看另一个医生。他会继续找安迪，越久越好，拖到安迪拒绝为止。之后，他就不知道了，到时候再来想办法吧。眼前，他的隐私、他的人生，还是他自己的。眼前，没必要让其他人知道。他的思绪几乎完全被威廉占据了——设法重新创造他，在脑袋里留住他的脸和声音，设法把他留在当下。他的过去离得好远好远：他像在湖中央，设法不要沉没；他无法想象回到岸上，不得不再度活在那些记忆中。

那天晚上，他不想跟安迪去吃晚餐，但还是去了。临走时他们跟莱纳斯说了再见。他们默默走向那间寿司餐厅，沉默地坐下来，点了菜，然后沉默地等着上菜。

“你觉得怎么样？”安迪最后终于问了。

“他长得有点像威廉。”他说。

“是吗？”安迪说，耸耸肩。

“有一点，”他说，“他的微笑。”

“啊，”安迪说，“我想是吧，是有点像。”两人又沉默了一会儿。“可是你觉得怎么样呢？我知道有时见一次面很难说，但你觉得你跟他会合得来吗？”

“安迪，我觉得不行。”他最后说，感觉到安迪的失望。

“真的，裘德？你不喜欢他哪一点？”但他没回答，最后安迪叹气了。“对不起，”他说，“我本来希望你跟他相处得够自在，至少愿意考虑一下。你能不能想一想？或许再给他一次机会？还有另一个人，叫史蒂芬·吴，我觉得你们或许应该认识一下。他不是整形外科医生，不过我认为这样可能更好；他绝对是我共事过最好的内科医生。还有一个叫……”

“天啊，安迪，别再说了。”他说，听得出自己声音中的愤怒，他原先不知道自己有这股怒气。“别说了，”他抬头，看到安迪苦闷的脸，“你就这么急着要摆脱我吗？不能让我先消化一下吗？你难道不明白这对我来说有多辛苦？”他知道自己这样有多自私、多不理性、只顾自己，而且很可悲，但他就是忍不住。他站了起来，撞到桌子。“别烦我了，”他告诉安迪，“如果你不想照顾我，就别烦我吧。”

“裘德。”安迪说，但他已经挤出座位，踉跄着走出餐厅，此时女侍者刚好端着菜过来，他听到安迪诅咒，看到他掏出了皮夹。艾哈迈德先生周五休假，因为他都是自己开车去安迪的诊所，但现在他没去安迪的诊所前取车，而是招了一辆出租车，赶紧钻进去，趁安迪追上来之前就离开了。

那天晚上他关掉电话，吃了安眠药爬上床。次日醒来，他发短信给杰比和理查德说他不舒服，要取消跟他们的晚餐，然后又吃了安眠药，一路睡到星期一。星期一，星期二，星期三，星期四。他都没理会安迪的电话、短信和电子邮件，还有所有的留言。他不再愤怒，只是羞愧，但他也受不了再一次道歉，受不了自己的刻薄、自己的软弱。“我好害怕，安迪，”他很想说，“没有你，我会怎么样？”

安迪喜欢甜食。于是星期四下午，他找了一个秘书，替他去安迪最喜欢的糖果店订了一大批多到荒谬的巧克力。“要附字条吗？”秘书问。他摇摇头。“不用了，”他说，“写我的名字就好。”秘书点点头正要离开，他又叫她回来，抓了办公桌上的一张便条纸，匆匆写下“安迪，我太羞愧了。请原谅我。裘德。”然后递给她。

但次日晚上他没去找安迪，而是回家帮突然跑来纽约的哈罗德做晚餐。哈罗德今年春季学期结束后就退休了，但他直到 9 月才想起。以前他和威廉老在说，等哈罗德终于退休时，要帮他办个派对，就像之前帮朱丽娅办的退休派对。但他忘了，结果什么都没做。之后他想起来了，但还是什么都没做。

他很累。他不想见哈罗德。但他还是做了晚餐，知道自己不会吃，只是端给哈罗德，然后自己坐下来。

“你饿吗？”哈罗德问他，他摇摇头。“我今天 5 点才吃午餐的，”他撒谎，“我晚一点再吃。”

他看着哈罗德吃饭，看到他老了，手上的皮肤变得像婴儿般柔软而光滑。最近几年他越来越意识到，自己比当年认识的哈罗德要老一岁、老两岁，现在是老六岁了。然而这些年过去，在他顽固的认知里，哈罗德始终只有 45 岁。唯一改变的是对他而言，45 岁有多老。他很不好意思向自己承认这一点，但直到最近，他才开始想着他有可能，甚至非常可能，活得比哈罗德更久。他已经活得超过他原先的种种想象，不也有可能活得更久？

他想起自己满 35 岁时和哈罗德的一段谈话。“我中年了。”他说，哈罗德大笑。

“你还年轻，”哈罗德说，“太年轻了，裘德。如果你打算 70 岁死掉的话，你现在才算中年。不过你最好不要只活到 70 岁，我届时可没心情参加你的葬礼。”

“到时候你就 95 岁了。”他说，“你真认为你会活到那个时候？”

“不但活着，而且活蹦乱跳，还有各种丰满的年轻护士照顾我。

我才不想去参加那种又臭又长的告别式。”

他终于露出微笑：“那谁要帮你出钱雇这些丰满的年轻护士？”

“当然是你啊。”哈罗德说，“你和你从那些大药厂赚来的钱。”

但现在他担心这样的状况不会发生了。别离开我，哈罗德，他心想，但这是个迟钝、冷淡的请求，不期待有回应，只是习惯性地讲一声，并不是真正抱着期望。别离开我。

“你都不说话。”哈罗德这会儿说。他重新打起精神。

“对不起，哈罗德。”他说，“我有点恍神了。”

“看得出来。”哈罗德说，“我刚刚在说：朱丽娅和我考虑要多花点时间在这里，住在上城的那间公寓。”

他眨眨眼：“你的意思是搬来这里？”

“唔，剑桥市那边的房子还是会留着。”哈罗德说，“不过没错，我考虑秋天在哥伦比亚大学开一门专题研讨课，我们喜欢纽约。”他看着他，“而且我们也想住得离你近一点。”

他不知道自己有什么想法。“但你在那边的生活呢？”他问。他被这个消息弄得很困惑，哈罗德和朱丽娅很爱剑桥市，他从没想过他们会离开，“那劳伦斯和吉莉安呢？”

“劳伦斯和吉莉安常常来纽约，其他人也是。”哈罗德又打量着他，“裘德，你听到这个消息，好像不太高兴。”

“对不起，”他说，低头看着，“我只是希望你们不要——不要因为我而搬来这里。”两人沉默了一下。“我不想太自以为是，”他终于说，“但如果真的是因为我，那哈罗德，你们就不该搬家。我很好。我过得很好。”

“是吗，裘德？”哈罗德问，非常小声。他忽然站起来，走到厨房旁的浴室里，坐在马桶座上，脸埋进双手里。他听到哈罗德在门外等着，但他什么话都没说，哈罗德也没说。几分钟后，他终于镇定下来，把门打开，两个人看着彼此。

“我 51 岁了。”他告诉哈罗德。

“这表示什么？”哈罗德问。

“这表示我可以照顾自己，”他说，“表示我不需要任何人帮我。”

哈罗德叹气。“裘德。”他说，“需要帮助，或是需要他人，是没有截止期限的。你不会到了某个特定的年龄就停止需要。”他们又沉默了一会儿。“你好瘦。”哈罗德接着说，看他没吭声，便问，“安迪怎么说？”

“我没办法继续跟你谈这些。”他最后终于说，声音刺耳又沙哑，“我没办法，哈罗德。你也没办法。我觉得自己好像只会让你失望，我很抱歉，我对这一切都很抱歉。但我真的在尝试。我在尽我最大的努力。如果我做得还不够好，那很抱歉。”哈罗德想插嘴，但他大声压过去，“我就是这个样子。没什么好说的，哈罗德。我很抱歉我对你是这么大的问题。我很抱歉我破坏了你的退休生活。我很抱歉自己没有更快乐一点。我很抱歉我没办法把威廉抛开。我很抱歉我的工作无法让你尊敬。我很抱歉我是个这么没用的人。”说到最后，他根本不知道自己在讲什么，也不知道自己有什么感觉：他想割自己，想消失，想躺下来再也不要起身，想往空中跳下。他恨自己，也可怜自己。他因为可怜自己而恨自己。“我想你该走了。”他说，“我想你该离开了。”

“裘德。”哈罗德说。

“请你走吧，”他说，“拜托。我累了。我想自己静一静。拜托让我一个人清净一下。”他转身背对哈罗德站在那里，等着，直到他听见哈罗德的脚步声远去。

哈罗德离开后，他搭电梯来到楼顶。大楼四周有一圈围墙，高度到胸口，他靠在上头，大口吸着冰冷的空气，双手放在围墙上，以平息颤抖。他想着威廉，想着他和威廉以前夜里常常站在这里，什么都不说，光是望着下头其他人的公寓。从屋顶的南边几乎可以看到他们利斯本纳街那栋旧居的屋顶，有时他们会假装不光是看得到那栋大楼，还可以看到里头的自己，以前的他们像在演一出日常生活的戏。

“时空连续体里一定有个皱褶。”威廉会以他动作片英雄的声音说，“你站在我身边，但是——我可以看到你在那个破烂狗窝里走动。老天，圣弗朗西斯，你知道这是怎么回事吗？！”当时他听了总是大笑，但现在回想，他却笑不出来。现在，他唯一的喜悦就是想到威廉，但这些思绪同样是他最大的哀伤来源。他真希望自己可以像吕西安那样彻底遗忘：忘掉威廉曾经存在过，忘掉有威廉的人生。

他站在屋顶时，想着自己刚刚做了些什么。他不理性，他再度对一个想帮忙的人生气，是一个他庆幸拥有、亏欠许多，而且深爱的人。为什么我要这样？他心想，但没有答案。

让我好起来吧，他央求着。让我好起来，不然就让我结束吧。他觉得自己仿佛在一个冰冷的水泥房间内，对外有好几个出口，但一扇接一扇，他在把那些门逐一关上，把自己封闭在里面，放弃了脱逃的机会。但他为什么要这样做？为什么他明明有其他地方可去，还要把自己困在这个他既痛恨又害怕的地方？这个，他心想，就是依赖他人的惩罚：一个接一个，他们都会离他而去，他又会再度孤单，而且这回会更糟，因为他会想起以前更美好的时光。他再度觉得自己的人生在往后退，变得越来越小，他置身的水泥房间缩得好小，最后他只能蹲着蜷缩在里面，如果他躺下，天花板就会朝他降下，把他压得窒息。

上床睡觉前，他写了一张字条给哈罗德，为自己的行为道歉。他星期六工作一整天，星期天睡一整天。然后又是新的一周开始。星期二，他收到托德的消息，说他们那些官司中的第一宗和解了，拿到一个很大的数字，但就连托德都知道不能要他庆祝。他的留言和电子邮件短促而冷静：说了那家准备和解的公司名称、他们提出的数字，然后一个简短的“祝贺”。

星期三，他本来想去他一直在做义工的非营利艺术家团体，结果却改去了下城的惠特尼美国艺术博物馆，跟正在那为回顾展布展的杰比碰面。这个展览是纠缠不放的过去留下的另一个纪念品，展览已经筹划了将近两年。当初杰比跟他们说起获邀的消息时，他们三人还在格林街帮杰比办了个小派对。

“唔，杰比，你知道这代表什么吧？”威廉当时问，指着并排挂在他们客厅里的两件画作《威廉与女孩》《威廉与裘德，利斯本纳街，Ⅱ》，都是杰比第一次个展的作品，“一等你的回顾展结束，这些作品就会直接送去佳士得拍卖公司。”每个人都大笑起来，杰比笑得最大声，又骄傲又开心又放松。

那两件作品，连同“秒，分，时，日”那次个展他买下的《威廉，伦敦，10月8日，上午9点08分》、威廉买的《裘德，纽约，10月14日，上午7点02分》，还有他们在“我认识的每个人”“自恋者的自我憎恨指南”“青蛙与蟾蜍”这些展览购得的作品，加上他们两个获赠、保留的所有杰比的素描、画作、速写，有的还是大学时代的创作，外加一些没展出过的作品，都会在惠特尼的回顾展展出。

杰比的代理画廊同时也会推出一个新作的个展。三个星期前，他去杰比位于布鲁克林绿点区的工作室看那些作品。这个系列叫作“金婚”，描绘他父母历年的人生，从交往时期、他出生前，到想象的未来。两个人一起生活，一起变老。现实中，杰比的母亲和两个阿姨都还在世，但在画作中，杰比的父亲也还活着（其实他早已在36岁时过世了）。这个系列只有十六幅作品，很多都比杰比以前的作品尺寸要小。他走在杰比的工作室里，看着这些幻想中家庭生活的场景——他60岁的父亲在帮一个苹果去核，同时他母亲在做三明治；他70岁的父亲坐在沙发上看报，背景中可以看到他母亲的双腿走下楼梯——他也不禁看到自己过去的人生，以及原本可能有的未来。和威廉在一起的时光中，最令他想念的，就是这类场景。这些容易忘记、容易变成空白的时刻，好像什么都没有发生，但要是缺失了，却格外难以填补。

穿插在这些画像间的，是一些静物画，描绘杰比父母共同生活中的种种对象：一张床上的两个枕头，两个都微微凹陷，仿佛有人用一根汤匙的底部压下一碗浓缩奶油；两个咖啡杯，其中一个的边缘被唇膏沾上模糊的粉红色；一个相框里有一张十来岁的杰比和父亲的合照，是杰比在这些画作中唯一出现的一次。看到这些画面，他再度惊叹于杰比完全了解共同生活是怎么回事，也想到自己的生活、他公寓里的一切——威廉的运动长裤依然挂在洗衣篮边缘；威廉的牙刷依然放在浴室洗脸台的玻璃杯里；威廉的手表，表面已经在那次车祸中破裂，但还是放在他那一侧的床头桌上。这些都已经图腾化，像是一连串只有他能解读的神秘记号。灯笼屋那边，威廉那一侧的桌子无意间已经成为某种威廉的神龛：上头有他最后一次喝水的马克杯，他近年开始戴的黑框眼镜，他当时正在读的书，还是打开的，面朝下，就摆在他最后留下的地方。

“啊，杰比。”他叹息，他想说些别的，却说不出来。不过杰比还是谢谢他。现在他们在一起比较少讲话了，他不知道是因为杰比整个人变了样，还是因为跟他在一起的缘故。

这会儿他敲了敲博物馆的门。杰比工作室的一名助理开门让他进去，说杰比在顶楼监督布展。不过那助理又说，他应该从六楼开始看起，一路走到顶楼去找杰比。他照做了。

六楼的几个展览室展出的是杰比的早年作品，包括少年时代。有一整批杰比童年的裱框图画，有一张数学考卷，杰比用铅笔在上头画了几个可爱的人像，应该是他的同学：八九岁的小孩低头对着课桌，在吃巧克力棒或是喂鸟。考卷上的问题杰比一题都没写，考卷顶端是个鲜红色的零分，老师还在旁边写了字：“亲爱的马里恩太太，你看到哪里有问题了。请来跟我谈。诚挚的杰米·格林伯格。又及，令郎太有才华了。”他看着微笑起来，这是他好久以来第一次感觉自己在微笑。展览室中央有一个罩着树脂玻璃的平面展示柜，里面是几件“日常”系列的作品，包括杰比始终没有还给他的那支黏满头发的梳子。他再度微笑，看着这些作品，他想到他们陪杰比到处去找头发的那些周末。

这层楼的其他展览室展出的是“男孩们”系列的作品。他缓缓走过那些展览室，看着马尔科姆的、他的、威廉的画像。这一幅，他和威廉在利斯本纳街的卧室里，两个人坐在各自的单人床上，看着杰比的照相机，威廉脸上一抹淡淡的微笑。下一幅是他们在派对上。再下一幅是他们在另一个派对上。接着他看到他和菲德拉；然后是威廉和理查德。再过来是马尔科姆和他姐姐，马尔科姆和他的父母。他还看到《拿着香烟的裘德》，还有《裘德，病后》。接下来是一整墙这些人像画作的钢笔画草稿，以及启发这些画作的照片。有一张照片是《拿着香烟的裘德》的原照：他在里面，那脸上的表情、那驼背的双肩——对他来说很陌生，但也一眼就认得出是他。

各个楼层之间的楼梯间里密密麻麻挂着杰比在各个系列之间的过渡作品，素描和小幅彩色画作、习作和实验性作品。他看到自己当初被收养时，杰比送给哈罗德和朱丽娅的那幅画像；他看到素描中画着他在特鲁罗、他在剑桥市，以及哈罗德和朱丽娅。还有的画着他们四个；画着杰比的两个阿姨、母亲和外婆；画着酋长和欧文太太；画着弗洛拉；画着理查德；画着阿里；画着两个亨利·杨；还有菲德拉。

往上一层楼是"我认识的每个人、我爱过的每个人、我恨过的每个人、我上过的每个人""秒，分，时，日"。在他身后及周围是徘徊来去的布展人员。戴着白手套，帮作品做一些小调整，再后退看着墙壁评估。然后他又到了楼梯间，看到了一幅又一幅他的素描像：他的脸、他站着、他坐在轮椅上、他和威廉、他独自一人。这些作品是杰比在他们不讲话那段期间画的，那阵子他放弃了杰比。另外也有其他人的素描，但大部分都是画他和杰克森。一件又一件，像是杰克森和他两人构成的棋盘。画作中的他伤感而模糊，用铅笔、钢笔和水彩画成。杰克森则是以亚克力颜料和粗笔画成，比较松散也比较愤怒。有一张他的画像非常小，画在明信片大小的纸上，他更仔细观察，发现上头本来写着字，然后用橡皮擦擦掉了"亲爱的裘德"，他辨认出来，"拜托"，但接下来就没有其他字了。他转身，呼吸加快，然后看着一幅山茶花树丛的水彩画，那是他自杀未遂住院时杰比送给他的。

往上一层楼是“自恋者的自我憎恨指南”。这是杰比商业上最不成功的展览，他明白为什么——看着这些作品，那种显著的愤怒和自我厌恶，简直令人敬畏又不安得难以忍受。《蠢黑佬》是其中一件作品的标题，还有《丑角》《懒惰虫》《斯泰平·费奇[1]》。在每件作品中，皮肤黑亮的杰比眼睛暴凸而发黄，正在跳舞或号叫或大笑，鱼肉似的粉红色牙龈又大又丑。背景中的杰克森和他的朋友们半成形地从一片戈雅式的褐色与灰色中浮现，全都朝他拍着手、指指点点或大笑。这个系列的最后一件作品叫《就连猴子也懂得忧郁》，里头的杰比戴着一顶俏皮的土耳其红毡帽，身穿一件有吊穗肩章的紧身外套，没穿长裤，单脚在一个空荡的仓库里跳。他在画前逗留，瞪着这些画，眨着眼睛，喉咙发紧，这才缓缓登上了最后一层阶梯。

他来到顶楼，这里有更多人，一时间他站在一边，看着杰比跟策展人，还有他的代理画廊经理讲话，大笑并比划着。这几个展览室展出的大都是“青蛙与蟾蜍”系列作品，他一幅接一幅欣赏，没有真正看进去，而是在回忆第一次看到这些画作的情景。那是在杰比的工作室，他和威廉才刚在一起不久，当时他感觉自己身上似乎长出了新的部分，第二颗心脏、第二个脑子，以容纳这种丰沛的感情，他生命中的奇迹。

他盯着其中一幅画的时候，杰比终于看到了他，走了过来。他紧拥杰比，向他道贺。“杰比，”他说，“我真是以你为荣。”

“小裘，谢谢你，”杰比微笑着说，“我也很以我自己为荣，真

---

1 Stepin Fetchit, 20 世纪 30 年代美国著名喜剧演员，被公认为美国第一位有超级巨星地位并致富的黑人演员。但他惯常扮演种族刻板印象中懒惰、愚蠢的黑人角色，也引发许多争议。

是要命。”然后他收起笑容，“我真希望他们也在。”他说。

他摇摇头。“我也是。”他勉强说。

有一会儿，两人都不说话。之后杰比说：“来这里。”他牵起他的手，拉着他到这层楼的另一头，经过了朝杰比挥手的画廊经理、装着裱框画作的最后一个条板箱，来到一面墙壁前，那里有一幅画，工作人员正小心翼翼地把外头包裹的气泡布割开。杰比带着他站在那幅画前面，等到气泡布被拆掉，他看到那是一幅威廉的画像。

作品本身并不大，是横向的 4 英尺乘 3 英尺。这是杰比至今为止画过最清晰的照相写实作品，画中的颜色丰富而浓密，威廉头发的笔触像羽毛般精细。画中的威廉看起来是过世前不久的那个样子，他记得威廉在拍《舞台上的舞者》的前后几个月就是这个模样，因为他在戏中的头发留得比较长、颜色也比较深。他判定，应该是拍完这部电影之后，因为他穿的那件毛衣是木兰花叶的墨绿色，他记得是他去巴黎探班时，在那买给威廉的。

他后退，双眼仍盯着那幅画。画中，威廉的躯干面向观者，但他的脸转向右边，几乎是侧面，他的身体则靠向某个东西或某个人，露出微笑。因为他了解威廉的微笑，所以他知道威廉被拍到时，正看着他所爱的东西，他知道威廉那一刻很快乐。威廉的脸和脖子占据了画布的大部分，背景不太清楚，但他从杰比在威廉脸上画的光和影，知道威廉坐在他们公寓的餐桌前。他有种感觉，如果他喊威廉的名字，画中那张脸就会转向他回应；他感觉如果他伸出手抚摸画布，他的手指就可以摸到威廉的头发、威廉的睫毛。

当然，这些他都没做，最后只是往旁边抬头，看到杰比朝他忧伤地微笑。“画名的卡片已经贴好了。”杰比说。于是他缓缓走到画作后方的墙上，看到了标题——《威廉听裘德说故事，格林街》。

他觉得无法呼吸；感觉他的心脏仿佛是某种湿黏而冰冷的东西做的，像绞肉，而且被握在拳头里，大块大块地掉下来，落在他脚边的地上。

他忽然觉得晕眩。“我得坐下来。”他最后说。杰比带他走过转角，来到挂着威廉那幅画的墙壁后方，那是个小小的死巷。他半坐在堆在那里的条板箱上，垂着头，双手放在大腿上。“对不起，”他设法开口，“对不起，杰比。”

“那是给你的。”杰比轻声说，“裘德，等展览结束，那幅画就是你的了。”

“谢谢你，杰比。”他说。他逼自己站起来，觉得体内的一切都移位了。我得吃点东西，他心想。他上次吃东西是什么时候？早餐，他心想，不过是昨天的早餐。他伸手摸着条板箱想稳住自己，想停止脑袋和脊椎的摇晃；他越来越常有这种感觉，像是要飘走、接近出神的状态。带我走，他听到脑袋里有个声音说，但他不知道他是对谁说，也不知道自己想去哪里。带我走，带我走。他想着这个，双手交抱在胸前，此时杰比忽然抓住他肩膀，吻在他嘴上。

他挣脱了。“你他妈的在搞什么？”他问，一边踉跄后退，用手背抹着嘴巴。

“裘德，对不起，我没有任何意思。”杰比说，“只是你看起来好……好悲伤。”

“所以你就这样？”他朝走向他的杰比啐道，“杰比，你敢再碰我试试看。”背景声中，他听得到那些布展人员、代理杰比的画廊经理、策展人的说话声。他又朝墙角走了一步。我要昏倒了，他心想，但结果没有。

“裘德，”杰比说，然后他的脸色变了，“裘德？”

他设法离开杰比。“离我远一点，”他说，“别碰我。别来烦我。”

“裘德，”杰比低声说，跟着他，“你看起来气色很差。让我帮你吧。”但他继续走，设法摆脱杰比。“裘德，对不起。”杰比继续说，“对不起。”他意识到那些人成群走向这层楼的另一头，根本没发现他要离开，而杰比跟在他旁边；好像他们并不存在。

离电梯只剩二十步了，他估计，再十八步，十六，十五，十四。他脚下的地板变成一个快转不动的陀螺，轴心摇晃着。十，九，八。“裘德，”杰比说，他就是不肯闭嘴，“让我帮你。你现在为什么不再跟我讲话了？”他来到电梯口，狠狠用手掌拍了电梯钮，然后靠在墙壁上，祈祷自己不要倒下。

“离我远一点，”他咬牙低声对杰比说，“别来烦我。”

电梯来了；门打开。他走进去。现在他走路的方式不一样了：一如往常，他还是左腿先跨，而且脚抬起时仍然很高、很不自然。这点并没有改变，从他当年车祸受伤以来就必须这样。但现在他不会再拖着右脚走路，因为他的义肢做得太好了，比原来的脚还好。他现在可以感觉到他的脚离开地板的转动，感觉到它落回地板那种复杂、优美的轻拍，每个局部动作都清楚分明。

但是当他疲倦的时候、绝望的时候，他发现自己会不自觉地回到以前习惯的步态，每一步都是左脚直直落地，后面的右脚拖着往前。此刻当他走进电梯时，他忘了他现在钢质加玻璃纤维的双腿比以前轻巧细致多了，于是绊了一下，摔倒了。“裘德！”他听到杰比喊。由于他太虚弱了，一时间周围的一切黑暗又空荡，等到视觉恢复，他看见一群人听到杰比的喊叫，正朝他走过来。他也看到杰比的脸在他上方，但他累得无法解读他的表情。《威廉听裘德说故事，格林街》，他心想，眼前出现了那张画：威廉的脸、威廉的微笑，但威廉没在看他，而是看着别的地方。如果画中的威廉其实是在找他呢？他忽然好想站在那幅画的右侧，坐在一张威廉目光可及的椅子上，永远不要离开那幅画。威廉在那里，永远囚禁在一个单方对话中。他在这里，活着，同样被囚禁着。他想着威廉，孤单地在他的画中，夜复一夜待在空荡的美术馆里，苦苦等着他去说故事。

原谅我，威廉，他告诉脑袋里的威廉。原谅我，但是我现在得离开你了。原谅我，但是我得走了。

“裘德。”杰比说。电梯门要关上了，但杰比朝他伸出手臂。

他没理会，只是设法站起身，靠在电梯里的角落。那些人现在很接近了。每个人动作都比他快得多。“离我远一点，”他对杰比说，但是很小声。“别来烦我。拜托别来烦我。”

“裘德，”杰比又说，“对不起。”

之后他又开口说些别的。正当此时，电梯门关上了——终于只剩他一个人了。

3

他不是刻意开始的，真的不是。然而当他理解自己在做什么的时候，他也没有停止。那是 11 月中，某天他晨泳完要爬出泳池，拉着理查德沿泳池安装的、协助他上下轮椅的铁栏杆，要把自己往上抬起时，整个世界消失了。

他再度醒来时，才过了十分钟。这一刻是早晨 6 点 45 分，他正拉着自己往上；下一刻就是 6 点 55 分，他趴在泳池边的黑色橡胶地垫上，双臂往前伸向轮椅，躯干在地板上留下一块湿湿的印记。他呻吟着，挪动着坐起身，等到整个房间转正，才试着把自己拖上去。这回他成功了。

第二次发作是几天后。他刚从办公室回到家，当时很晚了。最近他越来越觉得罗森·普理查德为他提供所有的精力，只要一离开事务所，他就失去了力气：艾哈迈德先生关上后车门的那一刻，他就立刻睡着，一路睡到格林街才醒来。但那天晚上，当他走进那间黑暗、安静的公寓里，忽然被一种错置感压垮，整个人虚弱得停下来，眨着眼睛，觉得很困惑，之后才走到起居室的沙发躺下来。他本来只想休息一下，过几分钟就站起来，但等到他再度睁开眼睛，已经是次日了，整个起居室充满了灰白的天光。

第三次是星期一早晨。他在闹钟响起之前就醒了。虽然他躺在床上，却感觉周围和体内的一切都在翻搅，好像他是一瓶装得半满的水，飘浮在一片云海间。最近几个星期，他星期天根本不必吃安眠药：星期六和杰比吃完晚餐回来后，一爬上床就睡着，直到理查德次日来找他才会醒来。如果理查德不来的话（就像这个星期天，他陪印蒂亚回新墨西哥州的娘家），他就睡掉一整天，睡掉一整夜。他什么都不会梦到，也不会中途醒来。

当然，他知道这是怎么回事：他吃得不够多。好几个月都是这样了。有些日子他吃得非常少，只吃一片水果、一片面包，有些日子完全没吃。他没有决定停止进食，纯粹是再也没有兴趣吃，吃不下了。他不饿，所以就不吃。

不过那个星期一，他吃了东西。起床后，跟跄地下楼游泳，但是游得很辛苦、很慢。接着他回到楼上，给自己做早餐，然后坐下来吃。他边吃边瞪着公寓，折起的报纸放在旁边的桌上。他张开嘴巴，放进一口食物，咀嚼，吞咽。他保持机械化的动作，但忽然间想到这个过程有多怪诞：把东西放进嘴里、用舌头搅拌、咽下那一整团黏着口水的食物，于是他停下。可是他还是向自己承诺：我会吃的，即使我不想吃，因为我还活着，就要吃东西。但是他一忘再忘。

接着，两天后，有事情发生了。他才刚到家，累到觉得自己好像是可溶解的物质，仿佛他整个人就要蒸发掉，虚无到宛如自己不是由血和骨头，而是由蒸气和烟雾构成的，此时他看到威廉站在他面前。他张嘴要跟威廉说话，但他眨了眨眼，威廉就不见了。他摇摇晃晃，双臂往前伸。

“威廉，”他对着空荡的公寓说，“威廉。”他闭上眼睛，仿佛这样就可以召唤他，但威廉没再出现。

但总之，次日他出现了。这回又是在家，也是在夜里，而且他又是一整天没吃饭。他躺在床上，望着一片黑暗。突然间，威廉就在那里，像立体投影般透着微光，边缘发亮而模糊。威廉没在看他——他看着别的地方，朝着门口，看起来很专注，他想跟随威廉的视线，瞧瞧威廉正在看什么，但他知道自己不能眨眼，不能别开眼睛，否则威廉就会离开他。不过能够看到他，感觉到他依然以某种方式存在，感觉到他的消失或许不是永远的，这样就足够了。但最后，他不得不眨眼，于是威廉又不见了。

总之他没有太难过，因为现在他明白了：如果他不吃东西，撑到快昏倒的那一刻，他就会开始产生幻觉，而他的幻觉中可能会有威廉。那天夜里他满足地睡着了，是近十五个月来第一次觉得满足，因为现在他知道如何召唤威廉，知道自己可以控制召唤威廉的能力。

他取消了和安迪的约诊，待在家里实验。这是他连续第三个星期五没去看安迪。自从餐厅里的那一晚，他们两个对彼此都很客气。安迪再也没提到莱纳斯或其他医生，但是他说六个月后会再讨论这件事。“我不是想摆脱你，裘德。”安迪说，“如果你的感觉是这样，那么我很抱歉，真的。我只是担心。我只是想确定我们能找到一个你喜欢的人，让你自在相处的人。”

“安迪，我知道。”他说，“而且我很感激你，真的。我表现得太没礼貌了，还对你出气。”现在他知道自己得小心：他已经尝到愤怒的滋味了，他知道自己必须控制。他可以感觉到怒气就等着从他嘴里冲出来，化为一群带刺的黑蝇。以前这股愤怒都躲在哪里呢？

他很好奇。他要怎么让这种怒气消失？最近他的梦都很暴力，梦到可怕的事情降临在他怨恨和钟爱的人身上：他梦到卢克修士被塞进一个大麻布袋，里面充满饥饿得尖叫的老鼠；他梦到杰比的脑袋被砸到墙上，溅出一片灰色的脑浆。在梦中他总是在场，无动于衷地看着，目睹这些人毁灭后，他就转身离开。他醒来时在流鼻血，就像小时候忍着不乱发脾气时那样，双手颤抖，面孔扭曲。

那个星期五，威廉还是没出现。次日傍晚，他离开办公室坐上车，正要去跟杰比碰面吃晚餐。他头转向右边，看到坐在他旁边的是威廉。这回，他觉得威廉更具体一点、更结实一点。他盯着一直看、一直看，直到他眨眼，威廉再度消失。

每回看到威廉之后，他就力气用尽，整个世界黯淡下来，仿佛他所有的能量和电力都因为创造威廉被用光了。他叫艾哈迈德先生改送他回家，不要去餐厅了。车子往南时，他发了短信给杰比，跟他说自己身体不舒服，没办法去了。这种事他越来越常做：恶劣地取消约会，经常迟到，不可原谅。在一个小时前取消很难订到位子的餐厅晚餐；过了约定时间几分钟，才通知别人不去画廊跟他们碰面；舞台剧开演前几秒钟才说自己不去看了。理查德、杰比、安迪、哈罗德和朱丽娅，现在只剩这些人每星期还会跟他联系，坚持不懈。他不记得上回西提任、罗兹、两个亨利·杨、伊利亚或菲德拉跟他联系是什么时候的事，至少有好几个星期了。他知道自己应该在乎，但他并不在乎。他的希望、精力不再是可以补足的资源，而是数量有限的，所以他只想用它们来设法寻找威廉，即使这个猎物出没不定，即使他很可能会失败。

他回家等了又等，希望威廉出现在他面前。结果没等到，于是他睡了。

次日他躺在床上等，设法让自己维持处于警觉和晕眩之间的状态，因为他觉得这个状态最可能成功召唤威廉。

星期一他醒来，觉得自己好傻。这种事情必须停止，他告诉自己。你必须重新回到活人的世界。你这样像个疯子。幻象？你知道这听起来有多疯狂吗？

他想到修道院，小时候帕维尔修士喜欢跟他讲一个11世纪修女赫德嘉的故事。赫德嘉有灵视；她闭上眼睛，眼前就会出现发光的东西；她每天都像是沐浴在光亮中。帕维尔修士对赫德嘉的兴趣不如对她的老师尤塔来得大，尤塔弃绝了物质世界，关在一个小房间里苦修，不再关心活人，活着却犹如行尸走肉。“如果你不听话，就会变成这样。”帕维尔这样说，害他吓得要命。修道院有个小小的工具小屋，黑暗而寒冷，里面乱七八糟地塞着一些看起来很可怕的铁器，每个尾端都是尖刺或矛，还有长柄大镰刀。帕维尔修士告诉他尤塔的故事后，他就想象自己被关进那个工具小屋，给他的食物只够勉强存活，然后他会一直活下去，几乎被遗忘但又没被完全忘记，快要死但还没死。即使尤塔都还有赫德嘉做伴，他却一个伴都没有。他一直很害怕，很确定这样的事情总有一天会发生。

现在他躺在床上，听着那首古老的德语独唱曲在他耳边低吟。“我逐渐被世界遗弃，”他低声唱起来，“我已浪费了太多光阴。”

他知道自己这样有多傻，却还是没有办法逼自己吃东西。吃东西这件事现在令他厌恶。他真希望无欲无求。他想象自己的人生是一小片肥皂，使用到只剩下光滑的一片，像薄薄的、尖端圆钝的箭镞，每一天都被磨蚀掉一些。

而这时，还有他不愿向自己承认但是意识到了的想法。他无法打破对哈罗德的承诺——他不会的。反正，如果他停止进食，如果他不勉强自己，最后他照样会死。

通常他知道自己这样有多戏剧化、有多自恋，而且每天至少都会痛骂自己一次。但事实上，他发现如果不借助道具，他越来越想不起关于威廉的种种细节：如果不先听一下他保存的语音留言，他就想不起威廉的声音是什么样。如果不先去闻一下威廉的衬衫，他就想不起威廉的气味。他担心自己的悲恸不是为了威廉，而是为了他自己的人生：如此渺小，如此毫无价值。

他从不关心自己死后的遗赠，至少不觉得自己关心。幸好是这样，因为他什么都不会留下：没有建筑物、画作、电影、雕塑。没有书。没有论文。没有人：没有配偶或子女，大概也没有父母，而且，如果他继续这个样子，也不会有朋友了。就连新的法律都没有留下。他没有创造出什么，也没有制作出什么，除了钱：有的是他赚来的；有的是别人给他，以补偿夺走威廉的损失的。他的公寓会归还给理查德。其他财产会送掉或卖掉，得到的钱捐给慈善机构。他收藏的艺术品会捐给博物馆，他的书会捐给图书馆，他的家具看谁想要就给谁。最后他就像不曾存在过。他有种感觉，即使很不愉快，但在那些汽车旅馆房间里的时候，是他最有价值的时候，至少他对某个人是特别的、有意义的，尽管他是被迫提供服务，而非自愿的。在那些房间里，至少他对另一个人来说是真实的；他们眼中的他就是真正的他。在那些房间里，他是最没有伪装的。

他从来无法真正相信威廉对他的诠释，说他是个勇敢、足智多谋、令人钦佩的人。威廉说那些话的时候，他觉得很羞愧，好像自己欺骗了他。威廉描述的这个人是谁？即使他跟威廉坦白了过去的一切，也没能改变威廉对他的看法——事实上，威廉不但没有因此看轻他，还更尊敬他。这点他一直无法了解，但他允许自己从中得到安慰。他始终不相信威廉的说法，然而不知怎的，他相信有这么一个人把他视为一个有价值的人、把他的人生视为有意义的。

威廉死前的那年春天，他们邀请了一些人来家里吃晚餐，只有他们四个，理查德和亚裔亨利·杨。那天，马尔科姆又忽然后悔他和苏菲不生小孩的决定；他偶尔会来这么一下，即使他们所有人都提醒他，他们从一开始就不想要小孩。他问："因为我没有小孩，我很好奇：一切是为了什么？你们难道没担心过这个？我们怎么知道我们的人生是有意义的？"

"对不起，马尔。"理查德当时说，把一瓶葡萄酒最后的一点倒进自己的杯子里，威廉在旁边又打开一瓶，"可我觉得这话有点冒犯人。你是在说，因为我们没有小孩，所以我们的人生比较没意义？"

"不是，"马尔科姆说，他想一想，"唔，或许吧。"

"我知道我的人生是有意义的。"威廉忽然说，理查德微笑地看着他。

"你的人生当然有意义。"杰比说，"你的作品是人们实际想要看的，不像我和马尔科姆、理查德，还有亨利。"

"人们也想看我们的作品啊。"亚裔亨利·杨说，口气很受伤。

"我指的是除了纽约、伦敦、东京、柏林以外的人。"

"喔，那些人啊。可是谁在乎他们呢？"

"不，"威廉在众人大笑完毕之后说，"我知道我的人生有意义，因为……"他暂停一下，露出害羞的表情，沉默了片刻才说，"……因为我是个好朋友。我爱我的朋友们，我关心他们，我想我也让他们快乐。"

大家都沉默了，有几秒钟，他和威廉隔着桌面看着彼此，其他人和整个公寓似乎消失了：就只有他们两人坐在两把椅子上，周围的一切都不存在。“敬威廉。”最后他说，举起酒杯，其他人也跟着举杯。“敬威廉！”大家齐声说。威廉对着他微笑。

那天夜里稍晚，大家都离开后，他们两个躺在床上，他告诉威廉他说得没错。“我很高兴你知道你的人生是有意义的，”他告诉他，“我很高兴这种事不必我说服你。我很高兴你知道自己有多了不起。”

“但是你的人生跟我一样很有意义啊。”威廉说，“你也很了不起。你难道不明白吗，裘德？”

当时，他喃喃说了些什么，威廉可能以为是赞同，但威廉睡着后，他醒着躺在那。思索人生是否有意义，对他来说似乎是一件非常奢侈的事情，甚至是一种特权。他不认为自己的人生有意义，似乎也不太因此而困扰。

尽管他不会为他的人生是否有价值而烦恼，但他总是很好奇，为什么他和其他这么多人，还是继续活下去？有时他很难说服自己这一点，但是有这么多人，几百几千万人、几十亿人，活在他无法想象的悲惨中，面对种种极其贫困和可怕的疾病。然而他们都继续活下去。所以求生的决心根本不是一种选择，而是一种演化出来的本能？在人类的脑子中是否有一连串的神经元，如肌腱般坚韧而饱经折磨，能防止人类做出逻辑上往往应该做的？那种本能并非万无一失——他就战胜过它一次。但之后发生了什么事？这种本能减弱了，还是更强韧呢？他真的能选择要不要活下去吗？

自从那次自杀未遂住院后，他就知道，要说服某个人为了自己活下去是不可能的。不过他常常觉得，更有效的方法，就是让一个人更迫切地感觉到为别人活下去的必要：这一点对他向来最有说服力。事实上，他的确欠哈罗德。他的确欠威廉。如果他们希望他活着，他就会照办。那段时间，他一天接一天熬过去，实在不明白有什么理由活下去，但现在他看出自己是为他们而活，这种难得的无私，其实是值得他骄傲的。他一直不明白为什么他们希望他活下去，只知道他们就是这么希望，于是他为他们活下去了。到最后，他逐渐学会如何重新发现活着的满足感，甚至是喜悦。但一开始并不是这样的。

现在他再度发现人生越来越艰难，每一天都比前一天更困难一点。他的每一天里都有一棵树站在那，黑色、垂死的树，树上只有一根树枝往右突出，像是支撑稻草人的单脚，而他就抓着这根树枝悬吊在那。他上方总是下着蒙蒙细雨，让那根树枝滑溜溜的。他好累，却还是紧抓着不放，因为在他下方的地面上有一个深不见底的洞。他害怕放手，一放手就会掉进洞里，但最后他知道自己将会放手，他知道自己非放手不可：他太累了。随着每星期过去，他抓住树枝的力道都减弱一点点。

所以他怀着内疚和歉意，但同时也是无可避免地开始偷偷不遵守他对哈罗德的承诺。他骗哈罗德说他被派去雅加达出差，没办法回美国过感恩节。他开始留大胡子，希望遮掩瘦削憔悴的脸。他跟桑杰谎称他很好，只是得了肠胃型流感。他跟秘书撒谎说不必帮他买午餐，因为他上班途中已经买了吃的。他取消了下个月和理查德、杰比、安迪的约，说他工作太忙了。他每回都让那个不请自来的声音对他低语，现在不会太久了，不会太久了。他不会妄想能真的把自己饿死——但他的确想着，很快，有一天，他会虚弱得踉跄绊倒，脑袋砸在格林街一楼大厅的水泥地板上，感染一种无药可医的病毒。

他的种种谎言中，至少有一点是真的：他的工作真的太多了。一个月后，他有一个上诉案要出庭，他很放心可以花那么多时间在罗森·普理查德。这里从来没有坏事降临到他身上，就连威廉也知道不能忽然跑来这里打扰他。有天晚上，他听到桑杰匆忙经过他的办公室，一边喃喃自语："妈的，她会杀了我。"一抬头，他才发现已经不是夜晚，天已经亮了，哈德逊河正转为一片脏兮兮的橘色。他注意到这个，但心里毫无感觉。在这里，他的人生暂停了；在这里，他可能是任何人，去任何地方。在这里，他留到多晚都没关系。没有人在等他，没有人会因为他没打电话而失望，没有人会因为他没回家而生气。

开庭日之前那个星期五，他加班到很晚。一位秘书忽然探头进来，跟他说大厅里有他的访客，一位康垂克特医生，问要不要让他上来。他犹豫了一下，不知道该怎么做；安迪这阵子一直打电话给他，但他都没回电。他知道安迪不会轻易离开的。

"好。"他告诉她，"带他到东南角的会议室吧。"

他去那个会议室等着，里头没有窗子，隐秘性最高。他看到安迪进来时嘴巴紧绷，但两人还是像陌生人似的握了手。直到他的秘书离开，安迪才起身走向他。

"站起来。"安迪命令道。

"我没办法。"他说。

"为什么？"

"我的腿很痛。"他说，但其实不是。他无法站起来，是因为他的义肢不合身了。"这些义肢的优点是敏感又轻盈。"当初试用时，义肢矫具师这么告诉他："缺点是义肢托座能迁就的范围不大。你如果体重增加或减少超过百分之十——对你来说，就是十四五磅——你就得调整体重，或者重新订一套义肢。所以你得注意保持体重。"过去三个星期，他都坐在轮椅上。他还是会装上义肢，但只是做做样子，放在长裤里；因为实在太不合适了，根本没办法用。

而且他实在疲倦得没办法去找义肢矫具师，疲倦得不想去面对势必要进行的对话，疲倦得不想找理由解释了。

“我觉得你在撒谎。”安迪说，“我想你是体重掉太多，义肢根本不合适了，对不对？”但他没回答。“裘德，你到底瘦了多少？”安迪问，“我上回看到你的时候，你已经瘦了十二磅，那现在呢？二十磅？更多？”他还是没吭声。“你他妈的到底在搞什么？”安迪问，声音压得更低了，“你对自己做了什么，裘德？”

“你的气色糟透了。”安迪继续说，“你看起来一塌糊涂，一副生了病的样子。”安迪停下。“你说话啊，”安迪说，“说话啊，该死，裘德。”

他知道这段对话会演变成什么样：安迪吼他，他吼回去。然后他们会达成一个暂缓的协议。这个协议最终改变不了什么，只是一出哑剧罢了：他会答应一些事情，其实无法解决问题，但是会让安迪感觉好过一点。之后又会发生更糟的事，这出哑剧又会继续上演，他会被迫去做他不想做的治疗。哈罗德会被通知。这些人会不断对他说教、说教再说教，他则会撒谎、撒谎又撒谎。同样的循环，同样兜着圈子，一次一次又一次。完全可以预测这些折腾，就像走进汽车旅馆房间里的那些男人，把带来的床单铺在床上，跟他性交，离开。然后下一个，然后再下一个。然后下一天，还是一样。他的人生就是一连串枯燥乏味的模式：性交，割自己，这个，那个。去找安迪，去医院。这回不了，他心想。现在他要做点不一样的；这回他要脱逃了。

“安迪，你说得没错，”他说，尽力拿出他在法庭上那种冷静、不带感情的声音，“我瘦了。我很抱歉我没有早点去找你看诊，因为我知道你会生气。但是我之前得了很严重的肠胃型流感，一直好不了，不过现在好了。我有在吃东西，我保证。我知道我气色很差，但是我保证我会努力改善。”讽刺的是，过去两周他真的一直有吃东西；他得撑过这回的出庭。他不希望在法庭上晕倒。

他讲完之后，安迪还能说什么？他还是很疑心，但也没法做什么。“如果你下星期不来看诊，我还会过来。”安迪在秘书送他离开之前说。

“好，”他说，还是一副和善的模样，“下下个星期二吧。到时庭审就会结束了。”

安迪离开后，他感到短暂的胜利，好像他是童话故事里的英雄，刚刚击败一个危险的敌人。安迪当然不是他的敌人，他这样想很荒谬，并且紧接着胜利感而来的就是绝望。他现在越来越觉得，他的人生是被动接受，而不是自己开创出来的。他从来无法想象自己的人生会是什么样；即使是小时候，即使他梦想着会去其他地方，过另一种生活，他都无法想象其他地方或其他生活的画面；从小他就被教导他是什么样的人、未来会变成什么样，他也一直相信这些说法。但后来，他的朋友，还有安娜、吕西安、哈罗德和朱丽娅，帮他想象他的人生。他们看待他的眼光和他自己的想法截然不同；他们让他相信自己原来不可能想到的种种机会，他把自己的人生视为相等公理，但他们把他的人生视为另一个无名的谜语——裘德 = x。他们让这个 x 代表各式各样的事物，那是卢克修士、少年之家的辅导员、特雷勒医生从来不会替他写也不会鼓励他自己写的。他真希望自己能像他们那样，相信他们的种种证明；他真希望他们演算给他看，看他们是如何解开这个题目的。如果他知道他们是怎么解开这个证明题，他心想，他就会知道该如何活下去。他唯一需要的就是一个解答。他唯一需要的就是被说服一次。这个证明的过程不必很厉害，只要可以理解就好了。

庭审开始，他表现得很好。那个星期五他回家，坐在轮椅上进入卧室，爬到床上。整个周末他陷入一种不熟悉又怪异的睡眠中，不大像在睡觉，而是在滑翔，轻飘飘地在回忆和幻想的领域间移动，无知觉却又警觉不安，焦虑又充满希望。这不是梦的世界，他心想，而是别的地方。他知道自己有时会醒来片刻，看到头上的枝状吊灯、身上的床单、房间另一头有鳞毛蕨印花的沙发，但他无法辨识自己看到的事物是幻觉，还是确实存在。他看到自己拿刀片往手臂的肉割下去，但切口涌出来的是金属弹簧、填充物和马毛，然后他明白自己产生了突变。他现在不再是人类了，觉得松了一口气：他总算不必打破他对哈罗德的承诺了；他被施了魔法；随着他失去人类的身份，他的罪责也跟着消失了。

这是真的吗？那个声音问他，小声而充满希望。我们现在是无生命的物体了吗？

但是他无法回答自己。

一次又一次，他看到卢克修士、特雷勒医生。当他变得愈加虚弱，当他逐渐脱离自己，他就越来越频繁地看到他们。威廉和马尔科姆在他记忆中逐渐朦胧，卢克修士和特雷勒医生却不是。他觉得自己的过去像是一种癌症，很早以前就该治疗却没有。现在卢克修士和特雷勒医生转移了，现在他们太大又太具压倒性，无法割除了。现在他们出现时都不说话；光是站在他面前，或是并肩坐在他卧室的沙发上瞪着他看，就比他们开口讲话还糟糕，因为他知道他们在决定要对他做什么，而且他知道无论他们决定怎么做，都比他想象的还糟，比他之前碰到的状况更糟。中间一度他看到他们彼此咬耳朵，知道他们在谈他。“别说了，”他朝他们大叫，“停止，别说了。”

但是他们不理他。当他想起床赶他们走时，却起不了床。“威廉，”他听到自己喊，“保护我，帮助我；叫他们离开，把他们赶走。”但威廉没出现，他明白自己是孤单一人，害怕起来。他用被单盖住自己，尽量保持不动，非常确定如果时间倒转回去，他会被迫按照顺序重过一次自己的前半生。总有一天会好转的，他向自己保证。记住，坏年代之后就是好年代了。但他没办法再来一次；他没办法再经历一次那十五年，那十五年中有一半很漫长、反响不断，决定了他往后的一切，包括变成什么样的人、做些什么样的事。

等到他终于、终于在星期一早上醒来，他知道自己跨过了某种门槛。他知道自己接近了，知道他正要从一个世界跨入另一个世界。光是要坐上轮椅的这段过程，他就两度失去意识。到浴室途中又晕倒了。但是他都没受伤，还活着。他换好衣服，一个月前才重新定做的衬衫和西装现在已经太大了。接着他装上义肢，下楼跟艾哈迈德先生会合。

上班时，一切与往常无异。刚放完新年假期，大家刚度假回来。管理委员会开会时，他用手指狠戳自己的大腿以保持警觉。他感觉自己抓住树枝的双手变松了。

那天傍晚，桑杰提早离开；他也提早了。今天哈罗德和朱丽娅要搬到纽约，他答应到上城的公寓去拜访。他已经一个多月没看到他们了。他没办法判断自己的模样，但他今天多穿了一些衣服，包括汗衫、外头的衬衫、毛衣、开襟毛衣、西装外套、大衣，这样看起来就会壮一点。到了哈罗德家，门房让他进去，他搭电梯上楼，设法不要眨眼，因为眨眼会使他的晕眩恶化。到了他们那间公寓门外，他停下来把脸埋进双手里，直到他觉得够强壮了，才转开门钮进去，并且瞪大眼睛。

他们全都来了：哈罗德和朱丽娅当然在，但是还有安迪、杰比、理查德和印蒂亚、两个亨利·杨、罗兹、伊利亚、桑杰，以及欧文夫妇。他们站着或靠坐在不同的家具上，好像准备要拍大合照，一时之间，他很怕自己会大笑起来。他很纳闷：我是在做梦吗？我现在醒着吗？他还记得梦到过自己是个松垮的床垫，心想：我还真实存在吗？我的意识还清楚吗？

"天啊，"他终于有办法开口了，"这是怎么回事？"

"就跟你想的一样。"他听到安迪说。

"我才不要留下来陪你们玩。"他想说，但是说不出口。他动不了。他没办法看任何一个人的脸，只能看着自己的手，他有疤的左手，他正常的右手。同时安迪在他上方开口了。他们已经观察他好几个星期——桑杰一直在观察他白天吃了什么，每天记录下来，理查德则进入他的公寓检查冰箱里的食物。"我们把体重减轻的程度分为十级。"他听到安迪说，"体重减轻百分之一到十是第一级。体重减轻百分之十一到二十是第二级。第二级就要考虑插上喂食管了。这个你知道的，因为你以前发生过这样的事情。我光凭目测，就知道你至少在第二级。"安迪说了又说，他觉得自己快要哭出来了，但是没有眼泪。一切错得太离谱了，他心想；怎么会错得这么离谱？他为什么完全忘记和威廉在一起的自己是什么样子？好像那个人也跟着威廉一起死了，留下来的是原始的他，但这个人他从来没喜欢过，这个人在处理自己的人生上太无能了，尽管那是他不由自主被安排出来的人生。

最后他终于抬起头来，看到哈罗德凝视着他，看到哈罗德在哭，没有哭出声音，只是一直看着他。"哈罗德，"虽然安迪还在讲话，但他说，"放了我吧。让我解除对你的承诺。别再逼我这样过下去了。

别再逼我继续了。”

但是没有人愿意放了他：哈罗德不肯，其他人也不肯。反之，他们把他抓起来带去医院，到了医院，他开始反抗。这是我最后的战役，他心想。于是他反抗得比以前都厉害，就像小时候在修道院那样，变成修士们总在骂的那种恶魔，不断哭叫，对哈罗德和安迪的脸吐口水，拔掉手上的静脉注射管，在床上翻跳着，设法抓破理查德的手臂，直到最后，一名护士一边诅咒，一边拿着针筒给他打了镇静剂。

他醒来时，发现双手的手腕被皮带绑在床上，他的义肢被拆掉了，衣服也不见了，锁骨下方贴了一块棉片，他知道里头插了一根注射管。同样的事情从头再来一遍，他心想。又是一样，又是一样，又是一样。

但这一回不一样了。这一回他没得选择。这一回他被插了喂食管，从腹部插进去，通到他的胃。这一回，他被迫回去看娄曼医生。这一回，每次都有人监视他吃饭。理查德看着他吃早餐。桑杰看着他吃午餐。如果他加班，桑杰也会看着他吃晚餐。周末由哈罗德负责看守。他吃过饭后一小时才能去洗手间。他每个星期五都得跟安迪碰面。他每个星期六都得跟杰比碰面。他每个星期天都得跟理查德碰面。另外，哈罗德随时要求，他就必须见他。如果他被抓到少吃一顿，失约没碰面，或以任何方式偷偷扔掉食物，就得回去住院，而这回可不是住几个星期就算了，而是要住上好几个月。他必须增重至少三十磅，而且之后必须维持六个月不瘦下来才行。

于是他的新人生开始了，他过着日子，忘了羞辱、忘了忧伤、忘了希望。在这段人生里，他疲倦的朋友带着疲倦的脸，看着他吃炒蛋、三明治、沙拉。那些朋友坐在餐桌对面，看着他用叉子卷起意大利面，看着他用汤匙舀起玉米粥，看着他切下骨头旁边的肉。他们检查他的盘子、他的碗，可能点点头表示他过关，或者摇头说：不，裘德，你还得再吃一点。工作上由他做决定、大家听从，但到了下午1点，午餐送到他的办公室来，接下来半小时，虽然事务所里没有其他人知道，但他的决定完全失效，因为桑杰有绝对的权力，不管说什么他都得遵从。只要发一条手机短信，桑杰就可以送他去住院，再度把他绑在床上，强迫喂食。他们全都可以，好像没有人在乎这不是他想要的。

你们都忘了吗？他好想问。你们都忘了他吗？你们忘了我有多么需要他吗？你们忘了我没有他就不知道该怎么活下去吗？谁能教教我？谁能告诉我，我现在该怎么办？

他第一次去找娄曼医生，是因为一份最后通牒；这回他回去，也是因为一份最后通牒。他跟娄曼医生向来处得很好，友好而疏远，但现在他充满敌意，脾气也很坏。“我不想来的。”他说。这回一听到医生说很高兴又见到他，还问他想讨论什么，他就不耐烦。“还有别跟我撒谎：你不高兴见到我，我也不高兴见到你。这是浪费时间——你的时间跟我的时间。我是被迫来的。”

“裘德，我们不必讨论你为什么来，也不必讨论你想不想来，”娄曼医生说，“你想谈什么呢？”

“什么都不想谈。”他凶巴巴地说。两人沉默了一会儿。

“跟我谈谈哈罗德吧。”娄曼医生建议。他不耐烦地叹气。

“没什么好说的。”他说。

他每个星期一和星期四去娄曼医生那里。星期一晚上，他做完心理咨询会回办公室继续工作。但是星期四结束后，他就得去看哈罗德和朱丽娅，他对他们也极不礼貌；不光是不礼貌，态度还非常恶劣、充满怨恨。他的种种行为把自己都吓到了，很多是他这辈子从来不敢对别人做的，就连小时候也不敢，否则一定会挨揍。但哈罗德和朱丽娅不会揍他。他们从来没有指责他，也从来没有惩罚他。

“这太恶心了，”那天晚上他说，把哈罗德做的炖鸡推开，“我不要吃。”

“那我帮你弄别的，”朱丽娅很快地站起来说，“裘德，你想吃什么？要三明治吗？还是蛋？”

“其他什么都好，”他说，“这个吃起来像狗食。”他对着哈罗德说，眼睛瞪着他，想把他激到受不了而崩溃。他期待得心脏都跳到喉咙口了，他可以想象哈罗德从椅子上跳起来，打他的脸；他可以想象哈罗德皱着脸哭泣；他可以想象哈罗德命令他离开。“他妈的给我滚出去，裘德，”哈罗德会说，“滚出我的人生，永远不要再回来。”

“很好，”他会说，“很好，很好。反正我也不需要你，哈罗德。我不需要你们任何一个人。”那会是多么大的解脱，这么一来，他就会知道哈罗德原来根本不是真的想要他，收养他只是一时兴起做的傻事，那种新鲜感早就没了。

但哈罗德什么都没做，只是看着他。“裘德。”最后他终于说，很小声。

“裘德，裘德。”他嘲弄着，像只蓝冠鸦粗声地学着哈罗德讲他自己的名字。“裘德，裘德。”他太生气、太愤怒了，没有字眼可以形容现在的他。热腾腾的恨意在他的血管内嘶嘶作响。哈罗德要他活着，现在哈罗德如愿以偿了，现在哈罗德看到他真正的一面了。

你知道我可以把你伤得多重吗？他想问哈罗德。你知道我可以说出一些你永远不会忘记、永远不会原谅我的话吗？你知道我有那样的力量吗？你知道从认识你的第一天起，我就在跟你撒谎吗？你知道真正的我是什么样子吗？你知道我跟多少男人在一起过，我让他们对我做了什么，让什么进入我的身体，我又发出过什么声音吗？他唯一拥有的，就是自己这条命，但他这条命却一直被人控制，包括希望他活着的哈罗德，那些在他身上乱扒、抓着他的肋骨荡来荡去、用爪子戳他肺的恶魔。还有卢克修士、特雷勒医生。活着是为了什么？他问自己。我的一生是为了什么？

啊，他心想，我永远不会忘记吗？即使过了这么多年，我就是这样的人吗？

他可以感觉到鼻子开始流血，于是他从桌旁退开。“我要走了。”他告诉他们，此时朱丽娅拿着三明治走进来。他看到她切掉了面包边，把三明治对半切成三角形，就像做给小孩吃的那样。一时间他动摇了，差点要放声痛哭，但他回过神来，再度瞪着哈罗德。

“不，你不能走，”哈罗德说，口气并不愤怒，而是坚定。他从椅子上站起来，一根指头指着他，“你要留下来吃完。”

“不，我不要，”他宣布，“打电话给安迪啊，我不在乎。我会自杀的，哈罗德。无论你做什么，我都会自杀的，你没有办法阻止我。”

“裘德，”他听到朱丽娅低声说，“裘德，拜托。”

哈罗德走向他，半路接过朱丽娅手中的盘子。他心想：来了。他昂起下巴，等着哈罗德用那盘子砸他的脸，但结果没有，哈罗德只是把盘子放在他面前。“快吃，”哈罗德说，声音紧绷，“吃完才可以。”

他出乎意料地想到了他第一次在哈罗德家背痛发作的那一天。当时朱丽娅去杂货店了，哈罗德在楼上打印一个非常复杂的舒芙蕾食谱，宣称他要做这道甜点。他躺在食品贮藏室，设法忍着不要痛苦得蹬腿，接着他听到哈罗德走下楼梯，进入厨房。“裘德？”哈罗德没看到他，于是喊他的名字。他努力保持安静，但还是发出了声音，哈罗德打开食品贮藏室的门，发现了他。当时他认识哈罗德六年了，但他一直很谨慎，担心却又预料到有一天他会在哈罗德面前暴露真正的样子。“对不起。”他试图告诉哈罗德，却只勉强发出沙哑的声音。

“裘德，”哈罗德说，吓坏了，“你听得到我说话吗？”他点点头。哈罗德走进食品贮藏室，绕过一堆堆厨房纸巾和一瓶瓶洗碗精，坐到地上，轻轻把他的头拉过来放在膝上。有一秒钟，他想这就是他一直半期待的那一刻，哈罗德会拉开裤子拉链，他就得做他以前常做的那件事。但哈罗德没有，只是抚摸他的头，过一会儿，当他抽搐又呻吟，身体痛得紧绷，关节发热时，他才发现哈罗德在对他唱歌。那首歌他从来没听过，但一听就知道是一首童谣，一首摇篮曲，而他身体晃动、牙齿打战、嘶嘶吸着气，他左手张开又握紧，右手抓着旁边的一瓶橄榄油，同时哈罗德继续唱着。他躺在那里，觉得丢脸极了，他知道这起事件过后，哈罗德若不是跟他疏远，就是更亲近。因为他不知道哪个会发生，所以不自觉地期望（他从来没有这样，以后也不会这样）这次发作永远不要结束，希望哈罗德的歌永远不要唱完，希望他永远不必知道结束后会怎么样。

而现在，他老了这么多，哈罗德老了这么多，朱丽娅老了这么多，他们是三个老人，他们却给了他一个该给小孩吃的三明治，还有指令——快吃——也是对小孩说的。我们很老，却又变年轻了，他心想。然后他拿起那个盘子，丢向另一头的墙壁，盘子轰然砸碎了。他看到那是个烤奶酪三明治，其中一片三角形摔在墙上，随即往下流淌，白色黏稠的奶酪成团流了出来。

现在，他心想，简直要晕眩起来，看着哈罗德再度逼近他，现在，现在，就是现在。哈罗德举起一只手，他等着那只手重重打下来，重得将这一晚结束，他醒来时会躺在自己的床上，忘记这一刻，忘记自己做过什么。

但结果他发现哈罗德没打他，而是用双臂把他拥进怀里。他想推开，但朱丽娅也凑向他的轮椅背板，抱住了他，他被困在两人之间。"不要烦我，"他朝他们大吼，但他的精力消失了，整个人变得虚弱又饥饿，"不要烦我。"他又试了一次，但是他的话既不成形又不管用，无用得像他的双臂，像他的双腿，于是他很快就放弃尝试了。

"裘德，"哈罗德轻声说，"我可怜的裘德。我可怜的甜心。"听到这些话，他哭了起来，因为自从卢克修士以来，没有人喊过他甜心。有时威廉试着喊他甜心或是蜜糖，他会要他别喊；那种亲热对他来说很肮脏，那些称呼是贬损而堕落的字眼。"我的甜心。"哈罗德又说。他希望他停止，又希望他永远不要停止。"我的宝贝。"他哭了又哭，为了他过去的一切；为了可能的一切、所有旧日的伤痛、旧日的快乐；为了他终于能当一个小孩的羞愧和喜悦，能怀着小孩可能的奇想、渴望和不安全感；为了可以不乖却能被原谅的特权，为了能享受温柔、钟爱、端上食物被逼着吃的奢侈；为了他终于、终于有办法相信父母的保证；为了他终于相信他对某个人来说是特别的，尽管他犯过那么多错又那么可恨，而且就是因为他犯过那么多错又那么可恨。

最后朱丽娅又去厨房做了一个三明治；他吃了，好几个月以来真的饿了；之后他在客房过夜，哈罗德跟他吻颊道晚安；他纳闷时间是否真的会倒流，他又重活了一次童年，只不过这回他从一开始就有朱丽娅和哈罗德这对父母，天晓得他将来会成为什么样，只不过他会变得更好、更健康、更善良，他不会觉得有必要挣扎得那么厉害，去对抗自己的人生。他看到一个 15 岁的自己，跑进剑桥市的一栋房子里，大声喊出他从没喊过的话：“妈妈！爸爸！”他无法想象是什么让这个美梦如此令人兴奋（他虽然会研究正常的儿童，观察他们的兴趣和行为，但他实际接触过的儿童很少），但他知道那个自己很快乐。或许他穿着橄榄球的球衣，露出双臂和双腿；或许他旁边有个朋友或是女朋友陪着。他大概从来没有过性经验；他大概会想尽办法体验看看。这个他，有时会想着自己长大后会怎么样，但绝不会想到他不会有个人可以爱、可以上床，也绝对想不到他没有双脚可以跑过一片柔软如地毯的田野。过去那么多时间、那么多个小时，他都用来割自己，然后把那些割伤藏起来，击退他的回忆；如果那些时间能拿来做别的，他会变成什么样？他知道他会成为一个更好的人。他会成为一个更满怀爱意的人。

但或许，他心想，或许现在还不算太迟。或许他可以再假装一次，而这最后一回合的假装会改变很多事情，让他变成他原先可能成为的那个人。他 51 岁了，他老了。但或许他还有时间，或许他还是可以修复的。

星期一他去看娄曼医生时还在想着这件事情。咨询一开始，他先对上个星期，包括之前好几个星期自己恶劣的行为道歉。

这回，他头一次真正试着跟娄曼医生谈。他设法回答医生的问题，而且诚实地回答。他设法说出他之前只说过一次的那个故事。但是很困难，不光是他几乎无法说出那个故事，也因为他说的时候无法不想到威廉，还有上次说出来的时候，他和一个从安娜以来、再也没这样看待他的人在一起，这个人忽略他过去是什么样的人，却也能完全看清他。之后他很难过，简直喘不过气，只得猛地转开轮椅告退（他还得增加六七磅的体重，才有办法用义肢走路），离开娄曼医生的诊间，沿着走廊迅速来到洗手间，把自己锁在里面，缓缓地呼吸，用一只手掌揉着胸口，仿佛要缓和一下心脏。在这个冰冷寂静的浴室里，他跟自己玩着“如果”的老游戏：如果我没跟着卢克修士，如果我没让自己被特雷勒医生带走，如果我没让凯莱布进门，如果我更听安娜的话。

就在他玩这个游戏的时候，脑袋也不断地反过来指责他。接着他想到：如果我从来没认识威廉。如果我从来没认识哈罗德。如果我从来没认识朱丽娅，或安迪、马尔科姆、杰比、理查德、吕西安，或者其他好多人，包括罗兹、西提任、菲德拉、伊利亚、两个亨利·杨、桑杰。最可怕的假设都和人有关，但所有好的假设也带有人的成分。

最后他终于冷静下来，出了浴室。他知道自己可以离开，电梯就在那儿，他的大衣还留在诊间里，他可以请艾哈迈德再过来帮他拿。

但他没离开。反之，他走向反方向，回到诊间，娄曼医生还坐在椅子上等着他。

“裘德，”娄曼医生说，“你回来了。”

他吸了一口气。“是的，”他说，“我决定留下来。”

第七部分

利斯本纳街

你过世后两周年，我们去了罗马。这算是巧合，但同时也不是：他知道，我们也知道，他必须离开纽约市，远离纽约州。或许欧文夫妇也有同样的想法，因为他们把仪式排在这个时候——在 8 月底，欧洲所有人都往外地跑，我们却飞到那里，飞向那个失去了所有嘈杂人群、所有当地动物的大陆。

那个仪式在罗马的美国学院举行，苏菲和马尔科姆都曾在那里驻留过，所以欧文夫妇出资设立了一个鼓励年轻建筑师的奖学金。他们还协助选出了第一位得主，是一个高个子、容易紧张但可爱的年轻伦敦女子，她做的大都是暂时性建筑物，以泥土、草和纸做出复合建筑群，随着时间会缓缓瓦解。颁奖仪式宣布了奖学金得主、颁发了奖金，此外还举办了一个招待会，弗洛拉发表了演讲。参加的除了我们，苏菲和马尔科姆在“钟模”的合伙人之外，还有也曾在罗马驻留过的理查德和杰比。仪式过后，我们去了附近一家小餐厅，他们两个住罗马时都很喜欢，理查德还带我们看了那栋建筑物有哪些墙壁是伊特拉斯坎风格，哪些是罗马风格。尽管那一餐很美好，舒适又欢乐，但也很安静，中间有一度，我记得自己抬头，才发现大家都没在吃东西，全瞪着眼睛，看着天花板、看着盘子、看着彼此，各自想着不同的事物，但我知道，大家也不约而同地想着同样的事情。

次日下午朱丽娅午睡时，我们出门散步。我们的旅馆在台伯河这一边，靠近西班牙大台阶那一带，不过我们请司机载我们过桥到越台伯河区，走在那些又窄又暗、简直像是走廊的街道上，最后终于来到了一个小而简洁的广场，除了阳光没有任何装饰，我们来到一张石凳前坐下。一个留着白色大胡子、身穿亚麻西装的老人也在石凳另一头坐下，看着我们点了个头，我们也朝他点头。

我们沉默地坐在那里许久，晒着太阳，忽然他说他记得以前跟你来过一次这个广场，还说两条街之外有一家冰激凌店很有名。

“我该去买吗？”他问我，露出微笑。

“我想你知道答案。”我说。他站起来。“我马上回来。”他说。“瑞士巧克力口味。”我告诉他。他点点头。“我知道。”他说。

我们——那个老人和我——看着他离开，然后那老人朝我微笑，我也对他笑。仔细一看，我才发现他其实没那么老，大概只比我大几岁而已。我当时始终没办法(到现在还是没办法)把自己想成老人。我总是讲得好像知道自己很老，我总是埋怨自己的年龄，但那只是耍宝，或是让别人觉得年轻而已。

“他是你儿子？”那老人用意大利语问，我点点头。每回被人认出我们是父子，我总是惊讶又开心，因为他和我长得一点也不像。但是我认为，或该说希望，我们在一起的样子，一定有个比外形相似度更具说服力的证据，让别人相信我们是父子。

“啊，”那老人说，看着他走到一个转角，然后消失，“真是俊美啊。”

“是啊。”我也用意大利语回答，忽然觉得好哀伤。

那老人露出狡猾的表情，问我，或者比较像是陈述句：“你太太一定是个大美女吧？”随即咧嘴一笑，表示他在打趣，或是个恭维，因为我长相这么平凡，却很幸运能有个美丽的太太，帮我生了一个这么俊美的儿子，所以我不可能被得罪。我也对着他笑，说：“没错。”他保持微笑，一点都不惊讶。

他回来时，那个老人已经离开了（离开时跟我点了个头，拄着拐杖）。他买了一个装在甜筒里的冰激凌给我，还买了一杯柠檬冰沙要带回去给朱丽娅。我真希望他也买了一份给自己，但他没有。“我们该走了。”他说，于是我们起身离开。那天夜里他很早就去睡了，次日，也就是你的忌日，我们完全没看到他，他在柜台留了张字条，说他出去散步了，明天再跟我们碰面，说他很抱歉。于是我们也出去走了一整天，我以为有机会在路上碰到他，毕竟罗马这个城市不大，但结果没有。那一夜我们更衣就寝前，我想到自己一整天都在经过的每条街道、每堆人群中寻找他。

次日早晨，他出现在餐桌旁，看着报纸，脸色苍白，但对我们露出微笑，我们没问他前一天做了什么，他也没主动说。那天我们只是在市区里闲逛，三个人很不好控制，走在人行道上太宽，于是我们排成一列，每个人轮流当领队，但我们只去有名的地点、人多的地方，不会有隐秘的回忆、不曾发生亲昵的举止的景点。快到水管路时，朱丽娅望着一家小珠宝店的小窗，我们走进去，三个人把那家小店塞满，每个人轮流把她在窗外看中的耳环拿起来细瞧。那耳环非常精致：纯金，密实而沉重，形状像鸟，眼睛处镶了圆形的小红宝石，鸟喙叼着金枝。他买下那对耳环送给她，她不好意思，但又很开心，朱丽娅向来不太戴首饰。但他看起来很高兴能送她礼物，我看他高兴也跟着开心，朱丽娅也很欢喜。那天晚上，我们跟杰比和理查德会合吃最后一顿晚餐，次日早晨我们离开，北上去佛罗伦萨，他则回纽约。

“我们五天后见了。”我告诉他，他点点头。

“好好玩。”他说，“祝你们玩得愉快。我们很快就会再见了。”

我们的汽车开走时，他站在那挥手；我们坐在后座，回头跟他挥手。我还记得当时希望挥手能传达我说不出口的讯息：不准你乱来。前一夜，趁他和朱丽娅跟杰比聊天时，我问理查德这几天我们不在期间，能不能麻烦他发短信随时告诉我们状况？理查德答应了。他几乎恢复到了安迪希望的体重，但中间有两度倒退，一次在 5 月，另一次在 7 月，所以我们还在持续监视他。

有时，感觉我们的父子关系好像是倒退着走，随着他年纪渐长，我对他的担心没有减少，反而增加；随着每一年过去，我都更加意识到他的脆弱，也对自己当父亲的能力更没信心。雅各布还是婴儿时，我发现每过一个月，我就更有把握一点，好像他待在这个世界越久，就能扎根扎得越深，好像光是活着，就宣示他拥有这个生命。当然，这个想法很荒唐，而且以最可怕的方式被证明是错的。但我忍不住想:活下去会产生牵系的力量。然而在他人生的某一个点（如果非得指出的话，我想是在凯莱布之后），我感觉他像是搭上了热气球，被一根长长的绳子固定在深入地面的木桩上。但每一年，那个气球一直扯紧那根绳子，想要挣脱，飘向天空。在底下的我们就设法把那气球扯回地面，回到安全的状态。所以我总是为他担惊受怕，同时也很怕他。

你能跟一个你害怕的人真正发展出感情吗？当然可以。但他还是令我恐惧，因为他拥有力量，我却没有。如果他自杀了，如果他把自己从我手上夺走，我知道我还能活下去，但我也知道那种人生很乏味；我知道之后我会永远纠结着想找到解释，不断仔细检视过去，想找出自己哪里犯了错。当然，我知道自己会多么想念他，尽管之前他尝试过，他也终将离开，但我始终没能变得更能面对，也永远无法习惯。

接着我们回到纽约，一切如常：艾哈迈德先生来机场接我们，载我们回公寓，门房那儿已经有几袋食物，这样我们就不必去杂货店采买了。次日是星期四，他过来跟我们一起吃晚餐，问起我们这几天旅行看到什么、做了什么，我们告诉他。那天晚上我们一起洗碗，他递给我一个碗要放进洗碗机时，手一滑在地板上摔破了。“该死！”他大吼，“真是对不起，哈罗德。我太蠢了，太笨手笨脚了。”我们告诉他没关系，没事的，但他只是越来越生气，气到双手开始颤抖，气到开始流鼻血。“裘德，”我告诉他，“没关系的。这种事难免的。”但他摇头。“不，”他说，“都是我。我搞砸了一切。我碰到的一切都会毁掉。”他低头捡起碎片时，朱丽娅和我隔着他的头面面相觑，不知该说什么、做什么才好：他的反应太小题大做了。但自从那回他把盘子摔到餐厅对面的墙上后，之后几个月还发生了几次这样的事件，让我从认识他以来第一次明白，他心中原来有那么多愤怒，他每天要多努力去控制这股怒气。

他第一次摔盘子之后，过了几星期又有一次。那是在灯笼屋，他已经好几个月没去了。当时是早上，才刚吃过早餐，朱丽娅和我要出门买东西，我去找他，想问他有没有什么想买的。他在卧室里，门开了一条缝，我看到他在做什么之后，基于某个原因就没喊他，也没有走开，只是站在门外悄悄观察。他已经戴上一边的义肢，正要戴上另一边，我从来没看过他没戴义肢的样子。然后我看着他的左腿伸进托架内，把弹性袜套拉起来套住膝盖和大腿，再将裤管拉下盖住。你也知道，这些义肢上的脚仿造了脚趾和脚跟的形状，我看着他穿上袜子，接着穿鞋。他吸了一口气站起来，我看着他走了一步，再一步。但就连我都看得出哪里不大对劲，那些义肢还是太大，而他依旧太瘦。我还来不及喊他，他就失去平衡往前摔在床上，有好一会儿都没动。

然后他伸手脱掉义肢，先脱一边，再脱另一边。有那么片刻，那两根还穿着袜子和鞋子的义肢看起来就像他的真腿，他仿佛硬是扯断了自己的小腿，我还半期待地会看到一道血喷出来。结果他只是拿起一根义肢朝床上打，打了又打，用力得发出闷哼，再把义肢摔在地上，坐在床沿，脸埋进双手，手肘撑在大腿上，无声地前后摇晃着。“拜托，”我听到他说，“拜托。”但接着他什么都没再说，我很羞愧地静静溜掉，回到我们的卧室，模仿他的姿势坐在床边，等待着我不知道的状况。

那几个月，我常常想着自己尝试在做的事情，想到要让一个不想活的人继续活下去有多困难。首先你得尝试讲道理（你有那么多值得活下去的理由），然后尝试利用罪恶感（你欠我），再尝试用愤怒、威胁、恳求（我老了；不要这样对待一个老人）。但接着，一旦他同意，你这个哄骗的人必然会进入自我欺骗的状态，因为你看得出他很吃力，他多么不想活下去，光是存在这件事都让他耗尽心力，于是你每天就得告诉自己：我做的是正确的。让他做他想做的事是违背自然法则及爱的法则的。你会利用每个快乐的时刻，抓紧它们当成证据，看到没？这就是人生为什么值得活，这就是为什么我一直逼他尝试，即使那一刻无法抵消其他大部分的时刻。你会想，就像我以前对雅各布的想法，子女是要用来做什么？是要抚慰我吗？还是我抚慰的对象？如果抚慰对你的子女再也没有用，那么我的责任是不是允许他离开？然后你会再想：可是那太恶劣了，我做不到。

所以我还是继续尝试，那是当然。我试了又试。但每个月我都可以感觉到他越退越远。不太是外貌的关系；到了 11 月，他恢复到原来的体重，总之是理想体重的最低标准，而且气色从来没有那么好过。不过他变得安静了许多，虽然他向来很安静，但现在他很少讲话。我们在一起时，我有时会看到他盯着某个我看不到的东西，脑袋轻轻一扯，像马在抽动耳朵似的，然后又回过神来。

有个星期四，我们照例一起吃晚餐，我看到他脸上和脖子上有瘀青，仿佛他傍晚站在一栋建筑物旁边，太阳照射的阴影落在他身上。那些瘀青是深红褐色的，像干掉的血，我看了猛吸一口气。“发生什么事？”我问。“我摔倒了，”他只说，“别担心。”我当然还是会担心。下回我看到他时又有瘀青，就设法抓着他问个清楚。“告诉我。”我说，但是他挣脱了。“没什么好说的。”他说。我至今不明白到底发生了什么事：是他自己弄的吗？还是他让别人对他这样？我不知道哪一个更糟。我不知道该怎么办。

他想念你。我也想念你。我们全都很想念你。我想你应该要知道，我想念你不光是因为你让他更好，我想念你是因为你。我想念看着你做喜欢的事情时得到的那种愉悦，无论是吃东西或追着网球跑或跳进游泳池里。我想念跟你谈话，想念看着你在一个房间里走动，想念看着你倒在草皮上被劳伦斯的一群孙子孙女压着，假装你被他们压得起不来（同一天，劳伦斯年纪最小的孙女，暗恋你的那个，曾把蒲公英绑在一起做了手环送给你。你谢谢她，戴在手上一整天，那天她每回看到你手腕上的手环，就冲向她父亲，把脸埋在他背部——这个我也想念）。但我最想念的，就是看着你们两个在一起；我想念看到你望着他，他望着你；我想念你们对彼此那么体贴，想念你和他在一起时那种出自直觉、诚挚的关爱；我想念看着你们倾听对方说话，两人都那么专注。杰比的那幅画作《威廉听裘德说故事》太真实了，那表情太准确了。还没看到画名，我就知道画中的你在听他讲话。

而且我也不希望你以为你走了之后，我们没有快乐的时刻、快乐的日子。当然是减少了，比较难出现，比较难引发，但还是有的。从意大利回纽约后，我开始在哥伦比亚大学教一门专题研讨课，兼收法学院学生和所有研究生。那门课叫“法律的哲学，哲学的法律”，由我跟一个老朋友合作授课。我们讨论法律的公平性、司法系统的道德基础，以及有时法律会如何抵触我们国家的道德观。教室就在锥蒙大楼 241 室，过了这么多年以后！下午，我会跟朋友碰面。朱丽娅去上裸体素描课。另外我们在一个非营利组织当义工，专门协助其他国家（苏丹、阿富汗、尼泊尔）的专业人员（医生、律师、教师）在各自的领域找到新工作，即使这些工作跟他们之前在本国做的只略微相关：护士变成医疗助理，法官变成法律助理；其中我帮过的几个人后来去读法学院，我碰到他们时，就会聊聊他们现在学的，以及美国的某些法律跟他们原先所知的有多么不同。

“我想我们应该一起做一个项目计划。”那个秋天我告诉他（他还在那个艺术家非营利组织做公益服务，我后来也去当义工，发现那个组织比我原先想的更令人感动。我原本以为那只是一群没有才华的文人想要创作，但显然永远不会成功。尽管事实上的确是如此，但我发现自己跟他一样，都很佩服这些艺术家，佩服他们的坚持，他们傻气、勇敢的信念。没有任何人、任何事可以劝阻他们不要过这样的生活，不要当个艺术家）。

“比方说？”他说。

“你可以教我做菜。”我告诉他，他用那种表情看了我一眼，就是要笑不笑、觉得很快乐但不想表现出来的表情。“我是说真的。真正做点菜，让我多学六七道料理。”

于是我们开始了。每个星期六下午，他工作完，或是拜访过吕西安和欧文夫妇，我们就开车到加里森，有时只有我们两人，有时还有理查德和印蒂亚、杰比或某个亨利·杨和他们的太太，星期天我们就会做菜。在这个过程中，我主要的毛病又暴露出来，那就是缺乏耐性，根本无法接受无聊。煮菜时，我会跑去找别的东西来读，忘了我的意大利炖饭，结果烧成一堆烂糊，或者我会忘记把橄榄油里的胡萝卜翻面，回来就发现烧焦了（看来烹饪很大一部分是要轻拍、清洗、检查、翻转以及安抚，这种种要求总让我联想到人类的婴儿期）。我的另一个毛病，他告诉我，就是坚持创新，这在烘焙中显然是失败的保证。“哈罗德，这是化学，不是哲学，”他总是这么说，同样是那个半笑的表情，“你不能不遵守特定的分量，还希望做出该有的样子。”

“说不定烤出来会更好啊。”我说，主要是为了逗他，只要觉得有可能让他开心一点，我总是乐于扮演傻瓜。于是他笑了，真的笑了。“不会的。”他说。

但终于，我真的学会了一些东西：我学会如何烤鸡、煮水蒸蛋、炙烤比目鱼。我学会做胡萝卜蛋糕，还有一种加很多不同坚果的面包，就是他以前在剑桥市打工的那家面包店卖的那种，我常常去买，只是他的版本非常不可思议，有好几个星期，我烤了一条又一条这种面包。“好极了，哈罗德，”有一天他尝了一片说，“看到没？等到你 100 岁，就可以自己做菜了。”

“什么意思？自己做菜？”我问他，“你得替我做菜才行。”他听了对我露出微笑，一种哀伤、奇怪的微笑，什么都没说。我赶紧改变话题，免得他说出一些话，我还得假装没听到。我总是试着影射未来，拟出几年后的计划，这样他一答应要做，我就可以逼他守住承诺。但他很小心，从来没答应过。

“我们应该去上个音乐课，你跟我。”我告诉他，其实只是顺口说说，没有什么具体的想法。

他淡淡微笑。“或许吧，”他说，“没问题，我们再讨论吧。”顶多就是这样。

每回上完烹饪课，我们就会散步。去纽约州北部的那栋房子时，我们会沿着马尔科姆开出来的那条小径走，经过有回他痛得全身抽搐，我不得不把他留在那里靠着一棵树的那个点，经过第一张石凳、第二张、第三张。到了第二张石凳，我们总会坐下来休息。他不需要休息，不像以前那样，而且我们走得很慢，所以我也不需要休息。但我们总是仪式性地停下来，因为从这里可以最清楚地看到屋子背面，你还记得吗？马尔科姆当初砍掉这边的几棵树，于是石凳正好面对着房子，而如果你在屋后的露台，也正对着那张石凳。“这个房子太美了。”我总是这么说，而且我总是希望他听得出我以他为荣：因为他打造的这栋房子，还有他在屋里打造的生活。

我们从意大利回来大约一个月后，有回我们坐在这张石凳上，他跟我说：“你想他当初跟我在一起快乐吗？”他讲得好小声，我还以为是自己想象出来的，但接着他两眼看着我，于是我知道那句话不是我的幻想。

“他当然快乐，”我告诉他，“我知道他很快乐。”

他摇摇头。“有好多事我都没做。”最后他说。

我不明白他这句话是什么意思，反正我不会改变想法。“无论什么事，我知道那都不重要。”我告诉他，“我知道他跟你在一起很快乐。他告诉过我的。”然后他望着我。“我知道的。”我重复说，“我知道的。”（你其实从来没有明确告诉过我，但我知道你会原谅我；我知道你会的。我知道你会希望我这么说。）

又有一回，我们坐在这张石凳上时，他说：“娄曼医生认为我该告诉你一些事情。”

“什么事情？”我问，很小心不要看他。

“有关我是什么，”他说，然后停顿了一下，“我是什么人。”他修正了。

“唔，”我终于说，“那很好，我想更了解你。”

他微笑了。“听起来好奇怪，不是吗？”他问，“‘更了解你。’我们认识到现在这么久了。”

在这些对话中，我总有一种感觉，也许没有一个正确的答案，但其实有一个不正确的答案。他听了就再也不会说出任何事情了，所以我一直设法推测不正确的答案可能是什么，然后绝对不要说出来。

“没错，”我说，“但我一直想要更了解你，想知道有关你的事。”

他很快看了我一眼，目光又转回去看房子。“唔，”他说，“也许我会试试看。也许我会写下来。”

“这样很好。”我说，“看你什么时候准备好。”

“可能要花一阵子。”他说。

“没关系，”我说，“花多少时间都无所谓。”写很久是好事，我心想：这表示他得花好几年搞清楚自己要说什么。尽管这几年对他而言很困难、很折磨，但至少他还会活着。这是我当时所想的：我宁可要他活着受苦，也不希望他死掉。

但到头来，他根本没花多少时间。那是2月，大约就是我们介入、把他强制送去住院的一年后。如果他的体重可以保持到5月，我们就会停止监控他，他也可以决定不再去娄曼医生那里，虽然安迪和我都觉得他应该继续去看娄曼医生。不过之后就不能由我们做主了。那个星期天，我们待在纽约市区。在格林街上完烹饪课之后（做了芦笋和洋蓟的法式蔬菜冻），我们出门散步。

那天很冷，但是没刮风。我们沿着格林街往南，直到那条路变成教堂街，又继续往南走，走过翠贝卡区，走过华尔街，几乎要走到曼哈顿岛的最南端，停下来看着微微起伏的灰色河水。然后我们回头往北走，沿着同样一条路：三一街接教堂街，教堂街接格林街。他一整天都很安静，平静而沉默，我聊着我当义工那个职业介绍所的一个中年人，比他大一岁左右，是名医生，正在申请就读美国的医学院。

“真是了不起，”他说，“要重新开始很困难。”

“没错，”我说，“但是你也重新开始了，裘德。你也很了不起。”他看了我一眼，然后别开目光。“我是认真的。”我说。我想起他自杀未遂出院后大约一年，他跟我们去了特鲁罗。那天我们也出去散步。“我要你告诉我三件事，是你觉得做得比任何人都好的事。”我们坐在沙滩上，我这样对他说。他发出一个厌倦的吐气声：两颊鼓满气，再一口吹出来。

“现在不要，哈罗德。”他说。

“别这样嘛，”我说，“说出三件你做得比任何人都好的事，然后我就不烦你了。”但他想了又想，什么都想不出来。看他不吭声，我也开始着急。“那就讲三件你做得不错的事。”我修改一下，“或是你对自己满意的三件事。”修改到这个时候，我几乎在乞求了。“任何事情，”我告诉他，“什么都行。”

“我长得高，”他终于说，“总之算高吧。”

“长得高是好事。”我说，虽然我希望是别的，有关性格的。不过我决定接受这个回答。就连这个，他都花了那么多时间才想出来。“还有两个。”但他再也想不出来了。我看得出他懊恼又难为情，最后我终于算了。

这会儿，当我们走过翠贝卡区时，他漫不经心地提起，事务所里问他是否愿意接任主席。

“老天，”我说，“太棒了，裘德。老天。恭喜啊。”

他点了一下头。“但我不会接。”他说。我大吃一惊。在他为那个他妈的罗森·普理查德律师事务所付出这么多，花了那么多个小时、那么多年之后，他居然不接任主席？他看着我。“我以为你会很高兴的。”他说，我摇摇头。

“不，”我告诉他，“我知道你从这份工作中得到多少满足感。我不希望你觉得我不认同你、不以你为荣。”他什么都没说。“你为什么不接呢？”我问他，“你会做得很好的，你天生是这块料。”

他皱了一下脸（我不确定为什么），然后别开头。“不了。”他说，“我不认为我会接。据我所知，找上我的这个决定其实也有些争议。何况……”他说到一半停下来。不知怎的，我们已经停下来了，好像讲话和走路这两个活动不能并存，我们就在这冷天中站了一会儿。“何况，”他继续说，“我想我再过一年就会辞职了。”他看着我，仿佛在等我的反应，然后他抬头看着天空，“我想或许我会去旅行。”他说，但他的声音空洞、毫无喜悦，好像他要被征召、派驻到一个他不太想去的遥远地方。“我可以离开。”他说，几乎是自言自语，“有好多地方我该去看看。”

我不知道要说什么，只是一直瞪着他。“我可以跟你去。”我低声说，他回过神来看着我。

“没错。”他说，一副宣告的口吻让我安心了，“没错，你可以跟我一起去。或者你们两个可以跟我约在某些地方会合。”

我们又往前走。“我不想太耽误你当世界旅人的第二人生。”我说，“但是我真的觉得，你应该再考虑一下罗森·普理查德提议的职位。或许做个几年，然后搭私人喷射机到西班牙的巴利阿里群岛、莫桑比克，或任何你想去的地方。”我知道如果他接受了主席职位，就不会自杀了；他太有责任感了，不可能留下没完成的摊子给别人收拾。“好吗？”我鼓励他。

他笑了，那种熟悉、开朗、美丽的微笑。“好吧，哈罗德，”他说，“我保证我会再考虑。”

我们离家只剩几个街区了，我才发现我们刚好走到利斯本纳街。“啊老天。”我说，想充分利用他的好心情，让我们两个都保持高昂的情绪，“来到我所有噩梦的基地了：全世界最丑的公寓。”他大笑起来，我们右转离开教堂街，沿着利斯本纳街走了半个街区，直到站在你们以前那栋公寓大楼前。有好一会儿，我一直大声抱怨着这个地方，讲个不停，说这里有多恐怖，为了效果夸张又渲染，好听他大笑抗议。“我老担心会发生火灾，把你们那户烧光光，害得你们两个被烧死。”我说，“我还梦到自己接到急救人员的电话，说他们发现你们两个被一堆老鼠咬死。”

“没有那么糟糕啦，哈罗德，”他微笑，“其实呢，这个地方有我非常珍爱的回忆。”他的心情又转变了，我们站在那里，瞪着那栋大楼，想到你，想到他，还从这一刻往前推、直到我认识他的那一刻。当时他那么年轻，年轻得不得了，只是我众多学生之一，超级聪明，脑子灵光，但也就如此而已。我绝对想象不到他有一天会变得对我这么重要。

然后他也想让我开心一点，我们都在为对方表演。他说：“我跟你说过那回我们从屋顶跳下来，跳到卧室外头的防火梯上吗？”

“什么？”我问，真的吓到了，“没有，你没说过。要是说过的话，我想我会记得的。”

尽管我从没想到他会变得对我这么重要，但我知道他会怎么离开我：就算我一再希望、一再恳求、一再暗示，还有威胁和异想天开，但我就是知道。五个月后，6 月 12 日（不是什么特殊的周年纪念日，就只是一个不重要的日子），他离开了。我的电话响起，时间不是晚得离谱，事后回想起来也看不出任何预兆，但当时我知道，我就是知道。电话另一头是杰比，他呼吸不稳，非常急促，而他还没开口，我就知道了。他死于 53 岁，离满 53 岁还不到两个月。他把空气注射到动脉里，让自己中风。虽然安迪跟我说他应该死得非常快，没有痛苦，但我后来上网查，发现安迪没跟我说实话：那表示他用一根针头粗得像蜂鸟喙的注射针，朝自己扎了至少两次，而且会痛苦不堪。

最后我终于去了他那间公寓，里头很整洁，他的书房里堆着一箱箱东西，冰箱被清空了，他的遗嘱和留下的信件叠放在餐厅的桌上，像是婚礼的座位卡。理查德、杰比、安迪，你和他所有的老朋友都陆续赶来。我们走来走去，彼此招呼、交谈，震惊却又不是那么震惊，只惊讶我们居然会这么惊讶、这么难过、这么挫败，尤其是这么无助。我们漏掉了什么吗？我们可以做什么改变这个结果吗？他的葬礼来了好多人，有他的朋友、你的朋友和这些朋友的父母及家人，有他的法学院同学，有他的客户，有那个非营利艺术团体的员工和赞助人，有那个慈善厨房的委员会成员，有一大堆罗森·普理查德律师事务所过去跟现任员工。梅瑞迪丝也带着几乎完全糊涂的吕西安过来（残酷的是，他还活到现在，不过已经住进康涅狄格州的一家老人院），还有我们的朋友，以及我没想到的一些人，像基特、埃米尔、菲丽帕和罗宾。葬礼过后，安迪过来找我，哭着坦承，他觉得事情真正不对劲，是从他告诉他自己准备退休开始的，说都是他的错。我之前根本不知道安迪打算退休，他从来没跟我说过，但我安慰他，说不是他的错，完全不是，说他一直对他很好，而我一直信任他。

“至少威廉不在了，”我们彼此安慰，“至少威廉不会看到这个。”

当然——如果你还在的话，他不也还会活着？

我没办法说我没想到他会死，但我可以说，当时有太多我没想到的事情，一点都没想到。我没想到安迪会在三年后死于心脏病发，也没想到过了两年，理查德会死于脑肿瘤。你们都那么年轻就死了：你、马尔科姆、他。伊利亚是 60 岁中风过世；西提任也是 60 岁，死于肺炎。到最后只剩下杰比，加里森的房子留给了他，现在我们还常见面——在加里森、纽约市区或剑桥市。杰比现在有一个认真交往的男朋友，是个很好的人，叫托马斯，是苏富比拍卖公司的日本中世纪美术专家，我们非常喜欢他；我知道你和他也会非常喜欢他的。我当然为自己、为我们夫妻难过，但我最常为杰比感到难过。

他失去了你们三个，只剩他自己面对老年的开始，他当然有新朋友，但大多数成年前认识的朋友都没了。至少我是在他 22 岁认识他的；或许中间有时疏远，但那些疏远的年代，我们都不去算了。

现在杰比 61 岁，我 84 岁了。而他已经过世六年，你也过世九年了。杰比最近的一次个展名叫“裘德，孤单”，里头有十五件画作，只画了他，描绘杰比想象中、你死后那段时间的一些时刻：在那近三年里，他设法在没有你的世界撑下去。我试过了，但我实在没办法看那些作品；我试了又试，但就是没办法。

还有其他事情是我原先没想到的。他当初猜得没错，我们搬到纽约完全是为了他，所以处理完他的遗产后（理查德是他的遗嘱执行人，我也帮了忙），我们就搬回剑桥市的家，离我们的老友近一点。之前我做了太多整理和分类的工作——我和理查德、杰比、安迪一起处理了他所有的私人文件（并不多）和衣服（看着他的西装越来越窄，真是让人心碎），还有你的衣服；我们一起看过你在灯笼屋的档案，花了很多天，因为我们总是停下来哭或大喊或传阅一张我们没人看过的照片。等我们回到剑桥市的家，整理东西成了一种本能。有个星期六，我坐下来清理书柜，这个计划一开始充满野心，但很快我就失去了兴趣。此时我发现了一个信封，塞在两本书之间，上头是他的笔迹，写着我们夫妻各自的名字。我打开我的信封，心跳加速，然后看到我的名字——亲爱的哈罗德。阅读他二十几年前在收养那天写的短笺，我哭了，其实是啜泣。然后我把那张光碟放进电脑里，听着他的声音。光是听到那么美的声音，我无论如何就会哭了，但我主要是因为听到他的声音而哭。后来朱丽娅回家看到我，也读了她的那张短笺，我们又哭了一次。

又过了几个星期，我才打开他放在格林街公寓餐桌上留给我们夫妻的那封信。之前我实在没办法鼓起勇气；其实现在我也不确定自己受得了。但我还是打开来读。那封信有八页，是打字机打印的，那是一份告解：有关卢克修士，有关特雷勒医生，还有曾经发生在他身上的事情。我们花了好几天才看完。虽然他写得很简略，但同时也漫长得仿佛永无止境，我们不时得放下来离开，然后彼此打气——准备好了吗？坐下来再看一点。

“对不起，”他写道，“请原谅我。我从来无意欺瞒你们。”

关于那封信，我至今还是不知道要说些什么，还是无法去想。所有关于他是什么样的人、为什么，现在都有了答案，而那些答案只会折磨人罢了。他死时孤单得远超过我所能想象的；他死时还觉得该向我道歉，这是最糟糕的；尽管你、我、我们所有爱他的人多年来这么努力，他死时依然固执地相信他小时候被教导的、关于他的一切，这一点让我觉得自己的人生还是失败了，在最重要的事情上失败了。此时是我最经常找你讲话的时候，我会在深夜下楼，站在《威廉听裘德说故事》面前，这幅画现在挂在我们餐桌旁的墙上。“威廉，”我问你，“你的感觉跟我一样吗？你认为他跟我在一起快乐吗？”他有资格得到快乐的。我们没有一个人能保证，但他实在有资格得到快乐。可是你只是微笑，不是对着我，而是掠过我，从不回答。此时，我真希望自己相信死后会有某种生活，相信在另一个宇宙里，或许是个小小的红色星球，那里的人没有双腿，只有尾巴，大家都像海豹一样在大气中划着水，那里的空气就能提供我们所需的养分，含有无数蛋白质和糖的分子，我们只要张开嘴巴吸入，就可以健康地生存下去，或许你们两个就在那里团聚，在那里漂浮着。也或许他离我更近：或许他是最近开始坐在我邻居房子外头的那只灰猫，我一朝它伸手，它就发出满足的呼噜声。或许他是我另一个邻居最近新养的那只幼犬，在牵绳的一端拉扯着；或许他是我几个月前看到、跑过广场的那个学步小孩，他父母气呼呼地追在后头，他则兴奋地尖叫；或许他是我早以为枯死的那丛杜鹃里忽然绽放出来的那朵花;或许他是那朵云、那道海浪、那场大雨、那阵薄雾。重要的不光是他死了，也不光是他的死法，而是他至死仍然相信的。于是我设法对我见到的万事万物心怀善意，而在我看到的每件事物中，我都看见了他。

但回到当时，我们站在利斯本纳街那天，有太多事情我还不明白。当时，我们只是站在那里，抬头看着那栋红砖楼房，我假装我从来不必替他担心，他也让我假装，包括他可能做出的种种危险行径,他可能让我心碎的种种方式,那些都过去了,都成了故事的材料;过去的时光虽然可怕，但眼前的岁月并不可怕。

“你们从屋顶跳下来？”我又问了一次，“你们到底为什么要做这种事？”

“这是个很棒的故事，”他说，甚至朝我咧嘴笑了，“我会告诉你的。”

“说吧。”我说。

然后，他说了。

致谢

有关建筑、法律、医学、电影制作方面的专业知识，我非常感谢马修·百欧托（Matthew Baiotto）、珍妮特·内贾德·班德（Janet Nezhad Band）、史蒂夫·布拉茨（Steve Blatz）、凯伦·辛诺瑞（Karen Cinorre）、迈克尔·古恩（Michael Gooen）、彼得·科斯顿（Peter Kostant）、山姆·利维（Sam Levy）、德莫特·林奇（Dermot Lynch）和巴里·塔奇（Barry Tuch）。特别感谢道格拉斯·埃克利（Douglas Eakeley）的博学和耐心，还有普西拉·埃克利（Priscilla Eakeley）、德鲁·李（Drew Lee）、艾蜜尔·林奇（Eimear Lynch）、塞斯·穆诺基（Seth Mnookin）、罗素·佩罗（Russell Perreault）、惠特妮·罗宾逊（Whitney Robinson）、玛莉苏·鲁奇（Marysue Rucci），以及隆纳德及苏珊·柳原（Ronald and Susan Yanagihara）毫无保留的支持。

我还要深深感谢了不起的迈克尔·“苦”·戴克斯（Michael “Bitter” Dykes）、凯特·麦克斯韦尔（Kate Maxwell）、卡雅·佩利纳（Kaja Perina）为我的生活带来欢乐，并感谢凯利·劳尔曼（Kerry Lauerman）带来了抚慰。长期以来我把尤西·米罗（Yossi Milo）、埃文·史莫克（Evan Smoak）、斯蒂芬·莫里森（Stephen Morrison）和克莉丝·厄普顿（Chris Upton）视为经营伴侣关系的榜样；有太多事情，我很感谢、很佩服他们。

另外也非常感谢全心且忠诚支持我的格里·霍华德（Gerry Howard），以及独一无二的拉维·米尔查达尼（Ravi Mirchandani），为了催生这本书，他们慷慨付出、努力奉献。还要谢谢安德鲁·基德（Andrew Kidd）对我的信心，以及安娜·斯坦·欧苏利文（Anna Stein O'Sullivan）的纵容、冷静与坚定。另外也感谢每个协助让这本书面世的人，尤其是莱克熙·布鲁姆（Lexy Bloom）、亚历克斯·霍依特（Alex Hoyt）、杰里米·梅第纳（Jeremy Medina）、比尔·托马斯（Bill Thomas），以及彼得·胡贾尔（Peter Hujar）遗产基金会。

最后也最根本的：如果没有我跟贾里德·霍尔特（Jared Hohlt）的谈话（以及他的体贴、优雅、同理心、宽容、智慧），我就永远不可能也绝对不会写出这本书。他是我第一个也是最爱的读者，更是我的守秘人、我的北极星。他深挚的友谊是我成年最大的赠礼。

A LITTLE LIFE by Hanya Yanagihara
Copyright © 2015 by Hanya Yanagihara
Jacket photograph by Peter Hujar © 1987
The Peter Hujar Archive LLC. Courtesy Pace/MacGill Gallery,
New York and Fraenkel Gallery, San Francisco
All rights reserved

本书中文译文由大块文化出版股份有限公司（台湾）授权使用

图书在版编目（CIP）数据

渺小一生 /（美）柳原汉雅著；尤传莉译 . -- 贵阳：贵州大学出版社，2025. 2. -- ISBN 978-7-5691-1014-2
Ⅰ . I712.45

中国国家版本馆 CIP 数据核字第 20246LJ025 号

渺小一生

著　　者：（美）柳原汉雅
译　　者：尤传莉

出 版 人：闵　军
责任编辑：江　琼
特约编辑：李恒嘉　雷　韵
装帧设计：山川制本 workshop
内文制作：马志方

出版发行：贵州大学出版社有限责任公司
　　　　　地址：贵阳市花溪区贵州大学东校区出版大楼
　　　　　邮编：550025　电话：0851-88291180
印　　刷：山东韵杰文化科技有限公司
开　　本：1230 毫米 ×880 毫米　1/32
印　　张：26.25
字　　数：633 千字
版　　次：2025 年 2 月第 1 版
印　　次：2025 年 2 月第 1 次印刷

书　　号：ISBN 978-7-5691-1014-2
定　　价：128.00 元

版权所有　违权必究
本书若出现印装质量问题，请与出版社联系调换
电话：0851-85987328